最后的大佛

徐杉 著

四川大学出版社

项目策划：欧风偲　黄蕴婷
责任编辑：欧风偲　黄蕴婷
责任校对：罗永平
封面设计：墨创文化
责任印制：王　炜

图书在版编目（CIP）数据

最后的大佛 / 徐杉著 . — 2 版 . — 成都：四川大学出版社，2022.4
（徐杉文集）
ISBN 978-7-5690-4120-0

Ⅰ . ①最… Ⅱ . ①徐… Ⅲ . ①长篇历史小说－中国－当代 Ⅳ . ① I247.5

中国版本图书馆CIP数据核字（2021）第 001040 号

书名	最后的大佛
	Zuihou de Dafo
著　者	徐　杉
出　版	四川大学出版社
地　址	成都市一环路南一段 24 号（610065）
发　行	四川大学出版社
书　号	ISBN 978-7-5690-4120-0
印前制作	四川胜翔数码印务设计有限公司
印　刷	四川盛图彩色印刷有限公司
成品尺寸	170mm×240mm
插　页	2
印　张	25.5
字　数	473 千字
版　次	2022 年 4 月第 2 版
印　次	2022 年 4 月第 1 次印刷
定　价	118.00 元

版权所有 ◆ 侵权必究

◆ 读者邮购本书，请与本社发行科联系。
　电话：(028)85408408/(028)85401670/
　(028)86408023　邮政编码：610065
◆ 本社图书如有印装质量问题，请寄回出版社调换。
◆ 网址：http://press.scu.edu.cn

四川大学出版社
微信公众号

引 子

峨眉山月半轮秋，
影入平羌江水流。
夜发清溪向三峡，
思君不见下渝州。

——李白《峨眉山月歌》

诗仙李白夜航岷江，写下千古名句。

李白诗中的平羌江、清溪驿、平羌三峡，均在唐代剑南道西川龙游县（今四川乐山）的岷江黄金水道上。

一条陆地官道，与这条岷江黄金水道并行，通往龙游县凌云山。

唐开元中，玄宗敕令：龙游县凌云山凿建天下第一大弥勒佛，二十年内完工。

就在凿建大佛之时，就在凿建大佛之地——这水、陆两道最繁华的地段上，相继发生了一连串匪夷所思的大案、奇案：国库金锭失窃、南诏使者遇刺、民间私铸官钱、官员贪污库银……

然而，最令人费解的是，本应二十年完工的大佛造像，竟用去九十余年！

天意？人为？抑或另有隐情？

一时，朝廷震怒，天下关注，世人惶惑！

苍天追问：为何修造天下第一大弥勒佛造像？

大地诘问：天下第一大佛为何建在龙游县凌云山？

人们责问：缘何大佛的建成拖延了七十多年？

千古玄秘，谜底何在？

第一章

唐朝开元年间，玄宗皇帝敕令：剑南道西川龙游县凌云山凿建天下第一大弥勒佛造像，二十年之内完成。

六十多年过去了，佛像仅完成一半便停工废止。

朝廷震怒，连派三位县令前往龙游县续修大佛，然而三位县令都相继出了怪事。

第一位县令叫李维，在龙游死得不明不白。李县令是一个高大肥胖的北方人，刚至龙游，便立下续修大佛的豪言，但不久这豪言便被烟花柳巷的香风吹散，李县令整日身陷温柔乡，乐不思归。

一天，李县令与满庭芳妓院的迎香姑娘痛饮一番后，便在客厅地毯上颠鸾倒凤，倒腾了一回。事毕，李县令又喝了几盅自己带来的回春壮阳药酒，不一会儿又抱起迎香耕云播雨。迎香只得全力奉迎，两只玉臂将李县令腰际紧紧搂住，扭动腰肢，极尽挑逗之能事。两人正玩得兴起，突然李县令身子一软，"咚"一下倒在床上，直挺挺的，一动不动。迎香见状，吓得手足无措，好一阵才回过神来，赤足披发冲出门去唤鸨儿夏妈。夏妈起初并不在意，嘴巴一撇，轻声嘟哝了一句"软脚猪"，才从抽屉里拿出一个小药包，一摆三摇，嘴里嗑着瓜子走过去看。夏妈知道有的嫖客会因玩得过火出现短暂晕厥，并无大碍。她称这类房事不济的男人为"软脚猪"。上得楼来，夏妈才发现大事不妙，原来李县令已嘴青面紫断了气。

接下来，满庭芳妓院被查封，夏妈和院里几个姑娘被收入牢中。虽然事后县衙公布李县令因病而亡，但早有好事者将此事添枝加叶四处传开，李县令的"软脚猪"绰号不胫而走。

李县令死那天，凌云山上曾出现成群的乌鸦。有人说大佛动怒了，李县令遭了报应！但有人认为李县令之死暗藏玄机！

第二位县令叫冯谦，在龙游混得窝窝囊囊，不到一年便被解职还乡。冯县令初到龙游，也许下亲民勤政、续修大佛的诺言。然而当他翻完县衙历年卷宗，拜访过城内名宦富绅后，冯大人突然食言，开始了逍遥自在的无为而治：凡事能拖则拖，大事化小，小事化了。这冯县令好酒贪杯，逢请必至，至必痛饮，饮必大醉，醉必胡言，言必推脱。除了在酒桌上豪气冲天，冯县令平日说话闪烁其词，做事优柔寡断。冯县令每天上午端坐公堂，满面秋霜，阴沉着一张能拧出水的黑脸；中午被乡绅商贾等轮番请去酒楼吃饭，喝得像个关公爷，转为红脸；到了晚上头晕目眩，胃气滞胀，脸色由红转青，变为青脸。故龙游百姓背地里给他取了个绰号"变脸"。

上任不到一年，恰逢京都吏部察官来嘉州龙游巡视，偏偏冯县令那天喝得满脸通红，醉眼朦胧，走路跌跌撞撞，与穿戴齐整、举止恭敬的其他官员判若两类。吏部察官一见，脸便沉了下来，再问话，偏偏这冯县令喉咙又不争气，喉结一动，竟哇哇吐出一摊秽物，惊呆了在场的大小官员，熏得吏部察官皱着眉头向后退，手在鼻前连连扇动。察官问众吏："冯县令平素可是如此？"众人表情怪异，吭哧了半晌没说明白。察官冷笑一声，算是心知肚明。

不久，冯县令降职调离。上船时，只有几只乌鸦在头顶"呱、呱"乱叫，算是替他送行。有人说是"大佛老爷"在惩罚他，也有人说他装猪吃象、心里明亮：宁可丢官保命，也不在龙游惹火烧身！

第三任县令叫汪涵，发生在他身上的事更为怪异。汪县令上任不久，在准备审理一桩奇案时，却突然神秘失踪。

汪县令是岭南人氏，五十来岁，黑瘦矮小，其貌不扬。他未带家眷同往，独自住在县衙后面的一处幽静的小宅院内。生活起居由一位曾在岭南生活过的老杂役负责照料。两天前老杂役患病回家歇息，衙里本来安排另外的人来做饭、烧茶，偏偏汪县令推托不喜欢当地人做的麻辣菜肴。因此，这几日的起居生活都不让外人插手。

话说这天早上，当值衙役陈水生打扫完大堂，烧好茶水，又将印玺、签筒、朱笔、簿册案卷等一一小心摆上案桌。眼见已临近升堂的时辰，而一向早早就到的汪县令却仍未露面。陈水生心中一阵嘀咕，不由走到紧闭的衙署门口，透过门缝向外张望，只见来看审案的百姓里三层外三层地站了一片，而且还有人源源不断地赶来。陈水生到县衙充役以来，从来没见过如此大的阵势，惊讶之余更感到今天审案非比寻常。其实陈水生的心情与那些看审的百姓一样，早想知道案情的来龙去脉，曲直是非。可是汪县令行事缜密严谨，不露半点口风，故即便他身处县衙也一无所知。

突然，远处传来一阵阵凄厉刺耳的鸣叫，陈水生寻声而去，只见河对岸凌云山弥勒大佛乌云罩顶。方才还清晰可见的葱翠山峦顷刻间被雾霭吞没，仔细一看，一大群乌鸦密密麻麻盘旋在上，"呱、呱"乱叫。陈水生一个激灵，不祥之兆涌上心头。

这尊弥勒大佛依凌云山栖鸾峰而凿，头靠山顶，脚踏岷江、青衣江、沫水三江，面朝西方，双手抚膝而坐。此乃天下第一大弥勒佛，当地人尊称"大佛"或"大佛老爷"。由于停工日久，佛像四周杂草丛生，飞鸟出没，荒芜冷凉，可是与弥勒大佛修凿相关的官场波澜、江湖情仇、恩怨是非、明争暗斗却从未间断。

陈水生又等了一会，依旧不见汪县令的身影，心中十分着急。因怕误了升堂审案的大事，他一路小跑，直奔后衙汪县令居住的小宅院。

昨日一场小雨，院内竹篁萧萧，海棠含露。陈水生沿着翠竹掩映的回廊走到宅邸的粉墙下，突见前方假山后闪过一个人影。他心中一惊，停下脚步张望。汪县令少言寡语，十天半月难从他脸上看到一点笑容，因此大家都很惧怕他，平时极少有人往他住的小宅院走动。陈水生站了一会，不见再有半点动静，侧身细听，只有微风吹动竹枝，发出的"飒、飒"声响。心中虽有些纳闷，但转念又想院内树影婆娑，自己又走得急促匆忙，也许是看花了眼，误将树影看成了人影。也顾不得再去多想，三步并作两步，径直朝汪县令的内宅走去。来到汪县令卧房门前，他轻叩房门，里面毫无反应。稍等了一会，他又举手重重叩了一下，还是没有一点响动。再用力，没想到门是虚掩着的，"吱"的一声门顺势开了。陈水生伸长脖子对着屋内轻声喊道：

"老爷，老爷！"

屋内仍无半点动静。陈水生心想，也许老爷昨晚睡得太晚，抑或多喝了酒，故此刻仍沉睡不醒。眼看就要耽误早衙开审，他只得壮起胆大声喊道：

"老爷！老爷！"

还是没有回应。陈水生小心翼翼走进。只见迎面的墙中央悬挂着一幅水墨山水中堂，画的是江水环绕的凌云山风光。图中凌云山九峰各貌、凌云寺红墙透迤、未竣工的大佛、曲径幽院、飞泉流瀑皆历历在目。下方有张长条书案，书案上凌乱地堆放着卷轴、书籍、稿笺。折进右边园门，一排四扇高大的竹制屏风横在当中，将一间宽敞的房子分为里外两间。屏风金黄锃亮，上面绘有福禄寿喜的吉祥图案。屏风后摆放着一张带榻板的雕花木床，米色的苎麻纺蚊帐低垂，榻板围栏上放有一件棉质短袍。

陈水生绕过屏风走到榻前，透过蚊帐窥视，榻中似无人。他心中奇怪，壮起胆子轻轻撩开蚊帐一角，果然枕席上不见汪县令身影。回头再看屋内，汪县令的锦缎浅绿色官袍、乌帽都挂在衣架上，皂靴也干净整齐地放置在下面。靠窗的方几上茶杯空着，壶里仅余少许凉茶。用鼻子挨近闻了闻，一股淡淡的酸馊味，显然不是昨天剩下的，心想难道昨晚汪县令没在房内过夜？正在纳闷，突然觑见窗户外有一团黑影。陈水生吓得一怔，随即大声喝道：

"哪个?!"

黑影一闪，顿时消失。陈水生转身出门，可不见半点踪影，环顾四周，也并无异象。

陈水生又惊又疑，在院子里左右张望。院子里一丝风也没有，草丛中虫鸣之声清晰可闻。他抓了抓腮，嘟哝道：

"大清早闯到鬼了。"

说罢不由心生恐惧，赶紧将汪县令的房门掩上，急步返回大堂。

此时县衙大门已开，大堂内曾县丞、王尉校、丁主簿等全体衙员三十多人都已候齐。陈水生跑上前禀报道：

"曾大人，汪县令不在。"

曾县丞"啊"一声，转头看了看属下和廊庑下及门外密密麻麻、拥挤不堪的百姓，急得小声嘟哝了一句：

"这咋办？"

县令乃是一县百姓父母官，导风化，听狱诉，收授民田，祭礼、籍账、传驿、仓库、堤防、盗贼等诸事都须县令统领。县丞为副职，辅佐县令；县尉分判众曹，催征税赋；主簿掌文书簿计，各司其职。

陈水生见曾县丞半晌未发话，鼓起勇气问："曾大人，时辰已到，要击鼓升堂么？"

曾县丞猛醒，犹豫一下，摇摇头说道："汪大人未到堂，属下岂能越俎代庖断理刑狱？更何况今天要审的这桩案子离奇古怪。昨日下午汪大人曾说要借此案顺藤摸瓜，查清陈年积案。故必须等汪大人到堂亲审。且再等一等。"

一时间众衙员哑口无言，心下暗中猜测。

今日要审的是杜宝山洞房之夜突发失心疯投水自杀案。告状人是投水自杀者杜宝山的寡母董氏，被告人是董氏刚过门的儿媳妇潘素梅。看审的百姓人头攒动，跬足引颈，单等汪县令一到，击鼓升堂，掷下令签，带上董氏和潘素梅审理。

龙游城百姓都想看汪县令如何审理这桩离奇古怪的案子。有关杜家的各种传闻早在龙游沸沸扬扬。董氏的亡夫原是京城户部一员小吏，辞职返乡后，因承揽凌云山弥勒大佛的修凿迅速富了起来，是远近闻名的暴发户。

弥勒大佛开凿是龙游开天辟地以来最轰动的大事，上至朝廷，下到黎民，上下几十年，牵动着千家万户，因而与之相关的事情无不引人关注。这会儿见县衙迟迟不升堂问案，看众中禁不住响起一片嗡嗡的议论声。

"杜家娃儿咋会发失心疯跳水？"

"这叫报应！他父亲若没黑吃大佛老爷的钱，杜家咋会落得这个下场！"

"莫乱讲。你咋晓得杜老爷吃了菩萨的钱？"

"家中有金银，隔壁有戥秤。我敢说杜家的宅子、粮行、田地都是黑吃大佛老爷的钱买的。"

"哎呀，人都死了，你们就少说两句。"

曾县丞心神不安，看了看衙役及外面黑压压的人群，小声唤道："丁主簿。"

"卑职在。"一个干瘦斯文的男人上前答道。

曾县丞故作镇定，开口道："此案十分离奇，董氏告新媳妇谋杀她儿子却又拿不出真凭实据，况且尸体也没找到。你把查到的情况细说一遍，以便审理断案。据本官推测，谋杀亲夫案十有八九与野男人有关。"

"是。"丁主簿清了清喉咙，向曾县丞讲起了案情。

第二章

　　杜家在河对岸乌尤坝。董氏嫁到杜家后，共生二子一女，可大儿子、小女儿及丈夫都先后离开了人世，仅留下杜宝山一子。杜宝山今年十六岁，敦厚木讷，缺少主见。董氏早就暗中托人四下物色儿媳，最后看中了龙游城邓记生药铺掌柜的小女儿，并下了聘礼。杜宝山开初并没反对这桩婚事，他对母亲一向是言听计从。可不料有一天，他突然提出要悔邓家的婚约。董氏大惊，反复追问，儿子才道出缘由，原来他暗中迷恋上了平羌镇的一位姑娘。
　　事情是杜宝山去平羌镇看百戏引发的。

　　平羌镇原是岷江边一个水陆驿站，既是嘉州通往成都的必经之地，也是南方诸生羌入蜀进京的通道，位于龙游县与平羌县交界之处，后因日渐繁华，逐步聚邑为镇。因地处交通要道，故王公贵族、商贾行旅、贩夫走卒等各色人物聚集，十分热闹。
　　杜宝山是个戏迷，只要听说附近有百戏，无论天晴下雨必定赶去观看。在名目繁多的百戏中他又最喜欢杂技。寻橦、绳伎、蹴毬、角觝、舞马、幻术、筋斗、旱船等等，令他百看不厌，其乐无穷。
　　每年春节、寒食、中秋都有走江湖的戏班到平羌镇演出。那天，杜宝山听说来了一个叫"九重天"的杂技班，不由心花怒放。第二天胡乱吃了几口早饭，便辞别母亲乘船前往。船过凌云山大佛时，他看见一个中年尼姑站在另一只船上仰望大佛，女尼回头时，眼中闪动着晶莹的泪光。杜宝山从小生活在大佛身边，早已熟视无睹，习以为常，见女尼对着大佛洒泪，反倒觉得稀罕，禁不住"嘿、嘿、嘿"笑出声来。女尼狠狠瞪他一眼，杜宝山吓得赶紧躲进船舱。
　　船快到平羌码头时，他的眼睛突然被一个姑娘窈窕的身影吸引。姑娘一袭深蓝布衣衫，腰间束了一条浅蓝丝带，一深一浅搭配得既淡雅，又别致，浓黑的发髻上插着一只闪亮的银簪。姑娘将裙摆绾起，赤足立于水中，用力洗涤一块很长的白布，不时弯腰立身，左右摆动白布，溅得水花四起，波光粼粼。杜宝山觉得有趣，便走到甲板前方观看。

一会儿，船靠近了。姑娘抬起头来，瓜子脸上一双美丽的大眼睛脉脉含情，抿着两片薄薄的红唇，嘴角处流露出几许俏皮和挑逗。见到这么一位美人，杜宝山不免心旌摇荡，一双眼睛盯着姑娘的脸看呆了。姑娘似无羞涩，反而有意无意地多看了杜宝山几眼。杜宝山哪里见过这等事，心中一阵慌乱，摇晃一下，差点跌到河里。多亏撑竿的船夫眼疾手快，一把将他抓住。姑娘见状，忍不住掩嘴一笑，白皙的脸上扬起一层绯红。

这掩嘴一笑，把杜宝山的魂儿勾了去。杜宝山呆在那里，回不过神来，懵里懵懂看着姑娘绞干白布，涉水上岸，从一条踏板跨上另一条船，转眼消失在密密麻麻的船篷之间。

杜宝山迷迷糊糊下了船，登上长长的石阶，心不在焉拖着步子往街上走。此时寒食节至，大地回春，梧桐竞开，柳絮纷飞，正是春游的好时节。三三两两的人用竹篮装上酒食到城外登山、野餐、露宿。由于寒食节禁火，须等两日后清明节才重新生火，故女人们无需下厨，便带了孩子在河边放风筝、划船、拔河、抛花球。好一派乐融融的过节景象。

杜宝山走了一会儿，忽然一阵风来，一片纸钱迎面吹来贴在脸上，他赶紧用手揭了扔开。可纸钱在空中旋一阵又飘落他的在头上，他只好将纸钱捏成一团踏在地上。当地人习惯寒食节前后扫墓，培新土，挂纸钱。由于禁火，纸钱未焚化，风一吹便四处飞扬。

杜宝山来到街上，这里早已锣鼓喧天，人声鼎沸，原来是九重天杂耍班在镇中的大榕树荫下圆场开局。四周密密实实地围几圈看热闹的人，杜宝山也凑了上去。少时，锣鼓声停下，只见一位中年壮汉走到圆圈之中向众看客拱手拜过，然后执起一根四丈多长的大竿。众人明白今日要表演寻橦。百戏中寻橦的难度最大，也最精彩，其技艺之高超无与伦比，因此格外受欢迎。壮汉一身黑衣黑裤，腰间系一条红绸腰带，头上裹着红角巾，十分精神利落。稍后，大榕树后闪出一位头戴红帽，身披青巾的妙龄女子。她笑吟吟地走到中间，拱手向四方看众拜过，转眼腾空跃起，攀上壮汉执起的大竿，围观的人群一阵喝彩。这时另一位身着红色衣裤的女子也紧跟着上场，不过她戴着半截彩绘面具，仅露出两片薄薄的红唇和尖尖的下巴。她几个腾空翻滚稳稳站住，随即绕场拱手拜过看众，然后纵身一跳，轻盈地攀上大竿。两个姑娘攀在大竿上，随着鼓点蹁跹起舞，有如机灵的猴子忽而悬着脑袋，忽而挂膝林梢，徘徊晴空，歌舞不辍。观者连连喝彩，报以热烈的掌声，铜钱像雨点一般掷向场中。第一位出场的姑娘从大竿上轻盈而下，一边微笑着向掷钱的看客拱手致谢，一边飞快地将洒在地上的铜钱捡起。头戴面具的姑娘仍在大竿上，忽上忽下，左右易之。精彩的表演赢得看众一阵阵惊叹之声。

杜宝山被围观的人拥来挤去看不太清楚，忙跑到大榕树旁茶馆的二楼上，寻了个靠窗座位坐下，因为前方没有遮拦，下面的表演看得十分真切。突然，他发现围观的人丛中闪过一个熟悉的身影，仔细一看，正是方才在码头所见的那位姑娘。只是她戴了一顶草帽，阴影半遮着脸庞，换了一身烟青色的裙衫。姑娘站在人群中看了一会，突然回头朝坐在茶楼上的杜宝山抿嘴一笑，然后转身离去。

杜宝山觉得那姑娘似在招呼他过去，二话没说将茶钱放在桌上，转身飞快下楼。可是那姑娘早已不在，他在人群中挨着寻找，始终不见踪影。杜宝山好生郁闷，早没了看戏的心思，闷闷不乐离开平羌驿。这一夜，杜宝山难以合眼，满脑子都是那姑娘的影子。第二天一早，他又赶往平羌驿，快到码头时又看见那位姑娘在河边洗衣物。当船要靠岸时，姑娘抬起一双美丽的大眼睛，朝他脉脉一笑。第三天亦是如此，杜宝山很想上前与姑娘搭讪，可姑娘却总是在船靠岸前匆匆离去。

第四天，当杜宝山满怀期望又赶到平羌码头时，却不见那姑娘的踪影。第五天仍不见踪影，直到最末一班船来了，他才不得不失望地离开。哪知船刚撑到江心，就看见那姑娘背着背篓出现在岸边。杜宝山无比懊恼，却又无可奈何。这时，身旁一老一少两个船夫的对话灌进他的耳朵：

"快看，潘姑娘来了。"

"心痒了？"

"嘿——"

"女人我见得多了！老子年轻时一表人才，哪个码头没有相好？胖的、瘦的、高的、矮的，啥子样的老子都有过。其实说穿了都是一个样，两头一蒙，中间全是西施、貂蝉、杨贵妃。过日子，婆娘会理家才得行。"

"你说潘姑娘这几日为啥天天在码头洗衣服？"

"我估摸潘姑娘暗下有了相好，借洗衣为遮掩来码头见面。我婆娘当姑娘时也曾天天在码头等我，那滋味，啧！啧！上刀山下火海我也甘愿。"

"潘姑娘看上谁了？"

两颗脑袋凑成一堆，一阵耳语。杜宝山将头伸过去，却什么也没听见，心中一阵颤抖，耳朵里嗡嗡作响。心神不定地赶回家，他立即央母亲托媒人到平羌驿潘家求亲，要娶那位姑娘为妻！

还没听儿子说完，董氏就沉下脸把儿子数落了一顿。但杜宝山表现出从未有过的倔强，非此女不娶！董氏气得一夜难眠，第二天悄悄托人去平羌镇打听，方知儿子迷恋的姑娘姓潘，名素梅，虽美貌勤快，却是水上人家女子。父亲是个大字不识的船夫，母亲年轻时还曾在花船上当过妓女。潘素梅是独女，今年十八岁，因老两口想招女婿上门入赘，故拖延至今未许配人家。

董氏坚决不许这门亲事，还请族里长辈来轮番劝说儿子，但仍无收效。杜宝山把自己反锁在屋里，不吃不喝。董氏又气又急，先硬后软，又哭又说，所有办法用尽，最终还是败下阵来向儿子妥协，尴尬地悔了邓家的婚约，然后托媒人去平羌驿潘家提亲。潘素梅的父母一听杜家的情况，满心欢喜，一口答应了这门婚事。董氏心中虽不乐意，但按规矩给女方家下了聘礼，找人择了吉日，杀猪宰羊，张灯结彩，布置新房，定了喜期。成亲那日，杜宝山万般欢喜。

哪知晚宴快结束时，突然新房里传来女人的刺耳尖叫：

"妈，妈！他疯了……"

须臾，只见新郎杜宝山披头散发，衣衫不整跑出洞房，径直朝大门外狂奔。稍后，新娘潘素梅惊慌失措地追出来，语无伦次告诉大家：杜宝山疯了！众人先是一愣，随即一同追出门去。追至江边，众人忽听远处传来"咚"的投水声，杜宝山的一只鞋失落在岸边。众人方知他跳河自杀，不禁大惊失色，手忙脚乱打捞一阵，却毫无收获。第二天天亮后，族里的年轻人沿河寻找，可是几十里河道找遍了，也不见杜宝山的尸体。

儿子投河，董氏肝胆俱碎。转念寻思，儿子怎么会冷不丁神智错乱？定是潘素梅暗中加害！左思右想，愈发觉得潘素梅一举一动可疑，必是为谋取杜家的财产而谋害亲夫。于是董氏一纸状书将潘素梅告至县衙。

丁主簿陈述完毕，曾县丞默不作声，众衙员交头接耳，廊下看众议论纷纷。

"曾大人，你看如何办？"丁主簿见曾县丞半晌没表态，只得小声追问一句。

曾县丞体弱多病，又胆小怕事，此时一着急，额上已浸出一层虚汗。听到丁主簿的问话，他却一拍惊堂木，开口说道：

"今日县衙另有急事，暂不升堂问案。退堂！"

如一盆烧红的炭火当头一瓢冷水浇去，廊庑下及门外的看众顿时一片喧哗，怨声四起，吵闹不休，半晌不肯挪动。最后，在衙役们的驱逐下，众人无奈，只得扫兴离开。

众衙员们领命出去寻找汪县令，可到了傍晚，一个个垂头丧气，空手而返。两天后，依然没有汪县令的半点消息。

曾县丞知道瞒不下去了，只得赶紧呈报嘉州府衙。

嘉州府统领八县，府衙与龙游县衙均设在同一座城中，一个在南面，一个在西面，往来距离并不远。

清平世界，朗朗乾坤，龙游县衙的朝廷命官突然不知去向，无疑是天大的怪事！嘉州府衙刺史杨忠接到报告后十分震惊，立即率人赶往县衙。

刺史杨忠长得白净儒雅，公务之余，喜与一些放浪形骸的文人墨客在乌尤山登高望远，饮酒赋诗，畅抒情怀。他曾对人讲，自己的一生充满了玄机。许多年前进京秋闱，他阴差阳错地被一个贵族的女儿看上，于是他这个乡下来的贫困书生一年内便有了人生两大快事：金榜题名、洞房花烛。夫人不仅带来丰厚的陪嫁，更带来深广的裙带关系。岳父是当今皇后娘家的亲戚，杨忠由此跻身于皇亲国戚之列。婚后不久，杨忠外放任职，从此一帆风顺，仕途通达，五年前迁升嘉州刺史。眼下在他自己华丽的宅院内，除元配夫人外，另纳了四房颇有姿色的小妾，过着有滋有味的生活。

曾县丞闻听刺史杨忠驾到，慌忙出来迎接，屈身拜揖，惶惶不安，将汪县令之事仔细叙述了一番。杨忠满脸怒色，数落众人道："一群废物！白拿朝廷的俸禄，成事不足，败事有余！居然连县令都丢失了，还咋能维护好坊区百姓治安？况且失踪两天后才呈报州府，怠忽延误，隐匿不报。朝廷一旦追究下来，你们一个个都脱不了干系！"

众人吓得急忙跪下磕头，噤若寒蝉。曾县丞的青衫早被虚汗浸湿，过了好一会儿，见杨忠愠色稍缓，才壮起胆子嗫嚅道：

"大人万望恕罪，此事端的突然。汪大人平日不喜属下跟随，独来独往，故出此差错。"

"汪县令在龙游可有好友？"

"没有。仅偶尔与凌云寺住持性空和尚对弈，算是棋友。"曾县丞摇摇头。

"汪县令会不会暗中有相好的人？"杨忠目光一闪，低声问道。

曾县丞听出杨忠的弦外之音，惊得一愣，想起前两位出事的县令，半晌才轻声答道："这，卑职倒从无耳闻，不过依下官看来，汪县令性情冷淡，对寻花问柳之事似无兴致。"

杨忠从鼻子里哼了两声，冷眼扫了众人一遍。说："此事不能再拖，必须立即详细具明上报。走，到汪县令居住的内宅看看。"

推开汪县令的房门，见书桌和书柜十分凌乱，书籍、卷帙杂乱无序。杨忠皱了皱眉头，说：

"将汪县令的卧房和书斋都仔细搜查一番，书籍、衣物、茶杯、茶壶一样都不要放过！"

翻了一阵，曾县丞有点疑惑不解，又有些犹豫不决地说："杨大人，卑职觉得这屋子似曾有人翻动。"

杨忠一愣，忙走过去问："何以见得？"

曾县丞答："汪大人平日甚爱整洁，书帙放得整齐有序，可是眼下却很乱。再有就是书架后隔板上的尘土上似有新触动的痕迹。"

杨忠说："那就快查一查是否短少了值钱的东西。"

几个衙役四处细看，但没发现其他可疑之处。杨忠一无所获，表情沮丧，只得命人将汪县令邸宅门上贴了封条，并将其所有信札、笔记全都捆起来，说是搬回州府中封存，日后交刑部勘验。

第三章

　　龙游县属剑南道西川嘉州府管辖。县城依山傍水，前有沫水、青衣江、岷江三江环绕，后有高标山、海棠山二山相依，四季分明，山清水秀，景色如画。境内五谷丰饶，鱼米鲜果应时而出，因河运而通达四方，故商贾云集，店肆林立，买卖兴隆，百姓富足。

　　龙游县汉代时名南安县，属犍为郡。后周时置平羌县，隋朝初年为峨眉县，以后又改名为青衣县。隋文帝杨坚率兵伐陈时，因在此见龙显现于江中，引舟前行，认为是上天对他的昭示，乃瑞祥之兆，故更名为龙游县。

　　端午节临近，停泊在岸边的彩船早已用油彩通身描绘一新，鲜艳夺目。每年端午节，龙游县都要在江边举行盛大的龙船赛，此为龙游一年最热闹的时光。嘉州府所辖的龙游、夹江、平羌、玉津、犍为、峨眉、绥山、罗目八县每年都要派船队前来参加赛龙船比赛。

　　拱宸门外的岷江河岸上早已彩台高筑，披红垂绿，旗幡招展。届时获胜的龙船队将到彩台上亮相，并由刺史亲手发给奖礼。这几日城中各家的女主人都在忙着打扫清洁，拆洗被褥，包粽子，泡雄黄酒，腌咸鸭蛋，杀鸡砍鹅。男人则到山上、水边采集菖蒲、陈艾等草药，悬挂在各自的门窗上，并用这些草药熬水泡澡，以避免夏季生疮害病。妇女、小孩和老人的脖子上早早就坠上外用青、赤、黄、白、黑五色丝线刺绣，内以丁香、雄黄、艾叶、藿香、苍术等提神醒脑、芳香除湿的草药填充的香囊。到龙游走亲串友的外乡人陆续到达，客栈生意红火，茶馆座无虚席，戏院里锣鼓铿锵，街上熙熙攘攘，各色小吃沿街叫卖，行人接踵而至。大家都等着五月初五那日看精彩的龙船赛。

　　接连两日的大雨，给炎热的天气带来凉意。端午节清晨，雨过天晴，凌云山红崖叠翠，大佛慈目含笑，宽阔的江面上白烟升腾，远山逶迤，犹似一幅美妙绝伦的风景画。

　　此刻，龙船赛即将开始，拱宸门的彩台下早已是人山人海，水泄不通。歌声、笑声、说话声此起彼伏，四处呈现出一派歌舞升平的繁荣景象。岸边攒动的人头中，忽见十几顶凉轿连成一队，官府排场前呼后拥，威风凛凛，喝道而来。看热闹的百姓赶紧闪至两边，迅速让出一条通道来，引颈踮脚争相观看。十多位衙署的仪从早已恭候两侧，见刺史杨忠下轿出来，立刻弯腰致礼。公选出的四位船队代表，年轻健壮，体格敦实，相貌堂堂，白上衣黑短裤，腰系宽边红绸带，绑腿芒鞋，利爽精神，从左右两边扶杨忠由悬梯走上彩台。台下几十个皮肤油黑发亮、精神焕发的桨手一阵大声举手喝彩，随后锣鼓齐鸣，唢呐声声。其余官员、乡绅依次陆续由悬梯登上彩台。

杨忠满脸喜气端坐于彩台前排，着一套深绿色锦缎官袍，腰系玉带，头戴乌纱，脸如满月，目如远星，白净而又富态。一边品茶，一边怡然自得地摇动手中檀香木折扇。杨忠官居五品，署下佐官别驾、长史、录事参军和司功、司仓、司户、司田、司兵、司法、司士七曹参军，以及龙游县丞、校尉等一应大小官员依次坐在后座。当地乡宦、富商、文人雅士等行首头面的人物，今日也都着一身簇新的衣服上台观看。彼此拱手寒暄，喜形于色。

随着噼里啪啦的鞭炮声，河面上升起一排密密的水柱，龙船比赛开始了。但见一溜龙船整齐排列，船身狭长，其外形似龙，龙头高翘在前，龙尾低垂在后，龙爪、鳞甲栩栩如生。船身从头至尾精雕细刻，描金彩绘，鲜艳夺目。听到开赛的信号后，各船上的十二名桨手，两人并排而坐，应着船头鼓手的节奏拼命地向前划。鼓手扬着两个鼓槌疯狂地擂着牛皮大鼓。舵手则一手把长长的尾桨，一手指挥船桨手，和着响亮的鼓点向桨手们大声呐喊。河中各船拼命挥桨，不甘示弱，浪花四溅，龙船飞驰。岸上喊声震天，人头攒动。

巳牌时分，龙游县衙门口。锃亮的铜钉大门紧闭，雪白的重檐照壁下冷清无人。端午节是朝廷官定节日，衙门里空无一人。

"咚！咚！咚……"龙游县衙告状报官的大鼓猛然响起。

好一阵，曾县丞才乘一顶凉轿，带着几个衙役匆匆赶到县衙大门。

"何人击鼓告状？"

"老爷，小民杜连生与表弟张绰在乌尤坝江边收网捕江团，见到这具死尸，是一只破船船底的铁钉挂住了死尸的长衫，小民即与邻里将尸体抬到县衙报官。"

曾县丞一怔，忙下轿走过去，蹲下身子轻轻掀开草席一角，顿时脸色大变，惊叫一声：

"啊——汪县令！"

曾县丞感到一阵眩晕，耳朵里嗡嗡作响，头顶冒出冷汗。惊恐之中，他不觉朝凌云山大佛望了一眼，只见大佛神情肃穆，嘴角处似露出一丝冷峻之色，不觉双膝发软，忙合掌躬身轻声祷道：

"大佛老爷保佑！"

此刻，河边龙船赛刚结束，正在进行另一项赛事：抢鸭子。

生活在江边的龙游百姓，再贫穷的家庭都要在端午节这天尽情快乐一番。他们尤其喜欢这项男女老少都能参与的水上活动。

龙船赛决出胜负后，由获胜的船队将事先精选出来的一百只鸭子，以船载入江中，边划边抛入江中。让泅在江水中的人奋力去抓，谁逮着就归谁。这些鸭子事先用红绸彩带等做出漂亮的头饰戴在头顶上，羽毛上又涂抹上朱砂、雄黄、烟青等各种颜色，看上去鲜艳夺目，活泼可爱。鸭子都是选择三斤左右的公鸭，身轻善跑。抛下河前又用小刀在脖子上划一条小口，并抹上一点盐，鸭子因疼痛片刻不肯安宁。即便是身手敏捷的年轻人，也不容易捕捉。除水性、体力外，抢鸭子还需手段和运气，故格外吸引人。

忽然，一名衙役急匆匆地赶到刺史杨忠跟前，耳语了几句，只见杨忠脸色大变，带众官员离席而去。众百姓不由满腹疑惑，禁不住好奇心驱使，也赶往县衙打探。不一会儿，县衙里外就密密匝匝站满了围观的人。

杨忠紧锁眉头走下轿，看了看停放在竹凉板上的汪县令尸体，一边让发现汪县令尸体的杜连生将前后经过详述一遍，一边命仵作将尸体详细查验一遍。

仵作验过尸后，道："禀大人，尸体完好，并无一处创伤、血迹、紫瘀、索痕等，系三天前溺水窒息而亡。"

杨忠低声责问曾县丞："汪县令下河游水，为何不带随从？"

曾县丞苦着脸答："回大人，汪县令并不会游水。"

杨忠一怔，又转头看了看其他衙员，问："汪县令到河边干什么？"

大家相互看了看没作声，都不明白汪县令怎么会被淹死。

"哪一个在河边见过汪县令？"杨忠眼睛扫过廊庑下围观的百姓，大声问道。

一阵沉默，好半晌人群里才有一个男人怯生生地答道：

"小人，小人三天前曾见汪县令在河边钓鱼。"

人群中一阵窃窃声。杨忠大声说道：

"下方何人？大声回话！"

一个衣衫不整的干瘦男人被人推到前排，两个衙役走过去，让他向前几步说话。

男人低头走过去，跪在地上说："老爷在上，小人名唤肖二。"

杨忠上下打量了一番肖二，问："肖二，你作何勾当？又在何处见到汪县令？"

肖二低下头，两只眼睛滴溜溜地转了两圈。答道："小人家住在铜河碥……是……"

廊庑下人群中有人小声讥笑道："肖二是条滚龙。"

"一条干滚龙，到处滚来吃……"

人群中发出哄然大笑，肖二恼羞成怒，回过头愤愤地小声骂道："尿，龟儿子爬开点，下老子烂药，当心嘴上长疔疮。"

人群里又一阵嬉笑，杨忠眉头一皱，"叭"一声拍响惊堂木，堂下乱哄哄的声音顿时安静下来。杨忠喝道：

"公堂之上，休得胡言乱语！否则叫你们皮肉受苦！"

堂下顿时鸦雀无声。曾县丞小声对杨忠说道：

"杨大人，肖二没有固定职业，是个闲汉。"

杨忠鼻子里轻轻嗯了一声，开口道："肖二，快把你见到的从实讲来。"

肖二点点头，说："是，老爷。三天前天麻麻黑时，小人独自在河边闲转。快到东津渡码头时，看见远处一个男人站在河边钓鱼。那天他就穿这套衣衫，还戴了顶草帽，东张西望，好像有点着急的模样。小人并不知他是县令大人。"

杨忠低声问曾县丞："汪大人喜欢钓鱼？"

曾县丞忽然想起什么，说："卑职差点忘了，汪县令最近是迷上了钓鱼，且颇为上心，晚上常独自带上渔具去河边。"

杨忠若有所悟，转头问肖二："当时附近还有另外的人吗？"

肖二想了想："没有。那日午后下了一阵瓢泼大雨，直到黄昏时分雨脚才收过，地上到处是水凼凼，一路上不见一个行人。"

杨忠追问道："肖二，你跑到那里去干什么？"

肖二顿时面露尴尬，答："小人，小人啥都没干，只是走耍。"

"他去偷看那些花船上的粉头……"有人小声嘀咕一句，于是人群中又爆发出一阵哄笑。

原来东津渡码头附近停有不少花船，那些花船船身比货船稍小，也无樯桅，上面挂着彩灯和各自的匾号。有的船身画栏雕柱，有的简单平常，这些皆由船主财力而定。每只船上都养有几名烟花女子。入夜后彩灯闪亮,那些女子便搽抹上厚厚的胭脂唇彩,穿红系绿,站在甲板上搔首弄姿,招引客人到花船上吃酒玩乐。花船上的女子比陆上妓馆行院中的女子身份更低。她们多是些从外地拐卖来的姑娘,相貌平平,不解骚墨,不善歌舞,靠着年轻的身体,长年生活在狭窄的船上,侍奉各种身份较低的人,甚至粗鲁的苦力、贩夫和屠夫。这些女子不时也到岸上走走,买些生活用品。周围的男子总爱趁机与这些女子搭讪、调笑,甚至动手动脚占点小便宜。因此城里不少闲汉、泼皮、乞丐总爱在附近转悠。

杨忠皱了皱眉头,令人让肖二录了口供,并盖手印画押。接着,他又令人立即选一口上好棺木将汪县令殓了,还吩咐曾县丞将汪县令不慎溺水而死一事详细写下,上报刑部结案。杨忠一直在县衙耐心等曾县丞写完,签画了案牍,才起身离开县衙。

话说当晚,在乌尤坝江边与表哥杜连生发现汪县令尸体的少年张绰突然病了,全身发热并不断说胡话。母亲黄氏忙去请郎中。郎中切脉后,说是日间受了惊吓所致,服完一服药便会痊愈。黄氏给儿子喂完药后,见他睡稳,便起身去杨大人府上找丈夫要点银子。

张绰的父亲张大有是刺史杨忠家的厨子,其妻黄氏经常出入刺史府,故熟门熟路。今夜她抄了一条近道走,拐进一条晚上极少有人的窄巷。穿过这条窄巷,向左走又是一条小街,刺史府的后门就在那条安静的街上。

黄氏提着灯笼走进黑黝黝的小巷,见前后无人,心中有些害怕,急匆匆往前走。走了几步,便听到身后有"沙、沙"的声响,似有人跟随而来。黄氏有些惊恐,便向前小跑,可身后"沙沙"的声响也跟着快起来。黄氏转过一个弯,停下来往后看,却又什么都没有。刚转过头,只见墙上闪过一个高大的人影,心中一惊,忙紧贴墙根蹲下,不料那影子也躲闪不见了。黄氏禁不住全身发抖,等了一会见没有动静,便慢慢站起来,没想到黑影又迎面升起。黄氏正要大叫,忽又豁然明白过来,不禁暗笑起来,原来是自己的身影,方才身后的响动竟是走动时衣裙的摩擦声。黄氏弯腰抖了抖衣裙,正直起身来准备前行,却突然与迎面走来的一个人撞了个满怀,灯笼跌落在地,滚到一旁熄了。顿时一片漆黑,黄氏吓得"啊!"的大叫一声,没想到对方也跳起来,发出惊恐的怪叫:

"鬼!有鬼……"

须臾,黄氏听出对方是街坊肖二,悬起的心才放了下来,埋怨道:

"哎呀！肖二，你乱叫唤啥子？吓死我了，我是黄三孃。"黄氏在家排行第三，街坊都称她黄三孃。

肖二翻了一下白眼，扶着墙边，余惊未消，粗声喘气，喷出一股股浓烈的酒气，手里的一大包东西掉在地上。

肖二的爷爷是城里最好的裁缝，与黄氏同住在一条街上。他家的日子本来还算富裕，没想肖二的父亲却是个病秧子，整天抱着药罐度日，将祖上留下的薄产耗尽后就撒手离去。肖二母亲靠帮人洗衣缝补将女儿、儿子艰难地拖大，女儿嫁到邻县一户小康人家，一日三餐不愁。没想到儿子却是个好吃懒做的闲汉，三十多岁依旧是一条光棍。整日东游西荡，不务正业。但凡手上有两个钱，不是买酒喝，就是扔到烟花柳巷里的妓女手上，非但不能养活老母，反倒不时朝母亲伸手，把姐姐私下给老母的钱都想法悉数讨去。街坊们可怜他的老母，经常帮助老人家挑水劈柴，并不时施些柴米蔬果，肖二母亲才勉强能维持生活。

肖二摇摇晃晃，终于辨清站在面前的人，涎着脸皮调笑道：

"哎呀，黄三孃是你哟！我还……以为撞到鬼……鬼了。哎呀，沙参都被你吓落了……"

黄氏是个心直口快的人，方才受了点惊，吓蒙了，此刻缓过劲来，一串连珠炮般地吼道：

"撞到你这个鬼了！我看你龟儿子马尿水喝多了，酒醉兮兮的乱窜！"

肖二从衣襟里拿出一锭雪白的银子在黄氏眼前一晃，得意扬扬地说：

"我有银……子！你敢……说……老爷的好……酒是马尿……水！小心拿你去喂鱼……"

黄氏略一愣，问："你喝了哪位老爷的酒？"

肖二结结巴巴地答："不告诉……你，我发……财了……明天买鸡炖沙参吃。"

黄氏忍不住捧腹大笑："你龟儿吹牛不犯死罪！看把天吹破了下雨，老娘可没带蓑衣斗笠哦，淋雨害病你付汤药费？请你龟儿子喝酒？请你喝洗脚水还差不多！"

肖二"嘿、嘿"干笑了两声。手舞足蹈地争辩道："你门缝里看人！春……香……坞的翠花奶子又白又大，她说我是海椒运，越……老越红。还……说要跟……跟我一起过……让我把她赎出……来，拜堂，成……亲……"

黄氏没等他说完便打断道："呸！看把你脑壳想昏了，你龟儿子在做春梦,过干瘾。跟你一起过?恐怕吃屎还要掺沙哟!"

肖二瞪着一双发红的眼道:"你……不信,你去问……她!"

黄氏一脸不屑,鼻子哼了两下说:"蒸(真)的,怕是煮的、炒的、炸的哦!我吃饱了,还跑到那种地方去问?走,走,难得与你龟儿子鬼扯!我还有事,不要挡了我的路。"

黄氏懒得再与他磨牙斗嘴,枉费精力,侧身绕过。黄氏刚走两步,肖二便摇摇晃晃"咚"的一声倒下。

黄氏的丈夫张大有刚把厨房收拾停当,正坐在后院小屋里喝茶。黄氏将方才在小巷遇到肖二的经过及肖二白天在县衙作证的事告诉丈夫。张大有听后一脸不屑地说:

"肖二就会吹牛,他龟儿的话一句也听不得!"

黄氏一脸认真:"我见他手中拿了一锭白花花的银子!"

张大有鼻子里哼了一下:"他啥子红运来了,能挣下一锭银子?定是用锡纸裹了黄泥掐的假银,那些泼皮无赖常以此诈人。"

黄氏恍然大悟,忍不住咯咯大笑起来。张大有伸了伸懒腰说:"今天彭员外和美兰也到杨府来做客了。"

黄氏一听彭员外来了,顿时好奇心大增,忙问:"美兰眼下怎样?"

美兰是彭员外的少妻,也是张大有的远房侄女。美兰祖上本是有钱人,但祖父嗜赌如命,偌大家财从指缝中慢慢散光。祖父死后,仅给美兰父亲留下凌云山下一处空旷破旧的老宅,以及十多亩薄田。美兰家里虽不富,但她人却长得俊俏,细皮嫩肉,一双凤眼秋水荡漾,走路如风摆柳枝,很引人注目。她原本是订了婆家的,正在准备成亲时,不料男方却得急症,一命呜呼死了。美兰从此郁郁寡欢,愁眉不展。恰在这时京城退休官员彭员外来此,意欲续弦定居,在凌云山下购一风水宝地建房,颐养天年。美兰父亲得知后即刻托乌尤山脚下卖小吃的罗六孃去说合,谁知也是先天有缘,一说便成。于是彭员外干脆买下美兰家的老宅,另送了许多财礼,纳了聘金。将老宅修葺一新之后,彭员外择了吉日与美兰成了亲。彭宅没有三妻四妾,上下仆人都尊称美兰为太太。美兰十分开心,父母也满心欢喜带了钱财返回峨眉乡下安住。

张大有答:"美兰已有了六个月的身孕,彭员外今日是专程陪美兰进城看龙船赛的。"

"你说彭员外怎的放着繁华的京城不住,偏偏跑到乌尤坝那个小旮旯定居?"

"吃酒不吃菜，各人心头爱。美兰说彭员外喜欢龙游这地方，尤其对凌云山大佛十分在意，凡与之有关的事必留心反复询问，还经常独自到凌云山周围散步，连山脚下那些墓志、碑文都要看个仔细。"

"你不觉得他行止有些怪异么？大佛与他何干？"

"我懒得费神去想。"

"憨包。"

"憨人有憨福。"张大有一笑，从卧室枕头下取出一个小布包，交给黄氏。黄氏拿了钱，辞别丈夫出了杨府。

此时周遭一片冷寂，几声宿鸟鸣啼，扰得黄氏有些不安。天边断断续续地划过几道闪电，一阵阵闷雷声传来。突然，一道闪电划过，惊得黄氏抬起头来，她突然发现对岸凌云山大佛面呈忧虑之色。黄氏大惊失色，忙作揖念道：

"阿弥陀佛，大佛老爷保佑我全家平安。大佛老爷早日修完，龙游平安无事。"

第四章

成都平原，岷江水面开阔平稳，两岸柳、杨成行，浅丘青翠。一艘官船从成都顺流而下。船上坐着新任龙游县令陈兴德。他身着簇新的水绿色官服，怀揣盖有大红印玺的吏部牒文，赴嘉州龙游县上任。

陈兴德四十出头，身材瘦高，背微驼。苍白的面皮泛着青色，颧骨突出，两眼透出冷峻和深沉。

风和日丽，天清气爽。站在船头的闸板上，望着开阔的岷江，陈兴德感慨万端：世事难料啊！五年前，他是朝廷七品官平羌县令，一夜之间突然变为阶下囚，今天却又成了朝廷七品官龙游县令。

至今，他对自己当年为何入狱，仍然大惑不解。

陈兴德生于江夏陈家湾的一个小康之家。当时正值大唐盛世，天下太平，开科取士，他从小认真读书，虽没有进过官学，但从乡贡到京城吏部考试，一步步过关斩将，取得功名，从京城外放至嘉州府下辖的平羌县任县令。

约莫是五年前的七月初一，那天天气有些闷热。中午时分，县衙众人都在休息，里外十分安静。陈兴德午饭后在内衙书斋的竹榻上睡得正香，管家陈仁忠匆忙走来将他唤醒，轻声说：

"老爷，有位南先生送来一封信，说是要见老爷，此刻正在外厅等候。"

陈兴德睡眼惺忪，接过管家呈上的信。封套上醒目地写着：平羌县令陈兴德亲启。左下角有嘉州刺史府的大红印。

陈兴德立刻清醒过来，这是赵刺史的亲笔信。凭多年官场经历，他知道凡是持有上司亲笔信函的客人，定是重要人物，万不可怠慢。

从竹榻上起身，陈兴德一口气喝干杯子里的凉茶，坐到桌前的椅子上。他伸手从抽屉里取出裁纸竹刀，小心将封套裁开。信套中装有一张官府公笺，上面简短地写着几行字：

陈兴德密鉴：

南诏国朝贡使臣木罕一行，欲在平羌县稍行耽搁，望隐其姓名，多予照顾便宜为盼。

陈兴德又看了一遍，见末尾赵刺史的签名有点异样，便面露疑惑，自言自语道："这字似与往昔有些不同。"

管家凑近看了一眼，语气肯定地说："兴许赵大人写得匆忙了些。"

陈兴德释然，吩咐管家道：

"快请木罕，不，请南先生到内衙书斋就座。"

陈兴德迅速穿戴停当，回到内衙书斋。管家进来，呈上一张大红名帖。名帖上写南旺二字，身份是永盛商号管事。陈兴德抬头，只见一个中等身材、皮肤黑亮的中年男子跟着进来。陈兴德拱手道：

"不知南先生光临敝邑，有失远迎。"说着又飞快地打量这位化名南旺的南诏使臣。但见来客约三十七八岁，皮肤黝黑，清瘦干练，目光犀利，着一袭淡青色的葛袍，头戴黑弁帽，脚蹬黑布鞋，浑身汉地装束。若不是刺史在信中言明他是南诏使臣，陈兴德觉得他与本地汉人并无二样。

南旺长揖答礼，陈兴德请他入座，管家送上两杯热茶后，识趣退下。

陈兴德道："南先生的事赵刺史大人已有吩咐，有何要求但说无妨。"

南旺用一口流利的汉话说道："谢陈大人。赵大人与鄙人是老相识，只因两国阻隔，久疏往来，此次在嘉州府衙换过境文签，顺道去府上拜见，自是欣喜万分。我们欲在平羌县停留，等待信使到达后才启程上路。赵大人得知后，怕我们在平羌有不便之处，故特意给陈大人修书一封。"

陈兴德点点头，南诏原与大唐友善，年年朝贡，时常途经嘉州去长安。然自从与吐蕃结盟后，便断绝了两边官方往来。眼下南诏突然派使臣到长安朝贡，不知又有什么新举动。因大唐与南诏的关系复杂多变，陈兴德不便多问，便绕开话题说：

"南先生的汉话很地道，倒像我大唐人氏。"

南旺一笑，说："鄙人自幼随经商的父亲出入剑南道，曾在长安住过两年，去过京畿之外好些州县，故对大唐语言、礼仪倒不生疏。"

陈兴德点点头："原来如此。容我冒昧问一句，刺史大人信中要我严隐你的名讳，难道南先生有什么不便之处？"

南旺摇摇头答："没什么不便，只是想少些麻烦和应酬。我们此次带了南诏的山珍野味进京朝贡，略表大王的一番心意。只是我们的船出了点问题，一时难以修复，想求陈大人另换一只官船。"

"这个好办。"

"谢陈大人。我们这两天滞留平羌,正好可将平羌的风景名胜游览一番,自由自在,没有拘束,故没去驿馆。只是给陈大人添麻烦了,多有打扰。"说罢再次拱手致谢。

陈兴德松了一口气:"南先生不必客气。若论风景名胜,平羌县虽不如龙游县,但可游玩的地方也有好几处。譬如位于南街的正觉寺乃前朝所建,尤以壁画称绝。碧云山苍崖秀壁,飞泉流瀑,是文人墨客们常聚会吟诗的佳处。回头我找一个人陪你们去。"

南旺忙摆手说:"不用,不用,谢谢陈大人一片盛情。衙里公务繁忙,就不劳陈大人费心,我们自己去就行了。"

陈兴德见南旺一再推辞,也就不再勉强。

陈兴德一边与南旺说话,一边在心里推测他们停留平羌的原因。估计他们是想在平羌驿的离尘苑乐埠玩耍一番。

平羌驿有一处唤作离尘苑的乐埠,里面多是花街柳巷。香风吹拂,绣楼鳞次,处处调粉弄脂,户户品竹弹弦。蜀地各州、县的王公贵族,富豪商贾,骚人墨客,都喜欢到这里寻欢作乐。这里是远近有名的温柔乡,也是个纸醉金迷的销金窟。特别是内中有个棠香坊,更是在离尘苑占尽风光。坊中美女如云,每日檀板丝竹之声不绝于耳。因是朝廷助立的歌院舞场,不时会送名角到京城皇宫。因此,不少想在舞榭歌台出人头地的女子,无不以能进棠香坊为荣。

陈兴德身为县令,洁身自好,从未进过这地方。但他知道许多男人都喜欢在那里寻欢作乐。

"不知南先生还有无其他事?带了几位随从?"

"仅一名随身,唤王二。另有四名运货的脚夫,在码头的船上过夜。陈大人不必费心张罗,只需为我俩安排一处干净旅店就行,千万避人耳目。等信使一到平羌,我们即刻动身上路。"南旺答。

陈兴德唤来管家,安排南旺一行去县衙后街的息尘旅店住下。

晚上,陈兴德在家查看儿子陈成写的文章。陈兴德膝下仅有一子,故疼爱有加。儿子今年十五岁,从小敏而好学,聪慧沉静。陈兴德已给京城的朋友写信,拟在明年春天送儿子到长安求学。

陈兴德父子俩正说着文章功名之事,管家从外面进来。陈兴德问:

"那两人可是去了离尘苑?"

管家摇摇头,答:"没有。依小人看来,他们好像不是冲着平羌驿的离尘苑而来。听息尘旅店的伙计说，南旺下午在码头岷江茶馆逗留了好一阵。那是个下等茶馆，破旧嘈杂，贩夫走卒，三教九流，各色人物出没其间。不过，倒是个消息十分灵通的场所。"

陈兴德有些疑惑不解："南旺去那种地方做啥？放着好好的驿馆不进，却偏要住隐蔽的旅店，又跑到岷江茶馆那种地方去，真有点让人猜不透！"

管家说："小人也觉得他们行止怪异。那王二看上去虎背熊腰，猛悍结实，倒像个拦路剪径的响马。"

陈兴德略为吃惊，但转念一想，王二也许是南旺的保镖，于是说："明早你再去息尘旅馆看看。他们与刺史大人有关，不可有任何差池；否则赵大人那里不好交代。"

"是，老爷。"

接连两天，南旺和王二每天都出去游玩，天黑后才返回客栈休息。管家将从息尘旅店伙计那里听到的消息禀报陈兴德。

第三天上午，管家匆匆来报：南旺自己付了旅店的食宿费，天尚未亮便离去，并让息尘旅店伙计送来一封信。

陈兴德打开信，见信中写的不外是些因时间紧迫，不容前来告辞，已匆匆登船启程，深表歉意云云。

陈兴德有些不悦，心想连个照面都不打就离开，便皱着眉头将信折起放入封套中。管家见状劝慰道：

"老爷，休要放在心里。他们的信使可能催得急。再则那些南蛮喜怒无常，不通我汉地礼仪习俗，行为做事自有些怪异。"

陈兴德面露一丝忧郁，轻声自语："我总觉得有点儿不对劲。"

数日后的一个清晨，县衙大门刚开，一个男子前来报案。这男子四十多岁，身上着一件半新不旧的麻衫，上面滚满了泥渍，左脚上趿着一双草鞋，脸上手上到处留有划伤，情形极为狼狈。这男子当堂跪下，流泪哀告：

"小民朱顺，遭人谋害，请老爷做主。"

陈兴德见他老实忠厚，问道：

"朱顺，你将事情原委细细道来。"

朱顺擦干眼泪，心有余悸地说：

"禀老爷，小人家住熊耳峡乡间，是个骟猪匠。两天前，家里来了一个麻脸男子，拿出一锭银子放在桌上，说他的一个同伴摔伤了，让小人去帮忙看一看。小人对麻子说我只为畜生看病，从不曾为人治病。可他不由分说就拖着我带上家什就走。走到那里一看，把小人着实吓了一跳。见一个年轻男人躺在地上，已经晕过去了，下身又红又肿，周围血淋淋的一片。小人从未遇到过这样的事，怎敢贸然下手？正不知所措，麻子怒起，掏出刀子搁在小人脖子上……"

陈兴德身子往前一凑，问："你为那个人治了吗？"

朱顺可怜巴巴地说："小人对麻子说道'大爷，小的只是个骟猪匠呀！求你另找郎中医治吧。'麻子脸一黑，说'休要噪舌啰嗦！还不快动手！救不了他，你也休想活。'说毕又将刀子在小人面前晃了晃。小人怕麻子杀我，只好壮起胆子干……呜……"

陈兴德问："结果呢？"

朱顺哭丧着脸说："最终没能保住那男子的卵米子。他卵米子四周的筋全扯脱了，无奈之下小人只能像骟猪、骟马一样，把他的两颗卵子米刨了，将卵袋子缝合，再敷上治创伤的药膏。"

陈兴德面露忧悯之色："如此他不成了阉人么？"

朱顺苦着脸点头："老爷说的是。可是命总比卵米子重要，虽没了卵米子，却捡回了一条命。"

"后来呢？"

"不想事后麻子并不领情，待小人站起来时，一掌将小人推下山。若不是大佛老爷保佑，被崖上的树枝挂住，小人早就没命了……"说着忍不住呜咽起来。

陈兴德心中奇怪，紧锁眉头又问："麻子和受伤的男人长得什么模样？"

朱顺正要开口，忽听背后一阵喧哗，大堂里突然闯进一队手持刀剑、凶神恶煞的官兵。朱顺喊了一声"天啊！"两腿一软倒在地上。陈兴德站起来正要质问，不想为首的军官上前开口道：

"谁是陈兴德？"

身穿七品官服的陈兴德听到这明知故问、不怀好意的话，瞅着对方，没好气地反问："既是官差，难道不识得这官服上的图案么？本官倒要问你是谁？"

不料对方眼睛一瞪，并不买账，转身对手下人喝道："将他拿下！"

陈兴德一拍桌案怒道："休得胡来，我乃堂堂朝廷命官！尔等凭何抓我？"

"我等奉命行事，望陈大人好自为之。"

"你——"话未落音，大堂内顿时一片混乱，陈兴德还没明白怎么回事，就被几名士卒绑了起来，并立即押往成都。他感到莫名其妙，追问缘由，官兵们只有四字回答：奉命行事。

那日正是七月十五。一路上，见百姓均在祭亡灵，陈兴德心中惴惴不安，哀叹道：鬼门关开了，难怪小鬼缠身。

在成都大牢，他从审讯官的提问中才渐渐明白了事情的缘由：从南诏国来的使臣在平羌县熊耳峡遭一伙水贼抢劫，不但掠去钱财，还将使臣和船工全部杀死，沉船江底毁尸灭迹。此案中仅一名船夫负伤逃出，这船夫好容易才遇到一位路过的农夫，求他赶紧到官府报案。但由于失血过多，这位船夫也很快死去，没来得及提供水贼的线索。审讯官斥责陈兴德身为朝廷命官，对辖区治理不力，致使盗贼猖獗，杀人越货，打劫进京的贡品，发生了这一惊天惨案。

陈兴德全力申辩，但主审官并不理会，还告诉他嘉州赵刺史也受了牵连，正在接受审查。

陈兴德叫苦不迭，纵有一千张嘴也难以说清。平羌县一向平安，虽偶有泼皮无赖或盗贼生事，做那没本钱的生意，但一般是劫人钱财，不伤性命。而县衙一旦闻报，追捕缉拿从不姑息。陈兴德在平羌理政多年，事事勤勉，没想到竟落得这般下场，叫天不应，叫地不灵，唯有伤心垂泪。

一个月后，陈兴德的妻子花费不少钱财打点，才偷偷摸摸到监狱里与丈夫相见。从妻子口中得知，南旺一行是南诏王异牟寻私下派往长安的特使，意欲请求弃蕃归唐。因南诏目前与吐蕃仍未公开翻脸，故暗中派人来大唐。陈兴德听罢，心中更是叫苦不迭。他又问："陈仁忠怎么没陪你来？"

陈妻呜咽道："你出事后，他上吊自尽了。"

陈仁忠是陈兴德的亲属，论辈分是陈兴德的长辈，跟随陈兴德多年，感情十分深厚。

陈兴德又是一阵伤心，叹道："他因我也受到无端牵连。你尽快带成儿回长安乡下去，千万别耽误成儿的学业。成儿聪慧过人，将来必能金榜题名。"

陈妻愤愤不平道："南诏使臣在熊耳峡被劫贼杀害，为何要由你承担责任？"

陈兴德说："唉，他们在平羌境内遇害，我这个父母官自然难脱干系。此外，嘉州刺史赵大人申明他当时外出公干，是属下给使臣办的过境文签，他自己根本没与使臣见面，写信之事乃子虚乌有。如今使臣死无对证，我是

有口说不清！"

陈妻道："赵大人已被贬到外地，嘉州通判杨忠补任了刺史。"

陈兴德一惊，面露愠色，说："杨忠这个平庸之辈，居然平步青云！"

陈妻道："杨家正大宴宾客，庆贺他荣升。妾身上门去求他夫人，想请杨大人帮忙疏通打点一下，可人家避而不见，生恐受到牵连。"

狱卒又一次催促陈妻走。陈兴德叮嘱道："照看好成儿。"

待妻子离去，陈兴德颓然坐到地上，潸然泪下。

第五章

五年过去了。

这天清晨,一缕细细的阳光透进铁窗,陈兴德戴着板枷、脚镣坐在一堆乱草上。散乱的头发已有些花白,形容憔悴,神色黯然。他看着墙上那束淡黄色的光影,知道今天是个晴天,心中掠过一丝快意。

"陈兴德,过堂!"牢门外一声吆喝,两个狱卒打开了牢门。

这几天,他不断听到有犯人被带出去,却很少听到有返回来的。他焦躁不安,仿佛感到大难临头。

"几年不审了,为何今天要过堂?"陈兴德问道。

一个年轻狱卒瞥了他一眼,懒洋洋地答道:"皇上大赦天下,新上任的西川节度使韦大人要重审囚犯。"

陈兴德两眼一亮,嗓音也高了:"这,真的吗?"

另一个老狱卒道:"那还有假?放了三百多人出去。就看你今天运气如何了!"

陈兴德拖着脚镣扶着板枷费力地走到大堂,见堂上已跪了好几个衣衫褴褛的犯人。陈兴德跪在后面,侧目偷看大堂上的审判官,不由得一愣。再定睛端详,但见那人年届四十,紫蟒袍、金玉带、钩皂靴,身材伟岸,气宇轩昂,风神俊朗,头发黑亮。眼睛不大,却虎虎有神,下巴胡须修剪得十分整齐。陈兴德仍不敢确信眼前所见,忍不住小声询问后面的狱卒:

"小哥,主审官大人可是叫韦皋?"

那狱卒一脚踢来,低声喝道:

"休得鼓噪,韦大人的名讳岂是你随便乱叫的?不知高低的东西!"

陈兴德非但不恼,反而喜出望外,爬起来踉踉跄跄扑向前,失声喊道:"韦兄,不,韦大人!我是陈兴德……"

主审官正是刚到蜀地上任的剑南道西川节度使、成都府尹韦皋。

原来唐初太宗皇帝在位时,为了加强朝廷对地方的控制,根据山川地理形势将全国行政区域划为十个道,即岭南道、江南道、淮南道、河南道、河东道、山南道、河北道、关内道、陇右道、剑南道。后来，随着人口增多和加强边防的需要，玄宗皇帝时又将全国改划为十五个道。

手持棍棒站立两旁的衙役，见陈兴德不知高低胡乱喊叫，上前抓住，正欲一阵乱棒打去。韦皋赶紧示意衙役们住手，溜眼看了一下这位衣衫褴褛、形容憔悴的重刑犯，却一时想不起是谁。他端坐堂上，没动半点声色。

陈兴德被衙役们按在地上，四肢不能动弹，口中咽泣不止，好一会儿，才结结巴巴地说出：

"我是江夏陈氏祠堂的大宝……"

韦皋大惊，望着这个面目全非的童年好友，不禁离座走下来，俯下身子问道："你如何落到这般境地？"

陈兴德泣不成声，半晌嗫嚅道："在下为飞来横祸所害，一言难尽……"

韦皋令衙役松手，又问："既有冤屈，何不申诉？"

陈兴德擦了擦眼泪，答："他们说这是铁案！不能翻案平反。我几番提出申诉，都是石沉大海，无人问津……"

韦皋立刻命衙役去掉陈兴德的板枷、脚镣，让他将案情经过详细讲一遍。于是，陈兴德便将五年前南诏使臣如何途经平羌，以及在熊耳峡遭水贼抢劫被害的经过一一讲了一遍。

韦皋听罢，当堂宣布："陈兴德一案，本官已阅过卷宗。南诏使臣遇害，凶手未抓到，不能结案。朝廷所办渎职罪，亦是按律行事，只是量刑过重。当今圣上登基，大赦天下，并以降伏南诏、吐蕃为头等大事。故此案朝廷不再追究。陈兴德当堂释放，另有委用！"

"谢大人……"陈兴德早已泣不成声。

韦皋后衙，书斋窗明几净。陈兴德梳洗换衣已毕，坐在这里喝茶休息。他与韦皋的一段特殊往事浮上心头。

陈兴德的老家在江夏陈家湾，对面江心有一个弯曲狭长的沙洲，沙洲上芦苇茂密，花开时白茫茫一片，引得成群的鹦鹉飞舞，当地人称鹦鹉洲。韦皋十五岁那年到江夏姨婆家游玩，认识了大宝，也就是陈兴德。两人经常在一起聊天、游玩，后来结为兄弟。大宝的妹妹小玉每次见了韦皋，总是低着头，虽然偶尔也说几句话，但一说话就会脸红，十分羞涩。韦皋离开陈家湾后，小玉突然变得沉默寡言。

小玉从小受外婆严格管束。外婆生于一个家道中落的官宦之家，从小家教甚严，她要求外孙女小玉贞洁守礼，恭顺听话，举止端庄，打扮得体，不飞短流长、论说是非，学习女工，操持家务。小玉十三岁时便出落得恬静秀雅，温柔恭顺，贤淑勤快。上门说亲的人不少，可是都被她回绝了。父母觉得有违常情，问她，她什么都不说。逼急了，她就说要出家当尼姑，家里人一头雾水，但也无可奈何。小玉二十岁那年，变得憔悴虚弱，最后终于病倒在床。

秋闱结束返家的陈兴德，见全家愁眉不展，才知道小玉已病入膏肓。他顾不得一路的劳累，疾步走进后院妹妹的闺房。房间里弥漫着难闻的草药味，到处凌乱不堪。小玉原是个十分爱整洁的女孩，房间如此模样，显然她很久没下床了。陈兴德心里一阵难过，轻轻掀开蚊帐，小玉迷迷糊糊地醒来，睁开两只无神的大眼睛望着哥哥，好一会儿才从被子下面伸出胳膊来。陈兴德见小玉的手瘦得皮包骨头，简直惊呆了。他没想到小玉病成这个样子，于是他侧身坐在床边，关切地问：

"小玉，怎么会这样？"

小玉的眼里泪光闪闪，毫无血色的嘴唇动了一下，没说话。

"郎中说你没病，可为何不吃饭？"陈兴德问。

眼泪顺着小玉瘦削苍白的面颊往下流。陈兴德心中一阵难过，用被子将小玉露出的胳膊盖上。触到小玉的肩头，也是瘦骨嶙峋。

"小玉，有什么事只管告诉哥，别闷在心里。或许哥能帮你。"

小玉用眼角偷偷看了一下门口，欲言又止。陈兴德心中领会，忙说：

"小玉，这里只有哥一个人。你给哥说说好吗？"

小玉喉咙里虚弱地发出一点微响："哥……"

陈兴德往前挪了挪，鼓励道："小玉，你没病。吃了饭就会有力气，病就慢慢好了。小玉，告诉你一件喜事，哥考上了！"

小玉点点头，脸上露出一丝喜色。

"你要吃饭，等你病好了，哥就带你去京城。京城繁花似锦，热闹非凡，应有尽有。"陈兴德绘声绘色道来。

小玉艰难地笑一笑。

陈兴德忽又想起什么，说："小玉，哥在京城打听到韦兄的消息，可哥忙着应试没来得及去找他……"

小玉暗淡的眼睛里闪出一丝光亮。

陈兴德说："听说他要成亲了，女方是官宦人家……"

小玉眼睛里的光一下子熄灭了，眼皮无力地合上，半响才嚅嗫道："他说……五年后回来娶我……可七年过去了……他没有来……"说着头一软昏了过去。

"小玉！"陈兴德惊呼一声，全家人都跑进来了，陈兴德再摸摸小玉的脉搏，已经停止了跳动。

小玉死了。陈兴德在小玉枕头下发现一个绣花香囊，下面坠着一个五彩蝴蝶结子。香囊中有一枚韦皋送小玉的白玉戒指。为了这枚戒指，她相信少年韦皋一时兴起的戏言，整整等候了七年，最后绝食而死……

三天后，小玉出殡，陈兴德把白玉戒指和香囊留下，并不顾家人反对，把小玉埋葬在鹦鹉洲。他知道小玉喜欢鹦鹉洲上一望无尽的芦苇和鹦鹉。他觉得这是对小玉唯一的补偿。

"老爷，进舱吧，马上要进熊耳峡了。"陈兴德的随从张伍从船舱里躬身出来，喊道。

张伍敦厚朴实，一张稚气圆脸，两只小眼睛好像总有笑意。

"老爷，熊耳峡水流湍急，暗礁丛生，无风三尺浪。站在甲板上会将老爷的新官袍弄湿。"张伍再次喊道，才将陈兴德从记忆中拉回。

此时天色慢慢暗了下来，两岸出现了高矗的山崖。宽阔平坦的江面骤然变窄，水流突然变急，翻滚咆哮，阴气森森，夺人心魄，一泄冲向遥远的天边。转瞬间，蓝天、白云和阳光似乎被峡谷中的阵阵阴风驱散。沿江两岸尽是古木参天、藤蔓缠绕、阴沉森严的山峰。

熊耳峡本名三峡，由犁头峡、背峨峡、熊耳峡三峡组成，乃岷江流域唯一的峡谷。其中又以山陡水急的熊耳峡最为出名，因此当地人习惯统称平羌三峡为熊耳峡。

"老爷，那边是鸡公山，这边是废弃的平羌大佛。当年海通和尚若是不去龙游，这尊佛像兴许已完工了！"张伍兴奋地指点道。

张伍本在成都府衙当差，是平羌县人氏。陈兴德在狱中就一直盘算着获释出狱后，定要查出熊耳峡一案真凶。老天有眼，韦皋将他派往龙游任县令。龙游县紧邻平羌县，为了行事顺利，他特意挑选了熟悉当地情况的张伍做随从。

陈兴德抬起头，仔细端详山上这尊半途而废的佛像。佛像刻在熊耳峡陡峭的绝壁上，顶端上开了半圆的岩龛，佛像两耳垂肩，头上排列着齐整的螺髻，颈下三道肉褶，虽眼、口、鼻未刻成，但佛头整体轮廓已成，约有两丈多高。大佛颈下、肩部也刻了一些。由于停工几十年，四周长满了杂草，大佛面目模糊，荒芜冷清。不时有飞鸟从草丛深处振翅飞翔，鸣声悠远。

"老爷到龙游上任要续修凌云山大佛么?"

"修大佛与当县令何干?"陈兴德故意反问。

"听说到龙游上任的老爷都立誓修成大佛。"

陈兴德"嗯"了一声,未置可否。

张伍见陈兴德转过身望鸡公山,便说道:

"老爷,听我外婆讲,当年海通和尚在此刚凿出大佛的头形,便有一个贪官向他索要土地费。海通不给,贪官便天天来纠缠。一天,海通见贪官又来了,就将铁锤和铁钻扔出去,一下子飞到对面山顶把鸡冠石头砸了下来。贪官见状大惊,担心官帽保不住,吓得赶紧跑了。"

陈兴德受张伍情绪的感染,淡淡一笑,开口道:"张伍,假如你当官,会贪钱受贿么?"

张伍一怔,睁大眼睛说:"老爷折杀小人了!小人家祖祖辈辈从没出过当官的人,能跟着老爷已是八辈子的福分,岂敢乱想当官?"

陈兴德见张伍一脸惶恐不安,说:"我是说假如。"

张伍连连摇头,说:"老爷,那也假如不到小人头上。这是命!我外婆常说'命里只有八合米,走遍天下不满升',人的命是有定数的,要知足常乐,安分守己。乱想官当,乱捞钱,就要遭惩罚进大牢……"

说着说着,张伍打住了话头。他发现陈兴德方才的一脸浅笑突然间消失得干干净净,顿时感到陈大人深不可测,心中一阵害怕。想起陈大人正是刚从牢里出来,他不禁暗地埋怨自己话多惹事。

陈兴德睨了他一眼,说:"好!你想安分守己,可有人就要投你所好,偏要设法拉拢你,怎么办呢?"

张伍脸上乌云散尽,嘿嘿一笑:"小的没有所好让人投,赌钱、吃酒、耍女人,样样不沾。偏爱只有一个,喜吃蒜泥白肉。小的要是当了官,每天三顿只叫厨子拌一大盘给我吃,除此之外啥子都不要。"

陈兴德问:"若就用蒜泥白肉贿赂你呢?"

张伍张大嘴,挠了挠腮帮半晌没说话,最后有些沮丧地说:"那,那,小的就不吃蒜泥白肉。小的戒了,吃素,成不?"

陈兴德点点头,没有说话。过了一会儿,他开口问道:"张伍,你是平羌县人,可曾听说五年前发生在熊耳峡的杀人越货一案?"

张伍答:"听说过。那伙水贼不但抢了南诏国的朝贡船,还把船上的人全都杀死了。老爷为此蒙冤下狱,官府至今仍没缉拿到凶犯。"

"当地人有什么议论?"陈兴德追问一句。

"往日小人没有留心此事，只听说是外来贼子流窜作案。"

陈兴德望着江水闷声不响，张伍赶紧知趣住口。

船驶出熊耳峡后，眼前豁然开朗。两岸山峦与平坝交错，风光旖旎，宛若画境。不久，船在平羌驿码头靠岸。

陈兴德与张伍缓步登上码头，沿一条宽敞的石板路向东面驿馆走去。两旁店铺大都关门，路上行人寥寥，灯光暗淡。路过一座寺庙时，却见里面香烟缭绕，十分热闹。寺庙四周悬挂着白纸鬼灯，中间用白纸扎起一个很高的牌楼，上面旗幡招展，下方供案上摆放着一盘盘鲜果、糕点。周围又堆放着纸人、纸马、纸房、纸钱等各种冥器。

陈兴德猛然想起，今天是七月十五鬼节，各家各户都在烧袱子，祭祀死去的亲人，给阴间孤魂野鬼烧纸钱，免得来缠阳间的活人。

"七月半，鬼乱窜。"陈兴德不由得心头一紧。

两人正行走间，突然前面传来一阵忧伤、凄凉的哭声，陈兴德停下脚步。暮霭中，走来两位白衣妇人。一个抽抽泣泣，以袖拭泪，另一个扶着她，似在相劝。陈兴德立在路边，想等她们走近时询问发生了什么事。哪知两个妇人猛然抬头，见大路上站着个穿官服的老爷，顿时吓得手足慌乱，掉头仓皇离去，很快消失在灰色的暮霭中。

陈兴德一脸疑惑，轻声嘀咕道："奇怪！"

平羌驿馆，夜色沉沉。驿馆前临官道，后依小山，小山左下方有一大片低洼的水泽，水泽四周生长着茂密的灌丛和水草。透过驿馆门口射出的灯光，远远看见一缕缕白蒙蒙的雾气低低地萦绕在水泽的灌丛水草之间，缥缥缈缈，弥漫着一股幽深神秘的气息。

"龙游正堂县令陈大人驾到——"平羌驿馆门房长声吆喝道。

"陈大人屈尊莅临，敝邑蓬荜生辉，荣幸之至。多有慢怠，望大人海涵……"驿长人未出门，一连串的官场套语就跳入陈兴德耳中。

驿馆后院，立着一幢玲珑别致的二层小楼，朱漆廊柱，灰瓦粉墙，四周皆是花草树木，十分幽静清洁。

"陈大人今夜便在这小楼歇息。这小楼四面不与其他楼宅毗连，无人吵扰，安静舒适，专门用于迎接过往的达官贵人、王公大臣，平日并不对外，是敝驿最好的房间。"驿长躬身曲背，一脸媚笑。

进得房门，陈兴德见屋内衾帷床席十分精致讲究，墙角窗栏也一尘不染，暗暗惊讶平羌驿的奢华。

驿长又说："陈大人请在房中稍坐，小人立刻着人将香茶沏好送上。另外，不知陈大人想用点什么？鸡、鱼、肉都有。大人是去饭厅晚膳，还是叫人送到房中？"

陈兴德答："不必费心，随便弄些猪肉米饭就行。我想先泡个澡，坐了一整天船，腿脚有些僵硬。"

驿长说："陈大人，这个好办。驿馆内便有一个温泉汤池，汤池就建在泉眼处，四季不间断地往外流热水。原来这周围有好几眼温泉，十七年前地震时全堵塞了，唯留下这一眼，驿站扩建时便用围墙将其圈进来。内无闲杂人员出入，水质又极好，泡一泡十分解乏。"

陈兴德"嗯"了一声，忽开口问："我看驿后那一片水泽甚是幽静，怎不见附近有房舍？"

驿长答："十七年前，这里发生了一次地震，震动不大，可水泽却变大了，且四周变成一片烂稀泥地，无法夯实地基，故无人盖房造屋。如今水草树木茂盛，就愈发显得冷清。"

陈兴德左右张望，驿长见他心不在焉，便回头对张伍说："这位小哥，稍后我便领你到前院住下，立马招呼厨房张罗酒菜。今天上午刚从镇上抬回半口肥猪，不知你喜欢蒜泥白肉，还是回锅肉？一时半刻就能做好。"

张伍咽了咽口水，推说道："不忙，不忙。蒜泥白肉吧……哦，陈大人明天想骑马去龙游，要备两匹好马，小的要先去准备一下。"

"这事无需小哥劳神，放心歇息好了。驿馆马厩里备有二十匹良马，用上好的秣料喂着。明天一早，备上两匹快马上路，午饭时分就可以到达龙游城。"

安排完毕，驿长见新县令面露满意之色，便放下心来，满脸赔笑躬身告辞。

陈兴德见无外人，便对张伍说："吃罢饭，速回老家去看望家人。在镇上顺便打听一下，方才路上那两个妇人见了我们慌不择路，令人生疑，究竟是怎么回事。明天一早你到这里来，我们立即上路去龙游。"

张伍说："陈大人，你一人在此，小人有些不放心。"

陈兴德说："你尽管去吧，我有些乏了，很快就睡下。"

张伍心中大喜，道了晚安，稽首告辞，策马赶回乡间。

陈兴德匆匆用了晚膳，泡了温泉回到楼上，感到浑身舒坦轻松。推开后窗眺望远方，山坡、树林、水泽虽一览无余，却错落有致。银白的月光倾泻

在薄雾笼罩的水面上，清冷缥缈，显得有些怪异。突然，他眼角瞥见一个黑影在附近一闪，心中蓦地一惊，再仔细看，又是寂然无声，踪影全无。陈兴德揉了揉眼睛，疑心是自己看花了眼，然后伸手关上后窗，端起烛台走到前面的露台上坐下。露台正对花园，凉风丝丝，花香阵阵，远处不时传来丝竹管弦之声。陈兴德此时只想早至龙游上任，报效朝廷，既洗清自己的冤案，也报答韦皋的再造之恩。

第二天一早，陈兴德刚起床，张伍大步跨进来。

陈兴德问："家里都好么？"

张伍答："好，合家上下听说小的跟了龙游县令陈大人，都觉得脸上有光。小人已把老爷所托之事悄悄告诉了大哥，他是船夫，随时在水上行走，认识的人多，定能打探到对大人有用的消息。小人家乡有句俗语：打屁瞒不过裤裆，做贼瞒不到地方。"

陈兴德微微一笑。

张伍又禀告："老爷，小人打听到昨晚在路上哭泣的妇人，名唤于氏，丈夫是个船夫。她的女儿潘素梅嫁到龙游乌尤坝杜家。成亲当日，女婿便发失心疯投河自杀了。婆婆咬定是她女儿所害，几番到龙游衙门告状。昨天是鬼门关打开的日子，镇上有人说潘家晦气，不让她进庙里去烧香，怕孤魂野鬼缠身。于氏闻言伤心哭泣，见了老爷自是害怕，赶紧躲闪逃走。"

"原来如此。"陈兴德说。又问："镇上热闹吗？"

张伍两眼一眯，答："好不热闹！小人在离尘苑走了一圈，嗨，四处灯红酒绿，美女如云，眼睛都看不过来了。"

"收拾行李，上路。"陈兴德打住他的话头。

"是，大人。"

第六章

仲夏夜，一弯淡月，高悬天边。

成都府西门的一处豪宅，幽深处透出几分诡异。大树浓荫下，房屋门窗紧闭，屋里没有点灯，透过惨淡的月光，从门缝隐隐看到有张高大的供案，正中供奉着一尊铜铸财神像，下方一溜碗碟中呈着鲜果、糕点等供品，两边设有烛台香炉。一胖一瘦两个男人正在说话。突然，胖男人用扇子"啪"的一声打向叮在脸上的蚊子，恨恨地说："这地方夏天真不是人过的！茅房臭，蚊子咬，整天身上粘腻难受。"

"……假如你每天洗澡，或许会好受些……"瘦男人小心地说道。

"胡说！洗澡会得罪天神，要折寿。我们吐蕃人出生时洗一次，死时再洗一次，平时脏了擦一擦就行。哪像你们汉人穷啰嗦，屁事多！"胖男人抢白道。

"你没有理解我们习俗的妙处，每年暮春，江边沐浴、唱和，祛除……"瘦男人低声辩解。话没说完，胖男人一伸脖子，叱道：

"放屁！老子以后非把这习俗改过来。闲话少说，让你物色的美人怎么样了？嗯，郑隆。"

被唤作郑隆的瘦男人答："登珠大人，你放心，我已经办妥了！"

"是——吗？"口气中带着明显的不信任。

"登珠大人，你交办的事岂敢不尽心？你如我的再生父母，给了我这房子和生意，焉能不效犬马之劳？！"

"嗯，这还是句人话！"被唤作登珠的胖男人一副居高临下的口气。说罢又加强语气道："一定要绝色品种，银子你无须计较。"

郑隆吞了一下口水："大人说的是。我找的这个女子就是一件稀世绝品！别说是蜀地，就是京城、江淮恐怕也难再找出第二个堪与她媲美的人。"

接着，郑隆把他物色的美女天花乱坠地吹嘘了一番。

登珠听罢仍不放心："是吗？只有十五岁，会不会嫩了点？"

郑隆说："不会，这女子虽年轻，但气质沉静稳重，心思细密。想当年武后进宫，仅有十四岁，却把太宗皇帝和高宗皇帝迷得失魂落魄。嫩吗？一个女人的能量，有时强过十万大军。"

登珠沉默了一会，又问："这女子在成都？"

郑隆答："就住在万里桥边的枇杷林里。"

登珠问："她家里还有些什么人？"

郑隆答："父亲死了，只有母女两人。她父母是安禄山打进京城时，从长安逃难流亡到蜀地的难民。父亲叫薛郧，曾是京城一名小吏，性格内向，不善言辞。到蜀地后就赋闲在家中，教女儿读书习乐。夫妻两人膝下仅此一女。薛郧死后，家中益发窘困，这女子只得到芙蓉阁里侍酒赋诗，弹唱娱客。"

登珠一挥扇子道："歌伎？不行！韦皋是何许人？朝廷重臣张延赏的女婿！人才一流，潇洒英俊，可不是一介赳赳武夫，粗鲁无趣，仅凭美色便能被迷惑。他能诗善文，喜欢风花雪月，品位极高，是个文武全才。我告诉你，垂爱他的良家女人多的是。如今又是一方封疆大吏，炙手可热，皇上面前的大红人，位高权重，岂会被一个刚出道的歌伎所迷惑？你也太小窥人了！"说罢，一柄扇子摇得哗哗乱响。

郑隆急切辩解道："登珠大人，你有所不知，这个女子可不是一个普通的歌伎，她是人中凤凰，稀世绝品！不但天生丽质、通晓诗文，而且擅长音律、歌舞。倘若她父亲还在为官，说不定会选入后宫，成为皇上的宠妃。我敢以脑袋担保，韦皋定会陷入她的温柔乡而不能自拔。"

登珠没有作声，缓了口气，说："但愿如此。不过，你知道吗？韦皋这次出任西川节度使，除了守卫西南，打击我吐蕃和南诏外，还负有一项特殊的使命。"

郑隆问："什么使命？"

登珠答："调查龙游县凌云山弥勒大佛修建库银的使用情况。"

郑隆一惊，满腹疑惑地问："作怪！凌云山大佛早停工了，为何要去翻陈年旧账？岂不是没事找事。难道又要续修大佛？"

登珠说："你懂个屁，眼里只有银子。这是德宗皇帝亲自交办的差事！这个皇帝雄心很大，立志要整顿吏治，肃查贪官，恢复开元盛世景象，做第二个太宗皇上，千古留名。大佛修建历经三朝皇帝，时间漫长，耗银巨大，朝野皆知。皇上拿这桩事开刀，是要给所有官僚敲警钟！古人说：杀鸡给猴看。依我看这查大佛旧账是杀猴给鸡看！"

郑隆说："哼，查不出来。哪里去找凭据？张延赏不是已经定案，说到此为止吗？他不但是前任西川节度使，也是韦皋的岳父大人，一家人自会偏祖照应。"

登珠悠悠地说:"你有所不知,韦皋并不买他岳父的账,他们虽为翁婿,却心存芥蒂。"

郑隆一惊,问:"这是为何?韦皋有今天,不也仰仗张延赏这棵大树?张延赏出身名门,父亲是玄宗皇帝的宰相,丈人又是代宗皇帝的宰相,他本人眼看又要当德宗皇帝的宰相了。一人得道,鸡犬升天。"

"真他妈热!"登珠喝下一大口茶。又说:"你只知其一,不知其二。当年张延赏本来很赏识韦皋,不然怎会将女儿嫁给他,并留他们住在府上。可后来见他不思长进,经常跟随那些幕僚宾朋出游,高谈阔论,借古讽今,不务实际,心中便渐渐生出悔意,最后露出厌恶鄙视之色,逼得韦皋不得不离家出走,另谋生路,大历初年才补了个华州①参军。直到建中二年,宰相张镒出任凤翔陇右节度使,见韦皋有些能耐,才上奏举荐他为营田判官,两年后又让他临时署理陇州②行营留后事务,仕途并不通达。韦皋青云直上是在设计谋杀朱泚的劝降使臣之后,皇上认为他忠义可嘉,立马升他为御史大夫、陇州刺史,设置奉义军节度使。皇上从奉天还都后,又升他为金吾大将军,如今又替代他岳父为剑南西川节度使。"

郑隆讨好道:"登珠大人真是手眼通天,韦皋还没来,已把他的底细摸得一清二楚。"

"这正是你们汉人说的:知己知彼,百战不殆。韦皋是一个难对付的人,老谋深算,狡诈无比。当初朱泚被拥立为王时,天下大乱,连皇上也仓皇逃到奉天③。朱泚旧部凤翔兵马使李楚琳杀了张镒,带乱兵投奔朱泚。戍守陇州的牛云光闻听此事后,立即带五百兵士前去投奔朱泚,他原本也是朱泚的部下。哪知走到半路遇上朱泚的家奴苏玉,正带着朱泚任命韦皋为御史中丞的手谕赶往陇州。苏玉让牛云光率兵一同返回陇州,说韦皋若接受则是我们的人;若不接受,就杀了他!牛云光在苏玉的鼓动下掉转旗号直奔陇州,打算逼迫韦皋叛唐归顺朱泚。韦皋假意接受朱泚的诏书,打开城门迎接牛云光的人马。牛云光按韦皋的要求先将兵器送入城内,再率兵入城。第二天韦皋大摆酒宴犒赏牛云光的士卒,酒过三巡,事先设下的伏兵齐起,将牛云光手下五百号人全部杀光。最后还把牛云光、苏玉的首级悬在城门示众!"说着,

---

① 华州,今陕西华县。
② 陇州,今陕西陇县。
③ 奉天,今陕西乾县。

登珠还用手在郑隆的项上比划了两下。

郑隆如被马蜂所刺,身子颤抖了一下,忙用袖子拭了拭头上的汗。

登珠说:"朱泚还算有度量的人,听说此事后仍不计较,又派家奴刘海广和几个人前去任命韦皋为凤翔节度使兼御史中丞,给韦皋更大的权力。结果韦皋非但不接受,还斩了刘海广及同行者,仅放一人回去向朱泚报信,气得朱泚暴跳如雷,扬言要亲手杀了他。你想想韦皋多厉害!故此事定要谨慎、周全,万不可掉以轻心。"

郑隆忙点头称是。又说:"这女子妩媚动人,勾魂摄魄,任何英雄豪杰都会拜倒在她的裙下。"

登珠问:"这女子既然仰慕者甚多,又如何会听命于你?"

郑隆得意地冷笑一声,说:"我掐住她母女俩的七寸子,她们不得不听从我的。"

登珠一听,来了精神。他知道无论多凶猛的蛇,一旦打在七寸子的部位,必无力反抗。问:"你掐了她们啥七寸子?"

郑隆阴险地说:"我打探到她家一个无人知晓的隐秘。薛郧曾在户部做过一介小吏,如今,他过去的顶头上司犯了案,又查出十多年前曾贪污过一笔用于凌云山大佛修凿的库银,被刑部关进了大牢。可还没动大刑,此人就吓得全部招供。薛郧当年在他手下办差,也牵涉其中。薛郧如今人虽死了,可是依律家人同样要受株连,籍没家财,充军边关,发卖为奴。可薛郧离开长安很久,入蜀后又一直赋闲在家中,极少与外界往来,故当年的同僚都不知其下落。可她们没想到遇到了我!那日我对薛郧的婆娘讲,在这个案子的卷宗上,薛郧和配偶的姓字后面都打了朱钤,表示人已死,户口销了。可是若有人去官府告发,并证实她们的身份,结果会怎样呢?那婆娘顿时脸都吓白了,哀求我高抬贵手,放她们母女一条生路……"

登珠点点头,说:"嗯。二人如今是乐籍,虽然身份低一点,但日后若遇到个有钱有地位的男人爱慕,便可赎出脱籍,永享富贵。若一旦发卖为奴,那就终身拘于笼中,难有自由。"

郑隆附和道:"正是。"

登珠停顿半刻,又开口问道:"这女子叫什么名字?"

郑隆说:"叫薛涛,字洪渡,十五岁,刚出道不久。芙蓉阁的鸨儿孟姐儿见她不是凡品,便一直揞着,想等她长成参天的摇钱树,无底的聚宝盆,故鸨儿也未对外招摇,想看准时机出道,一鸣惊人。薛涛本是腹有诗书之气,入芙蓉阁后孟姐儿又悉心教她应穿什么衣裙,选择怎样的香粉胭脂,如何佩戴耳环、项链和其他首饰。不消半年，这薛涛便出落得气韵非凡，光彩照人。真可谓沉鱼落雁，闭月羞花。眼下虽然还没有出来招呼客人，但芳名早已远播，仰慕垂涎者甚多。我付了一大笔银子给孟姐儿，才办妥这桩事。"

"薛——涛！"登珠站起身来，重复了一遍。脸上的肥肉在黑暗中抽搐了一下。

这时一只猫从房梁上跑过。登珠一惊，大袖挥动，一柄尖刀从袖中飞出。猫来不及哼一声便断气掉下。郑隆吓得一抖，登珠冷笑道：

"哼，找死！"

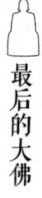

第七章

　　成都府北郊，天回驿。

　　新任剑南道西川节度使韦皋，与侄儿韦仁、管家刘原及一干随从，沿官道晓行夜宿来到蜀地，已在天回驿住下。

　　唐时惯例，新官上任，当地官吏乡绅都要出城迎接。故新官一行人马须在距成都府衙不到三十里的天回驿停车驻马，整顿行装，稍事歇息，并派人到成都府衙通报到达时间，以便对方准备迎接事宜。

　　天回驿馆，小桥流水，柏木森森。在窗明几净的驿馆官房中，韦皋来回踱步，双眉紧锁，若有所思。韦皋明白，西川节度使官职绝非肥缺，一是蜀地民风强悍；二有邻国南诏、吐蕃相扰，真正任重道远。另有一件心事是与岳父张延赏——前任西川节度使、成都府尹的过节至今未解。想到明日就要与多年未见的岳父张延赏相会，心里更如打翻了五味瓶，道不出其中的滋味。

　　"刘原，差人到成都府衙，报知我的名姓，就说明日进城。"韦皋说，顿了一下，又吩咐道："派人去长安给夫人报信，说我已到成都上任。因有诸多事务尚待料理，告知她三月后来成都。"

　　"是，大人！"管家刘原领命而出。

　　刘原忠厚老实，梁州①人，原是陇州守军的一名负责粮秣的军校。当年韦皋曾任营田判官，分掌田粮，故常与刘原见面，两人十分友善。后来，戍守陇州的兵马使牛云光随中书令兼凤翔节度使朱泚叛唐作乱，要谋害韦皋，刘原知道此事后，设法告诉了韦皋。虽然在此之前韦皋的部将翟晔已探得消息，韦皋临危不乱早已做好准备。后来韦皋一路升迁，需有亲信打理各等事宜，刘原也就跟了韦皋。

　　上任之前，韦皋不想让岳父早知是他接任，便灵机一动，将送至张延赏的公文上"韦皋"两字添加几笔，成为"韩翱"，故此，岳父断然不知是他要来接替职位。此时，韦皋知道已不能再瞒下去了，于是才差人前去向张延

---

① 梁州，今陕西汉中。

赏通报自己的真实姓名。

成都府衙内，西川节度使、成都府尹张延赏还在桌前阅读公文。他骨骼宽大，身体结实，虽已五十八岁，但依旧精力充沛，不知疲倦。长方形的脸上洋溢着自信与霸气，颌下精心修剪的胡须又增添一份威严。此刻两个书吏在一侧协助清理案牍，签押文书。张延赏只等新任节度使一到，办完移交就立即启程回京。皇上已下诏封他为中书侍郎，同中书门下平章事。

韦皋的随从一路飞奔进府衙，高声奏报道："禀大人，新任节度使已到天回驿住下，明日一早抵达成都。"

张延赏抬起头，目光严肃而又犀利，傲慢地应了声："知道了。"因见来报信的人未动，似还有话说，便问："还有何事要奏报？"

对方迟疑一下，低声答："禀大人，因公文笔误，来接替大人职位之人乃金吾韦皋将军，非韩翃也。"

张延赏眉头一皱，但并没开口追问，只是心中奇怪，暗自思忖：韩翃怎的又突然变成了韦皋？韩翃之名就没有听说过，这个韦皋是谁？有何来头？自己的女婿倒是叫韦皋，会不会是他？不！不可能！在他眼中，韦皋书生意气，不懂官场规则，不谙人情世故。书虽是读了不少，若鸿运当头，当个七品县令也就算他的造化了。他认为韦皋并无军事才干，要运筹帷幄，驰骋疆场，决胜千里，当上镇守西南的节度使绝无可能。更何况女婿离家多年，音讯杳无，怎可能转眼间当上金吾大将军？张延赏想了一会儿，没想出个头绪，便也不再理会了。

当晚，张延赏躺在床上与妻子苗氏闲聊时，无意间提起此事，不想苗氏听后大喜，一骨碌翻身坐起来，说：

"老爷，此人定是我家女婿韦皋！"

张延赏鼻子一哼，声音极是不屑："天下同姓同名者甚多！彼韦皋不知在哪里陷入泥潭，埋入沟壑，岂能功成名就来接替我的职位？夫人也太高估他了！"

苗氏并不气恼，一本正经争辩道："韦皋能成大器，我信。"

张延赏忍不住嘲讽道："妇道人家！头发长见识短。当初若不是你力主选他，我慧儿今日也不至独守空房，郁郁寡欢。"

苗氏面露不悦，说："韦郎当年虽贫贱，但胸有大志，气凌霄汉，每与老爷谈吐，从不奉承献媚。成事立功者，必是他也！"

张延赏打了一个哈欠，说："他是无颜见我们才故意断了音讯，这叫逃避!男子汉大丈夫要敢做敢当,可他倒好,一走了之。十足懦夫!你还为他辩护,我一想起他就来气。"

苗氏说:"老爷,不是你要他出去经风雨见世面吗?"

"行了,别再提他。"

……

两人争论一阵,张延赏感到睡意阵阵袭来,见苗氏依旧坚信来接任者就是女婿,只得敷衍道:"罢了,罢了,我懒得与你争论。此韦皋是否彼韦皋,明日一早新官入城仪式上便见分晓。"说着一转身便睡着了。

苗氏靠在床上久久不能入睡,往事又再现眼前。

韦皋祖上因战功而显贵,但至韦皋父辈时,家道中落,空有一个贵族的头衔。当初张延赏在为女儿慧儿择婿时,苗氏偏偏在众多的人选中一眼看上了仅有秀才功名的韦皋,觉得此人就是与众不同。苗氏是太宰苗晋卿的女儿,知书达理,睿智贤德。张延赏依了夫人,十分勉强地应了这门地位悬殊的婚事。可是,两三年后,张延赏见韦皋性格清高,不拘小节,仕途渺茫,便生出了悔意,于是对韦皋冷淡起来。奴婢们见老爷如此,也对韦皋白眼相加,言语无礼。慧儿心中十分难过,劝韦皋离开张府,另谋仕途。

一天,张延赏回家,听苗氏说起韦皋决计离家外出,自是高兴,说:"好男儿就应如此,多些磨砺才能有所作为!"

苗氏试探道:"老爷,该给他一些盘缠吧!"

不料张延赏立刻沉下脸来,半晌后很不情愿地说:"送他五十匹缎子作川资。"

苗氏一愣,说:"老爷,太少了吧?打发下人也比这多。他毕竟是女婿,而且……"

张延赏毫不客气地一挥手,打断苗氏的话:

"就这样办,一文钱也不能多给!"说罢转身走出屋。

苗氏知晓丈夫的倔强脾气,没敢顶撞多言。

张延赏刚走出客厅,却见韦皋与一个身着缁衣的伛偻老尼一前一后跨进大门,不由眉头一拧,没好气地问跟在身后的管家:

"谁将这个幽灵般丑妇弄到府上来的?"

管家唬得忙申辩道:"老爷,是夫人特地请来占卜问吉凶的,听说极是灵验。"

张延赏只得压住火气,极不耐烦地转过身,掉头去了东院。他从来就不喜欢道士、和尚、巫师之类的人物，觉得占卜打卦的人全是江湖骗子，蒙人钱财。

老尼迈着又轻又飘的步子闪进客厅，还未落座便开口问道："夫人，适才去西院那位身着绿衣的相公是谁？"

苗氏答："是我女婿。今日烦你前来，正是要问他的前程。"

"嗯。请夫人报出他的姓名。"

苗氏忙拿出一张纸，在上面写上"韦皋"两个字。老尼把两个字端详了半天，清咳一声说道："夫人，此人非比寻常，将来必定大富大贵！"

苗氏显出惊讶之情，将信将疑地说："此话怎讲？实不相瞒，韦皋如今在建陵做挽郎，仅有九品虚衔，有职无权，京城里这样的后生多如牛毛。"

原来高宗皇帝时就下诏完善服饰等级，规定：文武三品以上服紫，四品服深绯，五品服浅绯，六品服深绿，七品服浅绿，八品服深青，九品服浅青。

老尼半闭着眼睛听完苗氏的陈述，慢悠悠地说："夫人不必多虑，他将来的官品会超过老爷。"

苗氏急切地问："何以见得？"

老尼睁开一双幽深的小眼睛，高深莫测地说："贵人之所行，必有阴吏前后护侍。老爷之侍从不过一二十人耳，而令婿乃有百余人相随。"

"啊！"

"不过，诸事须有一个支撑，否则好景不长，命运多舛。"

"师父此话何意？"

"他的名字里隐含了命运的天机。你看，'韦'字旁边添'王'为'玉'，添'火'为'烨'，添'走'为'返'。添'人'，成'伟'。伟，高大，壮美，建功立业者为伟，故他要依'人'而立，方有作为。'皋'乃水边的高地，意指他要在某处水边的高地上寻找一个人作支撑，此'人'是他命中贵人，能让他逢凶化吉，遇难呈祥，建功立业，名垂青史。"老尼用细长的手指比划着，缓缓道来。

"可韦皋性格孤傲，不肯仰人鼻息，不愿低声下气看人脸色行事。"苗氏不禁担忧起来。

"他依靠的并非世间凡夫俗子。"

"世外高人？"苗氏本是聪明绝顶的人，很快便心领神会，问："你是说让他修一尊佛像？"

"夫人明鉴。令婿命中多灾多祸，唯有积善存德，广兴佛业，方能得佛光庇护天地造化之机。"

"唔。"苗氏虽还有些懵懂，但心里踏实了很多。因为女儿的一生系在女婿身上，一荣俱荣，一损俱损。

老尼离开后，苗氏立马到东院将此事告诉张延赏。没想到张延赏听后大怒："一派胡言！这是韦皋与那尼姑合谋而为，不过是想借此故弄玄虚，抬高自己，多谋钱财。老夫眼下一匹缎也不给他！看他赤手空拳如何大富大贵。"

苗氏被张延赏一顿抢白噎得说不出半句话，心中不平，但也不敢违背丈夫的意思。最终只得将几样首饰悄悄放进韦皋的行囊里。

韦皋离家后音讯杳无，苗氏知道此事已伤了韦皋，心中愧疚，但又无可奈何，只是常常暗下叹息，盼望他早日出人头地。

天色未亮，张延赏早早翻身下床，更衣梳洗，穿戴齐整后乘轿出门。大小僚属、乡宦望族、商贾名流也浩浩荡荡赶到了北城门外的接官厅。

辰时刚过，一阵车马声由北传来，节度使的车仪已隐约出现在官道上。接官厅前鞭炮齐鸣，锣鼓震天。车仪越来越近，只见一个全身披挂、威武魁伟的将军骑马走在前头，在朝阳的映照下，甲胄闪闪发光，浑身上下如抹了一层耀眼的金色。张延赏心中不禁暗自赞叹，赶紧正了正衣冠，露出客套的笑容上前迎接。

刚走几步，张延赏脸上的肌肉突然僵住了。他虽有久居官场历练出的涵养和沉稳，但身子也不由自主地抖动一下，面色白一阵红一阵，十分难看。侍从不知就里，凑近关切地问道：

"张大人哪儿不舒坦？"

张延赏转过身，一手掩面，一手拨开人群，跟跟跄跄往后走。侍从追上前扶住："张大人，你怎么了？"

张延赏一头钻进马车里，挥手示意车夫起驾。

"老爷，去哪里？"车夫问。

张延赏两眼发呆，半响冒出一句："吾不识人也！"

侍从和车夫丈二和尚摸不着头脑，又不敢开口问，只得指挥马夫将车往回赶。走了一阵，张延赏有气无力地说："去西门。"

侍从不解地问："张大人，去西门做什么？"

张延赏道："回京城。你快回府去接夫人和家眷，我在西门外等候。"

侍从满腹疑惑，忍不住问："大人，难道……"

侍从话未讲完，张延赏眉毛一拧，瞪眼斥道："狗奴才，少废话！叫你去你就去！"

张延赏突然发火，唬得侍从双膝跪地，惶然不知所措。

张延赏余怒未消，吼道：

"滚！"

成都府衙，韦皋端坐大堂，司马、判官、支使、掌书记等众文官恭候在大堂两侧。

肥胖的司马轻声禀报：

"……广德元平，黄门侍郎严武为成都尹，复并东、西川为一节度。崔宁镇蜀后，分西为西川，自后不改。领县十六，户十一万七千八百八十九，口七十四万三百一十二。去年增至……"

韦皋挥手，示意他停下，不耐烦地说道：

"这些本官早已知晓，眼下要你们谈衙里公务。张大人留下什么交代？有哪些未具结的案子？边境的兵力部署，城防治安，各州、县钱粮赋税，商贸稼穑、灾情疫病，等等。"

不料众官员一个个都面带难色，支支吾吾。好半天韦皋才大概弄明白，原来张延赏入蜀以来整天忙于应付边患，很少留在衙内处理文案。韦皋早知西川节度使并不是一个轻松的职位，除蜀地教化未开，民风强悍，诸生羌作乱外，更有南诏、吐蕃扰乱。天宝年间，大唐与南诏开战，十万将士死于蜀地。此后，除与吐蕃战事不止外，崔宁的部将也不时领兵作乱，张延赏疲于奔剿，整日忙碌不堪，哪有时间处理文案！

韦皋站起身四下看了看，径直穿过大堂，拐弯进入内衙办公处所，一股潮湿的霉味扑面而来。墙边一溜暗红色木柜存放着许多公文卷宗，因长年未动，有的早已长出霉斑。韦皋随手抽出一册卷宗，上面竟写着五年前的日期，还是崔宁当西川节度使时遗留的未具结的案卷，上书"原平羌县令陈兴德渎职案"。

韦皋翻看了一页，便将案卷放回架上。他没想到岳父竟留下堆积如山的公文，也未交代处理，连照面都不打，便抬腿一走了之。

一班文官跟在韦皋身后，极是尴尬，说也不是，不说也不是；走也不是，留也不是。韦皋闷声不响走出府衙大堂，但见风和日丽，花木扶疏，馨香四溢。可是他分明嗅到柔美温和的表面下杀戮的气息，感到杀机四伏，陷阱重重。如今，他要开始重新治理这片土地，展现自己的抱负。

此后，韦皋便没空闲半刻，整日查办刑狱案卷，批阅功、仓、户、兵、法、士六曹的文牍册卷。他办事严谨仔细，又不愿别人插手帮忙，生怕草率处置留下冤滞。因此，每天都忙碌到深夜。接着，他很快配备好府衙中的各路人马，又通过甄别，释放了三百多名关押在狱中的犯人。每日府衙开庭公审，韦皋都让百姓前来观看，并反复讲明日后凡辖区内军民，但有冤枉不平之事，都可到衙门来申诉。有状投状，无状口述，每日早、午、晚三衙理事。一时间冷清的府衙门口顿时车水马龙，熙熙攘攘。韦皋又贴出告示招募人才，言明不论出身贵贱，是否有功名，都可前来应聘。因此招募了一班干材充实幕府。

红灯高照，管弦齐鸣，一溜大轿在一幢豪华气派的大酒楼前停着。楼里楼外全刷了红漆，地上的红毡一直铺到走廊尽头，灯笼照耀下红光闪烁，飞起的檐角上都装饰了彩灯。酒楼大门上方悬着块篆体黑底金字匾额："醉仙楼"。

汉白玉石阶上早有一群人华服恭候。这天，成都士绅商官的各界行首人物，在锦江河畔最豪华气派的醉仙楼设宴待客，主角是新上任的剑南道西川节度使、成都府尹韦皋。

韦皋走下轿来，迎谒仪礼开始，三声花炮响，天上顿时爆出闪闪彩星。众人上前寒暄，迎接韦皋进入醉仙楼。

韦皋在首席就座，但见筵席厅内富丽堂皇，正前方有一个舞台，轻纱低垂。厅内四隅的紫铜貔貅形状香炉缓缓吐出淡淡的白烟，清香宜人。临河的窗户开着，湘妃竹帘高高卷起，河风习习吹来，带来锦江河水温婉的气息。众人依次入席坐定，几位侍女鱼贯而出，呈上蜀地的美味佳肴，转眼间，桌上已琳琅满目。稍后，一阵悠扬的古琴声响起，台前轻纱拉开，八名娇美的舞姬从舞台一侧的竹帘后缓缓而出。每人着一袭粉红对襟罗衫，下穿湖蓝色百褶裙，腰系大红丝带。胸前璎珞缤纷，裙边环佩叮咚，头上珠玉堆盈，脸上浓妆艳抹。八人伴着曲子起舞，婀娜多姿，美妙无比，看众如痴如醉。

今天，韦皋拨冗前来醉仙楼赴宴，是为了见成都各行会首。此刻，内心倒盼望筵席早些结束，府衙里还有许多卷牍须审阅办理。

一声清脆的檀板声响起，接着丝竹弦管交响。一名女子轻移足尖，侧身从竹帘后飘然而出，轻摇柳腰，翩翩起舞。此时灯光渐暗，朦朦胧胧，宛若瑶台仙境。丝竹管弦之声暂停，唯一支玉箫清润相伴，曲调舒缓，韵味悠长。

檀板声响打断韦皋的沉思，抬眼看去，但见那女子一身白色轻纱罗裙，腰间系一条水绿的丝带，丝带两端长长地拖曳在暗红色的西域毡毯上。一头黑亮的头发分成三绺盘在头顶，上插一只碧绿的玉簪。耳朵和手腕配上同样颜色的玉坠和镯子，愈发衬出凝脂般的皮肤细腻光洁。女子舞姿如风中杨柳，面容如三春桃李，引得韦皋不由全神贯注观看。

突然，音乐急转，舞曲由舒缓立即转为气势磅礴，热烈有力。灯光骤亮，方才退下的八位舞姬又一齐登上舞台，伴随音乐急速旋转、跳腾。观者眼花缭乱，如临仙境。最后，音乐戛然而止，九位舞姬笑吟吟向众人叩谢，慢慢退到竹帘后面。

一阵鼓掌喝彩，韦皋恍惚回过神来。见九位舞姬款款走到台下，到桌旁给各位侑酒助兴。那位穿白衣裙的女子径直走到韦皋面前，献上一盅酒。

韦皋开口问道："姑娘叫什么名字？籍贯何处？"

姑娘笑盈盈地轻声答道："回大人话，小女子名唤薛涛，本地人氏。"张口间露出一排碎玉般的白齿。韦皋闻到一股淡淡的幽香从薛涛身上散发出来，宛若芝兰之气，料知不是俗物，心中先有了几分赏识。又问道：

"听薛涛姑娘口音，却似京兆府人氏。"

薛涛惊讶地看了韦皋一眼，没吱声。

韦皋和颜悦色地说："本使也是京兆府人氏，听你口音就知道是梓里同乡。"

薛涛娇羞地垂下眼帘，声音如莺啼燕语一般，小声说道："韦大人明察秋毫。小女从小在蜀地长大，早说一口本地话。只因父母是京兆府人氏，故口音中偶尔稍带一星半点，竟也被大人听出来了。"

韦皋笑了笑，觉得薛涛既美貌可人，又举止得体，不似那几个女子妖娆，在客人面前媚态十足。

这时一个叫菊花的舞姬在大声行酒令，猜诗谜。菊花伶牙俐齿，令词层出不穷，许多人上去与她对应。结果这舞姬被灌得摇摇晃晃，不胜酒力，娇喘无力地伏在另一桌上，不断招手唤薛涛快去帮忙。韦皋早想散宴回府，便趁势对众人说：

"这酒令我看就免了吧。听说薛涛姑娘诗写得不错，今日，本使就让她即席赋诗一首。如何？"

大家一阵附和，随即安静下来，一位侍女立即送上纸笔。薛涛知道韦大人是要考一考自己，类似的场面她早就见过。从她有记忆起，父亲便开始教她吟诗，偶尔也带她与文人雅士唱和，她随机应变，出口成章，总会赢得满堂喝彩。可是好景不长，家境每况愈下，甚至捉襟见肘，父亲不再带她出去唱和。不但如此，父亲甚至对母亲说自己犯了一个错误，不该培养女儿的诗兴才情。家境贫寒的女子，粗通文墨便可，出嫁后相夫教子，倒能获得知足平静的生活。若聪明过人，喜欢读书，又多愁善感，就难逃心比天高、命比纸薄的凄凉命运。可薛涛对父亲的话毫不理解，文思才情日日见长，一发不可收拾。

父亲在困境中溘然离开人世。没有田产，没有积蓄，也没有亲戚朋友可以依赖，为了生计，刚满十四岁的薛涛只好到芙蓉阁当歌伎。院主孟妈妈看她是块璞玉，也怜惜她尚且年幼，没让她马上伺客，而是聘请蜀中名师，点拨其琴棋书画，并教她穿着仪容，待人接物，仅此一点，她觉得自己算是十分幸运。今日出门前，孟妈妈千叮万嘱，要她好好侍候这位新上任的韦大人。说韦大人既是当朝大官，又是一位儒雅之士，爱慕体恤有才情之人。筵席上薛涛若能吐珠泄玉，举座皆欢，为诗林艺苑留下韵迹雅话，必当一炮走红。

薛涛略为思索，半是娇嗔半是羞涩地说："韦大人，小女子献丑了。"然后提笔在纸上写下《谒巫山庙》：

乱猿啼处访高唐，一路烟霞草木香。
山色未能忘宋玉，水声犹是哭襄王。
朝朝夜夜阳台下，为雨为云楚国亡。
惆怅庙前多少柳，春来空斗画眉长。

韦皋接过薛涛呈上的诗文一看，不禁大惊，不但书法流畅，有二王的风采，且诗句清丽凄婉，发幽思怀古之意，完全不同于欢场女子充满脂粉味的应景之作，不禁大为赞赏。如果说单看薛涛的容颜和舞蹈，韦皋只把她看成一个色艺双绝的歌舞伎。可是读了这首诗，韦皋才领会到薛涛原来是一位不同凡响才貌双全的女子，不禁击掌大声赞叹道：

"好诗！好诗！"

接着传给在座观赏，大家看罢也跟着一起赞叹。

韦皋见薛涛明眸生辉，正看着自己，面露羞色，两颊红云，不觉微微一震。本想和诗一首，可竟然有些心猿意马，哪还说得出一句来？正在想入非非、神思恍惚时，韦仁来报，说有紧急公文到达。韦皋忙向众人辞行，走时又见薛涛对自己抿嘴一笑，只感到有些窘迫，便转身匆匆离去。

第八章

陈兴德上任第二天上午，还未听县衙丁主簿报唱完全体衙员的姓名、年甲、籍贯及职司、薪俸，廊庑下便有一个老妇人颤颤巍巍走上堂来，跪倒在陈兴德案桌前，口里喊冤，要县令大人为她做主。

汪县令死后，曾县丞便一病不起，不久就递了辞呈返回乡下居住。衙中大小事务就由丁主簿暂行代理。

丁主簿见又是多次前来告状的乌尤坝董氏，便轻轻附在陈兴德的耳边说：

"陈大人，这妇人命不好，十多年前丈夫、大儿子、小女儿病死了。前不久娶媳妇的宴席上，唯一的儿子又发失心疯跳河自杀，把她气得疯疯癫癫，语无伦次。这段时间，她经常到县衙、州衙告状，鸣冤叫屈，尽说些没边没际、云里雾里的事，而且说起来没完没了，陈大人不必太放在心上。"

陈兴德一边听丁主簿说话，一边打量跪在地上的老妇人。这老妇约五十多岁光景，两鬓斑白，一脸憔悴，满眼悲伤，但皮肤白皙，衣着干净，神情举止像个知书达理之人，并无明显疯痴症状。陈兴德开口说道：

"老人家，报上姓氏、住址，有何冤屈，但诉无妨。本县铁面无私，执法如山，一定替你做主！"

老妇人深深道个万福，声音有些含混不清：

"青天老爷在上，民妇唤董玉茹，家住对岸乌尤坝，今年三十六岁。丈夫名杜祥发，亡故多年。我们夫妻共有两儿一女。大儿、小女已不在人世……仅留下宝山这一个独儿。没想到他却在洞房之夜遭人暗算，投水……"话语未完，眼泪扑扑直流，悲凄咽泣，全身抽动，气喘不已，还没来得及说下面的话，便昏了过去。

陈兴德没太听明白董氏的话，见她昏倒了，忙命人将其扶到内衙客厅中休息。此时，丁主簿便将董氏家中发生的事简要向陈县令禀报一番。

陈兴德心想，难怪董氏显得如此苍老，原来是家中接连遭祸，心中不免同情。

一会儿，陈兴德走进内衙，见董氏喝了一盅热茶后情绪安定了许多。但陈兴德刚开口问了一句，董氏又嘤嘤哭泣，并不断用袖子拭眼泪。陈兴德又命人倒了盅浓茶给她，董氏喝下这盅茶，才慢慢停止了哭声。

陈兴德说："方才你在大堂之上口称有冤情，眼下这里左右都无外人，你可详细讲与本县听。"

老妇人起身道过万福，说道："谢谢老爷。民妇十七岁嫁到乌尤坝杜家。公婆膝下共有二子，哥哥名杜祥发，兄弟名杜祥仲。杜祥发即亡夫。亡夫年轻时曾在京城户部供职，先前曾娶过一房妻，生有一个女儿。前妻病故后，才又娶了民妇……"

陈兴德低声问丁主簿："杜祥发原在户部任何职？"

丁主簿小声答："并无官职，据说曾在户部度支郎中杨宗灿手下办差。后来杨宗灿涉案入狱，还未招供便突然暴病身亡，刑部依律抄家，其妻悬梁自尽，家眷全部发卖为奴。杨宗灿手下办差之人多被查办，杜祥发案发时恰在外地办差，故未受到查办，只是被调离户部。不久便辞了差事，返回龙游故里，在乌尤坝经营田庄，续弦娶了牛铧乡的小家碧玉董氏。"

陈兴德点点头。又听董氏继续说道："……大历年中，凌云山再次动工修造未完成的弥勒大佛。山上一下又聚集了上百工匠，每日驴车马匹络绎不绝。亡夫从京城回来后，赋闲在家。见此情景觉得有事可为，便与兄弟杜祥仲谋划一番，先以低于别人的价格揽过粮秣生意，办起杜记茂源粮行。后又承揽大佛修凿，整日奔波忙碌，挣下些辛苦钱。

"不想天有不测风云，大儿子宝贵到河里游水淹死了……丈夫万分痛苦，郁郁成疾，生背疽而亡。丈夫走后，公婆在其兄弟杜祥仲的唆使下开始分家，民妇只分得小部分田地以及一座老宅。民妇明知吃了大亏，但孤儿寡母争不过他，只好忍气吞声。可民妇命苦，屋漏又遇连夜雨……小女儿宝珍又害病死了……"

说到此，董氏悲悲切切，几乎泣不成声，摇摇晃晃似要倒下。陈兴德立即用眼睛示意丁主簿，丁主簿开口劝董氏歇息一会再说。董氏却一改面容，激愤地说：

"民妇苦撑苦熬，终于将小儿子宝山养大成人，不承想他却被下贱的狐狸精潘素梅迷住。可怜我儿不知吃了那毒妇下的什么药，竟在洞房之夜发失心疯，好端端的投水……望老爷为民妇做主啊！"

陈兴德说："你说儿媳妇害了你儿子，她与你儿有何冤仇？为什么要害他？你又有何凭据说是媳妇下药？"

董氏一下泄气，说："没，没有凭据。"

陈兴德说:"那你凭何告她?捉奸拿双,捉贼拿赃。告状要有证据,才能依据朝廷的刑律量刑定罪,不可胡乱推测猜疑。"

董氏忍不住提高嗓音,面红耳赤道:"老爷,她是个狐狸精!她会变,一会儿一个模样。方才在这里,转眼就消失不见,还会分身术。从她进杜家门那天起,民妇就觉得她眼神不像普通人。她平时在人前装得一副谦恭柔顺的样子,转过身就变成妖精,两眼像锥子发出绿莹莹的光,让人心生恐惧,不寒而栗。

"记得宝山死后的一天,民妇进城办事,出门时看见她穿着一身浅蓝色衣裙独自在花园里。可船到龙游东津渡时,民妇却突然看见她身穿一套深蓝色的粗布旧衣衫,打扮成一个船家女,手提竹篮往一条货船上走。当时民妇很惊奇,心想她怎么会跑得如此快?到这里来干什么?于是悄悄躲到一株大榕树后偷看。等了一会,见她鬼鬼祟祟从船里出来,不过又换了一身男人的衣衫,肩上挎着鱼篓,头上戴了顶草帽,帽檐压得很低,几乎看不清面容。她走出来之前,船舱里先钻出来一个男人,站在船头左右张望一番后,她才小心翼翼走出来。这个狐狸精竟在外偷人养汉!民妇冲过去正想抓住她,可是这时突然从旁边闪出两个挑夫,他们各自挑着一捆柴挡在我前面,让她脱身逃走……

"民妇气得大哭一场,赶紧坐船返回家,想在家门口堵住她。可等民妇上气不接下气赶回家,却见她依旧穿着早上那套浅蓝色的衣裙,坐在花园的凉亭里纳鞋垫。见我回来她丝毫不觉得羞愧,像什么事都没发生一般。民妇怒不可遏地问她方才到哪里去了,她装得一脸无辜说哪都没去,一直待在家里。民妇当面揭穿她,说她在码头船上与野男人约会。她捂着脸大哭,说民妇冤枉她,还叫用人刘妈出面为她作证,说自己没迈出大门半步。"

"刘妈怎么说?她究竟出去没有?"陈兴德已经有点不耐烦了,但仍然问了一句。

"刘妈说她没出去。"董氏丧气地答,"但民妇的确看清是她,这个小贱人是狐狸变的。民妇早听说狐狸修炼千年后就会成精,变成女人的模样来害人。潘素梅就会变,她跑得飞快,一转眼又坐在家里。人咋跑得了那么快?刘妈老眼昏花,哪看得见狐狸精分身?民妇儿子就是被她害了……"董氏说着又嘤嘤哭起来。

陈兴德不由皱起眉头,他最不信这类无稽神怪之说。市井之人总爱讲一些狐狸变美女勾引年轻书生的故事。这类故事茶余饭后说来听听倒也罢了,可作为告状的凭据,则十分荒唐。他板着脸没说话。

董氏见状平静了许多，小心从衣袖中抽出个小布包，双手恭恭敬敬递给陈县令，说道：

"民妇央人写了诉状，要将这毒妇告下，老爷看了便清楚事由。"

这是一份用小楷写成的状纸，条理清楚地陈述了她儿子成婚之夜家里所发生的事。陈兴德看了一遍，觉得与她本人述说的基本相同，没有更多更具体的事实，仅凭潘素梅上过一个男人的船，是不能把她作为谋害杜宝山的凶手，缉拿到大牢的。何况杜宝山自己投江有目共睹，并非潘素梅出手加害。想到此，陈兴德觉得老妇人真如丁主簿所说，由于悲伤过度，有些神志不清了，于是便问：

"听说你还到州衙告状，结果如何呢？"

董氏哀声道："他们说没有证据，没找到宝山的尸体，不能立案，只能暂记为人口丢失，说民妇如此告状实属诬告，看在民妇年老体弱的分上，不予追究，但也不受理。"

陈兴德想了想，对董氏说："这卷状留在此，本县仔细看看。一旦受理就即刻传你来衙。"

董氏连声称谢，跪地三拜，拭了拭眼角的泪水，躬身退出后堂。

董氏走后，陈兴德问起凌云山弥勒佛像修凿之事。此事多年前他在平羌县时就有所闻，但详情并不清楚，今日听董氏谈及，便向丁主簿打听。

丁主簿秀才出身，土生土长的龙游县人，对龙游县的名胜古迹，甚至一山一石、一草一木都能如数家珍。闲暇时又喜读各种杂书，对本地历史掌故、传闻轶事颇有兴趣，因此所知甚多。此番听新县令询问，便清了清喉咙，拿出凌云山图志一一道来。

凌云山与县衙隔水相望，绵延数里。共有九峰，名曰集凤、栖鸾、望云、就日、丹霞、拥翠、兑悦、祝融、灵宝，故又名九峰山、九顶山，古时也称青衣山、九嶷山。

九峰山之名颇有来历，各含玄机。凌云山原是道家的修行仙地，著名神仙彭祖、瞿君武等都曾驾临此处。后来佛光普照，释门昌盛，仙道们便驾鹤远去，凌云山转而又成为佛门圣地，但仍留下祝融、灵宝、兑悦三个与道家相关的名称作为纪念。

凌云山遥望峨眉山，俯临三江。峰峦叠嶂，山势错落，九峰争秀，林木葱郁，丹崖翠壁，俨然一幅绝妙的山水图画。

陈兴德耐心地听完丁主簿一番讲解，觉得倒有点意思。说：

"平羌与龙游相邻,而我却并未来过。来此上任也弥补了这个遗憾。"

丁主簿殷勤道:"龙游是个好地方。不知陈大人何时将家眷接来?"

陈兴德笑了笑,说:"已给家里写信让他们来龙游。"

"卑职立马动手准备好一应家什。"

吃罢饭,陈兴德换了身便服,带了张伍到街上蹓跶。出了县衙往前走一段,便是一个十字街口,往来人群熙攘,店铺林立,灯火通明。红砂石铺路面的街道上弥漫着一股儒雅之气。几乎所有店铺两边门柱上都悬挂着或木板或竹片雕刻的对联,内容与店里的经营互为呼应,形形色色,雅俗相映,倒也有趣。

裁缝铺子门口的对联为:

肥瘦长短皆有度

精细表里是其能

对面杂货店门口的对联为:

绫罗绸缎线丝棉麻货真价实

针头线脑化妆日月童叟无欺

前面当铺门口对联为:

以质得财亲疏无异

因贪生息尔我相安

此时,陈兴德看见前面转角处有一间容不下一张桌子的小店,掌柜在门外支了个摊,卖卤猪头、猪蹄及肚腹下水,以及用杜仲、当归、枸杞、野山参等制成的各种药酒。生意十分兴隆,食客均当街站立而食,或用荷叶包、竹筒盛,带回家享用。门口也有一联:

店小乾坤大

老酒醉人多

陈兴德不由赞叹道："龙游果然是个文人荟萃之地，连这等店铺也透着文气。"

张伍见老爷情绪好，也兴奋地说："老爷，小的见这龙游山川俊秀，河流纵横，人口稠密，店铺林立，生意兴隆，端的个富饶之地。小的早听说这龙游从古至今从未有过瘟疫、战乱、干旱、地动、虫害等大灾大难，难怪皇上要在此敕建大佛！老爷到这里当县令真是好福气。"

陈兴德忽然问道："张伍，汪县令死后是否还留下尚未具结的刑狱案件？"

张伍答："只余乌尤坝董氏一案了。董氏的儿子发失心疯投水自杀，可至今没找到尸体，因此无法了结。"

陈兴德微皱眉头："董氏今天已来堂上告状。不过，我看董氏神志似有不清，又拿不出任何证据。"

张伍目光一闪，说："大人，小人的大哥今天来了一趟。他说几年前平羌县城有一个叫黄大平的泼皮因打伤人被判了苦役，流放到边关。可熊耳峡出事前几天，有人看见他在平羌码头出现过，以后又消失不见了。听说黄大平极善水性，又有一身蛮力气。老爷可着人查一查他的底细，保不定熊耳峡的事与他还有点勾挂。"

陈兴德眉头一动："黄大平在平羌有父母妻室吗？"

张伍答："没有。他父母早亡，光棍一条。"

陈兴德大脑飞快地转动，喃喃道："黄大平？一个苦役犯？回头你带上我的信函，去找平羌县的莫县令查一查几年前刑审的案卷。熊耳峡水势险恶，暗礁丛丛，不熟悉水情的人无法下手。"

张伍点头称是。两人说话间穿过一片闹市，沿着河岸向西走。陈兴德望了望远处的凌云山，方才还清晰可见的葱翠山脉已被朦胧的暮色吞没，雾霭飘忽，凉风阵阵，夹杂着涛声扑面而来，显得神秘而又深不可测。顷刻间又引起陈兴德的感慨，觉得世事如云，来去无踪，变幻不定。

两人正走着，忽然看见远处水边晃动着一点光亮。走近一看，原来是个美髯老翁在放河灯。两人都知道，嘉州自古就有放河灯祈福消灾、悼念亡灵的习俗。

"老人家在为谁放灯？"张伍近前问道。

"海通法师！"老翁目不转睛地答道。

"可是修凿凌云山大佛的海通和尚？"张伍心中一动。

"正是。当年修凌云山弥勒大佛时，老汉与海通师父朝夕相处，受他的度化，皈依三宝。海通师父圆寂后，老汉每年都在他的祭日放灯，希望他来世到龙游修完凌云山弥勒大佛。"老翁直起腰来，擦了擦眼睛，问：

"两位相公像是外乡人，到龙游来游耍？"

陈兴德反问："老人家，你觉得龙游哪里最值得一游？"

老翁呵呵一笑，捋了捋白胡须说："龙游的凌云山、乌尤山、古象山、高标山，渔儿湾、塘儿湾、斑竹湾、海棠湾，嗨，到处都是好地方，不过老汉最喜欢的是凌云山、凌云寺。"

"是因为弥勒大佛吗？"

"欸。"

陈兴德微微一笑，问："海通法师为何要在凌云山修造弥勒大佛？"

老翁注视着顺水而下的河灯，说："凌云山下是滚滚三江流水，每至夏汛，惊涛骇浪，直捣山壁，危害行船。为此海通和尚发愿凭崖开凿一尊弥勒菩萨像。一则以石平江，减缓水势；二则弘法利生，希望以弥勒佛无边的法力，保佑众生脱离苦海。"

陈兴德说："据我所知，佛门里有佛、菩萨之分，佛的身份高于菩萨。佛祖是释迦牟尼，弥勒是菩萨，海通为什么不造佛祖却要造弥勒菩萨？"

老翁眯眼看着陈兴德，语气中充满自豪："弥勒既是菩萨，也是佛，身兼两重身份，是未来佛。听海通法师讲，弥勒乃天竺国南方一个婆罗门贵族之后，刚出生时，一个相师见了惊异地说：'此儿具足轮王相，长大必成转轮圣王。'此话传到国王耳中，国王大为恐慌，欲将他置于死地。后来弥勒在舅母的帮助下出家成为佛祖的弟子。弥勒上求佛道，下化众生，注重利他，故得佛祖另眼看待，预言弥勒将继承自己成为未来佛，在释迦牟尼入灭后，降生到人世。弥勒降临人间后，天下太平，赤气消除，五谷丰登，树木葱郁。弥勒人长八丈，寿命八万四千岁，法力无边，故海通和尚造弥勒佛。"

陈兴德点点头，问："海通是何方人氏？"

老翁答："海通出生黔北赤水河畔大户人家，世代酿酒。汉朝鄱阳令唐蒙奉旨开通夷道，他们家的酒经此敬献给汉武帝刘彻后，大受青睐，遂成为宫廷供物。以后世代蒙受皇恩，荣耀之至，富甲一方。偏他不爱钱财，潜心内典，不顾家人反对，削发为僧，云游四方，最后住锡凌云寺，开凿大佛。"

二人正说着话，忽见丁主簿率两个衙役，提着灯笼一路小跑而来。气喘吁吁地说道：

"陈大人，让小的好找。原来在此观看铜河夜景。"

老翁得知面前是县令大人，连称得罪，揖礼离去。

陈兴德不免扫兴，说："本县正在听这位老翁讲修大佛的轶事。何事如此匆忙？"

丁主簿忙说："陈大人初来乍到，晚上独自在外走动，卑职担心多有不便，若有缓急，呼叫不应，故赶紧寻来。"

陈兴德说："本县看这龙游秩序井然，物产丰饶，百姓富足，只不知民风如何？"

丁主簿答："回老爷，龙游民风淳朴，人心淳厚。百姓们以耕读传家为荣，多信奉佛、道两教，乐善好施，作奸犯科者寥寥无几。"

丁主簿一番述说，陈兴德听着无味，只依着自己的思路说："一进入龙游境，便见四处宫林梵刹，香烟袅袅。"

丁主簿道："这周围龙泓寺、凌云寺、乌尤寺、安国寺、能仁寺、草堂寺、开元观、上清宫、老君观等都是远近闻名的大庙宇宫观。至西往峨眉山驿道上，寺、观更是星罗棋布，左右相连。"

陈兴德点点头。丁主簿又指着前方说：

"陈大人，你看，前面灯火处便是古象山下的能仁院。大人若还有兴致，不妨再往前走走。从这里过去便是斑竹湾，沿河十里翠竹成林，乃龙游的一处佳景。龙游有三大古渡口，一处是城东拱宸门附近的东津渡，一处是徐浩的青衣渡，第三处便是位于斑竹湾的西津渡。铜河之水来自西山峡谷，风急浪大，将西津渡变成一个烟波浩渺、气象万千的胜景之地。能仁院在斑竹湾的古象山下，万绿丛中红墙逶迤，美不胜收。凌云山上的弥勒大佛便是依能仁院中弥勒佛为蓝本，在凌云山放大而凿。"

最后一句话引起了陈兴德的兴致。

第九章

铜河两岸，行人稀少，两旁斑竹成林，河风吹动，瑟瑟乱响，竹叶纷飞。

次日下午，在去能仁院的路上，丁主簿向陈兴德讲起了铜河的来历。

史载，汉文帝时，龙游人邓通，因水性好而召入宫中，在苍池为汉文帝撑游船，后极得汉文帝宠幸。邓通对文帝也恭顺有加，不惜口吮文帝痈疮，排脓上药，吸吮脓血。文帝宠信邓通，认为他对自己的孝敬超过亲生儿子，便为邓通加官晋爵，并赐予大量钱物。

后有方士说邓通会饿死山野，邓通大惊。为了消除邓通的担忧，文帝将严道铜山赏给邓通，允许他私自冶铜铸钱。由此"邓通钱"逐渐流通天下，邓通也富甲天下。然而好景不长，文帝驾崩，太子景帝即位。景帝认为邓通为父亲吸吮脓血，是以卑劣之技邀宠，是佞臣、小人之行，故将之贬为庶民。同时，景帝诏告天下，铸币权收归朝廷，禁止私家冶矿铸钱，违者严办。

邓通颇有心眼，回乡前偷了铸钱的模具藏在身上，返回龙游后开始四处寻矿，终于在绥山上发现大量铜石，于是他暗地里采矿铸钱，重操旧业。不久事发，景帝大怒，遂以铸私钱论罪，要处以死刑，后因陶长公主出面说情留下一命。最后邓通贫困潦倒，饿死在铜山荒野。

邓通死后，绥山发现铜石的消息便不胫而走，不少人来到绥山采矿。后来，人们便将绥山称为铜山。隋朝末年，官府在山下建镇，取名铜山镇。采铜让很多人发了财，他们感谢邓通带给他们的财运，在铜山脚下建了一座邓通祠。

"小百姓没有远大志向，只认得银子、铜钱，故称沫水为铜河。"说完铜河来历，丁主簿补了一句。

"这名字好啊，有钱是好事。粟满仓，民知礼。"陈兴德一笑。

丁主簿忙附和："大人明鉴。"

陈兴德话锋一转："以后还有人在铜山上铸私钱么？"

丁主簿迟疑一下，答："这个，卑职没听说。"

陈兴德没有注意到丁主簿欲言又止的表情,望着前方问:"你方才说凌云山大佛是依能仁院的弥勒佛为蓝本雕刻而成。这能仁院有何来历?"

丁主簿答:"能仁寺是座古寺。寺中的弥勒石佛是南朝天竺国僧人所刻,乃镇寺之宝。此弥勒面相方正,庄重温和,饱满丰腴,潇洒秀丽,垂足而坐,双手抚膝,精美无比,眉心还嵌有一颗晶莹剔透、光彩夺目的天竺红宝石。这便是凌云山选它做蓝本的原因。凌云山大佛雄伟巨大,头高四丈四尺,眼长一丈,鼻长一丈四尺,耳长二丈一尺,上半身长七丈五尺。倘若大佛按造像惯例,取掌心向上的姿势,手指就有二丈多长,凿刻难且不说,如此重的巨石怎能悬在空中?为解此难题,有人曾想刻一力士来抬撑佛手。可是凌云山山是一尊佛,佛是一座山,无论何种支撑都与佛像形体不合。故最终定下以双手抚膝之佛像为蓝本,既化解了手指的凿刻难度和重量难以支撑的问题,也显佛像庄重肃穆。"

陈兴德点头道:"这一决断甚是高明。"

丁主簿说:"能仁寺虽不大,却很雅致。前临铜河,后依古象山,山水相映,红墙金瓦,垂柳成荫,赏心悦目。当地人每逢亲属朋友外出谋生、求学、科举、出游、从军等,都喜欢到此折柳相赠,以表达留客、祈福之意。能仁院乃东晋初年奉旨兴建的名寺。太宗皇帝时,曾将宗室九江公主嫁与吐蕃一部落头人。不承想头人后来牵涉太子谋逆一案,太宗皇帝念他有战功没杀头,将他流放到剑南道边陲的巂州①。九江公主与其感情深厚,向太宗皇帝表示愿放弃富贵,随丈夫去巂州。谁知公主走到龙游便一病不起,只得暂且在能仁院住下。太宗皇帝闻听此事后,立即派人送了大量金银财物到能仁院,供公主养病之用,并希望公主回心转意,离开丈夫返回京城。可公主病好后仍去了巂州,把太宗皇帝所赐的金银财宝全部留给能仁院。能仁院从此富甲一方,寺中今日仍藏有许多珍贵的经书、珍珠、玛瑙和金银法器等。"

丁主簿见陈兴德没说话,便问是否敲门进能仁寺看看。陈兴德问:"寺里今日住了几位僧人?"

丁主簿答:"五位尼姑。住持慧心如今已是八十多岁。"

"原来是一座尼众寺院。"陈兴德有些意外。

因见山门已关闭,陈兴德便说天太晚,不要打扰出家人。一行人沿斑竹湾返回。一路上陈兴德脑子里都想着凌云山弥勒大佛的事。从玄宗开始,历肃宗、代宗前后三位皇帝,都诏令户部拨银两开凿凌云山弥勒佛。尤其玄宗

---

① 巂州,今四川西昌全境以及今安宁河流域及雅砻江下游和大渡河南岸。

皇帝，起初本信黄老之道，但他心胸开阔，兼容并蓄，使得烽燧不惊，华戎同轨，冠带百蛮，车书万里，造就大唐开元盛世。开元二十四年，玄宗皇帝又亲自为佛经《金刚经》作注，并命颁行天下，使佛门大为兴盛。开元二十八年，玄宗皇帝下了一道恩旨，让当时的西川节度使章仇兼琼从西川的盐、麻税中抽款，用于凌云山弥勒佛像的开凿。西川自秦汉以来，盛产井盐。陈兴德到龙游上任前细查了各种资料，得知开元年间，仅嘉州、眉州、邛州三地一年盐税即有一百多万钱。西川每年盐税约八千零五十八贯，一贯为一千钱，如此算下来，银钱数目十分庞大。而蜀麻乃国内良麻，远销京城、江淮等地，税收也相当可观。盐、麻之税属地方杂税，并未纳入国库，皆由各地节度使自行掌握，报户部备案而已。以蜀地之财力，修凿凌云山大佛应不算难事，可为何历时六十多年没完成呢？想到此，陈兴德开口问道：

"丁主簿，大佛如今修到何处？"

丁主簿答："膝盖处。"

陈兴德说："这修凿大佛拖得太久！"

"是。"丁主簿含糊应了一声。

陈兴德问："共花去多少银两？"

丁主簿顿了一下，答："这……卑职不知。"

陈兴德听出这话有搪塞之意，心中不快，便穷追不舍，问："既然海通和尚募有大量钱财，朝廷又有数次皇银下拨，加上盐、麻税款，何不用来多雇些工匠尽早完成，而让其半途而废？"

丁主簿一伸脖子答："老爷有所不知，民间有句俗语道：'黄鳝大，窟洞大'。钱虽多，伸到窟洞里捞钱的手也多。几番下来，有多少落在修凿上？端的是谁也说不清、道不明。"

陈兴德阴沉着脸，蹙着眉头说："岂有此理，为何不将此事奏报朝廷，严加查办？"

丁主簿猛然省悟自己说漏了嘴，忙掩饰道："这个，卑职其实也不太清楚，仅为道听途说，不足为证。"

陈兴德正色道："本县在此期间若发现类似情况，定会严惩不贷，决不姑息！"

丁主簿忙恭维道："陈大人清正廉明，堪称楷模，令人景仰。"

陈兴德略一思忖，问："海通死后由谁主持大佛开凿？"

丁主簿答："先是海通一名弟子主持修凿，后来因朝廷下拨的款项使用，要详细具账回奏，于是就委托剑南道节度使派专人监管。而剑南道节度使一职,从开元年到如今,前后换了二十多任,长的几年,短的不足一年,因此监管造像的人也更换了无数个。据卑职所知,朝廷对下拨款项有详细条文规定,修凿大佛所需的各类物资、器械、粮草等的采买,皆由仓库总管先拟草文,由正副两位主管——复核,再形成公文,又由正副两位主管签名押印。最后还须备副本,另外须有抄件呈龙游县衙存档备案。可后来吐蕃、南诏不断兴兵骚扰。节度使忙于领兵打仗,沙场征战,筹集军饷,不但无暇顾及凌云山的大佛开凿,还挪用修建款充作军用。于是凌云山上几度停工,人员走马灯似的更换,最后连工匠也尽数散去。这些规定也就成了废弃部文案牍,名存实亡。"

一提南诏,又勾起陈兴德心中的怒气,他开口道:"这南诏原来一直臣服于我大唐,得了朝廷许多恩惠,后来却翻脸不认,与虎狼之邦为友。"

丁主簿说:"正是,嘉州是五尺道、灵官道的纽带,蜀地的茶、丝绸、盐等均通过此道运到南方,乃至天竺、大食等地。南诏、吐蕃往昔与嘉州贸易往来频繁,昔日龙游城里随处可见番邦商队。他们除了贩运丝绸、茶叶、盐等,还时常聘请龙游工匠、医师等前去教授课业,有的商人长年驻在龙游,甚至与本地女子结婚生子,操一口流利汉话。"

"可恶!"

"陈大人在龙游住一阵,便能听到许多凌云山开凿弥勒佛像的逸闻趣事。"丁主簿见陈兴德一脸怒气,忙扯开话题。

"寻个空闲,本县欲到凌云山上看看大佛。"

丁主簿忙说道:"山上荒芜冷清,行路艰难。"

陈兴德看了看夜色中的凌云山,半晌无语。

第十章

　　成都南郊，万里桥畔。
　　一座古色古香的半圆拱桥，青石为基，上覆廊棚，如一道彩虹横跨锦江。桥头旧石碑上"万里桥"三字依稀可见。桥下河水清澈，碧波荡漾。几个赤身顽童在水中嬉戏，溅得水花四起。岸边一片茂盛的枇杷林，郁郁葱葱。一条蜿蜒的小径伸到浓荫深处。枇杷林里一圈竹篱围着一个灰瓦粉墙的小宅院。庭院中有棵高大的梧桐树，枝繁叶茂，浓翠欲滴。树下便是薛涛母女的家。
　　宅院堂屋内一个三十五六岁的妇人正兴冲冲地打开一个红绸包袱，这是成都府衙官差奉韦皋之命送给薛涛的礼物。官差前脚刚走，妇人就急不可待地解开包袱。不看还罢，一看惊得目瞪口呆。里面除了几匹上好的锦缎外，还有一只小巧精致的洒金红漆梳妆匣。梳妆匣上面的铜锁扣闪闪发亮，掀开匣盖，上面有一个带支架的铜镜，下面是四层垫了红锦缎的小抽屉，妇人依次拉开，不由连连咋舌道：
　　"哎呀，全是名贵的首饰哟！"妇人尖着手指小心地一一取出来。"这对耳环是老银子打的，上面镶着翠鸟的羽毛。一个绿宝石戒指，一支镶有珍珠的簪子。哎呀，洪度，洪度快来看呀！韦大人真是慷慨，又送这么多宝物……"
　　妇人听半晌没有回音，便转身到里屋走了一圈，仍没见女儿洪度的踪影。正在诧异，无意间从窗口瞥见女儿坐在桥下的石阶上出神，这段时间女儿似有心事，总有点魂不守舍。妇人挥手大声喊道：
　　"洪度，洪度快回来。"
　　薛涛很喜欢坐在桥下的暗红色石阶上，望着清澈的江水沉思遐想。这条锦江像一条玉带缠绕着成都城邑，令这座城市倍增妩媚。父亲常说蜀地之美胜过京城，因为山清水秀，姑娘们娇小玲珑，皮肤白皙细腻。古代的大美人王昭君，前朝高宗的武皇后，都因蜀地的滋养，不但妩媚动人，婀娜多姿，而且聪慧过人。
　　听到母亲的叫声，薛涛转过脸来应答，见母亲不断招手叫她，只得站起身往家里走。薛涛的父亲薛郧，在京城虽是一介小吏，但衣食无忧。可是战乱打破了一切。天宝十四载，安禄山以讨伐杨国忠为由，率二十万大军从范阳举兵。那时中原一带因久无战事，军民毫无防御准备。叛军长驱南下，所过州县，望风披靡。有的地方官员弃城而逃，有的开门出迎，叛军几乎未遭抗拒，很快攻破了潼关。玄宗皇帝在惊慌中匆匆逃往蜀地，偌大的京城一片混乱。薛郧与刚成婚的妻子夹在逃难的人群中，整日提心吊胆，四处奔波，最后历尽艰辛到达蜀地。动荡中妻子宋氏怀孕了，薛郧又忧又喜，为未出世的小孩取名"涛"，字"洪度"。除了纪念惊涛骇浪般逃难的经历外，也祈盼孩子平安度过洪流险滩。

薛涛今天穿一袭葱绿色的裙衫，长发垂腰，未施粉黛，天然清纯。一阵风来，吹动她的裙衫，使她的身体愈发飘逸动人。刚走进院子，就听宋氏眉飞色舞道：

"洪度，韦大人又差人给你送来珠宝首饰，你快来看！"

薛涛打开抽屉，一件件仔细观赏，黑如点漆的眼珠瞪得大大的，脸上满是笑意。她没想到自己也有富家小姐的饰品。这些珠宝是她昔日想都不敢想的。韦大人对薛涛的抬爱，使得芙蓉阁的众姐妹羡慕不已。

"洪度，韦大人今夜要宴请客人，待会儿差人来接你，你快去收拾打扮。"宋氏催促道。

"还早哩。"薛涛将首饰看一番后，转身进了书房。

书房里充满香闺之气，门上用紫色的珠子串成珠帘，窗下摆放着一张古琴，琴旁一只长颈彩绘陶罐里，插有一束新鲜的野花。窗户上系着一只五彩风筝，长长的尾巴在微风中轻轻摆动。靠墙有一堵书柜，书架上有很多旧书，大都是薛涛父亲留下的。薛涛闲时做了一些布套装上，并用工整的小楷写了书名。宋氏紧跟着走进书房，坐在女儿书桌边轻声问道：

"洪度，你觉得韦大人如何？"

薛涛坐在桌前一边往书封套上写字，一边回答道："韦大人风度翩翩，气宇轩昂，衙里上下无不敬畏，百姓也仰作父母。"

宋氏眯着眼睛笑道："韦大人对你青睐有加哦！"

薛涛得意地抬起头答："他待人和气，赏识我的诗文。"

宋氏微微颔首："他自己经常写诗么？"

薛涛停下笔："不，韦大人十分繁忙。他说自己过去也曾刻苦学习诗赋，无奈入仕后公务缠身，无暇顾及，难见长进，不过心中难舍这份雅兴，故稍有闲暇，便诵读诗章以解疲乏。他说写诗格律固然重要，但更要紧的是言志抒情，切忌无病呻吟，言之无物，堆砌辞藻。女儿觉得韦大人讲得精辟透彻，不同那寻常儒生，拘泥于韵律，小气酸腐，自以为是。"

宋氏说："如此看来，韦大人虽是武人，腹中却有诗书之气。"

薛涛说："韦大人文武双全，还懂音韵，谱得一手好曲，但他不愿彰显，怕别人投其所好，沉溺其中，耽误军政要务。"

宋氏问："哦。韦大人五行中属什么？"

薛涛略有些惊异，抬起头反问道："娘，女儿如何知道这个？再说他属什么与我娘俩有啥相干？"

宋氏一脸峻肃，带有几分神秘，说道："你少不更事啊！人命分五种，金、木、水、火、土。金克木，土养木，这是古人传下来的经验。你是水命，遇到金，金子更亮。若遇土，就是一摊稀泥。千万别遇火命，水火不相容，一辈子吃尽苦头……"

薛涛忍不住放下笔掩嘴娇笑："哎呀，娘！你啥时变成算命先生了？韦大人乃堂堂西川节度使！我们平民小百姓与他天壤之别，他属什么与咱娘俩不相干。"

宋氏心事重重地说："他与我们关系重大哟。"

薛涛笑道："娘，我知道。孟妈妈说了，他是我们的贵客，是我们的衣食父母，早就嘱咐我要小心侍候……"

宋氏脸上顿时没了笑容，愣愣地望着女儿。女儿从小就聪颖过人，读书过目不忘。记得刚满八岁那年，丈夫薛郧为了考女儿，便以庭院中那棵梧桐为题，吟出两句诗：

> 庭除一古桐，
> 耸干入云中。

丈夫要女儿往下接续，薛涛不假思索，脱口而出道：

> 枝迎南北鸟，
> 叶送往来风。

薛郧当时一下子愣了，半晌默不作声，内心阵阵发紧。晚上躺在床上仍辗转难眠，长吁短叹。在宋氏反复追问下，薛郧才道出自己的担忧。原来他认为这两句诗预示着女儿命中也许会是个迎来送往的欢场人物，红颜薄命，晚景凄凉。宋氏当时责怪丈夫胡思乱想，没想到如今果真应验了丈夫的担忧。

"娘，娘你怎么了？"薛涛见母亲两眼发呆，忙连叫了几声。

宋氏回过神，苦笑了一下，又问："韦大人还与你谈过些什么？"

薛涛小嘴一噘，略为不满地说："娘，你怎么总追问韦大人的事？"

宋氏面带忧愁，却又掩饰道："女儿，娘一个人在家寂寞，很想听听外面的新鲜事。"

薛涛顿觉歉意，走到宋氏身后，两臂轻轻环抱宋氏。见母亲神情不快，一转话题说："娘，我听说韦大人要到嘉州去巡视。"

宋氏问："嘉州？要去龙游吗？到那里干什么？"

薛涛答："女儿如何知道？不过，倒是多次听韦大人谈起凌云山大佛。"

宋氏露出一丝笑容，说："龙游是个好地方。你知当年玄宗皇帝避难为何选择蜀地？那是有高人指点！果然得凌云山佛门菩萨护佑，玄宗皇帝才化险为夷，保住李唐江山。当初我和你父亲逃难入蜀后，见成都的难民云集，难以为生，就辗转去了龙游县，在竹公溪附近一个叫薛地的地方落脚住下。那儿只有十几户人家，竹林茅宅，水光山色，宛若仙境。村子后面的山坡上有很多胭脂木，我不时将那种木头砍碎浸在水里，加上明矾做染料，给你染粉红色的裙衫，你欢喜不迭。端午节看赛龙船，你更是欢天喜地，嚷着要下水去抢鸭子。可惜，那时你太小，记不起这些事。"

薛涛道："娘既然喜欢龙游为何又离开了？"

宋氏道："唉，只因后来龙游县衙清理外来流民，将我们一家逐出薛地，这才又返回成都。洪度，韦大人会带你去嘉州吗？"

薛涛娇嗔道："娘，韦大人去嘉州公干，又不是去游山玩水，怎会带一个女子同去？"

宋氏问："你不是也经常帮助韦大人誊写文牍卷册么？你如何不去应聘幕僚职位？"

薛涛顿时神色黯然："女儿这个身份如何能去当幕僚？"

宋氏见女儿难过，忙鼓励道："韦大人招聘幕僚的告示上不是清清楚楚写明：幕僚之位不限出身，文职不论是否进士，皆可应聘。"

薛涛说："娘，你有所不知。选入府衙的幕僚，都是些文韬武略、才气过人的须眉男子，我即便不是乐籍，一个女儿身又如何能充当幕僚？"

宋氏无言以对，停顿片刻又说："你若入了幕府，虽无官阶头衔，但就算有了身份。以后脱籍从良，永脱风尘，寻个好儿郎嫁了，为娘就不用再担心，你父亲地下有知也可以瞑目了。"宋氏说着禁不住泪眼朦胧，薛涛忙拿好言安抚母亲。宋氏见天色不早，便擦净眼泪催促薛涛梳洗打扮。

薛涛收拾完毕，见接自己的轿子还未来，便兴冲冲挽着母亲朝外走去。刚上石拱桥就看见一乘凉轿从对面走来，窗帘半垂，一双眼睛从帘后火辣辣地偷看薛涛。薛涛厌恶地侧过脸，低声对宋氏说：

"娘，此人是芙蓉阁的常客，贼眉鼠眼，令人生厌！"

宋氏面色紧张，低头不语。

第十一章

"咣——"一声锣响,三通鼓毕。新任龙游县县令陈兴德乌帽皂靴,穿戴齐整,威武升堂。十二名衙役如狼似虎,侍立两旁。

陈兴德神情冷峻,环视堂下。县衙廊庑下及门外八字墙两边围满了看审案的百姓。这是他第一次与龙游县的百姓公堂见面。

昨晚接报,张绰与乌尤坝另两名少年在凌云山后的麻浩山上捉蛐蛐,失足跌入山中崖墓,无意间发现投水自杀的杜宝山尸体。

乌尤坝与麻浩山隔虎头溪相望,麻浩山暗红色的崖壁上,墓穴层层密布,犹如蜂房一般。依上而下大约有上百个在崖石上凿的獠人墓穴,散发出幽灵般的气息,阴森可怖。内中有一大墓穴远近闻名,由墓门、享堂、墓道和棺室组成,墓门处刻有飞檐、瓦当、斗拱,门楣上方左右刻有一只羊,中间有三个人。左墓门飞檐上刻有一虎。享堂宽敞,三方都刻有飞檐瓦当,数十个瓦当,个个雕镂精细,式样各异。壁上刻有车辇图、执畚图、牧马图、宴乐图、荆轲刺秦王图等,甚是壮观。可附近百姓十分忌讳,极少走近。当晚陈兴德立即命人缉拿了董氏和潘素梅,以防节外生枝。今日开堂审理此案,便是想借此事,让龙游县百姓知道他除旧布新、缉拿奸宄、靖安地方的决心。

陈兴德待上下肃静,便发了令签,传董氏和潘素梅上堂。

稍时,董氏和潘素梅被带上,跪在大堂之下的石板上。陈兴德暗下留心察看了潘素梅一番。但见她亭亭玉立,头发浓密油黑,着一身烟青色的裙衫,低垂着双眼,紧抿薄薄的嘴唇,两只长叶形的银耳坠轻轻抖动,似是内心不安。陈兴德寻思,水上人家竟能出落这样可人的女子,难怪杜宝山会被迷得走火入魔。想到此,他面色凝重,指着堂下一块木板上白布覆盖的尸体开口道:

"杜董氏、潘素梅,你们看看那白布下躺的是谁?"

董氏与潘素梅不约而同地扫视对方一眼,惴惴不安地走过去。还未走到木板前,一个衙役伸手将白布上半部分掀开,露出开始腐烂的脑袋。只见死者面容浮肿,双眼凸出,黄绿带紫的皮肉上,蠕动着暗红色的小蛆虫。尽管喷洒了不少药酒，依然盖不住浓烈的恶臭味。董氏和潘素梅见状，同是惊恐万分，"啊"地大叫一声。

董氏起初还有点不敢相信自己的眼睛，又凑近细看了一眼，呼天抢地哭喊道：

"宝山，我的儿呀……"

潘素梅也掩面露出一副悲悲切切的样子，低声道："这是咋回事？"

董氏撕肝裂肺地哭道："宝山，你咋扔下娘走了？呜……"突然，哭声戛然而止，董氏转过身，手指几乎戳到潘素梅的鼻尖，怒吼道：

"就是你！就是你这个狐狸精谋害的！你，你还我儿子！"

潘素梅怯怯低声道："妈——我——"

董氏涨紫了脸："谁是你妈？我不是你妈！"

潘素梅不知所措："我——"

董氏忽又大哭道："儿啊，你咋扔下妈走了。妈今天不活了，妈要与这狐狸精拼了。"

董氏说罢，猛一下朝潘素梅扑去，一手抓住潘素梅的头发，一手左右开弓乱打。潘素梅猝不及防，痛得嗷嗷大叫，左右躲闪。陈兴德眉毛一拧，"啪"一拍惊堂木，大声喝道：

"住手！不得咆哮公堂，否则先拉出去鞭笞二十！"

董氏一惊，只得松开双手，但两眼仍喷火般地直视潘素梅。而头发散乱、脸上留着指甲印的潘素梅，只是一味低头哭泣。陈兴德开口道：

"杜董氏，本堂要你将那日之事细细说来。"

董氏道了个万福，说道："五月初二黄昏，花轿跨进董家大门，酒席已在院中摆好。宝山与潘素梅拜过堂后，双双进入洞房，但宝山很快就回到花园的喜宴上给各位亲属、乡邻敬酒。宴席快结束时，民妇见他离席而去，以为他要上茅房，并没有过问，只忙着招呼席桌的诸位客人。

"过了一会，民妇突然听到潘素梅高声尖叫：'妈，妈，他疯了！'随即见宝山头发散乱，像被什么追赶似的，慌慌张张从后院跑出来，一溜烟冲出大门外。民妇完全懵了，等弄清怎么回事跑出去寻宝山时，四下漆黑，哪有他的踪影？后来他们告诉民妇，说宝山他……他投水自尽了……"

董氏声泪俱下，廊庑下看审的百姓无不动容。

陈兴德问："杜董氏，杜宝山会水吗？"

董氏摇头说："不会。宝山两岁时算命先生说他命中犯水，故民妇从不许他下水，恐生意外。"

陈兴德重拍惊堂木:"潘素梅,将那晚之事细细说来。"

潘素梅有些惴惴不安,用眼角看了看身旁两列手持板子、铁链、牛皮鞭子和拶指夹棍的衙役,起身道过万福,开口小声说:

"老爷,民女是蒙着盖头布进门的,左右行进皆听媒人招呼,连杜家院子是什么样都不知道。进洞房后便规规矩矩坐在床沿,屋里虽燃着蜡烛,民女隔着盖头布什么都看不清。民女在屋里坐了大约一个时辰,只听得外面有人行酒猜令,起哄玩笑,喧闹无比。后来民女有些口渴,正欲揭开盖头布寻些水喝。突然,门'嘭'一声开了,接着有人'咚'一下倒在地上。民女大惊,揭开盖头布一角,见躺在地上的是杜宝山,忙起身向前准备将他扶起,可没想到他突然在地上打滚,满嘴吃语。民女伸手过去拉他,没想到他一把将民女推倒在地。当时他双目发直,呼吸急促,头发散乱,神情十分可怕。民女惊慌不安,便呼唤婆母。不料他突然跳起来,转身向外跑,民女便追了出去。宴席还未结束……众人追去寻他,哪知他竟会去投江……"

陈兴德道:"潘素梅,你所说属实吗?"

潘素梅神色慌乱,低声说:"老爷明鉴,民女所说句句属实。"

陈兴德冷眼看了潘素梅一眼,大声说:"传证人上堂!"

一对上了年纪的男女被带上大堂。两人显得十分紧张。陈兴德双目冷峻,两边衙役如狼似虎。两人不安地跪在大堂坚硬的石板上,等待县令发话。

陈兴德用惊堂木一拍,领首衙役班头指着两人中年纪最大、须眉斑白的老男人说:"你,向前一步说话!"

"下方何人,报上姓名年甲,将所知事情一一讲来。"陈兴德接着说。

老男人张开仅有几颗稀疏黄牙的瘪嘴,一板一眼地说道:"老朽杜仁贵,字得兴。今年六十有三,乃乌尤坝里正及杜姓族长。杜门不幸,出此惨祸,令人痛心疾首。杜宝山娶亲,老朽也率家人前去祝贺。古人云:'昏者,昏时行礼之意。'又云:'凡娶以昏时,妇人阴也,故谓之昏。'故潘氏进杜家门的时辰也是老朽依古制而定,动尊法度。古人又云……"

见老者满嘴之乎者也,没完没了,陈兴德当即打断:"老人家,那天杜董氏家娶亲宴席可有异常?"

杜族长略为沉思,接着说:"回老爷,据老朽所见并无异常。那日杜府所来乡邻甚众,老朽上的是最后一轮宴席,先入席者早已打道回府。吾等长辈在花园的凉亭里喝喜酒,董家花园狭长,遍植花草。我等正品酒吃菜,忽听一女子高声尖叫,甚是不安。须臾,见杜宝山披头散发于后院狂奔而出,穿花园冲出大门。随后杜宝山新媳妇杜潘氏也跟着跑出，高呼：新郎发失心疯了！老朽忙叫人出去寻找，没想到他在狂乱之下，竟投江自尽。唉——"

陈兴德问："当时杜宝山穿的什么衣服？"

杜族长答："新郎礼服。"

陈兴德指着杜宝山的尸体问："是这身吗？"

杜族长看了看，摇摇头："非也，非也，此乃黑便服。"

陈兴德冷冷地说："怪事！众人都见杜宝山穿新郎礼服投水自尽，尸体不在水里，却在凌云山麻浩的崖墓里，还换了一套黑便服，死人能自己换衣服？哼！"

杜族长一惊，忙低下头来。陈兴德沉下脸说道：

"你身为里正、族长，受朝廷及乡党之托，掌管乡里户口，课植农桑，检察非违，催驱赋役。可你这个里正、族长是如何当的？竟敢对本县撒谎，说亲眼见杜宝山跑出新房投江自杀。全然一派胡言，糊弄本县，是何居心？"

杜族长一听，吓得"扑通"一声趴在地上，面如土色，连连磕头。颤抖着说："青天大老爷明鉴，老朽世代蒙朝廷恩典，当里正、族长已是两代，岂敢蒙骗老爷？老朽敢向大佛老爷发誓，适才所言句句是实。董家花园树木并不高大，从凉亭便能望到后院。听到杜潘氏的尖叫后不久，老朽抬起头亲眼见杜宝山披头散发跑出来，顺着花园通道往外跑。老爷若不信还可以问钟媒婆，她当时也在场，可以作证。老朽绝无半句假话。"

这时，堂下一个五十多岁的女人摇摇摆摆起身，用手抿了抿梳得十分光亮的头发，向陈兴德道了个万福，说道：

"民妇钟银花见过老爷。"

钟银花穿件翠绿丝褶裙，头上挽了个坠马髻，插了两支亮闪闪的簪子和一朵粉红色的绢花，脸上涂着厚厚的铅粉胭脂，眉间贴了一个黄色的月形花锭，左面颊点了颗黑痣。看上去甚是精明、妖娆，虽已年老色衰，但仍能看出年轻时是个美人。

"老爷，杜族长说的句句是实话。杜宝山与潘素梅的亲事是民妇穿针引线，撮合而成。杜家在乌尤坝有头有脸，故这婚姻大事是按规矩行了纳采、问名、纳吉、纳征、请期和迎亲六礼。董太太先请民妇到潘家提亲，女家应允后，民妇又代杜家携礼求婚。以后杜家又让民妇讨得潘素梅的姓名、生庚八字，到高标山上的开元观占吉凶。占到吉兆后，杜家给女家送纳聘礼，缔结婚约。最后择了吉日，迎娶新娘。"钟媒婆快嘴说道。

听完述说，陈兴德问："钟银花，那杜宝山平日心智可正常？"

钟媒婆道:"回老爷,杜宝山那后生并不疯癫。"

陈兴德板着脸说:"你将杜宝山迎娶新媳妇回家后的经过全部讲来,不得有半点掺假!"

钟媒婆道:"是,老爷。那日我从平羌驿迎新娘潘素梅到杜家大门口时,见左右围满了看热闹的乡邻。董太太见花轿到了,忙将先准备好的两条毡褥递给民妇,民妇便将它们铺在地上。因新娘进门不能脚着地,须踏在地毡上,这样方能传宗接代,多生贵子,光耀门庭。当新娘走到第二条毡褥后,民妇又把第一条毡褥转到第二条的后面,直到新娘走到堂屋,行过拜堂仪式后,又亲自送入后院洞房里,民妇才来到宴席上。

"董太太摆了两轮席,第一轮均是乡邻,第二轮便是长辈至亲。酒席上民妇见杜宝山满脸喜气,不断与人碰杯喝酒,似有醉态。

"酒席快结束时,民妇突然听到后院传来潘素梅的尖叫'妈,他疯了!'稍后,便见杜宝山从后院冲出,穿过花园夺门而出。潘素梅慌慌张张跟着跑出来,说新郎疯了。众人一时都懵了,待回过神来,便立即追出去寻找,没想到他已投江自尽。"

陈兴德问:"杜宝山从屋里跑出时,脸上是何表情?"

钟媒婆想了一下,答:"他当时披头散发,天又黑,那晚没有月亮,院中树影婆娑。桌上虽有烛光,但四周模糊不清,民妇委实没看清。"

陈兴德将惊堂木重重一拍:"全是一派胡言!你们都说杜宝山发失心疯投江自尽,谁亲眼见他跳下河?"

老族长一惊,结结巴巴地说:"老朽……我等当日都在场,亲眼见他从院子里跑出去,几个身强力壮的年轻人听到他落水后,还下去打捞一阵,可一无所获。"

钟银花也附和道:"杜族长所言属实。你可传问那晚到河里打捞的后生们,民妇说的句句是实……"

"住口!"陈兴德一声大喝,"杜宝山没有投江,有人蓄意谋杀!"

堂下众人大惊,一片嗡嗡议论之声。

陈兴德说:"杜宝山脑后有伤,经仵作验尸,乃钝器猛击脑后所致。昨夜,本县连夜勘察了杜家大院内外,正如董氏、杜族长、钟银花所说,花园的凉亭确能看到后院。当晚仅有烛光,加之花木丰茂,树影摇曳,难于从远处辨清彼此,看人也仅能看出个大略。

"据本县推断,那晚杜宝山离席不久,便被人害了。凶手疑为投江之人,他杀了杜宝山,又换了新郎装,并将自己头发散开,遮掩着面孔,迅速往外奔跑。凉亭里的客人正在喝酒,听到呼唤,慌乱中岂能辨出那是假杜宝山?

"凶手穿过花园跑出去后,伏在江边某个隐蔽处,待追来之人靠近时,便向江中投下一块大石头。然后凶手悄悄返回,将杜宝山的尸体扛走,扔到麻浩的崖墓里。那里荒芜阴森,料定不会被人发现。人们都以为杜宝山投水了,便跳下河捞人,可水中哪里有人?因为投水的只是一块石头。"

听到陈兴德的讲述,廊庑下看审的众人如坠五里云中,一头雾水。杜族长忍不住抬头,小心翼翼地问道:

"老爷,那,凶手到底是谁呢?"

陈兴德缓缓说道:"凶手当与杜宝山身高相当,年轻力壮,水性极好,并对杜家及四周地形十分熟悉。"

董氏睁大眼睛问:"老爷,是哪一个?!"

陈兴德沉吟了一会,说:"这也正是本县想知晓的。但不管是谁,在杜宝山新房里发生之事,有一人应是十分清楚。"

这时,只听陈兴德拖长声音叫道:"潘——素——梅。"

潘素梅怯怯地低声道:"民女在。"

陈兴德两眼直视潘素梅,威严地说:"还不从实招来!"

潘素梅低着头,不安地说道:"老爷,民女无罪。"

陈兴德一拍桌子,怒道:"你还敢抵赖!说!凶手是谁?!"

潘素梅全身一颤,小声答:"老爷,民女……民女真的不知。"

陈兴德脸色一变,掷下令签:"大胆刁妇,还不招来,先与我抽她二十鞭。"

潘素梅还没抬起头,两边衙卒一声吆喝冲过来,一把将潘素梅拖翻在地,扬起牛皮鞭子连连抽打。潘素梅发出一阵阵惨叫,堂下百姓交头接耳。

十鞭下来,潘素梅汗血如雨。陈兴德示意衙卒住手,问潘素梅:

"你招不招?"

潘素梅脸色惨白,有气无力地说道:"老爷,民女实在……实在没什么要招的。"

没想到潘素梅如此狡赖,陈兴德喝道:

"还敢嘴硬,给我接着打!用劲打!"

衙卒又抡起皮鞭,一鞭鞭打在潘素梅背上,潘素梅先是呻吟不止,最后终于惨叫一声倒在地上。

狱卒见潘素梅倒了,忙停下鞭子,用手在她鼻下试了试。不安地说:

"老爷,她没气了!"

廊下看众中一阵嗡嗡之声。

陈兴德铁青着脸，扫了一眼倒在地上的潘素梅，并不惊慌，让狱卒弄点热醋将潘素梅熏醒。隔了一会，满身血迹的潘素梅慢慢呼出一口气来，趴在地上一动不动。

陈兴德又喝道："再传证人！"

这时一个身体强壮、黑红方脸的后生被带上公堂，一身短褐衫裤，肌肉结实。

陈兴德道："你叫什么名字？公堂之上不许说假话，你可知道？"

后生道："小人名唤杜连生，从不说谎。"

陈兴德点点头，说道："杜连生，你将杜宝山娶亲那日的情形细说一遍。"

杜连生答："是，老爷。那天一大早我与杜宝山、钟媒婆等随花轿到平羌驿去迎接新娘。到潘家后，潘家父母早候在门口，钟媒婆送上礼物，又带杜宝山到堂屋门口催妆。小人知道催妆的时间长，一时半会完不了，就去后面寻茅房。穿过厨房，小人隐隐听到有人哭泣，走过去一听，声音是从一间关着的小屋里发出的。小人正诧异，却听到一个女人说话的声音。"

陈兴德问："那女的说什么？"

杜连生说："那女的说'老爷，你放心吧，白玉已经长大了……'那女的边说边哭，小人不愿偷听别人说话，就转身匆匆走出来。"

陈兴德挥手，示意杜连生退下，狠狠一拍惊堂木，说道："潘素梅，快快从实招来，否则大刑侍候！"

话刚落音，衙卒们将刑具搬到潘素梅面前。阴森恐怖的刑具上，染着一团团发黑的血迹，潘素梅不由得魂飞魄散，挣扎着撑起身子，幽幽说道："老爷明鉴，民女从实讲来。民女是个未见过世面的弱女子。那晚出了这等大事，想起来都惊恐不安，哪里还敢抛头露面，到县衙去报案？民女不敢声张，只是怕弄不好父母受到牵连！杜宝山确实不是民妇害的。那晚的事……容民女细禀老爷……"

她气喘吁吁，稍稍停了停，用手抹开汗水黏在面颊上的乱发，脸色苍白，浑身颤抖，接着说："那天黄昏，民女进洞房后，杜宝山就出去招呼宴席上的客人。房里就留下民女独自一个人，民女在床沿边坐了一阵，突然听到床下有响动。起初以为床下有耗子，可后来突然感觉不大对劲，忍不住轻轻掀开盖头布一角，突然一个男人从床底下爬出来。民女吓得跳起来，还没叫出声,他冲出来一把将民女推倒。一手捂住民女的嘴,一手抽出匕首,用刀尖抵在我的喉咙处。民女大气都不敢出……"

陈兴德打断她,问:"那人长得什么模样?如何打扮?"

潘素梅说:"回老爷,那人一身黑衣黑裤,脸上又蒙了一块黑纱,民女无法看清楚……他压低嗓子说不想死就规矩点,民女不知他要干啥。正在这时,突然传来脚步声,他马上躲到门后,并从怀里掏出一柄榔头,紧紧捏在手里。接着,杜宝山推门进来,他好像喝醉了,走路有些摇晃。民女愣愣地望着他,又不敢开口喊。杜宝山张嘴说了句什么,民女并没听清楚。这时门后那个男人突然用手里的榔头往杜宝山的后脑壳打去,只听一声闷响,杜宝山没哼出声就软软地倒下。当时民女觉得眼前一黑,吓昏了过去。

"民女醒来时满脸是水,后来才知是那人用花瓶中的水将民女浇醒。民女看见杜宝山仍躺在地上,屋里被翻得乱七八糟,那人已换上杜宝山的新郎装,又将自己头发散开,遮住面颊。他见民女醒了,立刻用刀抵着民女脖子,要民女按他的要求做,如若有一丝违抗就立马杀了民女。倘若以后到官府报案,全家人一并杀尽。一会儿,他收拾完了,就逼民女喊:'他疯了——'民女刚叫出声,他立即用力将民女推倒在地,转身冲出房门……后来,后来院子里的人都跟着出去找。民女从外面回到屋里,宝山已不在了。民女将床下、柜子里都看了一遍了,哪有杜宝山的踪影?也许是大家出去时,那人将杜宝山背走了……"

陈兴德问:"那凶手为何要杀杜宝山?"

潘素梅疼痛难忍,语不成句地答:"民女不知。只知世上冤有头,债有主。定是他家坑害别人,埋下祸根……"说罢又险些晕过去。廊庑下又是一片议论之声,不少人对伤痕累累的潘素梅面露同情之色。

陈兴德说:"潘素梅,且到一边跪着。"

"杜董氏,你家可有仇人?"陈兴德接着又问董氏。

董氏瞪了一眼潘素梅,愤愤道:"丈夫早亡,民妇一向胆小怕事,从不与人结怨,何来仇家?分明是那刁妇以谎话欺瞒老爷,想嫁祸于人,蒙混过关。"

陈兴德并不理睬,转向杜族长:"杜家可有仇人?"

杜族长略沉思了一下,含含糊糊地答道:"这个,这个……似乎没有。"

陈兴德加重声音:"有还是没有?不要躲躲闪闪,含糊其词!"

杜族长忙低头道:"是,老爷。老朽知道杜家兄弟与嫂子分家时,彼此闹得不和,曾请族里长辈在茶馆里吃茶评理,但不至于仇恨杀人。何况杜祥仲早已举家迁走，多年都未返回乌尤坝。"

陈兴德面无表情，对衙役叫道："带潘素梅父母。"

须臾，衙役将一对看上去十分忠厚老实的夫妇带上堂，那汉子四十多岁，一望即知是长年在外沐风栉雨、颠沛奔波的船夫，赤足露臂，皮肤黝黑，满手老茧。妇人一直低着头，惶惶不安。两人一见容颜惨淡的潘素梅，无比心疼地扑过去，咽泣不止。

陈兴德问道："潘青，本县问你，潘素梅可是你们女儿？"

潘青夫妇慌忙磕头答道："是，老爷。"

陈兴德拖长声音问："可是你们两人亲生的？"

潘青与妻子对了一眼，低头答："是。"

潘青妻子于氏抬头时，陈兴德觉得有点眼熟，但又记不起在哪里见过。听到潘青的回话，他一拍惊堂木，大声斥责道：

"一派胡言！本县已查明你们两人并无子嗣，潘素梅是你们收养的。"

潘青夫妇吓得顿时一愣，不知如何是好，唯有连连磕头。

"潘素梅到底是谁家的女子？又如何到你家的？"陈兴德问。

潘青看了看女儿，又看了看妻子，长叹一声说：

"老爷，素梅虽不是小人亲生，但我们待她比亲生的还亲啊！小人后悔啊，肠子都要悔断了。千不该，万不该，不该把女儿嫁到杜家去……呜……呜……"

说着忍不住流出两行老泪。跪在一旁的于氏此时早已泣不成声，低着头却说不出半个字，心中更是翻江倒海。

原来这于氏叫秀襦，小时候父母早死，由叔父收养。但叔父嗜赌，债台高筑，最后只得把她卖到东津渡的一条花船上。秀襦姿色平平，整天难说几句话，一副愁眉不展的样子，故不讨客人欢心。为此她经常受到老鸨的责骂，只得去干笨重的粗活。后来遇到从平羌驿到龙游运货的潘青，合该两人有缘，潘青看上了这个不起眼的姑娘，而老鸨正想把秀襦转卖出去。潘青倾其积蓄为秀襦赎了身，带她回平羌驿安了家。可几年后，才发现秀襦不能生小孩，这让潘青很失望。他把这归结为老天对他嫖妓的惩罚，他的父亲和哥哥们都是老实本分的农夫，从不在外寻花问柳，子嗣十分兴旺。他们当年就极力反对他娶一个在花船上讨生活的女人，可是他没听家人劝阻，并为此与家人断绝了往来。

潘青擦了擦眼泪，说："十七年前的一个早晨，贱内到对岸明月庵去看她师父。她信佛，皈依在明月庵的定静师父名下，每有时鲜蔬果，必先拿去供养师父。贱内不能生养，心中苦不堪言，求医问药，药罐不知熬穿了多少个，但肚子始终鼓不起来。有人劝她拜一拜菩萨，认一位师父，也许能有好运，为潘家留下一男半女。后来有缘结识了明月庵的定静师父，定静师父是个大好人，时常开导贱内，要积善存德，凡事讲因缘，缘分到了，菩萨自会赐给她一个孩子。贱内对此深信不疑。

"那天早上她走到明月庵大门外，见石阶上放着个红绸包袱。走近一看，没想到红绸包裹着个睡得正香的婴孩。贱内左右看了看，不见人影，这时小孩突然醒了，张开嘴哇哇大哭。贱内只得将小孩抱在怀里，敲门唤定静师父。

"定静师父打开包袱，见是个女孩，贴身的衣服里装有一张白色手绢，上面写着'父母双亡，望好心人收养，来世衔环结草相报'，下方用小字注明了小孩的生辰。"

"如此说来是定静让你们收养了潘素梅？"陈兴德转向潘青。

潘青忙答："定静师父说救人一命，胜造七级浮屠。既然这小孩是贱内遇到的，那就与贱内有缘，理应收养她。贱内满心欢喜，当下请定静师父为孩子取名。明月庵中有株很大的腊梅，每到冬天，芳香无比，定静师父就以这棵树为孩子取名素梅。"

陈兴德问："后来有人来认过潘素梅吗？"

潘青摇摇头："没有。"

陈兴德问："定静仍住持明月庵？"

潘青答："师父圆寂了，现由果愿师父住持。果愿是定静师父唯一的弟子，果愿对素梅好，素梅从小就拜给果愿师父。"

陈兴德问："你家谁叫白玉？"

潘青与妻子一时口眼呆愣，半响才回过神，答："我家仅三口，并没有叫白玉的人。"

陈兴德问："潘素梅出阁那天，你们家里都来些什么客人？你须细细告诉本官！"

潘青说："并没请客，都是街坊邻居来凑热闹。只有明月庵的果愿师父专程赶来，但她素好清静，不喜喧闹，听说迎亲的队伍到了，就独自躲到里屋。素梅上轿走后，她便返回了明月庵。"

陈兴德沉吟片刻又问："你是如何与杜家攀上亲的？"

潘青叹道："老爷，小民知道大富人家门槛高，不敢踮起脚去攀，生怕

素梅日后受婆家的气。金瓜配银瓜，青葫芦配南瓜，这个道理小民懂。可后来也怪小民眼窝浅，听媒人说杜家富裕，杜宝山又是独子，没有姑嫂兄弟，就一口应了下来。小民好生后悔……害了女儿。素梅她原本不愿嫁过去，后来却又愿嫁过去了。"

陈兴德问："潘素梅平时爱与谁往来？"

潘青道："素梅本分老实，很少出门，只偶尔与她娘去明月庵走走。老爷若不信可以去向街坊打听。"

潘青所述，与陈兴德所知大致相同，因此他没再追问。

"潘素梅关入大牢，待本县细查后再作处置。退堂！"

第十二章

第二天，陈兴德换过一件蓝色旧袍，带了丁主簿及四个衙役直奔明月庵。

明月庵是个小庙，原来仅住两个人，一位是定静师父，另一位是她的侍者，唤春嫂。定静原是有钱人家的小姐，名唤赵银月，嫁到夫家不到三个月，丈夫就患肺痨病死了。定静师父没有子女，又素心好佛，丈夫走后，遂立志削发为尼。娘家见她尘念淡落，也就舍了这座田庄老宅，装修成庵院佛堂。于是她皈依在凌云寺一位师父名下，披缁衣，伴青灯，取名为定静，将宅院改名为明月庵。定静住持明月庵后，潜心修佛，断绝所有尘世应酬，每月只在初一、十五开山门，准许进香，平时闭门，因此庵内外很是清静。定静圆寂后，其弟子果愿住持明月庵，亦是如此规矩。

明月庵坐落在一座小山顶上，小巧幽静，四周竹篁掩映，浓翠欲滴，倒也雅致。前临岷江，后依山崖，附近没有人家，一条高低不平、弯曲狭窄的石板路铺到山顶。明月庵山下红墙围绕的名寺——龙泓寺，远远望去，香烟萦绕，香火正旺，与山上宁静的明月庵竟有天壤之别。

"笃！笃！笃！"丁主簿拍打着明月庵斑驳的黑漆大门上悬着的铁环。隔了好一会儿，才有一个干涩嘶哑的声音传来：

"施主勿敲，敝庵平时不开山门，初一、十五请早。"

丁主簿轻声对陈兴德说，此人必是春嫂。接着，他不耐烦地朝门内喊道：

"快快开门，陈县令陈大人驾到。"

片刻，有人启动门闩，门开一线，露出一张冷脸。

"不知大人有何公干？"春嫂并不惊慌，也不迎请县令。

陈兴德递上名刺："烦交果愿师父，说本县有要事相访。"

哪知那春嫂并不看那名刺，开口说："民妇是春嫂，却不识字。果愿师父半月前便外出云游去了，没说何时返回。"说着便欲关闭山门。

一位随行衙役见春嫂如此冷漠，怠慢县令，怒不可遏，一抬脚朝大门踢去，大声喝道："你个有眼无珠的老东西，见了县令老爷还不下跪请安，反倒推三阻四，不识抬举。惹恼了我，一把火将这尼姑庵烧了！"

春嫂一个趔趄没站稳，差点摔了一跤。她气恼地从地上爬起来，见四位如狼似虎的衙役摩拳擦掌，目露凶光，只得忍气吞声，让他们跨进庵里。

明月庵已十分陈旧，前院左右两侧分别是客厅和禅房，里面空荡荡没多少家什。正对大门的堂屋是佛殿，内中供着三尊佛像，佛座前燃着香，烛台、法器倒也擦拭得干净，下方有三个草编蒲团。

佛殿后是一个天井，直通后院。这里的向阳方原是定静的卧室和一个小客厅，右边是春嫂的房间和储物间，左边为厨房。果愿的卧房在最后一排，旁边便是通向凉亭的通道。

陈兴德推开果愿的卧房，果愿的卧房并没落锁，窗户用竹帘掩着。屋里摆设十分简朴，床、桌子、小木柜。桌上仅几本经书、一盏油灯和一副笔砚，木床上铺着旧篾席，枕衾齐整放在床头。除此之外，别无他物。唯竹帘旁悬着一串供奉阴间死人的纸金锭很是刺眼。

陈兴德打量了春嫂一眼，说："你要据实回答本县所问，否则，拘你到公堂之上问话！"

春嫂不安地点点头。

陈兴德问："果愿是何方人氏？何时到明月庵出家？俗名叫什么？"

春嫂答："民妇不知她是何方人氏，俗名更不晓得，她大约，大约是十七年前来明月庵的。她并不是龙游人，是赵老爷荐来的，若不是这样，定静师父断不会收留。"

陈兴德问："哪一位赵老爷？"

春嫂答："定静师父的亲兄弟。明月庵是私庙，定静师父本不收徒弟。只因她兄弟开了口，才破例收下。"

陈兴德问："果愿出家前是干什么的？"

春嫂略想了一下，答："依民妇看她像是大户人家的女子，识文断字。一头黑发又浓又密，油亮亮的羡煞人，连定静师父都不忍下剪刀。"

"定静师父的兄弟叫什么名字？是干什么的？"

"回老爷，叫赵银泰。听说早年曾在京城当官，不过很快就返回龙游了。"

"为什么？"

"不晓得。"

"他现居何处？"

"就在对岸他自己的田庄里。"

"他常来吗？"

"从不来。每年秋收后他会差人送些新谷子、菜油和其他东西上来，但他自己却不曾到庵里来走动半步。"

"为什么？"

"他有腿疾。"

"果愿常与哪些人往来？"

"果愿平素话少，也从不见有人来访。她凡事不上心，只是偶尔去一趟凌云寺，但每次回来都显得很沉闷。"

"你知道潘素梅是谁扔的孩子？"

"不晓得。"

"她最近来过吗？"

春嫂面无表情想了一会，才开口道："没有，但今年来得很勤，就在果愿走前还来过。不过她好像变了个人似的，行为举止与原来大不同，对人冷冰冰的，也不与我搭话。"

"她屋里的冥钱为何人所挂？"

"不晓得。每年清明前她都要亲手折纸金锭来烧，民妇曾窥见她对着金锭哭泣流泪，很悲伤的模样。"

陈兴德又问了些事，春嫂答非所问，心不在焉。见再问不出什么事来，陈兴德便带人离开明月庵。临走时，他命春嫂待果愿回庵后，即刻到县衙禀报，否则将下令关闭明月庵。

春嫂张大嘴，愣愣地站在大门口，半晌没有挪动。

走下山，陈兴德感到口干舌燥，饥肠辘辘，便向丁主簿打听附近有无中意的饭馆。丁主簿说龙泓寺斜对面有一间唤作临江楼的酒店，店面虽不堂皇，但酒菜味道不错，远近闻名。丁主簿接着又向陈县令说龙泓寺是十方丛林，寺中如意法师是个才华横溢的诗人，其诗文早已拜读，只是杂务缠身，至今尚未谋面。

一行人走近龙泓寺山门，见对面绿茵茵的大榕树下闪动一面酒幡，正是临江楼。左右还有几间店铺相邻，经营香烛、茶水、小吃等。时值午饭时间，空气中弥漫着煎、炒、蒸、炸的肉香味，引得几人腹中鸣响，口水直咽。他们走进临江楼，选了个靠窗的座位坐下，一个胖伙计满脸笑容上前招呼。

须臾，酒菜上来。菜肴分别盛在浅黄色的瓷钵和盘中，盛酒的锡盅外还套一个细竹丝外壳，十分雅致。陈兴德吃了一块被称为"香碗"的蒸扣肉，顿觉香软爽口，不觉称美，又夹了一筷姜葱爆炒肚头到嘴里，也连连叫好。

丁主簿得意道："龙游多美食，大小饭馆都能做出不同的美味佳肴。"

陈兴德胃口大开，连吃了两大碗饭。饭毕，他抚着肚子向门外张望，只见三四个十来岁的小和尚在龙泓寺山门外玩投壶的游戏，用一只碗放在地上当壶，将手中的小石子往碗里投，以投中多者为胜。小和尚们玩得很开心，不时欢呼、喝彩。陈兴德问丁主簿：

"龙泓寺有多少和尚？"

丁主簿道："大约二十多人。"

陈兴德皱了皱眉头问："怎么都是些小和尚？朝廷有令，不得私度小孩出家！他们该多读孔孟圣贤之书才是正道。"

丁主簿赶紧说："陈大人放心。龙游、绥山、罗目等地皆是宫林梵刹云集之地，僧侣众多，但并无私度幼童为僧尼之举，皆按朝廷规矩办理出家之事。"

这时伙计过来结账，听了陈兴德的问话，凑上前说："大人，这些小和尚是跟如意法师学本事的！"

陈兴德转过头问："学什么本事？诗文？武功？佛经？"

伙计笑道："详情小人不晓得。龙泓寺经常会请一些外地的高僧给小和尚们讲学。这些小和尚都是各地寺院送来学习的。"

陈兴德问："听说如意法师是个世外高人，你知道么？"

伙计咧嘴一笑："小人不知啥叫高人，只觉得如意法师是个怪人，时常见他带小和尚们到山上转悠。有一次小人到林子里采菌子，正巧遇到如意法师带小和尚们下山。只听他拖长声音问那些小和尚：'今日懂了没有？'一个小和尚说：'师父，你方才啥子都没讲，只是一味走路。'另外一个小和尚也附和道：'是呀，师父你没讲啥子呀。为何要问我们懂了没有？'没想到如意法师却用食指敲那两个小和尚的头，并叱道：'一群米饭僧，毫无悟性，愚不可及！'……"

陈兴德、丁主簿和几个衙役都忍不住大笑起来。伙计又说："后来小人与那些小和尚混熟了，不时拿些糕饼请他们吃，就问他们这如意法师教了些什么绝招。小和尚们说如意法师并不给他们讲经，只是经常带他们爬山，或去凌云山、乌尤山，龙游周围都走遍了。"

陈兴德："如意法师有多大岁数？"

伙计说："说不准。看上去约莫四十岁光景，他来龙泓寺的时间不长，听说是从终南山过来的。"

"听说如意法师还是个诗僧，写得一手锦绣文章，想必是仙风道骨，气韵高妙。"丁主簿插问。

伙计一听，忍不住掩嘴嘿嘿笑起来，答："客官，小人目不识丁，斗大的字不识一箩，与那诗词文章更是无缘。客官相貌堂堂，气宇不凡，又喜欢诗词文章，必定是达官贵人、秀才公子，何不前去龙泓寺见见如意法师，也能大饱眼福。"说完又笑起来。

走出临江楼，陈兴德听到伙计仍在笑，觉得那伙计笑声很怪异，于是将衙役留在酒店，自己与丁主簿扮作普通香客，去龙泓寺看那位怪诞的如意法师。

龙泓寺乃隋文帝为纪念龙显于江中引舟前行而敕建。寺院的大雄殿屋脊上塑了一条张牙舞爪的龙，看上去活泼有趣，栩栩如生，呼之欲出，乃龙泓寺的镇寺之宝。

丁主簿从袖中拿出一串铜钱，在山门口的小摊上买好香烛。又拿了十个铜钱给一个小和尚，请他领路去见如意法师。跨进山门是天王殿，四大天王威风凛凛分列两庑，正龛内供一尊满脸喜气的弥勒菩萨。横匾上写着"皆大欢喜"，上联为"容天下诸事"，下联为"去人间烦恼"。一排摇摇晃晃的油灯，把弥勒菩萨的脸庞熏得油光锃亮。

出天王殿，便是一个铺着整齐石板的大天井，中间放着一只长方形雕花石水缸，缸中睡莲怒放，几只红鲤鱼上下游动。天井左右各有一株高大的白果树，巨木垂荫，果实累累。穿过右边一条幽长的甬道，到了后院的禅房外。

小和尚小心翼翼从门缝往禅房内看了一眼，然后蹑手蹑脚退过来，低声对丁主簿说如意法师正在里面打坐。说罢转过身，悄无声息地迅速离去。

如意法师跌跏趺坐在禅房蒲团上，一颗巨大的光头缩在双肩之间，双眼微闭正在打盹。他脸色黝黑，眉毛浓粗，鼻头宽大，嘴唇半张开，露出一排微黄的大板牙，发出阵阵忽高忽低的鼾声。

陈兴德推开门，如意法师迷迷糊糊地扫了来者一眼，似在睡梦之中。陈旧的僧袍上打了两个大补丁，衣襟和领口处油渍麻花，不知多长时间未浆洗，散发出浓浓的汗酸味，混合着屋里弥漫的香烛味，让陈兴德直皱眉头，心想：这个丑陋、邋遢的和尚，能写出什么好诗？早听说龙游山水秀丽，人才荟萃，怎会将这等人物也称为世外高人？保不定也是个欺世盗名之辈。心中想着，脸上并不露声色。

丁主簿施礼道："拜见如意法师。"

"施主有何事？"如意法师打了个长长的哈欠，终于睁开双眼问道。

"法师的诗作我早已拜读，行行锦绣，字字珠玑。故今日偷闲与朋友同来游这名刹古寺，想一睹法师的尊容，也望有机会讨教一番。"丁主簿因事先读过如意的诗文，甚为赞赏，此刻相见虽感到十分意外，却又在心中告诫自己：海水不能斗量，人不可貌相。故态度谦恭，言语客气。

"施主过誉了。"如意法师答道，接着又说："贫僧闲时胡乱涂上几行歪诗，只是为了一时消遣，实不敢劳施主屈尊枉读。再则你俩官府公务缠身，哪有闲情与贫僧谈诗论文？"

丁主簿见如意法师一语道破，着实吃了一惊，一时不知该说什么好，只拿眼睛望着陈县令。

陈兴德这才觉得眼前这个怪诞的脏和尚可不是等闲之辈，于是说道：

"法师果然不同凡响，慧眼明灯。本人乃新上任的龙游县令，如今有一宗案子有头无尾，断处不下。前去明月庵找果愿，想打问一个女子的身世，没想果愿却远走高飞，不知踪迹。望法师点破机关，以开茅塞。"

如意法师张开大嘴，诡谲一笑。

陈兴德忙问："不知大师何意？"

如意忽然冷漠地说："贫僧一心向佛，不问俗事。"

陈兴德一皱眉头，甚为不悦，感到话不投机，便想告辞出去。正在这时，忽见如意将手伸进宽大的衣襟内，还未猜测出用意，就见如意用拇指和食指掐了样东西出来，迅速放入口中。只听"叭"的一声，如意法师咯咯笑起来，然后说："这只虱子好肥！"

陈兴德觉得胃里一股热气往上涌，忍不住想发呕，转身走出禅房。如意法师也没挽留，只是边挠痒痒，边说了声：

"慢请！"

陈兴德三步并作两步走出禅房，在天井中长长地吁了一口气。丁主簿一路小跑追上来。

"陈大人，没想到如意法师竟是这般模样！"

陈兴德瞪了丁主簿一眼，转念一想，忍不住"扑哧"一声笑起来："怪不得临江楼的伙计怂恿我们去看，真是大开眼界，让人哭笑不得。"

两人正说笑着，突然看见方才给他们带路的小和尚正在拐角处吃东西，丁主簿向他招手，示意他过来，问："如意法师有啥特别的本事？"

小和尚想了一下，小声说："有一天，我和法弘推着板车去城里拉米，乘渡船返回时突然下起大雨，我俩只好找地方躲起来。可是直到天黑雨仍不停，我俩就将板车并在一块安歇。睡着之前我们一直在谈论如意法师，说他邋遢，又说他时常神出鬼没，刚见他在禅房打坐，转眼就没了踪影。没说多久，我们就各自睡着了。第二天我们急急忙忙往回赶。刚到龙泓寺山门口就遇到如意法师，他绷着脸说：'昨晚你俩睡在一起谈论我哟！'当时把我和法弘吓了一大跳。忙向他赔礼，他叫我们以后把嘴管紧点，少飞短流长，说不定这会儿我们说的话又被他听到了。"

陈兴德与丁主簿对视一眼，然后走出龙泓寺。门外坐着个乞丐，身着宽大的旧蓝布衫，手里捏一根竹杖，身边竹篮里放着一只缺口碗和盛水的竹筒，一顶旧草帽遮着脸，靠在墙上打盹。陈兴德觉得乞丐有点异样。

几个衙役在临江楼正侃得起劲，见陈兴德出来赶紧跑过去。陈兴德走了一会儿，突然想起那乞丐的手有异样，那双手不像长期风餐露宿、食不果腹之人的手，好似太白净、细腻了些。越想越觉得蹊跷，陈兴德立即让两名衙役返回，将龙泓寺山门口那个乞丐打探一番。

没想到两位衙役很快返回，禀报说乞丐的踪影全无。而临江楼的伙计正伏在桌上打鼾，对门外的事浑然不知。

陈兴德突然生出被人耍弄的感觉。

第十三章

　　这天,陈兴德让张伍带上自己写给莫县令的信去平羌县,调查五年前发生在熊耳峡的积案,并嘱咐他暗下四处寻找蛛丝马迹,不必急着赶回龙游。

　　张伍走后,陈兴德与丁主簿分乘两顶竹帘小凉轿,前往龙游乡间,寻访春嫂所说的举荐果愿到明月庵的赵银泰。一路上陈兴德尽情观赏龙游乡间美景,但见山清水秀,稻谷盈野,四处洋溢着宁静、安详的气息。他觉得由于水软气润的缘故,当地的女人大都出落得水灵鲜活,连农家女和船娘也生得皮肤细腻光洁。浓黑的睫毛下似掩映着一泓清泉,带着水汪汪的妩媚。龙游的方言他听起来还有点吃力,但他很喜欢,觉得有一股水波荡漾大气豪爽的味儿。他认为龙游诸事都与河流纵横有关。

　　陈兴德事先已详细打探了赵银泰的情况,这位举人年轻时敏而好学,以诗文闻名乡里。老年后因厌于应酬,喜欢清静,便与妻子及几个家仆住到乡下的田庄里,自得其乐。两个儿子都是读书人,已有家室,住在龙游城内,偶尔回田庄看望。

　　赵银泰正在书房看书,听老仆说县令大人亲临,急忙拄着拐杖,由老仆搀扶着出来,连说"失礼、失礼",将陈县令迎进院内。

　　陈兴德见他六十岁左右,面目和善,身体清瘦,风采隽爽,只是腿脚僵硬,行动不便。

　　赵银泰领陈兴德转过前厅,进书斋落座,老仆上前敬茶。陈兴德见书斋布置素雅、洁净,中堂一幅孔子画像,两边暗红色的柜橱上尽是书帙卷册,心中顿然生出亲近感。书斋临窗有张花梨木大书案,书案上笔砚精致,赏心悦目,一本《左传》,一本《论语》叠放着,插着镂空花的竹片书签。

　　陈兴德吃了一盅茶,但觉一股茉莉花的馨香直沁心脾。心想这位赵银泰倒是个风雅之人,原来花畦里种植茉莉,竟是放入茶中饮用,端的妙不可言。稍后,老仆又沏上第二盅茶,陈兴德不由赞道:

　　"好茶!"

　　赵银泰听到陈县令的夸奖,不由喜形于色,说:"承蒙陈大人夸奖,老朽不胜荣幸。此乃峨眉山上的野茶,阳光雨露,云缠雾绕,吸天地之精华、万物之灵气，堪称茶中上品，极是珍贵，须清明前采摘。此茶是老朽自己烤焙揉制，然后用上等草纸裹紧，密封存于陶罐中备用。沏茶的水取自宅后小山坡石缝中一眼袖珍泉，泉眼极小，状如牛蹄。每隔一刻，左右小凼内缓缓鼓出一水泡，终年不溢不涸。老朽每日下午用一细竹管，将水接入小罐中，第二日早上可得一小罐清泉。其味甘甜，沏茶妙不可言。去年，老朽又在园中种了些茉莉，水沸后放几朵花在壶中，幽香无比。"

赵银泰说起茶来津津有味。陈兴德插问道：

"本县今日前来有一事相问，烦请先生据实相告。"

"陈大人大驾光临，蓬荜生辉。但凡所知，一定据实禀告。"赵银泰顿悟县令有事造访，自己一味说茶，几乎忘了正事，忙歉意道。

"听说赵老先生出仕曾在京城任职，因何很快返回故里？"陈兴德问。

"老朽乃前科举人，自幼读孔孟之书。考取功名后，正欲施展抱负，报效朝廷，无奈大病一场，久咳不愈，终成肺痨，险些丧命，只得告病返乡。回龙游后，先受聘县学博士，教授六经学业。后来又因腿疾缠身，最终只得辞了教职，在家设馆，教授几个蒙童。加上祖上留下的一点田产，得以躲在乡间苟且度日，让大人见笑了。"

陈兴德"哦"了一声道："本县今日造访是想问赵老先生，十七年前你可曾叫一名女子到令姐的庵堂落脚？"

赵银泰略一思索，然后说："是有一位。但老朽已记不清她的姓名，她是我京城故旧的亲属，家中横遭不幸后，四处颠沛，最后投奔到此。在我家住了些日子，又求我要去明月庵削发为尼。老朽劝说无用，只好给我出家的姐姐，也就是明月庵的定静写了封荐信，让她到那里落脚。"

陈兴德问："你这位京城故旧是谁？"

"原户部度支郎中杨宗灿。"

陈兴德心中一惊。

赵银泰继续说："说是故旧，其实仅是一面之交。老朽初到长安时，曾随客栈一位叫曾安的同科举人前去拜访杨大人，杨大人与曾安父亲是旧时相识。杨大人为人豪爽，留我们在府上用饭，席间仔细向我打听凌云山弥勒大佛修凿的事。老朽回故里后，听说杨大人牵扯进一宗贪污案，后来死在狱中，心中好一阵难过。不过，我听说杨大人有点冤，但因皇上有朱批，下旨严办，于是就成了铁案，谁也翻不了！"说罢，赵银泰长叹一声。

"你知道杨大人涉及哪宗案？"

赵银泰答："唉，听说此案与凌云山的弥勒大佛有关。"

"是何案？"

"大人可曾听说过平羌驿金锭调包一案？"

陈兴德在平羌县任职之时曾听闻此事，但因年代久远，又与自己无关，故未去理会。来龙游上任前，韦皋向他谈起这桩陈年积案，要他多加留意。此刻听赵银泰提及此事，不但与凌云山弥勒大佛有关，还与明月庵有关，顿时来了精神，说：

"愿闻其详。"

赵银泰清了清嗓子说："那是十七年以前的旧事了，说起来十分蹊跷。十七年前，皇帝从内帑里拨出五百锭黄金，专门用于续修凌云山大佛。户部接旨后，杨大人立即派司库掌固李永年率内廷禁军十人护佑，前往龙游。此事极为机密，仅户部两位官员及负责押运的李永年知道内情，连派出的禁军都不知此行的真正目的。李永年当时携了十口外形、重量完全相同的皮箱上路，但五百锭黄金却集中放在其中二只箱子中。出发前李永年将十口箱子一一认真验查，并加封条朱印，丝毫无差。

"李永年一路上小心翼翼，命所有禁卒不许喝酒、不许逛街、不许拜会亲朋好友。规定无论水路旱路，每日辰时上路，申时就住进驿站，生怕有半点闪失。过境、通关，每天入寝前、起床后他都要将十只箱子封条检查一遍。眼见到了嘉州境内的平羌驿，李永年悬起的心才稍稍放下。因为从平羌驿到龙游凌云山，只需大半天工夫，而且龙游县民风淳朴，百姓富足，鲜有流寇劫匪。

"平羌驿是官道上的大驿，隋朝以前是传舍，专管外出官员们的住宿，隋时与专管通信的邮驿合二为一。除传递诏书、赦文，以及各类奏、状、表，为官员和使臣提供食宿外，嘉州各地给皇上的贡物，也是由平羌驿传递。驿站内建有驿楼、驿厩、驿厅、驿库，并备有供给官员的舟船、车马，驿馆内宽敞、干净，一次可供上百人食宿。不少外埠来人，见了平羌驿的酒库、茶库和咸菜库都会惊讶不已。

"李永年到达平羌驿馆当晚，吃罢饭与禁卒们分头泡了一回温泉，浑身舒畅轻松。接着就令众人早早回到房中歇息，第二天天明即出发。李永年睡觉前又照例将每只箱子检查了一番，然后才放心躺下。箱子就放在他睡觉的房中，天天如此，从不敢有半点松懈。那晚也许是因为泡了温泉，也或许是松了戒心的缘故，他睡得很沉。睡到了半夜，驿楼内突然燃起大火，烈火熊熊，浓烟滚滚。李永年从梦中惊醒，忙不迭唤起众人端水、扑火，驿站内外顷刻之间乱成一团。待火熄灭后，李永年又检查箱子，封条虽烧坏了，但每只箱子都完好无损，他这才松了一口气。哪知第二天到达凌云山打开箱子时，却发现那两只做了暗记、装金锭的箱子内，全部被人换成了铜锭，真正的金锭不翼而飞。李永年当时就傻了眼，回过神来想到可怕的后果，气得暴跳如雷，捶胸顿足。

"事发后，李永年及护佑禁军全部被捕下狱，严刑拷打，但一无所获。李永年在狱中交代，除在平羌驿遇到失火之事外，一路都风平浪静，从未遭遇剪径、打劫、偷盗之徒，也没有人单独外出，实在想不通怎么会被人调了包。最后，李永年及护佑同行的禁军全部被砍了头。

"大理寺反复审理此案，认为乃内贼所为。内贼一路跟随李永年，待到达目的地，便着人暗中调包，窃了金锭。待官府发现，盗贼早已逃之夭夭，根本无法寻找。那铜锭就是铜山矿上冶炼的，朝廷也曾派人到铜山调查。铜山码头上每天都有铜锭运到各地，哪里查得出调包的铜锭是谁买去的呢？谁是内贼？上下折腾了很久，户部包括杨大人在内两名官员被褫夺官职，抄家下狱，杨大人暴死狱中，可仍未查出一点金锭去向的端倪。官府还贴了告示，重金奖赏提供线索者。这内帑的金锭都有特殊的标记，只要拿出来兑换，立即就会被发现，可听说市面上从没出现过这金锭，也没听到任何消息，这五百锭黄金像泥牛入海，消失得无影无踪。

"平羌驿因有重大嫌疑，驿馆内所有人员都全部押到京城受审，最后落得与李永年同样下场。时任龙游县县令的蒋鸿志生怕脱不了干系，下令将市井泼皮、无赖、偷儿、乞丐一一抓去拷问，仍无收获，最后还是被削了官职。"

"这女人是杨大人家的什么人？"陈兴德问。

赵银泰答："她自称是杨夫人的丫头，因替夫人到娘家送东西，杨家出事被抄那天刚巧不在，故得以逃脱出来。对了，我记起来了，她叫杨柳。"

陈兴德问："这女人当时多大岁数？长什么模样？"

赵银泰答："当时大约二十来岁，举止娴雅，说话得体，一对眸子乌黑水晶分明，细嫩白皙的脸未施粉黛，却清光照人。她那等模样、举止、韵味，恐怕只有离尘苑棠香坊的女子才能媲美。"

赵银泰见陈兴德没吱声，以为他将棠香坊当成妓院，忙解释道：

"陈大人，这棠香坊可不是三瓦两舍的烟花柳巷，乃官府助立之歌院舞场。在平羌镇离尘苑中，棠香坊是头牌。但凡官府有公私宴庆，或雅士聚会、商贾应酬，都可出钱请来侑酒助兴。棠香坊的女子个个色艺双绝，品箫弹琴，吟诗作画，最能引动雅情诗兴，不过她们却是卖艺不卖身。"

陈兴德问:"这杨柳是何人介绍来你处?来时还带了其他人吗?诸如幼童?"

"是曾安介绍来的,我与他多年无往来,若不听杨柳讲,还不知他去了哪里。杨柳是独自一人来龙游的,并无他人同行。贱内曾劝她留下,以后寻个好人家嫁了,可她怎么也不愿意,定要出家当尼姑。"赵银泰叹道。

陈兴德问:"曾安现居何处?做何勾当?"

赵银泰答:"早断了音讯。杨柳来龙游后,老朽还给他写过两封信,但均是石沉大海。"

陈兴德一听线索又断了,不由心烦,忙追问:"难道你不认识杨家其他人?譬如他的亲属、朋友或部下?"

"老朽不善攀缘奉迎,仅去过杨家一次,此后再无往来。"赵银泰听陈县令话中带话,不由语调生硬起来。

说话间,老仆又上了第三盅茶,陈兴德见日头偏西,赵银泰显出倦态,便起身告辞。赵银泰步履蹒跚地将他送到门外,客套地邀他闲暇时来田庄品茶。

回到县衙,衙役报告说关在牢里的潘素梅病了,不吃不喝。陈兴德命衙役带郎中前去诊治。潘素梅是整个案子中的一个重要人物,她的口供至关重要,故此陈兴德让狱卒小心看守,不得出半点差错。

衙役走后,陈兴德将这几日发生的事反复思量,没想到一个不起眼的杜宝山之死,却牵出许多蹊跷的头绪来。这些人和事与杜宝山一家究竟有何关系?为什么要杀杜宝山?为钱?为情?为仇?想来想去始终没理出头绪,直到下半夜仍未合眼。陈兴德干脆起身坐到桌前,提笔给韦皋写了一封长信,将到龙游上任后遇到的事一一禀报。

第十四章

　　董氏一案由于没有抓到凶手，暂时无法具结。偶有百姓到县衙诉讼，皆是鸡毛蒜皮的小事，陈兴德很快了断。大部分时间他都在暗中调查凌云山大佛修凿的事，这是韦皋交予的要务。平羌驿金锭劫案似与之相关联，无意间又让他想到熊耳峡抢劫南诏使臣的贼人。这些来无踪、去无影的贼人与一般市井小偷作案手法完全不同。他们是些什么人？陈兴德苦苦思索，却不得其解。

　　这天上午，陈兴德处理完县衙的公务后，换了便衣就独自来到县学书库，想查阅一下有关案牍。县学书库在孔庙附近，平时除了少数读书人进出外，百姓很难走近。四周又无茶坊酒肆客栈，故而非常清静。

　　陈兴德走进去，见库内干干净净，书架上整齐地堆放着各类卷牍，从历史、军事，到食货、方舆、儒林、释道、方技，都按类编了年月干支，条理清楚，查阅方便。陈兴德正在翻看，老馆吏贾文山听到脚步声，一路小跑从里面出来，见是新上任的陈县令驾到，慌忙躬身拜揖，连连说：

　　"不知陈大人到此，失礼，失礼。"

　　贾文山五十出头，面孔白净，十个手指又细又长，一看就知是个整日伏案的读书人。

　　陈兴德问："平时到此看书的人多吗？"

　　贾文山摇摇头说不多，接着问陈大人需查阅哪些卷牍。

　　陈兴德说："本县想查阅一下平羌驿的史料。"

　　贾文山道："这个简单。"说着从不远处的架子取下一个卷帙，翻开念道：

　　"平羌驿建于汉，初为邮亭，传递军事情报。隋时为传舍，为官方开办，专为出行使者、官员提供住宿饭食和出行工具。唐初改为驿馆，初名清溪驿，后更名平羌驿。开元初年，国内计有陆驿一千肆佰玖拾所，水驿肆佰陆拾所，水陆相兼驿一千零叁拾柒所。平羌驿为水陆驿，乃剑南道大驿。平羌驿馆经各朝扩修，设施齐备。十七年前驿楼失火毁坏，两年后修整一新，又扩地数亩……"

陈兴德接过卷帙翻看，见平羌驿的史事很简略，并未见一条有关金锭失踪的记载。离开成都时韦皋告诉他，那批金锭丢失时，代宗皇帝震怒，曾命当时西川节度使杜鸿渐严加查办，但时值安史之乱不久，吐蕃、回纥等十万大军攻到奉天。蜀地西面也是战火烽烟，边患频频，因此追查遭劫银子的事便无暇问津。以后时间一长，便慢慢搁置下来。韦皋认为平羌驿是本案要点，也是疑点，要他特意打探这个特殊的地方。

陈兴德放下卷帙问道："修建凌云山弥勒大佛，历年应有记载，这些卷帙存放何处？"

贾文山答："有。从开元年造像开始，历年皇帝赏赐、朝廷拨款、地方乡绅捐助等，都一一记录在册。"

陈兴德大喜道："你即刻去把相关卷宗全部取来，本县要仔细阅读。"

贾文山摇摇头说："陈大人，实在对不住，十七年前京师大理寺来人，就将大人所要的这些资料卷册全部调走。至今仍未归还本库，故大人无法查阅。"

陈兴德诧异道："为何调走这些卷册？"

贾文山答："老朽也不知道。记得当时来了一队兵丁，将书库弄得乱七八糟，运走了好几箱卷册，连编纂《凌云山志》的史料也悉数取走了。"

陈兴德心里一阵失望，忽又听贾文山说：

"前任县令汪大人也来问过这些卷帙。"

陈兴德一怔，问："汪县令还问过些什么？"

贾文山答："他也说想查看十七年前金锭劫案的卷宗。"

陈兴德忙问："他查到什么了吗？"

贾文山摇摇头："没有。当时卑职就拿出十七年前的卷宗给他看，那里不曾有悬案积下。平羌驿金锭失踪是朝廷直接查办的案子，而且，后来凡与押运金锭有关的人员都被正法，案子也算结了，因此龙游县并没悬挂，卷宗上也没有任何记录。"

陈兴德暗想，汪县令死前到县学书库来查凌云山的卷帙，并问起十七年前金锭失踪一事，难道他发现了什么疑窦？想到此，又开口问道：

"汪县令查到什么线索吗？"

贾文山答："不晓得。"

陈兴德问："汪县令来过几次？"

贾文山答："经常来，记不清有多少次，一有空他就来这里读书，读得很认真，有时还带回去看。他家眷不在龙游，也不喜欢交际应酬，故一有时间就来。看得出汪县令是个治学严谨之人,既不摆老爷的架子,也从不带随从,总是独自静静地在这里看,来去只与老朽打个招呼,并不多说话。"

这番话更让陈兴德对前任来了兴致,问:"汪县令在这里爱看些什么书?"

贾文山答:"什么都看。他读书很认真,并不时抄录,这里很多卷宗他都翻过。他不爱说话,每次都在角落这张条桌上看。卑职知道他喜欢清静,故从不过去打扰他,任他自己随意翻阅查看。唉,可惜他死了。老朽每当看到这张桌子就会想起他来,他是一个好人!"

陈兴德望着长架子上堆满的卷宗,心想不知何时才能读完。随手翻了两宗,皆是些平常记载,陈兴德实在没耐心看下去,怕枉费了工夫又一无所获,于是又问:

"大理寺调走卷宗的批文在哪里?"

贾文山答:"这个老朽不知道,是当时的县令蒋大人带人来的,哪知蒋县令也没脱掉干系,丢了官职离开龙游。"

陈兴德轻轻叹了口气,站起身准备离去。贾文山宽慰道:

"大人不妨到凌云寺去看看,或许那里还保留了一点。"

陈兴德一想正是,怎么忘了这一点。这弥勒大佛像虽大,却仍是凌云寺里的一尊佛。当年海通住持于寺中,必定留有一些卷帙。一阵欣喜,转而问道:

"书库里可有与修大佛相关的卷帙?"

贾文山答:"有少许,仅在人物记事中一笔带过。诸如曾参与测量计算的一行和尚,捐钱助修的西川节度使章仇兼琼、严武、杜鸿渐,蜀州刺史王缙、高适,嘉州刺史岑参等。到蜀地上任的老爷皆与大佛有瓜葛,当年……"

贾文山正说着,一个衙役像踏着风火轮似的跑来,忙不迭声地喊道:

"陈大人,快,夫人和少爷到了!"

陈兴德大喜,忙起身向贾文山告辞,一路小跑赶回县衙后宅院。

陈兴德走进厅堂,只见箱笼包袱凌乱地堆在地上,妻子正躬身忙着收拾,抬头见丈夫进来,不由悲喜交加,扑上前来,刚叫了一声:"老爷……"便呜咽不止,半晌说不出话来。

陈夫人衣着陈旧,容颜黯淡,眼角处布满细细密密的皱纹,两鬓露出花白的头发,往日粉嫩的手指被磨得青黄粗糙。陈兴德望着妻子一阵酸楚,险些流下眼泪。五年时间,妻子一下子苍老了。

"夫人莫伤心,都过去了。我们一家人不是又团聚了吗?"陈兴德安慰道。

陈夫人破涕为笑,仔细打量丈夫,说:"老爷,你好瘦,脸上没有一撮肉……"

陈兴德道:"没关系,很快会长起来。倒是你该调养一番。"

陈夫人两眼深情地打量丈夫,感慨道:"老爷穿上这身衣服仍旧显得年轻,相貌堂堂。可我已是又老又丑,如何配得上老爷?如今像你这样体面的老爷谁不是三妻四妾?老爷以后还是纳一房妾……"

陈兴德脸一沉,打断夫人的话:"夫人,休要提此话!我再与你说一遍,我不会纳妾娶小。我有你一个就足也!这些年是你替我这个不孝之子侍奉多病的父母,为他们养老送终。我知道你为我受了很多苦,很多委屈。我会一生一世对你好,我要好好补偿你,让你享受荣华富贵,让你不再担惊受怕,不再吃苦劳累。"

陈夫人热泪盈眶,对陈兴德咽泣道:"老爷,只要我们一家人平平安安在一起,苦一点,累一点,穷一点,妾身都不在乎。"

陈兴德感慨万分地点点头。忽然,他左右张望了一下,问道:

"成儿呢?"

陈夫人拭了拭眼泪,答:"成儿在里面搬东西。"说毕大声唤道,"成儿,成儿,你父亲回来了!"

须臾,一个衣着朴实的后生从里面出来,怯生生对陈兴德施礼道:"孩儿拜见父亲。"

陈兴德微微一愣,几乎认不出自己儿子了,五年间儿子长得比自己还高,看上去如同一个成年男子,目光清澈,皮肤微黑,多年乡间劳作让他变得极为壮硕,却没有陈兴德期望的儒雅风度,潇洒气质,反而举手投足带着乡下人的拘谨羞涩。这让陈兴德多少有些失望,不过他表面并未流露,而是说:

"这五年苦了你们母子俩。"

陈夫人说:"只是亏了成儿,这几年成儿里里外外劳累,若没有他,我一人如何应付得了?"

陈成有些不好意思地低下头。陈兴德转头问:

"成儿,你的功课准备如何了?为父想让你明年参加秋闱。"

陈成略为迟疑了一下,说:"回父亲,孩儿惭愧,对不起父亲一片苦心,功课荒疏已久。不过,父亲不要生气,孩儿以为田园乡村也不乏乐趣。忙时种田采桑，闲时读书写诗，倒也强似整日在家里苦读应试。"

陈夫人心知乡下农活太多，儿子不愿让母亲独自受累，只得放弃了读书应试，承担家中劳务。为了安慰父母，今日故意说出这番话。

陈兴德听了儿子的话，心里十分难过。这些年他无时无刻不在思念儿子，想象儿子长成一个温文尔雅、庄重矜持的读书人。可眼下儿子功课荒疏，如何能参加明年秋闱？陈兴德沉思了一会，温和地对儿子说：

"成儿，你从小聪明，文章锦绣，志向高远。是为父不好，耽误了你的学业。"

"不，父亲。儿子不怨父母，儿子的确这样想。"陈成一脸认真地说。

陈兴德不容置疑，面色严肃地说："成儿，你明天就开始温课，眼下还为时不晚！我会给你找老师，龙游不行，就到成都。成都不行，就去京城。我要找名师帮你，指点你！你定要金榜题名，光宗耀祖。我们陈家就指望你了，明白吗？！"

陈兴德越说越激动，面颊涨得通红，陈夫人和陈成有些不知所措，惊诧地看着他。半晌，陈夫人走过去，轻轻拉了一下陈兴德的袖子，用眼色示意说：

"老爷，此事以后再说好吗？成儿如今……"

陈兴德有点气恼，提高嗓音说："不，这是当务之急，今天就要说定！"

陈夫人微皱眉头，轻声说："老爷，我们眼下没钱。你有所不知，自你出事后家中日渐拮据。公婆生病吃药早已典空了家当，加上办丧事欠下一大笔债。等我们还清了债，就给成儿找老师。好吗？"

陈兴德牙缝中迸出两个字："不行！"

陈夫人哀声道："老爷，我们没钱。等以后……"

陈兴德怒气冲冲地打断夫人的话，说："那就为时太晚！懂吗？钱，钱，钱，我讨厌这个东西！"一甩手转身离开厅堂。

陈夫人吓呆了，陈成扶着母亲，忧虑不安地望着父亲的背影，轻言道："父亲变了……"

第十五章

　　嘉州刺史杨忠的府宅气势巍然，占据了南街后面一大片地。油光锃亮的朱漆大门前，有道高约八尺的门屏，站在门屏边依稀能看到里面楼阁玲珑，门户深邃。

　　杨府有中原贵族宅院之气，与龙游城里南方民居建筑不同。宅院依中轴线而建，门、亭、楼左右对称，高墙内有两个很大的院落，前院横长，后院方阔，两院穿山越池，遍植海棠、翠竹，花木扶疏，四周廊屋环绕。前后院之间有个门楼，熟客在未得到杨忠召见前，只能在门楼里等候。门楼宽敞，上下两层，设有茶室和客房，一般陌生人则被挡在门屏处，不得跨入大门一步。

　　韦皋要到嘉州巡视的文书已由驿马传到杨忠的手中。

　　杨忠闷声不响地坐在后院左厢书斋金丝楠木榻上，两只金鱼似的鼓眼，一动不动地望着红漆窗棂发呆。杨忠的书斋富丽豪华，窗明几净，正中垂下梅、兰、菊、竹四条画轴。窗下黑色紫檀花架上设有一只象牙色的古瓷花瓶，瓶内插有两枝刚剪下的大丽菊。花架旁是一个大书案，书案上齐整摆列着纸、笔、墨、砚文房四宝。门边龟形的铜香炉里吐出袅袅香烟，满堂馥郁。门外院子里竹木葱翠，花草缤纷，假山水池相映成趣，气象清雅。今天杨忠似乎心事重重，让管家去叫夫人过来商议要事，可好一阵了，仍不见夫人踪影，心中不由阵阵烦躁，将手中一柄洒金折扇摇得哗哗乱响。

　　杨忠喝完一大壶茶后，夫人王氏才不紧不慢出现在后院。她身着一套淡黄纱裙，头上插了一支金光闪烁的凤钗，脚踏一双深黄色绣花的软底锦鞋，昂首挺胸，目不斜视，款款走进书斋。王氏三十七八岁的模样，细长的瓜子脸上配有小巧精致的五官，皮肤细腻而白皙。胭脂膏粉涂抹得恰到好处，更显得雍容华贵。举手投足一望即知从小生活在富有之家，尽管生了三个孩子，仍然显得年轻、漂亮。

　　"到哪里去了？半天不回来。"杨忠不满地说了句。

　　王氏淡淡一笑，侧身坐下答："到天和银楼去了。"

　　杨忠说："许泽端回来了？"

"嗯。"王氏应了一声，伸手从杨忠手上拿过公文看了一遍，问道："韦皋要到嘉州来巡视？"

王夫人出生于京城官宦之家，父亲离开官场后又涉足商海，挣下很大一份家业。王氏如所有富家子女一样，从小读书识字写文章，学习女红和持家本领。除此之外，她有时还帮父亲计算账目，王氏精明能干，做事井井有条。出嫁后，她将心智用于治家与驾驭丈夫方面，依然颇有成效。王氏如同其他主妇一样，不得不为风流成性的丈夫纳妾。但王氏的精明在于，她总是怂恿丈夫将漂亮的侍女纳为妾。如此一来，小妾们的学识、地位、品位、家族始终无法与她相提并论，而婢妾再得宠，没有学识，没有显赫的家族支撑，也不过是丈夫的玩物，无足轻重，绝无可能与她争夺地位。

王氏问："他此行来嘉州有何目的？"

杨忠眉心里蹙起两个疙瘩："说是巡视。不过，我听说新皇帝要调查弥勒大佛修建款项之事，并想借此整顿吏治，肃查贪官，再造开元盛世。"

王氏冷笑一下，讥讽道："又是调查大佛修凿的事！老调重弹，大佛早停工了，查谁？再说你又没有私吞修建大佛的银钱、中饱私囊，用得着愁眉苦脸么？"

杨忠鼓眼一翻，收起折扇，一捣手心说道："我在想另外的事。"

王氏问："什么事？"

杨忠沉吟了一下，说："我在推测韦皋对凌云山的大佛的心思，是续修，还是置之不理。大佛虽只是一堆石头，却能透出皇上的心思，窥探官场风向。韦皋是新皇帝的心腹，我须得小心侍候。"

王氏道："你与张延赏交情不浅，他能不嘱咐女婿关照我们？你愁什么？古语讲……"这时一阵清脆的笑声传来，王氏住了口，站起来从窗格望出去，只见小妾玉兰怀里抱了一只毛茸茸的小猴子，袅袅婷婷走进后院。侍女凤姑紧随其后，二人边走边用花生喂小猴子，不时被小猴子的机灵模样逗得哈哈大笑。

玉兰是杨忠的第四个妾，比杨忠的大女儿还小一岁。最初也是王氏买来的侍女，长得十分乖巧，这两年发育成熟，益发显得水灵可爱，去年才收为小妾，杨忠颇为宠爱。玉兰没看见夫人在书斋里，还没走上台阶就大声说道：

"老爷，你快看这小猴子多乖！我哥哥在峨眉山上捉到的。你看，它会剥花生壳……"

玉兰跨进门，才发现夫人阴着脸站在门旁，吓得忙惊慌地将小猴子交给凤姑，低头屈膝施礼，说道：

"给夫人请安。"

王氏并不理会，缓步走到书斋中央，对玉兰斥道：

"还是如此不知礼数，以为杨府是你乡下的农家茅屋？张嘴哇哇大叫！"

玉兰勾着头说："夫人息怒，玉兰知罪。"王氏转过脸，看一眼杨忠，指桑骂槐地说："玩物丧志。还不退下！"

玉兰和凤姑齐声答道："是，夫人。"转身小心翼翼退出厅堂。

王氏见玉兰、凤姑走出院门，又转回头，脸上乌云散尽，好似什么都没发生一般，两眼盯着丈夫，问：

"你打算如何接待这位新上任的节度使大人？"

杨忠答："没想周全。"

王氏两道蛾眉一挑，满不在乎地道："这有何难？银子和美人天下人人喜爱，难道老爷竟忘了这一层？"

杨忠摇头道："非也。听说这位韦大人刚至成都，就迷上了一名叫薛涛的女子，与她过从甚密。我再送美女管用么？"

王氏问："薛涛是什么人？"

杨忠答："芙蓉阁的一名歌伎，成都大名鼎鼎的香闺诗人，色艺双绝，冠压群芳。因为韦大人的抬爱，她如今成了成都名流显贵的座上宾，结识了许多文人雅士、骚人墨客。她的诗眼下更是风行西蜀，广为传播，连闺阁、行旅、驿站都有人吟唱。"

王氏不屑地从鼻里哼了一声，说："如此看来，这位韦大人也是个风流放荡人物，与其他人是一路货色！不过，有这个嗜好不难办，龙游自古出美女，你多挑几个色艺双绝的妙龄佳人尽心侍候，自会旗开得胜。依我看，反倒是他派到龙游来的陈兴德要多留个心眼。五年前他夫人来找过我，想让你帮忙疏通一下关节，可我怕你受到牵连没见她。如今陈兴德从牢里出来了，一定对此耿耿于怀。我看他目露凶光，面带煞气，整日东奔西跑，四处打探，不是好兆头。你要派人盯着他，小心他捅出乱子。另外，对他多施一点恩惠，听说他眼下手头紧，妻儿又到了龙游，寻个空隙去看看他的家眷，笼络人心。"

杨忠眯着眼睛，透出捉摸不定的目光。好一会儿，他才说：

"陈兴德如今仍没有纳妾，你不觉得有点怪吗？"

王氏看了一下丈夫脸上诡异的表情，不以为然地答："这有何怪？听说他们伉俪情深，陈兴德在平羌任县令时也从没到离尘苑寻花问柳，逍遥快活。不愿纳妾，即表明他对妻子一心一意，以为男人都像你一样风流！"

杨忠涎着脸争辩道:"夫人,纳妾娶小与夫妻感情好赖并无关系!夫人第一,妾只是家中点缀。你看正七品以上的官员有几个没纳妾?"

王氏鼻子里又哼了一声,道:"荒唐无耻!"

杨忠嬉皮笑脸,说:"夫人息怒。此乃实情。"

王氏沉默了片刻,说:"不过,天下没有不吃腥的猫!表面不近女色的男人,往往心思更阴辣。这伪君子比真小人还难对付。"

杨忠说:"夫人有理,对这个陈县令是得特别关照。对了,后天去平羌驿去,以隆重大礼迎韦大人!"

王氏略有些意外,问:"不按惯例在城外接官厅摆宴洗尘么?"

杨忠得意地说:"夫人,那样就落俗套了!你想,我领一班僚属、名流显宦、地方乡绅按国礼官俗到城外接官厅迎接韦大人,与其他州、县有何区别?韦大人早见惯不惊,厌于应酬,哪能给他留下印象?嘉州乃蜀中名胜,山灵水秀,文人荟萃,接待就该别出心裁。我已想好妙招!先在平羌驿给他一个意外接风,其后更有层出不穷、花样翻新之洗尘,不但让他十分中意,还要让其他州府无法效仿。今天,我已吩咐棠香坊吕班主提前做好准备。"

王氏经常不经意地流露出高人一等的优越感,让杨忠心头很不是滋味,但又不便发作,故一有机会就想显摆,挫挫夫人的气焰。果然,王氏听丈夫一番神侃,知道他胸有成竹,便露出几分赞许之色,口气也软了不少,问:

"棠香坊如今的花魁娘子是谁?"

杨忠答:"叫兰香,今年才从北方来的。"

王氏问:"既推为花魁,有何过人之处?"

杨忠答:"不但貌美,而且击得一手好羯鼓,不仅离尘苑里无人能比,便是蜀地也难觅第二。"

王氏顿时两眼放光,说:"善羯鼓?太妙了!在诸般乐器中,要数羯鼓最激烈、最高昂、最雄浑、最撼人心魄。当年玄宗皇帝对羯鼓十分垂爱,常在后宫击鼓为杨贵妃伴舞,鼓杵都击坏了几箱。贵族们见皇上喜欢,也纷纷仿效。小时候父亲就曾聘乐师教我学习羯鼓,可惜多年不摸,早就手生了……哎,扯远了。这个叫兰香的女子脾气禀性如何?是何门户背景?"

杨忠答:"听说她是自卖到棠香坊的。门户背景却不甚清楚,只说是从北方过来。吕班主见她歌舞吹弹,样样精绝,尤其击得一手好羯鼓,模样俊俏,身材高挑,便推为花魁。每月包银不少,另外还有抽头。眼下吕班主将她视为可居之奇货,平日深藏不露,一般客人是不让她出面侍奉的。兰香也是个铁石美人,一副冰玉心肠。纵然那般世家王孙,商贾巨富,经常买了金

银珠宝、绫罗绸缎相赠，也难买她一笑。吕班主只有在显贵客人临门时，才偶尔叫她出场压轴表演，那兰香平素不与客人周旋，常是献艺完毕便致礼告退。早有人想以重金赎她出来，但兰香自己不愿。吕班主得了这样的摇钱树，当然是满心欢喜，岂会随意让人赎她，也就乐得顺水推舟。"

王氏若有所思，正要说什么，忽闻管家来报：

"王矿主求见。"

杨忠不满地嘀咕了一句："大白天往家里闯。"

"他说有急事。"

"让他进来。"杨忠略想了一下。

王氏附在杨忠耳边轻语两句，然后转身退下。

第十六章

韦皋轻车简从，一身便装，与布衣装束的随从韦仁、陆勇、康振本由成都水路上船，前往嘉州。韦仁是韦皋侄儿，二十来岁，自幼习武，弱冠从军，高大威猛，十分剽悍，刀枪棍棒十八般武艺俱全，豪爽耿直，好打抱不平，与叔叔十分投契，形同父子。此番入蜀，韦皋特地带上他，只望他能跟随自己在外多多历练。

韦皋到成都后求贤若渴，张榜招募一大批人到府衙充职，且不论门户背景，不管有无功名。陆勇、康振本就是被招募的人员。

陆勇三十岁出头，原是京师名门子孙，本已有秀才的功名，后因家道中落，只身出外闯荡。他身材高挑，皮肤白净，一双细长的眼睛冷静而有神。除书本之外，最爱的便是剑，日日不离身，一柄铜剑舞得出神入化。

康振本最为年少，还不到十八岁。父母早亡，为了生存，干过无数行当。他身材瘦小，行动机敏，诙谐幽默。

船到平羌县境犁头关码头靠岸稍事休息。韦皋远远看见岸边大榕树下围了一圈人，似有三个壮汉正把一个人按在地上，边打边抓扯那人的衣衫，嘴里似秽语不断。被打的人满地打滚，哀叫求饶，浑身上下被扒得仅余一条贴身裤衩。

韦皋说："走，过去看看。"

韦仁血气方刚，看得怒起，一阵风冲过去大声吼道："住手，青天白日，恃强欺弱，还有王法没有？！"

见人群里冷不丁冒出个剽悍的大汉，所有人不由一愣，三个打人者也停下手，顿时鸦雀无声。韦仁见那三个人长得膀大腰圆，面带凶相。而被打者却是个蓬头垢面的瘦男子，口鼻处鲜血淋淋，两手死死抓紧唯一的裤衩，生怕被这三个人当众脱光。须臾，三人中一个年纪稍长、满脸横肉的汉子走上前，大嗓门冲着韦仁吼道：

"你狗日的没长眼睛！哪个石头旮旯里蹦出来的私娃子、野杂种？敢阻拦老子教训偷儿！莫不是一路三只手的货色？"

韦仁素来讨厌小偷，可见对方如此蛮不讲理，恶语伤人，心中一阵火起，捏紧拳头向前逼近怒道："你——"

对方毫无怯色，伸长脖子道："想打架？不虚你！"

陆勇不动声色凑上前，韦皋伸手轻轻拍了一下韦仁的肩膀，示意他不得鲁莽。然后转过头对被殴打者说道：

"你还不快把偷的东西交出来。"

被殴打者扑到韦皋面前叩头行礼："大爷，冤枉啊，小人什么都没有偷！他们把我全身搜了一遍。你看哪里藏得下半点东西？他们欺人太甚！"

韦皋见他浑身上下确实无处掩藏赃物，便沉下脸，冷冷地对那三人说："捉贼拿赃。既无赃证，就不该打人！"

三个打人者一愣，见韦皋虽是一身便装，但气势慑人，不怒自威，身后又跟着三个年轻的随从，弄不清楚是何来路，一时不敢贸然造次。正在僵持，忽听江边传来一声长长的口哨音，三个人像得了命令一般，相互看了看，然后转身离去。一脸横肉的男人回过头，"呸"的一声，恶狠狠地往地上吐了一口痰，横眉怒目而去。哪知他刚踏上跳板，只听"啊"的一声大叫，身子一偏落入水中。岸边人群看他狼狈不堪的模样，不由开怀哄笑。

康振本搓了搓手上的泥沙，嘟哝了一句："活该！"

陆勇小声问："你弄松了跳板？"

康振本得意道："小菜一碟。"

"眼下我们是韦大人的扈从，不能再玩这种江湖手段。"

"嘿……知道了。"

被殴打者赶紧捡起地上的衣裤，悄悄逃走。

"那三个人是何方人氏？如此凶神恶煞。"韦仁火气难消，拧起眉头气恼地向一个老汉询问。

老汉指着江边说："是龙游王矿主的人，这伙人凶悍霸道，惹不得！"

韦仁问："王矿主是做什么的？"

旁边的人七嘴八舌说道：

"他是铜山的矿主，肥得流油。"

……

忽然，韦皋被旁边一个妇人的谈话吸引。妇人背一个竹篓，正与一个货郎模样的男人议论："王矿主的大货船往昔都在平羌驿过夜，今日咋改停在犁头关了呢？"

"听说州衙的老爷都赶到平羌镇来迎接皇上派来的大官，这些船因此才改到犁头关歇脚。"

"这段时间我觉得有点怪,这王矿主的大货船怎么总在夜里走,白天却停在岸边歇息。"

……

韦皋望着泊在码头边的船只,沉思了片刻,突然心中一动,决定改走旱路,于是叫韦仁去雇马匹,一行人便沿着宽敞的官道往龙游策马而去。刚走出几步,就见方才那个被殴打者从路旁树丛中闪出,跪在地上叩谢道:

"范长根谢大爷救命之恩!"

这自称范长根之人,年约三十,已洗去脸上血污,穿好衣衫。韦皋见此人言语有礼,举止恭敬,并不像是个奸猾之辈,便开口问道:

"他们为何打你?"

范长根委屈万分地说道:"小人是个铜匠,刚从长安来。两年前师兄去了龙游县铜山镇,来信叫小人到铜山干活。小人正打算走,不料爷爷病倒了,于是只好在家侍奉他老人家。今年年初爷爷去世了,小人料理完他的后事,便动身去铜山。走到犁头关,听人说这些货船正是从铜山来的,便想到船上打听一下师兄的情况,因为很久没有他的音讯了。小人上了后面那条又破旧又脏的船,以为那是专为大货船做饭、打杂的船。没料到舱里一下子钻出来五六个凶神恶煞的汉子,如同山间剪径的绿林响马一般,不问青红皂白,揪住我就打,硬赖小人偷了他们的东西!"

韦皋疑心道:"船上装的是什么?"

范长根说:"不知道。小人走上去时并没看见人,船上排放着一溜小木箱,箱子四下用钉子合死。小人用手轻轻推了一下,哗哗响,很沉重。正要开口招呼,只听身后一声怪叫,一个恶煞汉子一阵风似的冲出来,吼道:'抓贼!'立马又钻出几个凶神来。小人吓得不知所措,只好转身往岸上跑。他们抓住小人,硬说小人是贼,把小人身上的衣裤全扒光,仅有的一点盘缠也拿走了。幸好遇上大爷相救,小人感激不尽。"

韦皋问:"你眼下还打算去铜山镇吗?"

范长根点点头,说:"已经走到此了,再说也没有回去的盘缠。等找到师兄就好了。"

韦皋叫韦仁给了范长根一些碎银子,范长根再次叩谢离去。

快到平羌驿时,遇到几个巡丁正匆匆往镇上赶,韦皋向为首的打听地方靖安情况。对方很热情,说嘉州境内一向平安,偶有个别小蟊贼捣乱,但无大碍。巡丁又道,刺史大人已到平羌驿码头,要迎接从成都乘船而来的贵客,他们正赶去护卫,说罢,扬鞭策马,飞驰而去。

一行人穿过平羌驿,继续往前赶路,到达龙游城对岸时,天色已晚,码头上空无一人。

韦皋下马,看见渡口处立有一块红砂石碑,醒目地刻着两个大字"官渡",背面一行小字注明,该渡口过往行人永久分文不取。

韦皋站在码头石阶上看着落日余晖下波光粼粼的江水,默不作声。韦仁见渡船杳无踪迹,天色渐暗,行人绝迹,不由紧握腰下佩着的宝剑四下张望。忽然,江边传来一阵荒腔走板的小曲:

> 一更里来月悠悠,情哥不来妹好愁。
> 情哥不来妹去睡,眼泪汪汪湿枕头。
>
> 二更里来月照楼,情哥后檐丢石头。
> 丢砣石头妹晓得,恐怕爹妈在屋头。
>
> 三更里来月照街,妹妹不敢把门开。
> 双手拉开两扇窗,轻轻把哥牵进来。
>
> 四更里来月照岩,妹妹把哥抱在怀。
> 唯愿夜长天不亮,一更抱到五更来。

韦仁寻着歌声下了坡,踏着松软的河沙深一脚浅一脚走了过去,但见水边泊着一只小渔舟,一个渔夫正半躺在舱里悠然自得地哼着小调。韦仁上前言明事由,求渔夫载他们一行人到对岸,银钱加倍付给。哪知渔夫不为所动,连连摇摇头说:

"相公,小人岂敢在官渡码头收钱?再则天色已晚,横渡风浪大,小人的船小,万一有个山高水低,小人可担待不起!"

韦仁正在着急,猛听远处传来一阵马蹄声,疾步跑上来,见前面树林间悠悠晃晃闪出一骑,却是个光头和尚坐在马上,宽大的僧袍里套着个干瘦的身躯,下巴留着长胡子。待走近细看,那和尚年岁很大,皱纹满面,胡须尽白,却坐在马背上闭目养神。而坐骑也与他相似,是匹瘦骨嶙峋的老马,驮着主人不紧不慢地往前走。

韦仁上前拱手道:"请问老师父,这附近可有客栈?"

老和尚睁开一只眼,溜了他们一眼说:"没有。"说罢又将眼闭上,不理不睬，继续往前走。韦仁急得想跺脚。康振本上前拦住马，双手合掌，悠悠说道：

"阿弥陀佛！天色已晚，请老师父慈悲为怀，告诉我们一处落脚之地。"

老和尚停下马，睁开眼睛合掌道："阿弥陀佛，这附近没有客栈。"

韦仁着急道："这可如何是好？"

老和尚说："施主若不嫌弃，可随贫僧到凌云寺暂住一夜。"

"这……"韦仁话还没出口，韦皋就抢着答应：

"如此最好。我正想去凌云寺看看弥勒大佛，不期相遇师父，真是机缘巧合，幸会，幸会。"

"叔叔！"韦仁试着阻拦，可韦皋并不理会，径直向前走。韦仁无可奈何，只好跟在老和尚身后策马朝凌云寺走去。除了官场之外，韦仁依旧称韦皋叔叔。他知晓韦皋的性格，经常会做出一些出人意料的事儿来。

"请问师父法号？"韦皋与老和尚骑马并行，揖礼问道。

老和尚答："老衲法号性空。请问施主尊姓大名，要去何处？"

韦皋说："免尊姓韦。做点小生意，顺道在龙游、峨眉游玩一番。"韦皋没说出自己的全名，也没说他的真实身份和此行目的。

"凌云寺还有多远？"韦仁看到四周山岭起伏，脚下江水湍急，路旁风吹树动，发出窸窸窣窣的声响，不禁有些担心。

性空答道："不远，不消一个时辰就到。看，前面最高的山头便是凌云山，凌云寺就在山顶。"

一行人摸黑到达凌云山脚，峰回坡转，沿峭壁石阶走到山上，不由得大汗淋淋，气喘吁吁。

敲开厚重的山门，两个年轻的和尚擎起灯笼一路小跑过来，惊喜地喊道：

"师父回来了！"

性空道："永净、永宽，有客人来了，快去洒扫两间客房，让客人住下。哦，对了，叫厨房打火造饭，客人想必饿了。"

永净、永宽两人应声牵了马往侧院走去。

稍后，韦皋走进客房，见床单被褥干净齐整，家具虽旧，但形制古朴，坚固结实。不一会，小和尚用托盘送来一甑热饭和两样炒青菜，一盆白果煨山药汤。韦皋的确有些饿了，觉得饭菜很香，连吃了两碗热汤泡饭。吃罢饭，性空过来请他们到客堂喝茶。

客堂简陋干净，正对门的墙中央挂着一幅陈旧泛黄的卷轴，上绘弥勒佛跌跏趺坐的白描画像。画像慈祥、生动，韦皋心中赞叹，细细观看一番，见左下角有一行小字：能仁院弥勒佛像，落款是海通。韦皋暗吃一惊，方知是海通遗墨，距今已几十年，心知此画十分珍贵，便从上到下又仔细观赏了一遍。

韦皋眼角扫过下方，见供桌角上放着一本带套书卷，封面右上角注明"《对棋》，李洞撰"。韦皋自小喜欢对弈，早读过此书，对李洞关于对弈斗智、双方心计对抗的弈棋理论颇为赞同。

"师父喜欢对弈？"韦皋举起手中的书问道。

性空答："这是已故汪县令所赠，他与老衲是棋局对弈的朋友，甚是投缘。"

"师父与汪县令是故旧。听说他已溺水而亡。"

"汪大人行事谨慎，怎会失足溺水而亡？"性空一字一句说道。

韦皋一怔，耳闻这位县令死于钓鱼溺水，也曾派人到刑部翻阅过他遗留的书信。汪县令之书信言辞甚是简约，皆是通常问候及饮食起居。想不到老和尚竟对汪县令之死心存疑虑。

韦皋的目光扫了一下性空，轻轻打开封套，见簇新的绢面封套内却是很旧的黄页纸，扉页上果然工整地写有汪县令的名字。往后翻看，但见汪县令凡遇到感兴致的棋谱，便把批语写在一张小纸条上夹进那一页。书里有很多小纸条，字迹整洁、认真。

"你觉得汪县令死得蹊跷？"韦皋问。

性空轻叹一声，答道："汪县令少言寡语，他对自己的意外好似早有预感。记得端午前一次对弈时，汪县令兀自冒出一句话'龙游的水太深了！'我问他什么意思，他皱着眉头没说话，很悒郁的样子。离开凌云寺时他留下这本棋谱，让我妥善保存，日后交给懂棋道的人细心揣摩，或可拨云见日。没想到，此语竟成遗言。"

韦皋看着书上汪县令的笔迹，思量必有用处，便说：

"本人喜欢对弈，然棋道不精，此书可否借我一阅？稍后送还。"

性空意味深长看他一眼，点点头。

韦皋小心用封套装了书。

第十七章

　　返回客房，韦皋久久不能入眠。半夜刚入睡，忽听到一阵轻微的响动，想睁开眼睛，却又觉得眼皮沉重，一会儿又迷迷沉睡过去。梦中，韦皋依稀感到一个人轻轻走近，披头散发，一身长袍，面容模糊不清。不知过了多久，韦皋被一阵阵嗡嗡之声惊醒，睁开两眼见窗外天色微亮。再听，方知是僧人们在诵经，咿咿呀呀，韦皋没辨听出一个字来。回想起昨晚的梦，觉得十分真切，如同亲身经历一般，并不像往日做梦那般恍惚。

　　韦仁见韦皋起床，忙提来半桶温水。韦皋侧身问韦仁，昨晚是否听到什么声响。韦仁摇摇头说没有，昨晚睡得很香，连梦都没做。韦皋听后没吭声，心里满是疑惑，说：

　　"一会你到寺里各处转转，看看有何可疑之处。"

　　韦仁走后，韦皋离开大雄殿，出天井穿过天王殿再走一段，便看到飞檐下暗红色的山门。跨出山门，韦皋不禁被眼前的景象惊呆了，太阳隐在淡淡的云后，柔和的光线投射到林间，浩渺的三江在凌云山脚下奔腾呼啸，惊涛拍岸，一泻千里。对岸龙游城房舍俨然，依山临水，风景秀丽。更远处云海翻滚，山峰巍峨，横黛天际。

　　"施主好兴致。"

　　韦皋正看得出神，性空和尚悄无声息地走到跟前，惊得韦皋一个激灵。白天的光线才让韦皋将性空看清楚，虽然七十来岁，但看上去神清气爽，步伐稳健，双目深邃有力，仿佛能看穿人的五脏六腑。彼此寒暄一番后，韦皋问：

　　"性空师父，怎不见凌云寺那尊闻名遐迩的弥勒大佛？"

　　性空长叹一声，说："施主请随我来。"

　　跨进山门朝前走，折过一个破旧的凉亭再上山坡，山道中断，一堆堆瓦砾，左右凌乱地堆放着许多打凿整齐的红砂条石，石缝中伸出一丛丛野草。再走，一排摇摇欲坠的竹棚横在眼前。棚顶上爬满野藤艾索，脚下布满暗绿色的苔藓。棚前草地上丢弃着腐烂长霉的木桶、竹筐、绳索和生锈的铁制工具，潮湿的霉腐味阵阵袭来。深一脚浅一脚走到棚前。韦皋环顾左右，并不见佛像，却见一只硕大的蜈蚣趴在竹棚中央半悬着的破门上，棚里半明半暗，空空如也。韦皋一脚踢去，只听"轰"的一声，竹棚颓然垮塌而下。在漫天飞扬的尘埃中，大佛的头颅如山一般矗立在眼前，却杂草丛生，佛像耳眼之中甚至伸出长长的枝条和藤蔓。顺着佛肩往下看，只见一道人工开凿出的深涧直达江心，江面白雾弥漫，波涛呼啸拍岸，发出雷鸣般的吼叫，显得深不可测。

韦皋叹道："想不到名震朝野的弥勒大佛竟是这般荒凉景象！"

性空微皱眉头："枉费了海通禅师一世心血。"

"师父认识海通？"韦皋问道。来蜀地前，韦皋已将蜀地的重要人文掌故细细读过，海通志诚修佛之事他早已知晓。他就想找到当年曾与海通共事的人，以便详尽打探当初修凿弥勒大佛之事。这也是韦皋随性空和尚到凌云寺投宿的隐情。

性空目光一闪，双手合十，肃敬地说道："海通是老衲终身景仰的大德。"

韦皋问："海通禅师当年为何要在凌云山凭崖开凿弥勒大佛？"

性空答："海通最初修造佛像拟在平羌县熊耳峡，并不在凌云山，弃平羌改龙游有一段曲折的隐情。"

"烦师父相告。"韦皋双目注视着性空，催促他往下讲。

性空开口道："说来话长。熊耳峡动工之前，海通禅师云游四方，观瞻各地佛像，对佛像雕塑的造型、装銮，彩塑、壁画等详尽了解。他一生最大的愿望就是修凿一尊举世无双的佛像。他在中原停留很久，曾参与玄导、僧义等僧人在房山的佛经镌刻。房山刻经受玄宗皇帝之妹金仙公主资助，当时公主奏请皇上，从长安专为镌刻石经运去新译和旧译佛经四千多卷。尔后海通禅师又从房山去洛阳龙门石窟，目的是研习龙门石窟的造像艺术。龙门石窟开凿于北魏，绵延至今，成为我朝最辉煌的佛像雕塑群，其中尤以奉先寺大佛龛的摩崖造像为最佳，海通从中大受启发，获益匪浅。"

"海通因何来到凌云寺？"韦皋问道。

性空微微一笑："因我师父悟性方丈的缘故。"接着便说起了事情原委。

熊耳峡开工第二年夏末，佛头整体轮廓大体完成，头顶螺髻屈指可数，面容方正，颈下三道肉褶，垂肩大耳，虽眼、口、鼻尚未刻出，但已显出雄伟气势。因熊耳峡一带水域又唤平羌江，故当地百姓称之为"平羌大佛"。

那年夏季阴雨连绵，河水暴涨，狂风呼啸，熊耳峡的工匠们只得暂时停工。

年仅十岁的性空刚到凌云寺出家不久。当时凌云寺甚为冷清，仅有几个和尚，每日晨钟暮鼓，农禅并举。一天，性空正如往常一样在大殿里添油洒扫，忽听悟性方丈在隔壁禅房里唤他。他忙放下手中的活走过去，问："师父，有何事？"

悟性说："今天有位与凌云寺有缘的和尚要来，你快去收拾一间房。"

"师父，你如何知道他今天一定会来？又在下雨了。"性空满腹疑惑。

"无需多问，只管去收拾。"

"师父，他从哪里来？到凌云寺干啥？"性空喜欢刨根问底，睁大一双好奇的眼睛不肯挪步。

悟性睁开眼淡淡一笑，说："他是个算术天才，正可帮我解除疑难。此刻雨大了，我要去栖鸾峰观天，你快去山门口接他。"

"可我并不认识他。"

"他叫海通，见了面你就知道了。"

性空只得按师父的吩咐在山门处等候。不一会，雨越来越大，山路上白茫茫一片。性空心想，这么大的雨谁会出门？师父一向料事如神，今天看来要失算了。又等了一会，乌云翻滚，暴雨倾盆，雷声隆隆，满山树枝哗哗乱响。性空正想掩上山门折回去，忽见远处山路上隐隐出现了一个人影。慢慢看清，是一位披蓑衣、戴斗笠的和尚沿陡峭石阶急速而来。待走近，见来人足蹬芒鞋，中等身材，虽村夫野老的打扮，腿脚上泥渍斑斑，但丝毫掩盖不了超凡脱俗的气质。双目如炬，步履坚实。性空试探道：

"请问，你是——"

"我是海通。"来人微微一笑，露出两排洁白整齐的牙齿。海通说话铿锵有力，神态和蔼，性空顿时对海通充满好感。

"师父在等你。"性空一路小跑，领海通去见悟性。

原来悟性正帮龙游河工匠计算筑堤。龙游城三面临江，每隔三年均在枯水期征抽青壮劳力加固河堤。可一旦洪水来临，西面河堤便会出现险情，河工们多方查找，却始终未找到原因，只好来向悟性方丈讨教。悟性在阴阳、术数方面很有造诣。但这段时间悟性方丈却一直处在焦虑之中，经常站在栖鸾峰上，对着滚滚三江犯愁……

性空年龄虽小，但在庙里见过各色人等，他觉得海通身上有一种他人没有的大气磅礴。既无小心翼翼的拘谨，也无目空一切的自大；既亲切和蔼，也让人肃然起敬。性空忙对海通说：

"悟性师父在等你。这些日子师父天天都在山顶上祈祷大雨快停,担心洪水继续上涨,让百姓一年的收成付诸东流。"

两人顺着林间小径向栖鸾峰走去。只见天昏地暗,呼啸而来的三江洪水,挟风带雨,涛声震天。对岸龙游城如汪洋中颠簸的小舟,岌岌可危。

海通看了看天边,不禁脱口道:

"好险!"

拐过一道弯到达栖鸾峰顶,见悟性方丈光着头站在雨中,水顺着衣襟往下淌,内心焦虑写在布满皱纹的脸上。海通走过去连叫了几声,悟性才回过头来。海通忙将斗笠取下戴在悟性头上,关切地说:

"会着凉生病,快回房里去吧!"

悟性咳了几声,无比担忧地说:"照此下去如何是好!海通,你看这雨什么时候能停下来?"

海通望了望天边,答:"看情形还要持续几天。"

悟性一急,不由剧烈地咳起来,憋得满脸通红。海通不由分说,扶起悟性离开山顶。

海通换过衣服来到客堂,见悟性浑身微微发抖,两眼潮红,伸手摸他的额头,滚烫,便赶紧与性空到厨房烧了一壶姜茶。宾主坐定,悟性刚喝了一口,忍不住叹一口长气。

海通问:"悟性师父有何事相告?"

悟性忧心忡忡地说:"海通,又有刁民嚷嚷重修河神庙了!"

"什么河神庙?"海通出生在黔北山区,又长时间在北方生活,故不太知晓南方水乡的习俗,因而疑惑地问道。

悟性心神不安地望了一眼海通,说:"龙游这地方从汉朝起就有祭祀河神的风俗。龙游三江环绕,百姓家大多是水里求生的渔民船夫,因此,最是敬畏河神,信奉河神。每年七月,川流不息的善男信女纷纷到河神庙烧香、捐钱、叩拜,然后将一对梳洗停当的赤身童男童女,披红挂绿,放在河神像前的供桌上,谓之送给河神的礼品。继而抬着沿河游走,边走边祈河神保佑,风调雨顺,人畜平安。其时观者无数,奔走呼号,待祭祀活动结束,就将那对童男童女抛入滔滔波浪之中。此等惊心触目、惨不忍睹的淫祀,竟能让那些愚夫蠢妇深信不疑。"

海通大惊,怒道:"此等淫祀残害生命,罪不可赦!"

悟性道:"是啊,这些孩童都是从百姓家中抽选的俊男靓女。可是一些被抽中的家庭愚不可及,还认为是荣耀。有一年,一个刚抬上供桌的男孩突然醒了——这些孩子都是河神庙的长老先用药熏昏迷，再洗净放上供桌祭祀。小孩好像知道厄运将至，挣扎着跳下来往外跑。长老和两个侍者追去抓小孩，小孩惊慌地边跑边哭，声嘶力竭地喊娘。围观者竟无人出手相救，可怜小孩一步踏空，重重跌倒在地，头触到石阶边一块尖利石头上，顿时血浆迸出……

"小孩的母亲疯了，从此一语不发，经常独自站在河边，睁着黯淡无光的大眼睛，望着滔滔的江水出神。一天深夜，这女人趁人没注意，偷偷溜进河神庙，用供桌上的油灯将庙点燃。时值燥秋，风助火势，烈火熊熊。人们闻讯赶去灭火，跑到河神庙门口，透过浓浓的烟火，见她半裸的身体上，胡乱披挂着红绿两色的绸缎，赤足散发，站在供桌上，用一只小船桨使劲敲打河神塑像，发出一阵阵令人毛骨悚然的怪笑。人们未及冲进去，河神庙就在大火中轰然倒塌……

"第二年龙游秋天突发大水，不少百姓家中损失惨重。有人说是河神发怒，降灾以示惩罚。于是有好事者提议重建河神庙，好在刚逢官府主张移风易俗，明令禁止，取缔这类俗祭淫祀。县令大人还着人鞭笞了几个公然到河神庙旧址烧香叩拜的船夫，并罚徭役一个月，才无人敢公开提及此事。那河神庙废弃多年，四周杂草丛生，藤蔓绕树，野狐出没，阴森恐怖，百姓本已淡忘。可今年又有人四下蛊惑，说河神庙是一座汉朝古庙，倘若在旧址上重建，焕然一新，燃起香火，足以成为龙游城的一处名胜，于是联名给县衙呈上建议，并称费用、劳役皆由各家摊派，无需官府负担云云。其实，老衲明白有人想借修河神庙聚敛财物，收买人心，排挤佛门。一旦河神庙建起，淫祀的香火将四下弥漫，罪孽深重，苦海无边，不但有违佛主教诲，使释门黯然，还会祸害乡民。"

海通眉毛一扬，说道："其实要解决此事并不难。龙游虽地势低洼，但从建城邑以来便不断筑坝，年复一年，城周堤坝围绕。只是堤坝尚需改进，不仅需加固修高，还要考虑排沙、防浪，等等，这样才可使龙游城安然无恙。师父可禀明官府，延请治河疏水高人，于冬季枯水期维修治理。"

悟性站起身来，直截了当地说："这事老衲正要拜托你！我想让你暂将修凿熊耳峡佛像的事交给其他人，助我完成这迫在眉睫的大事，重新勘测三江，兴修河堤，以绝水患，造福龙游百姓。我老了，心有余而力不足，而能担此任者非你莫属。你与凌云寺有特殊因缘，否则老衲今天也不会在此等你。"

海通微微一怔，随即无奈一笑，答道："可熊耳峡佛像已经开工，岂能半途而废？"

悟性站起来，情绪激动地说："兴福造像，弘传佛法，就是要众生离苦得乐。眼下百姓信奉河神，是因无力对抗江河水渎的恣意暴虐，倘若龙游城堤坝坚固，锁住水患，谣言迷信便不攻自破。你能帮助龙游百姓筑坝治水，不是直接为众生造福吗？事成之后，你再回熊耳峡修佛也不迟。"

海通思考一番，终于答应了悟性请求，暂时离开熊耳峡留在凌云寺。

龙游城依山临水，地势低洼，小水患年年有，而每隔十年左右又有一次特大的水涝，过境洪水与暴雨相遇，浊浪滔天，雨声震地。一夜间水漫龙游，一片汪洋，卷走官署民舍、庄稼和牲畜，溺者无数。

海通根据自己的经验和考察，以及对龙游水文案卷的反复判析，终于发现了龙游的一个严重隐患。原来沫水随着星相的变化，悄然西移，导致西面的河堤频频出险，难以稳固。眼下，沫水在乌尤山峭壁下与青衣江汇合。但按沫水西移的速度推算，五百年后，沫水将可能在一次大洪水来临时突然改道，直扑凌云山栖鸾峰下。那时，正对栖鸾峰的龙游城将遇灭顶之灾。为此，海通在铜河一段反复考察，以求准确无误。

一天，海通途经斑竹湾，准备过西津渡到对面察看水情。到能仁院时，见几个女尼正赤足弯腰清扫院中堆积的淤泥，几天前洪水漫进了院子。海通行色匆匆，本不打算进去，可无意间瞥见半崖石壁上的弥勒佛像，目光一下子被吸引。只见石窟平面呈马蹄形，穹隆顶，约一人多高。佛像面容方正，两肩齐平，跌跏趺坐，虽不高大雄伟，却精雕细刻，别有一番韵味。这佛像既不同于中原地区的摩崖石刻雕像，也不同于敦煌莫高窟的塑像，还有别于江南沿海的佛教造像。他不由跨进寺中，走近端详，浮想联翩。

是时，中华大地知名雕塑佛像一是陇右道莫高窟，二是洛阳龙门石窟。

莫高窟一带岩层松软，容易风化，开凿洞窟容易，但不宜作造像雕刻。故佛像皆是雕塑而成，即先搭木架，用竹丝、草秆做好造型动态。然后用淘洗捶打过的细黏土包裹上去，逐渐加厚，塑出躯干轮廓。佛头的发髻事先制有阴模，用黏土按压成型取出后，像发套一样安放头顶，边缘修整光洁。待整个雕塑完成后，再打上加胶的白底色上彩，俗称"装銮"。莫高窟中题材以尊像、佛本生、佛经、说法故事为主，其中主要是佛本生故事，即释迦牟尼降生为净饭王太子之前若干世的故事。

而洛阳龙门崖石坚硬，不易风化，正宜凭崖造像。且所塑佛像与莫高窟不同，以阿弥陀佛居多，佛像大都着通肩大衣或对襟长袍，面相方正，双目垂视，眉弯鼻直，神情沉稳含蓄，慈祥和平，带有典型的外族特征。

能仁院摩崖弥勒佛像，虽眉弯鼻直，但眼窝并不内陷，且口唇较薄，眼眉骨相对平整，眼睑内角低于外角，带有大唐汉民族的特征。敦煌、云岗、龙门、麦积山等石窟佛像，分布在丝绸之路和黄河流域，乃北传佛教造像；而沿海云龙山、栖霞山等地的造像，是由海路进入大唐。海通从这尊佛像看到南传佛教的影响。南传之道是由天竺到大象国，再逆江进入滇池，转道西蜀嘉州。虽然南、北之路最后都会于京城长安，但由于地域文化的影响，以及传播途径中的趋近、吸纳、融入，各有特色。能仁院弥勒佛像既体现了天竺造像的精华，也透出龙游能工巧匠的智慧，其精美程度堪与龙门石窟相媲美。从那一刻，能仁院弥勒佛像便深深印在海通心中。

几天后雨停了，三江水流减缓下来。悟性与海通又登上栖鸾峰，那晚天气晴朗，群星闪烁，两人心情舒坦，在山顶兴致勃勃地聊天。忽然，一阵风过，明亮的北斗七星转眼消失不见了。天空顿时黯淡下来，四周一片漆黑。稍后，风声四起，树枝乱响，江水翻腾。海通皱起眉头，说了句：

"大事不好！"

悟性问："此话怎讲？"

海通极力掩饰，没多说话，但悟性见多识广，哪里又瞒得过。悟性点破说："这里没外人，你可放开讲。"

海通长叹一声，开口道："北斗星与国君有关。北斗星忽然消失，意味着皇上将有大祸临身。"

"啊！"

"《汉书》天文志载'斗为帝车，运于中央，临制四海'。帝车星就是北斗星的别称。北斗七星分别是：天枢、天璇、天玑、天权星，玉衡、开阳、摇光星。前四星是魁，后三星是杓，魁杓合起来就是斗，也就是道家所称的'天罡星'。北斗七星消失，是天上对人世的警示。"

悟性闻言大吃一惊。两人谈了很久，最后海通修书一封，令人连夜骑马赶到平羌驿，托人火速带到京城长安，将星相之意禀明玄宗皇上。不久圣旨到龙游，宣海通进京。海通由京城返回龙游后，立即放弃熊耳峡已成雏形的佛像，重新选择在凌云山以能仁院弥勒佛为蓝本，在栖鸾峰开凿弥勒佛大佛。

后世关于海通放弃平羌大佛的原因众说纷纭，莫衷一是。有人说是由于平羌县地头蛇敲诈勒索，也有人说是离城邑太远，还有人说新址乃是皇上钦定,等等。但海通三缄其口,没有向任何人道出内中的缘由,似有不便讲出的隐秘。这样,更为此事蒙上了神秘色彩。

海通只说凌云山栖鸾峰面对西方,遥望峨眉,足踏三江,前面一马平川,乃天下难觅的风水宝地,每日三江往来舟船,皆可朝拜顶礼。佛家有句话叫"见性成佛",如此既可保国运昌盛,天下太平,又能弘扬佛法,教化众生,还能以弥勒佛无边的法力,镇住三江水患。

"凌云山修凿大佛,是天意!"说到此,性空停顿了半晌,又说:

"除了客堂那张能仁院弥勒佛像外,海通禅师还画了几张详细的施工图。其中一张有几个奇怪的符号,不过,那张图海通生前从未示人。海通圆寂后的一天,我到藏经楼上取经书,见他的大弟子果定正对着图沉思,忍不住上前问他符号所示何意。果定说是代表几个预言,不过他本人仅知道其中两个。此预言其一在顶部,预示一百年后佛门还将遭遇一次灭顶之灾。在这之前佛门已有两次劫难。一次是太平真君七年,太武帝发兵西征,因在长安一寺院内发现藏有兵器、妇女和酿酒,怀疑与佛门叛军有染,于是下令诛杀长安沙门,焚毁佛像等。第二次劫难来自北周武帝宇文邕。建德二年,他认为应以儒教六经立国,必须荡除佛教,下令所有的道士、僧人还俗为民,各种不符合儒教礼义的皆为'淫祀',全部废除。这一次毁佛,四万座寺院赐给王公贵族,三百万僧人还俗。佛经、佛像全部焚毁,寺庙财产分散荡尽。此预言其二在下部,预示龙游城将在五百年后被毁。海通以此作为标志,提示后人注意河道随星相的变化,在沫水改道前将城邑迁至高标山脚下。

"果定曾求问于海通其他符号的含义。海通未答,让他将图给凌云寺其他僧人看,若再看不懂,又交给新来的人。海通相信总有人能读懂其中奥秘。"

韦皋眸子一闪,迫不及待地问:"师父,烦你将这张图给我看看行吗?"

性空答:"并不在老衲手上。"

韦皋见性空不愿多谈此事,也不深究,知道他对自己存有戒心。来蜀地之前,他曾多方打听玄宗皇帝在凌云山选址修凿大佛一事,探得一些内情。

原来,当年玄宗皇帝一日到终南山打猎,途遇一位隐修多年的世外高人。高人说,长安虽旺但已隐含衰势,不久北方会有杀气袭来,势不可挡,将危及李唐天下。若要阻断杀气,须选一处三江环绕、水木清华之天下吉壤,修造天下第一大弥勒佛,才能化险为夷,保龙脉悠远,稳坐江山。玄宗皇帝听后大惊,立即着人四处寻找高人所说的吉壤,但找来找去都有所欠缺。正在无可奈何时，海通关于天象的报告送到了京城，玄宗皇帝便命人前去查看。来人翻山越岭到达龙游，在凌云山上看了看左右山川形势，顿时震惊了！这是天下无可挑剔的风水宝地，泱泱中华难得的吉壤。玄宗皇帝听闻后，又召见海通和尚进京，不久便下诏在凌云山敕建弥勒大佛。

韦皋又问询了许多修大佛的往事，性空简明扼要一一告之，两人谈了约一个时辰，韦仁一阵风似的进来，伏在韦皋耳边低语。韦皋站起身来向性空拜揖告别道：

"性空法师，昨夜多有打扰，又蒙你讲述凌云山往事，感激不尽。眼下本人有点急事，只好先行告辞，后会有期。"

性空起身还礼："后会有期。"

性空站在山门口，目送韦皋一行下山。永净跑出来说：

"师父，这几位客人留下十两香火钱。"

性空目不转睛望着山下，缓缓说："他是新上任的西川节度使韦皋。杨刺史在平羌驿翘首等待，望眼欲穿，他却微服直奔龙游而来。"

永净大惊："新上任西川节度使？"

"欸。"

"他会重新开工修凿弥勒大佛吗？"

性空长长吁了一口气，神色凝重地说："这要看当今皇上，也要看这位新来的节度使。如今已不是完成一尊弥勒大佛像那般简单。皇上登基不久，时局动荡，王公贵族明争暗斗，藩镇割据，边患不绝。有人便趁势在皇上面前拨弄是非，指责僧尼不耕而食，不织而衣，掀起排佛之浪。大佛停工正中某些人下怀，因为这笔旧账下不知有多少肮脏交易！末法时期，世风日下，人心不古。不过，举头三尺有神灵，坏人终究难逃报应！"

永净问："师父，这位韦大人如何？"

性空淡淡一笑，说："老衲从成都一路尾随而来，见他行事端正，有勇有谋，是个能成大事的人。他命中与佛有缘，愿他能在西川安心理政，肃清贪官，续修大佛，让凌云寺再度兴旺。"

走出凌云寺，韦仁迫不及待地说："叔叔，杨刺史一干人如热锅上的蚂蚁，正着人四下寻你。"

"好，直赴嘉州府衙。"韦皋笑道，"嗯，凌云寺有无可疑之处？"

"没有，寺里空空荡荡。"韦仁答。

"树欲静而风不止。"韦皋回头，又望了一眼凌云寺。

第十八章

渡船一阵摇晃，靠上龙游城东津渡码头。

"米花糖、油果子、丝丝糕、凉粉、凉面、豆腐脑……"码头上十分热闹，叫卖声不绝于耳。

韦皋站在船头闸板上，观赏沿岸错落有致的青瓦木墙吊脚楼。韦仁、陆勇、康振本兴致颇高，在一旁指指点点。突然，韦皋觉得码头候船的人群中，有个年轻男子正偷窥自己。那人中等身材，一身瓦蓝色衣裤，头戴宽边草帽，脚穿黑色布鞋，二十五六岁，长着一张娃娃脸，身边放着一副竹筐，上面用新鲜棕叶盖着。韦皋只觉得此人面善，却一时想不起来是谁。

韦皋下得船来，登上长长的石阶走了一段，发现方才那个偷窥自己的男子并未上船过河，而是挑起担子跟在自己后面。韦皋不禁有些警觉，连忙拐了一个弯，回头看，那人仍尾随在后。韦皋觉得事有蹊跷，加快步子，故意折进一条冷清无人的小巷，韦仁侧身悄悄候在巷口。那男子匆匆赶来，还不时踮脚张望。待他刚折进小巷，韦仁突然伸出一只铁钳般的大手抓住对方衣襟，另一只手顺势掐住他的喉咙。

那男子吓得一抖，肩上的担子跌翻在地，担筐中顿时滚出一大堆酱黄色豆腐干、豆豉粑等食品。

"鬼鬼祟祟跟在后面干什么？"韦仁低声喝道。

"韦……"那人挣扎着喊出一个字。

韦皋听到对方的叫声，略有些吃惊，厉声问："你是谁？"

那人涨紫了脸，鼓大双眼，喘不过气来。韦皋以眼示意，韦仁略松开手。那人伸长脖子呼道：

"韦大人，是我，小的是王福！"

"王福？"韦皋并没想起是谁。

"哎哟，这位大哥，求你松松手，小人的脖子都快被你卡断了。"

韦皋叫韦仁松开手，韦仁依旧放心不下，握紧拳头站在王福身后。

"韦大人，你怎么会记得起小人？小人原是成都大牢的狱卒。韦大人入蜀大赦犯人时，小人有幸见过大人，大人真是了不起，叫小人好生景仰敬畏!"王福痛得龇牙咧嘴,边说边揉被掐红的脖子。

韦皋依稀想起了这个人,问:"你既在成都衙门当差,到龙游来干什么?"

王福答:"哎哟,韦大人,自你到蜀地大赦犯人后,牢房便空了。小人无事可做,只得随母亲返回龙游故里。如今在哥哥掌火的豆腐坊里干活。看,就在前面不远的一条巷子里。"

韦皋笑问:"生意好吗?"

王福答:"托老爷的福,生意还算好。今日母亲叫小人去凌云寺送豆腐干,不想在码头看见了大人。起初小人还不敢认,怕看花了眼,大人没穿官服也像有钱的阔爷。后来小人就没上船,一路跟过来辨认,嗨,果真是韦大人!难怪今天一大早蜘蛛就吊在门上吐丝牵线,娘说定是有远客来。"

韦皋若有所思,问:"王福,你常去凌云寺么?"

王福答:"不。我娘常去,她信佛,常做些豆腐干、豆豉粑、豆腐乳送去给寺里的和尚。小的老家原在西坝,世代卖豆腐为生。开元年间凌云山修弥勒大佛,小的爷爷因为豆腐做得好,被安置在厨房里做饭。凌云寺的和尚和工匠们都喜欢爷爷做的豆腐,还给爷爷取了个绰号叫'西坝豆腐'。后来爷爷挣了些钱,就将全家老小从西坝迁到龙游城,并开了豆腐坊。爷爷请海通和尚取一个响亮的名字,不料海通写了'西坝豆腐'四个字送爷爷。起初爷爷心里还有点不满意,觉得这个名字不生金带财。可后来生意愈来愈兴隆,爷爷大喜,说是海通和尚给的福报。如今,在龙游说起'西坝豆腐',妇孺皆知,无人不晓,是响当当的金字招牌。"

韦仁忍不住插问:"你爷爷认识海通?"

王福兴奋道:"是啰。我爷爷与海通和尚是朋友,说起来我家豆腐好,还有海通和尚一份功劳,他常与我爷爷一起琢磨,才使我家豆腐愈发绝妙,即使白水煮,不放任何佐料,也吃不出一点卤水味。我家豆腐与别家的不同之处是又嫩又绵,回锅不烂,可以用谷草穿起来提着走。后来我爷爷定下一条规矩:凡和尚吃豆腐分文不取。爷爷死后,父亲常往凌云寺送豆腐。父亲死后,我母亲接着送豆腐上山。寺里的和尚都与我家稔熟。今天小人正是替母亲送豆腐到凌云寺,不期遇到大人。"

韦皋微微一笑:"难得你一家如此贤德,乐善好施。"

王福欢喜得满脸放光,便要邀韦皋到他家去品尝祖传的西坝豆腐。韦仁见韦皋没开口,就推说道:

"老爷有公务在身。"

王福眼珠一转,压低嗓子故作神秘地说:"嘿嘿,小人明白。韦大人这叫微服私访!可眼下府衙、县衙都没人,听说杨大人昨天就乘游船去了平羌驿,说是去迎接朝廷来的大官。哎呀,小人明白了,他们一定是在等韦大人。大人却神不知鬼不觉进了龙游城!"王福一拍脑袋,恍然大悟,兴奋得连比带划起来。韦仁忍不住打断他:

"你少乱嚷嚷!"

韦皋问:"王福,你常到凌云寺,可知这座寺院为何十分冷清?"

王福答:"凌云寺原来香火很旺,可是海通一死,修凿便停下来。以后每任西川节度使到蜀地上任,都说要续修大佛,奏报朝廷要银子。银子到了,凌云寺就热闹一阵。银子一完就停工,凌云寺也跟着冷清下来。听老辈们讲,从开元年起,西川节度使换了多少个,凌云寺就热闹了多少回。百姓不知官场变换,但只要一见凌云山热闹,就知又换新官了。如今大佛老爷身上都长草了!嗨,菩萨都成了这副模样,香火咋旺得起来?"

韦皋不由皱起眉头。

王福又说:"韦大人,凌云山的佛像虽没修成,但龙游城倒富了不少人。那些承揽凿修大佛的人,谁不是腰缠万贯的阔爷?都说大唐若论富裕,扬一益二。可依小人看,应该是扬一、嘉二才对哟。还有,凌云寺这两年又不太清静,曾经闹鬼,去的人就更少了。"

"闹鬼?"韦皋想起昨晚的梦境,不由反问了一句。但他从不相信鬼魂之类的说法。他觉得嘉州一带地处佛教名山,不该如边塞或蛮荒之处,巫风盛行,淫祀繁多,敬畏鬼神。

王福答:"详情小人也不甚清楚,只是听我母亲说,大约两年前有人在寺里投宿,结果被一个披毛女鬼吓疯了。"

听了王福的话,谁也没再接腔,众人无语。韦仁趁机对王福说:

"你走吧。"

王福心中失望,不敢多言,只得朝一行人深深一揖,转身怏怏离去。

看着王福远去的背影,韦皋沉吟片刻,若有所思,突然说道:"叫住王福,走,去王福家看看。"

王家的豆腐坊设在一个巷子里,大门上方有块光亮的黑漆木匾,"西坝豆腐"四个字苍劲有力,左下角落款是海通。

韦皋走进院子,见两棵巨大的榕树阴凉,遮了半个院子。凉风习习,十分清凉。两棵大榕树之间的红砂石板路水渍渍的,通向一个宽敞的磨房。磨房中央一个大青石磨，靠墙一排木架上放着一层层盛豆腐的竹编方盒。左边木盆、木桶、竹簸盖等工具齐整干净地放在炉台前。

"母亲，幺妹，来贵客了！"王福还没走进院子就高声喊道。

王福的母亲杨氏正在小佛堂里诵经，听到儿子喊声，忙从蒲团上站起来，笑容满面推门而出。王福报了韦大人的名讳官职，杨氏慌得双膝跪下施礼，口称"小民无礼"。韦皋连忙阻拦，说此地非官场，让杨氏不必拘礼。

杨氏身材瘦小，慈眉善目，虽已近六十岁，但皮肤白净，身体硬朗，穿针引线毫不吃力。王福得意地说这是母亲天天吃豆腐、喝豆浆的缘故。

须臾，一个年轻女子风风火火地跑进来。一身蓝布长裙，腰间系一条黑色丝绦，袖子高高挽起来，露出两只莲藕般雪白圆润的手臂，头上插着一根雕花骨簪子。

"韦大人，这是我幺妹，叫海棠。"

海棠长得水灵俊俏，一张红润的圆脸，肌肤雪白，眉目间流出天真活泼而又好奇顽皮的神情，十分讨人喜欢。

"见过大人。"海棠涨红脸跪下施礼。

王福笑道："街坊们见她从小雪白细嫩，唇红齿白，背地里都唤她豆腐西施。"

"哥！娘——你看哥他又说我坏话，你管不管他？"海棠小嘴翘起来，长长的睫毛忽闪忽闪，眼睛里涌起一层薄雾。忽又捏起雪白的拳头朝王福背上擂去。

"幺妹，住手，住手！"王福左右躲闪求饶。

大家都忍不住笑起来。

杨氏待韦皋在堂屋坐下，忙与海棠到厨房烧水沏茶，煮豆腐脑。不一会，她用木托盘端上几只浅黄色的瓷碗。韦皋一看，碗中盛着半透明的汤汁，上面飘着乳白色的豆花，还撒着绿色的葱花、香菜、酥黄豆、姜末、蒜末、芝麻、花椒、红糖以及许多说不上名字的调料。这豆腐脑香气四溢，不由让人口齿生津。

杨氏说："贫家小户没什么好东西款待贵客，请韦大人尝尝小民做的豆腐脑。"

海棠将碗一一呈到客人手中，韦皋用勺子轻轻搅拌，碗底的红油、酱油、香醋与上面的豆腐、调料混合在一起，味道愈发诱人。送一勺到口中，但觉香、滑、嫩、脆，满口生香，十分好吃。韦皋几下吃完碗中的豆腐脑，连连称赞。杨氏听到韦大人的赞辞，十分开心，也不像先前那般紧张拘束，向韦皋说起多吃豆腐的妙处。

"母亲做的豆腐宴更绝，蒸、炒、煎、炸、煨、煮、凉拌，能做出二十多种不同的味道，鲜美无比。韦大人寻个空隙请来赏光品尝。"王福说道。

"好！一言为定。"韦皋见杨氏性格开朗，心地坦诚，便没左右绕弯，直奔主题问道：

"老人家，凌云寺闹鬼是怎么回事？"

杨氏看了王福一眼，似在埋怨他嘴太快，但还是开口对韦皋讲了起来。

两年前，龙游首富常船主的小儿子常蟠到凌云寺游玩，正要返回时，却突然心血来潮要在庙里过夜。仆人哪敢说个不字？不想第二天清早，常蟠的仆人到房里去侍候主子起床时，只见一堆被褥凌乱堆在床上，鞋在床下，而常蟠本人却不在。仆人觉得奇怪，去问寺里的和尚，都说没见到常蟠。此时凌云寺山门还未打开，仆人心想常蟠不可能独自离开凌云寺下山走了。于是便在寺院内各个角落寻找，找来找去都不见踪影。最后来到后院，见后门半开着，便往外走想看看是否有人。门外是一片茂密的海棠树林，中间有条小径，因为很少有人走动，几乎被野草淹没。仆人踌躇了一会，终于踏着脚往前走。林子里一片静谧，黑黝黝显得有些阴森。仆人走了一段，踩到一堆狐狸的屎，奇臭无比，连说倒霉。正想转身往回走，突然见前面几棵满是白花的海棠树下，飘洒一地的白色花瓣中，好像有一片白绸。定睛细看，是个穿白绸衣的人躺在树下。仆人大吃一惊，急忙跑过去。走近一看，正是主子常蟠。只见他赤足散发，昏睡不醒地倒在草地上。

仆人急忙将常蟠背回房中，凌云寺的和尚和投宿的香客见状都围过来。仆人又是掐人中，又是捶后背，折腾了好一阵，常蟠才幽幽醒过来。他嘴青面黑，目光呆滞，哆哆嗦嗦说出一个字来：

"鬼……"

仆人起初吓了一跳，但转念又觉不可信，因为常蟠平日就爱胡扯乱侃，满口谎言，故只当他装怪乱说。但从凌云寺返回后，常蟠就像得了一种怪病，时而清醒，时而糊涂。清醒时与往昔不相上下，糊涂时神思恍惚，眼冒青光，吵闹不休。后来病愈来愈严重，最终生活起居都需要人照顾，常船主只好将他关在屋里。

韦皋听罢，问道："常蟠平日行止如何？"

"泼皮无赖，爱纠缠女人，最是惹人讨厌！"海棠在一旁忍不住愤愤插嘴道。

杨氏感到局促，有些难为情地望着韦皋，又看看海棠。海棠自知，明白娘嫌她言语放肆，有失礼数，不觉低下了头。杨氏怕女儿尴尬，嘱她去帮大哥、大嫂卖豆腐。海棠只好悻悻离开，韦仁一直目送她出门，若有所失。

韦皋温和地对杨氏道："你但说无妨，尽可知无不言。龙游诸多情况，本使都想知晓。"

杨氏欲言又止。王福却抢着回答：

"韦大人，常蟠疯癫之前是个一等泼皮，徒有一副漂亮的皮囊。既不读书求功名，也不干活挣钱，整天东游西荡，仗着他家有钱有势，斗鸡走狗，寻花问柳，胡作非为。还爱调戏良家女子，看哪个女子有几分姿色，就如绿头苍蝇般飞过去，整天围着嗡嗡叫。前街李裁缝的女儿秀秀，刚十六岁，人长得很水灵，常蟠那骚棒花言巧语把人家骗晕了头，结果搞大了肚子又不认账。秀秀又羞又气上吊自杀，好在被人发现得早，捡回一条小命，但肚子里的娃儿流产了。李裁缝是个老好人，去找常蟠理论，还没说上几句就挨了常蟠一耳光，说他女儿在外偷人怀了野种，还想讹诈常家的钱财，李裁缝差点没气死，关了铺子整天躲在家里羞于见人。不久，在一个深夜，李裁缝全家悄悄搬走了。后来听说李裁缝把秀秀打发给一个补锅匠，那男人是个老光棍，又丑又矮。"

韦皋怒道："当今清平世界，君明臣贤，百姓安居乐业，岂容这恶棍伤天害理！那县衙、府衙门口难道没有大鼓？李裁缝尽可击鼓鸣冤，将常蟠告官治罪！"

王福叹道："韦大人，常家有钱，谁敢惹他？刺史大人与他老子好得穿连裆裤。这种事落到谁头上都难堪，李裁缝恨不得把脸抹下来放在包里，打掉牙齿带血吞，哪里还敢去告官？"

韦仁愤愤道："不信治不了他！我们大人就是要整治这些恶魔歹人！"

韦皋问："常蟠多大年纪？有妻室吗？"

杨氏答："常蟠二十多岁，已成亲。妻子是王矿主的大女儿，唤王月娥，端庄文静，识文断字。小两口合卺多年，但膝下并无一男半女。常蟠早存纳小之心，但每次提及，王月娥都坚决不依，常蟠碍于岳父家的财势，不敢公然违拂王月娥之意，却经常在外寻花问柳。王矿主在铜山镇开铜矿，这几年赚的钱就像铜河里的水一样哗哗流。原先王矿主的货都是由常船主包运，两人在买卖上往来密切，因此结了儿女亲家。不过，听说眼下两家似因生意上的事弄得不甚愉快。"

韦皋问："常家与凌云寺关系密切？"

杨氏答:"常蟠的奶奶是个大善人,大佛开凿时,不但把自己的陪嫁首饰全部捐给了凌云寺,还时常帮他们运载货物。常船主自己虽不信佛,但逢年过节也要捐些香火钱给寺里。和尚们感念常老太太那份旧情,待常家人如上宾。常蟠疯后,常船主怪罪和尚,从此断了与凌云寺的往来。"

韦皋问:"常蟠常在凌云寺住宿?"

杨氏答:"不。常蟠平日锦衣玉食,又从不烧香拜佛,到那里去是图新鲜。凌云寺房舍简陋,不知他如何住得下。"

陆勇侧耳细听了半日,乃开口道:"想必是有特别的原因,才让常蟠留在凌云寺过夜。"

康振本插言:"说不定是看到有漂亮姑娘在寺里投宿才留下,调戏不成,反被鬼魂吓疯了。现世报!"

"不对!佛门之地,哪有女子投宿?"陆勇道。

韦皋默不作声,好一会儿才说:"王福,以后但凡打听到与凌云寺及弥勒大佛修凿有关的事,都一一记在心头,并转告于我。"

王福两眼放光:"是,韦大人。小人平生最想做的事就是当缉捕,若能跟随韦大人勘破疑案,缉拿凶犯,上天入地,纵横江湖,那是何等英雄豪气!小人简直睡着了都要笑醒。如今整天推磨,卖豆腐,拨算盘,数铜钱,实在了无生趣。"

韦皋一笑,说:"你先办两件事让我看看。若办得好,本使就用你。"

王福将信将疑,问:"真的?"

"一言为定。"

第十九章

平羌驿，离尘苑乐埠，棠香坊。

舞榭歌台，美女如云，檀板声脆，丝竹缭绕。

杨忠在此精心布置，专候韦皋，已一天一夜了，始终不见韦皋身影。杨忠焦躁不安，在厅房来回踱步。

"报——剑南道西川节度使韦大人，已从陆路到达龙游城。"差役飞马传信。

杨忠一愣，气得差点背过去，无奈只得大喝："回龙游！"

精心安排的平羌驿接风洗尘仪式，因韦皋随意改道而化为烟云。杨忠表面上一声不吭，肚子里则将韦皋骂了个够。这不但讨不了韦大人欢心，说不定还被怪罪不守国礼官俗。手下一班僚属和乡宦们哪里见过这等事情，见刺史惴惴不安，劝也不是，不劝也不是。众人相互偷偷打量，各怀心事。偌大一条游船鸦雀无声。

杨忠心急火燎赶回龙游，直奔嘉州府衙，只见衙中空空荡荡，哪有韦大人身影？正在着急，却见谭师爷伛偻着背慌张不安地从大门外进来。杨忠心里正烦躁，见他一副畏畏缩缩的模样，更是气不打一处来，眉头一拧，劈头吼道：

"慌慌张张干什么？韦大人呢？"

谭师爷浑身一抖，抬起头眯起一双深度近视眼，好一会才镇定下来，说：

"哎呀，杨老爷你终于回来了！在下都快急死了。韦大人已经到了，小的方才又打发人骑马到平羌驿给你送信去了，催老爷速速回来……"

杨忠瞪大眼睛喝道："我问你韦大人在哪里？你倒啰嗦不休！"

谭师爷吓得弓下腰，小心翼翼地说道："请老爷放心，小的已安排妥帖，此刻他们正在内衙西厢房饮茶。小的方才已去了'天一家'酒楼，让他们晚上准备两桌上好的酒菜送到内衙，以便老爷给他们接风洗尘。"

杨忠神色稍缓，走近一步，低声问谭师爷："韦大人发火了吗？"

谭师爷摇摇头答："没有。韦大人看来随和，身着便服，随行仅三人，行囊十分单薄。"

杨忠问："他昨夜宿在何处？"

谭师爷答："凌云寺。"

杨忠惊诧道："凌云寺！怎么到凌云寺去了？"

谭师爷答："说是到龙游时，船已经收渡，无法进城。正巧遇上凌云寺性空和尚，就随他到凌云寺住下。"

杨忠皱了皱眉头："这老东西神出鬼没，他不是走了么？"

谭师爷眨了眨眼，半张着嘴未出声。

杨忠问："韦大人说了些什么？问了些什么？他手下的人又说了些什么？有没有提啥要求？"

谭师爷摇摇头答："没有。"

杨忠如释重负，擦了擦脸上的汗水，略一思索，又对谭师爷说：

"叫'天一家'掌柜将酒菜改送到游船上。今夜就在船上设筵，让韦大人观赏一番龙游岷江夜景。马上派人骑快马去平羌镇，让棠香坊吕班主立马带人过来，一刻也不要耽误！"

岷江东津渡码头。暮色四合，凉风渐起。

"剑南道西川节度使——韦大人到——"

霎时，管弦骤起，船灯齐明。九声炮响，五彩凌空。

韦皋绯色官服，腰束玉带，乌帽皂鞋，稳稳走出大轿。

杨忠早率众人候在东津渡码头的趸船前，小心翼翼恭请韦皋登上游船。

杨忠一一向韦皋介绍今晚的客人，除嘉州府衙的几个僚属外，龙游县陈兴德县令在列。余者皆是龙游城中有名的士绅商贾：常士杰——嘉州最大的船帮首领，乃百年商贾世家之后，五十多岁，面孔黝黑，胡须又密又硬，身上透着一股倔强之气；熊明伦——嘉州最大的盐商，四十岁左右，一副笑容可掬的模样；许泽端——天和银楼掌柜，开有几家分号，腰缠万贯，三十多岁，白净文雅如一介书生；卢国雄，古董字画商，年纪最大，干瘦细长，总因眼力太差而眯着眼睛张望……后面杨忠还陆续介绍了七八个人，韦皋都没太记住，因为听王福母子说起过常蟠，故而多打量了常士杰几眼。

众人走入船舱，叙伦逊让，分别坐定。

船缓缓驶到江心，杨忠一拍手，几个年轻男子鱼贯送上菜肴。须臾，水陆八珍、时鲜水果呈上桌来。杨忠躬身将韦皋面前酒盅斟满，举杯敬道：

"韦大人驾临嘉州，卑职迎接不周，望大人开恩恕罪。今夜略备薄酒，韦大人赏脸就席，乃卑职与嘉州众位乡绅商贾莫大荣幸。在此，卑职先敬韦大人一盅。"说罢，仰脖子一口饮下。

韦皋站起，拱手谢过："本使初到嘉州，蒙各位盛情款待，在此先干一盅为敬。"说着饮了一口，顿觉满口生香。

杨忠见韦大人兴致不错，心里轻松不少，觉得亡羊补牢未为晚也，赶紧又殷勤举盅说：

"这是一坛存了三十年的上品海棠春酒，特意从荣和烧坊的老窖里取来。此酒醇香无比，不但能通筋活血，还能大增阳气，使人返老还童，请韦大人务必开怀畅饮。另有熊耳峡的江团、天一家的白斩鸡、峨眉山珍，等等，皆是嘉州一绝。稍后还另有安排，以娱韦大人耳目。"

"唔。"韦皋轻轻耸了一下鼻子，夹起一小块通体浸着红油，切得拇指大小的鸡肉放在嘴中，果然十分细嫩，香而有味。原来这天一家是城里最有名的酒楼，店里尤以白斩鸡著称。除了在杀鸡、煮鸡及配料方面有秘不示人的绝招外，所用的鸡均选自靠近平羌三峡的汉阳坝。汉阳坝盛产香酥爽口的小粒花生。农夫每天要给鸡喂几颗花生，花生收获之后，又天天将鸡赶到地里吃落脚花生，因此，这里的鸡肉与别的鸡肉大不一样。

"大人，尝尝嘉州特有的水中珍品——江团！"杨忠夹上一段白花花的鱼肉。

入得口中，韦皋顿觉其肉细腻嫩滑，鲜香无比。

"这江团是龙游三江水中美味之鱼，平时躲在熊耳峡一带水流湍急的石缝中，极难捕到，珍贵无比，故每年都作为嘉州贡品送至长安。可是长安路途遥远，宫里哪里吃得到如此鲜活的江团？"杨忠有几分得意地说道。

接着，常士杰、熊明伦、许泽端、卢国雄等人一一上前敬酒。

酒过三巡，韦皋问杨忠：

"本使一路走来，沿途风景如画，只是不知年成可好？地方靖安如何？"

杨忠说："回禀韦大人，也是老天爷眷宠，菩萨保佑。嘉州素来景色秀丽，文人荟萃；风调雨顺，五谷丰登；民风淳朴，地方平安。虽西蜀边陲时有战乱，但嘉州从未涂炭。"

韦皋问："依杨大人之说，嘉州一向繁荣兴旺，又无战事骚扰，可凌云山弥勒大佛为何仅修了一半便停工废弃？据本官所知，朝廷曾从内帑拨出大量银钱。昨夜我投宿凌云寺，见游人绝迹，香火冷清，一副破败景象。这是为何？"

杨忠的心情本来仍有些不安，见韦皋并无责怪之意，只是问及凌云山旧事，心神也就定了。他谨慎地答道：

"海通和尚修的这尊弥勒佛，一是太大，二是悬崖施工艰难，故朝廷拨的银子远远不够用。据卑职所知，历任刺史、县令皆是鼎力相助，在座诸位乡绅也多次捐出善款。龙游县衙每年都要抽派青壮年男子去山上服夫役，可是因为银子短缺，只好被迫停工。凌云寺僧人迫于生计相继离去，香火也就随之冷清下来。"

韦皋有心多打探凌云寺的事，于是眼睛扫过船上的诸位，问坐在对面的常士杰："你怎么看？"

常士杰起身离席再跪，韦皋伸手拦住，说："不必拘礼。听说你母亲是个虔诚的居士，给凌云山大佛捐过不少银子。"

常士杰暗暗吃惊，母亲去世多年，韦皋刚到就将母亲的情况查得一清二楚。他转念一想，却不知韦皋的心思何在，于是便支吾答道：

"家母虔诚奉佛，乐善好施，晚年一直吃斋，连蚊虫蚂蚁都不肯打死。敝人能有今日生意，也是母亲积下的阴德。至于修佛之事……小人却不甚清楚。"

"嗯。"韦皋点点头，又转向其他人："你们怎么看？"

熊明伦开口道："海通和尚要修天下第一大佛，实乃惊天地、泣鬼神的壮举。可开元年到大历年，其间几十年物价涨了几倍，按当初预算自是不够。这既不能怨朝廷，也不能怪海通，或许是天意。"

"大佛银钱花了不少，但并不见多大进展。百姓们说大佛修了这么多年，都长胡子了……"有位士绅像是醉了，晃动脑袋，说话舌头有些打结。杨忠见状，忙插嘴说：

"先皇圣明，庙堂之下，江湖之上，兴佛造像，广种善根，乃有当今太平盛世。倘若朝廷能拨银子续修，凌云寺定会大放光华，福泽一方。"

"杨大人言之有理。"

……

听了一阵，韦皋问："依众位行首乡贤之见，这凌云山大佛是续修为好，还是就此结束了事？"

大家彼此相望却没开口，不知新上任的韦大人是何意思，既担心凌云山开工要让众人捐钱，又担心说不修有违韦皋的想法，左右为难，举棋不定，一时冷了场。

"诸位尽可畅所欲言，不必多虑。本使并不要各位乡绅捐钱，只想听听你们对此的想法，权作随意聊天。"韦皋猜出他们的心思。

一说不用捐钱，众人顿时松了一口气，但仍拿眼睛看杨忠，想知道他的意思。杨忠赔着笑脸小心说道：

"依下官之见应续修完工。大佛停工荒芜，委实可惜，如能竣工，不但是嘉州一绝，也是我大唐名胜。那时天下人都来朝拜，嘉州定会繁荣兴旺。"

卢国雄说："嘉州乃享誉海内的佛教圣地，从汉代至今宫琳梵刹，星罗棋布，高僧辈出，代有其人。可凌云山赫然留着一尊未完工的佛像，有损佛教圣地之名誉。"

"卢掌柜所言极是。"

……

诸位七嘴八舌，唯天和银楼掌柜许泽端坐在一旁静听，韦皋问道：
"不知许掌柜有何高见？"

"不瞒大人，小民虽在龙游定居数年，但说来惭愧，至今未去过凌云寺，更不知栖鸾峰上的弥勒大佛修凿成什么样。其实倒早想去看看，一则是为生意所牵，四处奔忙；再则又听说那里一片荒芜，早没路通往山顶，故未能了愿。不过，听说凌云寺是座古寺，从山脚到山顶石壁上刻满大大小小的佛像。兜率宫里大肚弥勒菩萨是用一整块鸡足山的汉白玉凿成，栩栩如生。哦，凌云寺真是占据了龙游绝佳的风水宝地，山顶勺泉虽小，但水质清凉甘洌。"许泽端慢条斯理地说着，不卑不亢，白净的脸上闪出神往的表情。

这时，船上诸位打开了话匣子，加之又喝了酒，便收不住势头，漫无边际滔滔说来。韦皋见如此议论，三天三夜也收不了场，便打断话头，向杨忠问起嘉州的人口状况。杨忠一听，顿时来了精神。对此，他颇为得意，因为境内各县人口皆在增多。人口增长是朝廷考核官员称职、升迁提拔的重要标准之一。于是，他提高嗓音：

"禀大人，这几年嘉州人口增多。卑职除了让男二十、女十五以上者尽快婚配外，还鼓励六十岁以下鳏夫、五十以上寡妇再行嫁娶，以减少鳏寡。个别穷困无钱请媒人、出彩礼、纳聘金者，下官还令各地县令出面，以礼聘娶，同类相求，不得抑取。嘉州乃西蜀沃土，这几年愈加繁荣。不少商贾巨富都愿到此开埠建坊，所以除本地人不断添丁加口外，外地人也源源到此落户。譬如京城退仕的彭员外也到龙游购地建宅，并续弦娶了房少妻，六旬老翁喜得贵子。"

韦皋一时想不起，便问："哪位彭员外？"

杨忠答："察院的监察御史，分掌户、刑两部的察官，叫彭伯年，后不知为何被贬到蜀地茂州①。几年后彭员外获赦返回京城，但他退仕后却来龙游定居。"

韦皋边与杨忠说话，边拿眼睛打量船上各位，见几盅酒下肚后，也不似先前拘束，彼此间话语渐渐多起来。这时有几个人向杨忠敬酒，陈兴德趁机端着酒盅朝韦皋走来。韦皋踱到一侧，低声问：

"你将汪县令的房间仔细检查过了？"

"是的，大人。下官将他房里留下的书籍及物品全部清理了一遍，没发现任何可疑之处。"陈兴德答。

韦皋有些失望，因为他已让人到刑部查过，汪县令遗留的信件和札记寥寥无几，也都属私人交往和读书札记，并无任何特别记录。

"你留意过河上往来的货船吗？"韦皋望着夜色茫茫的水面突然问道。

陈兴德一脸诧异，反问："韦大人莫不是发现有什么可疑之处？"

韦皋答："眼下尚无任何证据，只是疑心有人干违禁私运的买卖。"

陈兴德说："平羌驿设有关口，过往船只都要征税查禁，下官到任后还没听到任何违禁事项的禀报。"

韦皋鼻子里轻轻"嗯"了一声，未置可否。陈兴德顿时感到韦皋的高深莫测与深谋远虑，心中又生出了几分敬畏，只拿眼睛望着韦皋。

韦皋举起酒盅轻轻与陈兴德碰了一下，提醒道："没有当然最好，但没有听到并非没有。我见此地江河纵横，水陆四通八达，船只往来穿梭频繁，你务必多加留意。"

"下官铭记在心。"

这时一个家仆模样的人走进船舱，在杨忠耳边低语了几句。杨忠点点头，走近对韦皋说：

"韦大人，请看左边岸上，今晚卑职特意准备了一个特殊节目，让大人赏心悦目，消除疲乏。"说着拍拍手，船上的灯笼一齐熄灭。

这时四下漆黑，河滩笼罩在一片朦朦胧胧的雾霭之中。江风吹拂，黑闪闪的波浪层层叠叠，朝游船拍打而来。众人正在诧异，突然岸边亮起一盏灯火，接着二、三、四、五……无数个灯笼接连亮起来。须臾，河滩上亮起一个硕大的圆圈。众人不禁高声喝彩，都站起来引颈观瞻。稍时，锣鼓声、铙钹声、丝竹声响成一片，在乐工的伴奏下，五名珠冠璎珞、绣裙彩帔的美貌女子步入圆圈内舞蹈。

---

① 茂州，今四川茂县。

韦皋看了一会，并无多大兴致，于是左顾右看，反倒细细观察起演戏的人和看戏的人来。

游船抛锚，泊在江边，船上之人都沉浸在歌舞中，表演场是岸边一片平坦的草地。

稍时，音乐有节奏地激起，五名女子退下。一个轻纱半遮颜面，仅露出一双大眼的女子出现，只见她袒腹露背，赤足披发，两手各持一节细长油亮的木杖旋转上场。圆圈之中已放妥几面大小不同的羯鼓，女子踮着足尖在羯鼓之间穿梭舞蹈，一面用木杖敲打羯鼓，一面不断扭动、摇摆、蹬踏，节奏鲜明、强烈，令人亢奋、激昂。船上的看众连连喝彩，韦皋也点头赞许。杨忠得意地说道：

"韦大人，羯鼓能击到这般出神入化地步，实属凤毛麟角！她便是棠香坊的花魁娘子兰香。"

韦皋问："此女是西域人氏？"

杨忠答："回大人，听棠香坊吕班主说，她原在一个走江湖的戏班里，后来戏班走了，她没去，而是自愿卖到棠香坊，今年十八岁，文契上注明是陇右道秦州人氏。那一带五胡杂居，故此女子行止如西域女子。羯鼓本就是胡乐，似是西北月氏人发明。兰香歌舞吹弹，样样俱精，加之善羯鼓，所以才被吕班主推为花魁。"

韦皋听说兰香是花魁，不由得留心观看。杨忠看在眼里，心中暗暗得意。这是他对付韦皋巡视的秘诀之一。

一会，音乐暂停，兰香将几面羯鼓依次排为一线，然后斜坐于一旁。随即两名女子各抱一只仙鹤上场，将仙鹤置于羯鼓之前，仙鹤不安地转动身体，"嘎、嘎"乱叫。这时，兰香用木杖轻轻划过鼓面，一串声响后仙鹤顿时安静下来。然后又以舒缓的节奏敲击，两只仙鹤开始随着节奏来回走动。一会儿，兰香又忽急忽缓、忽高忽低变化节奏，两只仙鹤随鼓声节奏的变化扇动长长的羽翅，上下起舞，引吭高歌，在夜空中划出一道道美丽的白光。

韦皋看罢，不由鼓掌叫好，在场的人连连鼓掌，大声喝彩。杨忠见韦大人面有悦色，忍不住眉飞色舞，神侃起来：

"这羯鼓看似简单，内中有许多讲究，不但鼓身要用上好的山桑木制作，更重要的是鼓杖需要身体滋养，如玉器一样，滋养的时间愈长愈好。"

韦皋来了兴致，问："木杖如何能滋养？"

杨忠答："极品木杖要放在背心里养，人体不温不火，不干不湿，不油不腻，正所谓恰到好处。经过几年滋养，木杖会变得油光锃亮，柔韧细腻。"

击在羊皮鼓面上，声音圆润洪亮，余音绕梁，久久不绝，荡气回肠。"

韦皋笑道："想不到杨大人还深谙羯鼓之道。"

杨忠见韦皋面生敬色，更加来劲："韦大人，羯鼓乃八音之首。当年玄宗皇帝就十分喜欢，经常亲自演奏，鼓杖都击坏了四箱。宰相宗璟作诗赞曰：'头如青山峰，手如白雨点。'据说有一天玄宗皇上坐朝时，不停地用手指上下按自己的腹部。退朝时高力士忙上前问：'陛下以手按腹，是否龙体有恙？'玄宗皇上回答：'不，昨夜朕梦里游月宫，仙人击鼓迎之，乐声嘹亮悦耳。醒来后记忆犹新，坐朝时朕以手当杖复奏仙乐。'汝南王李琎小名花奴，玄宗皇上曾亲自教他击羯鼓。一天李琎演奏玄宗皇上所作的《春光好》一曲时，玄宗皇上特意将一朵木槿花放在李琎的帽檐上。一曲奏毕，花没跌落，玄宗皇上十分高兴，称李琎是'真花奴'，还赐给他一柜金器作奖赏。"

杨忠将从夫人那里听到的有关羯鼓的知识，村夫显宝一般在韦皋面前卖弄。

突然，龙游县衙的丁主簿和王校尉气咻咻地骑马赶来，说有十万火急的要事禀告陈县令。陈兴德一惊，欠身道：

"韦大人，杨大人，对不起了。各位乡贤在此观赏，下官去去就来。"

陈兴德刚走下船，丁主簿就气急败坏地禀报道：

"陈大人，不好了，潘素梅越狱跑了！"

第二十章

县衙女牢门口。

陈兴德脸色铁青,丁主簿一脸哭丧相,几位狱卒惶惶不安、垂手侍立,人高马大的女典狱周仁翠神思恍惚,一脸病容靠在墙边。

"都是吃白饭的。废物!"陈兴德大声喝骂。

"陈大人,那小贱人是从屋顶逃走的!"女典狱周仁翠上前禀报。

"一个女犯竟从你们的眼皮下跑了,快说,昨晚怎么回事?"

周仁翠感到胸闷头痛,揉了揉太阳穴,低头小声答道:"小的一直在值房里,未曾挪动半步,只是,只是……"

陈兴德吼道:"只是什么?吞吞吐吐,快说!"

周仁翠定了定神,喘息着说道:"晚饭后我听到一点响动,到牢房去看潘素梅侧身躺在床上睡觉,并没任何异常。回到值房坐了一阵,我就感到有些脚疤手软,不知啥时候迷迷糊糊睡着了。后来被牢头摇醒,只觉得头痛欲裂,眼前金星乱飞,两只耳朵嗡嗡作响,像被鬼魂附体一般,半天回不过神……"

陈兴德转向牢头,厉声问:"你说这是怎么回事?"

牢头全身一颤,低声答道:"小的带人进来时,见她躺在地上,叫了好一阵她才清醒过来,像中了邪一般。待小的走进去发现犯人已逃走了,她愣了半响才哭起来,说自己什么都没听到。"

此时,周仁翠不由一阵颤抖,头上直冒冷汗,牙齿忍不住咯咯响,两手死死抓住牢房的木栏,似要昏倒。

陈兴德狠狠地瞪了他们一眼,过去将关潘素梅的牢房看了一番,见屋顶还有几片瓦尚未合好,被割断的绳索扔在地上。显然来人是从屋顶而入,再将潘素梅悄悄弄走。陈兴德看罢,心里又是一阵火气上升,命人先将周仁翠关进大牢,然后铁青着脸转身回到内衙。

丁主簿、王校尉等人惴惴不安地跟着进来。

陈兴德怒气难消,说:"即刻查周仁翠,看她与逃犯有何瓜葛!"

丁主簿与王校尉面面相觑,心存疑虑却又不敢开口。

"这个周仁翠神思恍惚，依我看是心怀鬼胎，做贼心虚！"陈兴德说。

过了一会儿，见陈兴德怒色稍缓，丁主簿才小心翼翼地说道："陈大人，下官见周仁翠好似病得不轻，牢头说她吃晚饭时精神还好得很。会不会另有原因？"

陈兴德并不理会，说："潘素梅乃一弱女子，前两天又受了鞭笞，怎可能飞檐走壁，穿墙越舍，兀自逃遁消失？若没周仁翠作掩护，外面的人怎能将犯人从牢里劫走？"

丁主簿说："大人，周仁翠在县衙大牢做典狱多年，律法纯熟，人也可靠，怎会干这种掉脑袋的傻事？"

王校尉见丁主簿为周仁翠申辩，也壮起胆子为周仁翠说好话，说她一贯正派，不会与犯人里应外合。

陈兴德冷静下来，觉得此事确有蹊跷。他暗自思忖：莫非潘素梅另有重大隐情，有人怕她受不住皮肉之苦和盘托出，才冒险将她劫走？也许另有缘由。

韦大人巡视嘉州之时发生此事，令他这个新县令十分难堪。

陈兴德沉思片刻，立即带丁主簿及数名衙役，连夜赴平羌驿潘素梅家。

平羌驿在唐初便设乡，朝廷规定四家为邻，五家为保，百户为里，五里为乡。凡乡置乡正一人，佐官二人。宪宗时废除了乡正，里长职责加大。平羌驿位置特殊，虽人口不及一乡，但里正的权力与乡正相当。

赶到平羌驿，丁主簿叫上平羌驿里正伍运辉，叫他领路去潘家。

路上，陈兴德问："伍里正，潘青人品如何？"

伍运辉说："回大人，潘青是个厚道人，在柳船主的船帮里干活，整日在水上漂来漂去，镇上没几个人与他有往来。后来却因为他女儿潘素梅的事成了人人知晓的人物。"

走了一会，见半坡上兀自一幢茅屋，左右并无邻居。坡下宽阔的岷江波光粼粼。

推开竹栅门，陈兴德没有听到狗叫，心里觉得有一点意外。穿过菜地中间的小路走到潘青的宅门前，见一条黄狗睡在地上丝毫不动。陈兴德心知有异，用腿踢了一下狗，发现黄狗已气绝身亡。用灯一照，见狗的口鼻处有暗红色的污血，方知中毒而死。再看旁边有半块未吃完的肉夹饼，估计毒药就夹在肉中。

伍运辉上前敲了敲门，半晌门开了，走出惊慌不安、乌云不齐的于氏。

王校尉与几个衙役立刻冲进屋搜查，于氏不安地上前向陈县令、丁主簿、伍里正等人深深道了万福，低头垂手立在一边，静候陈县令的问话。

陈兴德跨进堂屋，见简朴无饰，几样家具都显得很粗糙，像是自己动手打制的旧款式，倒也收拾得干净有序。一会儿，王校尉出来报告说，屋里并没有其他人，仅于氏一人在家。陈兴德听罢，冷冷地对于氏问道：

"你丈夫潘青呢？"

于氏低头小声答："两日前柳船主唤他出船到犍为去了。"

陈兴德鼻子一哼，问道："潘素梅呢？"

于氏全身颤抖一下，低下眼皮一声不吭。陈兴德见她神色不安，眼光躲闪，一拍桌子厉声喝道：

"你抬头看着本官！我再问你一句，潘素梅是不是跑回来了？"

于氏大惊失色："素梅……素梅……民妇没见到她。"

陈兴德两眼一瞪，斥道："不说？！好，王校尉，把她押起来关进县衙大牢，大刑之下看你开不开口！"

于氏慌忙双膝跪下，叩头及地，泪流满面，哀声说道："民妇哪敢欺瞒老爷？只是，只是民妇确实没见到素梅。一刻前，还有一个蒙面男子拿刀闯到我家，问素梅是否藏在家里？并将屋里屋外搜了一遍……"

陈兴德大吃一惊，其余人也瞠目结舌，想听她往下讲。

陈兴德脸色稍缓，对哽噎不止的于氏说：

"你莫要惊慌，将事情前后经过细细讲来，不得有半点遮掩。"

于氏这才擦了擦眼泪，定下神来说道："天黑后民妇便关门睡下，迷迷糊糊中听到民妇家那条大黄狗叫了两声便停下，民妇以为是当家的提前返航回来了，便披衣服下床，执起一盏油灯走到堂屋开门。一个用黑纱蒙面的男人手持利刃冷不防冲进来，一把抓住民妇问：'潘素梅在哪里？'民妇吓呆了，一时不明白他的意思。他就用刀在桌上砍了一下，叫民妇快说，否则就杀了民妇。民妇哆嗦着告诉他，说潘素梅关在县衙大牢。他却说潘素梅从牢里逃出来了，让民妇快快将人交出来！

"民妇大吃一惊，心里又急又忧，不知是真还是假。那人撇下我，转进里屋搜了一圈，见确实没人才离开了。老爷你看，桌子上就是那人用刀砍的痕迹。民妇说的句句是实话。"

陈兴德问："那人什么模样？有多高？"

于氏一边抹眼泪，一边战战兢兢地回答说不知道，当时吓破了胆，哪里还敢看那人模样？

陈兴德再看堂屋桌子上的确有一条新鲜刀痕，旁边还散着几丝细木屑，心想，是谁先他们一步到潘家？找潘素梅想干什么？冒险劫走潘素梅的又是谁？陈兴德心中一团乱麻，毫无头绪，举起风灯朝里屋走去。

潘家房间不多，陈兴德见屋里并无可疑之处，便叫伍运辉去找柳船主，查潘青是否外出。

伍运辉走后，陈兴德又到四周看了看，问了些细末之事，然后起身离去。走到竹栅围墙外，吩咐两名衙役留下，躲在隐蔽之处，倘若有人再踏进这个院子，无论是谁，一律拘捕，押回衙门审问。

回到平羌驿街上，天色已微亮，街上不断涌来挑担背篓的人。一问，方知今天逢场。每逢三、六、九，附近山民、农夫、渔人都来平羌镇赶场，交易货物。陈兴德在镇上转了一圈，与丁主簿、王校尉在一间临街茶馆坐下，要了一壶茶和几样早点权当早饭。陈兴德刚吃了两口豆沙馅叶儿粑，就见伍运辉匆匆来报，说他到柳船主那里核对了，潘青确实两日前出船去了犍为县。

陈兴德正有些失望，伍运辉却冒出一句："听柳船主说，潘素梅似乎暗下喜欢一个人。"

陈兴德精神一振，忙问："谁？"

伍运辉答："柳船主船帮里的管事，魏成义，人称魏老大。此人三十七八岁，性情豪放，仗义疏财，喜交各路朋友。他为中平羌人，柳船主当年在成都运货时与他在客栈相遇，一番摆谈后，便将他雇聘到自己的船帮里来。"

"此人行止如何？"

"魏老大有两大爱好，一是嗜酒如命，经常一手握酒壶，一手拨打算盘。二是喜欢唱船工号子，怀里揣个小本，听到好听的号子，就一一记起来。每每喝醉了酒，就站在船头上扯开嗓子唱，将那船工号子唱得映山映水。"

"潘姑娘常到船帮给父亲送饭，故认识魏老大。魏老大很讨女人欢心，赢得了潘素梅芳心，潘青窥出了女儿的心思，曾向柳船主流露出担忧。他知道魏老大手散，不积蓄钱财，老家有妻室儿女。为了不让女儿迷恋魏老大，潘青于是放弃了招女婿入赘的念头，作主将潘姑娘嫁给乌尤坝的大财主杜家。柳船主本是个古板厚道的人，也不喜欢魏老大放浪狂僻的行止，只因见魏老大到船帮后，不但账目清楚，井然有序，没有半点差错，而且还将船工们管得服服帖帖，所以对他有些放纵，并不多加管束。"

陈兴德顿了顿，问："魏老大与潘素梅私下里有尾首吗？"

伍运辉答："这个，柳船主倒说没有。只说魏老大偶尔会带点脂粉、绢花之类的小东西送给潘姑娘。魏老大是个风流的人物，离尘苑里进进出出，岂会对不谙世故的潘姑娘用情专一？"

听了这番话，陈兴德有几分诧异，便问伍运辉魏老大现居何处。答曰两天前到成都收账去了。陈兴德心想，事发时，两个与潘素梅有关系的人都不在龙游，那么，冒险将潘素梅劫出大牢的是什么人？那个蒙面人找潘素梅想干什么？

陈兴德百思不得其解，只好令伍里长多加留心，暗中观察潘家的动静，若发现可疑之处，立即上报。

从平羌驿返回县衙，陈兴德不及喘息，立即嘱咐丁主簿将捉拿潘素梅的海捕文书发到各地，悬赏捉拿。

第二十一章

嘉州府衙叠院重阁，夜色沉沉。

后院大房灯火明亮，韦皋当晚从游船返回却无睡意，还在翻看卷牍。

突然，响起一阵轻轻的拍门声。韦皋开门，却见韦仁带着一名黑衣人轻手轻脚进来，说是有要事相报。黑衣人正是那天遇到的曾在成都府衙当差的王福。

"大人要小人打探凌云山弥勒大佛之事。小的已探得许多情况，怕大人在嘉州停留时日无多，白天又不便与大人见面，故连夜赶来。"王福停了停，又补了一句，"小的是从平时送豆腐的后街小门进来的，无人知晓。"

"讲凌云山弥勒大佛是怎么回事！"韦皋面无表情。

"受大人之命，小的下午便去了竹公溪，找我爷爷的老友何大爷打探情况，何大爷年轻时曾和我爷爷一起在凌云山修佛像，与海通和尚也是好朋友。他把凌云山的旧事都告诉了我。"

韦皋不动声色，只"哦"了一声。

"韦大人，海通自剜其目是被强人所逼，是为了保住修凿大佛的钱财。"

韦皋一颤，问道："谁？凌云山弥勒大佛乃玄宗皇帝敕建，朝廷从内帑拨出重金。谁吃了熊心豹子胆？光天化日之下，敢公然抢夺皇银？"

"大人，且听小的细细禀来。"王福毕竟当过差，也不惊慌，当下便有条有理地说开了这段往事。

凌云山弥勒大佛初建时，因有朝廷官员督造，无人造次，故进展顺利。

当时龙游有个亡命徒，名叫鲁一飞，靠贩私盐起家，后来巧取豪夺，蚕食鲸吞，渐成气候。鲁一飞会几下拳脚，还开了一家武馆，以习武为名，搜罗了一大帮爪牙效命于他。这些爪牙又与市井无赖、乞丐、偷儿牵扯勾挂，声势渐大。后来，这鲁一飞成为龙游一霸。

此人极善于疏通关节，贿赂官员。不知这鲁一飞使了什么手段，竟当上了嘉州时任田刺史的干儿子。田刺史说官府急需鲁一飞这样有功夫的人维护靖安，竟让他吃起衙门的官饭，管理府衙兵曹，相当于把兵库中的刀、枪、剑、戟、斧、钺、钩、叉等十八般兵器，铁盔皮甲全部交给他掌握。鲁一飞还将爪牙组成地方民团，说是维持地方靖安。这一来，更无人敢与他争斗了。

当时，因有朝廷官员督建大佛，任是鲁一飞也捞不到修凿大佛的半点油水。后来，朝廷官员奉命撤走，改由海通和尚主持修凿大佛，嘉州府衙协助管理。如此一来，鲁一飞觉得捞钱的时机到了。可是，凌云山大佛经过数年开山凿石，已初见规模，但朝廷拨给的银子所剩无几。鲁一飞无处下手。

不久海通外出化缘，经过一年劳碌，又募回大量财物，其中有一颗价值连城的红宝石，是江南一位富商早年以天价从波斯购回的珍品。富商晚年皈依佛门，将宝石献给海通，期望待大佛竣工时，将红宝石嵌于佛像的眉心，光芒永驻。

鲁一飞听说此事后，便打起这批佛财的歪主意。他多次让手下的偷儿潜入凌云寺盗宝，可始终不见半丝财宝的踪迹。鲁一飞大为恼怒，却不敢公开强夺。冥思苦想，最终冒出一个毒招。

不久，龙游有传言说海通在黔北有妻室，并有一双儿女。海通借修凌云山大佛之名，将化缘所得的大量钱财转移回了老家。传言越来越多，也越来越玄。甚至还有人说亲眼见一个风尘仆仆的女人，到凌云寺来找海通，等等。

一天，田刺史招来一般衙属和部分行首，商议大佛修建事项。众位聚拢，田刺史开言道：

"嘉州逢盛世太平，百姓丰衣足食，全赖皇恩浩荡，国泰民安，也是嘉州水泽便利，山川肥沃，人杰地灵。故泱泱大唐，朝廷唯在龙游修凿大佛，以教化众生，劝人行善，保佑平安。"

众人听罢，不知田刺史何意，因他做事常常藏头露尾，心机深不可测，于是只好不断点头附和，赞誉田刺史治理有方，使境内农商繁荣，人丁兴旺，笑语盈户，物美价廉。

田刺史见众人已渐入港，立即话锋一转，说：

"在座诸位皆是嘉州行会首领，乡绅富豪，理当带头奉献，再捐出一些善款修凿大佛，以便加快进度，早日竣工。各位也可青史留名，流芳百代。"

众人一听，方知又要摊派捐钱，不禁暗呼上当，虽满腹牢骚，却又不敢吱声反对，肚里各打算盘。田刺史见冷了场，颇为不满地开口：

"咋一说到钱就不作声了？"

鲁一飞委屈地答道："田大人，不是大家不捐，而是心里不平！龙游固然是个产盐、出矿，五谷丰登的富裕之地，但最有钱的并不是吃河运饭的船帮、开矿的矿主，以及四处奔波劳碌的商贾，而是对岸凌云山上的和尚！你们看那些和尚多逍遥自在，不耕，不织，不课税，不服夫役，朝廷还隔三差五拨皇银修庙造佛，早已是肥上添膘了，何况海通又以修大佛的名义四处募化，聚集了大量钱财宝物！天下哪有饿汉向饱汉进贡的道理？让我们出钱是鸡脚杆上刮油。只要海通不存私心，将那些募集到的钱财全部拿出来，何须我等捐出养家糊口的辛苦钱！"

鲁一飞话一出口，众人似乎看到转机，立即大声附和。

"鲁大人说得对。一入寺院便有人供养，又无夫役赋税，每日敲敲钟，念念经，清闲自在。我也想抛妻弃子挤入缁衣之列。"

"凌云寺原来香火并不旺盛，寺里殿宇长久未修缮，十分破旧。只有几个僧人住在其中，生活清苦，老住持还不时带弟子到龙游城沿街化缘。海通到了凌云寺后，一番整新，稍稍有了点气象，香火渐渐旺起来。开凿大佛以后，名声大噪，朝野内外皆知，四方善男信女趋之若鹜，财源广进。寺里的和尚也增至百人，成了远近闻名的大寺，整日香烟缭绕，何需我等再去烧热灶？"

"凌云寺的僧人表面上虔诚诵经、礼佛，做法事，募化钱财，背地里却干风流事。"

"佛门僧人倡导异说，会坏了纲常儒典，乃人伦之大患。不去禁止，反助其发展，完全背离了圣人之道。"

"海通几次外出募回大量钱财，寺中金银财物积聚无数。这些佛财由寺院保管不妥，应全部交给官府掌控。"

"说得对。这批财物该由府衙来管！因为大佛不仅是凌云寺的，也是大唐、嘉州的，由官府统一管理才显出公允。"鲁一飞站了起来。

众人齐声附和。最后田刺史点了点头，算是应允。

次日一早，鲁一飞就带了三个喽啰来到凌云寺。不想和尚们都到工地上去了，就海通一个人静候在客堂。直到鲁一飞一行人走到跟前，海通才睁开眼睛。面对海通那道能看透人五脏六腑的目光，鲁一飞心中气焰顿时消去一大截，抱拳一揖，问道：

"拜见海通师父，昨日府衙送来的公函收到吗？"

"嗯。"海通不冷不热应承。

"那，你打算什么时候把佛财交出？"

"任何人都不能染指佛财。"海通声音不大，却脆如铜磬。

"什么？"鲁一飞脸上横肉一扯，"看来你是有意要与官府做对了！"

"阿弥陀佛，出家人慈悲为怀，从不与任何人作对。"海通双手合十。

"你共募化了多少钱财？"

"施主们募捐的钱财，日后功德碑上会一一注明。"

鲁一飞吃了一闷棍，隔了一会儿又问："你知道我们今天因何而来？"

"不知道，也不想知道。"海通索性闭上两眼。

"难怪你推三阻四，不知道我给你带来了好消息。"

"好消息会从你口里来？"

"不诳你。"鲁一飞一脸讪笑，说道，"田大人说你劳碌多年，理应好好休息，潜心经书，教授弟子。今后凌云山大佛的收支账目由府衙接管。"

"既是皇上敕建的，官府当然要管。"鲁一飞的三个喽啰也跟着起哄。

海通说："田大人好意贫僧心领了。可是，自古公门佛门各不相干。修佛造像是佛门之事，也是贫僧毕生之事，便是累死也在所不辞。另外，佛财一分不能交，这是檀越对弥勒大佛的一片心。"

鲁一飞唬下脸，这才感到海通是个难对付的人物。正思索对策，却见海通从抽屉里取出两串事先准备好的铜钱推到他面前，冷冷地说：

"寺里只有粗茶淡饭，恐你们难以下咽，这点钱你们拿去买盅茶喝。"

鲁一飞听到这番逐客令，无可奈何，只得拍屁股走人。

出门前，手下泼皮仍不忘将桌上的两串铜钱纳入袖中。

第二天上午，几个衣衫不整、举止粗俗的男人朝凌云寺来。一跨进山门，就嚷嚷起来：

"喂！我们要见海通，我们要见海通！"

海通的弟子果定见这伙人既不像朝山拜佛，也不像游山玩水，便上前问道："施主有何事？"

"你是谁？我们要见海通！"

果定一听口气不善，心中一咯噔，但依旧和气地说："海通师父一早就下山了。"

为首的一个兔板牙男人说："胡扯，他分明是躲起来不见我们。"

"出家人不打诳语。"

"猪鼻孔上插大葱——装象。"

"你们究竟有何事？"

"我们要来当和尚。"

果定一愣，见一个个流里流气，獐头鼠脑，无半丝慧根佛缘，分明是起哄胡来。心中厌恶，表面却不好拒绝，只把佛家戒律、丛林制度、菩提经义简介一番，意在让他们知难而退。

可几个人东张西望，并不理会，一溜坐在门槛上挖鼻孔，掏耳屎，搓脚丫子，丑态百出。果定心头一阵窝火，但一直强忍着。眼见快到午饭的时间了，这拨人仍没要走的意思。只得客套地说：

"要不就请在寺里用一餐便饭。"

"吃什么呢？"

"出家人只有粗茶淡饭。"

兔板牙鼻子一哼，有意刁难道："离了酒肉我就咽不下。"

"鱼虾蟹红烧清蒸都行，要多加姜、葱、蒜。"

"飞禽走兽也不错，像鹰眼、虎胆、熊掌、猴脑、鹿血都很补人。"

……

几个人一唱一和地胡扯，果定好说歹说，最后拿出自己仅有的一点碎银交给他们说：

"你们另去他处吧！"

"那么吝？谁不知凌云寺和尚有钱？床底下铺的全是金子银子！"

"恐怕早把钱转移回婆娘家去啰。"

"装穷卖酸哄人。"

……

胡闹一番后，兔板牙拿过银子，带一伙人扬长而去。

当天晚上海通回来，听果定讲述白天发生的事情，气愤地说："胡搅蛮缠，以后不要理他们！"

哪知从此以后，凌云寺便开始不得安宁，几乎天天都有闲汉、乞丐前来讨口。三四个或六七个，总是成群结队而来，并且专拣开饭时间到。刚开始只是开口乞讨，没过几天便自己动手抓拿，鼻涕口水乱抹，故意把饭菜洒得满地皆是。倘若有僧人干涉，这帮乞丐立即放泼撒野，趁势砸盆摔碗，出手打人。尔后，反将自己衣衫扯破，又把脸上、臂上划伤，弄得血淋淋的，再到城里四处展示泣诉，说受到凌云寺的和尚的欺负。后来，果定为息事宁人，对进门的乞丐另设一间饭厅款待，再给一些铜钱打发走。可是一个多月过去了，来的乞丐非但没减少，反而越来越多。甚至打着酒嗝，揣着猪蹄，哼着下流小调跑来乞讨。凌云寺僧不堪忍受，海通明白这伙人挖空心思来捣乱，后面一定有人在唆使，必有重大隐情，于是求助于田刺史，不料田刺史却推说广结善缘是佛门的宗旨，凌云寺普度众生，接济穷人，义不容辞。海通这才明白，他们早已串通，不由忧心忡忡。

事隔不久，一天清早，海通与果定到栖鸾峰工地上查看。突然，看见鲁一飞与几个人站在大佛的头上。海通一惊，三步并作两步走近，劈头问道：

"你们想干什么？"

鲁一飞阴阳怪气地说："昨夜兵器库里的火药被盗，有人举报藏在大佛背后的通风道里，故带人前来查实。"

"你——"

"不要吹胡子瞪眼。倘若有人不小心引燃了火药，大佛岂不被炸飞了吗？再说，寺院里查出火药会引起什么结果，你比我更清楚！"

海通一惊，不禁勃然大怒，斥道："孽障，你若敢有半点妄动，贫僧立即禀明圣上，将你重重治罪！"

"治我的罪？笑话！我倒担心你被治罪，竟在大佛身后藏污纳垢。"

"一派胡言！"

这时工匠们与寺里的和尚说说笑笑陆续出现在工地上，一见这场面都停了口，围过来看。

鲁一飞一看人多，顿时更来了劲，一挥手招呼众喽啰下来，走到人群中，一手牵开官袍圆领，一手撒开折扇，狞笑一声道：

"我今日是替天行道，惩治贪鄙之人！这凌云山大佛是朝廷敕建的，乃天下人的大佛，你却将四方善男信女捐出的善款据为己有，暗中运回黔北家中。如此行径已使释门黯淡，佛面无光。今天，我等奉府衙之令前来清点佛财，收归官府掌握。你还不快交出来！"

海通并不辩解，神色鄙夷，只说了句："痴心妄想！"便要转身离去。

鲁一飞伸手拦住海通，说："你若交出佛财，我们彼此井水不犯河水，否则，别怪我做事不仁不义。"

海通朝这恶脸扫了一眼，冷冷说道，"你不怕坠入阿鼻地狱永世不得超生？"

"哈——"鲁一飞冷笑道："十八层地狱！你那一套吓小孩的鬼把戏也想哄吓我？告诉你，我从不信神怕鬼！神在哪里？鬼在哪里？有本事就现身。我今日是替天行道，我就是天。你到底交还是不交？"

海通毫无惧色，大义凛然答："不交！"

"你想抗拒官命？"

"大佛是先帝敕建的，要收归官府，请出示朝廷君命。"

"你——看来不给你点厉害看,你是不会从命的。来人!"

"在!"众喽啰一起答应得山响。

"把大佛背后通风洞的赃物拿出来,让大家开开眼。"

几个喽啰立即一窝蜂往大佛头上爬。

看着鲁一飞幸灾乐祸的样子,海通气得七窍生烟,一把抓住鲁一飞的衣襟,挥手一记耳光:"你竟敢在菩萨头上胡作非为!"

这下捅了马蜂窝。

"打!"

鲁一飞一声怪叫,众喽啰立即转身,举起棍棒朝海通劈头盖脸打来。一直隐忍不发的寺僧此时忍无可忍,怒不可遏冲上前来还击,顿时打斗声响成一片,顷刻之间,凌云山上便见皮开肉绽,鲜血四溅。混乱中忽听一声尖叫:

"洞里藏有火药!"

海通抬头一看,只见一个无赖一手拿一包火药,另一手拿着火绒站在大佛头顶。他顿感大事不妙,忙高声喊道:"住手!"

众人一愣,停下打斗。

鲁一飞趁势凑近海通,威胁道:"你当下交出佛财还来得及,否则就看不到大佛了!"

海通目光如电扫过去,一字一句说:"自目可剜,佛财难得!"

鲁一飞一怔,随即嘲笑道:"哼,人为财死,鸟为食亡。我不信这石佛之像比你眼睛还金贵。"

"岂止是眼睛,大佛比贫僧生命更贵!"

鲁一飞的脸涨成猪肝色,指着海通说:

"只要你敢自剜双目,我等从此决绝不染指佛财!"

海通目光一闪,冷冷地问:"此话当真?"

鲁一飞一拍胸脯高叫:"大丈夫一言九鼎。只怕你心中有鬼,胡言乱语恐吓人!"

围观者一听这话,都齐刷刷将目光投向海通,眼神中有惊奇、恐惧、怀疑、不满。海通脑海里飞快地掠过玄宗皇帝、一行和尚、悟性和尚及众多慷慨捐资的信众。他禁不住血冲脑门,气满胸怀,朗声道:

"一言为定!"

鲁一飞顿时杀气泄尽。

海通转过身,遥望西方,虔诚三拜,然后闭目盘腿趺坐于地。果定不顾一切冲上前，说："师父，千万不能呀！佛财给他们就是……"

海通打断道："不。"

"可你不能以目换之。"

海通平静地说："贫僧皮囊不足惜，能以双目保大佛，值！"

"师父！"

"苍天在上，佛法在心，善恶有报，因缘相随。"

话音刚落，海通右手食指、中指直插眼窝，顿时血流如注……

见海通被逼自剜其目，工地上的僧众愤然群起，将鲁一飞和他的喽啰团团围住。正在双方僵持不下时，田刺史赶到了凌云寺。

"田大人，这帮刁民要造反！"鲁一飞正惊恐不安，忽看田刺史走来，如溺水之人抓到一根稻草，扯起嗓子大声嚎叫。

田刺史走近一看，顿时慌了手脚，又见围观的人越来越多，而且群情激愤，大有一触即发之势，一旦打起来肯定会出人命，到那时不但难以收场，弄不好会丢掉官职。心里一阵发怵，不觉双腿一软，"卟嗵"对海通跪下，说：

"烦法师令众人快快离去，否则局势难收，祸及佛门。"

海通血流满面，忍住钻心疼痛，口气如寒剑直刺过去："你须向大家保证，从今往后，任何人不得染指佛财！否则，贫僧就不依你。"

"请田大人做主。"

"把凶手抓起来。"

……

围观的僧众一片吼声。

"本官就依你了。"田刺史无奈应允，然后率人仓皇离去。

后来，田刺史为掩人耳目，推卸责任，一面让鲁一飞外出避风头，一面奏报朝廷，称海通以身弘传佛法，自剜双目。而当时，有佛门僧人苦修，认为专诚意念，肉身皮囊皆可舍，于是燃指供佛，剜目、割耳甚至断臂求法者皆有之。故海通剜目也不奇怪，朝廷为此还为海通此举再次降恩，玄宗皇帝除亲自为凌云寺书写颜额外，又赐海通紫衣袈裟一袭，纯金佛像一尊及金银法器、经书等。

后来，鲁一飞在外被人杀了，一说是响马图财害命，另一说是有人出钱买他的命。

听完讲述，韦皋击案而起。"可敬！可歌！可泣！海通之事要如实记载，

141

垂戒后世。"又向王福问道，"那些财宝呢?"

"都换钱修大佛了。不过，听说那颗红宝石仍藏在寺里，不断有人想盗取这枚宝石，但一无所获。"

韦皋沉吟了片刻，吩咐韦仁、康振本：

"你二人明日在龙游城大街小巷暗访。我与陆勇随王福再去见何大爷。此外，通知陈县令，叫他晚饭前在此碰头。"

"哇——"一只游鸦不知为何物惊起，绝声而去。

窗外，天色微明。

第二十二章

竹公溪两岸翠竹森森，碧水潺潺，流程六十余里，注入岷江。入江处水面平坦开阔，当地百姓称为竹溪口。竹溪口常泊着一些小渔舟，渔舟的主人多是老人和妇女，并非靠捕鱼为生，多是为自我消遣，偶尔也搭乘一下游客，顺便赚几个铜钱。

韦皋身着褐色便袍，一行数人，由王福领路在此探访曾在凌山云修凿大佛的何大爷。

何大爷正是陈县令在大渡河边所见放河灯的美髯老翁，正在渔船上吃饭。见王福带了两位客人，忙提了船头炉子上的一柄黑砂茶壶，拿出几只土陶碗，斟上刚熬好的茶，接着又端出一盘烤成金黄色的小鱼干，撒上盐末、花椒粉和其他香辛料，招呼几位享用。

王福按韦大人事先的交代，没讲出韦皋的真实身份，只对何大爷说是两位想乘船游玩的外地旅客。陆勇从怀里取出一缗铜钱解开，拿出一些铜钱交与何大爷。

何大爷解了缆绳，划起船桨，向韦皋问道："客官想到哪里看看？"

韦皋答："便是景色宜人处就好。"

何大爷说："听口音客官像是从中原来吧？中原人喜欢南方的竹子。客官今日不妨先去竹公溪转一转，幽静凉爽，也是个钓鱼的好地方。"

韦皋点点头。何大爷从船舱里取了钓竿、鱼饵和鱼篓交给韦皋，然后将船向竹公溪上游划去。韦皋从船舱望出去，见阳光照在水面上，清澈见底，不时见鱼儿从船边摆尾而过。两岸绿树成荫，野花盛开，翠竹掩映着零星的竹篱人家，清幽宜人。

"这里叫薛地，眼下仅有几户人家。"何大爷一边划，一边与客人说话。

韦皋脑海里立即闪现出薛涛的容颜，他曾多次听薛涛谈到龙游及薛地。一想到薛涛，韦皋心中涌起一股柔情，这些年韦皋身边不乏女人，但没有谁能像薛涛那样令他魂牵梦绕。

船在溪中游了一阵，前方出现一岔口。何大爷拐入右边溪流，小溪慢慢变窄，更加清澈透明。水草轻轻摆动，闪动着幽绿的光亮。两岸浓荫掩日，杳无人迹，寂然无声。忽一阵凉风夹着树枝摇动的声响，悠悠而来，令人心旷神怡。韦皋站起身来，引颈遥望前方，只见远处竹林中露出一截高大的青色院墙和翘起的檐角，再仔细打量，觉得四周毫无生气，如坟地一般死寂无声。韦皋心中有些奇怪，开口问道：

"老人家，前方是谁家的宅院？"

何大爷答："那是竹公祠，也叫竹郎庙。"

船到近处，韦皋见院墙虽高大坚固，却是破门朽木，歪斜欲倒，一派荒凉景象。韦皋不禁心生诧异，问道：

"这宅院怎的如此破败？"

何大爷答："回客官，这里原本是竹公祠的旧址，獠人被官府赶走后，竹公祠因长年无人修缮便废弃坍塌。后来有个祝姓老人看中了此地，修了这座宅子，人称祝公宅。祝公的儿子在外地，老两口死后这宅子没人有住，时间一长也就废了。"

韦皋问："这里幽静宜人，怎的无人居住？"

何大爷摇头答："这里原是獠人住所，本地人有些忌讳，加上太僻静，离城又远，故都不愿来。"

突然，韦皋看见竹公祠门口杂草丛中，有几株紫色野花歪歪斜斜，蔫蔫欲倒，一眼即知是新近为重物所压，而这一带离城不远，不会有大的野物出没。只有一种可能，便是被人所踏倒。想到此，韦皋立即让何大爷将船停在岸边，决定到废弃的竹公祠里去看一看。

推开破门，虽然十分荒凉，依旧能看出曾经是座漂亮的院子，花台假山，回廊曲折，但如今野草蔓延，死气沉沉。韦皋左右张望，发现园中一条快被野草淹没的小路上，有两个清晰的脚印一直通向灌丛深处。韦皋便分开浓密的枝叶和杂草走过去，穿过几排残缺不齐的台阶，看到一排平房，正中的堂屋门紧闭着。

陆勇怕有虫蛇之类的野物，忙捡起一根木棍在前面开路。堂屋门并没上锁，推开一看也是满目萧然，墙皮剥落，残存的家具早已破烂不堪，布满灰尘。

韦皋见左边门上结满蛛网，而右边却干净很多。他心中生疑，先跨入右边的房门，见四壁空空，仅墙角处有张旧竹凉板，地上也不像其他房间脏乱。再一看，竹凉板下面有样东西闪光，捡起来却是一枚银簪。

"这银簪可是女人之物。"韦皋低声自语，一边小心纳入衣袖，又伸手到凉板上一摸，却十分干净，便对陆勇说：

"这房间必定近日有人住过，你到后院将所有房间都检查一遍，看看有无可疑之处？"

陆勇转身到后院。韦皋将其他房间看了一番，依旧是又破又脏，散发着霉腐味。一会，陆勇返回来说：

"老爷，后院的墙塌了两处，空地上有堆新燃过的柴灰。除此之外，便是一堆破旧的家什。可能最近有乞丐来此过夜，烧了食物留下的灰烬。"

韦皋与陆勇从原路回到船上，问：

"何大爷，你经常在这里钓鱼，可见到这一两天有乞丐、闲汉来竹公祠栖身吗？"

何大爷答："没有，那些懒汉才不会跑这么远来。他们都喜欢在城里面转，人多的地方好讨吃的，晚上就到废弃的玉皇观里栖身。"

韦皋又看了看荒弃的竹公祠，初入竹公溪轻松的心情，一下子又变沉重了。想了想，便让何大爷掉转船头往回走。

船驶出竹溪口进入岷江，河面宽阔，江水滚滚，对面苍翠青山逶迤起伏。岸边樯帆连绵，离他们不远处的码头，脚夫们正一个个踏着晃悠悠的桥板，"吭唷吭唷"搬运装卸大包大包的货物。

船在岷江上走了一阵，何大爷说："客官，前面就能看到凌云山弥勒大佛。"

"哦。"韦皋收回思绪。

何大爷指点着前面的山川形势，说："当年海通和尚说凌云山水木清华，龙脉悠远，为我大唐之天下难得的风水宝地。弥勒大佛依山坐拥三江，福祉绵绵，国运昌盛。喏，前方岷江与铜河汇流处看大佛最为清楚。"

韦皋说："听王福说，你老人家当年曾在凌云山修凿大佛？"

何大爷点头称是。

韦皋问："老人家，我心中尚有一丝疑惑，那海通和尚既已剜目，又如何能监管大佛修凿？"

听到韦皋质疑海通，何大爷一下言语生硬起来："客官，休怪老汉说得罪人的话。海通哪是你我这等尘世中的肉眼凡胎，酒囊饭袋。他虽没了双目，但对周围诸事仍了如指掌。他是开了天目的人，凡事心中都透彻明亮，丝毫隐瞒不过。"

韦皋倒是赞同何大爷不卑不亢、坚持己见的态度。

"你亲眼所见吗？"

"当然。海通之事别人听来如神话一般，可我老汉是亲身经历，自然深信不疑。"

"烦老人家讲与我们听一听。"陆勇说。

何大爷停下桨，望着凌云山缓缓地说："海通没了眼睛后，就住在栖鸾峰一个山洞里。洞外左侧有眼山泉，形如汤勺，故称'勺泉'。海通在洞前以楠竹筑了一亭，取名景云亭，每天在亭中听工匠们施工，以声音判断进展、优劣，从无差错。海通告诉我们，佛家造像皆依佛典规定的三十二相，八十种随形，这就是佛像各部位的标准。大佛的头顶有一千多个螺旋发髻，是佛典上第三十二条所称：'顶成肉髻相，梵名乌瑟腻，译作肉髻，顶上有肉，隆起为髻形者，亦名无见顶相。'其实这些发髻是一个个先用石头雕成，再相拼上去，最后修整光洁，抹灰完成。别小看这些单石雕成的发髻，一个个装嵌到大佛头顶，却很有讲究。龙游这地方雨水多，尤其在夏季，故排水和防潮尤为重要。海通在设计时，特意将大佛的头和肩脱离山体，又在头肩后面开凿出一个宽阔的通道，这样不仅能及时防潮散热，还能防止山岩中水的渗透。海通让工匠将每个发髻刻四至五圈小凹槽，又在头顶发髻中开设了两条不引人注意的环形小沟，积水就不至于流到佛像面部，而是沿小沟进入左右两边耳朵后。耳后开凿了一个高六尺、宽三尺的通风隔水洞穴，雨水从头顶流下，和岩石中渗出的积水一道沿两侧注入江中。如此，就能防止大佛受潮风化。

"开工前，海通算出共需一千零五十一个发髻，便画了图，标出尺寸，让石匠先雕刻出来备用，待大佛的面部完成后，再将发髻一个一个安装到头顶。海通的弟子果定生怕有误，落人笑柄，悄悄让工匠多雕刻了两个，与那一千零五十一个放在一起。海通知道后只是淡淡地一笑。没想到后来头顶发髻相拼完成时，恰好多出两个，石匠们惊讶不已，称海通是'神算'。果定惭愧地把那两个发髻搬回自己的寮房，心中更添一层对海通的敬意。"

何大爷一番话，让在场的人一阵惊叹。

韦皋问："海通眼盲后为何要住到洞里？"

何大爷叹了口气，说："海通剜去双目后，仍旧担心有人破坏佛像，便不顾弟子们的劝阻，坚持搬到山洞里住。因为这个洞就在大佛头的后面，能听到左右细小的动静。海通立誓有生之年在此朝夕奉佛。

"住进山洞后，海通每天下午用勺泉煮一种不知名的草药饮用，他圆寂后浑身散发出一股清香味。弟子们将他在山洞中停放了三天，结果出现了殊胜的景象。连续三日彩虹当空，像座彩桥接连到洞口，五光十色。为了纪念他，弟子们将他住过的山洞称为'海通洞'，在洞口树碑立传，把他生前用过的东西都保存在内。"

韦皋笑问："真那么神奇吗？"

何大爷一脸认真，讲出一桩更离奇的事：

海通圆寂前三年就嘱咐他的大弟子果定道：我死后葬在大佛河对岸。果定问，对岸那么大，究竟在何处？海通答，那地方有两棵高大的柏树，树上有个大雀巢，我西归后要在那里天天面对大佛。

果定跑到河对岸，果然找到师父所说的地方，但看了看周围的环境，却很担心，回来对海通师父说，那地方风水虽好，却是一片浅水滩，能不能另行选择？海通答，你放心，三年后那里就会成为河滩。

海通死的那年，那地方果真成了一片河滩。果定依言在柏树下建塔。当晚雷声震天，大雨猛烈，奇怪的是并没涨水。不久河水再次向西移动，那地方变成一块地势很高的陆地。墓塔旁的两棵柏树不仅长得枝繁叶茂，四周也逐渐变成一片柏树林，常有成群的雀鸟在林中飞舞。

几年后的一天，一位樵夫从树林中路过，突然看见海通在林里散步。樵夫大惊，忙躲在树后偷看，只见海通走过之处，祥云缭绕，燕雀成群，高声鸣叫。樵夫看直了眼，好一阵才回过神来，眼前的景象又全部消失了。返回家后向邻里述说，起初根本没人相信，都说是樵夫自己看花了眼。

事隔不久，又有一个人路过柏树林，也见到如樵夫所说的情景。于是，人们将信将疑跑到柏树林去看，甚至通宵守候。这件事越传越广，也越传越神，方圆几十里都有人赶来，在大柏树上挂红，在墓塔前焚香祈祷。后来有人将这件事报告县衙，说海通在那里转世。可县令根本不信，说纯属无稽之谈，死去的人不可能复活！

很快，消息传到节度使章仇兼琼大人耳中，他当时正率人一边在新津开凿通济堰、眉州修蟆颐堰，一边整治由益州到永昌郡[①]的陆路通道。他听说此事后也不信，认为是当地百姓人云亦云，以讹传讹，并没放在心上。

不久章仇大人到龙游巡视，筹划筑堤防洪，因需要大量的木材和石材，就命人到柏树林伐树。哪知工匠们都不肯动，说海通常在那片林子中走动，伐树会惊扰了大和尚。章仇大人得知后，准备将海通的墓移到别处重建。可工匠们却说海通根本没躺在墓中，早被弥勒佛接走了，因心里牵挂着未完工的凌云山大佛，常返回来看看。章仇大人见劝说不成，就说要到柏树下开墓验证。若是空墓，则应允工匠的请求，到外地运木材；若骨灰还在，则说明

---

① 永昌，今云南保山地区。

是谣传，必须就地伐树。城内外百姓听说要开海通的墓，如同沸水翻滚，将四周围得水泄不通，想亲眼验证传闻的真假……"

"结果呢？"韦仁忍不住插嘴问道。

"塔墓里仅有一只芒鞋！"

"真的？"陆勇惊叹道。

"千真万确。章仇大人打起仗来骁勇善战，起初他并不信佛，见此情景也感慨不已。后来他认为佛教有利于归顺民心，教化番邦，便积极筹措资金，招募民工，再度开工修凿凌云山大佛。为此，他还特地向玄宗皇帝上了一道奏折，建议以蜀地盐、麻之税用于修建。开元二十八年，他捐出自己的薪俸二十万钱助修弥勒大佛……"

韦皋正听得起劲，忽被一阵吵闹声打断，寻声而去，只见两个男人在争吵，那情形似乎要打起来。但由于说得太快，又夹杂着含混不清的俚语，韦皋一句也没听明白。

"他们吵什么？"

何大爷答："赌钱耍手脚被识破了。"

"他们是什么人？"

"一个是肖二，另一个是赵三。都是不务正业的东西，迟早要遭报应。"

第二十三章

韦仁在龙游大街闲逛,见街面上店铺栉比鳞次,人来人往,繁华热闹。酒楼里饭菜飘香,水陆山珍一应俱全,水牌上标注的价格也很公道。街道两旁遍植海棠,苍劲的枝干挂满黄绿色的果实,椭圆形的树叶浓翠欲滴,清香四溢。

韦仁走了一阵,觉得饿了,便随意走进一间小饭馆,见里面已有五六个食客。韦仁点了两样菜一壶酒,选了一张空桌子坐下。正吃着,却听到身后传来一阵"叽里咕噜"完全听不明白的话语。转回头一看,却是两个本地装束的男子。一个面阔口方,皮肤黑红,体魄强健;另一个细高精明,皮肤白净,像是牙人模样。

韦仁觉得很奇怪,便转过身主动搭讪,那黑脸汉子一开口竟又是流利的蜀地口音。几句话投机,又见韦仁形体魁梧,相貌堂堂,黑脸汉子便邀韦仁移过位子,共坐一桌,也好边吃边聊。细高个男人口称另外有事,很快告辞离去。留下两人酒酣耳热,越发聊得起劲。韦仁也不多顾忌,问道:

"你方才说的是何方语言,我竟一句也未听明白。"

黑脸汉子开口爽朗一笑,露出两排齐整的白牙。说:"鄙人方才讲的是吐蕃语。我叫罗布,随我家老爷从西北逋租①过来,准备从龙游贩些上等茶叶、丝绸回去。其实我只算半个吐蕃人。我父亲是吐蕃人,母亲却是汉地人,两边的语言、习惯我都熟悉,故老爷才让我跟随他到汉地做生意。听口音你也不是本地人,不知来龙游做什么?"

韦仁见罗布是个诚实爽快之人,便据实相告:"我家老爷是新上任的剑南道西川节度使,南下到嘉州巡察,我只是个扈从。"

罗布高兴地说:"哦呀,你是个军官!我最敬军官。我从小就喜欢摆弄

---

① 其时,在今四川西北岷江、大渡河上游地区有八个部落,称西山八国,分别是:羌女、诃陵、南水、白狗、逋租、弱水、清远、咄霸。羌女即东女国在今四川金川县以西及丹巴县,诃陵在今四川阿坝鹧鸪山以西地区,南水在今青海班玛县,白狗在今四川马尔康,逋租在今四川小金县一带,弱水在今四川金川以西、壤塘以南地区,清远在今四川阿坝县,咄霸在今四川红原县及阿坝县东部。

兵器，老爷也是见我身强力壮，善摔跤角骶，故将我带在他身边穿山越岭，走州过县有个帮手，也好应对路上的响马劫匪。"

韦仁惺惺相惜地说："一看你就知道是条好汉！"

罗布一听，更是兴奋得满脸红光，站起来拱手道："哦呀！好汉若不嫌弃，我们便结为异姓兄弟，如何？"

韦仁大喜，一拍桌子说："如此最好！"

说毕，两人相互问过对方姓名、籍贯、生辰年月，罗布长一岁为兄，韦仁为弟。他俩又向酒店掌柜讨了一双红烛，双双跪下，焚香起誓，相互拜过，结为兄弟。

事毕，韦仁又叫掌柜拿了一壶好酒，亲手给罗布斟上，问道："大哥，你有妻室了吗？"

罗布笑道："快了，我有一个相好的姑娘叫娜姆，等秋天卖了牦牛就娶回来。现与我父母、哥嫂住在一起。不过，我却有一个女儿了。"

韦仁一惊，问道："大哥真会说笑话，没成亲哪来的女儿？莫不是……"

罗布见韦仁讳莫如深的表情忍不住哈哈大笑，说："兄弟，大唐什么都好，就是繁文缛节太多，拘束筋骨，很不自在。譬如这年轻姑娘，花朵儿一般却整天躲在屋里，大门不出，二门不迈，谁能看到？等老了，花儿谢了，倒可满地走，那时谁还耐烦看？就说成亲娶媳妇这等人生大事，也是隔山买马！不知模样性情，不知高矮胖瘦，诸事全凭媒人三寸不烂之舌撮合。新娘子要抬回家拜完天地入了洞房，打开盖头才知道长什么模样。啧，啧，这叫什么滋味？在我们那里，姑娘们都是满山跑，骑马打猎，放牛割草，与男人一样自由自在。像我，若是想自己的姑娘了，立即骑上马跑去找她，说说话，搂着亲热一番，多爽快！"

韦仁忍不住大笑起来，他从未听过这番惊世骇俗的议论，更欣赏罗布这种无拘无束的性格。

罗布又说："你看，当哥的扯远了！这个女儿可不是我罗布下的种，是我收养的。是个汉人，叫贞儿，只有五岁，很讨人喜欢。与我一样，也喜欢摆弄刀剑棍棒，像个男孩。"

韦仁疑惑不解地问："大哥，你如何会收养了一个汉人的女儿？"

罗布喝了一大口酒，抹了抹嘴角，答："说来话长，只怕兄弟不耐烦听。贞儿原是陇州人，父母亲都死了，一个远房叔叔收养了她，但日子并不好过。贞儿的叔叔经营着一个杂货店，生意惨淡得连鬼都懒得上门。婶婶本来就嫌家里穷，如今又多了张吃饭的嘴，便天天拉长着一张脸，最后硬逼叔叔将贞儿卖了，叔叔不忍，就将贞儿送给了一个从松州①去贩货的皮货商。皮货商倒是个好人，带着贞儿回家，可眼看离松州不远了，却在恭州②客栈里一病不起。我当时帮老爷运货，刚巧也在那家客栈落脚，眼看那皮货商活不成了，年幼的贞儿又无人照顾。住店的人都很着急，七嘴八舌商议怎么办。贞儿可怜巴巴地望着我，两眼直掉眼泪。我心一软，便一拍胸脯说我收养她。众人都松了口气，于是我就将她带回了吐蕃草原。"

韦仁叹道："大哥侠肝义胆，兄弟佩服！这贞儿也委实可怜。"

罗布答："是嘞，家乡的事她从不愿提，只说父亲也是个军官，后来遭人暗算，被砍头悬挂在城门上示众，一家人都被杀光了。来，来，不说这些扫兴的话，喝酒！喝酒！"

吃罢饭，罗布抢着结了账，两人走到街上，见街上依旧是车水马龙。罗布说要给未婚妻娜姆置办两件首饰，便邀韦仁一同前行。

两人穿过南街最热闹的市廛，又转到比较清静的北街上。路过一家装饰气派的银楼，罗布并没进去，反而往一条僻静的小巷里走，韦仁心中奇怪，便问：

"方才那家首饰店好生气派，大哥为什么不进去？"

罗布诡谲地笑了一下，说："你说天和银楼？许掌柜的生意大，很多吐蕃大商人从他那里进货，我们老爷就是其中一个。可我是穷人，没钱。但我已打听到能买到便宜货的地方，你随我去就知道。"

韦仁跟随罗布穿过鼓楼后面一条小巷，七拐八转上了一条小街，街上行人稀少，只有零星几家店铺。韦仁看出这是龙游旧城，显得陈旧落寞。罗布左右看了看招牌，拉韦仁钻进一家很小的古董商店。

柜台后的一个胖掌柜正伏在桌上打盹，听到有脚步声传来，忙抬起头来，揉了揉圆盘脸上一对惺忪的眼睛，懒洋洋地打了个哈欠，迎上来，问："客官想要买点什么？"

韦仁见店内光线暗淡，灰头土脸，两边橱柜里陈放着一些暗淡无光的陶罐、陶俑、瓷器、铜鼎、香炉等乱七八糟不值钱的古董，心里正在诧异，却见罗布靠近掌柜耳边低声嘀咕了几句。掌柜听罢，顿时来了精神，立刻掀开柜台后面的蓝色布帘，让他们到里屋就座。走进里屋，却见窗明几净，十分清爽。桌上雕镂了花纹图案，虽有些陈旧，但做工精细，像是件古物。

---

① 松州，今四川松潘县。
② 恭州，今四川松潘县南叠溪营一带。

须臾，胖掌柜进来，双手捧一只垫上红锦缎的托盘，盘内金银钗镯、耳坠指环金光闪耀，光彩照人。韦仁这才明白，这家掌柜在私下出售金银首饰。外面柜台上的破古董只是掩人耳目罢了，真正的生意却在后面。罗布选了一对金耳环，一只银手镯。付了钱，将首饰仔细包好放进怀里贴身的地方。

胖掌柜笑眯眯地说："敝店虽小，但货色不差，包你们买到中意之物！"

韦仁忍不住试探胖掌柜："如此，你不是私下抢了天和银楼的生意？"

胖掌柜脸上闪过一丝不快，说："谁敢与许掌柜抢饭吃？你知道他是谁？杨刺史的侄子！拔根汗毛都比我的腰粗！我只是在他下巴底下捡两粒落下的饭吃。"

韦仁一惊，问道："天和银楼开了多少年了？"

胖掌柜不满地说："不过五年时间。许泽端原来只是隔三差五来龙游贩运药材和茶叶，可一转眼却成了龙游金银市的行首。许泽端因有杨刺史撑腰，生意自然红火。你到天和银楼去看看，金银首饰、珍珠玛瑙、翡翠玉器，光彩夺目，应有尽有。鄙人本小利微，又没有大树遮阴，买得贵，卖得便宜，只是私下里赚几个小钱混饭吃罢了。"

韦仁问："许掌柜这人怎么样？"

胖掌柜沉吟片刻，说："噢，许掌柜看上去倒是斯文正经，拘谨安分。不过我听说他每隔一段时间要去铜山，来去极是秘密，一般人并不知道。"

"为什么？"韦仁警觉地问。

胖掌柜神秘一笑，说："他还在收购玛瑙、水晶等宝石。这些东西做成首饰销路很好，特别是吐蕃人喜欢佩戴。可能他不想让王矿主知道这些事，他们本是朋友。"

韦仁心中又是一惊，知道黄金首饰买卖有丰厚的利润，一向要有官府文书才允许经营，受到朝廷的严格管制。朝廷还明文规定黄金、银子、水晶等物品进出必须征以重税，道、州、县各驿路口、码头都设卡稽查。

韦仁还想问，罗布却拉他走出古董店。韦仁问："大哥，他们的黄金是从哪里购进呢？"

罗布略一愣，笑着说："拿钱买货还问掌柜东西从何处来？兄弟真有兴致！当哥的却不想费神多想。"

两人又说了一会话，韦仁便向罗布告辞。罗布告诉韦仁自己住在岷江边的顺风客栈，让韦仁得空时去寻他，哥俩再好好喝一台酒。

韦仁点头答应。分手后，韦会见时辰尚早，便拣一条僻静的小街慢慢悠悠走动。小街上行人很少，石板地面坑坑洼洼。韦仁刚折进一条空巷，却见迎面巷口被一个人堵住。细看那人三十多岁，像个街面上的闲汉，衣衫不整，瘦长的面颊上杂乱地长着几撮胡子，目光游离躲闪，一望即知不是善类。韦仁一向勇猛胆大，又有一身武艺，料对方不是对手，故毫不躲闪，瞪着一双虎眼走过去。

那人见韦仁走近了，连忙挤出一丝媚笑，张开满是黄牙的尖嘴低声问道：

"先生还要买金吗？"

韦仁一愣，一时不明白对方所问何意，便反问道："买什么金？"

那人道："先生何必打哑谜，我已经看见了。"

韦仁警觉起来，问："你是何人？"

那人答："我是何人不要紧，要紧的是我的货比你们刚去那家店还便宜。你若买了，带回去加工成首饰卖出，保准能赚大钱！"说罢又四下张望，神情有些紧张。

韦仁这才明白，方才自己与罗布进古董店买金首饰时，被这个人盯了梢。韦仁上下打量对方，一时没弄清他的用意。

那人见韦仁没说话，以为韦仁心存怀疑，忙从袖子里取出一个沉甸甸的小布袋，打开一看，里面全是黄灿灿的沙金。

韦仁不谙此道，略一思索，故意问："这沙金可是你从别人那里偷出来的？"

那人两眼一横，几下扎紧小布袋的口子，转眼纳入袖中，恶狠狠地说："你不要便算毬！休要胡言乱语。"

韦仁见那人转身要走，因想多打探内情，忙拦住他说："大哥休要恼怒，做生意要讲究个稳慎。方才我已将身上的银子用完了，眼下无钱再买。但若你的价格便宜，货色又好，我明天可拿钱再买一些。"

那人听罢立即转怒为喜，鼓吹道："我这是真正的铜河沙金，从葫芦坝的溶洞里淘的，足色纯金。明眼人一看便知是上等货。"

韦仁试探道："你手上货多吗？"

那人摇摇头，说："采金场在溶洞中，洞口把守严紧，进出都要搜身。所采沙金必须悉数卖给王矿主，严禁私自带出铜山，哪有多的？"

韦仁问："葫芦坝一年能淘多少金？"

那人说："详情不知，上千两应是不成问题！"

韦仁假意不放心，问："这沙金好吗？"

那人说:"你放心,天和银楼的许掌柜经常暗下从王矿主手里买进沙金,买卖两方都偷漏税金,做假账,私下不知还有多少违法交易!"

韦仁问道:"你很恨王矿主和许掌柜?"

那人愤愤地说:"王矿主对人凶狠刻薄,手下养一帮泼皮恶棍,尤其是那个总管郭奎,人称化骨鳝,吃人不吐骨头,狠毒刁钻,谁都不敢惹,生怕吃他暗算。"

韦仁听得明白,约他明日中午在小巷见面。

那人应了一声,转身飞快离开了小巷。

第二十四章

韦皋从竹公溪归来，刚听康振本禀报完，就见杨忠及录事参军袁逸维过来参见。拜揖请安后，杨忠道：

"遵大人的嘱咐，我已将掌管盐务的周林，冶矿行首的王永安，纸业大户蔡荣生叫到府衙东厅等候。前两日，周林、王永安三人均外出，不在龙游城，蔡荣生的造纸坊又设在夹江和峨眉两地，故还未与韦大人谋面。他们三人尤以周林、王永安在商界有声望，既是嘉州盐业、冶矿行业的首领，也代官府管理境内盐井、冶矿区诸多事务，催交课税，查报违禁，等等。此人与各地船队、马帮、埠内埠外商人往来频繁，周旋深广，通晓嘉州商务状况。韦大人巡察嘉州，也可向他们打听这方面情况。"

韦皋点头称是。杨忠又说道：

"嘉州自古盛产优质井盐，自秦汉时期起，境内龙游、玉津、犍为等地便盐井林立。不仅由浅池发展到今日十丈以上的筒井，而且已开始以机械操作。周林家祖上几代就是经营盐业的，武德年间，高祖刚占领关中、陇右、剑南、山南等地，便沿隋制设立盐池盐井监、丞。当时嘉州的盐井数量在剑南道居首位，高祖皇帝便任命周一长为剑南盐井丞。周一长就是周林的先祖，专门负责境内所有盐井事务，显赫一时。

"上元元年，刘晏任户部侍郎后，在各大出盐地置盐官，实行盐业专卖法，将食盐由民产、官收、官运、官销改成民产、官收、商运、商销。周林出任嘉州盐官。可后来刘晏被贬，朝廷便不在州、县设专职盐官。周林退仕回家，但众人仍推选周家为盐行首领。

"蔡荣生是东汉宦官蔡伦族兄的后人，祖上本是荣耀之至，可后来却不知因冒犯了朝廷哪位显贵，只得率家人到嘉州夹江县麻柳沟一带山区隐居下来，以祖传手艺在麻柳沟用竹、木、苎麻等造纸。经不断品质改良，蔡家产的宣纸声名远扬，成为朝廷的贡纸。特别是用楮皮、桑树皮生产的皮纸最佳。据说冯承素临王羲之的《兰亭序》时，在各地选送的纸中对蔡家皮纸尤为称赞。

"王永安为人慷慨大度，铜山采矿，按开朝时的规矩，允许民间私采，向州府交纳相应比例的银子或实物，作为税收。但散户七零八碎，规模小不说，官府也不便掌控，事故频发，税赋偷漏。现将铜山开采、冶矿统一交给王永安经营管理，不但冶铜业蒸蒸日上，而且税赋从无拖欠。"

杨忠引韦皋转出后院，向东厅走去。路上韦皋冷不丁问了一句：

"杨大人，为何不见历年修建大佛的银钱收支账簿？"

韦皋知道，从开元年玄宗皇帝时，朝廷就往嘉州拨银子，用于修凿凌云山大佛。以后又不断追加，历三朝皇帝，断断续续前后六十余年。此前，韦皋还想若有人贪污银子，必定会在账上做手脚，而假账无论多巧妙，总会有蛛丝马迹。可是眼下府里没有任何账目，完全无从查起。

杨忠答曰："回大人，大历年冬，一个衙役不慎打翻取暖的火盆，引起一场大火，把存放卷牍的书库引燃了。当时一片混乱，不仅衙内人员全力泼水扑打，连城里的百姓也赶来帮忙。后来火虽然扑灭了，但书库内外却是一片狼藉，惨不忍睹。以前的档案卷牍，以及大佛修建收支账簿，在大火中几乎全部烧了。少数残缺不全的卷册，因水浸缘故也字迹模糊，难以辨认阅读。"

韦皋不由皱起眉头问："全部毁了？"

杨忠答道："是的。从那以后州衙备了几口大缸防备，州衙银钱存库簿册也完整无缺。大人尽可一一复核出纳款项，绝无半点差错。"

韦皋拧眉说道："如此重要的银钱收支簿册居然被一把火烧了！不觉太蹊跷古怪了吗？"

杨忠动了动嘴唇，一脸委屈，却没说出半句话。韦皋转念一想，毕竟事情还未弄清楚，于是缓下口气问："此事上奏过吗？"

杨忠忙答："奏了，奏了。前任西川节度使张延赏张大人为此还专门派人来龙游调查，那名引起火灾的衙役怕脱不了干系，竟悄悄逃走了，以后一直没有下落。此事花费了大量精力勘查，弄得人困马乏，筋疲力尽，直到张大人发了话才停下。"

韦皋碰了个软钉子，不好再继续追问下去。

张延赏时任西川节度使，韦皋接任后已诏令回京担任中书侍郎。俗话说新官不理旧账，何况又是自己的岳父。

在东厅等候的周林、蔡荣生、王永安远远见韦皋过来，忙上前拜揖请安。

周林老气横秋，没精打采，一副心事重重的模样，衣衫也不讲究，皱皱巴巴，衣角处还有几点污迹。王永安个子虽不高，倒显得有些气度，肥胖的身躯上一袭光鲜的绫罗，双目中隐含有傲物之态。蔡荣生厚道寡言，一问一答，不卑不亢。

韦皋向周林问及嘉州盐业的近况，以及货运、税收等情况。周林虽一一回答，却总显得有些魂不守舍。再问王永安，则见他对冶铜铸造业内情况了如指掌，谈古论今，从铸钱、铸镜、铸佛像，到皇宫中铸铜树、金花银叶等最新的铸造工艺，滔滔不绝，如数家珍。韦皋昨晚在船上已见过几位行首，今日又见了三位，对嘉州商务也有了大致了解。因担任西川节度使，统摄军政要务，对地方靖安、边境护卫更多一层担忧和考虑，故开口问道：

"嘉州尤以龙游为商贸重镇，内接长安、巴楚湘黔，外通吐蕃、南诏及南番西洋，乃西南交通之要冲，城内夷商出没，侨户也不少，不知有无越轨违法事项？"

王永安率先开口："回大人，做生意靠的是和气生财，夷商千里迢迢来嘉州，图的就是挣钱发财。依小人之见，他们大都安分守己，遵循我大唐律规，另外也喜欢我们的服饰、饮食、建筑、医药、诗文、制造业，等等，尤其是医药与诗文。为此，有夷人不远千里来龙游拜师学艺。其实龙游是开化昌明之地，不夜郎自大，墨守成规，盲目排外，个别人还以穿夷服为新异，在节日里别出心裁，化妆出游。本地商户与夷商也无隔阂，彼此和睦相处，互通有无。"

韦皋见他口齿伶俐，头脑清晰，博闻强记，内心赞许，转而问蔡荣生："不知蔡先生如何看待这些夷商？"

蔡荣生厚道一笑："鄙人长年居住夹江、峨眉两地，实属乡野村夫，在龙游停留最多的地方是青衣渡。凡是运送贡纸时，鄙人都要亲自到场仔细查看，然后钤印打包，装箱运到渡口上船。夷番不似我大唐人爱读书习文，购纸的商人不多，往来较少。"

韦皋见周林坐在那里心不在焉，方才听王永安说话时，脸上还闪过一丝不屑，正心中犯疑，打算闲暇时单独让他来衙内。正思忖着，忽听杨忠插话道：

"夷人虽非我华夏人物，风俗、信仰不同，但我泱泱大唐，世界瞩目，基业长青，万国来朝。经商贸易也于他们有利，岂会自断财路？"

韦皋又与他们说了一会话，见时辰不早，便说："初来乍到，多有打扰。各位可回去忙碌了。"

韦仁回到府衙后院西厢房，见康振本伏在桌上抄录旧卷牍，便问："韦大人呢?"

康振本没停笔,边写边答:"正与杨刺史、周林、王永安、蔡荣生等人在东厅说话。"

韦仁一口气喝下壶中凉茶,放杯子时,忽见桌上摊开放着汪县令留下的《对棋》一书,于是自言自语道:"韦大人说汪大人的死令人生疑,不知他从这遗留的书中看出了点什么?"

康振本说:"韦大人说,汪大人心细如发,看到自己感兴致的棋局,便把批语写在一张纸条上夹进那一页。你看,书里夹有好些纸条,汪县令有文字记录的习惯,可奇怪的是封存交至刑部的札记、信件却寥寥无几。听说汪县令失踪后有小偷进过他的屋子,可银钱没偷,只是乱翻了一通,特别是书籍、卷帙,似在找寻什么。韦大人疑心有人在找单据、书信或者手札之类,上面必定记录了重要的东西。"

韦仁睁大眼,一拍脑袋说:"哎呀,汪大人定将某样重要的东西藏在了秘处。"

康振本笑道:"等你想起来,早水漫山丘了!告诉你,韦大人早想到这一层,不但又将汪大人住宅仔细检查了一遍,还叫我将他墙上的山水画重新揭裱,连画轴和背面都看过,但没发现汪县令留下的只言片语。"

韦仁怅然若失,正想说什么,眼睛溜过对面的橱柜,见门上雕花镏金图案,一个激灵,开口问道:

"你知道淘金是怎么一回事?"

康振本放下笔说:"刚在说汪大人的事,怎的突然又扯到沙金上去了?"

韦仁说:"你快说说金子的事!"

康振本说:"金子大都埋在地下,那些怪石嶙峋、犬牙交错的光石头山里夹有金子。随着沧海桑田,星移斗转,云遮雾盖,坚硬的石头慢慢断裂、松动、变小。经雨水冲刷,又不断滚动、搓磨,逐渐变成一粒粒含金的沙石,顺势流往低处。采金的人便用筛子慢慢地在水里淘,金比沙重,便一点点沉到筛底。咦,怎的问起这个?"

韦仁一脸神秘,答:"今天遇到一个向我兜售沙金的人,还见一个开古董店的掌柜私下卖金饰。他很妒忌许掌柜,说杨刺史夫人是天和银楼的东家。"

康振本先是一惊,转而不信道:"恐怕是拿王夫人的大名做虎皮吓人罢了,刺史夫人怎能做生意?岂不成了官商!不过,我倒觉得那位许掌柜有些阴阳怪气,看人目光闪烁不定。"

"许掌柜看上去白净斯文,像个书生。"韦仁咧嘴一笑,又说,"龙游这个地方产沙金,以往我怎么没听说过?"

"龙游以铜和铁为主,铜河上游的葫芦坝有少许含量低的沙金。"

"可我听说每年产上千两金。"

……

两人正说得起劲,韦皋与陆勇一前一后走进来。康振本起身禀报:

"韦大人,弥勒大佛修建收支账簿所剩无几,又破损难辨,实难查核。凡能看清楚的账簿,收支款项倒也无差错。不过,我却在一本不相干的卷册中,无意翻到两张夹在一起的陈年收款凭据,起初并不当回事,可下面一行小字引起我注意。字迹与上面收款人不同,注明此款是用于凌云山修凿工匠购大米,表明属于朝廷拨出的专项银子。我细算了一番,觉得事有蹊跷。

"你看,这收款凭据上面写道:收到六十万升大米款。可不到十天,又有这么一张相同内容的收款凭据,都是米行开出的。凌云山能容多少工匠?就照一万人推算,平均每人每天要食五升大米。怎么会有如此大的食量?此外就是米价太高。京都、洛阳每斗米在十八文左右,最贱仅十三文就能买到,被称为鱼米之乡的嘉州却要二十文一斗。这账簿是一团乱麻,了无头绪。"

韦皋说:"银子付给了哪家粮行?"

康振本再次端详:"看不清,有'杜记'两字……后面的字模糊不清。"

韦皋接过一看,仅"杜记"两个字依稀能辨。沉思片刻说:"如此大的囤积量,定是家大粮行!康振本,即刻再去县衙打问一下,十年前龙游哪家粮行最大?有无一个姓杜的掌柜?"

"姓杜?"陆勇一个激灵,"昨夜从大牢里劫走的那个女嫌疑犯,不正是乌尤坝富翁杜家的媳妇吗?"

韦仁迟疑道:"天下哪有如此巧合的事?"

韦皋问:"韦仁,你今天出去有何收获?"

韦仁便将今天遇到的事情一一禀报。韦皋听罢,脸色渐渐凝重,嘱咐韦仁道:

"明天准时带上银子与那人碰头,不要惊动他,尽量探些虚实。"

韦仁点头称是,见韦皋手中捏了一封字迹娟秀的来信,忍不住问道:"叔叔,婶娘来信了?"

"她已动身来成都。"又说,"听说龙游南街每天晚上皆有夜市,交易频繁,十分热闹。今晚我们去看看,以便多知晓本地民情。"

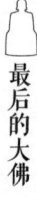

第二十五章

夜色朦胧，华灯初上。

龙游南街夜市人山人海，十分热闹。街道两边各色货摊一个挨一个，白昼般的灯光下，玩的、用的、吃的、穿的一应俱全。

"米花糖、油果子、丝丝糕、芝麻糕、串串鸡、牛肉饼、叶儿粑、三合泥、豆腐脑……"叫卖声不绝于耳，烤、炸、煎的诱人香味飘浮在街头。

韦皋身穿湖蓝色的丝袍，像个游山玩水的儒雅文人。韦仁、陆勇两人也青纱皂帻，跟随着韦皋，慢慢在南街夜市上转悠。

韦皋停留在一个摊前，选中了一柄精致小巧的楠竹镂空花折扇，下面吊着绿丝线流苏，还有一个圆形白釉印泥盒，外面有一个蓝底黄花的锦缎盒。韦皋让摊主一一包好，扎上红色丝带，打算回成都后送给薛涛。薛涛年纪虽小，却聪明伶俐，善解人意，温柔体贴，韦皋对她的赞赏和爱慕中，既有情人的眷恋又带父亲的娇宠。但这一切韦皋都隐藏在心中，就像对待一件精美的瓷器，生怕稍不留神碰碎了。

韦仁、陆勇在街角看了一回耍猴戏，转头看见王福和王海棠在对面忙得满头大汗。摊上琳琅满目摆着萝卜丝夹豆腐干串、卤豆腐干、油炸豆腐干，以及热气腾腾的豆腐脑。几个妇人围在摊前舔嘴咂舌，吃得津津有味。海棠抬头见韦仁走来，不觉大喜，忙抓了一把刚炸好的豆腐干串递过去请他品尝。王福擦擦头上的汗，凑近韦仁低声央求道："大哥，小的想跟你们一起干，求你在韦大人面前说说。"

韦仁调侃道："你不想赚钱了？生意好得让人眼红。"

王福说："小人更愿当捕快！这些是婆娘干的活。"

陆勇从旁边摊上买了烤鱼、卤肉过来，催促韦仁离开，韦仁答应帮他给韦大人说一说。两人跟在韦皋后面，边走边吃，十分惬意。

离开夜市向东走了一阵，韦皋抬头见前方城墙边出现一座高大巍峨的宫殿，飞檐映月，铃镝悬挂，琉璃瓦银光闪耀，十分引人注目，不由趋步走近，见大门颜额上雕刻着三个龙飞凤舞的烫金大字：九龙祠。

九龙祠门外卖香烛纸钱的人已回家。唯石阶前一个问卦占卜的课摊没动，月光照射下，一位瞎子老人面无表情地坐在摊前，一双间或一眨的盲眼闪动着白光。陆勇见瞎子衣衫破旧，甚为可怜，便拿出几枚铜钱走过去放在瞎子摊上。

韦皋沿着高高的石阶走进九龙祠，见四丈余高的殿堂气势恢宏，殿堂外苍松翠柏环绕。韦皋先在一块巨大的石碑前停下阅读，韦仁忙擎起灯笼照亮。读到后来，韦皋忍不住笑出声来，韦仁忙问：

"叔叔，你笑什么？"

韦皋笑道："这碑文撰得有趣。这座九龙祠是为纪念隋朝炀帝时嘉州太守赵昱而建。赵昱是峨眉人，从小喜欢黄老之术，十六岁出家到青城山拜师学道。隋大业六年，二十六岁时担任嘉州太守。刚上任就遇到老蛟在祠下岷江九龙滩中兴风作浪，雷电交加，洪水泛滥，百姓危在旦夕。赵昱立即率兵士千人，又招募精壮男子一万余，在岷江两岸擂鼓吹号，大声疾呼，惊扰老蛟。随后，赵昱奋不顾身跃入汹涌波涛之中，挥剑与老蛟恶斗。顷刻，只听江中吼声如雷，两岸礁石碎裂，满江血水翻腾。最后赵昱左手执蛟首，右手持利剑，奋波而出，龙游水患退去。此后，赵昱在嘉州为官数载，颇得民心。直至隋末天下大乱，赵昱弃官隐于峨眉山，不知所终。嘉州人为怀念这位斩蛟治水天神，在岷江九龙滩前兴建九龙祠。"

韦仁问："赵太守为何要出家？"

韦皋答："人各有志，他对道家修炼之事远甚于当嘉州太守，是个不愿受官场拘束的潇洒人物。龙游三面临江，抗洪护城是父母官的大事。如此看来，赵太守是个治水英雄，为当地百姓办了好事，故百姓将他仰作父母，十分尊敬，将他当作神人。"

说话间，陆勇走进来。韦仁低声问：

"为何耽误好一阵？"

陆勇说："那瞎子收了钱，一定要为我们三人算一卦。"

韦仁来了兴致，问："他说了些什么？"

陆勇道："瞎子说你有双妻之格，将来会娶两个女人回家，子嗣兴旺。"

韦仁忍不住笑起来，问："好呀，那你呢？"

陆勇说："瞎子摸了我的头骨和手，半晌不吭声，追问之下才开口，说我福不长久，将来会死于暗箭之下。"

韦仁眉头一皱，气愤地说："呸，胡说八道！你千万别信。"

陆勇眉宇间流露出一丝伤感，没有答话。

韦仁没注意到陆勇的表情，追问道："韦大人呢？"

陆勇小声说:"瞎子说,韦大人会一辈子留在蜀地。"

韦仁眼睛一瞪,说:"又是胡说!我从不相信算命这一套,韦大人怎么一辈子守在蜀地?过几年终是要返回京城任更高的职位。走,别信他!"

三人在清静的院内走了一圈,推开殿门,正中央塑有一尊赵昱挥剑斩蛟的石雕像,下方长条供桌上呈着几碟时鲜水果和点心。左右墙上一幅幅相连的壁画讲述赵昱的生平故事,从幼年随父学医,到青城拜师习剑,再跃马扬鞭岷江,至躬身归隐山野,笔触细腻生动,色彩鲜艳明快,韦皋看罢不禁啧啧称赞。随后,三人沿木梯走上五层楼的顶端,凭栏远眺,但见岷江沿岸樯帆相连,朦胧处黑黝黝的轮廓与天水浑然一体。俯瞰楼下,见幽暗的祠内阒寂无人,江风呼呼,镝铃叮当。

韦皋走到大门口,忽听门外问卦占卜课摊前有个耳熟的声音。出门一看,竟是下午在府衙见过的退仕盐官周林。盲眼算命先生正低声与周林说什么,周林不断唉声叹气。

韦皋示意韦仁、陆勇原地不动,自己慢慢走过去,开口道:

"周先生有什么烦心事来此求算命先生指点迷津?"

周林抬头见是韦皋,顿时十分慌乱,失声叫道:"韦大人。"接下来却手足无措,不知该再说什么。

韦皋说:"周先生,白天在府衙我见你神思恍惚,心不在焉,便想让你抽空到衙内走一趟,单独谈谈。今晚碰巧遇上了,便可随意聊一聊。前面来的路上有个茶铺,十分清静,我们到那里喝盅茶,如何?"

周林不好拒绝,只得随韦皋去了茶铺。韦仁、陆勇互相望一眼,知道韦皋今晚必是又搭进去了,只得跟在后面也进了茶铺,另选了一张桌子坐下。

茶博士端上两盅绿茶,韦皋问:

"周先生有何烦心事?讲出来本使也许能帮助排解。另外,你久在盐行,精通其中命脉关钥所在,我还有不少问题要向你请教。"

周林叹了一口气说:"韦大人一望而知气体清正,乃坦荡君子。大人既已问及,小人也不想隐瞒,说出来倒望韦大人帮忙拿个主意,省得整日心烦,寝食难安。唉,小人在为女儿的婚事发愁。先说小女柳菌,今年十七岁,婆家已两次托人言说该操办婚事了,可我一直拖着……"

韦皋见他欲言又止,追问:"你既早订了婆家,为何不嫁女儿?莫不是嫌别人家穷想毁约?"

周林委屈地望着韦皋,开口道:"韦大人,你把我看成什么人了?!那男子却是龙游城有名的大盐商熊明伦的小儿子。家财万贯,富得流油。"

"熊明伦。"韦皋重复道，想起昨夜在游船上见过此人。问：

"他儿子行止恶劣，或有残疾，抑或重病在身？"

周林摇摇头，苦笑一下答："这，倒没有。"

韦皋疑惑不解："那就奇怪了！这些都不是，为何想毁约退婚？"

周林看了看左右，低声说："熊明伦照此下去会出事！我担心小女嫁过去将来受连累，故想毁约。但贱内不允，说早纳了熊家的彩礼，又批了八字，换了庚帖，只等择了吉日嫁过去，哪能好端端的翻脸悔约？贱内在我面前哭闹不说，又到柳菌和她哥哥柳云面前嘀咕。柳菌不谙世事，只是一味哭泣。柳云则坚决反对毁约退婚，贱内又极其宠爱女儿，也跟着哭天抹泪，闹得鸡犬不宁。尤其是柳云，还说我当不了官，发不了财，就是因为胆小怕事，树叶落下都怕砸破了头。唉……"

韦皋略有惊诧，问道："你为什么说熊明伦会出事？"

周林答："唉，俗话说，久走夜路要遇鬼，熊明伦就爱走夜路。"

韦皋问："我看他甚是精明，生意做得不错。他在干什么冒险买卖？"

周林答："其实，熊明伦年轻时是个很不错的人，头脑也灵活。最初他只是盐井上一个普通的脚夫，整日赤胳膊露腿辛勤劳动。别的脚夫挣了钱，常聚在一起喝酒、赌牌或逛妓院，他却不与那些人为伍，把钱一点点积攒起来，然后到最好的官井上买卤水煮盐，再卖给官府收购。熊明伦很早便在这些地方显出与众不同。当时大多数人为图便宜，都到私井上买卤水。其实私井大都含盐量少，有时井主还偷偷往卤水里掺白水，这私井的卤水怎能与官井相比？

"几年后熊明伦终于有了第一口小盐井，他除了细心琢磨盐井的事，还拜了一位私塾先生。这让我对他刮目相看！果然，后来他凭借自己的能耐，从一名脚夫成为一个小盐商。我当初在嘉州任盐井丞，与大小盐井主接触频繁，觉得他是个难得的人才，不时与他聊聊，觉得很投缘。这也是我当初应允小女柳菌与他小儿子熊旺定亲的缘由。

"上元元年刘晏任户部侍郎，充度支、铸钱、盐铁使，改革食盐产销。由民产、官收、官运、官销，改为民产、官收、商运、商销。这样因减少了官设机构，疏通了交易渠道，增加了朝廷的收入。同时一些商人也从变革中窥到了发财的机会，及时进入食盐销售行业，熊明伦便是其中一个。

"熊明伦第一个在龙游建立民间食盐贸易行，将产、运、销融为一体。当时刚由官销改商销，很多商家不摸底，持币观望，不敢贸然进入。官府为鼓励商家经营，对食盐贸易实行低税率，仅百分之二，边远山区更低，甚至免税。熊明伦占尽先机，等别的商家明白过来想进入时，他的销售商铺早已遍布各地。销盐比熬盐更赚钱，盐井一直是官府监督，根据产量制定税额，逐月收取，无法逃税免税。府衙还规定不能以实物代税，只能以银或以钱，白银一两与铜钱二百文相当，按此比例课税。

"熊明伦通过销盐很快富起来。但因井上产盐由盐井丞监控、收购，故即使发财也是老天垂爱，财神爷眷顾。"

韦皋这时忽然对周林与熊明伦来了兴致，问："既是朝廷给的恩惠，熊明伦聚了许多钱财也无可指责。"

周林道："韦大人有所不知。说句斗胆犯上的话，韦大人千万别降罪，否则，鄙人宁可让它烂在肚子里！"

韦皋说："今晚是闲聊家常，你尽可放心，不必忌讳。"

周林又叹口气："鄙人一辈子在盐业里行走，能从盐粒里觑出世道变迁。鄙人觉得自刘晏被赐死后，朝廷的盐政就逐渐变糟了。大人你看，如今盐价比建中元年每斗增一百文，这个价还只是榷价，未包含盐商的加价和转售等诸多因素。到了缺盐区卖多少文，全由盐商定。"

韦皋听罢，不由惊出一身冷汗。刘晏从宰相贬为忠州刺史后，杨炎禀报德宗皇帝，说刘晏与叛军头目朱泚有染，于是皇上下令赐死刘晏。盐价上涨也是皇上诏令，是为了筹措平剿河朔四镇之乱的经费。此刻，韦皋方知这个看上去不起眼的周林，却是个胆大包天的人物，敢对当今皇上发异论！韦皋因有言在先，所以没开口斥责他。刘晏是个理财高手，这一点韦皋心知肚明。安史之乱后，朝廷财政处于特别困难时期，刘晏大胆在漕运、租庸、盐铁等方面推行改革，因成果卓著而名满朝野。

韦皋说："涨价的又不仅仅是食盐，粮食、绢麻等也都在其中。"

周林说："症结却在盐价涨幅最大。起初定榷价是低价从盐主手中收来，加税赋后涨价卖给百姓，但如今算来提高了榷价，朝廷获利并不多，大量的钱流入个别胆大妄为的盐商腰包。盐主隐报产量，官府收盐量减少，盐商又直接从盐主手上买来，买卖双方都可逃税，然后盐商囤积居奇，操纵市场盐价。熊明伦这些年正是用这种方式，一跃成为嘉州屈指可数的首富。钱有了，人也变了，为了谋利不择手段，而且越做越胆大。熊明伦从小家境穷困，没机会读书求功名，把希望寄托在小儿子身上。熊旺原本在读书，并有了秀才的名，可如今也丢了书本跟着他父亲一起投机钻营。如此下去，迟早会被官府治罪，弄不好万贯家财一夜丧尽。我不愿柳菌将来受罪，贱内一个妇道人家，目光短浅，哪里看得透这一层？"

韦皋略微一惊,问:"熊明伦贩卖私盐,州、县两级官府没有治他吗?"

周林说:"熊明伦如今是嘉州的盐业行首,四方关系深广,谁能奈他何?但我清楚,他盐井上的产量早增加了一倍以上。"

韦皋问:"官府没人对此产生疑虑?"

周林面带愧色,答:"有,前任汪县令就曾向我问起,可我没敢细说,因我儿子柳云也在做盐生意,我怕说了反让别人生疑,觉得我是妒忌眼红。可没想到汪县令这个严谨古板的人,后来却竟因钓鱼溺水而死,告示贴在县衙门外八字墙上,还落一些人讪笑,说他拿了朝廷的俸银去玩耍,不务正业,死不足惜。"

韦皋问:"汪县令与谁过从甚密?"

周林迟疑一下,答:"这个,小人不清楚。"

韦皋问:"汪县令除了盐务之外还向你问过什么?"

周林思索了一会儿,答:"他曾问起王永安铜山矿上的事。"

韦皋追问道:"汪县令问了些什么?"

周林答:"他向我打听王永安的货船行走的情况。不过也怪,原来王永安的货全是常士杰在运,以后改由他自己的船运。其实这样成本反而增大了,因为回程没揽货,放空走不合算。不知王永安怎么想的。他本是很精明的人,断不会做蚀本生意。"

韦皋沉默片刻,又问:"你知道汪县令平日有何嗜好?"

周林想了想说:"汪大人持身清正,少言寡语,对弈棋似乎很上心。那日我到内衙去拜见他,见他一人对着棋谱发呆,唤了几声才回过神来。"

韦皋对此并不意外,因为他已看过汪县令在《对棋》中写下的批注,知道他对此颇有心得。如今他对汪县令的死因更是大为疑心。周林向韦皋讲述一番后,心情轻松了许多,见天色不早,起身向韦皋深深一揖,然后告辞离去。

韦皋一行从南街返回府衙,穿过夜市时,依旧十分热闹。在拥挤的人群中,韦仁忽然发现有一个人在注视他们。那人身材颀长,皮肤白皙,着一身黑色衣裤,一顶黑帽戴得很低。

韦仁觉得那双眼睛有些熟悉,心中纳闷。这时忽然有两顶小轿吆喝而过,韦仁再望过去,方才那个黑衣人却一下子没了踪影。

"这龙游夜市恐与京城一样延续到深夜。"韦皋说道。

忽见韦仁神色迷惑地站在路边,东张西望,问道:"韦仁,在看什么?"

韦仁答:"好像有人女扮男装,一直在偷视我们,可转眼又不见了。"

韦皋四处看看，笑着说："不要疑神疑鬼，再说女扮男装在京城也是常事。你少年英俊，仪表堂堂，有女人偷看也在情理之中。"

说罢，与陆勇笑起来。韦仁急忙分辩道："那女子有些眼熟，故有几分疑惑。"

韦皋收敛了笑容，看着韦仁。

韦仁突然一拍脑门，叫道：

"哎呀！想起来了，那身形和眼睛就像昨晚打羯鼓的女子！"

第二十六章

韦皋刚到府衙后院，便见陈兴德迎上前来。

陈兴德上前请安。韦皋笑道："不必客套，屋里坐。你我少年朋友，却总是聚少散多，若不是成都意外相遇，如今仍不知你在何方。我初到成都上任，人地两生，加之公务繁忙，没时间与你多叙谈，便匆匆派你到龙游走马上任。我是羁绊在身，难得清闲片刻。听说你夫人和儿子都到了龙游，哪天寻个空隙让他们过来见一见。"

陈兴德动容道："大人公务如此繁忙，还牵挂着下官家眷，感激不尽！"

韦皋略停一下，感叹道："今番相聚，本指望可重温儿时旧梦，叙叙家常，但眼下看来又无机会了。"

陈兴德也颇有些感慨，点点头望着韦皋，不由得想起小玉。不过，他已不再埋怨韦皋，只觉得小玉命薄无福。

韦皋呷了一口刚沏的热茶，说道："陈县令，龙游民情如何？"

陈兴德禀道："韦大人，龙游三江汇流，水陆便利，故商贾云集，十分繁华。城里有不少外乡人，经商贩货的夷人也很多。夷商喜欢将兽皮、鹿茸、麝香、虫草等贵重药材带到这里交易，又将食盐、茶叶、丝麻、宣纸、瓷器等贩运回去赚钱。每天交易繁忙，尤以春、秋两季为甚，天天夜市，热闹无比。

"龙游是个富庶之地，这里的人多讲究吃、穿。中原男人通常不近锅灶，可这里的男人却把烹饪当作一种享受，格外用心，乐此不疲。百姓家来客，往往男主人都要上灶弄几样好菜，除了表示好客，还有出招比试之意。

"当地人喜欢玩，秉烛夜游，凭栏吹箫，吟诗作画，对歌弈棋司空见惯。除了玩雀牌之外，更乐意玩一种细长条的纸牌，当地人称二七十，花样变幻比雀牌还多。若遇新春、端午、中秋等佳节，人们更是通宵达旦玩耍。再有就是嫖，最有名的地方是平羌驿的离尘苑，远近闻名的销金窟，纸醉金迷，一刻千金。不少富翁、公子哥儿几夜间便一贫如洗，被赶了出来。

"地方靖安尚无碍。棘手案子仅一桩，就是乌尤坝董氏诉讼案。"

韦皋点点头，脸上没有表情。

陈兴德接着将昨夜潘素梅逃走，以及他们去平羌驿搜查潘家的经过讲完。

"下官一直没琢磨透，潘素梅是被何人劫走？这个家境贫贱的船家女究竟知晓些什么，以致有人竟敢冒杀头风险将她弄出大牢？唉，糟糕的是那个女典狱在牢里什么都没招，还大喊冤枉。又查不出她与潘素梅有任何瓜葛。"

韦皋沉默了一会，缓缓说道："那个女典狱也许真是冤枉。"

陈兴德一惊，忙问："大人，此话怎讲？"

韦皋慢慢地呷了一口茶，说："你想，那女典狱在县衙守牢多年，焉能不知后果？据你所言，牢头进去后才将她摇醒，就是说劫狱之时从头至尾她都在沉睡。醒来后又像患重病一般，恍恍惚惚，与平时判若两人。我思忖这女典狱莫非中了贼人下的蒙汗药。昔日我在陇州也曾遇相似案子，开始一直没找到原因，直到犯人归案自己招供，才恍然大悟。你快让人到女牢值房里去仔细搜查，也许还能找到疑点。"

陈兴德大悟，开口道："哎呀，下官怎么就没想到这一层？昨晚曾见值房里地上有一只摔碎的茶杯，还以为是周仁翠睡觉时碰翻的。如此想来，是有些蹊跷。"

说罢，陈兴德立即嘱张伍去大牢查看。

韦皋话头一转，对陈兴德说："龙游的商贸如何？夷商的状况如何？"

陈兴德问："韦大人，莫非边境有异，需对吐蕃与南诏人多加留心？"

韦皋压低嗓音答："对吐蕃与南诏固然要多加留心。不过，我这次来明里是巡视嘉州地方靖安和贸易，实则是奉皇上密旨，调查修凿凌云山大佛的银钱漏洞。"

"银钱漏洞？"韦仁、陆勇不由异口同声惊叹道。康振本因为查过账簿，心中稍有准备，故没像他们两人那样惊讶，但也有些意外。

韦皋说："凌云山大佛开凿时，正逢我大唐开元盛世，朝廷库银充实，因此给嘉州拨了很多钱。前期的账目且不说，代宗皇帝病重时又拨了一大笔银子，但修凿之事至今仍没完。钱到哪里去了？有人密报，不少银子暗中流向吐蕃。德宗皇帝闻讯十分震怒，决意要以此开刀，查肃贪官，整顿吏治。"

陈兴德说："皇上不是下诏修葺寺观么？"

韦皋答："是的，皇上认为释道二教能福利群众，馆宇经行，必资严诘，州府寺观不得宿客居住，屋宇破坏，各随事修葺。本使入蜀后对现有寺院作了一番调查，中小寺院各州县及时培修即可。但是凌云山大佛乃天下第一大佛，非县、州、道力所能及，如今边患不断，朝廷军饷开支巨大，恐一时难以拨钱。至于何时动工续修，则要待调查之后再作定夺。"

几个人听罢，又生出许多担忧，怕不能胜任如此重担。

韦皋面色凝重，又说："此事你们千万不要对外吐露。我们在明处，对手在暗处，稍不留神，或许就会断了线索，耽误大事。你们定要全力协助我查出贪官，追回银子，奏报皇上。"

几人口中答应，心潮起伏，只觉得坐立不安。

陈兴德问："此事杨大人知晓吗？"

韦皋眼中掠过一丝难以捉摸的神色，说："眼下不知，也不可告知，更不可让另外人知晓！眼下仅你们四人知我此行真意，我们必得谨慎行事。面上的公务要应付，暗下加紧调查。龙游表面风平浪静，实则暗流汹涌。前三位县令都一一出事，绝非偶然。据我推测第一任李维是因暗中查访凌云山大佛修凿款项漏洞，引起奸人恐惧，故设美人计让他身陷其中，给人留下过食壮阳药而死的假象；第二任冯谦来龙游后探知这一内幕，但胆小怕事，故借酒发疯远离是非之地；第三任汪县令也定是发现了重要线索才招致不测。你们怕了吗？"

"不怕！"众人异口同声。

陈兴德更是硬邦邦地答："卑职是大人从牢里救出的，算是死过一次了，还有什么可怕？"

韦皋点点头，用眼睛打量一番几个属下，意味深长地说：

"当年刘备降贵纡尊，不辞辛劳，三顾茅庐请诸葛亮出山，为什么？就是为了治理蜀地！诸葛亮感刘备的知遇之恩，不负王命，鞠躬尽瘁，死而后已，蜀地百姓交口称赞，万人景仰，祠庙供奉，名垂青史。蜀中不乏人才，我为何特别器重各位？因为各位均是大才，故让各位协助我治理蜀地。眼下你等暂在我身边，将来则会外放到各州县，专擅一方，宣威教化，守土安民。

"陈兴德，你已身为县令，这一县父母官担子不轻！县衙是大唐中央的基石，上接圣旨，下达民意，至关重要。一个好县令会给一方百姓带来福泽，是百姓的大幸。韦仁、陆勇、康振本将来也要独自肩负朝廷重任。无论是当下还是往后，我对你们的要求只有一个：尽责尽忠。倘若以后你们当中有谁贪赃枉法、以权谋私、鱼肉百姓，我决不姑息迁就、包庇袒护，还会罪加一等、严厉惩罚。各位切记！切记！"

韦皋的话恩威并重，字字打在人心上，听者无不动容。四人一起站立，神情肃穆，对韦皋表白道：

"韦大人，我定会做一个正直廉明的好官。"

"绝不会给你丢脸！"

"你放心吧！"

……

韦皋露出一丝笑意："好！"又说，"我们又回到方才所议的案子上。如今难从账簿上发现问题，因为账簿几乎全毁。为毁账不惜引火烧房，制造假象，掩人耳目，手段阴辣啊！如今，我们只能多寻找一些当年参与修凿大佛的人，打探情况。若要人不知，除非己莫为。做过的事，哪能不留下一丝半点痕迹？对了，陈县令，查到那个杜记粮行在哪里，又是何人所开的吗？"

陈兴德答："下官正要禀报此事。我查了县衙当年的档案卷帙，在册的杜记粮行只有两家。一家买卖很小，如今仍旧在城东，是一对老夫妇开的，买主多是左邻右舍的居民。另一家就是杜祥发、杜祥仲兄弟俩开的，专做大宗粮食买卖。这杜祥发的妻子便是整天四处告状的董氏，她的媳妇就是昨夜被劫出大牢的潘素梅！"

韦皋听罢，顿时精神为之一振，示意他快往下讲。

陈兴德接着说："另外，我还听说县衙常平仓贮存的粮食，每隔两年要更换一次，过去这桩买卖是由杜记在做。先将陈粮贱价卖给杜记粮行，然后又以市价从他那里再买进新粮入仓储存。每次进出量均在三千石以上。不过，杜祥发死后，他弟弟杜祥仲与嫂子分了家，接着带全家离开乌尤坝，这个杜记粮行也就关门歇了生意。设在码头的货仓也卖给别人，以后改建成船坞。如今杜家仅余下这个神志不太清醒的寡妇董氏，住在乌尤坝一幢空荡荡的大宅子里。对当年生意上的事一问三不知。"

韦皋微皱眉头："又是这家人？真是有点离奇古怪！杜祥发死前是干什么的？"

陈兴德答："曾是户部一员小吏，后来离开京城返回故里。"

韦皋稍稍一愣，问道："杜祥发在户部干过？"

于是陈兴德将他打探来的全部情况一一禀告韦皋，最后说："下官在审理董氏一案时发现几个费解之处。杀人总有缘由，若为劫财，杜家里外连一枚绣花针都没丢失；若为劫色，我到平羌驿打听过，潘素梅是个守规矩的本分姑娘，杜宝山死后她并未回娘家，仍旧与婆婆董氏住在一起。既不是为财，也不是为情，那么杀杜宝山究竟是为什么？下官百思不得其解。"

韦皋从袖子里拿出一样东西说："这是我在竹公祠废宅里捡的银簪，你拿去让潘素梅的母亲和董氏都辨认一下，看是不是潘素梅的东西。海捕文书已经发了，如今再拟一张文告，让县衙书吏抄几十份，到城内外四处张贴。凡报线索者赏银十两，抓到疑犯赏银百两。命城门、水关的守卒留意盘查，市井酒楼等热闹处也不要放过。潘素梅刚受鞭答，这两天缓不过来，应不会跑远。"

陈兴德答道："是。"

韦皋问："杜家当下有无仇家？过去与人有无宿怨？"

陈兴德答："我问过董氏，她说没有。族长也说她没撒谎，只是分家时与小叔子杜祥仲闹得不和。"

韦皋略停顿一下，说："也许杀人者另有目的。不要把疑点仅停留在一人身上，你尽快抽时间再去一趟乌尤坝，找董氏家的佃户及周围的邻居打探一番，兴许能发现一些蛛丝马迹。

"此外，王永安这人定有情况，如今铜山采矿冶矿由他总摄。今天韦仁在城里打探，不但发现有店铺私下里鬻卖大宗金银饰品，还有人向他兜售铜河沙金。"

陈兴德说："王永安是个能说会道、眼观六路、耳听八方的人物，很有手段打通各路关节，与杨大人关系也十分密切。嘉州冶矿最大的地方便是铜山镇，从汉代起就开始冶铜、炼铁。唐初铜山虽由官府直接监理掌控，但允许百姓私采、私冶转卖官府。官府按制收取货币或实物税，这个规矩已延续多年。

"几年前，铜山发生大滑坡，砸死砸伤二十多个矿户。一时铜山镇哭声震天，哀鸿遍野。杨刺史亲自率人前去安抚、赈灾。事后查明，铜山滑坡是由于长期私挖乱采所致。于是杨大人便决定让最大的矿户王永安统摄管理矿区所有事务，何处采、何处卖、何处炼，全凭王永安做主。最初一些矿户不服，终因有杨大人撑腰，而只好对王永安低头让步。再后来，他又花钱雇了数十个膀大腰圆的壮汉，整日在矿区内巡游。发现有险情及时处理，若有人私采乱挖，或有歹人寻衅滋事，立即抓起来交给官府。故这两年连游民、闲汉也很少往矿区跑，山上也再没出过大事故。

"王永安由此肥上添膘，富得流油，成为嘉州首富之一。他与船帮首领常士杰是亲家，常士杰的小儿子常蟠，娶了王永安的女儿王月娥。不过听说常蟠在凌云寺被吓疯癫，如今已成废人。"

韦皋问："铜山何时发现金矿？"

陈兴德答："原来只有铜、铁和煤炭。后来有人在葫芦坝山麓的溶洞中捕泉水鱼，意外发现了沙金。"

韦皋肚里只称新鲜，不觉问道："何为泉水鱼？"

陈兴德说："葫芦坝山麓多溶洞，有的洞泉终年流水不断，积水为潭。水中有种小鱼，长不过五六寸，春夏出洞逍遥，秋冬蟹居洞中，少刺而多肉，细嫩如膏，美味无比，故称'泉水鱼'，常有人秋冬弄舟进洞捕之。有一年春天，碰上百年不遇的大旱，水位下降，露出大片沙滩，捕鱼的人意外发现了沙金。不过因为含金量很少，产量又低，故也委托王永安代官府收购。

"前段时间有人禀告，说王永安的手下昼夜在山上冶铜，但是他上交的铜锭与往年一样，并没增加。我问他怎么回事，他说在铸一尊大鼎，准备送到京城献给皇家寺院，故不能熄火，昼夜不停。下官派人到铜山采冶场去看过，没发现任何可疑之处，因此暂没有惊动他。"

韦皋说："嗯，静水流深。明天杨忠邀我去游乌尤寺，陈县令你接着去查与杜记有关的所有枝节，私下多查一查王永安。他报的产量与实际产量有多大差别？差额到哪里去了？韦仁去见那卖沙金的人，也可去找罗布，打探一点吐蕃在龙游贸易的概况。康振本去那些乞丐、闲汉出没的地方走一趟，最好能找到外号'一盏灯'的乞丐首领。一来摸一下肖二的情况，当初正是他出面作证，称汪县令钓鱼不慎溺水而死，草率结案上报。二来打听汪县令在龙游有无交往较深的朋友，他的死因令人生疑，看看是否另有其他原因。总之，各位见机行事，从容图谋，万不可操之过急，小心谨慎为佳。"

众人点头称是。韦皋又立马修书一封，盖了印玺，叫陆勇送到驿站传递到京城。韦皋要查杜祥发在户部的情况与辞职返家的原因，以及相关的所有案卷。

陈兴德心中疑云翻卷，上任以来遇到的这一桩案子，看起来普通无奇，却随着查访深入，牵出了许多他不曾预料到的人和事。此案非但未结，如今看来还与韦皋奉旨查办的贪污案有关。龙游看上去百业兴盛，地方靖安，钱谷兵赋顺畅，官民也无壅隔，翻看以前衙里所存的卷宗，也无多少要紧的案子诉讼。至此，他有些明白韦皋所说静水流深的含义了。

街上传来敲二更梆子声，张伍急匆匆地进来禀报："大人，女牢值房的碎茶杯里发现少量蒙汗药。"

陈兴德惊奇不已："佩服！韦大人，你怎么会一下子就料到了？嗨，下官差点造成一桩冤案。"

韦皋得意地微笑一下，端起茶杯没说话。

第二十七章

　　一个乞丐蓬头垢面，衣衫破烂，腰系麻绳，足蹬草鞋，斜靠在龙游西街转角处。这乞丐正是康振本扮的。

　　康振本扮乞丐早是轻车熟路。他十二岁时，父母染病过世，他就被邻人送到庙中，与庙里游方和尚外出托钵乞食。后来，他浪迹江湖，陆陆续续做过店堂伙计、锁匠、泥水匠、装裱匠、账房等许多行业。在跟随韦皋前，他都是四处漂泊，但也由此学了不少本事。

　　康振本见路边坐了几个乞丐，想过去搭讪。可这些乞丐见来了一个外乡乞丐抢食，故白眼相加，哪肯与他搭话？康振本乞过食，懂得乞丐闲汉的心思，也不气恼，便到街头巷尾转悠去了。

　　突然，一个十一二岁模样，衣衫褴褛的小乞丐从一间包子铺飞奔而出，两手各抓了一个热包子，后面追上来一个腆着大肚子的肥胖男，边跑边骂道："狗日的小杂种，又偷老子的包子！打扁你！"眼见就要追到小乞丐，康振本迎上前，轻轻伸脚一绊，胖子"啊！"大叫一声，重重跌了个狗吃屎。等他头昏眼花地爬起来，哪里还有小乞丐踪影？胖子气得大骂不止。

　　康振本心中有事，不与他计较，三步并作两步离开。刚转过弯，忽感到衣角被人拽了一下，回头看，正是方才那个小乞丐。

　　小乞丐一笑，将一个包子递给康振本，自己则狼吞虎咽咬手中的另一个包子。康振本见他又黑又瘦，两只眼睛却机灵有神，便问道：

　　"小弟弟，你叫什么名字？"

　　小乞丐口中正烫，"呼，呼"不断哈气，含混不清地答道："我叫毛弟。不过大家都叫我小叫花子……"

　　康振本伸手去抚摩了一下毛弟的头，却没有说话。

　　"大哥，咋不吃？香得很，是鸡汁肉馅包。我忍不住才去抓了两个。"毛弟说话间，已吃完手中包子，还意犹未尽地不断用舌头舔手上的油汁。

　　康振本把包子递给他说："毛弟你吃，大哥刚吃过，此刻仍觉得肚子胀。"

　　毛弟有点不好意思，接过包子立马大口吃起来，鸡汁顺着嘴角不断往下

淌。吃了一半,忽然抬头睁眼问道:

"耶,大哥,你是刚从外乡来吧?"

"毛弟如何知道我刚从外乡来?"康振本笑了笑,反问道。

毛弟答:"因为我没见过你呀!城里乞讨的人我全都认识。"

康振本从腰间拿出十个铜钱给毛弟,毛弟摇摇头说:"毛弟哪敢如此贪?大哥已经帮了我,不然定被那肥猪饱打一顿。大哥救了我,毛弟日后自当图报!"

康振本见毛弟小小年纪满口江湖义气,像个小大人一般,忍不住笑起来,说:"毛弟,我刚来龙游,要见龙游丐户首领万山,你能带我去么?"

毛弟问:"你要去见一盏灯?"

"万山叫'一盏灯'?"康振本不解地问道。

"他只有一只眼、一条腿,别人就叫他'一盏灯'。听说他原是个军士,在凌云山监造大佛时滚下崖摔残废了,他不想回老家,就在龙游讨饭吃。他很凶,我们讨的钱都要交给他。他自己并不出去讨食,总是坐在玉皇观后面的偏殿里掷飞刀。"

康振本见天色不早,估计乞丐都离开了睡觉的窝,就让毛弟带自己去玉皇观。

玉皇观原来很热闹,有十多个道人。可是有一天,经常服食金丹的道长暴死在炼丹炉前,众道人怕官府追究,便各自散去。玉皇观从此骤然冷清,后来竟慢慢成了龙游城乞丐的聚集之地。

临走近玉皇观,毛弟露出一丝惧色,让康振本独自进去。

玉皇观破旧不堪,山门用铁钉钉上木条封死,重歇山檐上长出许多杂草,左右两侧各一排木棚摇摇欲坠。山门右侧土墙有个豁口,早被脚步踏成出入的大门。

康振本穿过豁口走进去,见大殿门窗脱落,四壁黯黑,正中玉皇大帝塑像缺胳膊少腿,面目污黑,浑身斑驳。座前供桌上烛台法器早已荡然无存,杂乱地堆放着锅盆碗盏和吃剩的食物,苍蝇在四周飞来飞去。拐进后殿,门槛上坐着一个面目怪异的侏儒,用一根木棒挡路,昂头尖声叫道:

"有生人来了!"

康振本从腰里拿出二枚铜钱给侏儒,侏儒放下木棍,咧开一口黑牙的大嘴怪笑一声,样子十分滑稽。

"一盏灯"虽已残肢,但身躯魁梧,一脸冷峻,正不断往梁柱上掷飞刀,蜂窝状的梁柱上插着十几柄尖刀。

康振本走近了,"一盏灯"并不理会,一双贼眼滴溜溜地朝康振本转了两转,又接着摆弄飞刀。这时一只苍蝇"嗡嗡"飞来,只见一道寒光闪过,苍蝇被刀尖钉在窗棂上。康振本大声喝彩,接着又从腰里取出一串钱,恭敬放在"一盏灯"面前。"一盏灯"见了钱,立即缓和脸色问道:

"兄弟想在龙游码头上混饭吃?"

康振本稽首道:"拜见土地爷,兄弟并不想与大哥抢饭吃。家乡遭灾,千里迢迢来此投亲。没想到来龙游后才知他已经死了!兄弟身上的盘缠早已用尽,无处谋生,只好先求大哥开恩,行个方便,在此先混几天。"

"一盏灯"见康振本人物齐整,说话又有分寸,心里先有了三分喜欢,便问:"你的亲戚是哪个?"

康振本答:"汪县令。"

"一盏灯"大吃一惊,转而恼怒地大声叱道:"你是吃饱了来消遣我?县令大人的亲戚还用讨口要饭?滚出去!"

康振本说:"大哥息怒!常言道:皇帝还有三门草鞋亲。我是汪县令太太表姨侄女的儿子,说是亲戚,其实是他的佃户。这样说也是为了好混口饭吃,倘若他留有一丝半点值钱的东西,我拿了也可分些与大哥。"

"一盏灯"搔了搔头笑起来。

侏儒站在门外尖着嗓子插嘴道:"肖二那个烂龙,到堂上作证看见你的东家掉到河里淹死了,几句话就得了一锭银子。"

"放屁!你鸡下巴吃多了——爱接嘴。""一盏灯"转过头,恶狠狠地向门外吼道。侏儒吓得忙往大殿跑。

"兄弟,官府的事我们惹不起,也不想沾边。""一盏灯"说。

康振本说:"大哥说得对!我也不想与官府沾边,这才来找你。"说罢左右看看,走近一步低声对"一盏灯"开口道:

"大哥,请借一步说话。"

"一盏灯"对外面吼了一声:"矮子,你给我滚远点!"然后转过头开口道,"这里没其他人了,有话你尽管说。"

康振本一脸郑重,说:"大哥,我前面与你说的都是玩笑。其实兄弟是受汪夫人之托悄悄来龙游,她说汪县令死后什么钱财都没留下,怀疑丈夫在龙游金屋藏娇,死得不明不白。而这种事官府总是藏头露尾,不肯说出实情。兄弟知道唯有大哥这样的人物才能明察秋毫,洞悉一切。故前来求你帮忙,指点一二。"

"一盏灯"做出一副很为难的样子。

康振本会意，赶紧从袖中拿出一锭雪白的银子放在"一盏灯"脚下。

"这点钱先给大哥买几盅茶喝，若帮我打听到汪县令死亡的真实消息，兄弟另有银子酬谢。得到准信后，我即刻离开龙游，回去禀报汪太太。"

"一盏灯"露出笑意，说："一言为定！明天天黑时你过来听信儿。"

康振本见"一盏灯"情绪颇佳，又说："大哥，听说你是这龙游的土地爷，城里大凡小事都了然于胸，今日一见，果然名不虚传！兄弟还想问一下，那肖二住在哪里？兄弟想去会会他。"

"一盏灯"冷笑道："肖二已病得下不了床，恐怕只有在床上等死了。找他也是白搭！"

"听说他亲眼见我家老爷死前在河边钓鱼。"

"肖二的话能信？这个烂龙浮滑刁奸，又惯善吹牛，未必是真。"

"既如此，杨大人为何凭肖二之言草草结案？"

"这个，只有大佛老爷知道。"

说完这话，"一盏灯"便不再开口，又拿了一柄尖刀，低头在拇指上试锋刃。康振本明白他要逐客，便只好告辞转身出来。刚走下大殿残缺不齐的石阶，那侏儒便在后面怪叫道：

"钱、钱、钱，命相连。"

康振本转回头，看见侏儒朝他做了个怪相，然后飞也似的跑进殿去。

话分两头，这边韦仁早早到那条僻静的小巷，去会那个兜售沙金的男人。

巷里仍是十分冷清，昨天与罗布同去过的那间古董铺也是门窗紧闭。走到古董铺斜对面一个撑着篷布的小杂货铺，韦仁与那守摊的老太太闲谈了一阵，知道了不少有关的情况。

古董铺叶掌柜的门道多，私下卖金饰也不是一两天了。门面冷清，却由牙人带来客商私下里买，这类挂羊头卖狗肉的店铺在龙游还不止一两家。这些铺子都在收沙金，然后卖首饰，这也是人人皆知，却上不了台面的事。然而这沙金在哪里交易，老太太却不知道。

韦仁见相约的时辰到了，向老太婆告辞，朝巷中走去。但见小巷空空，杳无人迹。正待离开，突然一座宅院半敞开的破门中传来响动。他蹑手蹑脚跨进门去，只见院中地上躺着一个人，走近一看，正是向他兜售沙金的男人。韦仁见他额上有一道血迹，衣衫也撕破了，昏沉沉地不省人事，急忙将他扶起来叫道：

"喂，喂，你醒醒，醒醒！"

一会儿，那男人醒过来，呻吟一声。韦仁问道：

"你被谁打成这般模样？"

那男人忙摸摸胸前，失声叫道："啊，我的沙金！我的沙金被抢了……"说着张嘴号啕起来。

韦仁问："是什么人抢了你？"

那男人依旧哭泣不止："一定是化骨鳝那个狗日的唆使人干的……呜……我刚到这巷口就遇到两个棒老二，抢走了我的沙金。两个挨千刀的短命鬼，不得好死！"

韦仁见状道："哭有何用？到官府去告，将这些个胆大妄为之徒抓起来！"

那男人擦了擦眼泪，长叹道："官府能奈他何？我倘若去告了，保不定哪一天被他们一刀抹了脖子，或扔到河里淹死，连个葬身之地都没有……"

韦仁双眉倒竖，问："谁敢如此横行霸道？你跟我去，不信就治不了他！对了，还不知你叫什么名字？"

那男人猛醒，瞪起双眼打量韦仁，惶恐不安地站起来。突然，那男人面露惧色，一溜烟跑了。韦仁来不及追赶，只在心中暗骂："真见鬼！"

回到熙熙攘攘的大街，韦仁来到天和银楼附近，特意在银楼对面茶楼临窗的空桌坐下，叫了一壶茶，一碟五香花生，一碟香油米花糖。一边吃，一边留心俯瞰对面的天和银楼。

坐了一会，见天和银楼内走出一个衣着华丽，很有派头的贵妇人。两个丫头左右小心侍候，轿夫则堆起一脸笑容赶紧掀开轿帘。天和银楼的掌柜许泽端紧随其后，谦恭地送行，嘴里不停地说着话。妇人很矜持，昂首挺胸，目不斜视，只是偶尔点一下头，并不开口说话。韦仁见状，忙问沏茶的伙计：

"这妇人是谁？如此派头！"

伙计往窗外看一眼，哈腰答道："客官，她是刺史老爷的夫人，又是天和银楼的大主顾、财神爷，当然要小心侍候！"

韦仁上下打量着对面银楼，问："天和银楼的生意很兴隆？"

伙计答："是啰，进出的全是有钱人！许掌柜在平羌、成都、长安都有分号，一年不知有多少白花花的银子赚！"

韦仁见伙计一脸羡慕之色，递过去一块米花糖，又问："银楼后面宅院怎的毫无生气？许掌柜的家眷不在龙游？"

茶馆里人不多，伙计乐意与韦仁闲聊，凑上前说："小的从没见过许掌柜的家眷。那许掌柜端的是个不近女色的正人君子，从不见他与那些来买首饰的富家小姐、夫人、媳妇们打趣调笑，也没听说他出入青楼妓院。他赚那么多钱，屋里却连个使女都不雇。白天他与伙计料理铺子里的生意，晚上就他和孙管家住在后院，很少见有朋友拜访，也不过问周围的是非，总是独来独往。"

韦仁见王夫人刚离去，一个高个中年汉子急匆匆地走近许泽端，在他耳边一阵低语。

"那就是许掌柜的管家孙庆。"伙计往对面努一下嘴。

许泽端听了孙庆的话显然吃了一惊，嘴里嘀咕了一句，一转身大步返回银楼，孙庆一路小跑紧跟其后。韦仁注意到许泽端人虽白净斯文，个子不高，但身板挺直，动作敏捷，脚步沉稳而有力。只有长久习武，内功深厚的人才能如此。韦仁从小习武，对此一见便知，不由暗暗有些意外。韦仁正想再向伙计打听，不料伙计已下楼招呼另外的客人去了，只得暂且喝茶等候。

喝了一会茶，耳朵却被邻桌三个茶客谈话的内容吸引，他们正津津有味地议论前天逃出县衙牢房的潘素梅和她的婆婆董氏。韦仁听了一阵，不由凑过身子与他们攀谈。

"这潘素梅想来蹊跷，一个弱女子怎么会有能耐飞檐走壁越狱逃走？"

其中一个左眉梢有粒黑痣的人笑着说："相公有所不知，这潘姑娘有心上人，哪会喜欢那个呆头呆脑的杜公子？两人合谋把他杀了，本想等风平浪静卷了杜家的财产再走人，不想尸体让人发现了，结果被抓进大牢关起来。如今好了，潘姑娘与心上人远走高飞，去过快活日子了。"

另一人却不赞同，争辩道：

"潘姑娘若有心上人，跟他一起私奔尽享快乐就行了，又何必出嫁？还要冒这杀人的风险？"

"那是为谋取杜家钱财！"

"你们说这潘姑娘究竟跟谁跑了？"

韦仁见众人争论不休，唯左眉梢有粒黑痣的男人笑而不语，便问："莫非你知道他们的行踪？"

"我哪里知道他们的行踪？只是有一次在离尘苑，我看见潘姑娘与一个中年男子急急忙忙闪进一个小院门里，神色十分诡秘。那男子长得很精神，头上戴了顶帽子，潘姑娘则用头巾遮了大半个脸。但是我在柳船主的船坞里见过潘姑娘，一眼认出她来。离尘苑是什么地方？龙游有名的风月场所，不是男女私下幽会到那里做什么？"说完十分暧昧地笑了笑。另外两个人又问：

"后来呢？"

"不知道。"

韦仁若有所悟，付过茶钱告辞下楼离去。

刚到街上，韦仁忽听身后有人唤自己，回头一看却是龙游县衙的张伍。寒暄几句后，韦仁问道："你到这里来干什么？"

张伍低声地说："奉陈大人之命，暗中查找一个人！"

韦仁见张伍一脸神秘，忙问："找谁？"

张伍说："一个叫黄大平的男人。"

韦仁问："找他作甚？"

张伍道："说来话长。陈大人到龙游上任后，一直在暗中查访熊耳峡一案的真凶。后来查访到，平羌县有个叫黄大平的人嫌疑很大。此人早年在船上干活，因打架斗殴被判苦役一年，后来在蚕陵关充军时与两个兵油子一起逃走了。熊耳峡出事前，有人见黄大平在平羌县露过面，以后又消失不见，音讯杳无，不知去了何处？

"前几天我持了陈大人的亲笔信去平羌县，找莫县令帮忙找黄大平的亲属。从户籍卷案中查到黄家有一儿一女，长女黄大秀嫁给一个船工，次年死于难产。次子就是黄大平，未婚。他父母已亡，平羌县没有其他亲属。本来已不存希望，结果无意中从一个老人口中得知黄大平有一个舅舅在龙游城，名叫谢有余。回来一查，谢有余是个卖糖粑粑的孤老头。我方才找到他，这老头喝得醉醺醺的，问了半天，他才开口说根本不认识黄大平这个人。我又去找里甲打探情况，里甲说谢有余是个酒鬼，嗜酒如命，经常喝得酩酊大醉，家里穷得叮当响，住的地方极是破烂僻静，很少有人走动，从没听说酒鬼家有亲戚登门。不过，里甲想起有次见谢有余买了一大壶好酒，便问他在哪里发了财。他说是亲戚给的钱。里甲心里奇怪，从没听说谢有余有亲戚，忙问他是哪门亲戚。谢有余笑而不答，摇摇晃晃地走了。里甲以为他说醉话，并没往心里去。"

韦仁脸上露出失望的表情，说："如此说来，仍未找到黄大平的下落？"

张伍点点头，皱着眉头说："不知这厮藏在哪里？"

韦仁道："像他这样作恶多端之人，自然不会老老实实待在家里，说不定改姓换名干别的营生。"

张伍沮丧地低下头，叹道："那，不就如大海捞针一般么？"

韦仁半开玩笑安慰说："放心，说不定很快就能找到他！"

最后的大佛

两人笑起来，正要话别，忽见天和银楼的许泽端的管家孙庆牵马出来，随后许泽端飞身上鞍，抽了一鞭信马驰驱而去。

"你觉得许掌柜这个人怎样？"韦仁望着许泽端背影，不经意地问了句。

张伍略想了一下，说："彬彬有礼，又爱整洁，从不见他胡子拉碴。"

韦仁下意识摸了摸自己两天不刮就如铁刷一般扎手的下巴，睁大眼睛反问："你不是在说我胡子太多了吧？"

张伍两眼一眯，哈腰笑道："小人怎敢？"

韦仁一挺胸脯，冲口而出："告诉你，哪有男人不长胡子？宫里的太监被人断了根器才不长胡子！"

韦仁不由暗自一愣。

"断了根器……不长胡子……"韦仁喃喃念道。

第二十八章

韦皋今日去江对岸乌尤寺，这是杨忠早已安排好的行程。

乌尤山原名乌牛山，因远观如一头巨大的乌牛卧于江边而得名。唐至德年间高僧惠净在乌尤山上结茅修行，后有佛徒在山顶建寺，塑密乘瑜伽部主尊之一乌尤大士铜像，故名乌尤寺。寺院依山取势，布局巧妙，周围竹木扶疏，楼阁亭台错落有致，被文人雅士称为"青衣别岛"，乃龙游胜景之一。

八抬大轿早在衙厅前院备妥，轿夫一式宽襟通袖镶红边的黑衣衫，腰系大红宽腰带，与另一些手持"回避""肃静"木牌的衙役肃立恭候。杨忠亲自为韦皋掀起轿帘，但见地上铺有柔软的地毯，坐凳上套了簇新的红色锦缎套垫，茶杯果品一应俱全。待韦皋坐定后，杨忠立即传命起轿。

几乘大轿相继出了大门，铜锣鸣道，前呼后拥，十分热闹。韦皋掀起窗帘一角望出去，见街上百姓纷纷躲闪回避，有人眼中还闪出愠怒和鄙视的目光。只有几个不谙世事的顽童紧追其后，学着轿夫、侍从的模样，引人发笑。韦皋轻叹一口气，放下窗帘。

从东津渡码头登船，顺江而下，不久就到了乌尤山脚下的乌尤坝码头。乌尤寺方丈传灯身披猩红袈裟，率七八个缁衣僧人，早已迎候在岸边。韦皋走下船来，传灯上前参拜，两人彼此寒暄一番。登上石阶转过一个弯，迎面山门石牌坊颜额上刻着两个大字：垒砥。传灯对韦皋讲解道：

"韦大人，这垒砥便是离堆，也是青衣山、乌尤山的别称。山顶上最初有座神祠，供奉河神娘娘。后来惠净上人在此结茅修行，传播佛法，普度众生，广结善缘，广种福田。尔后建乌尤寺，成为一方宝刹。"

杨忠插言道："青衣山苍翠葱郁，格局雅致。文人墨客来此莫不灵感大发，挥毫泼墨，滚珠泻玉。寺中僧人将诗文雕镂张挂，更增添山色的儒雅之气。"

一行人边看边说，韦皋不时停下端详刻在石壁的诗文，杨忠见状忙说："韦大人，当年岑参在嘉州任职时，题咏了不少赞美嘉州山水的诗文。"

韦皋叹道："岑参乃天宝三载进士，一代才子，可惜英年早逝。"

杨忠说："卑职对他所写的咏青衣山诗记忆犹新，难以忘怀。"

韦皋来了兴致,叫杨忠背诵一遍。

杨忠早打听到韦皋喜欢岑参的诗文,便暗下功夫早将岑参吟诵嘉州的诗文全背了下来,以便投其所好。此刻听韦皋让他背诵,不由暗喜,拱手一揖,说了句:"献丑了。"立马抑扬顿挫背起了岑参的《上嘉州青衣山中峰,题惠净上人幽居,寄兵部杨郎中(并序)》:

青衣之山在大江之中,屹然迥绝,崖壁苍峭,周广七里,长波四匝,有惠净上人庐于其巅,唯绳床竹杖而已,恒持莲花经,十年不下山。予自公浮舟,聊一登眺。友人夏官弘农杨侯,清淡之士也,素工为文,独立于世,与余有方外之约,每多独往之意。今者幽躅胜概,叹不得与此公俱,爰命小吏刮磨石壁以识其事,乃诗以达杨友尔。

> 青衣谁开凿,独在水中央。
> 浮舟一跻攀,侧径缘穹苍。
> 绝顶诣老僧,豁然登上方。
> 诸岭一何小,三江莽茫茫。
> 兰若向西开,峨眉正相当。
> 猿鸟乐钟磬,松萝泛天香。
> 江云入袈裟,山月吐绳床。
> 早知清净理,久乃机心忘。
> 尚以名宦拘,聿来夷獠乡。
> 吾友不可见,郁为尚书郎。
> 早岁爱丹经,留心向青囊。
> 渺渺云智远,幽幽海怀长。
> 胜赏欲与俱,引领遥相望。
> 为政愧无术,分忧幸时康。
> 君子满天朝,老夫忆沧浪。
> 况值庐山远,抽簪归法王。

杨忠诵完,韦皋点头称好,一行人不由兴高采烈,纷纷将题赞青衣山水的诗文一一吟诵出来。

走进乌尤寺山门,已至午膳之时,传灯径直引韦皋等人登上山顶浮云亭。

"浮云亭位于乌尤寺尽头的山顶，亭下是百丈悬崖。滚滚三江水拍崖而过，崖壁上苍虬古柏峥嵘，山间时常云雾缠绕，恍若仙景。浮云亭既是由此景得名，也有佛门浮生若梦，芸芸众生及早回头之意。亭下石缝中有一瀑布飞流直下，如银河泻入江中，'哗，哗'之声回荡山间。每当雨过天晴，彩虹当空，更是将瀑布映照得熠熠生辉，猴子也时常攀到附近的松树上玩耍嬉戏。"传灯边走边说。

此刻，浮云亭内早摆起了丰盛的素宴，几个杂役仍在不停地奔走忙碌。韦皋本有些饿了，闻到诱人的香味，顿时腹中一阵鸣响。

客套一番后，韦皋欣然入席，杨忠及陪同人员论序入座。今天杨忠特地请了几位文人雅士助兴，来者皆嘉州有名的诗人和丹青高手。笔墨纸砚早在亭外长桌侍候，意在让诸位于席间赋诗作画，以之助兴。坐定后，韦皋见众人有几分拘谨，开言道：

"本使今天来乌尤山只是游玩，诸位不必拘泥官场那套陈陋的法度礼数。蒙传灯法师盛情设宴，十分感谢。一路观山望景，已觉腹中饥饿。今日大家以文会友，谈诗论画，好好尽兴一番。"说罢，先仰头喝干了面前的一盅酒。韦皋只觉酒味清香甜美，异常爽口，忙问：

"这是哪家酒坊的珍品？清爽甘甜，回味无穷。"

杨忠有些得意地说："这是下官贱内自己动手酿制的花露酒，醇香清甜，饮之头目清凉，又不易醉人，最适宜夏秋饮用。"

韦皋觉得新奇，问道："什么花露酒？"

杨忠说："是贱内从一位老道处学会的，据说此法原是道家的养身秘诀之一。常饮此酒则面如桃花，浊气全消。此酒制作时先将蔷薇、海棠花、桂花等鲜花放入木甑中，然后在其上倒扣一只盆，盆边放一圈竹筒。甑架在水锅上，再用大火蒸。水锅中的热气通过甑底的孔涌入甑中，带着花朵受热放出的香味，一起冲到倒覆的盆底，再凝成水沿着盆壁向下落入竹筒中。这便是花露。将花露倒入陈酿佳酒，再加一点熬制好的甘草水和糖，就成花露酒。"

众人听罢一阵咋舌，连称奇妙。

杨忠说："其实我仅知其大略，这是女眷们的慢工细活，男人弄不清楚。我知道文人都爱酒，特地备下一大坛带上山，诸位尽可开怀畅饮。"

"好。我见龙游海棠遍野，原以为仅是景观，不料可制如此美酒。"韦皋赞叹一番后又连饮两盅。

"龙游海棠遍野，便有'海棠香国'的雅称。另外海棠果制成的蜜饯乃果脯中的上品，能清热润肺。"

"妙。"

众人见韦皋如此高兴，也松弛自如起来。尤其是几位文人，见韦皋身为封疆大吏，却不盛气凌人、颐指气使，而是和气可亲、平易近人，场内气氛开始活跃起来，大家交头接耳、眉飞色舞。

杨忠说："早闻听韦大人文章锦绣，下官也喜爱诗文，只是才疏学浅，天性愚钝，写不出妙语佳句。不过，今日也带了一本拙作，待会还请韦大人点拨。"

传灯法师擎起茶杯向韦皋祝酒，说："贫僧今天略备素斋，承蒙光临，满山喜气，敝寺生辉。出家人不能饮酒，在此以茶代酒敬韦大人，志诚祷佛，帷祈三愿：一愿吾皇万岁，盛世万年；二愿风调雨顺，国泰民安；三愿宾朋常聚，风雅永续。"

一阵觥筹交错，笑语飞声，举座欢颜。三巡过后，座上之人渐渐酒酣耳热，彼此打开话匣。韦皋觉得乌尤寺的素席果然名不虚传，不觉胃口大开，暗下思忖：在京城以及不少知名寺院吃过素斋，但皆不能与今日菜肴相比，如此看来，这乌尤寺真是藏龙卧虎之地。

几个文人乘着酒兴谈兴正浓，从风、雅、颂到乐府、五言、七律，从天然拙朴的汉简到怀素奔放的狂草，从东晋顾恺之的画绝、才绝、痴绝到玄宗时的画圣吴道子的笔不周而意周，一直议论到嘉州书画的风格、流派……

杨忠见状，忽然站起来，击掌示意，高声说道：

"诸位，我有个建议！"座上立刻安静下来，仰起脖子看他。

"韦大人风流儒雅，文韬武略，不但文章锦绣，而且礼贤下士，珍惜人才。今日拨冗赏光，与诸位文人雅士同登乌尤山，真是天大幸事。眼下天朗气清，秋风送爽，如此盛会无诗画岂不煞了风景，辜负了大好光阴？下官虽在龙游多年，又是进士出身，无奈江郎才尽，早枯竭了诗思。只好冒昧提议由韦大人撰一个高雅的题目，各位依题即席赋诗作画，以志今日雅聚。传灯法师明日便可雇来工匠，将今日这些诗画镌刻装裱，一一悬挂于寺内，流芳后世。不知韦大人意下如何？"

韦皋还未开口，只听在座的人人拍手，个个称好。

韦皋没有推辞，想起方才登山时，见一路上亭台门楼上到处刻有对联、诗文，知道文人雅士经常登临乌尤山，今日也想见识见识这些人的才情，于是呷了一口酒，趁着酒兴笑道：

"也好，今日本使就应杨大人之议，为诸位出一个题目。此时秋高气爽，微风吹拂,鸟啼蝉鸣,我看题目就定为《秋鸣》吧。秋月年年有,但景随心异,题目虽旧,翻出新意更能叫绝!不知诸位意下如何?"

"好!好!"杨忠连声叫道,"今日鸟啼蝉鸣分外悦耳,崖壁、飞檐上的雀鸟,与林间秋蝉唱和不休,这个'秋鸣'很有意思,极为贴切。"

众人一阵喝彩,议论片刻便静下来潜心思考。

韦皋称要离席去茅厕,传灯法师欲陪同前往,韦皋婉言谢绝。传灯忙唤来一名仆役引路。

仆役引韦皋穿过花园,沿一条弯曲小径走到坡下一个小院内,茅厕就在尽头。韦皋吩咐仆役先行离去,说是要看看寺里各殿堂,一会儿便自回浮云亭。

出了茅厕,韦皋先去看过大雄殿、观音殿、藏经阁,正准备绕鼓楼去罗汉堂,突然瞥见鼓楼左侧有一条半明半暗狭小的甬道,甬道尽头有个院落。韦皋见里面门户错落,花木锦绣,仿佛别有洞天,便顺着甬道走进去。原来院中央是一个带假山的大水池,但见池中鱼儿游来游去,几只鳖、龟伏在假山上晒太阳。池边一块长条石上刻着三个字:放生池。

韦皋正在观看,忽听身后传来一阵声响,一扇关闭的房门被推开,随即走出一个家仆模样的中年汉子。汉子手提一只沉重的木桶,桶中两尾大鱼和几尾小鱼仓皇乱跳,水花四溅。汉子顺石阶走到水边,弯下腰慢慢将鱼倒入水中。这汉子便是杨忠家的厨子张大有。韦皋上前招呼道:

"请问是来此放生吗?"

张大有见韦皋相貌堂堂,像个阔绰的香客,待人说话却很和气,心中先有几分好感;听口音又是远方来客,故据实相告:"不,这是午餐没用完的。我怕死了可惜,便送到放生池里。"

韦皋不禁一惊:"这乌尤寺里的和尚偷吃荤腥?"

张大有摇头说:"不是,为招待贵客,特地从山下带上来做菜用的。"

韦皋大惑:"何人敢在佛门净土杀生食肉?不怕被和尚们逐出,告到官府?"

张大有苦笑一下,没有吱声。韦皋从口袋里抓出一把碎银递过去,说:"烦先生讲来一听。"

张大有推辞道:"不是小人贪钱故意不讲,而是这贵客乃朝廷派来的大官。刺史老爷发了话,寺里和尚谁敢说一个不字?再说老爷与住持又是朋友。不过,或许这贵客并不知道这一层,还以为到庙里来是吃素呢!上桌的菜全是素食，明面上一丝肉末都看不到，其实全是用鸡、鸭、鱼、肉垫底做出来的。这叫荤菜素做，比做酒楼的喜宴、寿宴还劳神费力。这桌席足足准备了三天。"

韦皋猛醒，问："你是厨子？请问贵姓？"

"免贵姓张。"

"张厨子你与我讲讲，什么叫荤菜素做？"

张大有略停片刻，问："听相公口音像是远道而来？"

韦皋答："对，我乃京兆府人氏。初到龙游，愿闻其详。"

张大有说道："相公，就说这雪魔芋吧，同是一种食物，但荤、素两吃味道完全不同。魔芋是一种野生的芋头，把它挖出来洗净、晒干、磨成粉，在锅里加热就可以做成鲜魔芋。鲜魔芋因为像豆腐，又是黑色，故当地人也唤作黑豆腐。是一种既普通又不值钱的菜。

"雪魔芋是由峨眉山千佛顶上一个和尚发明的。一次，他无意中发现，没吃完的鲜魔芋经过一天冷冻后，发泡成为蜂窝状，也变成淡黄色。他试着煮来吃，如此一来不但去了涩味，而且更加可口。和尚心中大喜，便开始如法炮制。后经众人不断改良，因味道鲜美，易于保存，各个寺院都仿效制作，成为和尚们常吃的一种素菜。

"雪魔芋吃之前要先用温水发胀，再把水挤干，切片、红烧、凉拌、煮汤都好吃。不过，这道普通的菜要素菜荤做，工序就复杂了。先要选养了三年以上的老母鸡，杀后除去毛、内脏、头、爪。又将姜片、葱白等佐料放入鸡腹内，用砂罐盛了以文火煨一夜，再捞出整鸡，去掉汤面上所有浮油备用。又将事先发胀的雪魔芋切片，在猪骨、牛骨熬的高汤内稍煮，彻底去掉异味。再挤干高汤汁，放入烧热的锅内，加入煨好的鸡汤汁，起锅时再撒葱花。鸡汁被雪魔芋的蜂窝孔全部吸入，端到桌上看去平平常常，可吃到嘴里香汁四溢，鲜美无比。"

韦皋恍然大悟，这才明白今日之荤菜素做是特地为自己备下的。想起方才吃的雪魔芋，的确有股鸡汤的鲜味，但并不见半滴鸡油、一丁点鸡肉。当时只觉得十分可口，还以为是雪魔芋本身的鲜味，一连吃了很多。

韦皋惊叹道："原来如此！难道其他菜也是如此这般？"

张大有点点头，然后提了桶朝门口走去，说："这位相公请慢慢看。那些贵宾此刻正在浮云亭宴乐，我还要去准备一些醒酒汤。告辞了。"

韦皋一时语塞，锁紧眉头，站在放生池边半晌未动，望着水中游动的鱼儿，心中溢起阵阵被骗的愤懑。依他平日的脾气，定会勃然大怒，将杨忠臭骂一通。可是眼下他必须忍耐克制，重大使命要他谨慎小心，不露声色。他坐在池边沉思良久。杨忠是五年前由通判升为嘉州刺史的，与他要查的大佛银钱流失并无关连，因为当时修凿已停止。但几次交道下来，他感到杨忠是个滑吏，十分狡黠，待人外松内紧，说话虽滔滔不绝，却时时察言观色，处处设防，并且善投其所好，虚与委蛇。连一桌素斋都绞尽脑汁如此作假，足见城府之深，为人之狡诈。

好一会，韦皋才步履沉重地离开放生池。沿小径朝浮云亭走去，远远见仆役正撤下残席，呈上香茗水果，众人聚在一起观赏彼此刚完成的诗画。而此刻韦皋心中诗情画意荡然无存，眼前山水美景依旧，却变得遥远陌生，甚至狰狞可怕。

这时，一名中年画师满面红光，一手端酒杯，一手拿画笔，正乘着酒兴独自在亭外的长桌上挥毫作画，心随意动，灵感陡增。韦皋走过去无意间一瞥，却被画中的人物吸引。画面上一个年轻女子正侧坐在地上击羯鼓，长腿细腰，体态婀娜，两只仙鹤在空中展翅仰天长鸣。此画色彩艳丽，栩栩如生，惟妙惟肖。画师以细腻的笔触尽力描绘女子的眼睛，妖娆冷艳的目光十分撩人。

杨忠满面春风，抬头见韦皋在长桌前端详，便急忙走下亭来，说："韦大人，你看这画多生动。李先生是我嘉州有名的丹青高手，尤以画仕女见长。李先生出生书香门第，但对科举入仕却看得甚轻。十多年前入闱应试得了秀才的功名后便辍学从画，因聪颖好学，又有悟性慧根，不但学有所成，而且风格独特，自成一体。前来求购画作的人络绎不绝，门下弟子众多，享誉蜀中，已是嘉州画派的领衔人物。"

此刻，韦皋则被画中的人物吸引，他想起那晚在河边击羯鼓的女子，当时那名女子虽以面纱半遮颜面看不真切，但那双冷艳的眼睛令人过目不忘。又想起逛夜市时，韦仁说一个长得像此女的人偷窥他们。听了杨忠的话，韦皋随口赞道：

"嗯，不错。像是那晚游船夜宴时来击鼓助兴的女子。"

杨忠点头说："正是。"

韦皋忽然对画中人物来了兴致，说："不知李先生能否割爱，将这幅画赠予我闲暇之时细细观赏？"

李先生醉眼朦胧地望着韦皋，又喝下一盅酒，一阵踌躇，终于点头。他摇摇晃晃起身，从一旁的小木匣中取出一枚淡黄色的玉石印章，在朱红印泥上压了色，盖于画面的左下角，然后手捏一只酒盅离开。

杨忠说完见左右无人，小声道："韦大人，下官见大人整日奔波劳累，家眷又不在身边，缺个温柔体贴的女人照顾。衙斋清冷，官涯寂寞，故私下里已同棠香坊的吕班主谈妥，将兰香赎出来侍奉韦大人。兰香面目姣好，善鼓能舞，又是中原人氏，口音习性相近。不知大人是否中意？"

韦皋不置可否"嗯"了一声。

"或许韦大人心里喜欢小巧玲珑的南方女子？但说无妨，下官愿效犬马之力。"杨忠又说。

韦皋眼睛停留在画上，并不搭腔。

杨忠鼓起勇气再次问道："要不，改天去棠香坊看看再说？韦大人年富力强，文韬武略，才智过人，治理西蜀绰绰有余，何须多劳神费力？有一个红粉知己相伴，公务之暇可在诗酒歌舞中寄兴遣怀，岂不多添一分人生乐趣？"

韦皋放下画，转身走上浮云亭台阶说："我要去看看诸位高士的杰作。"

杨忠大为尴尬，这一招竟然不灵了！

第二十九章

　　陈兴德与张伍正要出门，忽见衙役呈上一封信，是平羌县莫县令差人送来的。陈兴德忙展开细读。信中说：平羌县昨日审理一桩偷鸡案，犯人交代出另一桩行窃之事，以及埋在地下的两件赃物——一件是翡翠玉佩，另一件是金银雕镂、宝石镶嵌的匕首。犯人名叫吴银山，家住在犁头关附近乡间，经常顺手牵羊小偷小拿。莫县令见两件东西都十分精致，不像普通人家的物件，疑是外邦异国所制，联想到当年熊耳峡南诏使臣遇害的积案，便要他交代杀害使臣经过。吴银山大呼冤枉，说是几年前往客栈送柴时顺手从一个客人那里偷的。当时他在厨房卸完柴，经过挨近后门的一间客房时，见房门裂开一道缝并没上闩，床上躺着一个男人，面朝墙睡着了，便轻轻溜进去顺手从褡裢里偷了两样东西，本想再翻一翻，不想仓促间瞥见那人衣衫上有血迹，吓得赶紧退出来。莫县令一时定夺不下，故请陈县令亲自前去查看，因陈县令早有托付在前。

　　陈兴德心中大喜，合上信，急步跨出门外，一阵凉爽的秋风吹来，他感到浑身舒坦。这么多年来终于找到了一点线索。他二话不说匆匆往东津渡码头赶去。

　　"陈大人，今天不去乌尤坝了？"张伍见陈兴德欲登去平羌县的船，问道。

　　陈兴德猛醒，昨晚韦皋特地嘱他再去乌尤坝打探董氏一家的情况，为此自己昨夜还将乌尤坝的户册看了一遍，尤其留心查看了与董氏一家相关的族人、佃户。

　　陈兴德赶紧换上去乌尤坝的船。上了岸，绕过山脚，便是一马平川，阡陌纵横，田垄连绵，稻谷金黄，清香远溢。

　　走了一段，一阵山歌远远传来：

　　　　（男）幺姑打扮白如云，单人骑马路上行。
　　　　　　　过路哥儿来盘问，红起脸儿要骂人。
　　　　　　　叫声小妹莫骂我，打开包袱送人情。

一送珍珠和玛瑙，二送发簪和头绳。
　　三送箍子有八颗，四颗金来四颗银。
　　幺姑今年十八岁，八月十五子时生。
　　生庚年月拿给你，快请媒人来说亲。

（女）诲你死了变成牛，牵你上坡啃石头。
　　牛儿落到宰把手，一刀宰得血长流。
　　拿你肉儿来熬油。把你骨头烧灰粉，
　　把你揍到田里头。
　　……

　　眼观乡村野景，耳听村野小调，陈兴德心情大好。他停下脚步，思忖着先去董氏家还是佃户家。正犹豫不定，忽见对面路上走来一个老人，身穿一件半新不旧的短衫，脚上趿着草鞋，肩上扛着一段木头，还背着一只木工箱。老人走近，见陈兴德与张伍像衙门的公人，慌忙闪到一边让路，没想到脚踏空，身子一摇晃跌倒在田里。

　　张伍忙上前，将老人扶了起来，问道：

　　"老人家，跌伤了吗？"

　　老人连声称谢，问："两位客官驾临寒庄有何贵干？老朽眼拙，看两位却像是衙门的官老爷。"

　　张伍说："这位便是县令陈老爷，请问老人家尊姓大名？"

　　老人慌忙跪拜："得罪，得罪。小老儿有眼不识泰山，冲撞了陈老爷。小人贱姓杜，名天青，是这乌尤坝杜大爷的佃户。"

　　陈兴德记起昨夜在户籍上看到过他的名字，今年七十五岁，因为年龄较大，所以印象比较深。此时见老人尽管牙齿脱落大半，头发花白，但身板倒还十分硬朗，便说：

　　"老人家免礼请起，我今天正要找你。"

　　杜天青闻言吓得浑身一阵紧张，手足无措，站在一旁低头无语。

　　陈兴德问道："你这把年纪为何还扛重物？莫不是子女忤逆不孝？"

　　杜天青连忙摇头摆手，生怕县令大人治他儿女不孝之罪。开口道："非也，非也！子女们个个孝顺敦厚，只是小民自己喜欢干活，闲坐在家里无事反而浑身不舒服。小民是个磨命、贱命，有活路干才不生病。"

　　陈兴德指着周围的庄稼问："这一大片田地是谁的？"

杜天青见陈县令并没动怒，放心下来，答道："是小民东家杜大爷的地。"

陈兴德问："杜祥发？"

杜天青答："回老爷，正是。不过杜大爷已经死了，如今是太太主事。"

陈兴德问："你当杜家佃户多久了？"

杜天青道："回老爷，从杜老爷开始已是两辈人了。小民今天正是要到东家屋里去帮忙，董太太唤我去给她的亡子宝山重做一块牌位。小民是个木匠，农闲时常做些木器。再有小民大儿媳妇杜刘氏在董太太府上做帮佣，故常到东家屋里走动。"

陈兴德暗想正好凑巧，便问："东家待你们如何？"

杜天青说："太太待佃户们不薄，过年过节还会打发些腊肉、布料给下人。"

陈兴德问："本县问你杜祥发这个人如何？"

杜天青不安地搓了搓手，半晌才回话："论理，小人不该在背后说东家的坏话，手里还端着别人的饭碗。但杜大爷是个阴性子人，平时言语不多，其实心性有些古怪。他返回田庄后经常在外面跑，田庄里的事多由杜二爷经管。只是他死了好多年了，不知老爷……"

陈兴德问："你知道杜祥发当年与什么人结下仇？"

杜天青迟疑了一下，局促不安地问："老爷，你已经发现杜宝山被害的线索了？是不是当年敲诈杜老爷的人？"

陈兴德一怔，心中奇怪，但他表面不动声色，突然威严地说："将你知道的事如实告诉本县！杜宝山死亡一案并不简单，本县正是为勘破此案而来。"

陈兴德声音不大，但杜天青听起来却如惊雷过耳，眼睛里顿时流露出恐惧不安，只得把头勾得更低。

陈兴德情知有异，脸色一沉，厉声道："你是在这里说，还是到县衙去？"

杜天青一抖，赶紧跪下说："老爷明鉴。"

陈兴德命他起身，然后说："还不快从实讲来。"

杜天青定了定神，开口道："老爷，容小民细禀。杜大爷死前的一个晚上，小民正在杜二爷家后院干活，忽见杜二爷脸色铁青，神情慌乱，焦虑不安地进来唤我，并从屋里拿出一个很沉的背篓，让小民背上跟他出门。

"小民从没见过他那副神情，心知有异却又不好张口问。懵懵懂懂跟着他出了门，也不知要去干什么，默不作声跟他走。杜二爷连灯笼也不让带，说是怕烛光引人注意。走了一截路，杜二爷突然拐进一条杂草丛生的小径，这条小径正通向凌云山下的麻浩崖墓。麻浩虽离乌尤坝很近，但小民从不敢走近，怕沾了死人的阴气不吉利。杜二爷自顾往前走，他对这里似乎很熟悉。我紧跟在后，只觉得脚步走不稳，几次险些绊倒。那地方很荒凉，地上覆盖着厚厚的落叶，鸟儿不时凄厉一叫，吓得人毛发竖立。过了一会儿，杜二爷才停下，喘了口气告诉小民，杜大爷被贼子绑了！贼子托人带信让他拿银子去赎人。小民一听，顿时吓得出了一身冷汗，两个腿肚子直打战，半晌挪不动步子。杜二爷没有理会我，走到荒凉残败的石坊下，转身招手催小民快跟上。小民见杜二爷心神不定地左右张望，像是在等什么人。小民正想开口问杜二爷为何不报官，突然，从林子里闪出四五个蒙面汉子，二话没说绑了杜二爷和我，又用黑布罩了眼睛，拽着一只胳膊向前走。一路跌跌绊绊，高一脚低一脚，走了一会终于停了下来。有人揭开罩住小民眼睛的黑布，小民睁眼一看，是在一个崖墓里。杜大爷蜷缩在地上，被绑了手脚。一个男子将背篼里的东西倒出，原来是一大堆银子。然后那男人开口对杜大爷、杜二爷说：'你俩若敢报官，老子定杀得你全家鸡犬不留！'

"杜大爷回家不久就病了，董太太说他得了热毒疮，照小民看是受了惊吓。杜大爷死后不久，杜二爷举家迁离乌尤坝。小民暗地里猜测，恐是怕贼子又来敲诈勒索，只得远走高飞。"

陈兴德问："那些贼子是从哪里来的？"

杜天青答："不知道。这坝上一向平安，从无贼子骚扰，可能是杜大爷在外与人结了仇，别人寻仇而来。那个为首的贼子操外乡口音，不是本地人。"

陈兴德问："杜祥发被赎后没报官吗？"

杜天青神色不安地答："没有，他一再叮咛小民不能对任何人讲。没想到后来他儿子的尸体也被扔进了那个崖墓。造孽！"

陈兴德问："杜祥发家常有哪些人走动？"

杜天青答："杜大爷不好客，平时难见亲戚朋友来走动。他死后，董太太一般不请客，大门紧闭，田地中的事多由董太太自己操办。小民的媳妇刘氏在杜家帮佣多年，说只是在宝山结婚前，杜家才热闹了一阵，雇了几个工匠在家里打制家具，翻修房子，修剪花园。"

陈兴德问："在杜宝山出事前后，你媳妇有没有发现什么异常？"

杜天青茫然地摇摇头。

陈兴德与杜天青分手后，走了一阵，觉得又渴又饿。忽见路边大树下搭有一个茅草棚，棚前晃着一块布招，一个约莫五十岁的妇人，身穿一套蓝色衫裙，正坐在门口的草垫上打盹。二人走过去打算买些吃食充饥。

路边小店很简陋，仅两张旧木桌，当地人称幺店子。这类小店只卖茶水和几样小吃，光顾的人也大都是些脚夫和赶路的穷人。陈兴德在牢里待了几年，脱去不少官气，也不像过去那么讲究。

妇人见来了两个衣着齐整的客人，忙起身招呼道："两位客官是朝乌尤寺吧？想吃点什么？店里有茶、凉粉、凉面、糍粑和酸菜。"

"还有别的什么？"张伍担心太过简单，陈县令吃不下，忙问道。

妇人答："没有了。这个季节正逢农忙，出来走动的人少，卖不完会馊。不过老身做的酸辣凉粉、红油凉面十分爽口，不但好吃，还清热败火。糍粑是用豆面、红糖、芝麻做的，又香又经饿。酸菜不要钱，随客官吃。"

陈兴德说："就给我们每人一份凉粉，一份糍粑吧！再弄上两盅茶来，口中十分干渴。"

妇人应声先端出两盅茶来，陈兴德仰脖子喝下，竟十分清香爽口，不禁问道："掌柜，你这是什么茶？一股桂花的香味。"

妇人开心地咯咯笑起来，一边往凉粉中拌调料，一边开口说道："客官，这是老身自己采制的桂花泡的茶。这乌尤坝上的人都喜欢到我这里讨茶喝，连最有钱的董太太娶媳妇，还特地让我沏了两大瓮桂花茶放在大门口，方便往来的客人饮用。"

陈兴德猛一惊，问："你说的那董太太，可是儿子洞房之夜被人害死的那户人家？"

妇人将凉粉端上，揉着糍粑答："是哦，这家人屋里的怪事多，龙门阵几天摆不完。"

陈兴德忙问："听说这户人家接二连三死人，你可知晓其中缘由？"

妇人鼻孔里哼了一声，道："连客官都听说了这事？这是杜祥发自己造下的孽，他从小就是个阴心人，精灵得出奇。在京城官场打一阵滚，更是十二分薄情寡义，乞丐到他门口也从来讨不到吃喝。"

陈兴德问："你知道杜记粮行吗？"

妇人快人快语："知道，大佛爷的钱都敢偷吃，咋不遭报应？！县衙平仓换粮时，他低价把那些陈谷子买了，回过头又以市价卖给凌云山修大佛的工匠们吃，或折成工钱付给别人。外人不知底细，可我男人在他粮行里当过脚夫，内中的事约知一二。他说杜祥发是个奸商，为富不仁。哎，客官问这杜祥发做啥？他死了好多年了。半年前，有两个操外乡口音的男人也来打听过杜祥发家里的事。"

陈兴德吃了一惊，问："那两人问了些什么？长什么样子？"

妇人答："一个长得高大威猛，像庙子里的金刚神；另一个矮小瘦弱，帽子压得很低，看不清面容，依稀觉得白净斯文，像个女的，一直未开口，只专心听我说话。"

陈兴德追问："他们都问些什么？"

妇人答："记不清了，好像说是杜祥发欠了他们的账，他们来讨债。我对他们说，杜祥发早过奈何桥到阴间去了。谁敢到阎罗王跟前去要账？他俩听了没吱声，离开后我才猛醒，杜家那么有钱怎么会欠别人的钱，这两个外乡人恐怕也是信口胡扯乱说。"

陈兴德拿出铜钱付账，忽听外面一阵粗声大气的招呼："哎，罗六孃生意好哦！我们来讨口桂花茶喝。"

接着走来五六个大汗淋漓的赤足农夫。看样子晌午时分，乡邻们都到这个荫凉地方来歇息。

陈兴德这时方知这位妇人唤罗六孃。罗六孃听见喊声，扯起嗓子应道："来嘛，山潮水潮不如人潮！"

说罢用大木瓢舀了茶，又抱出几只土碗走出去，几个人端了碗仰脖子一口气喝干。罗六孃叉腰说道：

"今年又是丰年，东家和你们佃户都能盆满钵满，皆大欢喜。"

"我们东家哪高兴得起来？儿子死了，媳妇飞檐走壁从大牢里逃了，气得捶胸顿足，大骂衙门里的公人是饭桶、昏官！"

"我看那媳妇低眉顺眼，贤淑文静，不像是个杀人越货的角色。"

"吃了大佛爷的钱迟早要遭报应。"

"你们说当官的咋会被商贾牵了鼻子走？"

"有钱能使鬼推磨嘛。"

……

陈兴德脸上阵阵难堪，趁无人注意赶紧离开。

陈兴德从乌尤坝返回家中，就遇上了好几件事。

第一件是喜事，独生子成儿考取秀才，家里已有人来贺。

第二件是烦事，夫人说父母大人的祭日临近，需一笔银子修整坟茔，儿子要进京读书，也需一笔银钱，可是家中早就没有多余银子了。

对第二件烦心事，陈兴德半晌没吭声。当初因陷囹圄，家中无钱，父母丧事草草从简，着实寒碜，可是这修整坟茔要不少银子，他实在拿不出来。按说一个县令的收入维持家用本是绰绰有余，可他刚复职不久，既无积蓄，又要还债，要供儿子读书，还免不了一些官场人情应酬，故时常捉襟见肘。虽然隔三差五有人提着礼盒登门拜访，但他一概拒绝，生怕给人落下话柄。这会儿听夫人又谈到缺钱，心里觉得过意不去，却也无法，只好拿话搪塞夫人，说此事回头再说。

第三件是怪事，铜矿主王永安之妻来内衙秘密报案，说女儿王月娥三天前在回娘家途中失踪了，并说王永安看重面皮，怕这事传扬闹得满城风雨，故不来报官，正私下派人寻找。她担心拖下去月娥会遭不测，故私下来求陈大人，望帮助寻找月娥。

王月娥失踪，似与诸多公案关联。陈兴德不敢怠慢，立即出门禀报韦皋。

州衙后院，韦皋正在书案后埋头审阅驿使传来的公文、信件，韦仁、陆勇、康振本在一角整理资料。见陈兴德来了，韦皋不等陈兴德上前请安，便开口说道：

"你早先送来的信有两点极为重要。第一，说当年杜祥发曾被列为与金锭劫案有关的怀疑对象，后因证据不足而排除。他怕受到牵连很快就辞职返乡。第二，关于熊耳峡南诏使臣被害一案。据那名报案的人回忆，逃出的船夫死前曾说杀他的人手腕上黥有蛇纹。"

陈兴德道："太好了！这下可以按图索骥，顺藤摸瓜。"

"可是杜祥发死了，当年的知情者又全部被正法，怎么能查清他与此事的关系？再有就是眼下黥体者很多，并以此为新异，即便找到手腕上有蛇纹的人，也不能认定就是杀人犯呀？"韦仁无不担忧地说道。

陆勇说："是呀，陈大人。江河水溇之乡的男子喜欢将龙刺在身上，龙称大龙，蛇称小龙，皆曰龙。如何分辨？"

陈兴德一时语塞。

韦皋不急不慢地说："黥体原为对罪犯的刑罚，古已有之。据说，最初是南方越人为避蛟龙之患而黥体以获神力，后水乡龙舟竞渡的健儿多仿效者。眼下黥身者五花八门，但大致有三类。第一类为爱美者。这类人会选择诗词歌赋、山水花卉、亭台楼阁、飞禽走兽精刺在身，不会黥出令人恐惧害怕的蛇。第二类是惩罚泄愤者。如对犯人的刑罚，亦有个别有钱人的妻子以此手段惩罚美貌年轻的婢妾，以防狐媚争宠。这类多黥在面部，而且故意弄得丑陋难看，以示羞辱。第三类则可能是一些黑道帮会特有之标志，这一类人的背景往往十分复杂，深不可测！前两类不想或无法遮掩刺纹，而最后一类恰好平时要刻意遮盖，不会轻易示人。我们要找的人也许就在第三类黥体者中。

"这封信让我想起很多年前长安发生的一件事。当时有伙京城恶少胡作非为，横行街头。有的人在左右臂上刺'生不怕京兆尹，死不惧阎罗王'的字样。有的人满背镂刺鬼怪，吓人取乐，还有人通身刺蛇。因其中多贵族纨绔子弟，故百姓敢怒不敢言。后来新上任的京兆尹李大人不畏权贵，设计捕杀了三十个黥体恶少，并暴尸于市，警示后者。百姓拍手称快，不过却有几个黥体恶少闻风躲藏逃散，不知所终。此后市民中凡有黥者莫不赶紧以灸去之，使长安黥体者绝迹。这个黥蛇纹的人是否是当年逃走的恶少？

"据我所知，嘉州一带虽是江河湖泊纵横，百姓与水息息相关，崇尚龙，但并不喜欢黥蛇纹于身。他们认为蛇钻地入土，与冥界相通，阴气太重，不吉利。由此推测，五年前熊耳峡杀人案中，有蛇纹的人可能是个外来重要枢机人物。一方面他熟悉当地情形，并网罗歹徒作案。另一方面，他能准确得知南诏使臣的行程，必与官府中某些人物有关，说不定还是听命于京师朝廷中某个重要人物，才能将此事做得滴水不漏。这一层关节，我等务必留心。"

陈兴德沮丧地问："这个有蛇纹的凶犯音讯杳无，如何查得到？"

韦皋说："依我看，此人作案手段残忍，不是一般打家劫舍，留下财物可以走人的响马，倒像是搞走私贩运那类亡命徒，不留下一个活口！你们想一想，一个外乡人若要在某地走私，最好的遮掩之法是什么？经商便是其一，走南闯北，周游各地，并将一些黑道人物网罗到自己麾下，这样不显山露水，难引起他人怀疑。如果推测成立，那么杀使臣只是一单买卖，而走私才是长久买卖。既是长久的买卖，那么这个黥蛇纹的人就还会出现。眼下不是已经查到一个叫黄大平的嫌疑人吗？顺藤摸瓜自有收获。"

陈兴德、韦仁、陆勇、康振本听罢韦皋所议不由叫绝，陈兴德高兴地说道："韦大人拨云见日，令人茅塞顿开。"

韦皋微笑着阻断了他的话，说："你受遣当差，不辞辛劳，今天跑了一天，可有什么新的收获？"

陈兴德说："韦大人，下官去乌尤坝一趟收获甚微。只是方才遇到另一件事，王永安的太太私下到县衙见我，说她女儿王月娥大白天从娘家返回时失踪了！可王、常两家却不愿到公堂上来报案，王太太是瞒着丈夫私下来请求我帮忙查找。我让王太太讲了前后经过，说明王月娥衣裙服饰详情以及随身携带的东西。我告诉她，一旦查得她女儿的消息，即刻差人通知她。不过，我觉得年轻女人失踪，多半没有什么好事。若明天下午仍无王月娥的消息，我打算将这两家人传来县衙问讯。"

韦皋微攒眉头："王永安的女儿居然光天化日之下失踪了？"

陈兴德禀道："常蟠是个酒色之徒，狎妓宿娼，无所不至，王月娥一定为之痛苦不堪。这桩婚事更多的是两家的金钱利害牵连，对她个人并无快乐可言。

"王永安有一妻二妾，元配王氏生有一儿一女，儿子十三岁时出麻疹死了。王永安耿耿于怀，一直怪罪王氏，冷眼相加。王氏知道缘由，只好低声下气，处处忍让，故在王家并没有地位。大妾是个饭来张口、衣来伸手、百事不操心的懒人，生了两个女儿，性格倒还温和，从不惹是生非。小妾最是妩媚妖娆，生有一个儿子。仗着受宠，气焰嚣张，最喜揽事，家里除王永安外，所有人都要看她的脸色行事。

"王月娥嫁到常家几年仍没小孩，常蟠没疯之前她或许还存一线希望，盼他有朝一日幡然醒悟，改过自新。不少富家子弟有一个浪荡的过程。可是常蟠却疯了，变成一具行尸走肉，这对她打击很大。王永安为人自私狡诈，眼里只有银子，大部分时间待在铜山镇矿上。如此婚配，王月娥哪能心甘情愿？说不定是与人私奔了。我已派人去调查，眼前尚无消息。

"此外，还有新情况报知韦大人。大人在竹公祠捡的那枚银簪，正是潘素梅平日所戴，董氏一眼就认出此物。说起潘素梅，董氏不由咬牙切齿。派去竹公溪薛地的衙役说，当地一个乡民前些天曾见一个陌生男人在附近走动。下官还从杜祥发佃户口中得知，他曾被贼子绑票，却又不敢声张报官。贼子绑他好像也并不只是为要银子，似乎另有所图。

"另外，杜祥发在世时对用人非常挑剔，疑神疑鬼，总担心别人偷他的东西，柜橱几乎都上了锁，用人十分生厌，干不了多久就走了。他的元配夫人亡故多年，有个女儿嫁在京城，却从未回来看过他，也不见有书信往来。董氏是填房，娘家有两个哥哥，都是乡下种田的憨厚农夫，很少来杜家走动。董氏娶媳妇时……"

韦皋正听得认真，突见陈兴德猛然刹住话头，满脸惊异，一动不动瞪大眼睛盯着桌上的画出神，像被人施了法术。画是今天从乌尤寺拿回来的，画纸两头卷着，刚好露出画中人物一张俊脸。

愣了一会，陈兴德忍不住用手把画拉开端详，沉思片刻后，开口说：

"韦大人，我觉得这个姑娘好生面熟，这副面容我肯定见过，只是下官一时没想起在何地何时见过。"

韦仁、陆勇、康振本三人走过来，一同低头看画。

韦皋说："此女是棠香坊花魁兰香，我们曾在游船上看过她击鼓，故觉得有些面熟。那位画家是个风流才子，丹青高手，心中必是仰慕这位姑娘，故将姑娘的面容画得生动美丽。那晚在河边击鼓表演时，兰香用面纱半遮着颜面，但冷艳的目光令人记忆深刻。"

陈兴德摇摇头说："我说的人不是她。打羯鼓的兰香姑娘我当时并没看清，因大牢里出了事，就急匆匆离开了，脑袋里只有个模糊的印象。但这个姑娘的相貌倒十分清晰，她让我想起另一个人来。"

韦皋仔细听陈兴德说完，启发道："你想起谁了？必是只有一面之交的人，若是熟人早该想起来了。你再仔细想想——"

韦皋话音未落，陈兴德突然拍手大声叫道："韦大人，我想起来了，此女子并非别人，正是从大牢里逃走的潘素梅！"

韦仁、陆勇、康振本三人闻言惊得睁大眼睛，同时从嗓子里"啊"地喊出声来。韦皋也着实吃了一惊，只不过未露形色，心中疑云翻滚。望着陈兴德，等他继续往下讲。

陈兴德手持画像立于案边，反复观看，慢言慢语道：

"没错，是她，就是她！不过画中多了几分冷艳、野性、刚强。嗯，这位画师怎么要将打羯鼓的姑娘画成潘素梅的模样？作怪，作怪。下官委实想不通！"

一阵沉默后，韦皋自言自语道："莫不是这位画师迷上了潘素梅，以致潘素梅的形象总在他脑海里浮现，所以就把其特征画在其他人身上？"

陈兴德摇摇头，分辩道："大人，潘素梅只是一介普通女子，出身寒门，仅粗通文墨，又不曾在欢场中走动，怎会与这些骚人墨客有往来？"

韦仁、陆勇、康振本三人一头雾水。韦仁向陆勇投以不解的目光，陆勇摇头不迭，康振本则默不作声地望着韦皋。

韦皋双手托腮，攒眉沉思，忽儿坐直身子，以掌击桌道："我明白了！这个画师必是早见过兰香击鼓，并且印象十分深刻。他画上画的这个女子就是棠香坊的兰香，并不是大牢里的潘素梅！这两个人必定身高容貌十分相像，犹如孪生姐妹一般，故陈县令才错将兰香认成潘素梅！"

几人闻言若有所悟，但并没完全明白。韦皋继续说道：

"今天在乌尤寺杨忠还试探我的意思，想将这个兰香买了送我。乌尤寺的素席以及这幅画，都是杨忠事先精心安排好的，目的是想要以美色讨我欢心。画潘素梅送我有何作用？一个已出嫁的女子，一个有牢狱之灾的女子，完全不在情理之中！"

陈兴德点点头，若有所悟，陆勇、康振本没说话。

韦仁说："叔叔，要弄清此事并不困难，只消去平羌驿的棠香坊走一遭，将那兰香唤出来一见，便能辨认出来彼此。"

韦皋点点头，说："韦仁说得对！我们五人中只有陈县令一人见过潘素梅，你们三人都要将这画中人物的特征记住，也好日后辨认那个逃走的女子。她身上有伤，码头、驿站又有巡丁盘查，估计并未走远，而是被人藏在某个隐秘的地方。"

说罢，韦皋叫韦仁将画挂在墙上，一边看，一边又问陈兴德：

"方才你的话并未说完，接着往下说。"

陈兴德叹了一口气，说："龙神祠门口那个算命的瞎子叫黄半仙，曾给杜祥发的宅子看过风水，还在杜家住过一阵。我今天去找他问杜家的事，他却推三阻四，什么都不肯讲。"

韦皋说："明日陆勇到棠香坊去一趟，先从班主那里问询兰香的情况，然后再私下里找其他姑娘打听。兰香的一举一动，班主有时并不十分清楚，但往往瞒不过同坊姑娘的眼睛。你们须将她的户籍、卖契及平昔交往的人物详细记录下来。"

韦皋吩咐完毕，让各位早些回去歇息，而自己躺在床上却翻来覆去毫无睡意。听到外面打过三更，知道反正睡不着了，于是干脆起床点亮灯坐到桌前。眼光溜过汪县令留下的《对棋》一书，不禁又想到什么，便拿起来翻看。突然，韦皋发现一张纸条上的批语与棋谱的内容不符，显然是夹错了地方，于是便取出纸条想放回原位。可翻了两遍，并不见这一页，心中奇怪，便逐页数序号，终于发现书中少了一页，原来这一页被人撕下来了。韦皋一怔，不由挺直了身子，感到一种不祥的预兆，心阵阵收紧。

隔了一会，韦皋突然想到《对棋》的封套，忙从抽屉里取出来。簇新的绢面封套显然是后来做的，与陈旧泛黄的书形成鲜明对比，做工也比较粗糙，不像专业裱匠的手艺。韦皋猛然想道，会不会是汪县令自己做的？立即用一把小刀在封套边缘划开一道口，然后轻轻向前启开绢面。内里的硬衬是用两层黄纸板做成的。韦皋在纸板上划开一道口，却见两层纸之间并没粘牢，顺着口子撕开，原来是个夹层，中间夹了一张纸，展开一看，正是被撕

的那页棋谱，上方画了一枚铜钱，下面密密注着一串日期，最后的日子是端午节前十天。从所书之字判断，共记录了十三次。

韦皋心中豁然一亮，长叹一声。

"汪县令，我定将这帮恶人绳之以法！"

第三十章

日西沉，暮色渐起。

"一盏灯"阴着脸坐在玉皇观大门外。康振本依然乞丐打扮，匆匆走来。

"兄弟，你这个钱不好吃，你且回去吧！""一盏灯"哑着嗓子说。

见"一盏灯"有推脱之意，康振本开门见山："汪大人到底是如何死的？"

"一盏灯"沉默了片刻："汪大人是跌到水中淹死的。嗯，他是个清官，死后没留下钱财。这样她夫人倒可以放心了。"

康振本沮丧无比。

"一盏灯"见状，放缓语气说："我不要你的酬金，你尽快离开这里回去，否则会惹祸上身。"

"请大哥明示。"

"龙游这地方三面临水，风急浪大，弄不好会将你卷到水中。我看你是个醒眼的人物，才对你说这番话。你走吧，不要再来找我！"

说毕，"一盏灯"不再理会康振本，拄了拐杖起身，头也不回地朝观内走去，把康振本晾在大门外。

康振本愣了一会，只好无奈地转身离去。刚拐过弯，一块小石头从断墙后迎面飞来。康振本眼疾身快，立即躲闪到一旁。一抬头，却见毛弟从墙头探出半个脑袋，挥手示意让他翻墙过去。康振本环顾左右无人，攀墙而入。墙后是玉皇观昔日道人居住的净室，如今早已破败不堪，屋顶坍塌，门里门外长满野草。

"毛弟，你唤我来此有何事？"康振本问。

毛弟以一种抱怨的口吻说："大哥，你是衙门里的公人，为何又要装扮成乞丐跑到玉皇观来？莫不是想把我们从这里赶走？"

康振本略有些惊讶，用手摸了摸毛弟的头，开口问道："你听谁说的？"

毛弟不快地闪开头，噘起一张嘴嗔怪道："昨天你离开玉皇观时，我刚从街上回来，偷偷跟在你后面，见你在街上转了一圈却并没有讨食，走到府衙门口却大摇大摆往里走，门丁并不阻拦你，就知道你是衙门里的公人了。

你骗了'一盏灯'！其实他人并不坏，讲义气，不记仇，只是脾气毛了才动手打人。"

康振本拉过毛弟的手，言辞恳切地说道："毛弟，你说得对，大哥的确是衙门的公人，此番装束乃因有重要使命，并不是为监视你们，将你们赶出玉皇观。大哥如今正奉命暗查，为了抓坏人，才故意装扮成乞丐，这样就不容易被别人发现。你看，我若不是扮成乞丐，就不会认识你毛弟，也不会找到'一盏灯'打探更多的事。因公务需要，大哥可能会扮成各种不同的人，但心都是一样的。这些话你明白吗？告诉你，我觉得你是一个非常聪明懂事的弟弟，我很喜欢你这个弟弟。"

毛弟似懂非懂点点头，但对康振本的信任和夸奖十分高兴，脸上慢慢露出笑容。最后，他拍着胸脯十分豪气地夸口道："大哥要在龙游城查哪个坏人？毛弟保证能帮你。你信吗？"

康振本笑了笑说："信。不过眼下你还小，等以后长大了，大哥一定让你帮忙办事！"

毛弟鬼灵地说："你不告诉我，我也能猜到。先前我见酒鬼嘀嘀咕咕与'一盏灯'说了好一阵，表情很神秘，必是与你想打听的事有关。"

康振本沉吟了片刻说："大哥想查明前任汪县令是如何死的。"

毛弟说："我听酒鬼对'一盏灯'说，汪县令好像是被人害死的。我是偷听到的，不甚清楚。"

康振本表情严肃："毛弟，此事非同小可，可不能随口乱讲！图谋朝廷命官，便是谋逆的大罪，依律典是要杀头的。你知道吗？"

毛弟显然是被吓住了，睁大眼睛发愣。康振本缓和语气问："这个酒鬼叫什么名字？也是一个乞丐吗？"

毛弟答："不是，酒鬼是个卖糖粑粑的孤老头。他经常担一副挑子穿街走巷。"

康振本问："酒鬼与'一盏灯'关系很好？"

毛弟点头说："欸，酒鬼整天喝得醉醺醺的，赚的钱都买酒装到肚子里去了，别人就叫他酒鬼。有年冬天酒鬼喝醉了跌到沟底摔昏了，是路过的'一盏灯'救了他，要不然他也许被冻死了。酒鬼对'一盏灯'很感恩，不时会买点吃的去孝敬。"

康振本问："酒鬼是个卖糖画的，怎会比乞丐头'一盏灯'的消息还灵通？"

毛弟说："酒鬼哪里醉哪里睡，醒了就外面晃荡，半夜亦如此，眼力还特别好，常能看到一些别人见不到的事。"

康振本急切地说："那就要烦毛弟引路去酒鬼家走一趟。"

毛弟："去酒鬼家倒是没问题。不过，大哥若想要与酒鬼说话，最好买一壶好酒带上。他一闻到酒香就来精神，你便可以与他慢慢说话。不然他酒醉不醒，像头死猪呼呼大睡，任你喊破嗓子都不睁眼，急得你双脚跳。"

康振本点头称是，与毛弟翻出墙来，到街上买了一壶上品的"海棠春"酒，又买了半块卤猪头肉用荷叶包上。二人穿过几条大街小巷，来到了酒鬼破旧低矮的门前。康振本在毛弟耳边低语两句，毛弟点头离开。

康振本举手叩门，才发现里面并没上门闩，轻轻一推，便"吱嘎"一响，摇摇晃晃地开了。屋子又暗又小，弥漫着大股刺鼻的劣质酸酒味，桌上燃着一盏昏暗的油灯，一个秃顶男人正伏在灯旁大声地打呼噜。环顾四壁，除那副卖糖画的担子外，最醒目的便是墙角十多个不同形状大小的酒壶。

康振本"喂、喂"喊了两声，酒鬼依旧鼾声如雷，纹丝未动，用手推他也不醒。康振本便动手启开海棠春酒的盖子，将酒壶摇动几下，轻轻放在酒鬼的面前。浓浓的酒香一下子弥漫开来，酒鬼像被刺扎了一下，猛然醒来。见到康振本手拿酒壶，立即给他让座。酒鬼衣扣错位，裤角一高一低，长长的瘦脸上嵌着一个又圆又大、十分醒目的红色酒糟鼻子。他睁大一双眼睛说：

"哎呀，嗯，嗯，嗯！这是上品的海棠春，龙游最好的酒。我好多年没喝过这种酒了！谢谢相公的好酒。"说罢打了一个响亮的酒嗝，伸手去拿酒壶。

康振本一把将酒壶拿到手中，说："不忙。我有一事相问，你告诉我后再喝不迟，下酒菜我也一并给你带来了。"

酒鬼急不可耐："哎呀，今天碰到财神爷了。你尽管问，这龙游城里大小事都瞒不过我！"

康振本一字一句说："汪县令是怎样死的？"

酒鬼似乎一下清醒了，怔了一下，摇晃着站起来，蹒跚着步子往里屋走，粗声粗气地说："这个，我不晓得。这辈子我只识得酒，识得我的糖粑粑，其他一概不知！你走吧。"

康振本并不着急，不紧不慢地说道："你不想喝就算了！我也不会喝酒，干脆把这酒倒了，酒壶好看倒可以留着玩赏。"说罢将酒一点点往地上洒，醇香四溢。

酒鬼见状心痛得连连叫唤："哎呀！你简直在暴殄天物，糟蹋圣贤。好！

203

好！你既然要倒掉，不如往我嘴里倒，也算是给海棠春找了个好去处，不枉这上品好酒到人间走一遭！"

酒鬼说着，从里屋拿出一个土黄色粗瓷碗，伸到康振本面前，康振本打开酒瓶盖给他满满斟上一碗。

"好酒，简直太巴适了！你闻闻这香味，我敢说连神仙闻了也要跳墙。"酒鬼喝下一大口，咂咂嘴，并伸出舌头将唇边舔了一圈，大声赞叹道。接着，酒鬼一口气把碗里余下的酒全部灌下肚子，用手夹起两片亮晶晶的猪头肉，惬意地眯着眼睛不断晃动脑袋。

一会儿，酒鬼将空碗呈到康振本面前，示意他再斟酒。康振本装作没看见，将瓶口盖上，拿在手里左右把玩。酒鬼坐立不安，两眼骨碌碌地跟着酒壶转。康振本又从怀里拿出两锭银子，说：

"你若告诉我实情，这银子也送给你拿去买酒喝。不然，我就走了。"

酒鬼犹豫了一会，开口问："是'一盏灯'叫你来找我？"

康振本不置可否，问："告诉我汪县令是如何死的。"

酒鬼默不作声。

康振本说："你是在帮坏人，我要去报官！"说罢，站起身欲往外走。

酒鬼终于忍不住了，说："好吧，我说。唉，说出来也好，终是一条人命啊！不然哪天我到了阎罗王跟前，鼎镬刀锯不好消受。"

康振本往酒鬼碗里斟满酒。酒鬼喝了一口，犹豫了半晌，终于开口说道：

"端午节前的一天黄昏，我在东津渡码头一个小酒店里喝了酒，头重脚轻走出来，却突然下起了大雨。我急忙躲进江边一堆废弃的船篷里，迷迷糊糊很快就睡着了。醒来时天已黑尽，也不晓得是啥子时辰。正准备往外走，忽听一阵很轻的脚步声传来，透过缝隙望出去，见两个男人鬼鬼祟祟躬身往前走，那情形不像是要干正经事。我心里害怕，躲在里面没敢动。一会儿外面脚步声消失了，我伸出头往外看，见远处一个人站在水边东张西望。我正诧异咋少了一个人，却见那个人摇晃了一下，'扑通'一声跌入江中。我刚要开口呼救，忽见到水面上猛地冒出两个人来，将那个落水的人使劲往下摁。我脑袋'轰'的一下，知道眼前有人在行凶将人溺死，不由吓得魂飞魄散，全身汗毛都竖起来，牙齿不断地打战，闭上眼睛趴在地上一动也不敢动。隔了好一阵，四周又没了声息。我睁眼看去，远山近水黑幽幽一片，不见半个人影。我慢慢走到刚出大事的地点，这时江面上起雾了，四下悄无声息，河水静静流淌，方才骇人的一幕仿佛从未发生一样。连我自己也觉得摸不着头脑。

"第二天一早,我挑起担子转到那里,发现与往日没有两样。正想离开,一个五六岁模样的男孩跑到我的担子前,拿出一样东西欲换一只糖粑粑。我拿过来看是个拇指大的小匣子,里面有一枚玉印,没想到上面刻有汪大人的名字!我大吃一惊,立即取了一个糖龙给他,问他在哪里捡到的。男孩指着昨夜出事的地方说,早上捞虾时捡的。我吓了一跳,叫他不要对别人讲,然后赶紧挑起担子离开。

"两天后,听说汪县令钓鱼不慎跌入水中淹死,肖二还跑到大堂上作证,我心中好不惊诧,回想那晚见到的一幕,心里一直后怕,没敢对任何人说。"说罢,酒鬼从担子下面找出一个小竹筒,取出一枚小巧的印章。康振本凑到灯前,见上面果然刻着汪县令的名字。"

康振本问:"你能记起那两人的面容、身形吗?"

酒鬼摇摇头。康振本见他目光游移不定,料想他又在犹豫,便又吓唬他说:"天网恢恢,疏而不漏。你不说,汪县令的冤魂也会来找你!你没听说汪县令的阴魂半夜在县衙里走动么?有衙役见他长发飘垂,一脸怒气,飘然而来,倏然而逝,欲言不言。他一出现便月光暗淡,阴风惨惨。分明是有冤屈来显灵,好不骇人哟……"

酒鬼大惊,惶恐不安地望着康振本,嘴巴动了两下:"汪县令的鬼魂回来了?"

康振本一脸冷峻:"我还听人说阎王爷也会帮助冤死的人,让一大群裸形怒目的鬼跟随他,设法将害他的人拖下地狱,刀锯、油炸,受尽地狱各种折磨,永世不得超生!"

酒鬼瞪大两眼。康振本催促道:"告诉我,是谁?我知道你眼力好。"

酒鬼垂下头仍不说话。康振本耐心地说:"做人要讲良心,你不说,是在袒护坏人,伤害好人。坏人逍遥在世上还会危害别人,你愿意其他好人也遭殃吗?"

酒鬼定了定神,终于抬起头开口道:"当时天很黑,我看不清楚这两人的面容,但其中一个人的身形、动作……"

"是谁?"康振本见酒鬼欲言又止,便急不可待地问。

酒鬼抓起酒壶猛呷了口酒,正要开口,突然门外飞进一块石头,正中酒鬼脑门。酒鬼惨叫一声倒下,手中的酒壶摔得粉碎。康振本冲出门外,见一个人影飞奔而去。康振本疾步追去。那人跑得极快,距离越来越远。康振本掏出一柄飞刀朝黑影掷去,听到一声低沉噤叫,脚步声停了下来。追了过去，却又不见人影，月光下但见石板上有一缕血迹，知道那人受了伤。康振本正想继续往前追，猛然想起酒鬼独自一人在房里，怕再生出意外，忙转身返回。

酒鬼口鼻血流如注，四肢直挺挺躺在地上，双目紧闭，直喘粗气。康振本见此情景，明白酒鬼快要气绝，忙俯下身子问道："快告诉我，汪县令是被谁害死的？"

酒鬼无力地睁开双眼，嘴唇嚅动几下却说不出话来。康振本急切地问："是谁？快快告诉我！"

酒鬼竭尽全身力气，从牙缝中挤出一个字："黄——"随即一挣，便一动不动，睁大眼睛看着上方，气绝身亡。

康振本双手摇了摇酒鬼，依旧没有反应，只得叹了一口气走出房门。通知里甲派人到酒鬼家收尸后，康振本又匆匆赶往肖二家。

肖二的母亲憔悴而又疲惫，满头稀疏的白发，对康振本来访惊慌不安。肖二头发散乱，躺在床上，骨瘦如柴，双目紧闭，一副行将就木的样子。

康振本走近，轻声问道："肖二，你在大堂上作证说，汪县令在河边钓鱼溺水而亡，可是真的？"

肖二默不作声。肖母愁眉苦脸地说："你别问了，他早就不能说话了。这几天连稀饭都吃不下，汗流不止，不停咳嗽，身子如炭炉一般，我只好不断用冷水给他擦，让他好受一点。唉，老身不知前世欠了哪个的账，竟落得这白发人送黑发人的光景！"

说罢，肖母忍不住有些呜咽。康振本问："汪县令出事那晚，肖二根本不在事发地点。是谁指使他上大堂作证？"

肖母不安地连连摇头："不知道，我不知道，你不要问我……"

康振本问："他病了多久？"

肖母答："造孽哦……"

这时，肖二又咳起来，接着浑身寒战，牙齿捉对儿厮打起来。显然，肖二病得十分厉害，危在旦夕。康振本怕他一命归西，许多话问不出来，忙从怀里掏出一块碎银，让肖母去唤郎中来诊治。肖母磨搓着双手犹豫了片刻，终于拿了银子出门。

肖母刚离开一会，康振本听到肖二喉中发出一阵古怪的声响，接着四肢痉挛抽搐。康振本见肖二睁大眼睛望着自己，便走到床边俯下身子问："肖二，你想说什么？谁让你这么做的？你快告诉我！"

肖二挣扎着张开嘴，似要说点什么，可喉中依旧只发出含混的声响。他哆哆嗦嗦用干柴般的手指在被子上划出一个字。康振本看罢追问："郭？他叫什么名字？是干什么的？"

肖二嗓子里响了几下，突然"啊"一声大叫，头一歪，瞪大眼睛，全身直挺挺地不动了，接着嘴角处流出一行白沫。此时，肖母与邓记生药铺的邓掌柜上气不接下气赶回来，待邓掌柜上前把脉，肖二脉息已绝，口中一点气儿都没有了。

康振本见肖二家四壁萧然，十分凄凉，便问："大娘，你家肖二平日爱与谁往来？"

"肖二并无什么朋友，不知啥时与赵三热络上了。不过肖二病重后就很少见到他的影子。"

"赵三是干什么的？"

"王永安家的马夫，是个没行止的歪货。前一阵听说被东家解雇了，不知又跑到哪里去干坏事。终不得好下场的东西。"肖母说着又嘤嘤哭起来。

"赵三与肖二在一起通常干些什么？"

"赌。"

韦仁环顾家徒四壁的肖家，疑惑地问："他们哪里来钱孟浪挥掷？"

肖母说："上半年有一段时间，肖二好像赢了不少钱。有一次他喝醉了，还带了两锭银子回家，说自己发财了，以后不要我辛苦操劳，在家好好享清福。我问他银子从哪里来的，他不说，问急了就回答我是赢来的。"

"他们通常在哪里赌？"

"这个，我不甚清楚，似在东津渡附近的一条船上。"

"肖二熟人中有一个姓郭的你知道是谁吗？"

肖母想了片刻，说："姓郭？他认识的人中没有姓郭的。不过，有一次我看见郭总管与肖二在东津渡码头上说话。"

韦仁问："郭总管是干什么的？"

肖母说："王矿主铜山矿上的总管，叫郭奎，绰号'化骨鳝'。"

"何为化骨鳝？"

"样子与黄鳝相似，稍大，常在深夜抬头望月。人若误食不但会死，皮毛骨头转眼间也会化为一摊水。十分可怕。"

韦仁问："他们说些什么？"

"我估摸着是肖二欠了姓郭的赌账，说话低声下气，一副害怕的样子。他二人见了我便住了口不说了……"肖母忍不住又伤心地哭起来。

邓掌柜细看了肖二的内眼睑和指甲，不禁皱起眉头，问道："你给儿子喂过什么药？"

肖母哭道："家里哪有钱买药？端午节前肖二拿回来一些沙参，说是一个有钱的朋友送的，让他过节时用来煨鸡，可我一直没舍得动，肖二病了我才煨来喂他，结果一点不管用，反倒一天比一天虚弱。"

邓掌柜问："沙参还剩得有么？拿来我看看。"

一会，肖母从厨房拿来余下的几根沙参，邓掌柜拿过手仔细观看。康振本凑近小声问："你疑心这沙参有毒？"

邓掌柜点点头，说："是的。我估摸这沙参是用药水浸泡过的，毒性慢慢上来，不易被人察觉。待我回去验过之后再禀报大人。"

两人跨出大门，就听到肖母发出一阵凄凉的哀嚎。

第三十一章

清晨，府衙后院。

陆勇一脸沮丧进门禀报，兰香已离开棠香坊。接着，他说起了探得的情况。

半年前，兰香随"九重天"杂耍班从西域到平羌驿。几天后，杂耍班去了别的码头，兰香却自愿卖身棠香坊，身价是二十两金子。吕班主得了这么个色艺双绝的摇钱树，自是万分欢心，也没多问她的身世，就托乐埠里曹保作了中人，签了文契。

兰香身段模样技艺虽好，但性格太过清高孤傲，不喜欢奉迎，故姐妹们都不喜欢她，也不见有什么朋友来看望。嘉州早有人想重金赎出兰香，但兰香自己不愿意。吕班主说了几个想赎她的人，其中就有府衙的谭师爷。兰香信佛，经常独个去附近庙里拜佛上香，每次只需半日工夫，必定雇轿赶回棠香坊。开初，吕班主不放心，让一个仆人陪着，怕她悄悄走了。后来见她稳重守时，从不耽误应局出场，也就不再过问干预，由她自己外出。

昨天下午，棠香坊里来了几位外乡的客人，吕班主叫了几位姑娘出来应局，一干人在庭院里玩抛花球助兴，一面饮酒，一面抛球，还伴以歌舞，好不热闹，坊里其他姑娘都来凑趣，唯兰香独自提了一只竹篮出门，天黑仍未回来。后来，吕班主在兰香房里的梳妆台上发现兰香留下的一封信，信中说自己已离开，将衣服及金银珠宝首饰全部留给吕班主，以自赎其身。

陆勇说罢，还从怀里拿出一张纸递给韦皋，上面记着从吕班主那里抄来的兰香姓名、年龄、籍贯、卖身文契、所掌握技艺的种类、个人爱好等情况，也没有什么特别内容。

韦皋不语，朝墙上兰香的画像望去，似在推测她离开的原因。

正在此时，忽见府衙校尉进来禀道："王永安、常士杰两位掌柜求见韦老爷，说是有急事相求。杨大人已在前厅等候韦老爷。"

韦皋知众人是因王月娥之事前来，便来到前厅。

府衙前厅，王永安、常士杰早候在那里。韦皋坐下后，王永安将女儿王月娥失踪之事说了一遍。

韦皋搁下茶盅，对常士杰问道："常掌柜有什么要说的？"

常士杰叹道："月娥是好女子，有此儿媳，家门有幸。小民教子无方，犬子生性浮浪，后来又患了疯癫症。家人因此万分愧疚，倍加善待月娥，视如己出。怎料天有不测风云，竟出了这等怪事。光天化日之下，市廛邑镇之中，一个大活人竟在众目睽睽之下不见了。是不是被人诱骗，或者自己离家出走了？"

"你——一派胡言！我还疑心是你儿子把她害了，你竟怀疑月娥自己跑了！"王永安青筋暴突地吼道。

常士杰含愠争辩道："并不是为我儿开脱，犬子连自己生活起居尚需别人料理照顾，怎可能谋害他人？天地良心，望两位大人明察。"

王永安正要争辩，杨忠一拍桌子，很不耐烦地看了两人一眼，说："事情还没有眉目，你俩倒先在府衙内吵闹起来，成何体统？麻雀飞过还有影子，何况这么个大活人！既然你们已到衙门报案，我会着人画影图形，各处张贴，再派缉捕、官差各处寻查。待有了眉目，即刻通知你们两家，再行断治。"

王、常两人没再言语，只得告辞退下。

杨忠转头："韦大人，你看这事如何决断？"

韦皋笑道："杨大人，你是嘉州刺史，这些都是你属下之事。该如何处理，由你自己决断，审案时我来观看便是了。"

杨忠喏喏道："韦大人，下官还望你在嘉州期间不吝赐教。"

韦皋打断杨忠的话头，说："杨大人不必过谦，你的办事能力我已有所领略。"

杨忠有些摸不着头脑，不知韦皋的话是褒还是贬。

韦皋话锋一转："今天早上我又翻了翻龙游的图志，打算到能仁院、开元观、后溪等风景名胜游览一番。你不必陪我，府衙里还有不少公务等你处理。我也愿意轻车简从，图个轻松自在。"

杨忠不敢说话，心中忐忑不安。

韦皋轻衣便服，骑马出了西门，怕人多惹眼，只带了韦仁随行。

时值秋收，官道上行人稀少。走了一会儿，韦皋开口道：

"这王月娥怎会失踪？据她丫头讲，是往市廛上买东西途中不见了。大街之上谅无人敢劫她，再则也没人向王、常两家索要赎金。若是被人诱骗，必定是与王月娥十分熟悉的人。那人又是谁呢？骗走她是何目的？"

"叔叔，你不是出来游山玩水么？既然是玩，烟霞水云才是你要说的，怎的又思量起案子来？你不是说那是杨大人分内的事么？"韦仁嘟哝道。

"嗯，对，我们今天是出来玩的。"韦皋一笑，"我想多打听一些王家内情。冶铜是个赚钱的行当，杨忠把偌大个铜山冶矿交给王永安，这其中有无交易？"

韦仁提高嗓音："哎呀，叔叔，我就知道，你三句话不离案子，不谈案子就没有精神。"

韦皋哈哈大笑，说："没办法，就这个操心劳碌的命。"

两人策马边说边走，道路两旁翠柏掩映，凉风习习。忽然，韦仁瞥见前方一个男人正向过路的小贩买东西。韦仁觉得有些眼熟，便策马而去。快要走近，男人似有察觉，侧身偷窥，见是韦仁，顿显慌张，扔下手里的东西拔腿就跑。

韦皋问："那人是谁？"

"兜售沙金的人。见了我像做贼一样。"韦仁疑惑不解地看着仓皇离去的背影。

韦皋若有所悟，一跺脚对韦仁说："快，快将他抓住！"

韦仁下马撒腿朝前冲，那人见韦仁追来跑得更快，一头扎进树林里。韦仁追了一会，便不见那人踪影，心中疑惑，停步下来观察四周，忽听草丛中一阵细微的响动，刚抬头，一个黑影从旁边闪过。韦仁扑上前，两人同时摔倒在地，顿时扭成一团厮打。韦仁从小拜师习武，精通剑术、角觝，又在军队滚打几年，身强力壮，一般人哪是他的对手。很快，那人就被韦仁擒住，拖到韦皋跟前。

"你是何人？叫什么名字？"韦仁问道。

"哎哟，痛死我了！小的叫赵三。"那人应道。

"好你个赵三，正要找你！你干的事以为别人不知道？是眼下说，还是打得你皮开肉绽再招？"

"招！眼下就招！"

韦仁喝道："赵三，你少给我耍骗人的鬼把戏！你干什么营生？还不快快讲来！"

赵三见韦仁又举起铜锤般的拳头，忙开口道："大爷，我说，我说。"

"我问你，你与肖二经常在一起赌？"

赵三有些摸不着头脑，抬起头来，蒙蒙地望着韦仁，倒是一下子显得轻松了许多。答："是，也不是。他没生病时偶尔在一起耍二七十。肖二赌时经常使弄手脚，你不戳破他的机关，他死不认账，那杂种最爱耍赖。"

"肖二闲汉一个，哪来的钱？"

"肖二没钱，输赢也就是几个铜子。只是，端午节前不知他与谁赌赢了大钱，得意扬扬。有一日喝醉了酒，还夸下海口要将一个妓女赎出来当婆娘。那几天他经常买好酒喝，还买卤肉吃。小的问他在哪里发的财，他闭口不谈，似乎有些见不得人。"

韦仁问："肖二爱与哪些人往来？其中有无一个姓郭的？"

赵三想了一下，说："姓郭？肖二并无多少朋友，与他相熟的人我都认识，内中没有姓郭的。不过小的想起来，曾见他与我们东家的总管在船上说过话，总管叫郭奎，为人凶狠无比。我觉得很奇怪，后来曾向肖二打问，哪知他牙口却很紧，没漏一丝风。"

"你后来还见过肖二与郭奎在一起吗？"

"没有。"

韦皋一直没动声色，见赵三听只问肖二时显得松了一口气，便知他心中另外有鬼，突然开口问道："赵三，肖二的事回头再说。先说说你眼下干的这桩事！别以为可以瞒天过海，蒙混过关。"

赵三顿时大惊失色，嘴唇如同被胶粘了一般，半晌没吐出一个字。韦仁抽出一柄尖刀放在赵三的耳朵上：

"不说？行，那我就先削下你一只耳朵！"

赵三吓得浑身寒战，结结巴巴地说："不，不！小的，我说……我绑了一个人，正打算把她拐到外地去卖了。"

韦皋闻听后心中不免一惊，原是想从他口中诈出一些事来，没想到他却兀自招出绑票一事来，暗合了自己的推测。韦仁厉声问道：

"你绑的人可是王月娥？"

"是，是王月娥。"赵三低下头，情知抵赖不过，只得照实说出。

而韦仁听到"王月娥"三个字，却惊得睁大双眼。

韦皋斥道："你居然绑了东家的女儿！真是胆大包天的贼子，不怕他将你告到官府治罪？"

赵三嘀咕了一句："他的屁沟里也夹着屎。"

韦皋骂道："混账！你拿了东家的什么短，想以此讹钱财？"

赵三吓得浑身一抖，拿眼觑一下对方，故作神秘地说："小的知道王掌柜私下里在干违法之事。"

韦皋冷笑一声，言道："你伶牙俐齿胡编一通，不过是想为自己开脱罪责。你说他干违法之事有何凭证，嗯？"

赵三两眼一转，小心翼翼地问："二位大爷是？"

韦仁吼道："少废话！快回老爷的话，否则让你尝尝这柄尖刀的滋味！"

赵三吓得连连称是，说："有天半夜，我起来给刚下了马驹的母马增麸料，突然听到有轻微响动。初时我还疑是有贼，不料却窥到一个神秘的客人来访。王掌柜亲自开门迎接，蹑手蹑脚，也不打灯笼火把，两人关起门谈了将近一个时辰。小的便私下起了疑心，留神王家动静。过了一阵子，那个神秘的客人又半夜来访，王掌柜送走他后还独自去了旧宅，出来时十分警觉，左右张望，然后小心锁上大门。自新宅建起后，旧宅仅堆些废弃不用的东西，王家上下无人出入其中。第二天，小的翻墙进去，见里面乱七八糟，并无特别之处，心中很是奇怪。"

韦皋问："你听见他们谈什么？"

"声音太小，听不清楚，隐隐听到王掌柜两次提起'葛仙楼'三个字。"

"你怎么离开王家的？"

"客堂里丢了一只花瓶，王掌柜令逐间房屋搜查，不料从马厩里搜出花瓶来。郭总管硬说是小人偷了去抵赌债，撵走了小人，不给一分工钱。小的赌咒偷了花瓶全家死绝，他还是不信。定是王掌柜看我不顺眼，栽赃陷害。"

"郭奎祖籍何处？跟王永安多久了？"

"郭总管绝少言及私事，小的不知他是哪里人氏。他跟王掌柜大约有四五年了，惯善打斗，手下又有一帮泼皮，极是凶狠，矿户们很惧怕他。"

"郭奎常去哪些地方？"

"妓院。他每次去都点两个姑娘侍候，一弄就是一个时辰，姑娘们背地里唤他骚棒，很怕他。"

韦皋听了暂没作声，寻思王永安眼观六路，耳听八方，有钱有势，生意上的事完全可以应付自如，何需躲躲闪闪请人暗中帮忙。赵三不是善类，自然要为自己的行为辩解一番，但其他部分似属实情。由此，韦皋估计王永安是在干私铸铜钱的违禁营生，并且还有人在背后帮他出谋划策，而这个半夜到王家的人也许就是出谋者。

"老爷。"见韦皋半响不吭声，赵三怯怯地喊了一声。

韦皋突然问："深夜来王家密谈的人长什么模样？"

"小人不知道。王矿主做事诡异，疑心又重，大事从不向家人吐露半个字，小的一个养马的下人哪里能知道？只偷窥到深夜来人，都是王矿主亲自开门，然后径直将客人领到书斋。那人个子不高，穿一件宽大的袍子，头上戴一顶宽边帽子，压得很低，根本无法看清面容。"赵三虽不曾见过韦皋，但见他威武挺拔，气势逼人，随从也是一身武艺，猜测可能是江湖上手眼通天的人物。说罢，又讨好试探道：

"敢问你二位是哪座庙里的神？今天手下留情，日后小人当常年烧香供奉。眼下这桩买卖成交后，各人一半如何？"

韦皋说："赵三，你的事回头再说。立马引路，去找被你绑了的王月娥。"

赵三不敢吭声，只得引路往前走。

三人在阴暗的树林里走了一阵，山里松涛阵阵，更显静谧。翻过一个小山脊，再拐下坡，赵三领头向一片草丛深处摸去。片刻工夫，便见到几个黑幽幽的崖墓口。赵三正欲钻进去，韦仁担心其中有诈，便喊道：

"等等，让我先进去看看。"

说着，韦仁小心翼翼躬身钻入崖墓，须臾，探出身来对韦皋说：

"是有一个年轻女子被绑在里面。"

崖墓上方裂了一线罅口，光线透射进来，只见地上铺了一层松枝，一个年轻女人坐在上面。这女子头发散乱，衣衫撕破，被绑了手脚，口中还塞了一团破布，神情十分惨淡。

韦仁上前为女子解了绑，取出口中破布，女子忍不住"哇"的一声大哭起来。

韦皋细看那女子，生得眉目清秀，皮肤细腻，一望而知乃大户人家小姐。她已被赵三关在阴暗潮湿的崖墓中，弄得灰头土脸，手腕上勒出几道青紫伤痕，料知受了不少折磨。韦皋开口问道：

"你可是王月娥？"

"小女子正是王月娥。"王月娥眼泪汪汪。

"赵三如何将你骗到此处？"韦皋又问。

王月娥哭述道："那天小女与丫头翠屏一道从娘家返回常家，走在路上忽然想起桂花头油快用完了，便决定到市廛上去买。因翠屏提了一篮我母亲做的糕饼，还有一些时鲜水果，我就让她先随轿回家去。

"小女与翠屏分手后，刚走了几步便听身后有人低声唤我'大小姐，大小姐'，小女回头一看是赵三。赵三谎称看见我姨孃进城来了。小女心中甚是欢喜，好长日子没见她了，忙问姨孃在哪里。赵三说就在前面不远处。小女一时糊涂，竟没多想就随他而去。他将我骗到一个僻静处，突然变了脸——

把将我死命扼住。小女当时就吓昏了过去，醒来时已躺在这崖墓里，手脚都被绑了。这两天小女子在崖墓里如同活死人一般，整日被绑着不能动弹，还被这贼子百般轻薄凌辱，求生不得，求死不能，唯有以泪洗面。今日遇到两位恩公相救，绝处逢生，小女子终身感激不尽。望恩公留下尊姓大名，日后定当衔环结草报答。"

韦仁道："我们是衙门里的公人，这赵三绑了你，你父亲和公公今早已经到衙门来报了案。到时开堂，还要你上堂作证人。"

赵三听后，惊愕地张大嘴。

而王月娥却凄苦地摇摇头说："小女不去衙门，也不想回家。"

韦皋不解地问："这是为何？"

王月娥低头抽泣，半晌才透过一口气，啜泣道："父亲视钱如命，将女儿推入深渊。小女若不是念及母亲孤苦伶仃，真不如一死了之……"说着竟昏了过去。

韦皋让韦仁扶起王月娥，再押了赵三，钻出崖墓，穿过树林朝山下走去。

第三十二章

府衙后院，韦皋叫来韦仁、陆勇、康振本。

"陆勇，去王永安家通报，就说我明日要去拜访。

"韦仁，抓紧时间去铜山镇走一趟，暗中打探山上冶矿的情况。

"康振本，通知陈县令派人拦截所有从铜山运矿出来的船只，缉查有无违禁物品，暗中监视王永安，看他在干什么，又与谁联系往来。"

韦仁有些不耐烦，说："叔叔，把那王永安抓来过堂，夹棍一套，三下五除二，私铸铜钱、贩卖黄金等事他敢不招。"

韦皋说："休得鲁莽！万不可打草惊蛇。若私铸铜钱，贩卖黄金，必有运输分销渠道，牵涉之人多。我要一网打尽。只要找到罪证，还怕他诡辩抵赖？

"明天我到王永安家中明访，先敲打他一下，故意露出对他的怀疑，看他还坐不坐得住。只要他转移赃物、银钱，销毁种种证据，就会露出马脚来，到时不怕抓不到他的狐狸尾巴！"

第二天下午，韦皋坐了一顶凉轿，不紧不慢地去了后溪王永安的宅院。

王永安得到通报，早穿戴整齐，在描金雕花的红漆大门外恭候。韦皋下得轿来，王永安慌忙上前施礼，说道："韦大人大驾光临，小民荣幸之至，荣幸之至。"

韦皋略略欠了欠身，算是还礼。王永安身后不远处站着一个虎背熊腰、臂圆颈粗的中年汉子，一双阴沉沉的眼睛不时偷偷打量来人，走路时右腿跛得厉害。韦皋思量这人必是赵三所说的郭总管，一看便知不是良善之辈。

王永安引韦皋在客厅坐下，客厅里一排黑檀金漆蟠龙坐榻，榻上放有金黄色的绸缎坐垫，坐垫四周还镶着一圈金黄色的丝线流苏。四周陈列许多珍奇玩器。看得出这客厅花了不少银子装饰，显露出暴发户的艳俗和招摇之气。桌上供着一尊镏金的财神爷的铜像，左右大红洒金对联："生意兴隆通四海，财源茂盛达三江。"

韦皋寒暄了几句，将一片海棠果蜜饯放入口中，问道："你女儿王月娥已找到，想来你已听闻。只因案子尚未审理，一些事还需向王月娥问询，所以她暂时不能回家,你且放心等一等。"

王永安瞥了韦皋一眼,唯唯说道:"谢韦大人救月娥于水火,小民心中感谢万分。只是眼下还未见到她,十分牵挂。"

韦皋说:"你尽可放心,衙门已为王月娥延医治病,她很快会恢复过来。待升堂问案后,她便可以回家。"

王永安有些不安地说:"谢韦大人。"

韦皋问:"赵三是何时雇的?"

"回大人,赵三原是一个马帮里的脚夫,整天奔波劳碌,日晒雨淋,小民见他养马还有一套,便雇他到府里。谁知这个忘恩负义的东西,身在福中不知福。不念主恩,却尽干那偷鸡摸狗的下流事,将小民一只价值不菲的古瓷瓶偷了不说,竟又胆大包天绑月娥作肉票!想要讹我钱财,实在可恶!"王永安咬牙切齿地骂。

韦皋道:"赵三可是偷了王矿主的沙金?"

王永安不安地挪动了一下身子,点头称是。

韦皋说:"可他却说沙金是他花钱私下买的,结果不但被你手下人打了,还被夺去沙金。"

王永安涨红了脸,申辩道:"血口喷人!诬陷好人!若他能点出是我的哪一个手下抢了他的东西,任凭韦大人处置,本人绝无半句怨言。"王永安恼羞成怒,忘记谦称。

韦皋倒也不深究,说:"王矿主,赵三本是个犯人,为了开脱罪责,所言也未必可信。至于如何了断此案,公堂审理之后自会依据大唐刑律处置。对了,这几天你暂不要离开家,审赵三一案时,还要你上堂问一些事。"

王永安不安地点点头,想讨好韦皋却又不知该说什么,只得表面干笑着等韦皋的下文。

韦皋突然话锋一转:"你这宅邸很气派,像是刚建成,定是花了不少钱啰?"

韦皋开始左顾右盼,上下打量起房子来,仿佛今天是特地奔房子而来。王永安总算领略了韦皋的深不可测和出其不意,除了更加小心翼翼外别无他法。

"回大人,不到三年。原来的老宅就在后面,因拥挤狭小又十分破旧,便另建了新屋。"

"哦——"韦皋拖长声音。又说,"都说这后溪是龙游的一处名胜,今日既来了,烦请王矿主引路四处看看。"

王永安不知韦皋是何用意，只得躬身答道："小人荣幸！韦大人请随我来。"

门外，那个中年跛腿汉子正在对身边一个男仆模样的人一阵低语。男仆点点头，迅速从王家宅院的后门溜出来，骑上马，朝铜山镇方向飞奔而去。

韦仁出门，欲赴铜山镇，没走几步忽听有人在唤自己：

"韦大哥，多日不见！怎么这身打扮？"王福眼尖，远远就看到一身伙计装束的韦仁，嘻嘻哈哈跑过来低声问道。

"王福，怎么没去卖豆腐？"

王福笑容可掬，缠着韦仁说："大哥，你给韦大人说了没有？什么时候能让小的跟你们干？"

韦仁说："你先到陈大人县衙里去谋个差吧，那里正缺人手呢！"

王福一副很为难的样子，挠着头说："陈大人？唉！你有所不知，当年在成都大牢里，我曾踢过他一脚，他一直耿耿于怀，对我没个好脸色。小人有点怕他……"

韦仁心中有事，怕王福说下去耽误时辰，便打断说："此事改日再说吧。"

王福见韦仁要走，忙说："小人差点忘了一件要事。昨天一早我去邓记药铺配几味卤料，恰好碰上郭奎手下的李贵来买金疮膏。小人问他谁受了伤，他开初支支吾吾不说，后来才告诉小人是替郭总管买的，郭总管大腿受了伤，裤子上全是血，却又不肯找郎中看。李贵早看上了海棠，托媒人来说过两次，可海棠和我都不愿意。"

韦仁愣了一下，让王福立即将此事告诉康振本，自己骑上马出西城门，一路急速赶往铜山镇。

铜山镇依山临水，滔滔大渡河从镇前奔流而过，小镇终日笼罩在一片灰蒙蒙的雾霭之中。

镇上行人稀少，店铺萧条，十分沉闷。镇尽头有家小客栈，门外低垂着一块油腻不堪的青布招儿，上门绣着"铜山客栈"四个发黄的白色字样。客栈是一幢木板结构的二层楼房，房子已有些歪斜。对面有条路通向山上，有一标牌，上书"闲杂人等不得进入矿区"云云。

韦仁牵马穿过一条陈旧狭长的主街，来到客栈门外。马桩上早拴了几头毛驴，旁边鞍子上驮着粮食和蔬菜。大堂里三个脚夫模样的人正一边喝茶，一边谈论着王永安女儿被绑票的事。

韦仁见没有伙计上前招呼，便在门外拴了马，大咧咧地径直走到柜台前，高声喊道：

"掌柜，住店！"

须臾，一个脸上有道疤痕的中年妇人从里屋出来，这疤痕使她脸上的肌肉变得怪异，人也因此显得很丑。她溜了韦仁一眼，粗着嗓子说：

"两串铜钱一天，茶饭另付。后院有汤池可以沐浴，不要钱。"

韦仁不满地问："这破店却如此贵？莫不是要敲我竹杠？"

丑妇两眼一翻，毫不客气地说："你不住就算了！又没有拉你。"

韦仁心中不由一阵火起，瞪眼正想发作，但转念一想，初来乍到，不熟悉当地情况，又有重任在身，只得暂且忍了。韦仁从怀里掏出两串钱，重重地放在柜台上：

"先住一宿再说！"

丑妇收了钱，从柜台后拿出一本厚厚的簿册递给韦仁，叫他在上面填写上自己的姓名、身份、年龄和籍贯。

"还如此啰嗦复杂？"韦仁道。

"这是官府规定。"丑妇没好气地说。

韦仁拿过笔填上：周明、二十七岁、永盛商号伙计、京兆府人氏。

店小二过来，领韦仁进了二楼一间陈设简陋的客房。韦仁放下褡裢，拿了浴巾去后院汤池沐浴。沐浴罢回到房间，韦仁见褡裢被人翻动过，但银钱一文未减少，心知已被人暗中留意。他警觉地看了看门窗及天花板，然后倒在床上假寐，思索着下一步的打算。

隔壁木墙裂缝里，一对眼睛注视着屋里的一举一动。

黄昏，韦仁在客栈吃过晚饭，晃晃悠悠地蹓跶到街上。见三三两两的矿工陆续来到镇上，街上有几处小摊贩在张罗生意，顾客三五一堆围在摊前，或喝酒或吃小吃。众人表情漠然，沉默寡言。在幽暗的灯光照映下，镇子非但没有增添生机，反让人感到有些怪异。

快到镇头，突然见三个人急急忙忙拐入一条窄小的巷子，巷子又黑又深，并无一家店铺，韦仁觉得奇怪，便悄悄尾随在后面。走了一段，拐过弯见到一个隐蔽的茶馆，布招上写着三个字——"葛仙楼"。韦仁想起赵三曾提到这个名字，因而特别留意起来。茶馆里乱哄哄地坐了一些人，喝茶、嗑瓜子、聊天。韦仁在角落一张桌子坐下，见地上到处扔着垃圾，污秽不堪。

一个店小二哈腰过来招呼，并先送上一盘瓜子和一张不甚清洁的热手巾。

韦仁冷眼打量四周，见不时有人闪进内堂，门口坐一个结实壮汉，每遇相熟人走近，便站起来招呼迎候，若不认识的人则盘问阻挡。韦仁看得仔细，又见两三个人进去，却没见一人出来，心里明白，这里多半是个地下小赌场。

一会儿，店小二过来续水，韦仁递上几个铜钱，说：

"烦你帮个小忙。"

"不知客官想要小的帮什么忙？"店小二手脚麻利，收了钱讨好地问。

"我想进去玩两把。"韦仁嘴巴往内堂口努了一下。

店小二略沉了一下，说："随我来。"转身走到堂口，与壮汉低语了几句，壮汉一脸恶意，将韦仁上下打量了一番，傲慢地开口道："不知客官带了多少银子？"

"一个小赌场却要问带多少银子？也太小看人了！便是京城的'恒丰庄'我也是随意出入，无人敢慢待。"韦仁虎着脸道。

壮汉脸色稍缓，挤出一丝讪笑："不是小的有意冒犯，这里的规矩是输赢盘盘清，两不相欠，银子没带足不能进。小的也是奉命行事。"

韦仁拍了拍胀鼓鼓的腰囊，脖子一拧，说："十两银子够不够？便是输光了，我家掌柜到了还可以支来用！真是山沟里的人，小家子气。"

壮汉见韦仁有钱，立即赔笑道："客官息怒，请进。"

韦仁走进去，见屋内乌烟瘴气，闷热异常。灯光下有四五个男人正全神贯注赌牌，另有七八个人在摇骰子。一个满脸麻子的人正忙前忙后招呼应酬。韦仁其实对赌并不精通，只是略会一些，便凑到人群中观战。这时一个人挨近他身边，低声问：

"先生为何还不下手？"

韦仁见这人三十多岁，中等个子，干瘦而略带灰白色的黄脸上，嵌着一双狡黠的眼睛，看人时如两把锥子。来人自称姓雷，是这里的掌柜。

"暂且不忙。"韦仁胸有成竹地答。

话毕，见一个半敞着胸、长得五大三粗的黑脸汉子跨了进来，绷着脸闷声不响地在韦仁身边坐下。

"哈哈，大富兄弟多时没到我这里走动了，定是又发了大财今日过来翻利！"雷掌柜干笑着向黑脸汉子打招呼。

麻子走过来在一旁帮腔道："看你今日印堂发亮，必是赌运走红。还不早早下手。"

"雷掌柜，烦你先借点银子与我，这几天我手头有点紧。"大富说道。

雷掌柜立即收敛了笑容，冷冷地说："大富兄弟，你是知道这里的规矩的。你上次欠的银子还没还，今日怎么又开口？都像你这般，我们岂不是只好喝西北风？"

"求雷大哥再宽限一次……"

"不行！"

韦仁留心他们的谈话，见大富没借到钱，顿时没了精神。雷掌柜与麻子立马转身招呼另外的客人。

大富望着他俩的背影低声骂了句什么。

韦仁侧身对大富说："这位大哥，我看你是久经赌场的高手。今天我手气好，你再帮帮我。输了算我的，赢了分二成与你，如何？"

大富如同捡了锭金元宝，立马欢天喜地贴上前来。两人消磨了一个时辰，赢了二两银子，大富欢喜不迭。韦仁拿出一两给大富说："今天沾你的光赢了钱！来，交个朋友，我叫周明，替我家掌柜来铜山先看看行情。今晚我赢了，本想请你去酒楼醉一台，可惜这鬼地方连个像样的酒楼都没有。原以为这出铜、出金的地方富得流油，却原来仅有几间鸡毛店，寒酸得很。"

大富此刻已把韦仁看作朋友，神秘一笑，讨好地说："我倒有个好去处。离这不远的葛仙巷有个小酒铺，掌柜曹寡妇与我十分相熟，我们到她那里去，让她做几个菜下酒好好喝两盅。"

韦仁甚为高兴，他只想四处多走动，巴望尽快了解铜山情况。两人走出葛仙楼，昏暗的街上行人绝迹。韦仁问：

"这个葛仙是谁？"

大富答："是古代神仙葛由。周文王时骑着木羊入蜀，落脚绥山，修炼成仙。"

韦仁说："我看铜山镇上就数葛仙楼茶馆生意最旺，雷掌柜倒颇有能耐。"

大富一咬嘴唇，神色诡异地说道："你道是他的生意？真正的东家是王矿主！他与郭总管是王矿主的左右膀，麻子是他们的心腹。那茶馆么，嘿嘿！其实只是个幌子，因为茶馆离码头近，往来客商、货船但凡有啥动静都能了如指掌。王矿主疑心重，随时都防了一手。"

韦仁低声问："王矿主暗下在做另外的生意？"

大富犹豫一下，嘟囔道："这个，这个不好说了。"

摸黑走了一会儿，到了葛仙巷，到得一座房前，只见里面晃动着微弱的灯光。大富轻轻叩门，曹寡妇点火出来。这妇人见是大富，欢喜十分，边沏茶边打情骂俏：

"哎哟，你这个冤家，好久不来看我！最近又到哪里晃悠去了？"

大富嘿嘿一笑："郭总管派我出去押货了。"

曹寡妇惊诧道："怎会派你去押船？"

"最近矿上忙，趸库里的货几乎都运光了。人手不够用，只得把我也派出去。"

说着将一锭银子塞给曹寡妇："我们都要饿扁了，烦你快去灶下弄几样菜来，今天我们兄弟俩要好好喝一台。对了，这位兄弟也是长安人氏，与你是梓里乡亲，可与你讲讲家乡的事。"

曹寡妇给二人端上茶，满心欢喜去了厨房。韦仁打量屋里，见店很小，柜台后面依墙立着一个木架，架上摆着几排不同大小的酒坛，上面贴了红纸标签。

韦仁问："这背街小巷里能有生意么？"

大富答："她酿的酒好，生意还算过得去，够她们婆媳二人糊口。"

韦仁问："店里没雇伙计？"

大富道："多个人又要多张嘴，她俭省，全由自己一手一脚操持。唉，说起来她也是个苦命人，叫曹淑娘。丈夫是个冶炼铸铜高手，曾为宫里铸过御器。可去年不幸被飞石砸死了，婆婆经不住打击气疯了，无论怎么劝都不回老家。好在曹淑娘娘家是开酒坊的，耳濡目染，有酿酒的手艺，就在葛仙巷租了这间房子卖酒为生。"

韦仁喝了一口茶，问："大哥在铜山镇做什么营生？看大哥这身板言行不像是采铜的矿户，倒有几分像军官。"

大富得意一笑："好眼力！我也是郭总管手下的人，专门管治铜山的靖安。但凡有泼皮无赖前来滋事，便动手收拾他们。"

韦仁问："大哥能带我到冶铜的地方开开眼么？"

大富面露难色道："不是大哥不给你这个面子，王矿主早传下话，不让生人靠近冶炼炉。违者重责！你在哪里住？隔天我摇了船带你去钓泉水鱼，比烟熏火燎的冶炼炉前有趣得多。"

韦仁答："我住在铜山客栈。"

大富皱着眉头嚷嚷道："那掌柜是个恶婆娘。几年前她男人在矿山上死了，她找到王矿主又哭又闹，寻死觅活。没想祸不单行，一天傍晚她从丈夫的坟地回来，也许是被鬼缠身，竟从桥上跌倒在沟里，脸撞在沟底的石头上，流了很多血，差点没断气。脸上的伤疤就是那次留下的。她原本是个俊俏的女人，脾气也温和。"

大富与韦仁正聊着，曹寡妇用托盘端上一碟炒肉丝、一碟腌鱼干、一碟泡菜，又开了一坛酒，招呼两人快吃。

大富今日白拿白吃兴头甚高，杯箸飞动，话语不绝。韦仁本是海量，但心里有事便一直没有多饮，而是不断劝酒，想让大富醉中吐出一些真言来。曹寡妇见到家乡人很开心，不时插话询问长安的近况，又接连开了两坛好酒，让他们尽情喝。

大富边喝酒，边绘声绘色讲起矿上的事。一会儿，韦仁见他说话有些颠三倒四，语无伦次，便站起身告辞。刚转过身，忽见一个干瘦的老妇披着一头花白的头发，立在酒柜旁的阴影里一动不动，不禁吓了一跳。曹寡妇见状，慌忙上前拉住老妇的胳膊，轻声说：

"娘，你怎么出来了？快回去睡觉吧，小心着凉了。"

老妇似未听见她说话，面无表情，两只干涩的眼睛直愣愣地看着韦仁，喃喃叫道："兴良，兴良……"

大富扯着韦仁的袖子，结结巴巴说道："她在叫她儿子张……张兴良。这老太婆呀，稍不留神就跑出去……在山上乱转，浑身像讨口子一般脏兮兮的……"

"你丈夫埋在山上？"韦仁问曹寡妇。

曹寡妇摇摇头答："没有，死了的矿户都埋在二道沟。我也没想明白，矿区她进不去，半坡上的邓通祠又被锁了，不知她为何总要到山上转。"

"为什么要锁了邓通祠？"

"两年前，王矿主请了一个算命先生到矿上看风水。算命先生到山上走了一趟，说是邓通的阴魂在作祟，邓通死后，觉得自己在阴曹地府里太孤单，想多一些矿户去陪他。矿户们听后吓得不知所措，王矿主就依算命先生之言，锁了邓通祠大门，以免阴魂出来。"

韦仁怜悯地看了看老妇，告辞离去。

第三十二章

第三十三章

更深人静，残月渐起，似有股股杀气罩住了铜山镇。

一道黑影飞出铜山客栈，直奔江边码头。

韦仁一身夜行衣，单底薄靴，一方幞头低低遮了额面。快到码头王永安的趸库时，忽见半山坡上晃过一个人影，鬼魅般轻飘飘地向矿山游去。韦仁心中诧异，便转身跟去。

一会儿，人影消失，半坡上却依稀矗立着一幢高大门楼，依坡而建，高墙逶迤。远处看去，那门楼仿佛一座寺院，走近却见檐角飞翘，高墙大院，然而四周树影婆娑，似鬼影幢幢。借助惨淡的月光，韦仁看到匾额上三个斑驳的泥金大字：邓通祠。门中上了把大锁，四周漆黑一片。韦仁小心沿围墙绕了一圈，见后院小门也被锁了，只得又转到左墙后侧，翻墙而入。

偌大庭院树木参天，左右各有一座小亭。中间殿堂高甍飞檐，供台上空无一物，两只蝙蝠从梁上飞过，四下阴森寂寥，似是许久无人了。

韦仁绕过左边亭子，穿到后殿的高台下，见门户紧闭，台阶上杂草丛丛，十分荒凉。待要退回来时，却见右边树荫下隐隐有道门，韦仁走过去，不想门也是上了锁的。从门缝看去，里面是个宽敞的庭院，门户错杂，中央有座假山，似别有洞天。

韦仁正准备越墙而进，忽听到附近传来一阵模模糊糊的声响，只见一个影子沿墙根飘来，从姿态上看正是半坡见到的人影。那人显然没发现韦仁在暗处，像鬼魅一样飘忽不定地游走。韦仁感到一阵恐惧，全身紧张，抽出腰间匕首，屏住呼吸伏下身仔细听动静。他担心呼吸声会惊动被偷窥之人，因此暂且转过了脸。

稍后，声响消失，寂静如前。韦仁伸头左右观看，那个人影转眼消失了。他轻轻从墙头爬出去，哪知双脚刚刚落地，一只蜡尸般干瘦的手突然伸到眼前，惊得韦仁倒吸一口冷气，差点没叫出声来。定神一看，面前站着的竟是曹寡妇的疯子婆婆，一张黑脸披着乱蓬蓬的头发。原来她走过来后，就蹲在墙角一动不动。韦仁轻轻吁了一口气：

"你怎么跑到这里来了？"

疯婆婆一言不发，两眼直愣愣地望着他。韦仁正有些不知所措，疯婆婆缓缓伸开五指，手心里放着几枚铜钱。韦仁若有所悟，忙问：

"这铜钱是你儿子给你的？"

疯婆婆木然地点点头。韦仁又问：

"你儿子在山上什么地方干活？你能带我去么？"

疯婆婆眨了眨眼，木然转过身子，摇摇摆摆朝山下走去了。韦仁很诧异，但见她一路上坡下坎十分稳当，从不跌绊，知道她经常在邓通祠一带走动，十分熟悉地势。

韦仁离开邓通祠继续往上走，远远望见前面山垭口设了一道栅栏，栅栏一侧搭起一座瞭望楼，楼上亮着风灯，上下均有守丁手持大刀把守，甚是森严。韦仁知道难以进入，只得暂且返回山下。

走了一会儿，疯婆婆又在前方出现。快到镇口，转过一个弯，疯婆婆突然又不见了。韦仁猜她可能穿小路回了葛仙巷家中，也不再理会。

这时，天上下起小雨，镇上青石板街上空无一人。韦仁迷迷糊糊，被雨浇了一下反倒清醒了一些。他琢磨起葛仙楼赌场和疯婆婆的举止，想来想去也没理出个头绪，只是感到还有蹊跷的事会发生。

韦仁心中思绪翻滚，不觉已到王永安设在码头的一排趸库。趸库墙上写着"王记"二字，隔一堵墙便是一幢宅院，院外一扇紧闭的大铁门。韦仁心想这便是王永安在铜山的宅院了。此时宅院内一片漆黑，而趸库门口的值房里却闪烁着幽暗的灯光，弥漫着一种神秘的气氛。

韦仁悄悄潜入趸库，除有少量铜锭外，不见一点可疑之物。他又匍匐在地上查看每个角落，哪见半枚铜钱，心中有些失望，只好垂头丧气出来。因见王永安宅院仅一墙之隔，又顺势从屋顶跃到墙头，翻了进去。

宅院中间是个花园，两边木楼冷冷清清。花园尽头一排厨房和杂物间，厨房不大，一目了然。韦仁走进杂物间，见杂物间空荡荡，了无一物，但又像刚被清扫过。忽见墙角有道小门，轻轻将门往外一推，原来并没锁，露出几十级陡直的阶梯，直通河边。铜河水波光闪闪，岸边用大石头砌起一个高台，台下泊着一只木船。

韦仁未见任何可疑处，怕夜长梦多，赶紧离开返回了客栈。

第二天醒来，韦仁匆匆梳洗一番，特意朝葛仙巷走去。在巷口，韦仁找了一家小吃摊坐下，铜山名小吃夹心油糕四块、豆浆一碗，权当早点。韦仁觉得这油糕香甜可口，就又要了两块。

"这小巷人气好！酒铺人多，小吃店样样有。"韦仁同摊主搭起话来。

"客官说的曹寡妇的酒铺吧？一天到黑到那儿进出的男人多着呢！"摊主的言语有几分怪异，接着又补了一句，"雨后的太阳，死了男人的婆娘。"

韦仁没有接茬，却岔过话头说："听说曹寡妇的男人铸铜手艺好哟。"

摊主道："是啊，她的男人张兴良是个老实后生，勤快能干，与客官长得倒有几分像。他铸的铜镜、大鼎、佛像形状优美，纹饰精致。没想到这后生却被山上滚下的石头砸成一团肉饼，连他老娘和婆娘都认不出来了。唉，他出事那一天，早上还在我这里买了三个油糕吃。"

韦仁试探道："听说张兴良铸过官钱，会不会学邓通在铜山铸私钱？"

摊主眨了眨眼睛，脸上挂着神秘的微笑："这个嘛！倒是瞒得天衣无缝，没听到一丝风声，小的哪里知道。"

这时又来了客人，摊主忙笑着上前应付，不再与韦仁搭腔。

韦仁回到客栈刚坐定，一个伙计模样的人推门而入，纳头便拜："小人拜见恩人大哥。"

来人竟是他们初到平羌时，在犁头关码头救过的范长根。

原来，范长根在平羌犁头关码头被韦仁等人救出后，赶到铜山镇找师兄张兴良。哪知张兴良去年就被飞石砸死，老娘疯了，媳妇曹淑娘在葛仙巷卖酒为生。范长根只好在铜山客栈帮佣，算是暂找个吃饭的地方。这个客栈的老板娘孟五孃也是个寡妇，丈夫与王永安都是矿户，早年曾一同进铜山采矿，两人关系很好。后来，采矿生意做大了，两人也闹僵了。不久，孟五孃的丈夫在山上摔死。听镇上传言，这事是王永安雇人干的。孟五孃没有证据，奈何不了王永安，只好忍气吞声。

听罢，韦仁问："你是铜匠，为何不去矿上，却在客栈当伙计？"

"不瞒恩人说，小的不想落得师兄的下场。听老板娘说，王永安是霸绅，手下一帮无赖恶棍，其徒众遍及铜山和龙游。另外，曹淑娘告诉我，师兄出事的前些天沉闷不语，晚上睡觉都在叹气，不想几天后竟死在山上。这事定有蹊跷。"

"小的琢磨了很久，猜测王矿主可能在私铸铜钱！这是一本万利的事，天高皇帝远，不易被人发觉。"范长根一脸神秘，低声道。

韦仁问："你有何凭据？"

范长根口气笃定地说："恩人，小的是个铜匠，曾与师兄在朝廷的铸钱坊里干过，冶炼炉上的事一看就能道出子丑寅卯。我私下问过一些矿户，矿上很少铸鼎、镜、佛像、铜炉之类需要慢工细活的铜器。而货船不时运回锡、铅、铁之类的东西，正是铸钱所需的搭配。"

"何以见得？"

"高祖武德四年始铸开元通宝，直径八分，钱一千重六斤四两。每钱一枚重一钱，自此不变。虽其后有乾元重宝钱，一缗重十斤、一缗重十二斤，但后来均被代宗皇帝罢废停用，专用开元通宝。朝廷官钱监规定每炉原料铜二万一千二百斤，镴三千七百斤，锡五百斤。这样才合一枚一钱的标准，而且色泽无差。"

韦仁问："私铸的铜钱难道与朝廷铸的分毫不差？"

范长根答："工艺上虽有细小差异，但一般人多在意金银的成色，故看不出铜钱的真伪，又因为铜钱面值低，再倘若将真假铜钱混在一起使用，更难辨识。"

"原来如此！"韦仁心中豁然开朗。

王永安高价雇用铸过官钱的铜匠张兴良显然另有所图。张兴良是铸铜匠，不会到山上采矿石，怎么会被飞石砸死？张兴良的老娘整天掐着几枚铜钱满山跑，当是在为儿子招魂。她心里明白儿子是为什么死的，却讲不出来。

王掌柜的宅院修在河边，水路贯通，铜钱混在铜锭中运走极是便利。

当时范长根在犁头关被打，显然正是他误撞到船上，那拨恶棍以为他看到了不该看的东西。如今想来，运铜锭的木箱哪里用得着严实包装，还要一帮壮汉护卫？

韦仁觉得范长根精明能干，可资信赖，估计日后也有用得着的地方，因此，顿了顿，表情严峻地说："实不相瞒，我是衙门里的公人，真名叫韦仁。此行来铜山镇，是要查缉一桩要紧的公案。你休得声张，案情细末我以后告诉你。"

范长根顿时两眼放光，大喜道："但有需要的地方，只管吩咐小人。"

韦仁问："王永安的宅院里平时住了多少人？"

范长根答："往昔进进出出的人不少，但近几日冷冷清清，连天天要到街上来买菜的厨子也没照面。恩人要查办的案子莫不是与王永安有关？此人诡计多端，又有后台撑腰，恩人千万小心！"

韦仁沉默片刻，说："我要到矿山上去看看。"

范长根吃了一惊，忙劝阻道："那里戒备森严，看守甚紧，不放外人进去，恩人如何进得去？"

"我自有办法，你不必担心。"韦仁笑道，并无一丝胆怯。心中忽然萌起一个主意，觉得虽无十分把握，也不妨试试。

范长根见韦仁坚持要走，便说："恩人一定要去，小人与你一道去。"

韦仁摇头道："不用！你就留在客栈里等我，人多尾大，反倒惹眼。若有事需要帮忙时，我会告诉你。"

韦仁正要推门出去，范长根猛醒道："等等，小人去将孟五孃唤来，你仔细问问，她是本地人，父亲是猎户，过去常到山上打猎，对铜山地势了如指掌，兴许能帮上忙。"

韦仁大喜道："如此最好！"

韦仁出了客栈，本准备再去邓通祠，忽然隐隐觉得背后有人跟踪，但两次回过头，都未见人影。韦仁内心提防，于是灵机一动向相反方向走，转到鱼市上东逛西看，磨蹭了好一会，才到一个小摊上买了钓竿、饵料和鱼篓，一副准备钓鱼的模样。

江边泊了一溜小渔船，韦仁见一个十多岁男孩正坐在一条渔船上玩弹弓，上前一问果然是孟五孃的侄儿，便雇了他的船向上游划去。太阳照在水面上，波光粼粼，却有些闷热。韦仁戴上草帽，系好扣结，一边向男孩打听铜山上的情况，一边留心察看山势。

离开镇子，船行江心，但见前方耸起一座高大堡楼，上面飘着一方旗帜，方知到了军寨。韦仁将船靠了上去。辕门外有一个士卒守卫，里外十分安静。

"小兄弟，军寨里怎不见有军士出入？"

"听说调到阳江打蛮子去了，眼下军寨里只有几个老兵守着。"

船在水中又行了一阵，韦仁前后看看，确信无人跟随，便让男孩在一个僻静处泊船，嘱咐他午后方可返回镇上，并要他带两封信，一封给铜山客栈的范长根，另一封盖了官印交给军寨的首领。

韦仁上了岸，依着孟五孃告诉他的这条小道上山。眼前是一片浓密的松林，沿着松林往上行，渐渐地树木荫郁，荫天蔽日，腐枝败叶发出阵阵臭气。再行一段，林中巨石犬牙交错，串串萝藤或盘绕树上，或袅娜挂于枝下，韦仁须不时低头俯身方可通过。山势愈来愈陡峭，不时有虫蛇出没，除偶闻鸟雀鸣叫外，大白天犹如跨入一片阴森荒凉的坟地。为防迷路，韦仁不断在树干上刻下记号。

大约一个时辰，韦仁早已汗流浃背。攀到一处崖上，探头往下看，见远处有几个脚夫正吆喝着毛驴运矿石，知道已近矿区了。韦仁心中盘算着，便扯了岩缝中垂下的荆条草藤往下爬。爬了一阵，忽见不远处有一块空地，中间兀自立着一棵枯树，下面又盖了些新近砍下的树枝和茅草。韦仁心中奇怪，便走过去撩开一角探头张望。不望则已，一望大吃一惊。原来这里并非猎兽陷阱，而是一个天然形成的口小腹大的深坑，坑中间有凼积水。一个被铁链锁了手脚的人，正一动不动蜷缩在坑底一隅！

这时，韦仁想起大富曾说起过，山上的草丛树林中隐藏着不少天坑，即石坑。石坑多呈圆形，口小腹大，深浅不同，最深达二丈余。眼前天坑里这个人，看样子还活着。韦仁又左右看了看，见无异常动静，便轻声喊道：

"喂，你是谁？"

那人吓了一大跳，忙转过身仰起头来。黑暗中隐约出现一张男人的脸，头发胡子虽长，依旧看得出是个年轻人。此人神情忧郁，面色苍白，嘶哑着嗓子反问一句：

"你是谁？"

"我是衙门里的公人，到此勘破要案。是谁将你关在这深坑里？"

对方闻言，顿时精神一振，扶着石壁试图站起来，但摇晃了一下，重重跌倒地上。原来他只有一条腿。

"老天爷呀，救救我！呜……呜……王永安这个恶魔将小人关在这里……"

韦仁问："王永安为何要将你关起来？你别着急，我用绳索将你拖上来。"

"他将我囚禁起来为他私铸铜钱，还有那个恶棍郭总管，每时每刻都派人监视我……"

韦仁忙取开搭在上面的树枝，用力撬开横钉着的木栏，又割来藤条接成绳索，用了近一个时辰才将这男子拖上来。扶他到树林中坐下后，韦仁问道：

"我正是为查私铸铜钱一事而来。你叫什么名字？"

"小人叫张兴良。"

韦仁不觉倒抽一口冷气："作怪，你不是死了吗？如何还活着？"

张兴良忍不住呜咽起来，半晌泣不成声，无法言语。

韦仁又好言劝慰一番，将昨日见到他母亲、媳妇的事讲了。张兴良听罢悲喜交加，欷歔不止，好一阵才收了眼泪，说道：

"当初,王永安聘小人时,讲好是来教授工匠铸铜技艺,包月银五十两,两年期满后,另有红包和返家的川资。哪知到了铜山不久,他就硬逼小人私铸铜钱。小人知道这是掉脑袋的事,便不应允。王永安便让郭奎打小人。郭奎这个心狠手辣的恶魔用烧红的烙铁来烫小人。你看,小人背上、大腿上到处留下烙印……后来小人经不起折磨,只得照他们说的去做。从去年入春铸铜钱起,小人就被看管起来,形同死囚……"回首不堪往事,张兴良的脸因痛苦而扭曲变形。

"那个冒名顶替的死者是谁?"

"不知道。"张兴良抹了把眼泪摇头道。

韦仁环顾四周,问:"他们在哪里铸钱呢?难道不怕火工们走漏了风声?"

张兴良答:"矿上有一座冶炼炉,对外称专铸宫廷器具,平日不让一般人靠近。白天也铸一些钟、鼎、盘等铜器,以掩人耳目。但到夜间待火工们都离开后,便开始铸钱。此事极隐秘,只有王永安、郭总管、雷成等几个心腹参与。"

韦仁疑惑问:"为何将你囚在此?这里离矿区极远,来回不怕被人窥见?"

张兴良答:"往昔白天他们将我藏在冶炼场附近一个悬崖的洞中。进出由人用竹筐装了,再以绳索拉上放下,外人很难接近洞口。但这个洞还有一个秘密出口,每次铸好的钱用木箱装了,一一搬来存放进去。这几天不知矿上出了什么大事,铸钱的活停下来,今日天还没亮,他们就急匆匆把小人扔到这里。"

"山洞的另一个出口在何处?"韦仁思索着。

"小人也不知道。去年夏日,小人趁看守的人睡着了,便悄悄沿着洞往里走,想方设法找到洞口逃出去。洞里虽然黑得辨不清方向,但转来转去一直是在下坡,小人走了一阵,不料被他们发现,追上来劈头盖脸把小人痛打了一顿,这条腿就是那次被打折的。"

"你想想,出口约莫在何方?既然要运走铜钱,应该靠近码头才对,还要僻静不引人注意。"韦仁提示道。

"小人猜可能在邓通祠附近。曾听他们谈话,几次提到邓通祠。"

韦仁一惊,想起昨晚在邓通祠外遇到张兴良的娘,她手里掐着几枚铜钱,莫不是她看见了什么?而眼下当务之急,是要尽快将张兴良带下山。到时人证、物证俱在,不怕王永安狡赖耍滑。

心念一到，韦仁便扶起张兴良下山，哪知刚走了几步，前面树林忽然闪出两条大汉，手持大阔刀，一人大声嘲笑道：

"三条腿的蛤蟆想往哪里跑？"

韦仁大怒，放下张兴良。正要拔刀上前，忽觉腰间一阵刺痛，一柄剑尖划破他的衣衫，鲜血从伤口流淌下来。

"休要妄动！把刀放下。狗鼻子还真是灵，藏到这个旮旯里都闻气味找来！果不出郭总管所料，差一点让你脚底抹油溜了。你这是找上门来送死！"第三个人不知从哪里蹿出来，从背后向韦仁袭击，来了个措手不及。

韦仁怕伤及身边的张兴良，不敢施展拳脚反击，于是佯装被制服，扔下手中的刀，叹道：

"我与各位往日无冤，今日无仇，因何要加害于我？告诉我个姓名，也好让我死个明白，不然变作厉鬼，天天从阴曹地府中跑出来缠得你们不得片刻安宁。"

前方的大汉舞动大阔刀叱道："龟儿子乌鸦嘴，茅坑里的石头又臭又硬，死到临头还啰唆不休，问东问西！打听别人姓名有屁用？有无冤仇你自到阎罗王跟前去问询。你变成鬼老子也不虚，常言道有钱能使鬼推磨，无钱便是推磨鬼。记住，下辈子投胎变人，千万莫断别人的财路，免得死了还不晓得咋回事！"

"跟他费这么多口舌干啥？几下放翻了事！"

"上！"

张兴良吓得浑身乱颤，不知所措，赶紧用双手捂住眼睛，大声喊道："大爷饶命啊！饶命啊！"

韦仁却突然抬头向前张望，惊叫道："大哥，我在这里！"

三个歹人惊愕地回过头去看。说时迟，那时快，韦仁捡起地上两根木棍，左右手一挥，同时向两个歹人脑门抡去。这木棍正是钉在天坑上的栅栏，韦仁撬开后扔在一旁，没想到此刻却派上用场。只听两声闷响，两个歹人同时大叫一声，脑门上鲜血四溅，顿时仰面跌倒。

另一个歹人没料到韦仁使诈，刹那间放倒两个同伙。不由恶从胆边生，一阵怪叫，挥舞利剑直刺韦仁咽喉。韦仁向后一退，飞起一脚将剑踢飞，然后一个腾空翻跃，顺势抓住剑柄。歹人也不示弱，捡起同伙扔下的大阔刀猛地向韦仁砍去。只几个回合，歹人便有些招架不住。韦仁想留活口，于是又一剑闪出，削去他的头帻和一大绺头发。歹人大惊，并不求饶，随即又扑上前，举刀欲砍张兴良。危急之中，只见一道寒光闪过，韦仁剑刃刺入他的腹

中。那歹人口吐鲜血,摇摇晃晃倒下。

韦仁上前抓住对方胸襟,厉声问道:"谁派你们来的?说!"

对方翻了下白眼,一歪头断了气。

韦仁好生后悔,只怪自己鲁莽,没留下一个活口。

张兴良胆战心惊,半晌才开口:"他们是郭总管的人,专门看管小人。"

韦仁心知此地不能久留,而张兴良又不能走路,正焦躁间,忽见远处运矿石的工人正聚在山坳阴凉处吃饭,驴子拴在一旁树林中吃草。韦仁心生一计,立马扶起张兴良往下走。

"会被他们发现。"张兴良嗫嚅道,心有余悸。

"不用担心,我自有办法。"韦仁好似胸有成竹。

第三十四章

龙游县衙大堂，三通鼓毕。

陈兴德摇摆上场，居中高坐。韦皋与杨忠坐在一侧冷眼观审。

韦皋以目示意，陈兴德惊堂木一击，高声说道："今日审理赵三绑架王月娥一案。堂上鞫审犯人，事关龙游大事，本县有令，退堂之前任何人不得离开。"

堂下众人闻言，惊疑不定，一阵哗然。

"肃静！"陈兴德喝了一声。

"带王月娥、赵三！"陈兴德从签筒中拔了根火签掷下。

王月娥已经恢复元气，一一回答了陈兴德的问话。言毕，随女典狱周仁翠下堂。

"赵三，有何申辩？"陈兴德回过头，一脸肃杀地问。

赵三心知抵赖不过，口称服罪，却又说："小人绑了王月娥不假，虽让她皮肉吃了点苦，但讹诈王家钱财的事只是心里谋划，却未动手，望老爷能开恩轻罚。小人一定痛改前非，重新做人。"

陈兴德道："你绑架王月娥一事已经清楚。本县这里问你，沙金是从何处来？那日在旧城废弃的温记染坊门口，你为何向人兜售沙金？你须如实招来，如用谎话搪塞本县，小心皮肉受苦。"

王永安没料到陈兴德在公堂上突然讯问沙金的来龙去脉，立刻显得坐立不安。

赵三点头称是，招道："沙金是小人偷偷从铜山镇淘金的矿户手上买的。那日午后，小人揣了一小袋沙金与约好的人见面，哪知走到废弃的温记染坊大门口，突然从对面废宅里跳出两个汉子，拦腰将小人拖进了废宅，一顿拳打脚踢。那两人是郭总管的手下，我怀揣的沙金被他们抢走了！"

"哪个郭总管？"陈兴德故作不知。

"便是王矿主手下的总管郭奎。"

王永安忍不住指着赵三怒道："你——你胡说。"

陈兴德睨他一眼，问："你所讲可是实话？"

"小人所讲句句属实。郭总管名叫郭奎，是王矿主的心腹，他……"

王永安忍不住怒火中烧，跳上前指着赵三叱道："你这个忘恩负义的杂种！满口喷粪！你吃我、用我的不说，又绑架我女儿，如今还想栽赃陷害，蒙骗老爷，开脱罪责！"

堂下一阵议论之声。

"肃静！不得咆哮公堂！"陈兴德一拍惊堂木，喝道："带郭奎。"

王永安大惊，没想到衙门已将郭奎抓了，事前竟没听到一丝风声。王永安不禁面露忧色，几次拿眼睛往人群里张望。须臾，二衙役拖着受伤的郭奎上堂。

王校尉怒容满面，上前对陈兴德报道："启禀陈大人，本职奉命带四个兄弟传郭奎到堂上问话，不料王家上下奴仆见官府来人竟大呼小叫。郭奎已收拾好行囊准备逃走，听到呼叫声急忙牵了马往外跑。厮打中他掏出一柄匕首，多亏我眼快躲闪过去，却伤了我手下一位兄弟。费了一番周折才将他擒住，捆来县衙受审。他怀里有封信，我们抓到他时，他竟将信塞进嘴里嚼碎吞了。这个行囊便是他要带走的东西，请老爷过目。"

王校尉报完，又提出一个大行囊来打开。里面别无他物，仅几件换洗衣服，五块金锭，二十两银子，另有几样日常用品。

陈兴德冷眼上下打量郭奎，皱眉沉思，停顿片刻，问道：

"抬头！你认识本县吗？"

"小人不认识大人。"

"你是何方人氏？家中几口人？"

"小人是个孤儿，本地人氏，还未婚配，单身一人。"

"你慌慌张张往哪里跑？去给谁送信？"

"我又不是犯人，去哪里与别人有啥相干？犯了哪条王法？"

"好大的胆子，竟敢殴打官府公差！单凭这条就可治罪！别以为你干的事神不知鬼不觉，就可以瞒天过海，其实你的全部恶事官府都已了如指掌。今日刑讯也是例行公事，不过想从你口中验证别人的供词是否有不实之处。要想求得轻罚，须将所知之事从实招来！"陈兴德大声喝道。

郭奎的衣袍上撕了一道口子，头发凌乱，口鼻处带有血痕。听到陈兴德这番话，竟昂起头来不搭腔，一副桀骜不驯的样子。

陈兴德停顿一会，突然一拍惊堂木，问道："你为何要杀死谢有余？"

郭奎一愣，但即刻定下神来，说："谢有余？小人不认识。"

"谢有余绰号酒鬼，卖糖粑粑为生。你为何杀他？快从实招来，免得皮肉吃苦!"陈兴德沉下脸。

郭奎阴沉着嗓音:"老爷在上,明镜高悬。小人一向规矩本分,岂会去行杀人这伤天害理之事?再说我与一个卖糖粑粑的孤老头怎会扯上瓜葛?老爷说我杀他,有何证据?"

廊庑下一阵喧哗。

陈兴德怒道:"大胆刁民,还敢狡辩!既把你拘来这里,本县岂无证据?来人,脱掉他的衣裤。"

陆勇、康振本目不转睛盯着郭奎的身体。

两个衙役上前,三下五除二扒下郭奎的衣裤。这郭奎浑身肌肉,却不见半点文刺。大腿上用纱布裹了金疮膏,中间浸出一团暗红色的血迹。陈兴德问:

"郭奎,你腿上的伤怎么来的?"

郭奎道:"跌倒摔的。"

陈兴德眉头一拧:"摔的?一派胡言!来人,把他腿上膏药揭开,看看如何摔出整齐的刀口来!"

郭奎一声惨叫,大腿上的一条新鲜刀伤显露出来,有鲜血不断往外渗。陈兴德打开桌上的油纸,取出一柄刀,大声喊道:"仵作,验伤!"

仵作忙取了刀与郭奎腿上的伤口验对,随即说:"禀大人,犯人是被这柄刀所伤,刀口与伤口完全吻合,一丝不差。另外背上还有一道旧刀伤。"

大堂上,郭奎一言不发。

陈兴德见郭奎仍不肯从实招供,突然一拍惊堂木喝道:

"黄大平!你的戏该收场了!"

郭奎全身一抖,不由抬起头来,但随即定下神来,咬着牙一言不发。

"黄大平!你从蚕陵关军营逃出后,改姓换名,摇身一变成了郭奎。后来又投奔王永安,在铜山矿上当了总管。谢有余是你舅舅,是你唯一的亲戚,也是唯一知道你底细的人。他看在亲戚份上对你的往昔劣迹守口如瓶,未对任何人讲。可是端午节前的一个晚上,谢有余无意间却目睹你将一个人拖入水中活活溺死,这个人便是汪县令!谢有余深知罪孽深重,十分后怕,但又不敢告诉别人。直到他的救命恩人乞丐首领万山受康振本之托问及,才吞吞吐吐说了个大略,并要万山千万缄口。谢有余走后,万山越想越后怕,这纸焉能包住火,弄不好自己也会遭灭口。左思右想,犹豫再三,终究未至县衙报案。

"康振本找到了谢有余,要他讲出真相。而你闻风尾随而来,悄悄躲在门外偷听，谢有余犹豫再三正要开口，你用石头朝他脑门扔去，谢有余当场毙命。逃跑中你被康振本这柄飞刀所伤，你当时拔出刀随手扔到草丛中，慌忙夺路而逃。第二天康振本又回到事发现场细心查看，终于将这柄刀捡回来。刀鞘就在这里，刀与鞘，完全一致，你还有什么可狡辩?! 说，为何要害汪县令性命？"

郭奎胸膛一挺，凶相毕露："郭奎今日既被你使诈擒住，大不了一死，三十年后又是一条好汉！要杀要剐随你，何需多费口舌？休想从我口中套出一星半点事来。"

王永安神色大变，如坐针毡。

陈兴德大怒，高声吼道："好一个大胆狂徒，公堂之上还敢如此撒野放泼。你不认罪还要嘴硬逞能？哼，且给我先重罚二十鞭！看你说不说。"

话音刚落，一个衙役举起鞭子就打，十鞭抽过，郭奎背上已是皮开肉绽，流血不止，但他仍然咬紧牙关一言不发。二十鞭打完，郭奎晕了过去。一个衙役忙在他鼻下燃香熏醋。一会儿，郭奎打了一个喷嚏，才慢慢睁开眼睛。

陈兴德说："黄大平，你招不招？"

郭奎伏在地上不理，一个衙役揪起郭奎的头发，将他面对陈兴德，催他开口回答。郭奎眯起一双肿眼，吐出一口血，恶狠狠地骂道："昏官，郭奎没犯罪，你想屈打成招，诬陷于我！"

衙役左右开弓掌嘴，郭奎破口大骂不止。

陈兴德怒不可遏，见郭奎十分刁蛮，知道不用大刑治不了他。于是吼道："拶指！"

一个衙役立即拿了一副竹制的夹棍，将郭奎的十个手指分开夹紧。

"你招不招？"陈兴德又问。

郭奎一咬牙："不招！"

陈兴德一挥手，衙役便将夹棍的绳子使劲勒。郭奎惨嚎几声便昏厥过去。衙役松了绳子，用热醋熏郭奎的鼻子，依旧没有醒来。

王永安见郭奎血肉模糊的惨状，吓得心惊肉跳，哪料到今天审女儿被绑一案，到头来却完全变了。陈县令不但将郭奎抓来，而且还用言辞引郭奎上钩，想将火往他身上引。王永安越听越觉手脚冰凉，一副脸早成了土灰色，心想三十六计走为上，正要转身往外溜，康振本一只手拉住他的衣袖，低声戏言道：

"王矿主怎的要走？好戏才开了个头。"

"小民有点急事……"

"嘿，你忘了陈县令方才说的话？任何人不得提前退堂。"

王永安正要辩解，只听陈兴德又道：

"王矿主，黄大平的底细你清楚吗？"

王永安擦了擦额前的冷汗，答："小民也是刚听陈大人说了才知道。几年前小民招工匠到山上冶矿，郭奎就是其中一个。后来见他身强力壮，又会些拳脚，人也听话勤快，就提升他当了矿上总管。谁知他……唉！"

陈兴德冷笑一声："好一个听话勤快！黄大平是平羌县人氏，曾因打架斗殴被判一年苦役，案子正是我判的。黄大平苦役结束后去了蚕陵关的军营，因受不了军中约束，私下逃走了。想不到这个恶人不但与你王矿主成了主仆，还被你抬举成了总管。为何你们勾连在了一起？"

王永安慌忙辩解："陈大人，小民委实不知他曾有劣迹。"

陈兴德说："王矿主，我再告诉你，五年前平羌县熊耳峡出过一桩杀人越货的大案，船上几个人全被杀死了。知道是谁干的么？就是他黄大平！他伙同几人干下了这桩恶事，受伤后曾暂避犁头峡附近一个小客栈内，不料一个小偷趁他熟睡之机潜入房中，顺手牵羊拿了两样东西，一件是翡翠玉佩，一件是金银雕镂、宝石镶嵌的匕首。过了一段时间，小偷揣上这两件东西到城里想脱手，却听人议论官府正张榜捉拿熊耳峡作案的凶犯。小偷猜到受伤的黄大平是凶犯，着实吓了一大跳。因怕受到牵连，赶紧回家将玉佩和匕首装入一个瓦瓮埋到院子中的桂花树下，没敢对任何人声张。后来，这个小偷在另一处行窃时被抓住了，刑讯之下交代了桂花树下的赃物。这正是当年熊耳峡遇害的南诏使臣之物，匕首上还刻有使臣的名字。我们费了一番周折，终于查到了变成郭奎的黄大平。"

廊下看众一阵惊呼。

王永安一脸糊涂，委屈万分地说："小民是个商人，整天俗事缠身，手下人的行为举止并非事事清楚。郭奎虽是小民矿上的总管，可小民委实不知他有个叫谢……谢什么的亲戚。熊耳峡之事更是如听天书，一头雾水。不知陈大人想从小民这里问询什么？"

陈兴德冷冷道："本县不妨告诉你，黄大平只是个台前木偶，他背后有人指使，为他出谋划策！五年前他如何得知南诏使臣过境？继而杀人越货，沉尸灭迹，逃之夭夭，将诸事做得天衣无缝？五年后又谋杀龙游县令，真是狗胆包天，丧心病狂！等他醒了，本县自有办法叫他开口。你若眼下将知晓诸事告知本县，也算将功补过，或可赎罪；否则，休怪本县铁面无情，你到时后悔不及。谋害朝廷命官就是谋逆！谋逆之罪当诛九族！想来王矿主明白此中的轻重，无需本官在此赘述！"

王永安惶惶不安地垂下头，停顿了半刻，犹豫不决地说："陈大人，小民脑袋里一团乱麻，容小民想想，待后回禀好么？"

陈兴德不动声色地一笑，心想只要王永安开口，此案也就结了，于是拿眼睛看韦皋，想看韦皋的眼色。这时，杨忠擦擦头上的汗，转头对韦皋说："韦大人，天气有些闷热，郭奎一时不能醒来。不妨先到内衙安坐片刻，容后再看陈县令审案不迟。"

陈兴德见韦皋没反对，把惊堂木一拍："郭奎抬回囚室。退堂！"

衙府后堂，韦皋一边喝茶一边与杨忠、陈兴德议论案情。

韦皋问："杨大人，郭奎是鲁莽之辈，不可单靠行刑，须以其他方式令其开口。王永安适才拖延不答，足见此人狡猾而又细心，分明是在察言观色，思考对策。杨大人，你说呢？"

杨忠道："卑职愚钝，请韦大人明示。"

韦皋："该审王永安了！"

杨忠一脸担忧："可没有王永安犯法的凭证呀！一旦错审，岂非笑柄？"

韦皋淡淡一笑："虽无十分把握，但边行路边看山，总能探出山的真面目。王永安有无犯法，审后便知。再说，大唐的刑律不会冤枉好人，也不会放过坏人！"

杨忠点点头，算是表示赞同。

陈兴德颇为得意地说道："韦大人，杨大人，请放心！卑职已将平羌县那个小偷带到县衙。容后上堂与郭奎当面对质，看他还敢狡赖！"

三人又吃了一盏茶，正起身准备上堂，忽见王校尉气急败坏地跑来禀报：

"老爷，坏了，坏了大事！郭奎自杀了！"

韦皋大吃一惊。杨忠站起来，急切问道："他死了吗？"

王校尉道："回大人，他死了。他用藏在鞋底的一片薄刃抹了脖子！这薄刃用毒汁浸过，见血封喉。哎哟，不知他啥时醒了，手脚竟这般快！"

杨忠没说话，复又坐下来，长长地汲了一口茶。

县衙囚室，郭奎面色乌黑，身边有一摊血迹。

韦皋拿起郭奎自杀的那片薄刃反复看，说："快带那名小偷过来辨认。"

小偷被役卒跌跌绊绊带进牢房，瞪大眼睛看了半晌，说："大人，不是他。"

陈兴德一惊，喝道："仔细辨认！"

小偷急道："大人，真的不是他。当年小人进去时，那人也躺着，不过看上去白净斯文，像个有钱的公子。若是这副模样，小人心中害怕，兴许不敢动手！"

韦皋沉默不语，心中疑云翻滚。

陈兴德愁云涌起，神色大异。

杨忠手摇折扇，神色舒缓。

大堂上的空气如凝固一般，令人喘不过气。

这时陆勇来报，郭奎住处无可疑之物。因无指令，未搜查王永安的宅子。

"事已如此，今日审谁也无用了。"韦皋说。

大堂上，陈兴德神色尴尬，宣布退堂。

大堂中，王永安与方才判若两人，十分平静。

大堂下，众百姓多有嘈杂的议论之声。

韦皋闷闷不乐回到府衙后院，在书房里沉默不语，反剪了双手，踱来踱去。

"大人，为何把王永安放了？他是郭奎的主子，郭奎必然效命于他。"陆勇说。

"我见王永安几次拿眼偷觑廊下人群，行状可疑。"康振本道。

突然，韦皋停住了脚步，对陆勇和康振本说道："我们即刻去铜山镇！"

康振本、陆勇一愣，不懂韦皋用意。

韦皋说："抓王永安定要有证据，否则，他反告你陷害良民。郭奎一死，线索断了！"

"怎么办？"康振本、陆勇同时问道。

韦皋说："放长线钓大鱼。"

正在这时，一个衙役进来禀报："有个自称叫范长根的人从铜山镇赶来，说是有十万火急的要事求见韦大人。"

韦皋精神一振："快，传范长根进来！"

第三十四章

第三十五章

　　且说韦仁扶着张兴良小心翼翼往下走，见几个矿户吃完饭后躺在地上打盹儿，便悄悄牵过一头毛驴，将张兴良扶上坐定，继续前行。

　　走了一阵，到了一个悬崖旁，四周阒无人迹。张兴良指着上方说：

　　"洞口就在半崖上。"

　　韦仁抬头看去，上面杂树丛生，枝叶浓密，十分隐蔽，很难被人发现。他按张兴良所说学鸟鸣三声，一会儿山上传来三声尖厉的鸟鸣。张兴良催促道：

　　"快，他们回信号了，你再学鸟鸣两声与他们联络。"

　　韦仁再鸣两声，果然山崖上又回应两声。须臾，洞口缓缓放下一条长长的绳索，绳索下方拴着一个结实的大竹筐。

　　韦仁换上张兴良衣服，把草帽沿拉下遮挡颜面，然后跨进竹筐又学鸟鸣两声，竹筐悠悠晃晃向上升起来。快接近洞口时，看见一个年轻男人正用力摇辘轳，嘴里不停地嘟囔道：

　　"……咋又把他送回来了？今天不晓得哪河水翻了，把他转去转来，闯到鬼了，还说要我们下山去。把他弄回来，如何走得了……"

　　说着伸手将竹筐往洞里拖。刚落地，韦仁以手肘当胸向对方打去，对方嗓眼里只哼了半声便颓然倒下。辘轳顺势哗啦啦地往下滑。韦仁正要去抓住辘轳摇柄，忽听里面有人开口道："喂，你咋闭嘴不啰嗦了？没劲啰？要不要老子过来搭把手？"

　　韦仁含含糊糊应了一声，忙侧身紧贴洞壁。少时，一个年龄稍长的男人躬身出来，刚露面，就被韦仁一拳打在鼻梁上，顿时倒在地上动弹不得。韦仁侧耳细听，里面没有一点动静，便蹑手蹑脚往里走。通道初入窄小，需弓着身子往里走，及后通道渐宽渐高，十多步后便可直起腰来。洞里很静，隐隐听到流水声，韦仁四下看了看，确信洞中无人才返回洞口，摇动辘轳将张兴良吊上来。

　　两人收好绳索，韦仁扶着张兴良进了洞，拐两个弯便见到一间石室，外面钉着木栅栏，门上挂着一把大锁。张兴良说：

"往昔他们就把小人关在这里。"

韦仁按张兴良的指点从角落取来蜡烛，打了火镰点上，漆黑的石洞亮了起来。石洞右边有一灶，旁边放了几只缸，里面分别储有大米、面粉、菜油和清水，地上还有几样瓜果蔬菜。

"铜钱存放在什么位置？"

"应该是在里面，每次见他们从洞口吊上来后都往里面扛。"

韦仁扶着张兴良步步深入，通道分叉旁出，错落参差，恍若迷宫。张兴良说："小人上次逃跑，走到这里怕走错岔道，就拣了左边这条道走，再往前有一眼山泉，水不断往外冒，一直往下流淌。这右边的岔洞窄小，小人从未跨进半步，不知通往何处。"

两人沿左边继续向前走，巷洞转来转去，有些分不清东南西北。再行一段，洞变得低矮狭窄，洞底涌出一股清凉的山泉，如小溪般哗哗流淌。水面上搭有木板和石头，走上去摇摇晃晃，水花不断溅上来，鞋和裤脚很快浸湿了。又拐一个弯，眼前开阔起来，洞内出现一块可容纳几十个人的空地。洞顶高约数丈，头顶石缝透进一缕光亮，洞里半明半暗。韦仁细看这个天然溶洞，感叹万分，这上天的鬼斧神工仙境，竟成王永安作奸犯科之地。

"我们一直是在下坡。"张兴良在一旁说。

韦仁"嗯"了一声，边走边仔细观察四周。湍急的山泉流到一断崖处突然飞流直下，化作一道瀑布，然后注入一个深潭，再流入一个巨大的石缝后消失得无影无踪。而水声却在山洞中回响，经久不息。

扶着张兴良，韦仁顺着蜿蜒曲折的石洞小径向下又走了好一阵，终于来到通道尽头。这是一个巨大的石室，空无一人，中间放有一张石桌，两边依壁放了几十只小木箱，除此之外别无他物。张兴良指着两壁说：

"大人你看，这些木箱就是装铜钱的！"

韦仁用匕首撬开一只，果然全是黄灿灿的开元通宝。再撬开一只，也是铜钱。

"王永安这个老狐狸，这下人赃俱获，看你还拿什么抵赖！"韦仁恼怒地说。

"大人，这有一道石门！"张兴良喊道。

张兴良看到一扇石板暗门，用力却推不开，也不见上面有锁孔。摆弄了一会，石板门纹丝未动。韦仁在四周找了一番，也没发现机关设在何处，两人急得一头大汗。突然，韦仁眼睛落到石室中间的石桌上，走过去上下细看并无特别之处，觉得有些奇怪。将桌子向前推动，竟如生根一般，又试着转动一侧,突然手触到桌角下方一小凹处,顿时传来一阵"嘎、嘎"声响,石门缓缓打开。门外露出一段陡直的石阶,爬上十多级后被一木盖挡住去路,推开木盖,原来是邓通祠后院的假山。

韦仁恍然大悟,原来山洞通到邓通祠!难怪王永安要找人冒充算命先生编出鬼神之说,吓唬矿户们远离邓通祠,原来这里是藏匿转运铜钱之地。

天色渐黑,他们推开地洞口上盖的木板钻出假山,穿过庭院朝后门方向走去。后院果然不如前院荒寂,地上能看出常有人走动的痕迹,甚至有丢弃的纸屑和果核。走到后门口,韦仁刚拉开门闩,忽见一人从旁边跳出,手挥木棍迎面打来。韦仁大惊,闪身躲过,却听身后张兴良大叫一声。韦仁正待向前还击,定睛一看,来人竟是张兴良的老母。只见她两眼发直,嘴里嘟囔着含混不清的话语。韦仁忙喊道:

"大娘住手!他是你儿子张兴良!"

疯婆婆全身一震,愣住不动,手中木棍跌落在地,两只呆滞的眼睛死死盯着张兴良。张兴良简直不敢相信眼前这个苍老、憔悴、神志不清的老人竟是自己的母亲!不由万箭穿心,痛心疾首,呜咽着跪下,半晌才凄厉地呼道:

"娘——你怎么变成这样?我是你儿子兴良呀……"

疯婆婆步履蹒跚,睁大眼睛俯视着张兴良的脸,一双干枯的手不停地哆嗦,却说不出一句话来。张兴良抓住她的手不停地叫娘,半晌,疯婆婆"哇"地大叫一声,然后摇晃倒下,不省人事。

张兴良泪流满面,摇动着他娘的双臂,焦急不安地喊道:"娘,娘,你醒醒!是儿子不孝,悔不该不听你的劝告跑到铜山来。王永安这个丧天良的,把我们一家害苦了!娘,儿子明天就带你离开铜山回长安老家……"

韦仁忙扶起疯婆婆,并掐她的人中。一会儿,老人终于悠悠地吐出一口气,慢慢睁开双眼。母子俩不禁抱头痛哭。

这时远处传来一阵声响,韦仁忙轻声对张兴良说:"别出声。快!到假山后面躲起来,有人来了!"

话音刚落,五个面蒙黑纱的强人手持利器,杀气腾腾地突然出现在门口。其中一个指着韦仁说:"就是他!"

为首的强人从鼻孔里哼了一声,说:"杀了他!"

五个强人逼进门来。韦仁弯腰捡起地上的木棍,一边护着张兴良母子向假山后走,一边厉声说道:

"休要乱动!我是奉命查案的官府公人。王永安私铸铜钱罪责难逃,你们若放下武器，悔过自新，可得官府宽恕，从轻发落，否则只有死路一条！"

五个强人听罢，大惊失色，有两个强人犹豫了一下，不由向后倒退一步。为首的一个却很快镇定下来，见韦仁虎背熊腰，威风凛凛，满脸杀气，料知敢独自闯到铜山，必是难以对付的角色，心中不免有些发虚。但转念一想，自己有五个人，又是在铜山地盘上，而对方只有一个人，还要护着一个瘸子和一个疯子，哪里是自己的对手？一个人跑到铜山镇来找王永安的罪证，这岂不是自投罗网，到老虎头上拍苍蝇吗？

韦仁看出他的心思，诈道："你们听好了，再敢反抗就将你们捉拿归案！官军已将矿区围了，你们插翅难逃！"

为首的强人突然吼道："弟兄们，快！快将这官府的爪牙砍了，否则我们都活不成。"

五个强人听罢，各持利器朝韦仁砍来，韦仁挥棒左右横扫，只听后院响起一阵猛烈的打斗之声。韦仁从小习武，又在军队滚打几年，刀枪拳棒样样谙熟。双方斗了几个回合，五个蒙面汉渐渐乱了阵脚，有些抵挡不住，但仍在死命顽抗。而韦仁猛攻猛打，越战越勇。一棒重重打在为首强人右肩上，痛得他大叫，跌倒在地动弹不得。旁边一个强人手舞一柄砍刀在韦仁身边跳来跳去，寻机下手。韦仁飞起一脚踢在他手腕上，砍刀从强人手中脱落下来，强人要去拾捡，韦仁一条腿踏上去用力一踩，强人经不起重压，痛得惨叫一声不再动弹。另一个强人刚冲上前，韦仁腾空跃起，又是一脚飞出，正着对方面门，那强人应声倒下，口鼻血流如注。另两个见状吓得连连后退。韦仁喝道：

"站住！还不投降求饶？！自古冤有头，债有主，你们的罪轻罪重衙门自有裁决。"

两人相互看了看，觉得韦仁的话有理，便放下砍刀。韦仁又道："若再执迷不悟，为虎作伥，定不轻饶！"

两个强人忙点点头。韦仁拉下两个死人的蒙面黑纱，一个是葛仙楼的麻子，另一个是守门的汉子。正待要问话，忽见门口又闪进五个同样装束的强人，气势汹汹挥剑向韦仁刺来。韦仁奋力还击，几人在院子里打得难解难分。此时忽听身后张兴良高声喊道："救——命——！"

韦仁回头看去不由大惊，张兴良母子被葛仙楼掌柜雷成从假山后拖了出来。韦仁忙说：

"放了他们！"

雷成以刀尖抵住张兴良的脖子，凶相毕露："你再动，我就一刀宰了他!"说罢,用刀轻轻一划,张兴良脖子上顿时渗出血来。韦仁还没来得及开口,只见疯婆婆怪叫一声,像只狂怒的狮子龇牙咧嘴扑向前,紧紧咬住雷成的手臂。雷成猝不及防,被咬得嗷嗷大叫,摔打不掉,转身挥刀向疯婆婆腹部刺去。只听"啊"的惨叫一声,疯婆婆手捂肚子踉踉跄跄倒下。

"娘——"张兴良不顾一切扑过去,将她扶起,紧贴在胸前大声呼喊。

疯婆婆艰难地张开嘴似有话要说,张兴良用耳朵贴近,可疯婆婆头一歪,瞪大眼睛咽了气,几枚铜钱从手心里滚落下来。张兴良捡起铜钱,不由大哭起来:"天啊!作孽啊!这是我铸的铜钱……娘,娘……"

这时墙外忽起喧哗,打破后院短暂的沉静,只听脚步声、叫骂声、兵器撞击声响成一片。十多个家丁打扮的男人舞棍挥刀一齐冲了进来,其中还有大富。一伙人将韦仁与张兴良围在中央。雷成一翻身从地上跃起来,杀气腾腾,举起利剑向韦仁步步逼近。韦仁暗想,今番要带张兴良全身而退已是万难,只是未将人证物证送交韦皋,甚是遗憾。雷成见韦仁默不作声,以为他胆怯了,不由十分得意地说道:

"想到铜山来找麻烦,活得不耐烦了!兄弟们给我拿下,郭总管有重赏!"

韦仁大喝一声,声若巨雷:"尔等蟊贼不知高低,官军已到镇上,还不快快投降!"

众爪牙一愣,韦仁又道:"众位听我一言,我知你等受蒙骗已久,跟着王永安等人干非法营生。眼下切不可罪上加罪,与官府作对,以卵击石,自取灭亡!"

大富见张兴良还活着,不由大吃一惊,又听韦仁一番话,才从惊愕中清醒。他不禁冒失了一句:

"你不是周——"

韦仁开口道:"我乃剑南道西川节度使韦皋侍卫韦仁。尔等放下兵刃,官府首恶必办,胁从不问。若敢反抗,一律重罚严惩!"

众家丁面面相觑,大富吓得丢了手中的木棍。雷成见状怒起,挥剑对家丁喝道:"养兵千日,用兵一时。莫听这个冒牌官军胡言乱语,官府里到处是东家的朋友,怕个尿,给我杀!"

顿时,厮杀声又响成一片。韦仁护着张兴良且战且退。对方人多势众,从四面八方围过来,韦仁渐渐有些力不从心,身上已几处受伤,鲜血淋淋。

正在危急之际,忽听前院几声巨响,转眼间,邓通祠大门被撞开了,一群官军手持刀剑火把呼喊着冲了进来。院子里顿时亮如白昼。众家丁大惊,忙向后门退去。没想到后门处一队官军依墙披坚执锐,严阵以待。韦皋甲胄在身,立在门口,手握宝剑,正气凛然。陆勇、康振本一身戎服,护心镜、铁披肩光亮闪烁,头盔尖顶上彩缨摇晃,于韦皋左右护定。雷成见官军果然到达铜山,自知落入他们手中也必死无疑,于是拼死顽抗,挥剑欲冲出包围,高叫道:

"兄弟们,杀了这些狗官冲出去——"

话未落音,陆勇一箭射去,正穿雷成心窝,雷成应声倒下。众家丁大骇,一时群龙无首,乱作一团。陆勇高声喝道:

"西川节度使韦皋大人在此,还不快快弃戈请降!凡有敢抵抗者,一律以死论处!"

众家丁见大势已去,只得丢下武器束手就擒。

韦皋一个手势,陆勇、康振本等上前将这群人缚了。接着,众人又从地下室里抬出铜钱,并到冶矿区搜捕强贼余党。

铜山镇上的人风闻官军到达,如炸了锅一般,都跑出来观看这突如其来的变化,七嘴八舌议论不休。当曹淑娘看到张兴良和死去的婆婆时,不禁惊讶万分,随即号啕大哭。

铜山客栈。

孟五孃一脸悲色,在丈夫的灵前摆了许多碗碟,又上了三炷香,拜道:"老天有眼,这下你可以安心了,王永安这个挨千刀的狗东西终于遭了报应!"

接着,她一字一顿,哭唱起来:

    灵前摆下千百样——夫啊,
    不见我郎人来尝——郎啊。
    空见灵前纸一张——夫啊,
    炉内焚烧一炷香——郎啊。
    若要与郎重相会——夫啊,
    终是南柯梦一场——郎啊。
    ……

孟五孃凄厉的悲声在夜色中久久回荡。

第三十五章

第三十六章

陈兴德一拍惊堂木退堂,王永安才暗自松了一口气,强按心中不安,吩咐妻子先将月娥送回常家。王月娥无奈,只得苦着脸与母亲上了轿。

王永安刚出县衙大门,不想却被一个帽子遮挡住面容的女子撞了个满怀,正要张口,抬头一看,不觉面露惊讶之色。那女子头也不回急速离去,走入熙熙攘攘的人群,转眼便无影无踪。王永安弯腰上轿,忽觉襟怀间多了样东西,伸手进去原来是一封信。王永安忙放下窗帘拆开,只见信纸上潦草两行字,知是那个与他相撞的女子所写。

"停,停下。"王永安喊道。

家奴慌忙落轿,为首的男仆掀开轿帘小心问道:"老爷,有什么事?"

"我想上茅房。"

王永安下轿匆匆往前面一条小巷子走,男仆一路小跑紧跟在后。到了茅房门口,王永安吩咐道:"你去买几封香油米花糖,一斤五仁糕、一斤绿豆糕带回去。我一会儿完了就回轿上,你不用到这里候着。"

男仆应声离开,王永安赶紧离开茅房,转进另一条巷子,走了一半,只见巷口处停了一乘轿子,两个轿夫东张西望似在等候。王永安心中忽然有些犹豫不决,不由放慢脚步,最终停了下来。左想右想,决定还是回家一趟再作理会。

男仆见王永安回来了,如释重负,说:"老爷,小的见你不在茅房好生着急。老爷,你脸色不好,不舒服么?"

"少啰嗦,走!"王永安狠声喝道。

走近后溪,王永安看见两个男子在湖边钓鱼,左顾右盼,心不在焉,猜是官府派来监视自己的士卒,心中有些后悔,但此刻退回显然来不及了,只得硬着头皮往前走,打算等天黑后再设法出来。

跨进宅院,里面一片凌乱,地上到处散落着摔破花盆的碎片和泥土,大妾、小妾、孩子、老管家及家仆听见王永安的声音,一窝蜂跑出来。小妾抢先一串连珠炮:

"老爷,你可回来了!一伙官兵闯到家里来捉走郭总管……"

"老爷，吓死人了！"大妾言语间几乎哭出声来，浑身忍不住颤抖。

小儿子哭道："我怕……"

"老爷，郭总管他怎样？"

王永安阴着脸说："他死了。"

老管家惊得一时愣住。大妾、小妾顿时傻了眼，张口结舌说不出话来。这些人平日里锦衣玉食惯了，哪受过这般惊吓，一会儿又忍不住哭哭啼啼起来。王永安悬着的心再一次被提了起来，自知东窗事发，难逃罪责，但又心存侥幸。望着自己豪华的深宅大院以及儿女仆人，王永安不由长长叹了口气，抑制住狂乱的心情，一转身独自钻进书斋，又反手将房门闩上。拿出信反复思索，王永安终于横下一条心，离开龙游！

王永安将信小心装入襟怀间，然后动手收拾行囊。先打开橱柜后的暗门，取出一个用蓝布裹好的小册子，这是他私下记的一本账，上面逐一记载着他铸钱的总额，打通关节贿赂的数目，以及与人合伙分账的情况诸多事宜。这是他的护身符，有这账本在手里，得了好处的人定会设法救他，确切说也是保护他们自己。想到此，他焦虑不安的心顿时坦然了不少，小心将小册子包好放入襟怀里。又从抽屉里拿了一些银子，他不用多带银两在身上，在很多银号里能取出现钱，这一点他早有准备。他主意已定，离开家后先到一个安全的地方躲藏，等过了这阵风再作打算。

天色已晚，王宅内渐渐没了声息。惊慌了一天的王家人终于熄灯躺下，王永安却依旧在书斋里喝酒。又隔了一阵，他伏在门上细听，除了风声外并无一点动静，于是蹑手蹑脚走出来。走了两步，王永安又犹豫停下，转身返回书斋，将怀中小册放回暗柜，另取一本空白小册包好放入襟怀中，阴沉着脸跨出书斋。

侧院马厩内，几匹油光水滑的马儿正悠闲地咀嚼，王永安一身仆人打扮，悄无声息走来。马儿睁大眼睛以为是来添麸料，打了几声响鼻表示亲热。哪知他走近马槽站了片刻，然后转身闪到墙角下排水沟边，用力搬开一块石板，匍匐着身子探头出墙张望。天空漆黑，月光暗淡，他确信没有可疑动静又退回墙内。过了一会，他再次探出头左右扫视，然后钻出去，身子一闪，钻进旁边的一片树林里，躲过几名派来监视的衙役。

王永安自以为神不知鬼不觉，却没想到诸事均未瞒过一双阴沉的眼睛。一个黑衣人一直伏在旧宅内的大树顶端，见王永安改头换面溜出来，鼻孔里轻轻一哼，立即跃下尾随在后。这人肢体灵活，黑纱蒙面，仅露一双眼睛在外，如幽灵一般让人捉摸不定。

两人一前一后，沿着后溪边茂密的树林急速行走，月光惨淡，夜色茫茫，空气中弥漫着令人不安的气息。一只猫头鹰在林间怪叫一声，扑打着翅膀飞起，惊得王永安五内紧缩，急忙加快步子。片刻工夫，王永安已是气喘吁吁，大汗淋漓，筋骨酥软。眼看离官道不远了，想到家中妻妾儿女，不由停下脚步回头张望。这时他看到树丛中一个黑影闪过，心中毛怵，暗叫不好，忙取出腰间匕首以应不测。可左右环视，却无异常，正要挪动脚步，只听"呼"一声轻响，一个黑影跳到跟前。王永安一愣，惊恐不安瞪大眼睛，突然脱口而出：

"是你——"

不待话出口，对方照王永安太阳穴猛地一拳。王永安肥胖的身躯摇晃了一下，便软软倒在地。黑衣人弯腰取下王永安身上的褡裢，又将全身仔细搜了一遍，然后拖到湖边，将石头绑在他身上。正在打结，忽听头顶猫头鹰一声怪叫，翅膀一阵扑腾。黑衣人不由一愣，慌忙将尸体推入湖中，转身闪进树林。

天刚亮，能仁院朱漆大门上的铜环被人叩响。

"少夫人，是你？"开门女尼惊问。

"我要见慧心法师。"王月娥说。

"她此刻在禅房打坐，不见客。你有何急事？"女尼问。

"我要出家。"王月娥说。

"这——王矿主、常船主应允么？还有……"女尼一愣。

"我皈依佛门，从此古佛青灯为伴，与王、常两家再无牵连。"王月娥说罢，取下帽子，她已将自己一头黑发剪去。

女尼大惊，王月娥脸色平静，心若止水，一步步向寺里走去。

此时，陆勇、王校尉带了七八个衙役正在王宅搜查。

奴仆们见官府公人气势汹汹闯进宅院，知道大事不妙，一个个吓得惊呼躲闪，不知所措。妻妾们魂飞魄散，问到王永安的去向，哭哭啼啼都说不知道。王校尉眼尖，见老管家正往后院溜，冲上前一把抓住。

"王永安呢？"

老管家结结巴巴地答道："官爷，东家他，他昨天回来后一直在书斋……"

王校尉带人闯入书斋，桌上的灯亮着，可哪里还有王永安踪影，王校尉回头对管家喝道:"你敢对官府撒谎?!他人躲在哪里?快说!"

老管家慌忙道:"官爷息怒,你自去问夫人们,小人真不知道东家去了哪里?"

王校尉:"你还敢装糊涂!她们说只有你进了书斋。"

老管家一副委屈的模样:"是,小人进了书斋不假,但小人真不知道他后来去了哪里。昨天东家回来后就独自待在书斋里,不让任何人进去打扰,连晚饭也没与夫人们一起吃。后来,想必是东家肚中饥饿,才叫小人送点饭菜到书斋,小人还烫了一壶热酒。东家不要小人侍候,嘱小人先回房睡,说自己想在书斋内睡觉。小人见东家发了话,不敢多言,便自回房中安睡。余下的事小人便不清楚了,官爷不信可在府里四下搜寻……"说罢低头全身哆嗦不止,一张脸早吓得煞白。

书斋内物什摆放整齐,书籍卷帙及抽屉似未翻动。桌上放着酒壶和一只白瓷杯,两盘菜都只动了一点。陆勇摇了摇酒壶,里面却差不多倒光了,于是说道:

"只怕是王永安早得了密信,先一步逃了。"

王校尉道:"我们留下四个衙役监视王宅,两个守在前门,两个守在后门。几人都说没见王永安出去,难道他还能遁地不成?"

陆勇说:"快,到其他房间看看。"

几个人将王宅每个角落都搜遍了,连废宅也查看过,仍不见王永安的踪影。正在着急,忽听一个衙役高声喊道:"快来看!这里有个出口。"

陆勇闻声跑到侧院马厩,见排水沟旁的石板推开了,现出一个口子。探出头去,只见外面地上赫然几只清晰脚印,忙令人找来王永安的鞋一比,果然与地上的足迹不差分毫。

陆勇懊恼不已,只得留下王校尉及衙役查封王家财产,自己策马返回府衙向韦皋禀报。

嘉州府衙。

韦皋闻报大惊:"什么?王永安逃了?"

陆勇道:"正是。我已问过各码头、驿站和官道上的巡丁,都没见王永安的踪影。不知他躲在哪里。"

韦皋一掌拍在桌上,愤愤道:"可恶!这家伙竟然金蝉脱壳溜了!王永安这一逃,恐会生出许多周折。"

韦仁、康振本、陆勇见韦皋脸色铁青,都不敢开口。这时杨忠急匆匆进

来，正要张嘴说话，韦皋劈头便问：

"杨大人，王永安在你眼皮下使弄手段，欺行霸市，私铸铜钱，为非作歹，你竟毫无察觉，任其逍遥法外，为所欲为，将铜山矿区变成他私家宅院。你这个嘉州刺史是怎么当的？"

杨忠慌忙说道："下官失职，下官失职。想不到他竟如此胆大妄为！下官一定依律严惩不贷。"

韦皋冷冷道："严惩不贷？告诉你，他昨夜逃了。"

杨忠大吃一惊，说："王永安逃了？"

忽然，杨忠想到了什么，他看了看韦皋，说："大人，他能逃到哪里？下官这就部署下去，画影描形，四处张贴，布下天罗地网，不日定能将王永安捉拿归案，到时定将他的罪行审个明白。"

韦皋意味深长地说："那就静候杨大人佳音。"

清晨，后溪白雾朦胧。水面上漂起一具浮尸。死者正是王永安。

上午，龙游县衙，验尸仵作正在禀报："老爷，死者着一套旧衣裤，身上没带任何物件。尸体浑身均无伤痕，死亡时间约为两天前。小人推断，此人是昏迷后被人绑了石头推下水，窒息而死。只因绳未结紧，石头松开，尸体才浮上来。"

龙游内衙，一片肃然。

"韦大人，事情为何如此？"陈兴德茫然无措，问道。

"对手狡诈凶残啊！杀人灭口。若不是尸体自己浮上来，此刻我们还正忙着张贴海捕文书寻找。"韦皋慢慢说道。半晌，话锋一转，问道：

"半夜去王宅的那个神秘人物，查到没有？"

"王家上下的人一一盘查过了，都说不知道。唯他的管家说，依稀见过两次，因王永安叫他回避，总是自己亲自开门迎送，加之又是深夜，看得不甚清楚。据说那人中等身材，戴一顶宽边帽子，似是个女子。"

韦皋一怔，反问："一个女子？"

陈兴德答："但他又不能完全确定。他说，王永安虽然也常去青楼妓院淫乐，但从不把外面的女人带回家。他知道王永安在铜山私铸铜钱，还交代出王永安曾将沙金卖给天和银楼的掌柜许泽端，但不知那个深夜来访的神秘客人是谁。另外，据王永安的一个男仆交代，两天前王永安从县衙大堂出来时，撞上一个过路的年轻女子，王永安显得惊慌不安。"

韦皋问："又是女子？！那女子长什么模样？"

陈兴德答："男仆说面容没看清楚，只见那女人的背影，戴一顶草帽，走路很急促，一眨眼就消失不见了。下官心里也感奇怪，怎的突然冒出个女人来！"

韦皋沉吟不语，不断用茶杯盖轻轻拂动浮在水面上的茶叶。

半晌，韦皋开口说道："适才将龙游这几起杀人案从头至尾想了一遍，似已窥破疑犯行藏。此刻不妨说与你听听。"

陈兴德说："卑职眼下焦头烂额，束手无策了。"

韦皋不紧不慢地说："让我来一个一个地清理这纷乱头绪。这四起杀人案，不，应是五起，都是围绕铜山铸钱而发生的！铜山私下铸钱并非一日两日。据查，第一位县令李维为奸计所害，留下食壮阳药酒纵欲而亡的假象。第二任县令冯谦在官场打滚几十年，什么事心里明镜一般，为了明哲保身，于是来个装糊涂，借酒发疯，惹不起就溜。汪县令则因查处王永安私铸贩运铜钱之事而遭杀身之祸。死前他把记载走私的字条夹在书的封套里，托凌云寺性空和尚保管。汪县令唯一信任的人是性空，让他在适当的时候交给可靠的人。酒鬼谢有余则因目睹汪县令被害的经过而被郭奎，也就是黄大平灭口，死前他说出黄大平的来由，扯出五年前熊耳峡南诏使臣被害一事。肖二被人利用后，被用砒霜浸泡过的沙参害死。郭奎被抓后死命抵赖，没想到转眼间却自杀了。接着王永安出逃中又被人灭口。这一连串的手段出自一人，此人凶残狡诈而又多疑。他总是先人一步将可能危及他的安全、导致他败露的人除掉。眼下我们没有一个证人，没有一条可以直接引出这个凶犯的线索。何况这一系列错综复杂的案中又牵扯到十七年前平羌驿金锭劫案，以及最近发生的乌尤坝杜宝山被害案。这些事表面各不相干，实则都与凌云山修凿大佛有关。实在是离奇古怪，让人费尽心机。然而，我们必须尽快驱散迷雾，拿获真凶，拖延下去，这个凶犯或许会将留下的几许蛛丝马迹也抹得干干净净而逍遥法外。"

陆勇给韦皋茶杯里续满水，韦皋喝下一大口，润了润喉，又继续说道："这凶犯究竟是谁？除了有犯案的可能和条件，更要有犯案的缘由。细析起来，此人必是龙游的上流人物，谙通官场，熟悉商道，见多识广，胆大心细。这样他才有可能按谋划行事，而又不露声色。此人除了对王永安十分熟悉外，也肯定参与了王永安非法牟利的营生！"

陈兴德道："王永安身体肥壮，能将他打倒并拖入湖水中，想来应是个身强力壮的大汉。我问了留在王宅门外监视的几个衙役，他们说，这两天常士杰去过王家，出来时满脸怒气。会不会与他有关？"

韦皋说:"我暗查了常士杰,他与王永安有矛盾,也算是疑犯吧!"

陆勇说:"许泽端与王永安也有生意往来。但他们都打不过王永安……"

正在这时,外面传来一阵急促的脚步声。陆勇忙刹住了话头。一名衙役冲了进来,气喘吁吁地禀告道:

"启禀老爷,常船主的疯儿子常蟠在北街调戏女人,被人打伤了!"

韦皋与陈兴德递了个眼色,陈兴德问:"你细细禀来,怎么回事?"

衙役陈水生说:"常船主的媳妇王月娥前天到能仁院出家了,因此常家这两天乱哄哄的。午饭后下人们一时没留神,常蟠就从家里偷跑出来了。听说他走到北街遇到一个年轻的女人,就上前扯着别人动手动脚,嘴里还心肝宝贝儿地乱叫。那女人正奈何不得,天和银楼的管家孙庆听到动静急忙跑出来相救,上前扭着常蟠的胳膊扇了他几耳光。没想到这疯子看起来块头大,却是面捏蜡做的人,一下倒在地上动弹不得,嘴里杀猪般嚎叫。叫声惊醒了附近茶楼里正在打瞌睡的伙计,伙计见是常船主的疯儿子,知道不好得罪,本想与孙庆扶他起来了事。哪知这疯子偏偏躺在地上不肯起来,于是茶楼掌柜便央人来县衙报了信。"

韦皋站起来说:"走,我们去看看这位常公子。"

北街十字口,一群人正围着看热闹。常蟠躺在天和银楼对面的地上,头发散乱,满身尘土,左颊青紫浮肿,鼻涕口水湿了一片。

陈兴德皱着眉头问道:"常蟠,你怎么不起来?"

常蟠歪咧着嘴含糊不清地说:"痛……"

孙庆在一旁忍不住愤愤地辩解,说:"老爷,他耍赖皮,小人见他光天化日之下纠缠一名女子,就扇了他两耳光,哪知他竟耍赖,躺在地上不起来!"

韦皋问孙庆:"被常蟠调戏的女子是谁?"

孙庆摇头道:"只匆匆溜一眼,看得不甚清楚,是个不认识的年轻女子。今日铺子里盘账未开门,故伙计们都不在。吃了午饭,小人正准备接着复核账目,忽听外面有人呼救,立即跑出店铺,见常蟠正扯着那个女子要亲嘴,便上前扭住常蟠,也只是扇了他两耳光而已。这常蟠牛高马大,疯人原本力大,小人乃弱小文人,真要打起来,小人哪是他的对手。"说着,孙庆露出一丝苦笑。

韦皋又转过头问茶楼的伙计:"你看见了吗?"

伙计说:"回老爷,茶楼里午饭后没客人。小人正伏在桌子上打瞌睡,忽听外面一阵号叫才跑出去看,见常公子躺在地上,孙管家站在一旁。孙管家告诉小人,常公子正纠缠一个女子,他拦住常公子救下那个女子。小人出来时只看到那个女子的背影,正急匆匆闪进右边的巷子。还听常公子嚷嚷道'坏人,你还我的心肝儿肉……'我们扶他也不肯起来。后来我家掌柜出来见了,怕常船主日后怪罪,便立即差人到县衙报了信。"

陈兴德对孙庆道:"烦你随我到县衙录个证词就回,本县自会通知常家来县衙领人。常蟠心智失常,多亏你救了那位不知名的女子。"

孙庆如释重负,点头称谢。

韦皋左右端详,又往天和银楼看了一眼,开口问道:

"许掌柜不在铺子里?"

孙庆忙答:"禀老爷,许掌柜三天前去成都了。"

回县衙的路上,韦皋轻声对陈兴德说:"正午时间人们都在休息,北街上行人稀少。天和银楼关了铺子盘账,孙庆都听到女子的呼救,而对面茶楼门是开着的,伙计却说听常蟠的嚎叫才跑出,并且没提到女子的求救声。他出来时只看到女子的背影,现场只有常蟠和孙庆两人。你不觉得有点怪吗?"

陈兴德一愣,说:"莫不是大人对孙庆的证词有疑?"

韦皋沉吟片刻,回头示意康振本上前,轻声吩咐道:"你去码头悄悄打听,许泽端是哪天离开龙游的?"

陆勇唤来一副滑竿,两个脚夫将常蟠抬到滑竿上,随韦皋、陈兴德返回县衙。

孙庆在县衙值房写完证词离开后,韦皋又一次打量常蟠,见他呆坐在地上,手腕处也青紫肿胀起来,心想孙庆何来如此大的手劲?常蟠虽说心智失常,但高大肥硕,有一身蛮力,抬他回衙的两个脚夫都累得气喘吁吁,并非轻易能击倒的人。想到此,韦皋立即让陆勇脱开常蟠的衣服验看,见他胳膊上并无青紫,可胸肋处却有一个暗红色的掌纹。陆勇的手轻轻一触,常蟠就咧开嘴大叫。韦皋见状心中一惊,知道只有内功深厚的人才有如此力道,于是弯下腰,用手指着他胸肋上的掌纹问道:

"常蟠,这是谁打的?"

常蟠吸了下鼻涕,摸着手腕说:"心肝肉肉打我,痛。坏人放她走了……"常蟠转动身体,突然从衣衫里滚出一只耳坠。

韦皋拿过耳坠,问:"那个女子从哪里来的?"

"心肝……从坏人的屋里出来,出来……走了。"常蟠口齿不清地说。

韦皋不由皱了皱眉头，忽又一动，换了副笑脸。问："常蟠，那个女子长什么样子？她美么？有多高？圆脸还是长脸？"

常蟠"嘿嘿"傻笑两声，嘴角滴下一串唾液，说："她——打我。"

这时衙役来报，常士杰来县衙请罪，望老爷念他儿子心智呆傻，从轻发落。韦皋让陈兴德着人将常蟠送出去。

常蟠离开不久，康振本急匆匆地进来了，禀报道："韦大人，小的到东津渡码头问了，都道三天前没见许泽端搭乘去成都的客船，也没包船。只是一时还弄不清他是否搭乘别人的货船走。"

"像他这样有钱的阔掌柜怎会搭别人的货船？孙庆方才定在说谎。可他为何要说谎？"陈兴德说道。

韦皋沉默不语，极力思索，眼下这桩突如其来的事端似在兆示破案机关！似与近来几桩公案颇有关联……突然，他豁然开朗。几桩公案堆积起来的诸多疑问都串到了一起，山重水复无路处，竟是柳暗花明时！这一事端正破解了心中的疑问。

沉吟半晌，韦皋自言自语："好，就这样办！"

陈兴德大惑不解："韦大人的意思……"

"烦你回家拿一套夫人的深色衣裙来，再带上一顶帽子。"韦皋淡淡一笑。

"夫人的衣裙？"陈兴德只道听错了。

窗外沙沙作响，吹进一阵夹带着尘土的凉风，树枝摇动，天色骤暗。

关好窗户，陆勇担忧地说："大人，看天色今晚恐有雷雨。"

韦皋胸有成竹道："但愿今夜能见分晓！"

第三十七章

掌灯时分，雷声阵阵，天降大雨，街上行人绝迹。

黑暗中，一个头戴帽子，全身湿透的女人急速走近天和银楼后门，用耳朵贴在门上，细听了半晌，才轻轻敲了两下门。

很快，听到有人急急拔去门闩，门开仅容一人进出。

"快进来，快！"黑暗中孙庆急切地低声说道，又擎起油伞为女人遮雨。

女人侧身而入。这时，一道刺目的闪电亮起，孙庆突然看清身着女装的来人竟是康振本，蓦地一惊，吓得"啊"的一声，叫了出来。

康振本冷冷地说："孙管家在此等候何人？"

孙庆张口结舌，不知所措。全身颤抖一下，手中的油伞跌落在地。

韦仁、陆勇紧跟着闪进门来，反闩了门。

韦仁抓住孙庆的衣襟低声问："快说，你在等谁？"

"听到后门有响动，小人疑心有贼，忙跑来看。"孙庆定定神，支吾道。

"撒谎！你怎知夜间有人敲后门？不是早有约定，怎会应答得如此快？"

孙庆惶恐不安，沉默不语。陆勇看出孙庆仍不死心，用眼睛示意韦仁。韦仁立即用一块布塞进孙庆嘴里，与陆勇将他拖进屋里。

电闪雷鸣，外面的雨下得越发大了。

一会儿，一阵轻细的脚步声走近，一个头戴帽子的黑影贴在门外，细听片刻，然后举手轻叩两下。韦仁拉开门闩，一个人闪进院内。

突然，来人感到院中气氛有异，立即挥掌朝韦仁当胸击去。韦仁感到一股巨大的力道冲来，忙侧身闪过，随即抬腿朝对方猛的一脚踢去。不料对方身子十分灵活，脖子一缩，头一低躲了过去。韦仁本以为一脚能踢翻对方，不期却踢了个空，因用力过猛，石板又滑，险些摔倒在地。此时，韦仁方知对方不是等闲之辈，便拉开架势，握拳全力迎战。双方打了几个回合，不分上下。

这时，一道闪电，韦仁突然看清对手是一个年轻妖艳的女子，脸上抹了一层厚厚的脂粉，猩红的嘴唇，描眉画眼，眉心处还点了一个花子。

对方见韦仁发愣，鼻子里轻哼一声，从腰间拖出一根粗长的铁链，双手挥舞直扑韦仁。韦仁忙抽剑阻挡，只听"当啷"一声，剑折为两截。这一招实在厉害，韦仁本是臂力过人的壮汉，也被震得虎口酥麻，有些站立不稳。正想顺势卖个破绽，诱对手上前，不料对方狡诈异常，并不向前逼近，而是突然转身，欲夺门而逃。说时迟，那时快，只见陆勇、康振本从里面奔出，三方将那人围住。那女子一惊，只得拉开架式迎战。三人合力与那女子相斗，女子急速挥动铁链，不断靠近后门，让人难以近身。韦仁见状，佯装跌倒，然后顺势往前一滚，两手抓住女子的两只脚踝，使尽全身力气将她悬空倒提起，急速旋转三圈，正欲甩到远处，忽听陆勇大声叫道：

"留下活口！"

韦仁猛醒，忙松手将女子扔到地上。只听"咚"的一响，传来一声男人低沉的嗥叫，那人的头重重地触到地上，立即昏了过去。

康振本一惊，忙取来风灯，将那女子翻过身来一照，惊道："原来是许泽端！这厮男扮女装，瞒了众人的眼睛！"

韦仁说："我就说嘛，这女人怎么看起来像鬼狐仙怪。"

陆勇叹道："韦大人料事如神！"

许泽端躺在地上，额角渗出一股鲜血，喉结随着微弱的呼吸上下蠕动。忽然，陆勇见他手腕下露出炙伤的疤痕，忙撸起他的袖子，见累累疤痕中依旧有残留的黥体的花纹。脱下上衣，背上蛇纹清晰犹在，从右腕至左腕沿肩臂遍体刺一条大蛇。只是手腕处以炙去掉，看上去像是烫伤留下的疤痕。

韦仁愤愤道："千刀万剐的东西，他就是熊耳峡一案的元凶！"

陆勇说："快，把他抬到客堂中去。各处点亮蜡烛，立马通报韦大人。"

当韦皋、杨忠、陈兴德等人进入天和银楼客堂时，许泽端已经清醒过来，像一尊木雕，靠墙坐在地上一动不动。他鬓发散乱，衣衫不整，脸上铅粉、胭脂、血迹混成一团，却异常平静。

杨忠见许泽端那副模样，心里顿时明白了几分，羞得无地自容，气得跺脚大骂道：

"孽障！"

韦皋止住杨忠，说道："许泽端，你恶贯满盈，如今还有什么说的？你这个当年的京城恶少，逃到嘉州投奔亲戚后仍不停止作恶。先收买了黄大平这个泼皮无赖，继而纠朋聚伙，横行嘉州，拉帮结派，为非作歹，从事违法买卖。你将走私杀人罪行一桩桩从实招来。你如何谋害南诏使臣，如何杀害汪县令，如何灭口杀了王永安？"

许泽端一副死猪不怕开水烫的神情，眯着眼并不答话。这时，两名衙役押着缚了双手的孙庆从里屋出来，许泽端立即睁大眼睛，孙庆却佝偻着身子不敢看许泽端。孙庆走到门口停顿了一下，许泽端伸长脖子等待，但孙庆并不说话，而是将头埋得很低。许泽端心知不妙，颓然软下。

韦皋见状开口道："孙庆已经招了，你抵赖也无济于事。"

许泽端反唇相讥："他既已招，还要我说什么？"

韦皋说："将你夜潜凌云寺，装神弄鬼寻宝的事一并招来！"

许泽端一愣，狐疑地端详韦皋："韦大人怎会说小人夜潜凌云寺？"

韦皋从袖里取出一个耳坠扔到桌上。

许泽端见了，不由摸了一下自己的耳垂，发现少了一只，心里一惊。

韦皋冷笑道："没想到在我手里吧？男扮女装，掩人耳目。"

许泽端无言以对。韦皋继续说道："当年，你从京城逃到蜀地，听到有关金锭劫案的传闻后便动了邪念，深信凌云寺内藏有金锭和宝物，于是，不时潜入打探寻找。两年前，常蟠在凌云寺遇到男扮女装的你，动了淫心，便夜宿凌云寺。晚上，他偷偷跑出来想纠缠你，不料反被你吓疯了！今天中午，常蟠懵懵懂懂偷跑出来，在行人稀少的街上晃荡。不想却窥见你从天和银楼出来，而你并没注意他，他鬼使神差跟在你后面。你男扮女装，怕引起别人注意，可是你走路的动作和神态，令常蟠忆起你在凌云寺的模样身段。像他这种呆傻之人，在特定时地，会突然忆起陈年旧事。你让他记起你就是凌云寺相遇的美女。于是，他追上前，扯住你纠缠。孙庆送你出来后正要关门，忽然从门缝里见到这一幕，心中大惊，立即冲出来为你解围。其实，你一掌已将常蟠打倒在地，孙庆出来是为你遮掩，以免常蟠叫喊，引起街坊行人的猜疑。果然他的谎言瞒过了街坊和行人。可是茶楼伙计说，他是听到常蟠的哀嚎才跑出来，之前并未听到女人呼救，茶楼掌柜也说没听到女人的声音。他们还以为是打瞌睡没听清的缘故，并没往心里去。其实哪有女人在场？再有，一般心智呆痴的人对冷暖疼痛的感觉并不如常人，扇两记耳光哪会痛得他倒在地上爬不起来？你的一掌将他伤得不轻。这枚耳坠在你挥手时掉入了常蟠的衣襟里。之外，我到凌云寺投宿那晚，你也去了凌云寺，同样是男扮女装，甚至潜进了我的住所。记得第一次在游船见面时，你对我说你从未去过凌云寺，却说海通洞旁的勺泉水质甘冽。其实弥勒大佛在你未到龙游前就停工了，四周杂草灌木丛生，行路艰难，很少有人过去。以后，一场大暴雨将山上的泥石冲下，不但无路可走，连勺泉也埋了。此后，寺里的和尚也没再去了。三年前，性空和尚去海通洞祭拜，因需要水供，才费力将勺泉掏了出来，但外人并不知这一内情。我是在凌云寺与他聊天时意外得知这一消息的。我当时就断定你不但去过凌云寺，且对四周环境十分熟悉。你向我讲述之时，一时大意将听来的与自己亲眼看见的混为一谈。凌云寺本是人人都可去的场所，可你为何要遮掩？你心中有鬼！你对凌云寺有不可告人的企图！"

许泽端听罢，仰天一叹："克星！天亡我也！"

言毕，手一晃，即从脚下掏出一样东西朝脖子抹去。韦皋以迅雷不及掩耳之势，抓起桌上一只铜貔貅香炉朝他手腕处扔去。只听"叮"的一声，一片薄刃落下。韦仁与陆勇迅速上前，将许泽端按倒。

韦皋喝道："你想与黄大平一样畏罪自杀，逃脱大唐律法制裁?!"

许泽端说："既落入你手，难逃惩罚，不如自行了断，倒痛快干净。"

韦皋嘲讽道："你不是声称'生不畏京兆尹，死不惧阎罗王'吗？你既敢做，为何又不敢认呢？告诉你，王永安另有东西在我手上！他把每笔分配给各人钱财的金额、时间都记录得一清二楚。"说罢，拿出一个蓝布包裹着的小本子。

许泽端一愣，恨恨道："我早知他弯弯肠子多，又是个软骨头，黄大平被抓时，他一副吓破了胆的样子，疑心官府掌握了他的罪证，试图招供自首。结果还是黄大平仗义，在牢里自行了断保全其他人，王永安才稍稍安稳下来。他本可悄悄溜走，暂时躲起来，偏偏又目光如豆，不识时务跑回家拿救身符。哼，死了还要找个垫背的！"

"你男扮女装在县衙门口撞他，借机通知他赶快逃走。可是他没按你说的做，你怕事情败露，便杀了他灭口并取走身上的东西。但王永安生性多疑，最终将账册藏在书斋里。王永安内心慌乱，把橱柜里的东西弄乱了，于是我们发现暗门并找出了账册。你从他身上取走的仅是一本空账册，一无所有。"韦皋道。

许泽端点头默认。

韦皋突然发问："许泽端，难道你就不为自己家人着想？"

许泽端冷冷地道："家人，我没这累赘。没有女人能让我动心。是的，我很有钱，但我不愿花在她们身上，女人对我讨好献媚，只让我反感。我挣钱是要成就我的抱负。早在黉门攻读时，我就立志要做人上人，因为世上像我这般胸怀大略、腹有良策的人实属凤毛麟角。家父被贬，断了我的前程，也让我看清这个混浊世道，家父越是要我老老实实夹着尾巴做人，我心里越是怨恨愤懑。无奈之下，家父又试图用女人来拴住我。我闻到女人腥膻的体味就倒胃口，哪会与她们苟合。我讨厌女人！这个世界上最美的是雄性动物，你看，开屏的孔雀是雄性，公马的鬃毛多美，就连公鸡的羽毛也比母鸡好看。女人涂脂抹粉梳妆打扮，是为遮掩自己的丑陋，以讨得男人的欢心！唉，给你说这些有何用？这些年来，我苦心孤诣在龙游发展，指望羽毛丰满之时能成就一番大业，青史留名。"许泽端亢奋地说着，脖子上青筋暴跳，两眼闪动着异样光泽。

韦皋看他一眼，厌恶地说："孽障！你哪是一个男人！你怨恨女人，是因为你全然没了男人的能力，怎知男女之乐！你这种狂妄自大、品行不端、心术不正的人能成什么大业？痴人说梦！"

许泽端半晌不吱声。

"你那命根子五年前在熊耳峡作恶时被人废了吧？"韦皋忽然冒了一句。

许泽端神色大变，尖着嗓门道："堂堂节度使，竟也胡言乱语！"

韦皋不紧不慢地说："五年前，有个叫朱顺的骟猪匠在熊耳峡附近乡间救了一位小腹受了重伤的男人，当时此人满身是血，生命垂危。他那活儿受到重击，撕裂扯开，血肉模糊，命丸滚落出来……"

许泽端听到此全身不由痉挛了一下，脸上肌肉不断抽搐。

"骟猪匠朱顺帮你捡回一命。不想完事后你们竟将朱顺推下岩灭口，哪知骟猪匠命大没死。还有，一个叫吴银山的小偷认识你，当年他潜入客栈从你的褡裢里窃走了南诏使臣的遗物。如今他已归案。明日公堂上，此二人可与你当面对质！"

许泽端咬咬牙没吱声，眼里闪出恼怒与绝望。

韦皋顿了一顿，说道："明日公堂，我会细听你的供状。此刻，我要你说说，五年前你是如何谋杀南诏使臣的？谁向你提供了使臣的行程？"

许泽端低头不语。

"害怕了？不敢讲？"韦皋盯着他，说道。

"事已至此，还有何怕？"许泽端抬起头，故意漫不经心地缓缓说道。

"当年父亲风闻京兆尹李大人要抓我，便花钱打点，连夜送我出城，让我逃到蜀地暂时躲避。在成都，我遇到从军中逃出的黄大平、雷成、麻子三人。黄大平虽是一介草莽，但有些小聪明，又胆大妄为，能为我所用，于是我们便结为兄弟。我并没急于到龙游，而是四处游荡，当然也偶尔做点无本小生意。一天，我们在茶馆里听人谈起平羌驿金锭劫案。黄大平不以为然，他本是平羌县人，各种传闻听得多，认为这些只是市井传言而已，或者是一桩骗局。可我并不认为这仅仅是一个传言，相反，我觉得是一个狡黠高手所为，劫来的金锭定是藏在某一隐秘地，并不急于脱手。我思来想去，觉得金锭应藏在龙游，便开始来龙游做生意，想借机寻找金锭的下落。茶叶丝毛、药材玉器、金银铜铁等我都做过。其间虽然金锭一无所获，却探得海通和尚留有一枚价值连城的红宝石。

"五年前的一个夏日，黄大平在码头遇到两个南诏商人。他们换了过境文签后，将一个代写书信的人带到船上，行为甚是诡秘。黄大平便悄悄爬到船上察看，发现是装有财宝的贡船。"

韦皋冷笑道："一派谎言。龙游乃交通枢纽，每天过境的夷商不计其数，没有知晓内情的人点破，你怎知其中谁是负有使命的南诏使臣？"

许泽端略顿了一下，答："他们不是使臣。"

韦皋问："此话怎讲？"

许泽端答："真正的使臣还未到达龙游就被杀了，来人是冒名顶替的假使臣。"

"假使臣？"韦皋大吃一惊。

许泽端说："是的。当我、黄大平、雷成、麻子蒙面爬上船时，那两个假使臣还以为我们是同伙，便说'那两个人已经做鬼了！'当时我完全懵了，不明白究竟是怎么一回事。假使臣见我发愣，以为不信，便取了真使臣随身带的玉佩和金银雕镂嵌宝石的匕首证实，上面刻有木罕的名字。"

韦皋问："谁指使他们杀真使臣？"

许泽端答："两个假使臣是受人雇用的杀手，拿人钱财与人消灾，并不知雇主的真面目，只知雇主还另派有杀手追随，倘若失手便继续，确保万无一失。我们分头行动，彼此并不认识，以手腕所绘蛇纹为标识。我是误打误中知晓了内情，并无人向我提供消息。假使臣的雇主言明，事成之后在成都大圣慈寺碰头，领取另一半银子。"

韦皋问："假使臣为何在平羌县城停留两天？"

许泽端答："他们在等一封重要的信。"

韦皋问："信呢？"

许泽端道："当假使臣知道我们不是一路人时，便将信塞进嘴里，嚼烂吞了。他们颇有些功夫，下手又猛又狠。但我们人多势众，最终占了上风。既然这件事捅了马蜂窝，我们索性一不做，二不休，把船上所有人杀了，并取走值钱的东西，将尸体一一搬入仓底，再把船凿漏沉入江底，不留下任何痕迹。可是，有一个船工受伤后装死，后趁乱跳入江中，爬上岸求人报了案。我听说此事后，立马将两个手臂用炙条烫伤，以免被人看到蛇纹而引起怀疑。

"没想到五年过去了，竟被韦大人识破。平日我都是尽量深藏不露，极少与王永安、黄大平、雷成等人往来见面。不过，韦大人，我杀的是响马，不是使臣！我没有罪。"

韦皋反唇相讥："汪县令难道不是你和黄大平一同谋害的？"

"非我所为，是黄大平和雷成两人干的。汪县令疑心王永安私铸铜钱之事，便暗中四处调查，并不时在晚上装作钓鱼到码头察看。王永安知道后惊恐不安，授意黄大平杀人灭口。黄大平与雷成将汪县令拖入水中淹死，事后还让黄大平到汪县令屋里查看过，怕他留下什么记载。那天一早刚巧有个衙役跑到汪县令屋里去了，差一点被发现。汪县令的尸体被人捞起后，黄大平以银子诱肖二到堂上做假证。事后，他怕肖二嘴巴不严说出去，便在端午节送他鸡和一包毒物浸泡的沙参，意在让他慢性中毒而亡。"许泽端说。

"可恶！"韦皋挥手示意。陆勇与衙役将许泽端锁了带走。

许泽端走到门口，突然转过头来问："韦大人，你怎会疑心我男扮女装？"

韦皋说："雁过留声，事过留痕。干了恶事岂无蛛丝马迹！你这恶人，看起来斯文和气，不过问周围是非，但是从商之人，极少与人交往，不赌不嫖，在龙游没有家室，家中连女用人都没有，这太反常了吧？不过，还是你第一次在游船所言不实，本官才留意你的行动。

"龙游的一连串案子看似各不相干，但细理起来线索重复。五年前就有人被骗猪匠断了命根，还要杀人灭口。后来几桩案子中又若隐若现地出现了一个女人，但是从体力和胆量上看又不似女人所为。因此，我疑心有人男扮女装。王永安的马夫、管家所说的深夜到访的神秘客人，与王永安在县衙门口撞到的女人其实是同一个人，就是你！在看了王永安被杀现场后，我更确信了这一推测。不过，倒是疯癫常蟠撞上了你，也是你自己跳出来证实了本官这一推测。我让人在此等候你，就是要证实这一判断。你还有什么可说？！"

许泽端看了韦皋一眼，垂头丧气，半晌不吱声。

韦皋两眼直刺过去，说："你这恶人，熊耳峡受伤成废人后，更加阴狠歹毒，愈发不可救药。走私贩运，聚敛财物，如今人赃俱获，还有什么可说？哼，明日堂上公审再说细末！"

许泽端瞪大眼睛，狂笑道："明日？哪有明日！人生在世，命由天定。明日？今天便是我的大限！"

许泽端猛地挣脱衙役，一头撞向墙柱。

红白污物顿时散了一地。

天和银楼客堂，空空荡荡。空气中弥漫着浓浓的血腥味。

客堂中，仅有韦皋和杨忠二人。

杨忠一副失魂落魄的可怜相，一张胖脸苍白得可怕，全没了往日神气活现、悠然自得的模样。

"你有何话说？"韦皋说。

"下官治理不力，愧对朝廷。许泽端畏罪自杀，死不足惜。"杨忠假装糊涂。

"为何几番为王永安、许泽端遮掩？为何处处庇佑二人？"

"下官关照各行首领，以期百业兴盛，民心安稳。"杨忠字斟句酌。

"胡说！此时还有脸说这种话？你老实说来，究竟得了他们多少银子？"韦皋怒不可遏，手指几乎戳到杨忠的脸上。

"韦大人……"杨忠喊了一声却没了下文。

韦皋知道他心存侥幸，想抵死不说，难以查实，便冷笑道：

"怎么不往下继续说？你以为许泽端这一死，案情就无法勘查，更不能鞫审了。告诉你，这天底下的事，都是若要人不知，除非己莫为。你与许泽端、王永安等人狼狈为奸，沆瀣一气。你先以南诏使臣一案挤走赵刺史，取而代之；后又设计害死李县令和汪县令，为自己继续为非作歹铺平道路。我已有冯县令和曾县丞的供词，还有汪县令所记你们的罪状，看你还能狡辩！"

杨忠一愣，心虚地看了一眼韦皋铁青的脸，咬了咬牙仍不改口，说道："韦大人，你千万不要轻信谗言……"

韦皋七窍生烟，只想一脚踢他出去。杨忠抬头，见韦皋满脸杀气，双拳紧握，顿时吓得吞下后面的话，双膝一软，扑通跪倒，拖着哭腔说：

"卑职一时糊涂，辜负了朝廷的重托……许泽端是贱内的远房侄子，来龙游后鼓动贱内一同经商，因卑职坚决反对，贱内只好作罢。卑职平日绝少与他往来，更无其他勾挂。最近贱内才向我吐露，她用自己的私房钱入在许泽端的银号里，每年从中分得一点红利，仅此而已。事到如今，卑职立即休妻，将她逐回娘家……"

韦皋极不耐烦地打断："你还心存侥幸！以为凡事推到夫人身上就与己无关了！你如此胆大妄为、丧心病狂，难道就不怕朝廷律法制裁？"

杨忠耳朵里嗡嗡乱响，正不知如何是好，韦皋正色说道：

"天网恢恢，疏而不漏。许泽端杀人越货，害死朝廷命官，共谋私铸铜钱，走私买卖黄金，依律不是凌迟便是磔刑。他知道那滋味不好受，还得不到一个全尸，故自行了断。至于你如何处置，本使将详细备文上报，长安自有定夺。你须全部交代，休想蒙混过关！"

杨忠这时脑袋慢慢清醒过来，甚至有些后悔方才惊慌之下说出的话。不过仍低声哀求道："韦大人，求你网开一面。郭奎、王永安及他们手下知情的人都死了，许泽端方才招供的内容已可具结此案。望你看在卑职效力令尊岳父大人，极尽犬马之忠的份上，饶我这一次，从今往后洗心革面，重新做人……"

"休胡扯枝叶，与我岳父何干！"韦皋冷冰冰地说。

"令尊岳父张大人待我如手足。不看僧面看佛面，大人前程似锦，何必因我而牵扯到你的家人，影响仕途。"杨忠见韦皋冷静下来，便大胆起来。

"此话何意？"韦皋打断他的话。

杨忠并不回答，两眼直勾勾地看着韦皋。韦皋鼻孔里哼了一声，转身向外走。杨忠见状忙凑上前说："韦大人，卑职有几句话要说。"

韦皋停下脚步，他听到身后杨忠粗急的呼吸声。好一会儿，才听他用细微的声音说："令尊与大人要查的凌云山大佛修凿款项有关……"

韦皋耳边如一道炸雷响起，不由惊呆了。好一阵，他才听清杨忠后面的话：

"……朝廷不再允许蜀地将盐、麻税作为修凿大佛的费用，但皇上特别恩准提取杂税补贴凌云山修凿佛像所用。虽后来因边患大佛停工，但这笔钱仍年年提取并拨入府库。

"建中三年年末，令尊岳父大人突来龙游，令我将这一大笔银钱分三次暗地运至成都，说是边患战事急需，暂且挪与军队使用，可后来有去无回，没了下文。"

韦皋压住怒气，问："一共多少钱？"

杨忠答："两百万两银子。卑职也知如此大的数目，账簿上岂能不留下痕迹，只怕将来清查账册，顺藤摸瓜，查出卑职，连带扯出张大人，于是让王永安在铜山暗地私铸铜钱，以弥补这笔亏空。不料此事引起李维疑心，四处打听，卑职为不牵连张大人，悄悄着人放了一把火，毁掉所有账簿，以绝后患。为了封住王永安的口，只好默许他铸钱。哪料他贪心不足，不知见好就收，终酿成祸，死有余辜。"

"胡说！证据何在？"韦皋忍不住又怒起。

"卑职岂敢凭空胡说？大人若不相信，可以亲自询问令尊岳父大人。还有几车送与令尊的糯米，想来令尊张大人必不会忘。"

韦皋回头，看见杨忠脸上闪过一丝不易察觉的阴笑，心中愈加厌恶，语气甚是不屑："你想以此要挟，让我对你所作所为守口如瓶？"

"卑职不敢。只求大人网开一面，放下官一条生路，卑职粉身碎骨不忘大人恩情，愿肝脑涂地为大人效命。"杨忠伸起腰，拭了拭额角的冷汗。

韦皋一语不发，心中翻江倒海，半晌，步履沉重地跨出大门。杨忠惴惴不安紧跟其后，侍卫、衙役撤离而去。

屋外风雨大作，天地间一片混沌。

一个月后，杨忠府宅。

"杨忠接——旨——"钦差拖着长声叫道。

杨府上下人等，跪了一地。

一名太监尖声念道：

"嘉州刺史杨忠，上任以来，全无谨慎之心，放任自流，导致奸商猖獗，走私铸钱，牟取暴利，坑害社稷。失察之官，罪责难逃。姑念知错悔改，亡羊补牢，协助查案，且本人无贪墨受贿，今令原地致仕，开缺回籍。钦此！"

"吾皇万岁！万岁！万万岁！"

杨忠匍匐在地，脸色苍白，但还是长长地出了一口气。

几天后，陈兴德走马上任，接任嘉州刺史。

第三十八章

　　这几天，杨忠的家里乱成一团，满地堆着大箱小包及各类要搬走的物什。

　　杨忠心烦意乱，垂头丧气地坐在后院空荡荡的书斋里。听到前院阵阵喧哗，更觉如坐针毡，嗓子阵阵发干。看了看空无一物的茶几，这才想起一整天没喝茶。杨忠对饮茶甚是苛求，每日一早仆人必先撑船至江中汲取河心水备下。杨忠上午去衙门前必先饮一壶浓酽的早茶，方觉整天有精神。下午回到家，丫头必立即把新沏好的茶送到手上，这已成为家中尽人皆知的规矩，每天雷打不动。可是这两天全乱套了，没人记起这档子事。杨忠挪了挪身子，有气无力地喊道：

　　"来人！"

　　半晌无人响应。杨忠心头一阵火起，大声喊道："来——人！"

　　廖管家和谭师爷正忙着搬家，听到叫声，一前一后进来，小心问道：

　　"老爷有何吩咐？"

　　"茶！"杨忠气呼呼地对两个心腹说道。

　　廖管家小心翼翼地说："老爷，夫人将大部分下人都打发走了，只留下几个家乡带来的下人。侍候老爷茶水的丫头小花三天前就领了工钱回家了。老爷要喝茶，小人这就去沏来。"

　　见杨忠点了头，廖管家赶紧转身出去准备。

　　杨忠见谭师爷弄得灰头土脸、没精打采的样子，不由叹了一口气，说："没想到栽在大佛身上，银子没捞到一两，反倒蚀了老本！这两天我回想了一下，发现龙游官员的祸福似乎都与大佛有关。早知如此，也该修修大佛，哪怕做个样子也好，兴许能逃过这一劫。"

　　"老爷，不要再想大佛的事了。古人云：大丈夫能屈能伸。何况老爷也只是原地致仕，开缺回籍，并无罪名。安心在家过一段清闲日子，等眼下风头一过，老爷再到京城去一趟，定可东山再起。"

　　谭师爷久经江湖，精明过人，这几年跟着杨忠得了不少好处，当然巴望杨忠官复原职，再从他手中得到更多油水。

杨忠苦笑一下，说："谈何容易！"

谭师爷小眼睛一转，凑近说："老爷还记得圣旨的内容？圣旨中给老爷留有回旋余地。往后之事嘛，就看老爷自己怎样做了。"

杨忠冷嘲热讽挖苦道："谭师爷果然记性好，居然还记得圣旨中的文句。"

谭师爷没注意杨忠的脸色，以为是在夸奖他，忍不住更加得意，说："吃笔墨饭之人，当然要记性好，否则如何替主子效劳？这道圣旨虽说免了老爷的官，但也点明老爷与那些事无干！我们的事，若真按大唐的律法追究……如今官虽没了，但钱财还在，已是万幸了。"

谭师爷见老爷没驳斥，便大起胆子往下说："那个姓陈的，竟接了老爷的职位。凭什么？就因他是韦皋的心腹。嘉州是个肥缺，我们走着瞧，不信这姓陈的油盐不进，拿点俸禄就心安！俗语道：常在河边走，哪能不湿鞋？

"恕小人直言，老爷这次逢凶化吉，恐怕还得力于张大人，老爷日后还要在张大人门下多进点供，烧点香。"

"你说张延赏？"杨忠问。

谭师爷答："正是。张大人如今位高权重，一言九鼎。老爷多在他身上花点银子，后面的事情便好办了。"

尽管往昔杨忠视谭师爷为心腹，但张延赏挪用那笔巨款的事却只字未提，听了谭师爷的一番话，也只是苦笑了一下，并未言明其中曲直。

廖管家端了茶进来，杨忠说："你们各自忙吧。对了，叫夫人过来。"

"老爷，夫人烧香去了。本要去凌云寺，怕来回时间长，改去了能仁院。"

"屁用！菩萨不过是一堆泥巴石头。"杨忠恨恨地骂了一句粗话。

一大早，杨忠夫人王氏带了丫头紫英，乘一顶小轿直奔能仁院。

王氏并不信佛，在龙游多年，只是偶尔凑热闹到寺院游玩。她今天来寺院是另有目的。丈夫开缺回籍，自己又不能将许泽端的遗骸带走，于是想在离开龙游前请能仁院的尼姑为他做场法事，算是最后为这个侄儿尽点心意。

能仁院笼罩在一片薄薄的雾霭中，此刻还没有香客进来，四下十分宁静。王氏心情沮丧、烦躁，但还是耐着性子先到灯光幽暗的大雄宝殿里敬了三炷香。一个年轻的女尼立在供案一侧，在王氏叩拜时敲动钟磬。敬完香，王氏忘了自己眼下的身份，仍拿出刺史夫人的派头，十分傲慢地开口问道：

"慧心法师呢？"

"在后院禅房。"年轻的女尼低头合掌,轻声答道。

"刺史夫人驾到,还不快快通禀,让她出来迎接。"紫英狐假虎威地吼道。

"慧心师父禅坐时,任何人不得打扰,刺史驾临亦是如此。"年轻的女尼并不慌张,言辞不卑不亢。

"你这个尼姑好不识相!竟敢对刺史夫人如此说话!"

年轻女尼不吱声,手里不停捻动佛珠,两眼直视来人。

紫英心中奇怪,不由上下打量一番。王夫人听罢也是一愣,转过身仔细看了年轻女尼一眼,脱口道:"你,你不是王永安的女儿王月娥么?"

"王月娥已不在尘世,我是莲月。"女尼迎着王氏的目光,冷冷答道。

王氏一时语塞。紫英不知究竟,对莲月说:"夫人欲在寺里做一场法事,银子自会多与你们,快去叫慧心住持出来。"

莲月冷笑一声:"临时抱佛脚,怕是不管用了。"

王氏只感到一股气冲到头顶,涨得满脸通红,恨不得伸手掴她一个耳光,在肚里狠狠地骂了一句:"小贱人!少给老娘拿腔作调!"但碍于刺史夫人的身份和面子,不得不强压怒气,做出一副不与小人一般见识的样子。但王氏分明从莲月的眼中看到极深之恨意,不由得心中一阵颤抖。

王永安死后,家中财产悉数充公,妻妾、子女发卖为奴。偌大的王家一夜间土崩瓦解。王月娥因事前出家,是王家唯一的幸免者,自然对她充满仇恨。

王氏这时才想起丈夫已被免职,自己不能像过去那样颐指气使,说一不二了。于是缓和了口气说:"出家人不是常讲慈悲为怀,普度众生,救苦救难么?"

莲月阴着脸,一双眼睛死死地盯着王氏,直盯得王氏浑身发毛,好一会儿才开口说道:"施主说得一点不错,出家人慈悲为怀,普度众生,可是佛门宗旨也是惩恶扬善,要知世人所为,都瞒不过大佛老爷的眼睛!"

王氏被噎了一下,停顿半晌才说:"我不与你计较,我在客堂里等候慧心法师。"

莲月道:"师父坐禅少则几天,多则一月。施主自便!"

王氏一怔,转身恨恨地对紫英说:"回府!"

紫英满腹疑惑问:"夫人,你不为许相公做法事了么?"

"今天出门没看皇历,遇到丧门星了!"王氏怒气冲冲地说,然后转身出门,起轿返回。

第二天天还未亮，杨忠便与夫人、三个侍妾、孩子、廖管家、谭师爷和几个仆人悄无声息地离开了刺史府，赶往东津渡码头。虽然几辆载人运货的马车尽可能拣僻静的路走，但沿途还是有人赶来围观，指指点点，评头论足。到了码头，杨忠一头钻进船舱，心烦意乱地招呼船家立即起航。眼光掠过对岸未完工的凌云山大佛，杨忠忍不住恨恨道：

"呸！"

几天后，过了利州城，几辆车穿山越岭朝剑门关迤逦而行。由于行程遥远，道路颠簸，几位平日里锦衣玉食的妻妾经不起长途劳累，一个个精疲力竭、面色忧郁地蜷缩在车内，闷声不响。下午大妾坐的那辆车的马匹似又出了毛病，焦躁不安，常常停下来喘气。马夫说昨天马就不吃东西，只能慢慢走，否则马会没命的。好容易熬到青山驿站，廖管家忙进驿站，想安排众人歇息。

几个驿吏正在门口闲聊，见廖管家一身打扮像个官府的奴仆，不敢怠慢，忙堆起笑脸迎上来，向他索要官府文书。廖管家只得言明杨忠身份，不料当对方得知杨忠是个开缺回籍的贬官，顿时收敛了笑容，丝毫不肯通融。

"驿馆为官员所设，既已开缺，当另觅住所。"驿吏做了一个逐客的手势。

廖管家的脸顿时气成了猪肝色，指着驿吏骂："势利小人，狗眼看人低！"

驿吏职位虽低，但过往官员迎送多了，早已学会看人下菜碟，八面玲珑，遇事不慌，哪会把开缺的官员当回事。见廖管家不但装大摆谱，还出口伤人，不由火起，回骂道：

"还当自己是官？呸，啄木官！"说着一挥手喊出三个人，连推带搡将廖管家轰出大门外。

杨忠听完廖管家的陈述，气得骂了一通，但也无济于事，见附近又无其他客栈，无奈只得继续赶路。

经过这番折腾，众人的心情更加晦暗。

马车过了一道山脊，沿着空无一人、弯弯曲曲的官道继续前行。道路一侧松柏荫翳，藤蔓芊绵，另一侧是阴森可怕的万丈深渊。忽然，头顶响起一声吆喝：

"留下买路钱！"

喊声刚落，便见山上树丛中跳出几个脸蒙黑纱、手持钢刀的强人。车前车后立即有人呼叫响应,所有的马车都停了下来,女眷们吓得抱头大叫,一队人马顿时乱作一团。车夫们最先被拉下来,其余的人先后下车。突然,最前面的马惊叫一声,开始没命地向前奔跑。廖管家一见,顿时慌得大声喊道:

"坏了,老爷还在马车上!"

王氏今天与儿子坐在第二辆车上,听到廖管家的喊声,吓得脸色惨白,声嘶力竭地大喊:

"老爷……"

话音未落,见马车转过一个弯。前面就是悬崖,但马依旧往前冲。眨眼间马车连滚带翻摔下深渊,片刻传来一阵碎响。王氏浑身一颤,接着尖叫一声,两腿一软,晕倒在地。

一片混乱中,其他人并不清楚发生了什么事。那几个强人似不想伤害其他人,只匆匆抢了一些东西,便撤到了林子里。

好一阵,王氏慢慢醒来,声嘶力竭道:"你们愣着干什么?还不快去找老爷!"说罢,"哇——"一声号啕起来。

第三十九章

夏去秋来，不觉已是成都芙蓉花开的季节了。锦官城中，一片粉白桃红，煞是喜人。

一幢气势不凡的宅院，门匾上"韦府"二字赫然在目。

平素清静的宅院门口，人叫马嘶，十分喧闹。韦皋的管家刘原早早就候在这里了。原来韦夫人带了仆人、丫头等一干人，已风尘仆仆抵达成都。

远远传来一阵车马声，早有门子来报，说是韦夫人到。管家刘原忙迎上前去，跪拜磕头：

"小人刘原叩见夫人。夫人一路鞍马劳顿，请先到后院厢房歇息。衾帷床席、洗漱用具小人均已准备妥帖。"

韦夫人年近四十，神情沉稳端庄，身材高挑瘦削，尖尖的下巴，一对细长的凤眼，额头和眼角虽已有浅浅的细纹，但仍不失大家闺秀的风韵。身穿一件浅紫色云蝠线绉裙衫，腰系一条月色罗带，袅袅娜娜走下车。那堆叠得如小山般高的发髻纤毫不乱，珠光闪闪。

一个白净富态的婆子搀起韦夫人，轻声说："夫人小心，鞍马多日，只怕腿脚僵硬，筋骨酥软。奴婢这就去给你沏一壶热茶，再去厨房招呼饭菜，待会好好泡个热水澡。"

"夫人，饭菜、茶水小人已准备好了，只等……"刘原忙插言道。

"休得乱插言！"那婆子转头板着脸斥道，"夫人的茶岂能胡乱对付？再有，夫人不善辣食，可进入蜀地后，驿站、酒楼样样菜不离辛辣，早吃得口舌上火。想必这灶房里也定是个麻辣厨子，如何能行？"

"夫人不必担心，小人早已吩咐厨子备好长安口味的饭菜。"刘原分辩道。

"长安口味？你知道什么是长安吗？"那婆子嘴巴一撇，盛气凌人。

刘原面色尴尬，不知所措。韦夫人见状忙阻止道："奶娘，不要为难刘管家。随意用一点就行，仆人们也累了。"

刘原这才明白为何一干人都对那婆子唯唯诺诺，原来是韦夫人的奶娘！

那婆子人唤曾妈，冷若冰霜的脸上嵌着一双利刃般的眼睛，让人胆战心惊。刘原正要开口，只听那婆子轻声对韦夫人讨好道：

"夫人，你自幼脾胃弱，当细心将息。奴婢一把老骨头无所谓了，只愿夫人贵体无恙。"

韦夫人轻声说道："奶娘，你已是六十岁的人了，本该在京城享天伦之乐，偏要跟我长途跋涉到蜀地来。"

奶娘堆起一脸笑容，柔声说："能一辈子跟随夫人是奴婢的福分。"说罢一挺胸脯高声唤道：

"来人。给夫人做一小碗面，要细，宽汤，用蛋花做卤汁，再做几样口味清淡的素菜。另外再熬点小米粥，加莲子、红枣和鸡脯肉末，夫人晚上好用。"

厨子领命径直去厨房，并不理会刘原。韦夫人带来的这群仆人也趾高气扬、目中无人，只唯曾妈之命是从，将刘原晾在一边。

一个相貌丑陋的老和尚，身上衲褛满是污垢，腰间坠一个大木鱼，项下挂一圈菩提树籽串的佛珠，提着一个灰色布包，大摇大摆径直往韦府走来。

"嗨，和尚！这里是你乱闯的地方吗？化缘到后门去！"

听到门子的声音，和尚并没停顿下来，依旧大步朝门内走。两个家奴听到门子的呼叫声忙跑过来，拽住和尚的衲褛往外拖。哪知和尚弯腰一闪，灵巧地从两人手下躲过，转身嬉笑道：

"嘻，嘻，化什么缘的！得知韦皋返回蜀地，贫僧特地赶来看望。"

一个家奴怒道："呔！疯和尚，敢叫韦大人的名讳！出去！"

和尚并不害怕，手舞足蹈，说："哎哟，小哥，贫僧与韦皋是老朋友了。早对他说要返回到蜀地才好，没想到等了四十年他才回来。"

"疯和尚，找打！"另一个家奴捡起一把扫把从背后朝和尚打去。

和尚轻轻一挥手，抓过扫把，摇摇头说："啧，啧，可怜，可怜！世人孽障太深，被虚幻迷惑，还自以为聪明。阿弥陀佛！"

家奴与门子气急败坏，各人取了一根木棒逼近和尚。和尚嬉笑着用手指着他们，说："你们打不到贫僧。嘻，嘻，不相信？来试试看。"

三人在院子里追了好一会，不但抓不到和尚，甚至连汗毛也伤不了他一根，自己反倒累得大汗淋漓，气喘吁吁。门子忍不住问："和尚，你到底想干什么？"

和尚嘿嘿一笑："方才不是给你们说了吗？贫僧听说韦皋返回蜀地了，特地赶来看他。喏，贫僧还给他带了一样礼物来。"

一个家奴怒道："胡言乱语！再不走，我就喊人把你抓到衙门里去！"

门子伸长耳朵听，觉得和尚话里有话，忙止住家奴，问道："和尚，韦大人刚到蜀地上任不久，你怎么老说他又返回来呢？"

和尚又嘿嘿一笑，说："我问你们，韦大人是谁？"

"韦大人是西川节度使。这还用问么？"

"非也！非也！"

"和尚，你打什么哑谜？快说！"

和尚不紧不慢地说："告诉你们，韦大人乃诸葛武侯之后也！"

门子与家奴一惊，却又不敢接腔，因此一时鸦雀无声。

倒是和尚看他们为难，便坐下说："武侯生于东汉末年，乃西蜀的丞相，蜀人仰为父母。四十年前武侯又转世降生于京兆府韦家。贫僧与他前世友善，特地从剑门赶去看望。贫僧到时，韦家正召了一群僧人吃满月宴，他们嫌我丑陋，又不相识，便让我坐在院角的破席上。饭后，韦家抱出婴儿请群僧为其祝福，并没理睬我这个不请自来的野和尚。贫僧径直走过去对婴儿说：'别久无恙乎？'婴儿立即笑逐颜开。韦父甚异，问：'小儿降生才一个月，师父何言别久？'贫僧答：'此事非檀越之所知也。'韦父一再追问，贫僧才将婴儿的身世告诉他。韦父因此以'武臣'字之，后又改为'城武'，取名韦皋。贫僧早知他长大后要出相为将，镇守蜀地，修凿大佛，造福一方。"

门子和家奴听愣了，一时不知说什么好。

"贫僧告辞！"和尚说罢，放下手中灰色布包，一溜烟跑了。

三人打开布包，没想到是个鸟笼，笼里有一只翠羽红嘴鹦鹉。鹦鹉见了光亮，在笼子里扑腾跳动，稍后嘴里发出一串尖细的声音："子曰：'为政以德，譬如北辰，居其所而众星共之。'子曰：'为政以德，譬如北辰，居其所而众星共之。'……"

三人甚异，不知鸟儿所诵为何意，也不知该如何处置这只不断诵念的鹦鹉，只得赶紧用灰布将鸟笼盖上。鹦鹉见不到光，立即安静下来。

门子想了一下，对家奴说："待会儿提了鸟笼，禀告刘管家。"

后院小客厅内，韦夫人正在向刘原询问韦大人近况。

原来韦皋离京外出后，长久没与夫人联系，直到出任西川节度使后，才写信告诉夫人。韦夫人又惊又喜，很快登车上路，过渭河，越秦岭，马不停蹄地赶往成都。

刘原跟随韦皋多年，知道韦皋与岳父一家有诸多纠葛，本不便多言，见夫人问起，也就把这些年韦皋的事大略讲了一回。

刘原又说："小人承蒙老爷抬爱，留在身边侍奉。老爷还帮小人娶妻安家，小人感激不尽，唯有知恩图报，尽心竭力照料好老爷和夫人！"

韦夫人长长舒了一口气，说："北方藩镇之乱不止，但愿老爷在蜀地能过几天清静日子。"

刘原在韦大人身边日久，对时事略知一二，听了韦夫人话说道："西蜀北邻吐蕃，南接南诏，境内诸生羌部落甚多。这些蛮夷部落虽然表面臣服朝廷，平时彼此相安无事，但若稍有风吹草动，或利益冲突，立即刀兵相见，滋生事端，酿成大祸。老爷担此重负，委实轻松不起来。"

韦夫人微锁眉头，没有吱声。

这时，一个家奴来报："刘管家，一个丑和尚给韦大人送来一样礼物，小的不知怎样处置。"

刘管家不悦，说："老爷不是早交代过不许纳礼么？"

家奴急道："是一只鹦鹉。那丑和尚举止怪异，还云里雾里地说了一番不着边际的话。也不知他施了什么法术，我们三人都挨不近他！"

"鹦鹉？"韦夫人十分意外。

家奴便将和尚方才说的什么武侯转世的话禀告了韦夫人。韦夫人大吃一惊，沉思片刻说："老爷自来喜欢鹦鹉，说鹦鹉最有灵性，你们且先照料妥帖。"

韦皋回到家已经很晚，先到后院厢房与夫人见了面。多年不见，物是人非，免不了感叹唏嘘一回。

然后，韦皋换了便服，又一头钻进了书房。

近来韦皋常常独自睡在书斋里，一连串突如其来的事搅得他进退维谷。他很少与亲随们商议公务，更不愿将公务之事告诉夫人。他的书房清静、舒适，在院子右边的一个角落，家里人从不敢随意闯到这里来打扰他。书斋坐榻后有一排香樟木书架，架上错落有致地摆放着书籍、画轴、古玩、瓷器。书架前新增了一盆兰草，淡黄的花瓣一望而知是难得的上品，这是夫人这次特地从京城带给他的。

韦皋静坐了一会，轻轻叹了一口气，又翻开桌上许泽端、王永安等人的卷状。这些人犯的案子都结了，但是杨忠受贿一事因死无对证，韦皋只好暂时搁置未动。其中重要的原因是岳父张延赏，投鼠忌器，不得不格外谨慎小心。韦皋知道张延赏任剑南西川节度使时，仍兼检校兵部尚书，却不知为何要把提留的杂税挪作军费。此事令人生疑，于是韦皋打算提笔写信询问岳父其中曲直是非。

韦皋从没给岳父写过信，不想第一次提笔，就是令人十分尴尬的事宜。桌上已扔了四五张废弃的信笺，韦皋刚要提笔重新开头，忽听一阵衣裙的窸窣之声，抬起头一看，见夫人面色忧悒，走了进来。

"夫人还没有睡下？"

韦夫人"嗯"了一声，并没说话，施礼之后默坐在一旁，画眉紧蹙。

韦皋略感意外，忙问："家中出了何事？"

韦夫人稍有一些不悦地说："老爷果真有心纳小，亦应事先给妾身说一声，何须转弯抹角？倒让人觉得我小肚鸡肠，不识大体。"

韦皋狐疑满腹，问："夫人想说什么？"

韦夫人说："老爷做事向来周全稳慎，只是这一次，妾身恐老爷没看准人。"

韦皋问："夫人难道以为我看错了人？"

韦夫人说："老爷眼光岂是女流之辈可予妄评？只是这个薛涛出身寒微，又整日出没欢场，必定心性浮浪，耐不住寂寞。纳她作妾，恐日子一长，难免生事，搅得合家不得安生。如此不也败了老爷的兴致？"

韦皋淡淡一笑，说："我道是什么事，原来夫人是说这个。薛涛是一个才思敏捷的奇女子，身陷芙蓉坊娱客也是为生活所困。我惜她是个不可多得的人才，已拟好奏章准备上报朝廷，任她为校书郎，并非是要纳她为妾，夫人多虑了！"顿了一下又说，"倘若以后我要纳妾，会事先与夫人商计。"

韦皋并不愿与夫人多谈薛涛，这是他心中的隐秘。韦皋从嘉州返回成都再见薛涛，发现她突然长大了，益发亭亭玉立，光彩照人。而薛涛见到韦皋也是欣喜不已，望着他脉脉含情，欲言又止。韦皋看出了薛涛的心思，但心里依旧不做非分之想。虽然仍不时召她到府衙，但仅限于文字交往，并没有越雷池半步。蜀地亦不乏才子文人，但很难与薛涛媲美。她的文笔清新流畅，不落俗套，经她一动手，枯燥的公文顿时充满生气，令韦皋常常拍案称绝，故韦皋破例奏请任她为校书郎，到府衙负责文案事务。这全是唯才是举，并非认人唯亲，以貌取人。但不可否认，薛涛给他的内心带来的温馨和愉悦是难以言喻的。

韦夫人听了丈夫的一番话，转忧为喜。略停顿了片刻，又有些担忧地说道："老爷，妾身知道内眷不应干涉衙门公务。但眼下西川战事迫在眉睫，奏请艺伎为官，倘若朝廷认为有失体统，岂不连累老爷一世清名？即便侥幸获准，红裙入衙，也易给居心不良者留下话柄。望老爷三思而行。"

韦皋一怔，半晌沉吟不语。韦夫人忙给丈夫的茶杯里续水，突然瞥见桌上韦皋写给张延赏的信封，不由得欣喜道：

"老爷终于与我父亲和好了？"

韦皋嘴巴动了一下却没出声。韦夫人以为韦皋不愿说出口，又劝解道："我父亲当初那样对你，虽有些刻薄，其实内心是巴望你能早日成为栋梁之材。父亲说过，那般幕僚清客和建陵里充役的世家子弟只会纸上谈兵，成不了大器。如今你终于理解了他的一番良苦用心，冰释前嫌。"

韦皋不置可否地点点头。又听夫人继续说："父亲最近心绪不佳，身体每况愈下，母亲十分担忧。"

"却是为何？"韦皋问。

韦夫人轻轻叹了一口气，道："父亲性持节俭，志在奉公。最近他给皇上上了一个奏章，建议削减冗官冗员，节约朝廷俸禄，用以资助戍边的士卒。他在文中详细陈述了自己曾任职的荆南、剑南等地官衙状况。说不少州县官员空缺，不下十数年，吏部一直未着补授，只令另一官员代摄公事，然而公务运转正常。由此可见官员可减，而费用亦可节俭。皇上看了这份奏折，认为是个好主意，便着大臣们商议实施。不想风声传出去，一片哗然，一些官员大为不满，背地里说父亲哗众取宠，以此邀功请赏。

"再有，就是凤翔节度使李晟大人想与我家联姻。父亲没答应，李晟为此耿耿于怀，怨言四出，说自己武人性快，倘若往昔有隙，只需杯酒之间便可化解。而父亲则是文士难犯，虽表面修睦，但内心记恨，终会寻机报复。父亲眼下四面楚歌，心中十分郁闷。"

韦皋不解道："李晟与你父亲是老相识，又曾同在蜀地效命，同为朝廷肱股，国之栋梁，深得当今皇上的倚重。李晟是朝廷重臣，十八岁从军，骁勇善战，累建功勋。你们两家联姻可谓门当户对，珠联璧合，岳父怎的没答应？"

韦夫人答："父亲自幼饱读诗书，严谨正统。而李晟乃一介武夫，草莽英雄，二人性情本不相投。在蜀地时，父亲为节度使，李晟在神策军，彼此井水不犯河水，倒也相安无事。不想后来李晟看上成都一名叫高婉的官妓，私下里打得火热，如胶似漆。攻克飞越①后班师回京，令手下人带走这名官妓。老爷你知道，官妓都是获罪官员的女眷或俘获房敌的妻女，比不得私人

---

① 飞越，今四川泸定县。

开设的勾栏妓院随心所欲，官妓陪酒都须经官府允许才能出堂。可是神策军这伙人平日里狐假虎威惯了，竟出手将院里美貌的姑娘都掠走。官妓本来就美丑不齐，老少皆有，美貌的都被弄走了，余下的怎能招徕生意？院主心中有气，仗着在地面上混的时间长，熟人多，便大起胆子到成都府衙门外击鼓告状，鸣冤叫屈。父亲闻讯大怒，立即带人去找李晟，让他命手下将姑娘们归还院主。李晟那时刚打了胜仗，十分倨傲，见父亲不肯通融，便争吵起来，最后闹得不欢而散，二人从此留下芥蒂。"

"李晟乃大将军，纳一小妾无可厚非，只是行为稍过鲁莽。"韦皋不以为然。

韦夫人面露不悦，说："李晟大人本是军中英雄，只是色心太重，家中妻妾成群，儿子已有十五个，却还要沉迷青楼妓院的烟花女子，让人看笑话。"

韦皋听出妻子的弦外之音，知道她对薛涛耿耿于怀，却又不好公开点穿，因此指东说西，发泄不满。韦皋赶紧顾左右而言道："李晟代子向你父亲求亲便是想捐弃前嫌，和睦相处。李晟十五个儿子中我认识李宪、李愻，口碑不错。只不知求亲的是第几子？只要人品好，这门亲事未尝不可，你小妹年龄也不小了。"

韦夫人说："父亲说李晟为人十分招摇奢靡。皇上赐给他的永崇里宅第，他生怕显不出来，入第之日，先让京兆府供帐酒馔。吃完后吹鼓迎导，送进宅第。再有，父亲担心李晟兵权过重，会引出内乱，如河朔四镇的节度使……"

韦皋闻言皱起眉头："夫人言重了，往后不要再向人言及此事！"韦皋口气很硬，"一个女人家，不要掺和官场上的是非，当心祸从口出！"

韦夫人一愣，心里很不受用，但还是忍了，悒悒退下。

韦皋站起来，在书房里来回踱步，心里如乱麻一团。

正在这时，忽听笼里的鹦鹉尖声念道："子曰：'为政以德，譬如北辰，居其所而众星共之。'子曰……子曰……"鹦鹉显然记不住下面的话，扑打着双翅在笼里焦躁不安。

韦皋忽然一笑，对着鹦鹉念道："子曰：《诗》三百，一言以蔽之，曰《思无邪》……"

鹦鹉听到韦皋的声音，顿时安静下来。

韦皋自言自语说："古人说半部《论语》治天下。鹦鹉莫不是提醒我以儒家之道治理西蜀？可是，仅以儒家之道就能治理好这个纷繁复杂的地方吗？"

第四十章

清晨，乌尤坝笼罩着一片白蒙蒙的雾霭，远远传来一阵阵鸡鸣狗吠声。袅袅炊烟中，一抹霞光从山后慢慢透出。

董氏穿戴完毕，依旧没听到刘妈的声音，心中暗暗有些奇怪。

儿子宝山死后，仆人们相继离去，宅子里只留下刘妈一个用人。刘妈勤快听话，也不饶舌多事，董氏很倚重她。以往这时候刘妈已将洗脸的热水备好送来，并侍候她梳头，可今天却没有任何动静。

董氏见厨房里也没人，便向后院走去，刘妈住在后院深处的一排房子里。仆人们离开后，只有她一人居住，显得十分冷清。

刚跨进后院，不想却见刘妈倒在屋外的地上，身着素色细麻内衣，发髻松散，脚上趿着双旧布鞋。董氏一惊，忙上前抓着她的胳膊大声呼道："刘妈！刘妈！"

刘妈慢慢醒来，用手摸了摸头上鼓起的一个肿块，痛得抽一口冷气。

"你怎么会倒在这里？"

刘妈撑起身子想要站起来，却感到头重脚轻、天旋地转，只得又坐在地上。喘了一口气说："太太，奴家好像遇到鬼了。"

董氏不悦，板起脸道："大清早就张嘴胡说。晦气！"

刘妈并没理会，神思恍惚道："怪，怪事，奴家觉得他就在我身后，活生生的……"

董氏没好气斥道："我看你是摔晕了头！"

刘妈回忆道："大约五更时辰，奴家肚子痛想拉屎，只好爬起来往茅房跑。回来时感到有点冷，便急匆匆地走。当时四周十分清静，连衣袖的摩擦声也听得清楚。可拐过弯，却感到衣服的摩擦声越来越响，而且还飘来一股香味，好似庙里的香火味。心中奇怪，回头一看，突然'嘣'的一声，只感到脑袋被敲了一下，眼前一黑，就什么都不知道了。不过，我回头时看见了……看见了……"

董氏忍不住急切地问："哪一个？"

刘妈顿了顿，说："像是老爷。"

董氏愣住了，半晌无语，呆呆地站起来。

"太太，小人想回家歇几天……"刘妈缓缓撑起身来，低声哀求道。

董氏见刘妈目光躲闪，问道："你莫不是也想辞工吧？"

刘妈哭丧着脸不说话。董氏一把抓紧刘妈的胳膊，说："刘妈你别走，年底我给你加一个月的工钱。"

刘妈心神不定地说："太太，奴家并不是贪财的小人。只是，奴家心里害怕。太太，你赶紧请几个道人来驱驱鬼吧。这段时间，奴家总有一种不祥之感，觉得这宅子里有幽灵闪现，供案上的长明灯摇曳不定，香也是常常燃一截就熄灭了。奴家害怕又有……"

董氏全身不由抖了一下，眼前一切变得狰狞恐怖起来。沉默了一会，董氏说："一会儿我就到高标山开元观去，请道长率人来驱邪！"

刘妈点头附和："太太说的是，开元观是座老道观，如今有十余道众，法事兴盛，很是灵验。"

刘妈知道，自老爷死后，董氏再不去任何佛寺，也就不在她跟前提及凌云寺、乌尤寺，任她舍近求远。

早饭之后，董氏雇一乘轿过河上了高标山。

高标山在龙游城背后，山势起伏，峰回坡转，林木参天。董氏心神不定坐在轿内，两个轿夫大汗蒸腾，气喘吁吁。转过几道弯，抬头见山顶露出金碧闪耀的琉璃瓦，一曲逶迤红墙出没于苍松翠柏之间。高高的红砂石砌成的台基上，朱红色的观门洞开，山门上一方匾额写有玄宗皇帝敕书"开元观"三个斗大的金字。

董氏下轿俯瞰四周，见三江浩渺，山色苍翠，凌云山、乌尤山、岷江、大渡河、龙游城尽收眼底，美妙如画，抑郁的心情稍稍缓和。在门口买香烛时才知今日不巧，观中大部分道人都被大盐商熊明伦请去家中为刚过世的熊老太太做法事去了，仅留下一老一少两个道人应酬香客。

董氏跨进大殿，一个须眉斑白的老道头戴元巾，身穿黑袍，足登朱舄，手执尘尾，上前招呼道：

"请问太太有何事？"

董氏躬身施礼后，又呈上一锭银子，说："民女冒叩仙观，是想求一真道长率道众来舍下驱邪降福。多有打扰。"

老道说："不必客气。只是一真道长大约要下午才能返回，施主不妨先到客堂里用茶，然后在观内各处转转。其他事待道长回来后再作商计。"

如何?"

董氏点头称是,老道带董氏到客堂坐下,沏了一杯热茶便告辞出去。

客堂墙壁上挂了许多条幅,用小篆录着《道德经》《黄庭经》等书中语句。董氏不明白其中的意思,也无兴致,坐了一阵觉得无聊,便起身往外走。

穿出前院三清殿,又是一个带回廊的大庭院,四周塑着八卦神罡,中间一个水池。池中一块巨石,上面画着阴阳太极图。院中有三个老太婆正在炉前焚香,面容甚是肃穆。董氏正要过去焚香,忽然瞥见一个熟悉的背影一闪而过,急步跨进了左边角上的一道门。董氏不由大惊。

董氏知道,左角那道门里是阎罗殿,雕塑着地狱里的种种狰狞景象,令人胆战心惊。据说这些是用来提示众生多行善、少作恶,否则将会堕入地狱,轻则轮为畜生,重则变为鬼魅,受尽种种酷刑折磨,永世不得翻身。阎罗殿因极是阴森可怕,故很少有香客独自进去。

董氏以往仅在这道门口觑一眼,便心惊胆战扭头离开。今日,她突然来了胆量,跟着那人影从左门进入阎罗殿,因为她觉得方才进去的那人极像潘素梅!一想到她,董氏心中就燃起一团怒火,恨不得亲手杀了她祭奠儿子。

阎罗殿内并不见人影,阴暗的大殿内闪着幽暗的烛光,左右两边一尊尊真人大小的雕像狰狞可怕,一应描绘上浓郁的色彩。由于四周没有窗户,又少有人走动,屋里散发出潮湿的霉味,更添了几分阴森的气氛。

董氏沿着通道慢慢走过去,见第一殿内一群赤发鬼分别将几个剥去衣裳的人或装入铁笼之中,或戴上笨重的板枷,并用铁叉往他们身上叉,受刑人呼号哀求,面容惨淡。另一殿内,一个男子被缚在铁柱上鞭打刀刺,一个女子则被众鬼压在石磨下,身如肉酱,血流如河,仅余一颗披头散发的头颅。再看前面,两鬼用大锯剖开一个男人躯体,鲜红的心肺裸露出来。而另一边,一群青面獠牙的鬼正将一个男子扔入沸腾的鼎镬之中……

董氏吓得心惊肉跳,慌乱地穿过阎罗殿,可走到尽头并不见一个人影。穿出门经过一个回廊是老君殿,殿里仅有一个青衣道童,正踮起脚擎起一个油壶往供案上的油灯里添油。董氏定了定神,上前问道:

"小师父,方才可曾见一个年轻女子从阎罗殿出来?"

道童摇头答:"不曾。"

董氏急切道:"我明明看见她一闪进了阎罗殿,莫不是小师父有意相瞒?"

道童睨她一眼,不悦道:"便是观里的道人也很少走进阴森可怕的阎罗殿,更莫说年轻女人。师父说殿里的景象是提示我们不要犯戒作恶、意志迷乱,要我们坚守道心。一般香客都是从右侧门进入老君殿,夫人也许是眼花看错了。"

董氏挤出一丝苦笑,问:"观内有投宿的香客么?"

道童答:"有。"

董氏问:"内中可有一个叫潘素梅的年轻女子?"

道童答:"没有。"

董氏疑惑不解:"大白天遇到鬼了!"

道童没听清楚,以为董氏问他世上有无鬼,便装作老成,一本正经开口道:"世上当然有鬼。北阴大帝君就是阴间诸鬼的总管,汉代仙人王方平、阴长生在丰都山得道升仙后而称'阴王'。阎罗有十殿,各殿首领是由十方救苦天尊所化,分掌地狱十宫,惩罚罪人。"

董氏无心听道童絮叨,也不想再等道长回来,心神不安地离开了开元观。

刚进家门,刘妈一路小跑过来,低声道:"太太,二老爷回来了!"

"二老爷?"董氏一愣,十分意外。很多年没有杜祥仲的音讯,不料在这时他突然回来了。董氏忙问道:

"只他一人回来?"

刘妈点点头,说:"是的,二太太和少爷小姐都没回来。二老爷说明天要去老太爷、老太太、老爷和小侄们的坟上祭拜一番。"

董氏没吱声,心神不定地向堂屋走去。

"二弟一向安好?"董氏跨进堂屋躬身施礼,客套寒暄道。

杜祥仲瘦长的脸上留着一撮山羊胡子,头戴一顶旧瓦楞帽,袍角上沾了星星点点的泥土,显得疲惫而又寒酸。见嫂嫂进来,杜祥仲忙起身还礼,说道:

"谢嫂嫂吉言!家中的事兄弟已听刘妈讲了,望嫂嫂节哀,多加保重。当年分家的事望嫂嫂不要记在心上,权当兄弟不懂事。这些年在外闯荡,方悟亲情是钱财买不来,也是世间最贵重的。这里奉上两样薄礼,略表心意,请嫂嫂笑纳。"说罢将礼品一一递上:两匹上品的绸料,两封点心,一对雕花银手镯。

董氏望着杜祥仲,一阵心酸,泪水一下从眼眶里滚落下来。

这时,刘妈在一旁献茶。

"二老爷请喝茶!"说罢躬身退下。

杜祥仲见刘妈走了，忙轻轻掩上门，一把抓住董氏的左手，急切地说："玉茹，我回来了！"

董氏从鼻子里哼了一声，抽出左手朝杜祥仲脸上狠抽了一巴掌。骂道："你这个狼心狗肺的东西，居然还有脸来见我？"

杜祥仲涎着脸，小心道："我这不是又回来了么？"

董氏咽泣不止。

杜祥仲说："你不要伤心。当初我们不是说好了吗？"

董氏鸣咽道："我过够了担惊受怕的日子。如今宝山也死了，我变得又老又丑，活在这世上还有啥滋味？"

杜祥仲说："玉茹，在我心头，你一直是刚进入杜家时那副俊俏的模样。我一看到你，就忍不住想抱紧你，抚摸你。那时，我甚至跑到你们的窗外来偷听，难受得想揍我大哥。"

董氏说："又诳我，扔下我孤零零的。你在外花天酒地，早把我忘到九霄云外了！"

杜祥仲拉过董氏的手放在心口，说："你摸摸我的心，时刻都挂念着你！我可以对天发誓。"

董氏正要说话，忽听外面有些响动，忙与杜祥仲分开坐在榻上，整理好鬓发和衣衫。停顿一下，董氏才故作镇定地问："不知二弟这几年作何勾当？"

杜祥仲说："一言难尽。几年下来，有点小本钱，却不料在西去途中遇到吐蕃的军队，财物被洗劫一空，还险些丢了性命。眼下生活暂无着落，只得来投奔你。不想家中竟遭此不幸！唉，那些伤心事就不要再提了。只是不知——你那媳妇，不，那个姓潘的女子后来又如何？"

董氏愤愤道："她逃出大牢后一直没有消息，也不知躲到哪里去了！"董氏忍了一下，最终没把今天在开元观遇到的奇事讲出来。

杜祥仲看门外一眼，转头轻声问道："哥哥下世后，族里的人常来走动么？"

董氏皱了皱眉头，说道："你有所不知，自从宝山走后，再没有人敢轻易上门走动。我也曾想把宅子卖了，回牛铧老家或在城里另买一处宅子。可是一般人买不起，彭员外来看过两次，但出价太低，我不愿出手。"

杜祥仲："哪个彭员外？"

董氏答："彭伯年，是个退仕的外乡官员。"

杜祥仲说："我在京城打听到一桩奇事，说是哥哥的元配死后，留下一个女儿，名叫杜蜀妹。"

董氏脸色露出不悦，说："这个，老爷曾对我说过。"

杜祥仲说："杜蜀妹并不奇，她嫁给一个名叫彭自成的男人。此人老实厚道，在京城的一家学馆里当教书先生，整日里两耳不闻窗外事。奇的是他有一位叔父曾在朝中做官，后来被贬离京，销声匿迹，没了音讯。"

董氏不解地看了杜祥仲一眼，说："这与我们何干？"

杜祥仲伸长脖子，说："你知道这位贬官最后躲到哪里去了？到我们乌尤坝定居下来，并娶了一位年轻美貌的夫人！这个人就是彭伯年！天地如此大，五湖四海，却偏偏要到凌云山下来定居，你不觉得有点奇怪吗？"

董氏惊讶道："你说的是彭员外？如此说来，他还与我们沾亲，可他却从未提及此事，也许他并不认识老爷。"

杜祥仲鼻子一哼，说："据我推测，他在京城时就认识大哥。二十年前他是察院的监察御史，分掌户、刑两部的察官。当年大哥在户部虽是个普通衙员，可调查那桩金锭劫案时，户部的人几乎都被审查了一番。彭伯年既是察官，能不认识大哥？"

董氏张开嘴"哦"了一声。

杜祥仲嘴角一扯："你知道这位彭伯年为何被贬？"

董氏摇摇头，说："朝廷官府的事，我一个妇道人家哪里弄得懂？"

杜祥仲意味深长地看了董氏一眼，开口道："说起来也和凌云山有关。十七年前，皇上从内帑中拨出五百锭黄金，押运到龙游用于修凿凌云山大佛。此事是由户部一手操办，做得极为谨慎、秘密，哪知到龙游却在平羌驿被人暗中调了包。皇上大为震惊，令人立即查办，结果杀了好些人，并罢免了一批与之相关官员，朝野上下闹得沸沸扬扬。这个彭伯年不识时务，偏在节骨眼上给先皇上了一道折子，大意是说国家应以道家为本，因它产生于本土，是上天的瑞应，比时下兴盛的佛教不知高出多少倍。又说佛教是外来的异教，相关书籍汗牛充栋，各说不一，自相矛盾，一旦盛行起来，将导致政教不行，礼义大坏，鬼道炽盛，王权遭蔑。历史上魏武帝和周武帝之所以灭佛，正是为国家大局着想。眼下金锭被劫，朝廷大开杀戒、处罚官员是不妥的，究其原因乃皇上崇佛。这彭伯年还奏请皇上不再用国库的钱助修寺院佛像，尤其是像凌云山弥勒佛这种耗费偌大的修凿之事。

"代宗皇帝看后大怒，说他妖言惑众，令人将他抓起来。不过先帝终是宽厚仁慈的人，最终只是贬了他的官职，将他逐出京城。不想许多年后，他又时来运转，被召回京。可他又称病在家，最后竟跑到这乌尤坝来了！"

董氏头昏脑涨地听杜祥仲云里雾里说了一番,并不清楚究竟是怎么一回事,只模模糊糊明白了一点:彭员外因为在皇上面前乱说了凌云山大佛的坏话被贬了官!她对这些不懂,也无兴致,只是想知道这位彭员外为何到乌尤坝定居。

杜祥仲急切地说道:"你别忘了,十七年前遭劫的五百锭黄金官府并没找到!我估摸彭伯年是奔这批金锭而来的!"

董氏一惊:"奔金锭而来?"说罢显得有些坐立不安。

杜祥仲说:"人为财死,鸟为食亡。彭员外当年两袖清风,如今大概才活明白了。世上啥最重要?钱!世上啥最亲?还是钱!"

董氏问:"那,彭员外他找到金锭了吗?"

杜祥仲说:"找到了怎会还留在此地?早远走高飞了!这批金锭是朝廷的库银,有特别的标志,一旦拿出来就会被发现。一般的偷儿有了钱会沉不住气,马上到酒楼、妓院、赌场去胡花一通,官府的眼线还能不发现端倪?抓起来一番拷打,早——交代出来了。可是这批金锭却如石沉大海,一直未在市面上现身,想必是当年藏金的人死了。"

董氏轻轻叹了一口气。说:"这金锭或许根本没在龙游。当初你大哥将四周都跑遍了,也没打听到任何消息。"

杜祥仲阴沉沉地说:"大哥会不会留了一手?"

董氏一怔。杜祥仲凑近说:"或许大哥早窥破你我的隐情,只是未露声色。"

董氏发出一声惊叫。

杜祥仲望着董氏幽幽地说:"大哥心思深沉,说话绕来绕去,又常是话到嘴边留半句,让人难以捉摸。他或许……"

董氏突然怒起,说:"你,你在咒你大哥的灵魂不得安宁!你忘了他对你的恩情,忘了他给你带来的财运,忘了我是一个孤独无助、无儿无女的寡妇!难道想把我送到大牢里去?"

杜祥仲猛醒,董氏已不是往昔那小女子,忙改口喊道:"嫂嫂不要生气。"

董氏听到杜祥仲叫自己嫂嫂,也明白两人不可能再有从前的那份亲密了,顿时冷静下来,端出了嫂嫂的派头。

杜祥仲忙说:"兄弟并无半点想伤害嫂嫂之意。我只说伤害哥哥与伤害侄儿侄女的或许是同一个人,只这一点,你便可明白那凶手与你们家有着何种利害关系了。"杜祥仲停留一下,不紧不慢地说:"凶手一个一个慢慢收拾,宝庚、大哥、宝珍、宝山都死了,眼下就剩下嫂嫂一个人……"

董氏周身寒彻,不禁打了个冷战,十分惊恐地看着杜祥仲,说:"你是说彭员外指使人害死了老爷和娃儿们,接下来还想害我?可是家里并无一块金锭!"

杜祥仲满脸忧虑地说:"你随时可能会有性命之忧。兄弟不愿你受到伤害,着实为你捏一把汗!"

董氏问:"那,你说该如何是好?"

杜祥仲说:"我们一同寻找金锭,事成之后,各人一半。"

"你准备住在我家?别忘了族里人都知道当初分家时你我两家不和,你不怕引起别人怀疑?"董氏隐隐感到不妙,故拿话来推脱。

杜祥仲洞穿她的心思,说:"这样才能掩人耳目,寻找金锭。你对别人说我生意亏了,一无所有,只得回来求嫂嫂施舍。"

董氏迟疑不决,心中一阵盘算,半晌才开口:"你知道金锭在哪里?"

杜祥仲点点头,说:"我会设法找到。"

董氏没吱声,显得魂不守舍。

"嫂嫂,哥哥死前没特别叮嘱过什么?"杜祥仲凑近问。

董氏脸色惨白,呼吸急促,说:"没有,没有。那段时间他总被噩梦缠绕。"

"嫂嫂,你再仔细想一想。"

董氏有些不耐烦,说:"没有。兄弟一路劳累,吃罢晚饭早些歇下吧。"

杜祥仲只好作罢,说:"明天早上请嫂嫂和刘妈陪我到父母、哥哥和小侄们的坟上烧几炷香。"

董氏点点头,一双忧郁的眼睛闪烁着不安的神色。

这一夜,董氏、刘妈、杜祥仲各自在床上心事重重,辗转难眠。

后半夜,一个黑影一闪,钻入杜宝山的洞房。

第二天一早,董氏引领杜祥仲去位于凌云山北面山下的杜家坟地。走了一会,杜祥仲远远看见一个留着花白胡须的老者站在山丘上向这边张望。便问:

"那个老头是谁?"

董氏抬头看了一眼,答:"是彭员外。"

杜祥仲微皱眉头问道:"唔,他在我家祖坟周围转悠什么?"

"他经常独自在山上转悠。"

"怪。他常与哪些人往来？"

"他很少与人往来。上次杨大人在游船上设宴，为韦大人来龙游巡视接风，龙游的名宦乡绅、各行首领都去了，他也推脱未去。"

"听说韦皋明里是巡视，暗下却是来查凌云山大佛修凿的银钱。"

董氏小心试探道："你说韦大人也在暗中寻找那五百锭金子？"

杜祥仲点点头，说："他到龙游不多日，便连破了南诏使臣遇害、汪县令被杀，以及私铸铜钱三件大案。以他的手段，也许能查找到这批金锭的下落，到那时我们就一无所有了。"

董氏一怔。

杜祥仲皱着眉头，若有所思道："我思忖这潘素梅会不会也是奔金锭一事而嫁入杜家？藏宝山尸体的崖墓就是当年绑大哥作肉票的崖墓，这其中有无勾挂？冒险将潘素梅从大牢里救出，其因有二：一是钱，二是奸情。不过依我看钱的可能性更大，她也许知晓寻宝的秘密。"

董氏一个激灵，随即恨恨地骂了句："该死的狐狸精！"

第四十一章

维州①,剑南道西川西北部一个边远的小城,毗邻吐蕃的羁縻州。羁縻州是吐蕃多民族部落聚集地,自太宗之时文成公主许嫁吐蕃以来,西北诸蕃内附,双方通好,朝廷又将其部落列置州县,宣化声教,德泽优渥。剑南道设诸羌羁縻州一百六十八个,分属松州、茂州、嶲州、雅州、黎州②等都督府。但中唐以来,内乱不能兼顾边事,于是羁縻州时有叛唐,西北边境屡战不止。

韦皋至剑南道上任后,吐蕃在西北边境滋事不断。贞元三年吐蕃宰相尚结赞亲自挂帅,出征攻打大唐,领十万大军攻打陇州直抵凤翔,又发兵十万攻陷维州城,以图逼近成都,占领蜀地,断绝对京城的后援。战事全面拉开,韦皋得令后率奇兵昼伏夜行,出其不意收复维州城。紧接着设兵布防,严阵以待,防止吐蕃反攻。

连日来战火纷飞,兵车辚辚,韦皋率军抵御吐蕃军队的一次次反攻。维州城虽安然无恙,但军队的粮食供给日渐匮乏。当地百姓储存玉米、小麦、青稞,眼看军粮无法再征办,韦皋不由开始担忧,只盼望运粮车能突破阻击迅速抵达。

天昏地暗,雪花纷纷,寒风刺骨。两天前吐蕃军队突然停止进攻,静静地龟缩在营地内没有任何动静。韦皋心知蹊跷,估计对方在另布疑阵,意在麻痹我方,故令探子、步哨严密观察,暂且没做理会。

晚饭过后,韦皋一身甲胄从城楼下来,朝大街上走去,准备去探望受伤的官兵,他们都集中在城东的大悲寺里治疗。陆勇提了盏风灯紧随其后。连日劳累,两人眼中布满血丝,但仍然精神抖擞。

一路上行人绝迹,不见灯光,家家关门闭户,连狗吠的声音也很少听到。偶有巡逻的士卒走过,脚步声隐隐不绝。

突然,前面黑暗的屋檐下传来一阵低泣。韦皋不由得停下脚步,见一个

---

① 维州,今四川理县。
② 松州,今四川松潘县。雅州,今四川雅安市。黎州,今四川汉源县。

十来岁的小姑娘蹲在地上抽泣,脸蛋冻得发紫,头发衣裙也被雨淋得湿漉漉的,模样很可怜。

韦皋赶紧上前扶起她问道:"小姑娘,你为何不回家?"

小姑娘低头哭道:"我阿爸被官兵抓走了。"

韦皋问:"他们为何抓你阿爸?"

小姑娘说:"他们说我阿爸是吐蕃的探子,明天天亮要将他砍头示众。"小姑娘说着眼泪不断往外涌,可怜地望着韦皋。

韦皋一惊,问:"你给我讲讲究竟是怎么回事?或许我能帮你。"

小姑娘见有一丝希望,顿时擦干眼泪,说道:"我和阿爸从草原过来,在城里如意客栈住了好多天,因为打仗出不了城。今天晚上阿爸想带我偷偷跑出去,结果被官军抓住了。他们说我阿爸是探子。老爷,啥子叫探子?客栈掌柜也不让我住,骂了一顿,把我赶出来。"

韦皋问:"你是吐蕃人?"

小姑娘点点头,说:"是。"

韦皋问:"你叫什么名字?阿爸是干什么的?"

小姑娘说:"我叫珠玛。阿爸是登珠头人家的铁匠。"

韦皋问:"你和你阿爸到维州来干什么?"

小姑娘说:"帮登珠头人运货。"

韦皋说:"我先送你去客栈住,回头再去看看你阿爸。他如果是好人就可以回来与你团聚。"

珠玛仰起头,破涕为笑,不再紧张害怕,说:

"谢谢老爷。我阿爸是好人,是一个大好人!阿妈说阿爸是草原上的雄鹰,豺狼虎豹都不怕。"

韦皋发现她脖子右边有一颗圆圆的红痣,鼓起来像粒红豆。韦皋在小姑娘的指引下找到如意客栈。掌柜见统领大人牵着珠玛进来,忙施礼寒暄,言明事情缘由。陆勇拿出点碎银让掌柜给小女孩弄点热食,掌柜忙不迭应承照办。韦皋翻开柜台上的住宿登记簿,查到了珠玛父亲的姓名:罗布,来自通租。

珠玛吃了饭,很快便睡着了。韦皋替她披好被子又往大悲寺去。待从大悲寺探望伤员出来,忽见韦仁匆匆来报:

"叔叔,据探马来报,城外西面的吐蕃军队正在悄悄向后撤退。"

韦皋说:"怎的突然不战而退?小心他们使诈!韦仁,你传命步哨密切观察,有情况随时报来。陆勇,你这会儿去看一看那个被抓的吐蕃探子,查

287

一下到底是怎么回事?"

韦仁、陆勇领命而去。

韦皋返回到都督府,守卫的军士忙行礼致意。

都督府是一个依山而建,错落有致,用赭色泥土、灰色片石砌成的古堡。院子左边有一棵两人合抱的核桃树。一股山泉被引入院中,又从墙边的磨房下穿出,哗哗有声,奔流不息。

正厅内烛光明亮,中间生着一个很大的木炭火盆,暖意融融,四周坐榻上铺有七八张狼皮。厅角木梯通向屋顶,穿过屋顶又是一个小院。再往上走至最高处,则建有一个碉楼,楼高十丈余,分为多层,上小下大,每层以木梯相连。各层四方都有射箭的窗口,顶端为信号台,台上砌一土灶,旁边堆放着一大捆柏树枝条,遇有紧急情况时便点燃枝条,以烟传递信息。

康振本见韦皋进来,忙端上一杯热茶。韦皋略顿了一下说:

"还是换成酥油茶吧。"

康振本道:"韦大人,你不是不喜欢那东西么?油腻腻的,一股子腥膻味,小人一闻到就想吐。装过酥油茶的碗,即使洗了两遍我仍觉得有一股膻味!"康振本说起来噘嘴皱眉,仿佛肚子里已开始翻江倒海。

韦皋一笑,说:"你知道羌语里称维州叫什么?"

康振本道:"杂谷脑。"

韦皋问:"汉语是什么意思?"

康振本语塞,眼睛转了两圈,依旧想不起来。

韦皋说:"我们与吐蕃的大仗迫在眉睫!倘若打过去,军需辎重等补给一时跟不上,难道你挨饿不吃?因此,不但要学会他们的饮食,还要懂得他们的语言。孙子云:'知己知彼,百战不殆。'讲的就是这个道理。"

康振本点点头,转身进内屋去端酥油茶。刚离开,就见左军先锋仇冕、中军招讨使董振两大将疾步走来。正要说话,忽听门外高声奏报:

"兵部战报到!"

韦皋接过战报迅速展开,读罢脸上露出笑容,说:"凤翔节度使李晟率军在汧阳重创吐蕃,大获全胜。敌方死伤惨重,主帅尚结赞险些被俘,仓皇逃出。长安转危为安,举朝欢庆,民心大快。"读到后面,韦皋脸上的笑容消失不见了。

董振没察觉,仍然欣喜地说:"我说城外的吐蕃军队怎的全部悄悄撤走了,原来是主帅吃了败仗,只得夹着尾巴往回逃!哈,哈……韦大人,皇上为何不下令乘胜追击？"

韦皋轻轻叹了一口气说："皇上也许另有考虑。"

仇冕是个火暴性子，听了韦皋的话，不由粗着嗓门瓮声瓮气地说：

"末将全身憋着一股劲没使出来！皇上大概又听了那些主和派的，又想与吐蕃议和。嗨，一想到议和我就气不打一处来！"

韦皋冷着脸没说话。他的岳父张延赏就极力主和，眼下皇上下令停战，兴许正是采纳了他的主张。

董振为人处事要婉转一些，见韦皋不悦，忙扯开话题，问道："不知李大人在汧阳是如何大败吐蕃蛮军的？"

韦皋说："尚结赞最忌惮的唐将有三个，李晟、马燧、浑瑊。他想用离间计挑起三人的矛盾，先除掉李大人，于是放出话来，说此次南下乃应李大人之召而来，哪知另外二位大人并不理会。李大人做好充分准备，设伏于汧阳，待尚结赞的人马进入后，先不击首尾，专打中部。尚结赞就在中部，于是方阵大乱，丢盔弃甲，狼狈逃回。"

仇冕挥了挥拳头，说："痛快！打得好！这个尚结赞损兵折将，死伤惨重，谅他以后也不敢轻举妄动！"

韦皋说："尔等千万不要小觑吐蕃将士！这个马背上的民族骁勇善战，视死如归，并非是胆小鼠辈。传说他们的祖先是七个兄弟，其中老四弃端己的第三子弃聂弃赞普做了六牦牛部的王。以后逐步发展，日渐扩展，统一了上百个聚散无常的游牧部落。自第三十二代赞普弃宗弄赞，即松赞干布继位以来，建官制、定律法、创文字、兴牧业，使吐蕃迅猛发展。松赞干布是个颇有远见卓识之人，深知稳定图强与和睦邻邦的重要。他西与泥婆罗国通好，迎娶国王鸯输伐摩之女尺尊公主到吐蕃；东与大唐修睦，派大相禄东赞携厚礼到长安求婚，娶大唐宗室的文成公主为妻。他以个人婚姻就取得了稳定边关、和睦邻邦之奇效。

"以后吐蕃日渐强盛，并向外扩张。在东北方，先灭了羌族大国吐谷浑，薛仁贵率兵与吐蕃在大非川①一战，死伤惨重，只好约和罢兵，班师回朝，就此免职。在北方、西域，吐蕃与大唐争龟兹、于阗、焉耆、疏勒四镇，一百多年战争不断，最终四镇被吐蕃占领。吐蕃向东兼并诸羌州，剑南道羁縻的羌州除少数仍内附外，其余皆归附吐蕃。吐蕃后来又挥师东南，征服南诏国。天宝十载，南诏与大唐失和而降附吐蕃。如今吐蕃野心愈大，胃口愈

---

① 大非川，今柴达木盆地布喀河。

大,岂会因一二仗失利而善罢甘休？以我的推测,尚结赞稍事喘息必会反攻。我们千万不能掉以轻心！"

仇冕、董振表情肃穆,点头称是。

韦皋用手指着地图继续说："松州、雅州、恭州、维州紧邻吐蕃。松州北面至吐蕃界九十里,西北仅五十里；雅州西北距吐蕃野城五百七十里；恭州北至吐蕃白崖镇七十里；维州东南到吐蕃界只有一百六十里。维州乃进入蜀地的咽喉,地理位置十分重要。故眼下要抓紧修筑城墙、碉楼,筑暗道、水渠,将居民住房也建成都督府这样的堡垒、战壕,以应付日后不可避免的大战！"

仇冕性急道："末将愚笨,尚未领会大人的深意,请大人明示。"

韦皋又展开一张图请两人看,上面绘有许多小房子。董振看了一会儿,依旧疑惑不解,问："韦大人,这房子排列得有点像《易经》中的八卦,间或又有碉楼矗立其中,这与维州城防有何关系？"

韦皋一边指图,一边讲解道："我们就是要将维州城按八卦布局,建成一个战略要塞。地上碉楼、窄巷交错,易守难攻。地下暗道,水渠纵横,能躲易辙。即使有一天吐蕃破城而入,在迷宫般的城内辨不清东西南北,还会处处受伏遭袭。"

仇冕一拍手,说："末将明白了,如此这座城便易守难攻,彻底截断了吐蕃通往成都的通道。韦大人真是深谋远虑！"

董振连连说："好！好！好！"

韦皋一笑,说："其实这也是借羌人之智,羌人很早就建碉楼,羌语称碉楼为'邛笼'。只是他们的邛笼彼此分散,势单力薄。若将其集中,再加以完善,则势不可当！眼下,我们再仔细琢磨一番,将它设置得更为周全。"

三人正谈得起劲,陆勇推门而入,报："禀大人,小的去查看了那名叫罗布的人。"

韦皋问："他交代了什么？"

陆勇答："没有,不停嚷嚷要见他女儿。还有,刘督军怕城里不安稳,将内中所有的吐蕃人都抓进牢里关起来了。"

韦皋说："你先将这份战报带给刘督军,让他将那些吐蕃百姓全放了。"

陆勇领命而去。康振本端上一壶热气腾腾的酥油茶,韦皋皱着眉头喝了一盅,仇冕、董振也跟着喝。康振本捏着鼻子往下吞,难受得直翻白眼。

第二天,韦皋策马向西门走去,不一会儿便到了城外。吐蕃军队早已踪影全无。战场上丢弃着刀箭和来不及掩埋的尸体，寒风瑟瑟，肃杀凄凉。远山在浓云密布下巍峨起伏，绵延无尽。

返回途中，见三三两两的百姓进出城门。战争刚结束，人们余惊未消，行色匆匆。韦皋走了一会，忽听背后传来一阵银铃般的声音："老爷，老爷。"

韦皋差点没认出跑到跟前来的竟是昨晚见到的小姑娘珠玛。只见她头上梳了许多小辫子，并缀上五彩石子，一身吐蕃女人鲜艳的衣裙，模样活泼可爱。

"原来是珠玛。"

"老爷吉祥！"小姑娘的脸上荡漾着喜气，说着从腰间解下一把小巧精致的短刀双手呈上，又说：

"多谢老爷救命之恩！这个是阿爸特地给我打制的短刀，刀鞘上嵌的红珊瑚是我打獭子用皮换的，送给老爷作个纪念。"

韦皋接过刀，说："唔，这刀子很漂亮，我收下了。你这是要去哪里？"

珠玛说："我和阿爸要回去了。"

韦皋问："珠玛，你喜欢大唐吗？"

珠玛先点头，接着又摇头，眼中露出一缕与年龄不相称的忧伤。韦皋爱怜地摸摸她的头，正要再问，忽听远处一个男子在唤："珠玛！珠玛！"珠玛高声答应，然后转身朝城门外跑去，边跑边回头朝韦皋挥手。

韦仁问道："叔叔，这个吐蕃小姑娘是谁？"

韦皋将昨夜遇到小姑娘的事讲了一遍。韦仁一怔，叹道："叔叔，这罗布说不定就是我在龙游结拜的吐蕃兄弟，能说一口流利的汉语。"

韦皋也感到有些意外，说："难怪珠玛的汉语讲得如此好！"

韦仁说："珠玛是个汉人，父母被人杀了，是罗布收养了她。这小姑娘汉名叫贞儿，只是忘记了姓什么。可惜与罗布擦肩而过，近在咫尺，却无缘相见。"

韦皋笑道："也许还会见面的，只是吐蕃对大唐存虎狼之心，今后必会兵戎相见。倘若战场上两军对垒，你俩还能做兄弟么？"

韦仁一时语塞，有点沮丧。

韦皋若有所悟，说："若是吐蕃能吸收佛教精义，化之以礼义，乃是大幸。"

"叔叔意思是以佛教教化吐蕃，减少战事？"

"圣人创立佛教，贤人发扬光大之。要使民族融合，百姓安居乐业，化粗犷刚烈为温文尔雅,以佛教为本,实为良策。信仰佛教,能开启尘世之迷惑;树立佛的法相,能克服天下的险难。我要奏报皇上,尽快续修凌云山弥勒大佛!"

"但这修凿之事委实太难。"

"事在人为。我要穷其一生精力做这件事。最近车奉朝从西域返回,带回大量经书及一枚佛牙献给皇上,受到皇上隆重礼遇,敕命长住长安章敬寺,足见皇上对佛教之推崇。我朝自玄奘以后,车奉朝乃佛门最有影响的人物。续修凌云山大佛堪比取经,必将有深远影响。"

"车奉朝放着官不当,落发为僧取名悟空,在西域吃苦受累四十年。叔叔续修大佛,也不会轻松。"

"对市井百姓而言,造像是佛教最通俗易懂的礼佛读经,我要以沙门精神去感化和吸引周围的生羌诸蛮,化干戈为玉帛,安居乐业,和睦共处。我看大多数人的本性是违背正道,贪走捷径,而圣人先哲顺应其欲望,昭示他们善行圆满自会得到好报福分。嘉州乃佛教圣地,又是蜀地重镇,佛像凿成有利于社稷,可使人心归于仁善,众生获得福报。这样的事我们何不尽力而为?"

"叔叔,历任西川节度使在蜀地待的时间都不长,大多几年一换,最短的仅半年就离开。凌云山大佛凿了六十多年,原因在于那些节度使不愿在上面花钱费心思,万一你筹好资金,刚动工又被调离蜀地,岂不白费心机?"

"每个人降生于世,都有自己的命,我命中注定平生要做两件大事:一是要在蜀地降伏吐蕃、南诏,二是要完成凌云山弥勒大佛的修凿。"

韦皋正在内衙书房批阅公文,忽听差役来报:杨忠在回京的途中遭遇强人,马惊狂奔,跌下崖摔死了。

"杨家奴仆费了一天工夫,才在山谷里找到被野兽啃得光秃秃的骨架。"差役又补了一句。

韦皋听罢,感到疑窦丛生,一下午都闷声不响。晚上回到家中,见妻子面容悲戚,脸上依稀留有泪痕,忙问道:

"出了什么事?"

韦夫人起身施礼,答:"母亲来信说父亲病危。妾身忧心如焚,万分不安。倘若父亲有个三长两短,我……"说着有些哽咽。

韦皋冷冷说道:"既已如此,何不劝他奏请皇上辞去宰相一职,在家中调养,另举荐贤能之士?"

韦夫人擦了擦眼泪，说："老爷说得是。父亲已奏请由李抱真大人接任宰相一职，不想有人向皇上禀报，说李抱真好方术，沉溺长生不老之道。皇上不信，便派一名太监扮作下人悄悄混入李抱真府中打探虚实，发现李抱真举止果然如人所说无心朝政，一意修玄，只要回到家中，立即换上道袍，头戴元巾，足穿朱舄，手执尘尾，坐在木鹤上冥想。他还请木匠做了一只巨大的木鹤放在后院，除了吃饭睡觉外都骑在上面，对家里人说自己不久将白日飞升，得道成仙。不但如此，李抱真还弄了几个道士住在家里，整日斋醮炼丹，搞得乌烟瘴气。皇上听了太监禀报后十分生气，责怪父亲荐人失察，任人唯亲，险些误了国家大事！"

韦皋听到此，实在忍不住，"扑哧"一声笑出来。

韦夫人不悦，蹙着眉头说道："我父病危，老爷不担忧反而有心情笑？"

韦皋摇摇头，说："夫人不要误会，我是说李抱真深谙韬晦之术。"

韦夫人迟疑不决地问："老爷的意思是李抱真故意装糊涂，不愿当宰相？"

韦皋径直说："你父亲自奏请皇上减员后，各地官府照章减员，道路怨叹，日闻于朝。如今他又挟怨奏请罢免李晟兵权，武臣皆不服。照此下去，往后谁还愿舍生忘死率兵打仗？李抱真是不想蹚这河浑水，故用了这套障眼法。"

韦夫人咽泣道："父亲为政清廉，凡事皆以国家社稷为重，劳碌一生，想不到竟落得……"

韦皋有些不耐烦，挥手打断道："好了，夫人最好别提他的清正廉洁！你让他扪心自问，这些年他真的清廉么？"

韦夫人委屈道："老爷，难道连你也疑心我父亲？他老人家幼有美名，非有志者不与之亲密。入仕后任劳任怨，性持节俭，衣裳茵衽，十年一易。自居重位，愈加清俭嫉恶，住所陋薄，家具简少，甚至不如一些三四品官员。"韦夫人说着竟有些动情，胸部急剧起伏，两颊涨得通红。

"他若清廉，龙游凌云山大佛就不是如今这般荒凉破败景象。他若清廉，嘉州刺史杨忠早被撤职查办，岂会全身而退，仅落个开缺回籍，而未治重罪？！告诉你，杨忠言之凿凿说曾有一大笔用于修凿大佛的银子被你父亲挪用了，你却说他清廉！当然这其中的隐秘只有他自己才清楚，对亲生儿女也是守口如瓶。这世上没一个贪官会承认自己是贪墨之人，总会装出一副正人君子的模样，为自己涂金抹粉，以迷惑他人！"韦皋心中烦躁，忍不住说了一通。

韦夫人大惊，不安地问："老爷说什么？难道你怀疑父亲收受贿赂？绝不可能！这是杨忠蓄意诬陷、诽谤！他怎会与龙游的凌云山大佛扯上关联？老爷千万别听信奸佞小人的谗言，伤了自家骨肉亲情。"

韦皋说："我给他写过信，就是要查明事实，弄清真相。可是你父亲回信让我不要过问此事，他将亲自处理。结果杨忠之事大事化小，从轻发落。若你父亲与此事无关，他怎会如此偏袒杨忠？"

韦夫人答："你不是说杨忠死了么？"

韦皋说："我觉得杨忠死得令人生疑！"

韦夫人说："老爷……"

韦皋摆手示意，一字一句说："你勿多言，回去亲口问了便知分晓。"说罢转身去了书房。夫人留在原地"嘤嘤"哭了起来。

韦皋这是第一次与夫人争吵。他有些后悔，不该将公门里的事告诉她，可话已出口，倒希望岳父给他一个明确回答。

韦皋在书房里沉思到半夜，刚迷迷糊糊睡着，忽听院子里有了响动。稍后，声音越来越大，接着传来曾妈尖厉高亢的嗓音，不断对仆人发号施令。这才想起夫人今天要启程返京。

一会儿，韦夫人轻移脚步跨进书房。韦皋见她在厚重的冬装外又加了一件御寒的白色裘皮披肩，尽管发髻盘得光洁有韵味，脸上抹了一层脂粉，看上去雍容华贵，但仍掩饰不了因彻夜不眠而发黑的眼圈。韦夫人身体虚弱，稍没休息好便显出病容。韦皋看着夫人，忽然生出一缕歉意，平日公务繁忙，对她看顾太少，此刻忙招呼她坐下。

韦夫人躬身施了一个万福道："老爷，妾身要出发了，你多保重！待父亲病情稍有起色，我就即刻返回蜀地。"

韦皋说："你不必急着赶回蜀地，在京城多停留些日子，一则在父亲病榻前多尽一份孝心，二则也可调养一下身体。"

几句言辞，听得韦夫人鼻子发酸。停顿了好一会儿，韦夫人才说："老爷自己多当心。"

"这个不劳夫人操心，我长期在外摸爬滚打惯了，什么都能应付。刘原是个细心人，有他陪你，途中诸事妥帖，尽可放心。"韦皋说道。

韦夫人面有忧色，走出门去。

第四十二章

成都，一个艳阳高照的冬日。

陆勇和康振本喜滋滋地从南诏返回。踏进府衙，陆勇禀报道：

"南诏王异牟寻看了老爷的信和带去的礼物十分高兴，召来了几个大部落首领商计，虽然还没表态公开反吐蕃，但暗中已应允与大唐重修旧好。"

韦皋眼睛发亮，说："异牟寻倒是个识时务之人。"

陆勇说道："大人，南诏王还给老爷带来一封信和几件礼物。其中一件委实让小的煞费苦心，生怕它受不了蜀地冬季的阴冷，在途中有个三长两短。"

说罢一挥手，两个役丁抬进一只大藤箱。陆勇掀开箱盖，从中抱出一只奇异的大鸟，尾部拖着长长的艳丽羽毛，通身闪耀着蓝绿相间的瑰丽光彩。

韦皋打量着这只艳丽大鸟，心中暗暗称奇。

陆勇说："老爷，这叫孔雀，是南诏人心目中的吉祥鸟，美丽温顺，婀娜多姿，象征和平与友好。"说罢，从怀里掏出一块色泽艳丽的织锦在孔雀面前展开，并轻轻上下左右舞动，说："大人，你看——"

孔雀注视着织锦，脑袋左右转动，轻轻抖动羽毛，并从喉咙里发出一阵"咕，咕"的声响。突然，"哗"一声，尾部长长的艳丽羽毛竖起来，展开成一个巨大的扇面。

"奇哉！美哉！"韦皋睁大眼睛赞叹道。

几人观赏了一会儿孔雀，陆勇走近韦皋身边低声说："老爷，小的在南诏打听到当年熊耳峡遇害使臣的一些事。当年南诏王为表达修和意愿，赢得皇上的欢心，让使臣携带了价值五十万两银子的红绿宝石和翡翠等，献给皇上助修凌云山大佛，不料却在途中被歹人劫走。后来他们抓到其中一名凶手。据凶手死前交代，他们奉命在大唐境内刺杀南诏使臣，然后冒名顶替，前往长安，趁向大唐皇帝献礼之机刺杀皇上。"

韦皋一惊，问："凶手还讲了什么？"

陆勇说："杀了真使臣后，这拨凶手分头走，在成都大圣慈寺见面，届时将有一个人来与他们碰头，然后再去长安。不想领头的凶手却在熊耳峡被许泽端、黄大平一伙杀了。他们以为事体败露，只得终止谋杀企图。"

韦皋问："他们到大圣慈寺等谁？"

陆勇说："只有领头一人知道。不过，据说是个大唐人氏，乃吐蕃在蜀地之内应。碰头地点也是由内应所定，要交给他们一件机密要物。"

韦皋重复道："吐蕃内应？"

陆勇点头说："正是。"

韦仁问："他们为何选在大圣慈寺？"

陆勇说："大圣慈寺寺院庞大，是成都最大的丛林，离城也近，每天人来人往，香火十分旺盛。在那里碰头不易引人注目，反倒是个隐蔽地方。"

韦皋默想了一会儿，说："碰头地方必是经过反复思考斟酌而定，吐蕃内应对寺中应十分熟悉。吐蕃计划既已中断，内应自然没有暴露，我想此人也许仍在成都。眼下边境战事一触即发，此人躲在暗地是一个隐患，我们定要设法查找此人。"

康振本说："大人，小的这就去大圣慈寺走一遭。"

韦皋一笑，说："府衙离大圣慈寺不远，抽空我和韦仁过去看看。"

大圣慈寺因著名高僧玄奘法师曾在此受具足戒而名满天下。天宝十五载，安禄山攻陷长安，玄宗皇帝避难成都，因见寺中僧人在街头施粥，救济逃难到蜀地的百姓，深为嘉许，故而赐名大圣慈寺，并赐田一千亩。次年，大圣慈寺扩建，方有如今九十六院，八千五百四十二间房屋。

下午，韦皋扮成一名蒙馆教书先生，头上青纱皂帻，脚登方平履，乘一顶小轿向大圣慈寺而去。韦仁也换了身便装，跟在小轿后面。韦皋在轿上掀开窗帘一路观望，只见街上车水马龙，熙熙攘攘，店铺林立。忽然，他冥冥中觉得背后有人偷窥，多年来这种无意间的感觉，常常准确无误地助他判断过许多重大事情。他猛然向后转过头，见街角处停着一顶不起眼的普通小轿，轿子的窗口也掀开一角，一双眼睛正死死盯着自己。就在韦皋回过头的一瞬间，小轿的窗帘放了下来，随后迅速起轿离去。韦皋还没来得及多想，所乘的轿已转弯进入另一条街，无法看见后面的情形。韦皋心中隐隐升起一丝不祥的感觉。

大圣慈寺内正在做法事，钟鼓之声阵阵传来，烧香许愿者十分拥挤。门口庙市也繁华兴旺，卖香烛、佛珠、木鱼、佛像的小摊比比皆是。

韦皋见巍峨的山门颜额上刻着玄宗皇帝敕书的"大圣慈寺"四个大字，门内苍松翠柏，郁郁葱葱，中间青石路径十分齐整，殿宇佛堂前巨香高燃，红烛通亮，不由暗暗惊叹。

韦皋沿青石路径走了一段，刚步入大雄宝殿，忽听殿外大香炉旁有个耳熟的女子口音在说话，回头一看，乃是薛涛。只见她身披一件深蓝色的斗篷，内穿一袭浅蓝色夹裙，轻描淡抹，清丽可人。薛涛正弯腰往香炉里插香，红烛照映着她一抹轻愁的脸，令她更加妩媚，引人怜惜。旁边站有几个中年女香客，正兴致勃勃谈论寺里的法事。

韦皋对韦仁说："你先在寺内各处转转，我一会儿在这里与你碰面。"说罢，慢慢朝大香炉走去。

薛涛似有察觉，抬起头，见韦皋已站在对面，不由惊喜万分道："韦大人！"忙上前道过万福。

"到大圣慈寺来敬香？"

"今天是父亲的忌日，故来此烧香。"

韦皋四下看了看，问："就你一人？"

薛涛答："母亲在里面听和尚念经，我嫌人多太喧哗，就独自出来走动。不期却遇到大人！"

韦皋与薛涛沿青石路向前走，四下张望叹道："大圣慈寺虽大，但周围少了水，故而觉得少了几分灵气。我在嘉州见凌云寺、乌尤寺、开元观等寺院占地并不大，但一步一景，动静适宜，依山临水，浑然天成，令人心旷神怡。"

薛涛眼里流露出憧憬，说："韦大人所言极是，小女子也十分留恋嘉州。当年岑参大人所作的《登嘉州凌云寺》一诗，将凌云山精华浓缩于笔端，堪称空前绝后，妙不可言。"

"你还记得诗吗？"

"当然，锦绣之作总是让人过目难忘。"

寺出飞鸟外，青峰戴朱楼。
搏壁跻半空，喜得登上头。
始知宇宙阔，下看三江流。
天晴见峨眉，如向波上浮。
迥旷烟景豁，阴森棕楠稠。
愿割区中缘，永从尘外游。
回风吹虎穴，片雨当龙湫。
僧房云蒙蒙，夏月寒飕飕。

>　　回合俯近郭，寥落见远舟。
>　　胜概无端倪，天宫可淹留。
>　　一官讵足道，欲去令人愁。

薛涛诵毕，韦皋说道："岑参曾任嘉州刺史，写下不少吟咏嘉州的诗文，被人称为'岑嘉州'。可惜仅一年，便客死蜀地。洪度，你在龙游住过，也曾登临凌云山，可有赋诗？"

薛涛显出一些羞涩，答："倒是有二首，只是拙劣十分，无颜示人。"

韦皋说："不妨说出来听一听！"

薛涛说道："那就献丑了，请大人多多指教。"

>　　其一：
>　　闻说凌云寺里苔，风高日近绝纤埃。
>　　横云点染芙蓉壁，似待诗人宝月来。

>　　其二：
>　　闻说凌云寺里花，飞空绕磴逐江斜。
>　　有时锁得嫦娥镜，镂出瑶台五色花。

韦皋笑道："好诗！温婉清丽，空灵脱俗，一看便知出自一位绝妙的女子之手，女子与诗文同样美丽隽永！"

"韦大人不会是说小女子的诗文脂粉味太浓了吧？"

"不，我喜欢你诗中清丽婉约的韵味。待大佛竣工，你再前往登临，妙笔生花，为诗苑留下佳话。"

薛涛见韦皋兴致很高，越发和蔼可亲，先有的一点拘束也荡然无存。"大人怎的有闲情逸致独个来这里？莫不是也如小女的母亲一样来求菩萨保佑？"说罢抬头望着韦皋，眼中有几分羞涩。

自夫人提醒韦皋，若奏请任薛涛为校书会给居心不良者留下话柄后，韦皋便有意回避薛涛，很少召她来府衙。从维州返回成都后，两人还一直未曾见面。今日意外相遇，韦皋猛然间发现薛涛稚气尽脱，如出水芙蓉，令人陶醉。

韦皋被薛涛看得有点不自在，禁不住心荡神驰，好一会儿才定下神来，说："早闻大圣慈寺的盛名，却无暇前来朝拜观瞻。今日有点头昏脑涨，故来这里走一走，换换头脑。"

薛涛面色绯红，心神不定，欲言又止。

韦皋此时心潮激荡，已忘了今日来大圣慈寺的原委。看了看左右川流不息的香客，轻声对薛涛说："门外左侧有一个名叫怡心坊的茶铺，甚是雅致，我们去那里喝一盏茶如何？"

薛涛点点头，嫣然一笑，紧随韦皋出了大圣慈寺的大门。

怡心坊茶铺布置得甚是雅致，前后两进的上房，组成两个灰瓦粉墙的四合院，中间隔着一个花团锦簇的花坛。前院是可以边品茶边赏戏曲的大厅，后院是不同风格的单间雅室。韦皋与薛涛在侍者的带领下进入后院，选了间位于尽头的幽静雅室。但见室外古柳低垂，室内炉香袅袅，温暖如春，茶具、几案、座椅摆放甚是齐整。茶博士轻步上前，施礼问道：

"多谢赏光。不知客官想饮哪种茶？是庵茶，还是煎茶？敝店有中品蒙顶石花。上品被列为贡品，每年如数贡进皇宫。这中品产地紧邻上品，两者差异不大，也是难得的珍品。"

以往韦皋多是将茶放入盅中用沸水冲灌后即饮，即"庵茶"。但今天他想与薛涛多待些时间，于是要了煎茶，因为煎茶步骤繁复，需要花些时间慢慢品味。韦皋对茶博士说：

"早闻剑南蒙顶石花声誉在外，不过在嘉州饮到峨眉山所出之峨眉仙芽，却是清香扑鼻，异常可口，不知贵店有无此茶？"

茶博士躬身道："敝店没有。客官所言之峨眉仙芽，听说是寺院的僧人种植，产地狭小，仅半山零零星星几片，十分稀少，故未见诸市面。但敝店有峨眉山之明前茶，不知客官是否中意？"

韦皋点头应允。茶博士见状，转身出门，须臾将放有木炭的铜炉、装入锡罐的饼茶、盛水的缶、双耳银茶碗等茶具一一端进摆上几案。茶博士正要动手，忽听薛涛说：

"大人，让小女子来为你煎茶吧！"

韦皋喜出望外，立马付了银子，并嘱茶博士出去，不必来雅室侍候。这是韦皋第一次与薛涛单独相处，兴奋之余，却突然感到有些口讷，不知该说点什么，过了一会儿才开口：

"洪度，你还——好么？"说出这句话，韦皋暗骂自己一句，往日滔滔不绝的口才今日哪里去了？

薛涛抿嘴一笑，说："托大人福，还好。"

说罢净了双手,将茶饼在火上慢慢炙干,再轻轻碾碎,使之成为极细、轻嫩如松花的茶末,然后才将罐中上好的青城山泉缓缓倒入茶釜中煎。韦皋见薛涛凝神静气,一丝不苟,十分投入,便说道:

"洪度,不必太费心,待会水沸了沏上就行。"

"大人,吃茶须得每个步骤讲究,才能品得真味。倘若沏茶不得要领,再好的茶喝起来还是难脱浊味。"

韦皋问:"听说煎茶十分繁复讲究。"

"是。煎茶之道最有讲究,每日一早汲井,紫铜锅煮沸,五盏品啜,乐在其中。"

"你跟谁学的?"

"父亲。"

"倒真想见识见识你的饮茶之道。"

薛涛看到韦皋严肃之外倒另有一副闲雅面目,便不再将韦皋看作朝廷大员,而是一位可亲的男人。薛涛放松了心情,说道:

"当年小女的父亲逃难到龙游,曾遇一位凌云寺和尚,和尚不但帮他,还向他传授茶道。和尚告诉父亲最初禅宗的僧人们在菩提达摩像前举行仪式时,要轮流喝一只碗里的茶水,以示庄严隆重。茶与禅密不可分,茶不仅是用来提神醒脑,更重要的是代表纯洁无瑕和苦尽甘来。后来饮茶逐步发展,愈发细致讲究,其内容不仅是喝茶,而且提示人们要从生活的细小事物中悟禅。"

韦皋兴致颇高,听薛涛讲茶道。薛涛嫣然一笑,又说:"可惜小女子只懂饮茶,却不能悟禅。"

"禅是一种境界,非凡夫俗子可为。"

"大人所言极是。沏茶分五步。第一步,当沸水如鱼目微微有声时,适量加入一点盐以调汤味。第二步,当沸水缘边如涌泉连珠时,先留出一瓢汤来,随即用竹夹搅动釜中水,使沸水均匀。第三步,将碾碎的茶末放入,同时不断搅动,在搅动中水继续沸腾并产生汤花。第四步,把第二步预留出的一瓢汤投入釜中,以缓和水的沸腾并养出更多汤花,然后将釜从铜炉上端下。第五步,向茶盏中分茶。分茶的绝妙处在于分汤花,汤花有三种:细而轻的叫'花',薄而密的叫'沫',厚而绵的叫'饽'。"

韦皋有点瞠目结舌,叹道:"原不知喝茶竟有这诸多讲究。如此不应叫喝茶,应叫品饮艺术!"

薛涛兴奋地说:"品饮艺术?多雅致的称谓!经大人口中一说,饮茶变为茶艺，更加有情趣了。"

一直认真观看薛涛每一个动作的韦皋，见薛涛从铜炉上取下茶釜，问："好了？"

"一釜茶汤可分五碗，多了就没味道了。"薛涛说罢分了一盏茶在双耳银碗中，双手敬给韦皋。

韦皋接过抿了一口，细细体味一番，赞叹道："好茶！唇齿留香，茶入腹中但觉周身舒畅，稍后香气又随呼吸飘出。嗯，果然与众不同，奇妙无比！"

两人聊了一阵茶，韦皋叹道："可惜了你满腹才华！倘若你是一个男子，便可出仕为官，施展抱负。"韦皋想到不能将薛涛正式纳入幕僚，颇有不安。

薛涛朝韦皋挨近一点，说："小女子身份低微，才疏学浅。蒙韦大人抬爱，感激不尽，难以为报。"说罢双手捧起第二盅茶，恭敬献上。

韦皋无意间触到薛涛嫩滑的指尖，如被雷电击中，全身一颤，热血涌动，难以自持，两眼盯着薛涛，半晌才轻声说："锦官城虽然美女如云，但唯有你超凡脱俗，冠压群芳。实不相瞒，我第一次在醉仙楼见到你，就拜倒在你的才艺和美貌之下。"

薛涛以为韦皋是哄她开心，但见韦皋目光真诚，言辞恳切，方知这番话并非一时奉承，不禁春心大动，双颊泛起阵阵红潮，如抹胭脂，不由羞答答将半个脸庞凑近韦皋的肩头，说："多谢老爷抬爱。"

薛涛身上散发出阵阵幽香，令韦皋头晕目眩，意乱情迷，感到身上发热，难以自持。韦皋忍不住伸手轻轻抚住薛涛的肩膀，柔声说道："洪度，你身上有一股奇异的香味，令人沉醉。"

薛涛脸上红霞更加妩媚动人，抬起头向韦皋送去一个秋波，说："想不到金吾大将军也会喜欢香味儿。"

韦皋笑着反问："你的意思是说我只会板着脸发号施令？"

薛涛咯咯一笑，说："小女子可没这么说。"

韦皋见薛涛很开心，又说："洪度，将你身上佩戴的香袋给我闻闻。"

薛涛含情一笑，转过身将系在肘臂下的绣花香袋取下递给韦皋。韦皋知道大多数女人都将香囊坠在颈上或腰间，不料薛涛却将香囊藏于袖中，难怪手动时微香从袖筒中向外散发，袖底生香，含蓄而又别致。

韦皋凑近鼻尖闻了闻，说："不是这种香，这香味稍过浓郁。你身上散发出的香味比香袋更令人心醉，淡淡的幽香，似兰非兰，似梅非梅，不知是什么香？"

薛涛柔声说:"也许是小女子平日用的澡豆香。这是小女自己配制的,用丁香、沉香、青木香等香料,连同桃花、李花、兰花、荷花、桂花、梅花等十多种花一一捣碎,再把钟乳粉、黄豆末掺在一起。用这种澡豆沐浴,浑身清爽芳香,气味悠长。"

韦皋两眼紧紧盯着薛涛,半响,说:"让我闻一闻……"话刚出口,情不自禁一把将薛涛搂进怀里。薛涛顿时全身酥软,紧紧贴在韦皋宽大的胸前,刚开口叫了一声:"老爷……"就感到一张火热的嘴唇压过来,令她喘不过气,却又情不自禁伸出双臂钩住韦皋的脖子迎了上去。

两人正在忘情之处,忽听门外有人轻轻喊了两声:

"老爷!老爷!"

韦皋一听是韦仁的声音,顿时脸色沉下来,心想这个愣小子怎么偏在这时扫了他的兴!但因担心有重要的事情,便很不情愿地松开薛涛,走出雅室。

"哎呀,叔叔,终于找到你了!"推开门,韦仁一脸焦急之色。

"你——"韦皋气得想臭骂他一顿。

韦仁没注意到韦皋脸上流露出的不快,兀自禀报道:"叔叔,方才送来一份边关快报,一支吐蕃军队袭击松州,打死边民十五人,并掠走大量财物。守军请求增援,荡平西部吐蕃。"

韦皋接过快报,细看一遍。

"回府衙。"韦皋头也不回地走出房门,大步离去。

薛涛透过门缝看出去,落寞伤心地淌下眼泪。

第四十三章

离端午节尚早,但龙游城里的人已喜滋滋地忙碌开来,全城都在筹备三年一次的台会。这台会亦称灯会,均在端午节晚上举行,历时三天。

嘉州台会不知起于何时,但名声在外,气势浩大,热闹非凡。与外地有所不同的是,每届台会龙游县商会都要趁势专辟一块场地,张灯结彩,搭篷支摊,邀请各地商贾前来交易。

每逢台会时,嘉州下辖的各县要扎上五颜六色、形状各异的灯车前来龙游。端午节夜晚,城内各个角落彩灯齐放,熠熠生辉,将龙游变成一座天上宫阙,流光溢彩。各种彩车排成一条长龙,摇摆而出,沿街而行。走在最前面的是龙灯,称"游龙"。用彩布装成九节龙身,由十人操持,一人舞"元宝"在前引领,九人举龙身配合锣鼓,随龙头蜿蜒而行。表演立舞、跑舞、造型舞等上百个耍法。其次是狮灯,由"笑和尚"或"猴精"逗引狮子滚、翻、跌、扑等舞蹈,惊险刺激。再后是珠冠缨珞、绣裙彩帔的西王母,骑白鹤、驭赤龙的列位神仙,手持银锭的赵公元帅、散财童子,小花脸与幺姑对唱的十二月唱花,以及杂技、武术,等等,诸般技艺皆在彩车上登场亮相。车队前有舞龙队鸣炮开道,后面锣鼓声、铙钹声、丝竹声响成一片,长长高跷队、唢呐队、舞蹈队,边走边跳,边跳边唱。街道两旁家家户户门前有数不清的鱼灯、鸟灯、花灯、走马灯、十二生肖灯,以及长的、圆的、六棱的、大的、小的;羊皮、绢丝、彩漆、麦秸等不同材料制作的灯盏,琳琅满目,让人目不暇接。

自查处了许泽端、黄大平一干案犯后,龙游又恢复了昔日的宁静。陈兴德任嘉州刺史以来,整肃吏治,劝课农商,宽严适度,很快将嘉州各地治理得井井有条。虽然整日操劳颇有些疲惫,陈兴德心里却是五分欣慰,五分春风得意。故此,陈兴德决定今年办一届盛况空前、超过历届规模的台会,以示自己管辖下的嘉州太平景象。于是早早吩咐下去,并言明要拿出银子为彩车、彩灯评奖。一时间嘉州男女老少都来了兴致,描画构思,动手制作,好不热闹。

这一天,正好是陈兴德的生日,衙署里上上下下忙碌布置,准备贺礼。

但陈兴德一一谢绝，对夫人说，只在家里热闹一番，不必在外张罗请客。应夫人的请求只答应请贾文山一家前来，因为陈家已向贾文山的女儿青竹下了聘礼，不久将迎娶到陈家做儿媳，也算是一家人了。

上午，陈夫人穿戴整齐，在管家陈自礼的陪同下出了家门。这陈自礼三十多岁，是前任管家陈仁忠的儿子，论辈分该称陈兴德为表哥。当年陈兴德落难入狱，陈仁忠上吊自杀，陈仁忠家非但不埋怨，还时常照顾夫人和儿子。故陈兴德上任后，立即让陈仁忠的三儿子陈自礼来龙游帮助管家。这陈自礼办事得力，虽然是亲戚，但谨守做下人的本分，故深得陈兴德的信任。

陈夫人这几天一直在思忖送什么样的礼物给丈夫作寿礼，陈自礼建议夫人选一件花钱不多又很别致的小件古董。陈夫人听罢觉得甚好，约定今日出门选购。两人刚走到卢国雄开的"藏珍斋"古董铺门口，忽见熊明伦从门里走出来打招呼。他满面笑容，躬身施礼寒暄道：

"小人给陈夫人请安！"

"熊掌柜买古董？"陈夫人应付道。她与熊明伦不熟，仅知他是大盐商。

"老父亲快七十大寿了，想选一件礼物作寿礼。老父亲眼光高，想到卢掌柜铺子里古货多，也许有能中他老人家心意的物件，便过来看看。"熊明伦答。

陈夫人心里一动。这时卢国雄闻声赶紧放下手中的一盏仿古灯笼迎出来，躬身致礼，口称怠慢，邀请陈夫人进去一看。陈夫人走进藏珍斋，见卢国雄自制彩灯很漂亮，先夸奖一番，然后细看古董架上的陈列品。

熊明伦两眼注视着陈夫人的一举一动。

店堂两边一排高高的古董架上存放着瓷器、铜鼎、字画、竹简等。正中墙上一幅褪了色的书法，显然出自名家之手，盖了十多枚收藏印。

"不知夫人喜欢什么？字画、铜器、珠宝抑或其他物件？"卢国雄唤下人搬来一张凳子请陈夫人坐下，又亲手沏了盅好茶递上。他眯起一双近视眼，躬身问道。

陈夫人自谦道："其实，我对古董之类一窍不通。只是今天是我家老爷的生日，想选一件合适礼物在晚宴上赠与他。"

熊明伦做出一副惊喜的样子，说道："哎呀，不知今日是陈大人生日，可喜可贺！遇上陈大人这样的好官，是嘉州百姓的福气，百姓无不交口称赞，景仰万分。今日小民也要略表寸心，以示祝贺！"

陈夫人面露得意，口中却推辞道："今日是家宴，没请外客，老爷谢绝了所有贺礼，望熊掌柜体谅。"

熊掌柜点头称是，随即又说："陈夫人可否替小人鉴赏一下，看这件玉器如何？"说着打开柜台上的一个锦盒。

陈夫人接过手，见是一柄洁白晶莹的玉圭，温润细腻，精雕细琢，顿时爱不释手，连声赞叹。卢国雄在一旁说：

"陈夫人是行家！好眼力，高品位！这是一柄汉代工匠雕琢的佳构，巧夺天工，几近无瑕。"

"是吗？"陈夫人欣喜道。

熊明伦在一旁插言："鄙人听说古有君子爱玉之美谈，只是不知源于谁。"

卢国雄说："古时文人士大夫皆尚玉，尚玉之风缘于孔圣人。孔子认为，玉温润剔透，象征君子温和内敛；其晶莹光洁，象征君子心地坦荡；其坚硬，象征君子气节，宁折勿弯。玉不琢，不成器！可今人心性浮躁，急功近利，哪会花心血和时间慢工琢玉，反倒崇尚金银器物，一是被它耀眼光彩迷惑，二是更易于制作。唯有懂行的人才知黄金有价，玉无价！"

陈夫人被卢国雄一番话说动了心，虽未开口，但善于察言观色的熊明伦已看出她的心思，便说：

"陈夫人若喜欢，小的买下送给陈大人。"

陈夫人忙推辞道："不可，我家老爷不收礼。"

熊明伦赔笑道："既如此，陈夫人可先买去，这件玉圭很便宜。"

陈夫人满心欢喜，但担心太贵，小心试探道："卢掌柜，这玉圭多少银子？"

卢国雄正要说价，只听熊明伦轻轻咳了一声。卢国雄一抬头，见熊明伦朝他眨了眨眼睛，并悄悄从宽大的袖子里伸出一根指头，心中会意，便开口道：

"陈夫人，这件玉圭是小人在乡间购来的。出手的人不识货，仅向我要了十两银子。陈夫人慧眼识货，小人就照原价十两银子卖给陈夫人，以免明珠暗投。"

陈夫人释然，忽有些愧疚地问："如此不是让熊掌柜、卢掌柜吃亏了么？再说是熊掌柜先看上此物，我买了岂不夺人之爱？"

熊明伦忙说："无妨，无妨。小民只是看看而已，尚未选定。陈夫人给老爷祝寿要紧，小民可另选一件。"

卢国雄又凑上前说："玉圭是古人祭祀所用，前方如剑一般的尖头，示春天万物复苏，蓬勃向上。好玉配君子，这样的好玉只有陈大人才配。"

陈夫人两眼放光，连连称谢。卢国雄将玉圭装进锦盒，又用红绸包好交给陈夫人，一直恭送到门外。出门前，熊明伦往跟在后面的陈自礼手上塞了一个红包，低声说：

"一点小意思。"

陈自礼一惊，假意要把沉甸甸的红包退还熊掌柜。熊明伦亲热地说："晚上我们切磋一盘，这是给你准备的刀儿，到时把他们砍翻。"陈自礼听罢不再坚持，半推半就将红包藏进了袖子。说了声：

"晚上见。"

熊明伦所说的"切磋"是指玩纸牌，即赌。陈自礼很喜欢玩嘉州的"贰柒拾"纸牌，赢了还想赢，输了想捞本，乐此不疲。但他一是钱少，二是怕老爷责骂，常是望洋兴叹。熊明伦摸准他的心思，不但常约他一起玩，而且还赠送银子作赌资，名曰送"刀儿"。这"刀儿"是一个与钱毫不沾边的词，让陈自礼将银子收得自然而然，心安理得。

卢国雄待陈夫人走远，才开口道："熊掌柜，你这样做会不会太吃亏了？她并不懂其价值几何。这件汉代玉圭你花了一百两银子，白白送了她九十两哟！"

熊明伦不紧不慢地说："俗话讲：'想钓鱼，要先撒窝子。'同样，想做大生意，必定要有官宦做靠山。如是双方无利，谁肯为你卖力？"

"我听说这位陈大人为人谨慎，不收别人的财礼。"

"那是人缘未到，友情未至之故。一旦成了兄弟，不分彼此，收礼也就自然而然，心安理得了。"

卢国雄依旧担忧道："可是官场险恶，人心难测。你看，许泽端、王永安原来都是杨刺史的座上宾，不知给杨大人进了多少贡。最终也是鸡飞蛋打，家破人亡！"

熊明伦鼻子轻轻一哼："那是他们用人失察，对杨忠不甚了解，以致全军覆没。杨忠少年得志，官运亨通，仗着有靠山，既贪墨又招摇，还喜欢与那些管不住嘴巴、好卖弄馊酸的文人混在一起，不出事才怪！往昔我与杨忠关系虽然也不错，但始终若即若离，亲疏有度。关键是我把握尺度，故没受牵扯。这位陈大人官场沉浮，为人低调冷峻，做事老谋深算，不显山露水。他与韦皋关系非同一般，是毛根朋友，友情深厚，贴上他就等于找到一棵参天大树。"

卢国雄点点头，道："熊掌柜真是八面玲珑，滴水不漏。"

熊明伦说："八面玲珑才能八面来风，滴水不漏才能聚财不散。送礼有天大的学问。送钱是行贿，有罪；收钱是受贿，同样也有罪。万一有个差池，双方都落下把柄，危险大，不稳妥。可是送古董就不同了，谁能衡量它价值几何？你不是常说做这一行的要真的当成假的买，假的当成真的卖么？这个行道最说不清、道不明，也最有可为。一千两银子的东西，可以说值十两；十两的东西，也可以说值一千两。全靠眼力学问来辨识，这便是人们所说的慧眼识明珠！她不识货没关系，她丈夫识货。她丈夫不识货也没关系，她的亲家识货。他们会很欣喜，因为这不是受贿，而是慧眼识珠，自己掏钱买的，会心安理得。他们会记住我，感激我。来日方长，在古董的牵引下，也许日后我与他就会成为好朋友、亲兄弟。"

卢国雄眯着眼睛上下打量熊明伦一番，然后竖起大拇指，说："妙，妙，熊掌柜深谋远虑，非同凡响，小的佩服，佩服之至。"

熊明伦得意道："哪里，哪里。"

傍晚，陈兴德的宅院里寿宴正开。中堂挂着一幅洒金红底的大"寿"字，红烛高照，花灯闪烁，一派喜庆之气。

如今，陈兴德的宅院在龙游颇有名气，它的前任主人是杨忠。杨忠离开时无法带走房舍家具和精心培植的园林，陈兴德住进后也未加任何改动。只要一有空闲，他就到院中散步，观赏浑然天成的假山、花木扶疏的花园，怡然自得。

此刻，陈兴德在厅中坐在上位，夫人、陈成、贾文山及妻子女儿依次入座，美味佳肴，满满一桌。

陈夫人站起道："今日老爷大寿，家中略备水酒，聊表祝贺。其实此为家宴，各位不必拘礼。老爷命运多舛，如今终于拨云见日，苦尽甘来，福星高照。望各位倾杯畅饮，亦让寿星开怀喜悦。"说罢领头敬了丈夫一杯，并献上贺礼玉圭。

陈兴德一看，顿觉欢喜，爱不释手。问夫人："花了多少钱？"

陈夫人说出价目。陈兴德似是未听明白："十两银子？"

陈夫人把在卢国雄古董铺里的经过说了一遍，末了还夸了熊明伦一句。

熊明伦这人陈兴德早就认识，但过去并无多少往来，知道是个家财万贯的大盐商。

陈兴德笑着说了句："你运气好，捡了一个金元宝。"说罢便没有再追问。他又仔细把玩了一番，才小心将玉圭放进盒子里，又接连干了三杯。陈成、贾文山等人轮转向他敬酒祝贺，把他这个寿星忙得左旋右转，应接不暇。酒过三巡，陈兴德酒酣耳热，兴致高涨，正觉得意，忽听贾文山轻声问道：

"陈大人，听说你日间去过凌云寺？"

陈兴德答："嗯，去查看大佛修凿的进展。"

贾文山说："山上工匠太少，陈大人何不多征人力？"

陈兴德不以为然，开口道："释迦牟尼佛的经书本人读得不多，不敢妄加评论，但我私下里并不以为兴佛造像有何益处。自本朝武后好佛起，江湖上缁衣势重，各地竞相兴佛造像，蜀地尤烈。北边利州嘉陵江东岸古栈道的悬崖陡壁上造佛像龛窟重叠十三层，密如蜂房，约有一万七千多尊。由北向南，成都、武阳、青神、平羌一路上处处可见浮屠，不知花费了多少人力物力！我觉得用这些财力修桥筑路、兴修水利、开办学堂，倒是更利国利民。其实，过去佛的形象皆是以菩提树、佛的足印来表现。前人认为，佛的形象太神圣，任何具体的造像都难以表达，反而会亵渎了神灵。可后来受到佛门所谓正法、相法、末法三时之说的影响，认为末法时期佛教会毁灭，于是四处造像，弘扬佛法。随着造像增加，佛教更为兴盛。若不是韦大人力主续修，我才不会劳民伤财。眼下从龙游抽调一些民夫应付即可。朝廷拨的银子有限，那点提留杂税怎么够？往后看情形再说。"

贾文山一愣，没料到陈兴德会说出这样一番话。但他不善察言观色，依着自己的思路说道："如此不知何年何月才能竣工，嘉州诸县，百姓向佛者甚多，只要陈大人振臂一呼，自然有人响应，有钱出钱，有力出力，何愁不成？这可是名垂青史、流芳百代的事。"

陈兴德意味深长道："我更看重带给百姓实际好处的衣食钱财，何况细水才能长流，大佛一旦竣工，如何向朝廷要钱？"

贾文山见陈兴德对续修大佛一事并不热心，不便再多言，只得闷声喝酒吃菜。

而另一侧，贾夫人与陈夫人却正说着儿女的婚事。陈夫人子嗣不旺，一心巴望儿子尽快成亲，早日抱上孙子。两人说了一阵儿女的婚事后，又把话题扯到陈兴德身上。陈夫人最近一直在替丈夫物色一名侍妾，并将此事暗下托给贾夫人。贾夫人娘家是开丝行的，生产的嘉州大绸品质上乘，远近闻名。她从小在丝行里劳作，没受多少诗书礼仪的约束，不但有一副热心肠，而且手脚麻利，行事果断，与做事谨守本分、老实迂腐的丈夫性格截然不同。贾夫人见陈夫人如此信任自己，心中得意，立马大包大揽，夸下海口。果然不久之后，便相中了一名女子，并悄悄带陈夫人前去察看，陈夫人见了也合意。今日趁着酒兴，贾夫人低声问道：

"亲家母，你给老爷说了么？"

陈夫人已有三分醉意，依旧有些犹豫地说："没有，老爷原说不纳妾，只是最近才有点松口。"

贾夫人说："亲家母，你给他找的人必是你先过目，有几分合意，将来也好调教。若是他哪天自己看走眼带一个回家，说不定是一个牙尖舌怪的妖精货，你看着就来气，闹得合家上下不得安生。"

陈夫人点了点头。贾夫人凑过头低声说："老爷整天忙碌，找个年轻的女人服侍他，你也省点心。女人呀，一过了四十就老了，而男人七十依旧能生儿子。"

陈夫人心中一动，不由看了一眼红光满面、精神饱满的丈夫，说："等哪天老爷得闲，你去唤那女子来让老爷过目。一旦老爷中意，还要烦你前去王家说合。"

贾夫人眉飞色舞，说："不成问题，包在我身上。那女子不但长得珠圆玉润，肌肤雪白，而且勤快懂事。"

陈夫人问："她叫什么？看我这记性，只记得绰号叫'豆腐西施'。"

贾夫人一笑，说："她叫王海棠。一家人忠厚善良，三代出力修大佛。"

第四十四章

夏日，炽烈的阳光将京城长安染成一片金黄。

自汉高祖起，长安就是历代帝王之都了。经过数代王朝的修建，至唐代时，长安名扬四海，是东方最大的城邑。

宰相张延赏府邸大门紧闭，门口一排巨大的柳树，叶儿被火辣辣的太阳晒得蔫蔫虚虚。躲在树荫里的知了紧一阵慢一阵的鸣叫，更让人心情烦躁。大门外并没有堂皇豪华的气派，红漆的门甚至有点旧，正中一个黑圆心，悬着一双小指粗的铜门扣。

送走皇上遣来诊病的太医，韦夫人方寸大乱，太医的话还在她耳边回响。

"张大人思虑过重，内焦阻塞，药不能达……恐得早备后事。"

韦夫人愁眉不展，返回父亲的房间，燥热的屋内如蒸笼一般，弥漫着浓烈的药味，但所有的窗户紧闭不开，并拉上窗帘，大白天还燃着几支蜡烛。张延赏躺在墙角雕花红漆楠木大床上，他虚弱无力，两颊深陷，微微发红的眼睛毫无神采，花白的头发凌乱披散。

这段时间，朝廷中暗流涌动，大臣们你争我斗，张延赏已败下阵来。他原以为自己身为宰相，是一人之下万人之上的大人物，如今看来，不过是皇上手中一枚小小的棋子。皇上先用他削弱了李晟的势力，裁减了大批官员，又在处理部国长公主淫乱之事中，借他的手狠狠敲打了太子。这当然就得罪了太子及手下的人。却不料兔死狗烹，鸟尽弹弓藏，事后皇上对他不冷不热，阴晴不定。他想探皇上的本意，趁小病假意写了一份欲辞宰相的奏呈，不想皇上顺水推舟让他回家养病，并立即委任李泌为相。转眼间，他就失去了荣贵和权力。一时间恼怒、沮丧、恐慌一齐涌上张延赏心头，于是他病情急剧加重，每况愈下。

苗氏深知丈夫的心病所在，但又不敢提及，只有暗暗扼腕叹气。

韦夫人坐到父亲的床沿边，给他喂药，劝慰道："父亲，胡太医说你的病需要静心调养，朝廷的事不必挂在心上，自有皇上和大臣们料理。"

苗氏表情复杂地看着张延赏，似有话说，犹豫了一下，终未开口。

"慧儿……我知道迟早要出事……到头来后悔也没用……"张延赏望着女儿,颤抖着声音说道。一阵剧烈咳嗽中断了他的话,嗓眼里不停地"呼,呼"直响,整个身子因喘不过气而弓成一团,口水顺着嘴角往下滴。苗氏忙为他揉心窝,拍后背,又端了一碗热茶送到他嘴边。说:

"老爷,快喝一口。"

张延赏吞下一口,咳嗽稍稍平息下来。

苗氏说:"胡太医说皇上心里惦记着你,命他隔两日再来府上瞧一瞧。"

"皇上……"张延赏突然睁开布满血丝的眼睛,若有所思地盯了苗氏和女儿一眼,然后住了声。韦夫人铁了心,今日有话要问父亲,转身对仆人们说:

"你们都退下吧!"

仆人们悄无声息转身出去,并轻轻关好房门。韦夫人见屋里没有外人,便说:"父亲,女儿有话想要问你。"

张延赏见女儿与苗氏对了一下眼神,心里已猜到几分,面露不悦。"有什么话改日再说,我想睡了。"他支吾道。

"女儿要问的只有两句话。这话一直压在女儿心上,令女儿喘不过气来,所以一心想要问父亲,究竟是怎么回事。"

张延赏本想回避,见女儿执意纠缠,只好不作声,闭眼假寐。

"回京前为了父亲,我与韦皋争执起来,你知道为了什么?"

张延赏努力想坐起来,伸一双瘦如鸡爪的手想抓住床沿。一改往日的威严,用温和的口吻说:

"慧儿,我知道你心里怨恨我。韦皋最近没来信么?"

"没有。"韦夫人眼下最怕家里人提及韦皋,父亲的问话恰好在她的痛处洒了一把盐。她顿时把脸转到一边,险些流下眼泪。前些日子曾妈来信,说韦皋眼下与薛涛厮缠得紧,相伴左右,形影不离。韦皋要将她纳为幕僚,堂堂皇皇出入府衙,薛涛被人们称为女校书,极是风光体面。

"我知道韦皋记恨我……也知道你过得不如意。不要埋怨为父,连升平公主挨丈夫的骂,代宗皇帝也不好说什么。何况你父亲仅是一个臣子!"张延赏后悔方才提到韦皋,连忙转移话题。

"父亲,嘉州刺史杨忠究竟是怎么死的?"韦夫人单刀直入。

"为父怎知他的死因?"张延赏装作一脸糊涂,"听人说是遇上强人出了意外,从马上摔下来死了。"

"他不是摔死,而是被人故意害死的。"

"谁说他是被人害死的？"

"韦皋对我讲的。"

"哦?!"张延赏一惊，挣扎着坐起来，瞪着两眼问，"韦皋还说了什么？"

"没有。"

张延赏松了一口气，复又躺下，说道："提杨忠做什么？出去吧，我想睡了。"

见父亲推诿敷衍，韦夫人一股埋怨的情绪给激了起来，脱口而出道："杨忠是不是被你派人弄死的？他对韦皋说，他给了你一大笔钱！"

"胡说！"张延赏大喝一声，忍耐了好一阵的火气终于爆发，他气得吹胡子瞪眼，伸出手指头，指着女儿哆哆嗦嗦地说，"你——"

后面的话还未出口，就因急火攻心，身子一歪，昏了过去。

苗氏见状忙呵斥女儿："慧儿，还不住口！"

韦夫人一愣。苗氏又说："慧儿，你忘了内眷不能干涉衙门事务的祖训！"

"母亲，女儿从不想干涉衙门事务，但是衙门事务干涉了我……"韦夫人满腹委屈地说道，泪水止不住流下来。

张延赏两眼翻白，两手紧握，全身抽搐，人事不省。

"快来人啊！"苗氏情知不妙，慌忙大声喊道。

仆人推门而入，郎中也匆匆赶来，一看张延赏的脸色就知不行了，但仍就拿了脉，开了方子，离开时才对苗氏说：

"夫人，小人用了一剂猛药或许能将老爷灌醒。只是……只是老爷怕不行了，夫人还是尽早准备后事吧。"

苗氏与女儿闻言，不由放声大哭起来。倒是管家先冷静下来，赶紧将药拿去煎上，并将其他仆人赶到屋外，以免吵闹，扰得苗氏及女儿心烦意乱。

此时，房门轻开，悄无声息地走进一个人。这人是府里最不起眼的男仆曹戈。他低声喊道："夫人！"

苗氏抬头一看，有些意外地问："你有何事？"

曹戈说："小的听说老爷不行了，过来看一看。"

苗氏没好气地开口道："你又不是悬壶济世的郎中，又能如何？"

曹戈躬身说："小人来说一件事，怕你们怪罪老爷，让他咽不下这口气。"

曹戈是敦实的矮个子，脸上皮肤疙疙瘩瘩，总像有一层油浮在上面始终没洗干净。几年前，张延赏从外地将他带回府上，说是在途中遇到的一个无家可归、身患重病的穷人，心生怜惜便收留了他。曹戈木讷寡言，在府里做一些粗笨的体力活。苗氏不知道他是何方人，有多大年龄，是否有家室，甚至从没与他说过一句话。她不明白丈夫怎么会看上这个仆人，并且似乎还很关照他，但她从没向丈夫问起过此事。

苗氏说："你说吧。"

曹戈说："杨忠是小人杀的！"

苗氏和韦夫人顿时惊得目瞪口呆。半晌，苗氏才将信将疑地问道："你？"

曹戈点点头，顺手拿了放在桌上约莫一尺长的捣药石杵，挥手一砍，腕口粗的石杵顿时断为两截。然后，他看了一眼惊讶不已的母女，说：

"小人略有一点武艺，杀一两个人，并不费事。"

"为什么要杀他？"

"倘若我不杀了他，他就会坏老爷的事。"曹戈轻描淡写地说道。

苗氏没想到曹戈竟是身怀绝技的武林高手，在府上几年，居然丝毫不显山露水，但竟杀人不眨眼。一想到这里，她感到背心一阵发冷。不过，苗氏终是生于官宦之家，又嫁了位久历官场的丈夫，见多识广，很快便从方才的惊慌中镇定下来，坐定问道：

"曹戈，来张府之前你做何营生？"

曹戈以为苗氏会问他为何杀人，不想却问了句不相干的话，一时弄不明白苗氏的用意，迟疑了一下，开口道："闲云野鹤，四海为家，乞讨为生。"

苗氏问："我看你有一些来头，为何来张家为奴？"

曹戈无意谈自己的身世，淡淡地说："容小人日后细禀。"

苗氏问："你为何要杀杨忠？"

曹戈便把事情的缘由说了出来。

杨忠在嘉州任上聚敛了大量钱财，后来事发，落了个原地免职、开缺回籍，倒也算是全身而退了。可是他竟想东山再起，让家奴带了信和黄金来求张延赏疏通。张延赏将杨忠的家奴撵走，并吩咐曹戈监视杨忠。曹戈见杨忠的夫人也在托娘家的亲戚四处周旋，并想通过皇后到皇上面前说情。曹戈预感到事情不妙，一时又无法禀报张延赏，心想留下杨忠终是祸害，于是曹戈约了几个江湖上的兄弟假意半路打劫，趁乱中捅了马肚子一刀，马受惊狂奔，连人带车摔下悬崖。

听出丈夫有把柄捏在杨忠手上，苗氏心情沉重，脸色也不由得难堪起来。

正在尴尬之时，管家将煎好的药送来，几人赶紧给张延赏喂了药。不大一会儿，张延赏果然慢慢睁开双眼，但气息奄奄，十分虚弱。苗氏忙示意管家和曹戈出去，轻声问道：

"老爷，你好些了么？"

张延赏眼睛转了一下，似有话要说，却又没吱声。

苗氏说："方才曹戈来过，说杨忠是他杀的。我没想到这个木讷之人，竟是个杀人不眨眼的武林高手，平日从不曾留意过他。"

"唔。"张延赏应了一声，慢慢来了一点精神。

韦夫人经方才一番折腾，不敢再向父亲追问，待在屋里又实觉心里烦闷，正欲转身出去，忽听父亲开口道：

"慧儿，别走，我……我已是行将就木之人，日薄西山，离死不远。你想问什么尽管开口，我可以将事情的原委告诉你们……"

韦夫人此时反倒犹豫不决，迟疑了好一阵才试探着问道："我……父亲，你是否从杨忠手上拿过修大佛的两百万两银子？"

张延赏点头，并说起这两百万两银子的来龙去脉。

张延赏初任西川节度使时，西川经历多年战乱，一片萧条。当时，兵马使张朏起兵作乱，人心惶惶，百姓外逃，田园荒芜。张延赏设计捕杀了张朏，稳定了西川大局，然后又花费了大量精力认真治理，终于恢复了往昔天府之国的繁荣，官府也积累了大量的钱财。于是他又按旧例开始提取盐、麻之税，准备用于凌云山大佛的开凿。可是不久就有了事端。嘉州是个既产盐又产麻的地方，但所上缴之税却比其他州少。张延赏巡视龙游，杨忠向他报告，经查实是掌管税收的范义和贪污。范已关入大牢，本人供认不讳。张延赏在牢中见了范义和，他被打得皮开肉绽，奄奄一息。范义和还未娶妻，家中只有一个老仆，老仆多次到府衙为主子喊冤，均无人受理，听说张延赏到了，又跪在大门外叫屈。

张延赏曾在户部干过，一本乱账粗看了一遍，就看出了些端倪，凭直觉断定范义和有冤情，便一边命杨忠请郎中为范义和医治，一边着手调查。不料第二天一早，桌上出现一张纸条，上面写着："送银三十万，莫问此案。"张延赏大怒，两下将纸条扯得粉碎。哪知第三天又见桌上出现一张纸条，上面写着："送银五十万，莫问此案！"张延赏更加愤怒，再次将纸条撕得粉碎。不想第四天桌子上又出现一张纸条："送银一百万，莫问此案！！"

这一次，张延赏没有再撕纸条，如此大额的银子既让他心动，也让他感到案情深不可测。他不动声色地将杨忠招来，半含威严半含诚意地向他询问。杨忠看上去却全然不知，十分懵懂。张延赏便没把话再说下去，闷在肚子里左思右想，暂时没作理会。

哪知过了两天，杨忠来报，独囚一室的范义和缓过劲来，将自己身上的袍子撕成条状结为绳索，夜深人静时在牢里上吊自杀了，死前以膏药为墨在贴身白裤上写下一个"悔"字。张延赏一想，人都死了哪里还查得下去？杨忠又付了一笔不菲的烧埋费给范义和的老仆，老仆也没再来喊冤。张延赏虽然心知有异，但事已至此，查下去也难有结果。最后，他只是将杨忠软中带硬地敲打了一番。回到成都的第二天晚上，就有人送来几车糯米，打开一看却是一百万两银子。送货人没留下只言片语，放下东西即抽身离去。

张延赏出仕早，大历年间就担任河南尹、诸道营田副使。河南历来为兵家必争之地，安史之乱受害最深，房舍坍塌，荆棘丛生，百姓流离。他苦干了几年，颇有成效，朝廷考核称他为"治行第一"的地方官，召回朝担任御史大夫。后因与宰相元载不和，被调往淮南任节度使，不想又遇上多年不见的大旱，庄稼颗粒无收，他不得不发出一道尴尬的命令：由官府安排船只，帮助百姓渡江外出求食。因为张延赏过手的钱不多，加之想树立政绩，行事十分谨慎，所以尽管在官场多年，他并没有捞到多少油水，生活俭朴，行事谨慎。可是到了西川后，张延赏的想法就不同了，一是觉得自己苦了多年该有所回报，要为儿女留下一点财富，二是西川没经历大的战乱，加之风调雨顺，百姓生活安稳，商贾们富得流油。张延赏便想到多提杂税。杂税是朝廷允许节度使开支的项目，只需上报户部备案。但他多了个心眼，上报时说此钱全部用于凌云山开凿大佛。虽然大佛并未动工，但天高皇帝远，朝廷也没人来查实，朝中上下仍将张延赏看作不贪财、两袖清风的儒雅官员，而其他照实上报的道州税款却被朝廷以各种名目提走不少。张延赏由此越发明白"不出虚言办不成大事"乃为人至理。

几年下来，张延赏积累了多少钱财无人知晓，但好景不长，德宗皇帝登基后施行削藩政策，引起了几处藩镇叛乱。德宗仓皇逃往奉天，以后又逃难到梁州。张延赏深知雪中送炭的意义，于是尽心侍奉，将手中积攒的钱财献了几成给皇上。德宗在难中得此相助，大喜过望，心存感激，从此对张延赏更是刮目相看，视为心腹。

张延赏清楚嘉州刺史杨忠知道一些内幕，但并不怕，因为杨忠这几年在他的关照下得了许多好处，彼此心有灵犀，但从不说破。不想女婿却来了个大水冲龙王庙，在账册上找不到蛛丝马迹，却包抄迂回去查私铸铜钱，查来查去，最后追到杨忠身上。杨忠为保自己又抬出张延赏这座靠山。偏偏屋漏又遭连夜雨，自己在与李晟的争斗中失去了皇上的信任。

说完往事，张延赏叹道："做官难啊！韦皋日后也会给皇上供奉的。"

"不会，韦皋不是贪鄙之人，他没有钱行贿。"韦夫人争辩道。

"韦皋是个聪明人，通常会弄出一些匪夷所思的举动，达到四两拨千斤的功效。但身为朝廷重臣，若凭良心办事，上对得起皇上，下对得起百姓，真比登天还难啊！常常要昧着良心，久而久之也就麻木了，只要讨得皇上欢心就算万事大吉。有时心里堵得慌，也想对得起自己，于是就种下了祸根。有了一，就想有二，这贪念哪里有止境……"

张延赏声音越来越弱，苗氏怕丈夫话多了伤神，轻言劝道："老爷，歇一会再说吧。"

隔了一会儿，张延赏又幽幽开口道："皇上是一个多疑而又敏感的人，他当了十八年的太子，四十岁才登上龙位，几十年中耳闻目睹了战乱兵变、明争暗斗、血腥杀戮，从中悟出了一个道理：手中必要有兵权！他深知兵权的重要，也就最忌惮手中有兵之人。我行将就木，叫弘靖和韦皋往后行事定要谨慎小心……"

韦夫人听罢不禁打了一个寒战，不明白父亲堂堂一品大官，怎敢说出这番大不敬的话！正想再问，却见父亲眼光愈来愈黯淡，忍不住哽咽起来。

一会儿，张延赏挺了挺身子，用几乎听不清的声音说："还有一事，你们要善待曹戈。"

"他究竟是什么人？"

"他原是凌云寺的和尚，寺院凋敝后外出乞讨为生。一次外出巡视，我见他病倒在路边，虽气息奄奄，仍不失大丈夫凛然之气，就命人将他抬到驿馆延医救治。后来他来投奔我，说报救命之恩……"

"老爷，如此说来有几百万两银子……那些钱呢？你一向节俭，逢年过节连添置件新衫也会痛惜。家里的开销皆是你的俸禄和皇上的赏赐，收支相符，并不见意外之财。我从没想到你会贪墨……"苗氏泪眼蒙眬。

"除了送给皇上一百五十万两银子外，余下的我埋在后花园假山下面的洞穴里，分文未动。隔三差五，我便去看看……"

"你——"

"曹戈知道位置……"张延赏还想说什么，但两片发白的嘴唇艰难地翕动一下，却再没有发出任何声响，紧抓着被子的手缓缓松开。

苗氏和韦夫人忍不住大声痛哭起来。

第四十五章

韦皋容光焕发，神采奕奕。一大早就让人从马厩中准备好两骑，配了鞍辔，又带了酒食，同薛涛一道出了城南门。

自从第一次与薛涛同床共枕后，韦皋才感到，同是女人，却有着天壤之别。薛涛敏捷的才思、如花的容貌、柔嫩的肌肤，无一不令他赞叹，温婉娇羞又不失活泼俏皮，总是令韦皋激情澎湃，如痴如醉，恨不得化在她的身体里。这段时间，韦皋感到自己仿佛年轻了不少，在衙门干起事来也精神饱满，不知疲倦。

韦皋早就答应带薛涛出去郊游，无奈总是公务缠身，忙碌无暇，直至今天才抽出空闲。薛涛见韦皋换了便装，又没带一个随从，心中本已是十分欢喜，又见郊外风光旖旎，空气清新，更加欢喜不迭。

二人一路说说笑笑，行至一个小山脚下，甩镫下马，在树上拴了缰绳，尽情观赏四周景色。薛涛今日脱去裙钗，别出心裁穿了一袭素色男装，打扮成一个书生，庄重淡雅又不失俏皮。韦皋叹道：

"洪度，你这身打扮平添几分潇洒，别有韵味。"

薛涛扮了个鬼脸，淘气地说道："大人若喜欢，小女就天天穿男装，倒可免去裙钗、盘髻、面饰等诸多麻烦。"

韦皋轻轻拧了一下薛涛粉脸，故意大惊小怪地说："那可不成，男女有别。倘若许多人女扮男装，男着女装，岂不阴阳混淆，世间乱作一团？就拿上洗澡堂子说吧，还有女人敢进去么？生怕冷不丁窜进一个男扮女装的大男人来。"

薛涛忍不住咯咯大笑，随后假装生气，娇声说道："韦大人也会说坏话！"

韦皋说："我喜欢看你梳不同的发髻、点唇、面靥，尽显女人的柔情妩媚，婀娜多姿。来蜀地之前我曾听人闲扯，说西蜀有十种描眉的方式，当时觉得很奇怪，闹不清是个什么样子。后来见你梳妆打扮，方知小山眉、垂珠眉、分梢眉等等，原是这般变幻多样，各有情趣，奇妙无比。"

韦皋是蜀地最高长官，平日府衙里发号施令，行事果断，身边所有人都曲意奉承，看他的脸色行事，生怕稍有疏漏，受到责罚。可是相处日久，薛涛慢慢感受到韦皋威严的外表下有一颗热情似火而又充满柔情的心。韦皋对她的体贴入微，精心呵护，令失去父亲的薛涛感到极大的满足，心中倍感惬意。

今天韦皋说带她出去郊游，地点由她选择，薛涛心血来潮说想到南门外青龙观看看，因为那个地方父亲曾带她去过，离城远，香火不旺，是个冷清之地。她想与韦皋独享这份幽静，而不致被喧闹破坏，以及被时刻不断的公务打扰。

这会儿，她指着前方一座小山对韦皋说："大人你看，山上那座道观便是青龙观。小时候父亲带我到观里来过，他曾想出家，可又舍不下我与母亲。"

"出家？"

"是，他还身披黄冠在这里住了一段时间，后来终因舍不下我母女又返回家里。"

"看来他是个多愁善感、心事重重之人。"

"是的，父亲胆小怕事，一生不如意，故想出家避世，解脱烦恼。"

"烦恼来自人心，哪里是找一个清静的地方就能解脱的？想出家的人分两类，一是看破红尘，心灰意冷；另一种是为修道，寻找升仙之路。但不管哪一种，出家都寂寞而又艰辛，要放弃世间诸多惬意享受，譬如情爱、家庭、名利、美食，等等。"

"我一直悟不开，世间如此美好，为何还有人想出家。"

"洪度，你太小，对人世所知甚浅。世道变化无常，沧海桑田，不可预知之事太多，有时绝美之事也会随时间流逝而变得了无生趣。"韦皋眼望远方轻声叹道。

薛涛听了韦皋这番话后一下愣了，忽然产生了人生如梦之感。如果说以往从自己十四岁到芙蓉阁当歌伎，以及从姐妹们的身世中依稀感到红颜薄命、人世沧桑，但孟妈妈的照顾以及韦大人的关照让她暂时忘记了不幸，那么此刻她则是突然悲从心来，想起自己仍是一名歌伎，身份低微，与位高权重的韦皋有着天壤之别。她景仰他，爱慕他，而且也知道他爱自己，两情相悦，缠绵悱恻。可是按他方才的说法，眼前美好的一切也不知何时会变得了无生趣！这就是说他们之间的这一切最终会消失！薛涛不敢往后想，面色发白，泪眼蒙眬，再也说不出一句话来。

韦皋半晌没听到薛涛的声音，转过头看见她模样沮丧，似猜到薛涛的这一脸沮丧乃由自己方才一番感叹引起，忙揽过她轻声道：

"都道蜀地女儿泼辣干练，你的辣味呢？"

薛涛仍没说话。韦皋刮了一下薛涛的鼻子，又说：

"哪有男儿动不动就哭鼻子的？"

薛涛一扭身子，说："我又不是男儿！"

韦皋扯着薛涛的衣衫调侃道："你说这是女儿装？你这样若去挽哪个女子的手，别人定会斥你无礼。"

薛涛忍不住"扑哧"一声，破涕为笑，轻声叫道："大人！"一下子扑进韦皋的怀中。

韦皋全身一阵热血沸腾，禁不住生出要与她亲热的念头，转念一想又觉不妥，只得忍住，仅在薛涛脸上重重亲了一下，然后拉着她的手，沿一条小道朝青龙观走去。

跨进半掩着的黑漆大门，见简陋的大殿里冷冷清清，没一个香客，前院左侧种着许多种兰草，右角生长着一棵盘龙虬枝的紫藤，藤叶顺着墙壁和搭起的竹架将一个院子映得充满绿意，甚是清幽，使道观像一个农家院落。韦皋和薛涛轻步走入后院，见一老一少两个道人正坐在桂花树下的草席上，一门心思在下棋。听到脚步声，那小道忙从草席上起身招呼：

"欢迎贵客光临。"

老道也上前打了一个稽首，说："贫道昨晚见桌上灯花连爆了三次，便知今日有贵人光临敝观。"

韦皋见老道鹤发童颜，神清气爽，一口牙齿洁白齐整，心中便有几分好感，说："原不知青龙观如此幽静超脱，今日得便前来走一走，多有叨扰。"

老道招呼韦皋和薛涛坐下，并让小道给他们沏茶。观里平日少有客人来，小道极是殷勤，飞快进屋去端茶。

薛涛左右看了看，问："道长，你认识一个叫薛郧的人么？"

道长捋了一下长长的白胡须，说："听说此人在观中住了一段时间。贫道曾离开此地六十五年，回来时他早已不在了。姑娘是他的亲属？"

"我是他女儿。"薛涛道出真相。

"唔，原来姑娘与敝观还有一段渊源。"

韦皋呷了一口小道新沏的茶，问道："师父方才说离开此地有六十五年了，请问师父贵庚几何？"

"今年八十五岁了。"

"这倒真看不出来。"韦皋有些惊讶，叹道，"我还以为师父只有五十多岁呢。竟是这般年轻！明眸皓齿，鹤发童颜，神清气爽，不知平日如何保养？"

老道淡淡一笑，说："粗茶淡饭，陋室寒衣，谈不上保养，不过是修炼了一些精、气、神而已。"

"内丹之术乃道家长生成仙的妙法，听说传授时规矩谨严，弟子必须立坛盟誓、歃血发愿。而且道家之人将内丹秘术著录下来时，往往使用各种隐语，外人即便拿到也无法看懂。"

"看来先生对道家颇有些研究。其实人体就是一方天地，本性与天地一致，内丹家认为万物都会由生到死，由盛而衰。唯一不变者就是无，也就是'道'。倘若人与天地本性契合，将性命还归无，则长生，这就是丹到功成。其实精、气、神在老子和庄子那里就有。所谓炼精是指炼元精，而不是淫兴所泄之精；炼气是指炼元气，而不是口鼻中进出之气；炼神是指炼元神，而不是日常心思意念。故此，修炼时所用的精、气、神与天地同源，与万物同体，得到了它就能长生，得不到就早夭。"

"师父原在何处？"

老道答："贫道先在峨眉山，后到龙游。"

韦皋心中一动，自己虽离开了龙游，但还有一些事并未了结，其中最让他牵挂的便是凌云山大佛。在具结了龙游王永安、许泽端的案子后，韦皋又给皇上写了一份奏章，据自己对嘉州、西川及四周各部族的了解，奏请朝廷拨款续修凌云山大佛，意在以佛法归顺民心，使人民安居乐业、睦邻友好。

一直坐在旁边静听对话的薛涛这时插空问道："小女子曾在龙游竹公溪住过，不知师父住在龙游何处？"

"凌云山下的清虚观，高标山的开元观，还有峨眉山下的玉皇观，贫道都住过。"

薛涛有些惊讶地问："凌云山不是佛门梵刹之地么？怎的会有道观？"

老道一笑，说："凌云山原本与峨眉山一样是道家仙地，道人们日日在山上步虚礼斗，演化八卦，潜研经典，修身养性。后来佛家弟子也寄身于山中，修建寺院，研习佛经，峨眉山便逐渐变为佛门之地。姑娘那时尚未出生，故不知凌云山的变迁。"

"他们不会因为门派不同而生出事端么？"

"其实从本源讲，佛经和道经讲的都是相同之事。只不过道教强调修命，佛教强调修性，若要真正得道成佛还须性命双修。不过，佛教得到了朝廷更多的支持，得以扩充寺院，剃度僧众。尤其是凌云山栖鸾峰上开凿弥勒大佛后，山上的道人便逐渐离去，各奔东西。"

这时韦皋插问道："师父既在龙游多年，可曾听说一个叫玉镜的道人？"

老道浅浅一笑，答道："知道。相公问他做甚？"

韦皋说："贞元元年我去龙游时，曾听说此人颇有些道行。他在峨眉山一个山洞里闭关修炼了数十年，后来得道，有了天眼通的本事，言人吉凶祸福十分灵验。只是当时他已离开龙游，我未得谋面，不知是真是假。"

老道说："替人看吉凶祸福并非高深莫测。人生一世，命由天定，人之祸福，皆在脸上写着，安能瞒过别人的眼目？"

薛涛一听，顿时来了兴致，很想求老道为自己看一看相，但一时又不好意思说出口。正在踌躇之际，小道过来请他们用午膳。韦皋见薛涛想留下，便顺水推舟留下了，并将带来的酒食交给小道，当下便凑齐了一桌丰盛的饭菜。四个人在厨房隔壁一间简朴的饭厅里一边吃饭，一边叙话。薛涛见韦皋与老道你一言、我一语说着龙游旧事，也就不便插言，只得在一边细嚼慢咽。薛涛腹中并不饥饿，吃东西仅是做个样子。倒是小道格外开心，刚上桌时畏惧紧张，随着美味佳肴上来，小道的畏惧之心也就烟消云散，吃得狼吞虎咽，满脸放光。

吃罢饭，院子里已被太阳晒得有些热辣，老道便请他们到客堂里就座。韦皋称要上茅房，薛涛就先跟老道至屋里。刚坐下，薛涛就急切地问：

"老师父，你可以为小女子看一看相么？"

老道说："方才吃茶时贫道已将你们两人的相看过了，都是大富大贵之人。"

"真的？"薛涛不由喜形于色。

"不过富贵并非顺畅惬意。女子一生都在婚姻上，故此，你眼下最想问的便是姻缘。"

"唔？"薛涛一惊，不想老道已洞悉她的心思。宋氏已多次向薛涛问起韦皋有无娶她为妾的意思。尽管她每次都拿话搪塞母亲，但内心的确希望韦皋能明媒正娶，用花轿将她抬进韦府，堂堂正正纳为韦家一员。但是韦皋虽然对她柔情备至，照料有加，经常赠给她不少贵重的礼物，却从未提及婚姻之事。薛涛一个姑娘又如何好开口？每每想起就有些黯然气恼，这会儿听老道说到姻缘，便追问道：

"姻缘如何？"

老道端起茶，送到嘴边忽又放下，看了一眼薛涛，说："有实无名，得而复失。"

薛涛听罢，内心十分沮丧，脸色顿时显得有些发白，不过转念又想，兴许老道只是随口说说，并不准确，于是想试试老道相面的功力，又大起胆子问：

"道长，你知道小女子是干什么的吗？"

老道呷了一口茶，高深莫测地说："你虽富贵，又才高八斗，但仍在乐籍，终是短少福分。"

薛涛天分极高，知道今天遇上了高人，一脸正色问道："请道长指点迷津，小女子如何获得福分？"

老道慢条斯理地说："清风白云，道袍加身。"

薛涛大惊，睁大眼睛半晌说不出话。愣了一会，还想求教老道，忽听韦皋脚步声从外面传来，只得暂且住口，佯装喝茶稳了稳心情，但仍是心乱如麻，难以平静。

韦皋进屋刚坐下，忽听前院一阵"咚咚"的脚步声，抬头一看，是韦仁神色不安急匆匆地跑进来，心知有要事，便向老道告辞。老道也不挽留，施礼而别，让小道代他送客人到大门外。

出了大门，韦皋向前走了几步，然后停下脚转身问："什么事这么急？"

"叔叔，张大人死了。"韦仁擦了擦头上的汗说道。

"哪个张大人？"韦皋一时没回过神，向韦仁反问道。

韦仁急道："就是叔叔你的岳父、宰相张延赏大人！"

韦皋一惊。韦仁说："皇上宣布废朝三日，赠太保，谥曰成肃。这是刘管家来的信。"

韦皋看完信，顿觉心绪有些烦乱，皱着眉头想了一会儿，对韦仁说："一会儿叫陆勇写封信，让刘原将苗老夫人接到蜀地，颐养天年。"

"是。"

韦皋尽管不喜欢自己的岳父，但得知他的死讯，依旧感到一阵哀伤。张延赏得势时家中门槛几乎被大小官员、富绅商贾们踏破了，但这些人也是见风使舵。自李泌任宰相后，张家门前便冷落下来。岳父病重后，是墙倒众人推。眼下人一死，世事更难预料。官场上从来是人走茶凉，情义淡薄。韦皋担心岳母苗夫人受不了这种状况，决定将她接来蜀地尽心侍奉。

过了一会儿，韦仁又说："嘉州刺史陈大人给叔叔送来一封信，另外还有一担礼物。"

"礼物？又没逢年过节送什么礼物？"韦皋问道。

"陈大人新近娶了一位年轻漂亮的小妾，所以特地送来几坛海棠春酒。"

"看来陈大人在嘉州过得有滋有味。不知新娘子是哪里人？"

"听说就是龙游城人氏。"

"凌云山大佛修凿进展如何？"

"还算顺利。来人禀报说，大佛重新开工后，凌云山可热闹了！原先离开凌云寺的和尚陆续返回来不说，又新来了一些和尚，寺里快住不下了。"

"我们后天就启程去龙游，督促修佛之事。"

……

两人一前一后边走边说，突然韦皋停顿一下，转身对韦仁说："一会儿回府，你将陆勇、康振本从南诏国带回的那只孔雀给薛涛送去。"

"这……"韦仁一愣，忍不住嘟哝了一声，心中万分不舍，却又不敢开口说。叔叔与薛涛的关系从没瞒过他，从头至尾他都十分清楚，他从未见叔叔对哪一个女人如此用情。只是孔雀十分稀少，而南诏的孔雀乃孔雀中的上品。南诏与大唐交恶多年，并无贸易往来，即使有一些铤而走险的私贩偷运东西过来，也不愿劳民伤财带一只活物，所以这孔雀越发显得珍贵。这只孔雀养在韦府里，有一名仆人专门负责照料。

韦皋见韦仁低头不语，知道他舍不得那只孔雀，便开了一句玩笑："不就是一只鸟么？男子汉大丈夫如此小气！"

韦仁翘起嘴有些不服气地说："我从不小气！只是……"

"只是什么？"

"叔叔要娶她么？"韦仁冷不丁冒了一句。

这一问倒让韦皋默不作声了。其实他早动过纳薛涛为妾这个念头，可一当要作决定时又犹豫不决，举棋不定，满脑子理不清的乱麻。他虽然与薛涛如胶似漆，翻云覆雨，十分销魂，但薛涛的身份却无法改变。一个官居要职的男人，风流浪漫都不为过，但要娶一个女人回家，却不是儿戏，得三思而行。首先是夫人极为抵触，夫人本是贤德大度之人，但在这件事上却表现出从未有过的强硬反对。其次薛涛如今是名满蜀地的诗人，不少京城来的显贵要人都以能与薛涛唱和为荣。每当韦皋看到薛涛在那种场合如众星捧月，应对自如，显出喜悦神情，他心里都会泛起一股说不出的醋意和不快。何况薛涛也有任性傲慢之天性，不时会撒娇甚至顶撞韦皋，偶尔也旁敲侧击婉言表达自己的委屈，追问韦皋何时给她名分。韦皋不喜欢女人评头论足、说长道短，有凌驾自己之上的情绪，哪怕她是绝世无双的才女。再有便是韦皋担忧

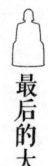

陷入温柔之乡后不能自拔，受人左右，难成大事。故韦仁的提问让他一时难以回答，想了好一会，才轻叹了一声，说：

"天下美好的东西何其多，岂能件件搬回家？此事以后再说吧！"

韦仁不料韦皋如此回答，有些意外，却不敢再问，只低头紧跟在韦皋后面。

薛涛见韦仁到这里来找韦皋，知道必定有十分重要的事相告，故意远远落在后头。与小道分手时，薛涛赠了小道一两银子，算作酬谢，又向他问道：

"道长他叫什么？"

"一玄。不过我听说他在龙游时另有一个名字，叫玉镜。"

"啊——"薛涛惊叫一声，忙用手捂住嘴。

第四十六章

凌云山如今热闹非凡。由于韦皋要加快修凿大佛，陈兴德便从嘉州各县又征集了数百名工匠。每日天一亮，远远便能听到锤、錾凿在崖石上发出"叮当、叮当"的敲击声，砂石尘土不断翻入江中，溅起阵阵浪花。大佛脸、颈、胸上的灌木杂草被清理干净，从头顶至脚用碗口粗的楠竹扎起一层层密如蜂房的厢架。远远望去，甚是壮观。

这天，几十个石匠腰间系了绳索站在厢架上凿石。时值下午，干了半天活的杜连生放下工具，伸了个长长的懒腰。忽然他心念一动，朝厢架下面大声喊道：

"喂，杨五娃、杨六娃，给我们唱一段曲子解解乏！"

声音一出，引起一片赞同：

"对呀！给我们提一提神，闷声干活没得劲！"

"就是嘛，来一段，来一段！"

转眼几年，杨五娃、杨六娃已长成两个敦实的小伙子，这会儿正在厢架底层干活。听到人们的喊叫，杨五娃仰头笑了笑说："好呀，今天我们兄弟俩就给你们露一手，对唱一段铜河盘歌。不过这首曲子是我们兄弟俩刚学会的，唱得有差错，各位多包涵。"

说着冲弟弟挤了一下眼睛，然后亮开嗓子唱起来：

> 阳雀叫唤闹喳喳，月中桫椤好多丫。
> 好多丫枝朝天长？好多丫枝往地钻？
> 好多丫枝横起长？好多丫枝竖起爬？
> 好多丫枝朝南海？好多丫枝结菩萨？
> 好多丫枝结罗汉？好多丫枝结仙家？
> 好多人在上头耍？哪个在上攀折花？

杨六娃鬼黠一笑，高声对唱道：

> 阳雀叫唤闹喳喳，月中桫椤八十丫。
> 八拨朝天长，八拨往地钻，
> 八拨横起长，八拨竖起爬，
> 八拨朝南海，八拨拜菩萨，
> 八拨礼罗汉，八拨接仙家。

唱到此，杨六娃停顿了一下，然后兄弟俩齐声唱道：

> 八个娃儿在头上耍，八个娃儿在听唱歌。

尚未落音，就有人往下撒了一把沙土，并张口笑骂道："嗨，狗日的该打！编曲儿来调戏我们。"

"绕山绕水赚老子欺头！"

"不行，重来一段。"

"对，来一段有味儿的曲子。"

……

杨五娃嘻嘻哈哈笑了一阵，说："好，我给你们来一段荤的，让你们过一过瘾。"

> 青菜薹呀白菜薹，情妹下河洗菜来。
> 情郎哥哥河边走，石头瓦块扔过来。
> 要吃菜薹抓一把，要图好耍晚上来。

杨五娃唱到此戛然而止，故意卖关子。上面的工匠正听得起劲，急得嚷嚷起来："哎，咋不唱了？"

"你要吊我们的胃口？"

"快往下唱，往下唱。"

"晚上我买卤猪耳朵请你吃！"

……

杨五娃朝杨六娃挤了挤眼，杨六娃点点头，立即捏着鼻子模仿女子声音唱道：

> 屋边有棵梧桐树,顺着梧桐爬下来。
> 门斗侧边有碗水,打湿门斗好进来。
> 锅头有一瓢温温水,踏板上有双线子鞋。
> 帐钩上有张绣花帕,擦净脚板儿上床来。

杨六娃的女腔唱得惟妙惟肖。那娇声一放,还真有股令人骨酥筋麻的味道。一曲终了,众工匠立即爆发出一阵哄然大笑,随即吆喝道:"好哦!你娃儿还会唱嘞!"

"再来一个!"

"再来一个!"

……

杨家兄弟又爽快地唱道:

> 三月杨柳抽嫩薹,隔壁女儿不成才。
> 胸脯屁股微微大,未婚先孕咋下台。
> 堂屋里头跪端正,从头到尾讲出来。
> 有天出门看春花,白面书生顺墙来。
> 轻纱帽儿头上戴,脚上穿双线子鞋。
> 紧紧握着奴家手,轻轻把奴抱上台。
> 二人上楼挽手走,只有喜来没有愁。
> 上面没有红花帐,下面没有花枕头。
> 衣裳脱来做席子,裤儿脱来当枕头。
> 十八女儿正怀春,干柴掉在猛火头。

曲终又是一阵喧哗,有人捧腹大笑,有人前仰后合,有的甚至笑得直抹眼泪。稍后,有人开口说道:

"你娃儿竟敢唱这样的荤曲!"

"假正经!我看你听的时候耳朵竖得像兔子,这会儿又假装正经说人家。"

"哈!"

"喂,杨家兄弟,你们从哪里一下冒出这么多的新鲜曲子?"

"想知道了?告诉你们,是魏——老——大教我们的。"

"哪一个魏老大?"

"他原来在平羌驿柳船主手下当管事，如今也到凌云山来修大佛。"

"怎的放着笔墨饭不吃，却来寻这劳力活？"

"为躲风流账啰！听说有一天他跑到一家酒铺里喝酒醉了，醒来发现自己光着身子与老板娘睡在一起，忙问老板娘咋脱光了他的衣服。老板娘眉毛一挑，说，明明是你脱了我的衣服，又睡了我，怎的又装起假正经来？未必是我强奸了你！原来是那老板娘想跟他做一对野鸳鸯。但魏老大怯火了，怕老板娘纠缠不休，所以干脆来个脚底抹油——溜了。"

"咂，看来是口叉心稳裤儿扎得紧。"

"傻瓜，见色不参必定有点憨！"

"魏老大肚子里的曲子多得很，手里有几个唱本，怕是几天几夜都唱不完。"

"啧，啧！"

"哪一天请他多唱几曲让我们过一盘饱瘾。"

……

韦皋恰好在这时到栖鸾峰上来视察，正向陪同前往的嘉州刺史陈兴德询问相关修凿事宜，听到杨家兄弟的小曲暂时止住话头，工匠们的对话自然也听得一清二楚。而工匠们悬在半空中干活，不知头顶山上节度使大人及刺史老爷驾临，依旧由着性子乱开玩笑。这让陈兴德有几分尴尬难堪。

"韦大人，下官立刻让人命他们住口，这些工匠太粗鲁不知礼数，有辱斯文！"陈兴德说罢，挥手招随从过来，准备吩咐下去。

韦皋嘿嘿一笑，阻止道："不必，这是人之常情。古代圣贤都讲过'食色，性也'的话，何况凡夫之辈？民间流传的曲子大多是写男女之情，虽说直白露骨，倒是不矫揉造作，天然纯真，敢作敢当。别管他们，由他们唱去吧。"

陈兴德见韦皋不介意，顿时轻松不少，说："其实嘉州颇具文雅之气，不乏善诗赋者。"

韦皋点点头，转而又说："你气色很好，看来这做新郎官的滋味不错。这位如夫人是哪里人？"

陈兴德脸上有些挂不住，顿了顿说："韦大人见过她，她家是开西坝豆腐坊的，她叫王海棠。"

韦皋脑海里立即浮现出海棠活泼可爱、白里透红的脸庞，说道："哦，认识。她不是有个哥哥想到衙门来做捕快么？"

"大人连这都还记得？"陈兴德有一些意外，"她哥哥叫王福，如今在凌云山上给工匠们做饭。"

韦皋一边看，一边走，一会儿又回到先前的话题：

"皇上登基以来，欲造开元盛世气象，实行两税法。随着均田制的破旧，租庸调制渐不适应，安史之乱中又增加了不少税收项目，故而民富丁多者，或为官或为僧，逃避赋役，民贫丁少者则负担沉重。两税法规定：户无主、客，以现居为主；人丁无多少，以贫富为差；经商者均在当地纳税，这样赋税的负担大体合理。皇上又恢复了财赋皆归左藏的制度，限制了宦官权力，深得人心。皇上还整饬吏治，裁减冗员千余，并且废除每逢春节、冬至、端午、皇上生日各州府的额外贡俸。几年下来初见成效，国库赋税收入大增，物丰民富。

"如今野无饿殍，朝有贤臣，乃安史之乱后大唐最昌盛繁荣的景象，但也有许多不尽如人意之处，异端邪说不断兴起，蛊惑人心，混淆视听。故皇上虽日理万机，十分操劳，还特地在自己的生日开三教讲论，召集三教代表人物讲论，讲论的格式由皇上钦定，为'初若矛盾相向，后类江海同归'，希望通过此举促进儒、释、道三教调和。皇上认为治天下者要以人为本，不但要使百姓丰衣足食，还要使人知礼仪，懂廉耻、孝悌、忠恕，心有所归，方能长治久安，四海归一。鉴于此，特地颁发了振兴寺院，修旧起废的诏书。

"嘉州乃佛山圣地，弥勒大佛又是圣地中心，它始于玄宗皇上，续修它实乃远近相承，光大佛门，垂范万世，意义深远。望你一定尽心竭力，不负众望。"

陈兴德知道韦皋信任自己，也不怀疑自己的才干，因此对他说话也直截了当，不用拐弯抹角：

"卑职明白韦大人想尽早修完大佛，只是银钱不足。皇上虽下诏修旧起废，但户部并未拨出一两银子，仅靠盐、麻之税难以续修大佛。嘉州虽富庶，但朝廷核定的皇粮赋税一分一厘不敢截流，卑职又不敢对百姓加派额外的税粮和徭役。往后修凿所需银钱该从何而出，卑职正为此忧虑不堪。"

韦皋说："你的忧虑我早有所料。我此次来还有一件重要的事，是将自己的俸禄五十万钱捐出，助修大佛。"

陈兴德一惊，脱口而出："五十万钱？"

事情突然，陈兴德一下子愣住了。

"这算是我对续修大佛的心意，你觉得如何？"韦皋问道。

陈兴德这才如梦初醒，朝韦皋深深一揖，喃喃说道：

"卑职谢过韦大人！"

"感谢的话就不必说了，你是这里的地方官，负有重任。不要以为嘉州天高皇帝远，其实嘉州情状天天都写在邸报和奏折中，凌云山开凿的一寸一尺都在皇上的眼目中。"韦皋目光灼灼，又斟酌言语道：

"眼下朝廷虽没拨钱，但你要设法筹集银钱。嘉州乃鱼米之乡，又盛产盐、铜、丝、麻、茶、药等，各县不乏富商巨贾，如龙游城内的熊明伦、常士杰等人，要叫他们捐助一些，要为富而仁。另外……"

韦皋继续往下说，陈兴德表面在听，心里却打起了小鼓。他对嘉州这些年的财力当然是一清二楚，远的不说，就看龙游城内住的几个行首商贾大户，哪一个不是腰缠万贯富得流油的主？可是他真有点不好开口叫他们捐助。一是今年龙船赛和台会他们出钱鼎力相助，办得风光体面，盛况空前；二是儿子结婚和自己纳妾，名义上是由夫人和陈自礼负责，实际上出钱办事的，主要是熊明伦和几个大商户，几十号人连日为他家的双喜临门忙得脚不沾地。起初陈兴德不知其中的来由，后来发现铺排场面很大，前来恭贺送礼的人源源不断，心里感觉有些不妥，问了夫人才明白真相。正踌躇不安，夫人却劝他要入乡随俗，嘉州人素来喜欢聚在一起热闹，何不趁机联络，与民同乐？他一想，此时再叫别人拿了礼物离开也太拂面子，不近人情，何况送走这个，还会有另外的人来，总之很难阻挡，于是索性由他们张罗，装作不知道。等办完喜事，熊明伦已和他混得十分熟悉。陈兴德记他这一份情，偶尔邀他来府上喝茶。熊明伦依旧十分礼貌客气，从不索求回报，这才让陈兴德放下心来，并生出几许歉意。如今，怎好开口向他们要捐助？但韦皋既已带头捐钱，作为其属下岂可无动于衷，于是忙表态说：

"大人，卑职立马召集嘉州各县官员和各行人士捐资助修。"

"不能硬摊，须得自愿。另外，你还要留心寻找二十多年前在平羌驿失踪的那批金锭。我们眼下很需要这笔钱。"

"可是一点线索也没有。"

韦皋说："我倒是打听到一点与金锭劫案相关的消息。当年户部杨大人受牵连遭难后，一家人死的死，散的散，没任何消息。不过我最近得到一点意外收获，原来杨大人背着家人在外面有一个相好，叫柳如芸，是个绣女。两人感情颇好，柳如芸有一个兄弟，叫柳如山。杨家出事后柳如芸与柳如山一同离开京城，不知所终。当时柳如芸已身怀六甲。"

"韦大人，这个柳如芸今在何处？"

韦皋摇摇头说："我也不知道。不过，我已把当年户部相关人员都私下查了一番，发现已故的杜祥发身上有很多疑点。如今他一家人都死了，这不可能仅是个巧合，不排除是柳如芸复仇。"

陈兴德大惊，但又有些不信，反问道："她一个弱女子，哪有这个能耐？"

"别忘了她有一个兄弟，或许还有亲属，她还可能生出一个强壮的儿子，也许还有一些不可预料的事，你多琢磨琢磨。"韦皋因要与性空和尚单独聊聊，于是暂时打住话头。陈兴德知道这里暂时没他的事了，于是将韦皋恭送到凌云寺客堂门前，便告辞回府。

陈兴德刚一离开，韦皋便问迎在门口的永净：

"性空师父呢？"

"师父在方丈室里等候大人。"

韦皋随永净穿过大雄殿，见里面有一个中年和尚在打扫清洁。见韦皋走过来，忙放下扫帚躬身合掌，口念"阿弥陀佛"。

韦皋点头还过礼，边走边向永净问："如今寺里有多少僧人？"

永净答："大佛开工后陆陆续续来了二百多僧人，既有原来本寺云游在外的，也有远道而来的。方才与大人打招呼的如意便是前些日子从龙泓寺而来。"

进入后院的方丈室，身穿大红袈裟的性空和尚从蒲团上站起来。几年不见，性空和尚看上去仍是精神饱满，眼光深邃有力。韦皋暗暗称奇，抱拳揖礼道：

"拜见性空师父。这凌云寺几起几落，如今大佛重新开凿，相信不久之后，凌云寺又会成一座恢宏壮丽的十方丛林。"

"韦大人请坐。凌云寺能有今日，实乃韦大人无量功德。"性空站起身来迎接韦皋，显出十分高兴的样子。永净沏好茶后退出门外。性空接着问："韦大人今日单独约见老衲，可有什么要事？"

"凌云山弥勒大佛既是凌云寺中的一尊佛，也是天下第一大佛，举世瞩目。此番开工续修非比寻常，故想向师父讨教一番。"

"韦大人想在任期内将大佛竣工？"

"正是。"韦皋欠了欠身，对性空的洞察力再次感到钦佩。他诚恳地说："西川节度使一职少则半年，多则不超过十年必被调换，这也是凌云山大佛迟迟不能竣工的原因之一。如今修到膝盖处，仅是整个佛像的一半，往后的困难很大，尤其是银钱的来源。"

性空说:"韦大人少有鸿鹄之志,以后凭着过人的勇力和才智,成为大唐西南的封疆大吏。如今,续修大佛乃天降大任,非人事所能及,故老衲奉劝韦大人,此后不要离开蜀地。"

"身为朝廷命官,留任调离之事由不得自己。"

"事在人为。何况蜀地本是韦大人的吉壤。"

韦皋看着性空,忽然感到这位老和尚身上有一股磁石般的力量。

"为什么?"

"韦大人只有在蜀地才会如虎归山、蛟龙入潭、如鱼得水。"

韦皋忍不住再次将性空上下打量一番,问道:"老师父还会相面?"

"佛门弟子从不占卜打卦,一切看因缘。"

"你看本使与凌云寺缘分如何?"韦皋半开玩笑半认真地问。

性空眼里掠过一丝难以捉摸的神色,欲说什么,却又没开口。

韦皋看出性空的顾忌,于是说:"老师父但说无妨,本使决不会怪罪于你。"

性空点点头,说:"皇上下诏修寺观与韦大人修凌云山大佛并不相同,但韦大人此举更利于社稷苍生,慈悲济世,造福百姓,和睦四邻,化敌为友,乃行菩萨之道。"

性空声音不大,但韦皋听上去字字如雷贯耳。虽然韦皋知道方丈室外是一座小院,院门外有人守候,并无闲杂人员进入,但身为皇上臣子,岂敢与天子相提并论,心中顾忌,因此没敢接腔。性空看韦皋没说话,猜想他定是为难,便掉转话题,指着桌上的茶杯说:"韦大人请喝茶。"

韦皋喝了一口,说:"师父请往下讲!"

性空说:"恕老衲言语冒昧,皇上兴佛造像除祈求国泰民安外,更是想找到自己的生母。皇上的生母沈氏原居洛阳宫中,安禄山叛军攻陷城池时下落不明,当时皇上仅十四岁。皇上登基之后一直四方寻找母亲,以至不断有人前来冒名顶替,皇上虽知道都是假的,但从不降罪惩罚,可见寻母心切。"

"想不到性空法师虽处江湖之远,却能时刻揣摩到圣意。"韦皋说。

性空却将话锋一转,说:"据老衲所知,韦大人从小便留心经邦济世的学问,几经蹉跎,终于崭露头角。不过此番入蜀地才算真正有了用武之地,可以独处机宜,专擅一方,成就铁血男儿伟业。兴佛造像是大人伟业中的一部分,不但可以支撑大人的事业,还可以两全其美。"

"老师父此话是何意?"

"其一,蜀地乃大唐西南边陲,天高皇帝远,民间诸鬼神祭祀普遍,杂乱无绪，难以治理。而佛教乃是天竺文明之结晶，对天地之洞察，生命之求索，人性之反省，无不闪烁智慧之光。佛教认为天地万物都由心力和业力造就，世间万物皆处在无常变迁之中，佛教之宗旨就是让人通过学佛脱离生死轮回的苦海，到达涅槃寂静之彼岸。佛教自传入以来，又结合我东土文化进一步发扬光大，影响上至王公贵族，下至黎民百姓，因此尊崇三宝、弘传佛法是明智之举。佛提出一切众生皆平等，主张慈悲济世，舍己为人，救度众生。尤其是在四周戎狄遍布、民风野蛮强悍的蜀地，用佛教的教理、教义，再加之以朝廷律法约束众生最合时宜，定可使众生安居乐业，可令蜀地长治久安。

"其二，纵观本朝历史，皇上之所以频繁调动更换各地节度使，是担心他们拥兵自重，藩镇割据，酿成灾祸。韦大人志在兴佛造像，一心向佛，不存称霸之心，可免除皇上对大人的猜忌。"

韦皋明知性空所议皆为正理，却不动声色。停顿了一会儿，韦皋又转了一个话题，开口问道：

"老师父对二十多年前那批遭劫金锭的下落有何见教？"

"多年来寻找这批金锭的各色人物从未断过，但到头来都是枉费心机，竹篮打水一场空。"

韦皋叹道："是啊，能将库银劫走，定是熟知内情并经过周密谋划。我只是奇怪，这批金锭为何如泥牛入海，没一点消息？莫非劫金锭的人都同时遭遇意外，命丧黄泉？"

性空没搭腔，韦皋自言自语道："倘若能找到这批金锭，大佛也就能早日竣工。"

"阿弥陀佛，善哉！"性空说了一句，抬起头看着韦皋又说，"老衲早望如此，这叫物归原主。记得金锭失踪的当晚，平羌驿发生了地震。"

"地震？怎么没见邸报上有记载？"韦皋这才想起多温泉的地方通常也多地震。

"当时震动不大，未伤一人，只是平羌驿外的水塘陷落成一大片沼泽。"

"哦。"韦皋不由抬起身子向前倾，心中突然有所触动。

正在这时，忽听附近传来一声细微的响动，韦皋警觉地站起来，性空淡然一笑，说道：

"韦大人既一心修凿大佛，必能得到佛祖的保佑，完成旷世伟业。"

韦皋却转过话题说："我今日拜访师父，还有一层意思，是想弄清海通和尚所绘图中那些符号之义。"边说边从袖中取出一叠纸，小心展开。韦皋

指着图说:"另外,我还准备在大佛脚底巨大的莲花台完成后,在大佛外面建一座高三百六十尺的十三层楼阁,将整座佛像罩在其中,以免天长日久为风雨侵蚀受损。同时还要在大佛脚下左右两侧崖上凿两尊五丈高的护法神。"

性空仔细将图看了一遍,不禁面露喜色,赞叹道:"韦大人如维摩诘再世,真是功德无量!"

韦皋说:"此行我打算仍住凌云寺。"

性空开心一笑,说:"老衲求之不得,只是寺内太过简陋拥挤。"

"无妨,无妨。"

两人你一言我一语说起来。

此时,一个人正鬼鬼祟祟伏在房梁上,倾耳细听,注视着下面的一举一动。此人脸上遮着黑色的面纱,露在外面的两只眼睛透出尖利冷峻的目光。

第四十七章

韦皋坐镇凌云寺督修大佛，已有一段日子了。

凿建大佛进展虽速，但所需费用极大，韦皋已有捉襟见肘之感。

韦仁、陆勇、康振本三人，十日前按韦皋的吩咐，分头外出暗中打听金锭的下落。韦皋朝思暮想，只想找到这批金锭，这不但能破了这桩惊动朝野的陈年大案，而且也让续修大佛的费用有了着落。今天，是三人回来禀报的最后日期。

上午，韦仁、康振本二人分别返回，一无所获。只是康振本探得有人在龙游看到从县衙大牢越狱的潘素梅。

下午，成都府衙信差来报，南诏王撤走大批驻扎在蜀地边境的屯兵，并再次派出使臣前来蜀地。于是，韦皋坐到桌前，给皇上写了一份奏折，建议联合回纥、南诏三面攻打吐蕃。

写完奏折，时已黄昏，韦皋见陆勇仍未回来，心里突然升起一种不祥的预感，立即放下手里的文稿，叫上韦仁、康振本，说下山看看。

三人出了凌云寺山门，沿石径走下凌云山，一路上不见一个人影。山上盘龙虬枝的松树间，不时传来几声虫鸣，白天的喧闹淹没在一片苍茫的暮色中。行至山脚更是冷清。转过一个弯，韦仁手指着远方一个黑影，开口道：

"叔叔，你看前面远处有一个人。莫不是陆勇回来了？"

韦皋顺着看过去，果然见一个人骑着马从平羌驿方向的官道上疾驶过来。隔了一会儿，韦仁和康振本同时喊道：

"陆勇——"

对方"哎——"地应了一声，并快马加鞭。马匹越来越近，陆勇的身形清晰可辨，但就在这个时候，韦皋看见陆勇在马背上突然摇晃了一下，然后重重跌落下来。

"不好！"

韦皋一声惊叫。韦仁像风一样冲过去，见陆勇倒在地上，背心中了一箭。韦仁急忙扶起陆勇，只见他双目紧闭，呼吸微弱，口鼻流血。

"陆勇！陆勇！你怎么了？"韦仁大声呼唤。

韦皋俯下身子："陆勇——"

听到韦皋的声音，陆勇睁开眼睛，嘴角浮出一丝笑意，双唇张了几下，艰难地吐出几个字：

"金锭还在……"

韦皋大惊，忙凑近一些，急切地问："打听到下落了？"

陆勇十分吃力地点了点头。

"在哪里？"

陆勇一挺身子，挣扎着想说出来，可张开口仅含糊地说出："平羌……水……"头一歪，喉头"咯咯"了几声，便晕了过去。

韦皋大惊，忙命韦仁背上陆勇返回凌云寺。

凌云寺后院，性空的禅房内。

烛光下，陆勇的一张脸已呈乌紫色。性空法师闻讯急匆匆赶来，抬眼一看，尚未搭脉便惊讶道：

"不好，他中了扁头王蛇毒！"

"快救救他！"韦皋焦急地恳求道。

性空摇一摇头，面露悲戚之色。

康振本抓住性空的手，失声道："老师父，求你！求求你！想法救救他！"

性空只是摇头，双手合十，口称阿弥陀佛。

韦皋说："师父，你不是有解蛇毒的药吗？"

性空说："有，但解不了他中的毒。"

韦仁一抹眼泪，问："为何解不了？"

性空无奈地说："老衲的药仅能解本地烙头铁之类毒蛇之小毒，可是这位兄弟中了毒蛇之王的毒。此蛇生于南方密林深处，其头扁大，当地人称扁头王，专爱捕食其他毒蛇、毒蝎等毒物，因此毒上加毒，乃大毒。凡为此蛇所咬，五步之内必会毙命，不但全身皮肤发黑，连骨头也会变色，汉地任何解药都无济于事。"

"啊！"韦仁、康振本同时惊叫道。

韦皋问："哪里能找到解药？"

"老衲听说南边丛林中有个蛮族部落的巫师手中有解药。因为巫师能下咒将扁头王蛇蛊惑昏迷，从蛇口中取毒液，加入不同的草药制成毒药和解药，其方法十分隐秘怪诞，外人无从得知仿制。据说巫师每天晚上要给捕蛇人服食一丁点蛇毒，第二天早上将那人的第一泡尿收集起来，用来做解药的药引。当地部落的人若被扁头王蛇咬，要当即断臂切腿再服解药才能保住性命。此毒见血封喉，极是利害。阿弥陀佛！"说罢不停捻动手中的佛珠。

烛光下，陆勇面呈黑色，没了呼吸。韦皋摸着陆勇渐渐变冷的手，忍不住流下两行热泪。韦皋万分懊悔，怨自己太过大意，派三人单独出行探访。他也只是怀疑，并未能确信这已失踪近二十年的金锭仍在龙游！陆勇终于探得这个秘密，却遭人暗算。

陆勇跟随韦皋多年，二人情义非同一般。眼睁睁地看着陆勇遭歹人暗算，韦皋心中除悲伤和苦涩外，更有一种被人戏弄、挑衅而产生的屈辱和愤怒。

韦仁紧紧捏着从陆勇背上取下的箭，流泪咬牙起誓："陆勇大哥，我定要亲手抓住害你的歹徒！！"

康振本抹着眼泪说："陆勇是为修大佛而死的呀！"

性空正打算去取一些白布和香烛过来，韦皋突然开口道：

"暂时不要将陆勇已死的消息告诉任何人。"

韦仁、康振本和性空大感不解，望着韦皋。

韦皋低声说："性空法师，劳烦你弄一些解毒的草药，并唤上几位师父帮忙煎上，就说一位军官中蛇毒昏迷不醒，急需救治。康振本去厨房张罗熬粥、烧水。总而言之，既不故意张扬，又要把陆勇受伤但依然活着的消息传出去。"

"这是为何？"韦仁疑惑不解地问道。

"今晚定有不速之客来访，此人必是杀害陆勇的凶手。他怕陆勇没死，因此会铤而走险，前来探虚实。你二人速去布置一番，务必将此贼拿下。"

众人心领神会，离开厢房。

时至夜半，月黑风高，万籁俱寂。

厢房内，韦皋从桌上拿过害死陆勇的那支箭细细端详。这是一支看上去寻常普通的箭，约三尺长，箭杆油了黑漆，箭尾扎了三根灰白色的硬翎。铁镞头十分尖利，如燕尾般岔开两翼，翼上有倒钩，钩上沾有血迹，铁镞尖在烛光下闪着幽幽的寒光。

韦皋因为悲愤而感到心烦意乱，慢慢站起身来向窗边走去，用手推开窗户，黑夜如漆，周围死一般的寂静。韦皋深深呼吸了几口新鲜湿润的空气，心情稍稍平静，苦苦思索了一阵，又随手关上窗户，嘴里轻声反复默念陆勇死前说的最后一句话：

"平羌……水，平羌……水，水……水……"

可是依旧不明此话的含意。最后转身点亮了几只蜡烛，将屋里照得通明，再俯身细看陆勇全身。陆勇此刻面容安详，衣服干净整洁。韦皋将手伸进陆勇怀里，触到一张纸片，取出一看，是平羌镇张记木器铺买棺材的付款凭据，心中十分诧异。他为何要买棺材？再看他的鞋子，鞋底鞋帮甚至连裤脚都沾有一些黑色的泥土，与其他地方土质有些不同。轻轻刮下一点凑到鼻孔前，淡淡的腥味中又带一点硫黄气味。他用纸将这些泥包起来，明白陆勇找到金锭下落必与此有关，推测追杀陆勇的人可能也在探听金锭的消息，不过还没得手，因怕陆勇将此秘密泄露出去，才急忙灭口。这个凶手是谁，一时难以查清，但无论如何须在凶手之前找到金锭，既为修大佛，也为让多年前的冤案大白于天下，还能抓到害陆勇的凶手。主意即定，韦皋吹灭了其他蜡烛。这时韦仁、康振本端着药罐、药碗过来，向韦皋禀报一番。韦皋听后"嗯"了两声，然后带上他们及随行护卫走出凌云寺山门。

禅房内插上了门闩，桌子上仅剩一支蜡烛还亮着，光线昏暗。陆勇躺在性空平日坐禅的木榻上，样子像睡着了一般。木榻前悬着一幅淡黄色的丝质帷幕，帷幕上绣着佛祖释迦牟尼在菩提树下觉悟得道的情景。一个年轻的士卒坐在靠门口的凳子上，因为抵挡不住困意，脑袋靠着墙睡着了，发出一阵阵均匀的鼾声。

禅房外一片漆黑，万籁俱寂。突然，一块小石头飞进院中，但四周仍不见有任何动静。隔了一会儿，后院转角处闪过一个黑影，一个人动作敏捷地靠近厢房，侧立在窗户边左右环顾。黑影身着紧身黑色衣裤，脸上裹着黑巾，仅露出两只眼睛。他用舌头轻轻将窗户纸舔开一个小孔，眼睛向内仔细打量一番，然后用一支细竹管往屋里吹进一些粉末。等了一会儿，他又从腰间拔出一柄匕首，伸进门缝里将门闩一点点拨开。

黑衣人举起匕首一步步向陆勇走去，正准备朝他的腹部猛插下去，突然感觉有异，眼角瞥见帷幕上出现了一个长长的黑影。黑衣人慌忙回头，只见韦皋威严地站在他的背后。

"想杀人灭口！"韦皋手按宝剑，厉声呵道。

黑衣人全身一颤，随即转身，恶狠狠地用匕首指向韦皋，韦皋鼻子里哼了一声，一击掌，顿时涌进十余个手持利剑的士卒。黑衣人怪叫一声，跳起来将匕首向韦皋刺去。韦皋挥剑一挡，匕首"当"的一声掉在地上。士卒蜂拥而上，擒住了黑衣人。

扯下面纱头巾，黑衣人竟是寺里的僧人如意！

"你这个佛门败类！"韦皋斥责道。

如意翻了翻白眼没吱声。

一个士卒从如意身上收出竹管、迷魂药粉、刀子等器物，一一放在桌上。

韦皋厉声问道："说！你为何要杀陆勇？"

如意仍不开口，韦皋使了个眼色，四个高大的士卒立即将他按倒在地上，一阵拳打脚踢，如意尖声惨叫。韦皋冷眼旁观，好一会儿才挥手让士卒住手，说：

"你说不说？再不说，你可要吃大苦了。他们会对你千刀万剐，直到你断气为止！你犯了谋杀罪，就要这样对付你这种恶棍。如果你眼下讲出来，我会给你一个痛快的死法。"

如意的头慢慢垂下，半晌叹道：

"我怕他把金锭的下落告诉你。"

"你知道金锭的下落？"

如意点点头，但马上又摇头："我父亲知道。没想到他竟将金锭的下落告诉一个不相干的外人。我问了他无数次，他都推说不知道，他至死也不肯告诉我！我气，我恨！"如意情绪激动，说话时声音有一些发抖。

韦皋问："你父亲叫什么名字？原居何处？做何营生？"

如意答："他叫黄乾坤，来龙游后改名叫黄乙，不过当地人都唤他黄半仙。"

韦皋脑海中记忆一闪，问道："他是当年押运金锭的士卒之一？"

如意答："是的。"

韦皋冷冷地说："他并没有儿子、妻子、女儿，他得了瘟疫死于牢中。"

如意摇头道："他并没死，我是他的养子，也是他的侄子。我养娘没生儿子，就从她哥哥的子女中过继了我，取名黄崧。

"当年押运金锭的人全被正法，养父因舅公花钱四处通关打点而判终身监禁。养父在牢里遇到一个行为怪异、深谙阴阳之道的老囚，一天，老囚来了兴致为养父相面，几句话让养父佩服得五体投地，便缠着拜他为师，学习阴阳之术。养父在牢里跟老囚学方术，像变了一个人似的。后来京城瘟疫流行，一时间阴风凄惨，鬼哭人怨，王公贵族和市井百姓都纷纷逃离，官府忙着封锁窨井，掘开新渠引水，隔绝染了瘟疫的病人。但运尸和焚尸的活因极易被传染而无人愿做，于是只得将牢里的重刑犯弄到死尸焚化场干活。很快，那里的犯人也相继染上瘟疫，先后进了焚尸炉。养父脑子灵活，不愿就此死去，于是装作染上瘟疫的样子，监视的人怕被传染，放松了警惕。于是他设法藏进收尸队拉尸体的车离开焚化场，终于逃了出来。他回到家时我养娘、姐姐都染瘟疫死了。他不敢在家里久留，怕被人发现抓回去，就对我说要出去躲一躲，并设法弄回一大笔钱。我问他如何弄到钱，他避而不谈，只是让我先在京城等候他，一有消息就告诉我。

"原来养父在牢里一直念念不忘金锭的事，离开京城后便赶往龙游。他以看风水的本事到杜祥发家落脚，算是半个奴才。最初杜祥发对他还算好，可到后来嫌他眼睛瞎了就把他赶出家门。"

黄崧停下来，擦了擦头上的汗水。

韦皋问："绑架杜祥发的人可是你？"

黄崧点点头。

韦皋似有所悟，但没有追问下去，却掉转话头，问道："你既得了一大笔银子，为何不带你养父离开龙游，反倒混入寺院当和尚？"

黄崧沉默了片刻，答："当养父得知我敲诈了杜祥发后大发雷霆，他怕杜祥发到官府告发我，催我赶紧离开龙游远走高飞。我想来想去，脑袋一热，就跟别人去吐蕃做生意。在那里我认识了一个叫登珠的吐蕃贵族，他殷勤留我住下来，并帮我娶了一个美貌的吐蕃女子。我就这样跟了吐蕃人，成为吐蕃探子。之后，我以和尚的身份返回大唐，最后在龙游住下，打探蜀地的情报。养父不知我在吐蕃的事，见我剃度当了和尚，以为我改邪归正，十分高兴。一天，他心情好，多喝了几盅酒，趁着酒兴告诉我他发现多年前平羌驿遭劫的金锭仍在，他曾到埋金锭的地方看过。我大吃一惊，再细问，养父又前言不搭后语，东扯西拉。我以为他喝醉了说胡话，并没往心里去。后来回吐蕃与登珠见面，无意间提到此事，不想登珠先是吃惊，接下来一字一句反复细问，认定养父说的是实话，并非胡编乱造。原来他们也一直在寻找这批金锭！只因久无收获而逐渐淡忘。如今见韦大人在蜀地兵强马壮，又合纵连横，全力对付吐蕃，不由心生恐慌。登珠要我不惜代价从养父口中套出具体地点，夺取金锭，并暗示要以我三个儿子做人质，不成功便成仁，不能让韦大人得到一厘一毫。我返回龙游追问养父，他却装糊涂，推说什么都不知道。情急之下，我只得说出在吐蕃的事情，不料他气得暴跳如雷，大骂我是孽障、败类，为虎作伥，从此以后不再理我，不久干脆搬到平羌驿水泽边的破草棚里，不与任何人往来。我多次前去求他，他都推说是酒后胡言乱语。昨天登珠到了龙游，我只得再去求养父。不料养父一反常态，语言强硬地让我不要再枉费心机,因为他已将藏金锭的地点告诉了韦大人的扈从陆勇,这笔钱将用于修建凌云山大佛。我气坏了,也十分恐惧,登珠若知道这一切,必定会使出扒皮、抽筋、割舌头等种种酷刑,登珠是一个翻脸不认人的恶人!我与养父争吵起来,又急又怒之下,忍不住捅了他一刀,然后心急火燎地上路追赶陆勇。快到凌云山时,看到你们来找他,因怕他说出秘密,我便放了一支毒箭。回到凌云寺我听说他没死,于是就冒险前来……"

"孽障!"韦皋气恼地骂了一句,又问:"登珠现居何处?"

黄崧迟疑了一下答道:"城里顺风客栈。"

韦皋冷笑一声,问道:"再问你一件事,潘素梅是你劫出县衙大牢的吗?"

黄崧尖叫道:"不。我知道她也在寻找金锭的下落,所以曾跟踪盯梢。"

韦皋睨了他一眼,侧头低声吩咐韦仁:"你立即着人到顺风客栈将登珠拘了,然后把这几个人都请到。"韦皋说罢,从袖中掏出一张纸片,上面写着一串名字。

黄崧正胡思乱想,忽听韦皋大声说:"黄崧,杜宝山是怎么死的?"

黄崧一愣,颓然低下头。

第四十八章

夜深人静，董氏的宅院里笼罩着雾霭，透过暗淡的月光，可隐隐看到院中的花草树木，房屋凉亭格局依旧。自从血光之灾后，院中总弥漫着一股阴森森的恐怖气息，尤其是夜晚。

客厅内门窗紧闭，窗户上还拉着窗帘。董氏正手忙脚乱为杜祥仲清洗包扎脚上的伤口，铜盆里的水被染成红色。杜祥仲屈腿坐在垫席上，痛得龇牙咧嘴，嘴里咝咝地倒抽冷气。他忽然忍不住叫出声来：

"哎哟，痛死我了！"

董氏停下手来，问："你打探到没有？"

杜祥仲一咧嘴说："轻点，差一点我就没命了！"

董氏倒抽一口冷气，瞪大眼睛问："那个狐狸精是不是躲在娘家？"

杜祥仲没回答，反而一脸阴沉地问："你猜我今天看到谁了？"

"谁？"

"黄半仙。"

董氏眼里露出一丝不屑，说："这有何稀罕？"

杜祥仲问："当初大哥为何赶他走？"

"你大哥觉得他行事诡秘，到杜家似乎另有所图。比如他的眼睛明明能看见，却要装盲，最后真成了瞎子。你问这个干什么？"

"我万万想不到，这老不死的居然知道金锭的下落！"

"啊！"董氏惊得险些碰翻手边的铜盆，声音变得有些颤抖，问："如此说来，你知道金锭藏在哪里了？"

"不知道。"杜祥仲泄气地答。

"那你如何晓得他知道呢？"

"他就是因为不肯说出藏金的地方，刚被一个神秘的蒙面男人杀了！"

"啊！"

"想不到黄半仙守着一座金山，竟过乞丐般的穷困日子！他不知是哪根筋出了错，苦熬了半辈子没享到半天福，到头来却把藏金的地点告诉……那个叫陆勇的军官。"杜祥仲有点语无伦次。

"到底怎么一回事？你把我弄糊涂了，说清楚一点！"董氏声音里既有恐慌，又有兴奋，催促杜祥仲快说。

于是杜祥仲说起了事情的经过。

原来董氏听说有人在平羌镇看到了潘素梅，便叫杜祥仲去打探。杜祥仲到镇上转了半天也没打听到什么名堂，歪脑子一转，便冒充官府的捕快到潘家去纠缠。于氏不辨真伪，吓得打躬作揖赔小心。杜祥仲愈发起劲要冲进屋去查看，并扬言若不交出女儿，就要将潘青抓起来充军边塞。于氏跪在地上连连求饶，并拿出家中仅有的五两银子，才将杜祥仲打发走。

从潘家出来，杜祥仲正在得意，却突然看见韦皋的随从陆勇一身便服在张记木器铺里看棺材。杜祥仲心中诧异，一个年轻军官怎会对棺材有兴致？便悄悄靠近偷听。听了一会儿，终于听了个大概，原来陆勇要选一副上好的寿材送人。杜祥仲更觉怪异，陆勇一个外乡人，在平羌镇无家无室，无亲无戚，怎么会选寿材送人？其中必有不寻常的关系！一会儿见陆勇从铺子里出来，便远远跟在后面，想弄清到底是怎么回事。陆勇过闹市，穿陋巷，大步流星向东走，不久便到镇外山脚下。那里靠近水泽，一派萧条凄凉的景象，四周不见一个人影，唯有林子里鸟儿不时飞过。再走一会儿，看见树林后有一间树枝搭起的破茅棚，茅棚顶上长满了野草，门外乱糟糟地扔满垃圾，像是游民、乞丐之类人物歇宿之地。陆勇敲了敲紧闭的破柴门，半晌才见一个衣衫褴褛、半人半鬼的瞎老头开门出来。杜祥仲明白原来棺材是为这个乞丐老头买的。老头弯腰驼背，满脸皱纹，老得像一块风干的陈年腊肉，似乎风一吹就会倒。杜祥仲正在思忖姓陆的为何对这个乞丐老头发慈悲，突然觉得老头有一点面熟，再仔细一看，惊得浑身打了一个激灵。原来那老头竟是当年住在杜家的黄半仙！杜祥仲内心疑窦丛生，顿时生起十二分的警惕，于是猫着腰轻手轻脚走到茅棚后面，贴着墙根听他们两人在说什么。哪知只听到黄半仙不断催促陆勇快走，姓陆的似乎也很着急，说了一句"你多保重，我会尽快回来！"就离开了。杜祥仲起身正打算要走，忽听林子里传来窸窸窣窣又轻又快的脚步声，他以为陆勇又返回来了，只好赶紧退回去藏好。杜祥仲伏在地上不敢动。一会儿，茅棚里传来一个陌生人凶狠的声音：

"你把金锭的下落告诉那人了？"

犹如晴天霹雳，杜祥仲惊呆了，忙从缝隙中看去，见一个身穿黑衫，头戴草帽的男人揪住黄半仙的衣襟。那人以黑纱遮面，仅露出一双闪着寒光的利眼。

黄半仙并不惧怕，搪塞道："我早说过，不知道金锭在哪里！"

"胡扯，我看见那姓陆的满脸喜色跑出去，就知他从你口中探得金锭的下落！"

黄半仙闭口不语。黑衣汉子又威胁道：

"你到底说不说？"

"我不知道。"

"你这个老不死的东西，再不说，我就杀了你！"声音又急又怒，空气里弥漫着杀气。

半晌，黄半仙平静地答："我的棺材已经预备好了。"

"你——"

"你得不到金锭。"

那黑衣汉子大怒，"唰"的一声从腰间抽出匕首向黄半仙刺去，黄半仙并不躲闪，正心窝中刀，像一片枯树叶轻轻飘落下地，嗓子里发出微弱的声音：

"解……脱……了……"

"金锭！休想！"黑衣汉子恨恨地对黄半仙的身体踢了一脚，旋即走出茅屋，急急朝陆勇离开的方向追去。

听杜祥仲讲完，董氏惊出一身冷汗，半晌才问道："你没看清楚穿黑衣的人长什么样？"

"没有。"杜祥仲脸上的肌肉痉挛了一下，若有所思地说："不过，他的声音我却有些耳熟。当年大哥被绑，我背银子去赎人时，为首的绑匪说话就像是这个声音，他当时也是用黑纱遮面，仅露出两只眼睛。"

"这该死的瘟丧咋又来了？"

"你知道他是谁？"

"他是你大哥当年在京城结拜的小兄弟，唤黄崧。此人生得粗眉鼓眼，五短身材，是个天不怕地不怕的角色。他父亲是当年押运金锭的士卒之一，后来死在牢里。"

"看来他也是奔金锭而来。"

"你说金锭会不会藏在凌云寺？"

"凌云寺每个角落都被我找遍了，连悟性和尚的塔子我也揭开看了，除了一坛骨灰外啥都没有！"

董氏叹了一口气，没说话。

"当初到底是怎么回事？"杜祥仲口气中半是埋怨，半是怀疑。

董氏犹豫了片刻，终于缓缓开口道：

"当年，你大哥在户部当差。一天中午，他趁别人午饭的空隙，偷偷带着礼物去了杨宗灿大人的办公房，想求他照顾提携。因为杨大人午饭后总要在房里打一会儿盹，一般人知道他有这个习惯便不去打扰他。你大哥跨进门，有些心虚，正踯躅不前，左右张望，忽听外面传来一阵脚步声，吓得赶紧躲进书柜里。来人是与杨大人商量运金锭到龙游修凌云山大佛的，虽是极为保密，门外有人把守，但你大哥在柜中却从头至尾听得一清二楚。当晚他与黄崧喝酒时就悄悄告诉了他，黄崧兴奋地说：'发大财的机会到了！'你大哥当初还有些害怕，后来经不起黄崧的蛊惑，终于决定劫金锭，经过一番筹划，商定在平羌驿下手，说好事成之后黄崧得七成，你大哥得三成，以后各奔东西。于是黄崧仿做了两只一模一样的箱子，又带了四个道上兄弟从京城赶到平羌驿，事先在周围布置妥帖。那天，押运的人睡沉后，黄崧悄悄放了一把火，平羌驿内顿时一片混乱。突然，整个平羌驿山摇地动起来。那四个人趁乱调换了装金锭的箱子，并从后门溜走。火光中黄崧突然看见他养父，黄崧伸头张望，险些被人发现，只得迟走一步。黄崧伏在一个角落不敢妄动。事后，等他跑到水泽边草房要和你大哥碰头时，却发现房子倒了，金锭和另外四人全没了踪影。黄崧气得暴跳如雷，怀疑你大哥暗中做了手脚。其实你大哥真没有私吞，他的确不知道金锭的去向，真是哑巴吃黄连——有苦说不出。他二人就此翻脸闹僵，再无往来，也不知黄崧去了哪里。很多年后，黄崧又跑到龙游来纠缠你大哥，并敲诈了一大笔银子才离开。想不到如今他又来了！这个狗日的！"

杜祥仲半信半疑，忽又开口道："说不定他会追到家里来勒索。"

"这，如何是好？"

话音未落，忽听"哗"一声响，一个黑衣人破窗而入，寒光闪过，两把利剑分别指向杜祥仲和董氏的咽喉。杜祥仲吓得两腿一软，跪地求饶：

"好汉饶命，饶命！"

董氏看见杜祥仲一副窝囊相，忍不住在肚子里暗骂了一句："日脓包！"隔了一会，拿眼角偷瞟一下来人，不由大惊失色，喊道：

"啊！是你——"

杜祥仲听罢抬起头，见对面站的竟是一个年轻漂亮、身材颀长的女子。那女子横眉冷对，满脸杀气。杜祥仲不由战战兢兢地问道：

"你是——？"

董氏抢答道："她是潘素梅！"说罢，顿时来了劲，横眉怒斥道："狐狸精,你还我儿子!你平时装得一副老实样,却是个杀人不眨眼的恶魔!我与你往日无冤,今日无仇,你却死缠着我家不放。你说,你到底想干什么?啊?"

"哈——"年轻女子发出一阵令人毛骨悚然的冷笑,然后开口道:"你们不是想报官抓我吗?来呀!"

"你为啥要害我儿子?"

"血债血还。你男人害死我父亲一家六口,逼我母亲四处流浪,你还欠我两条人命!"

董氏一愣,随即撒泼吼道:"你胡说八道,害了你家哪一个?"

"告诉你,我是杨宗灿的女儿!"

董氏惊得目瞪口呆,半晌开口问道:"你?潘素梅,你是杨宗灿的女儿?"

"你男人欠下了几十条人命,死几十回都不够!"

"胡扯!"

杜祥仲趁人不注意,悄悄抓起桌上锋利的剪刀向潘素梅脸上掷去。潘素梅头一偏,剪子"砰"一下钉在门上。她正要挥剑向杜祥仲刺去,忽听背后有人高喊:

"住手。"

刹那间,屋里一下子闯进七八个官军,为首的正是府衙的王校尉。年轻女子见势不妙,纵身一跃,飞出门外,欲夺路逃去。不料门外早有官军候着,五六个军士将她团团围住。众军士发声呐喊,将这女子拿下。

董氏冲上前高声道:"官爷,她是衙门里追捕的逃犯潘素梅!"

"我不是潘素梅。"女子昂起脖子冷冷地说。

董氏双目圆睁,吼道:"她撒谎!她想抵赖!"

王校尉打量了一眼被反剪双手的女子,问:"你不是潘素梅,那你是谁?"

"我是兰香。"

王校尉一怔,低声咕噜了一句:"简直像一个模子里出来的。"又高声命令:"统统带走!"

话分两头,王校尉的人马去董氏家时,韦仁带人直扑顺风客栈。顺风客栈靠近东津渡码头,虽是个并不气派的客栈,但因收费低廉,又允许客人在厨房里做食物,所以来龙游做生意的番客比较中意,久而久之,本地人便把顺风客栈看作番客聚集的场所。

韦仁翻过墙,进了大门便见一个木板结构的二层楼房,轻轻摸进门房,一把将值夜的伙计从床上抓起。睡意正浓的伙计吓得魂飞魄散,"啊——"刚要发声,就被韦仁铁扇般的大手卡住喉头,伙计两只眼睛里露出惊恐之色。

"别出声!我们是官府的人,奉命缉拿犯人。快说,登珠住在哪一个房间?"韦仁压低嗓子问道。

伙计定了定神,指了一下对面楼上的第一个窗户,正欲张口说话。韦仁顺手扯过床边一块抹脚巾,将伙计的嘴严严实实堵上,然后带人向楼梯走去。刚跨出两步,突然听有人高声尖叫道:

"有贼!快抓贼——"

院子里顿时一片喧哗,客人们光膀子赤脚拥到院子里,大呼小叫乱嚷嚷。韦仁抬头一看,客栈内外漆黑一片,并不见半个贼影。韦仁情知有异,忙一阵风似的冲上楼,飞起一脚将登珠的房门踢开,可里面已不见人影。韦仁摸一下枕席还有余温,遂返回楼道。黑暗中他听到前方有一阵轻微的脚步声,便追过去,突然被绊了一跤,赶忙爬起来又往前跑。这时韦仁感到迎面一股风来,忙侧身一闪,一团黑乎乎的东西擦身而过,身后一个士卒"咚"一声倒下。

韦仁躬身往前冲,刚至拐弯处,一个黑影腾空扑来,骑到他脖子上,顿时两人扭作一团厮打起来。对方力大无比,韦仁被压在下面没法使劲,脖子被扼得透不过气。好一阵才挣扎着抽回手,屈腿从腿肚内抽出一柄匕首,朝对方背上奋力一刺。只听"啊——"一声,扼住韦仁的手松开,那人倒在地上。韦仁赶紧起身,一边揉脖子,一边朝那人踢了一脚,吩咐手下:

"快点灯!"

此时,士卒已用火绒盒在院内点燃几盏油灯,又提了一只灯笼上来。韦仁借着灯光一看,不由大吃一惊,失声叫道:

"是你?罗布!"

罗布慢慢睁开眼睛,惊讶地望着韦仁,嗓眼里有气无力发出一声:

"兄弟……"

韦仁将他扶起靠在墙上,紧锁眉头问:"你的主子叫什么?"

罗布吃力地答:"登珠……"

韦仁一拍大腿,气呼呼地问:"他人呢?"

罗布答道:"他喊有贼,我就冲过来帮打,他往后面去了……"

韦仁忍不住骂:"这个老狐狸!混账!他是个奸细,恶棍!"

"你——"

"你还蒙在鼓里,他是个坏人!你快说,他在成都见过哪些人?"

罗布一脸惊诧,正要张口说话,忽然远处一柄利刃飞来,刺中罗布颈部。"啊——"罗布惨叫一声,鲜血顺着颈窝往下淌。罗布艰难地转过头,瞪大惊异的双眼往远处看,脸上露出一丝苦涩和凄凉。

韦仁一跺脚大喊:"抓住他——"说罢赶紧扯下内衣给罗布包扎伤口。罗布抓着韦仁的手挣扎着说:

"兄弟,贞儿……她……"

话未落音,罗布的手渐渐无力松开,最后一歪脖子,睁大两眼没了气。

韦仁命人将掌柜传来。掌柜东扯西拉,一问三不知。过了一阵,两个士卒神色沮丧地返回来。

"人呢?"韦仁急问。

两人哭丧着脸说:

"小的追过去就不见了人影。"

"这厮好像遁地了一般。"

韦仁气得大骂道:"混账!"

第四十九章

天色大亮，韦皋与陈兴德、韦仁率一队衙役，押了黄崧、兰香、董氏、杜祥仲一路朝平羌驿逶迤而去。另有两名衙役又奉命分头雇了马，请性空、彭伯年一同前往。

康振本昨夜便带了两个人到平羌驿水泽边黄半仙的茅屋。平羌驿胖驿长、里正伍运辉、潘青夫妇、棠香坊吕班主等人都站在一边。康振本见韦皋到达，忙上前禀报道：

"韦大人，小的搜查茅屋时，在一只破瓦罐中发现留给大人的信。"

韦皋接过一看，是用木炭写在一张黄草纸上的，字迹零乱难辨。

韦大人：

自知死期已近，有一事坦言相告。小人乃当年押运金锭军士之一，金锭失踪是人祸及天灾所致。小人在龙游寻觅多年，终于弄清原来地震时窃贼及金锭全部陷入平羌驿后水泽。故世人不知所终，枉费心机，竹篮打水。韦大人见信即可前去捞起，地点便在当年草房塌陷位置。

留此信唯防不肖之子杀人灭口，助纣为虐，祸起萧墙。愿大人早日竣工大佛，让小人来世得福。

黄乾坤绝笔

韦皋读罢，心中暗暗感叹一番，当即吩咐陈兴德派人去镇上取棺材，买布料、香烛，厚葬黄乾坤。然后，韦皋用目光将众人扫过一遍，说：

"失踪多年的金锭找到了，这么多年来，它一直藏在这水泽一角，如今当重见天日。"

董氏、杜祥仲面面相觑，心中如十五个吊桶打水——七上八下。黄崧面如死灰，神志昏眩。兰香冷如冰霜，泰然处之。其余人心中乱作一团，不知如何是好。连护卫和州府的衙役们也一起惊讶地望着韦皋，只望他尽快挖出金锭。

韦皋向康振本使了个眼色，康振本将里正伍运辉传到面前。

"你把我们带到当年地震下陷的草房处。"韦皋命令道。

伍运辉有些丈二和尚摸不着头脑,但又不敢张口问,只得领着韦皋一干人小心翼翼地在杂草树丛间择路而行,不一会儿便来到一片潮湿的开阔地,再往前便是水泽。伍运辉用手指着前方说:

"当年那里便有几间废弃破草房,地震时倒塌,如今连影子也看不到了。"

韦皋向前走了几步,靴子在烂泥里发里"咕叽、咕叽"的声音。他左右仔细看了看,然后走回来对陈兴德说:

"先在湿地上垫木板,免得陷下去,然后用沙袋把这一圈围起来,把里面的稀泥往外掏。"

衙役们领命而去,按韦皋的要求分头干起来。这时韦皋转过身对陈兴德、胖驿长、伍运辉、董氏、杜祥仲、黄崧、兰香、潘青夫妇等人说道:

"当年要运金锭到龙游之事,被宫里一个名叫卢保的太监探知,他便是黄崧的舅公。但卢保并不知道户部如何押运,于是让黄崧给杜祥发一笔重金,让他设法打探内情。杜祥发暗中窥守,终于打听到运金锭的具体安排和时间,并告诉了黄崧。"

董氏发出一声尖叫,脸色顿时一片惨白,低着头,半响不敢出气。

"两人秘密筹划了劫取金锭的阴谋。黄崧带四个人事先赶到平羌驿,并四处察看进退路线。李永年到达后,黄崧开始行动,先在茶水里加入蒙汗药,尔后待众人熟睡时悄悄放了一把火,并趁乱调换了装金锭的两只木箱。那四个抬着箱子的人先走,黄崧迟走一步,待要离开时,偏巧发生了地震。等到达事先约定碰头的草房时,只见房子塌了,四个抬箱子的人没了踪影。这一惊非同小可,黄崧在周围搜寻,没发现任何痕迹。于是疑心杜祥发做了手脚,回到长安找杜祥发理论。杜祥发也万分惊异,两人吵闹一阵但又不敢声张,因为朝廷正在查办此案相关人员,他们也怕被人发现。以后黄崧敢有恃无恐敲诈杜祥发,而杜祥发又不敢报官,就是因为有前一番狼狈为奸的勾连。

"事也凑巧,黄崧的养父黄乾坤九死一生从牢里逃了出来。他为寻金锭扮作风水先生混入杜祥发家,虽暗中寻找多年,但一直没发现金锭所在。直到眼睛失明,他才突然悟出什么,于是他按悟出的线索寻找,果然不出所料,他发现金锭仍在!他激动万分,欣喜若狂,多年梦寐以求的愿望终于要实现了!但他很快冷静下来,没动手取出金锭。一是他一个人无力捞起这两只沉重的箱子;二是他的养子黄崧变得更为顽劣,尤其是当他得知黄崧背叛大唐投靠吐蕃当奸细后更为寒心，所以一直把这个秘密埋在心中，没对任何人吐露半句。为了守住这个秘密，他收了设在龙神祠门口的课摊，不与任何人往来，最后干脆搬到荒僻的水泽边住下，怀着复杂的心情每天面对着这个巨大秘密。他一天比一天瘦，一天比一天憔悴，他被这个秘密折磨得近于崩溃。

"三天前，陆勇找到了黄乾坤。陆勇从黄乾坤简短的话语中发现了破绽，于是晓以大义。黄乾坤思前想后，自知来日不多，终于将秘密告诉了陆勇。哪知黄崧一直在暗中窥视养父，就在陆勇离开水泽返回凌云寺禀报时，他杀死了养父黄乾坤，然后骑马追赶陆勇，想从陆勇口中掏出藏金之处。快到凌云山时，黄崧发现了我们，他知道得不到金锭了，但又不甘心金锭落入我们手中，于是放毒箭射杀了陆勇。黄乾坤是个心思细密的人，担心陆勇遭遇不测，于是又给我留下一封信。他真称得上半仙，事前早有预料！"

说到此，韦皋停顿下来，站在左右的人一个个瞠目结舌。

这时只听韦仁在前方大声禀报道："韦大人，稀泥里有些尸骨残骸，下面好像还有两只箱子！"

韦皋一挥手："把它捞上来！"说罢向前走去。

不一会儿，便见两只沉重的大木箱被衙役们小心拖上来，上面全是污黑的稀泥，泥水顺着箱角不断往下滴，夹着硫黄气的腐腥味阵阵传来。

韦仁小心撬开箱子，只见一摞摞金锭放在其中，用手抹去污秽，金光闪耀，光彩夺目。在场的人惊得目瞪口呆，发出一阵啧啧之声。

"想不到金锭就在眼皮子下面！"

"真是人算不如天算啰。"

"父亲，你的冤情终于可以洗清了！"兰香轻声说罢，泣不成声，眼泪如断了线的珠子，簌簌落下。

韦皋转过头，劈头问道："兰香，娶亲那天是你冒充潘素梅去的杜宝山家？"

兰香拭去泪水，毫不迟疑地承认："是的，也是我杀了他。"

"为什么？"

"为父报仇！"

"你知道按大唐刑律杀人者会受到如何处置？"

"知道。我活在世上只有一个目的：报仇！"兰香凛然回答。

韦皋还要往下问，忽听背后传来一声叫喊：

"韦大人息怒，此事与兰香无干。"

只见一个四十多岁的女尼急匆匆走上前来，对韦皋躬身合掌施礼，说道："请恕贫尼冒昧无礼。"

韦皋打量了一眼这个穿着朴素，但又不失气度的女尼，问道："你是何人？"

"贫尼乃明月庵的果愿。杜宝山是我杀的，与兰香无干。"

"不——"兰香刚说出一个字，果愿便大声打断："我不要你替我担罪名，我一人做事一人当。"

兰香眼泪汪汪地看了果愿一眼，争辩道："不是她，是我杀的，与她无干。"

果愿并不看兰香，对韦皋说："大人不要听她乱说，是我。"

"不，是我。"

"是我！"

韦仁不耐烦地阻止道："休得在此争吵！稀罕，我还没见哪个争着揽罪名的。"

韦皋沉吟了一会，对果愿说："当年户部杨宗灿与一名叫柳如芸的女子生了一对双胞胎。如此看来你就是柳如芸，双胞胎中一个是兰香，另一个应该是潘素梅。"

果愿没吱声，兰香却梗着脖子说："杀杜宝山是我一人干的，与她没关系。"

果愿说："韦大人别听她说，我就是柳如芸。虽与杨宗灿大人没有婚约，却胜似夫妻。不想杨大人被人害死在牢里……"说到此眼泪忍不住滚滚而下，停顿了一会儿又开口道："当时我已身怀六甲，为避杀身之祸，与兄弟柳如山逃出京城，隐居乡间。可是依旧不断有人追踪而来，我四处躲藏，在颠沛流离中生下两个女儿，取名一个叫碧玉，一个叫白玉。后来柳如山怕几人同行目标大，容易被人发现，于是提出分道而行。他带碧玉去了西北，投奔他朋友大魁。大魁是一个艺人，随一个名叫九重天的百戏班四处漂泊卖艺，为人仗义疏财。后来碧玉便拜大魁为师，学习百戏。

"我带白玉南下到龙游，因得了重病不得不把白玉放在明月庵门外，只望有好心人收养。我等了两天，终于遇到了好心的潘青夫妇。他们将她视为骨肉，悉心照料，关爱备至。"

韦皋问："你到明月庵出家其实是为找一个落脚点，目的是要打听金锭下落，因为明月庵位于平羌驿和凌云山之间，庙小僻静，不引人注目，监视搜索最是便利？"

果愿:"是,大人。杨大人死得惨啊!我落脚龙游就是想找到劫贼,为他洗清不白之冤。可是时间一天天流逝,劫贼杳无音讯,天长日久,并没减少我的仇恨,复仇之心愈发强烈。但碧玉不在我身边,白玉又胆小老实,我虽常与她见面,但从没给她讲过身世,只希望她俩都能嫁个厚道人,过上平静安稳的日子。没想到白玉却阴差阳错被杜宝山看上了,我心里虽一百个不愿意,又不好说穿。我一直在暗中注意杜家,疑心老爷之死与他有关,于是趁办喜酒之时,我便将杜宝山杀了!"

韦皋冷笑一声,问:"你固然可疑,但终究是个同谋协助的人。以你的年龄和体力岂能打死年轻力壮的杜宝山,更不可能将他背到麻浩崖墓里藏起来。真正的凶手是另外两个人——你兄弟柳如山和你女儿兰香。"

果愿大声争辩道:"老爷,不关他俩的事!是我,是我一个人干的!"

韦皋意味深长地看她一眼,缓缓说道:"天下只有母亲才心甘情愿为儿女顶罪,不惜一切,乃至生命。"

果愿哀求道:"大人——"

韦皋打断她的话头:"事情应是如此:你兄弟柳如山带碧玉,也就是兰香,在外浪迹了十七年,并将碧玉训育成一个身怀绝技的冷面杀手。于是他们按你的吩咐来到龙游,目标就是杜祥发家。因为你已打听到杨宗灿蒙冤遇害与杜祥发有关,可是你没有证据,无法到官府告状。碧玉和柳如山到来,你便新设一计:打入杜家。为了不露痕迹,你让在九重天百戏班的碧玉扮成白玉设法接近杜宝山。杜宝山果然被碧玉迷得颠三倒四,逼母亲到潘青家提亲,欲娶白玉,也就是娶潘素梅为妻。潘素梅此时已知道自己的真实身份,为报父仇她也在所不辞,于是参与了你们的谋划。杜宝山娶亲当日,柳如山先潜入杜家,兰香扮作潘素梅坐轿子随后而至,你则守候在杜宅外。杜祥发的遗孀董氏邀请乌尤坝的乡邻来吃喜酒,婚事办得热热闹闹。你们的计划本来进行得很顺利,可是,没想到半途却出了意外,因为这其间又冒出另外一个人,此人便是黄崧。黄崧也一直在暗中注意杜家,目的也是为寻金锭,虽事隔多年,但他依旧不死心。婚礼那天他也混入杜家,当柳如山将杜宝山打昏,并换过衣服弄乱头发,假冒杜宝山跑出去投江后,惊疑不已的黄崧趁乱钻入新房。看见杜宝山倒在地上,他大吃一惊,方知发疯往外跑的是另一个人。在万分惊诧之中,他突然悟到自己无意闯入了另一场寻宝之战,不由兴奋万分。他开始在屋里翻箱倒柜,可就在此时,杜宝山突然醒了,并喊救命。于是黄崧急忙抓起桌上的花瓶猛击他脑袋,这一击要了杜宝山的命。

"黄崧杀了杜宝山正要往外跑,忽听外面传来一阵脚步声,忙躲到床下,看见柳如山返回新房。柳如山没想到杜宝山竟然断了气息，心知有蹊跷，但又来不及多想，赶紧将杜宝山背出杜家。因担心在路上碰到人，只得暂将杜宝山的尸体藏于宅后那片树丛中，并用树枝茅草盖上，打算后半夜再背到另外的地方去埋了。

"不久，碧玉又返回新房，见杜宝山不在，以为是柳如山将其弄走了，正要松一口气，突然黄崧从床下钻出来，用刀威胁她说出金锭的下落。碧玉胆大，又是习武之人，咬定自己受人之托来此行事，并不知内情。黄崧软硬兼施均不见效，又怕其他人回来窥破机关，不敢久留，只好暂时离去。

"后半夜柳如山来到杜宅后的小树林，发现杜宝山的尸体不翼而飞，大吃一惊。左右寻找，仍不见踪影。你和柳如山、碧玉都被这个意外弄得茫然无措，惶惶不安。为了弄清事情缘由，又要避人耳目，碧玉便离开九重天戏班去了棠香坊。白玉这时才住进杜家，按你和碧玉的交代小心行事，观察动静。碧玉与白玉是双胞胎，十分相像，故瞒过了董氏和用人刘妈。但董氏察觉到两人神情不同，这就是她告状时所说潘素梅是狐狸精会变的缘由。

"黄崧离开杜家后，将杜宝山的尸体藏到麻浩的一个崖墓里，并想以此来讹诈白玉。因此，当他得知有人将白玉从大牢中救出后，不免心急火燎，铤而走险跑到潘青家去找人。劫出白玉的人是柳如山，他们曾在祝公祠停留一夜。白玉落下的银簪恰好被我捡到，这不能不说是天意。"

"大人，你说杜宝山最后是被黄崧杀的？"果愿忍不住插嘴问道。

"是。"

"那就是说柳如山和碧玉不会被判死罪？"果愿不由欣喜道。

韦皋不置可否，说："果愿，在你们的计谋中还有一个人在暗中协助。他便是魏成义，也就是大魁。"

果愿低头默认。

韦皋问："白玉现居何处？"

果愿迟疑一下，答："就在明月庵。"

在场的人乃大梦初醒，一个个呆若木鸡，半晌吐不出话来。董氏更是脸色苍白，神色迷惘，欲哭无泪。

韦皋意味深长地说："杜董氏，杜祥仲，今日一幕，总该有些感慨吧！佛家讲因果报应，这件事的结局不令人深思么？"

董氏、杜祥仲慌忙跪下，捣蒜般连磕几个头。

韦皋并不理会，转过身对彭伯年说："彭员外，今日本使请你来正是有一桩事请教，望老员外如实相告。"

彭伯年一脸正色，点了点头。

"彭员外定居乌尤坝，恐怕不是为贪恋龙游风光吧？"

彭伯年淡然一笑，说："韦大人果然睿智过人，老朽虽隐居乡间，也耳闻目睹，十分敬重。你说得不错，老朽来此并非贪恋风光，而是为查清金锭劫案的真相。老朽早已退仕，既非朝廷委派，也非私人恩怨，查案纯属个人行为，出于道义与责任。老朽一辈子爱钻牛角尖，凡事总要弄个水落石出方才心安。过去老朽曾参与查办金锭劫案，发现其中疑窦丛生，可尚未完结便被贬乡野，终是鞭长莫及、无能为力。人虽倒霉，心里却一直牵挂此案，故退仕后来到龙游，以了夙愿。不过，老朽无能，空耗多年心血，一无所获。今日之事算是开了眼界，佩服！佩服！"

说罢拱手向韦皋深深一鞠躬，面露愧色。

陈兴德见韦仁率士卒已将金锭装好，才慢慢踱到韦皋身后，轻声问："韦大人何时解开这些疑窦？又如何知道魏成义与他们有关？"

韦皋回眸看了陈兴德一眼，说："回头再与你细说。你先将今日之事详细备文，我立即禀报皇上。"

陈兴德点头应承，忍不住又道："我初到龙游上任，夜宿平羌驿的当晚，曾见一条人影在水泽附近一闪而过，可当时还以为看花了眼，如今才知是有人在寻金锭！真是踏破铁鞋无觅处，得来全不费工夫。"

韦皋并没回答，望着水泽感慨道："世人都知飞蛾扑火之理，可利令智昏，总有人要重蹈覆辙，自取灭亡。"

陈兴德一愣，半晌说不出话来。

第五十章

天色一黑，龙游夜市又喧哗热闹起来。

一顶小轿抬进了天一家酒楼后院。

轿子刚进酒楼，眼疾嘴快的伙计绽开笑脸，扯起嗓子唱了个肥喏："客官请，雅座——"

伙计还想接着吆喝，一个管家模样的男人忙出来阻止，躬身对下轿的人说：

"陈大管家，我家老爷在楼上等你，请！"

来人是陈兴德的管家陈自礼，迎接他的是熊明伦的管家。

进后院再上到二楼，转弯跨入一间雅间，熊明伦忙起身相迎，满脸笑容说："陈管家，请，请！"

"熊掌柜，大家都是朋友，何必如此客套。"陈自礼一边说，一边在伙计端来的铜盆中洗手净面。

不一会儿工夫，七碟八盘摆了满满一桌子，陈自礼边吃边说："这天一家的白斩鸡的确美味无比，不知有何绝招，哪天让掌柜露点出来，我们也学一学。"

熊明伦肚里笑陈自礼没见识，嘴上却说："有了钱，这天下厨子都是你的，何须自己花工夫学？孔圣人说'劳心者治人，劳力者治于人'，陈管家是劳心者，治人用人是理所当然。"

陈自礼笑道："熊掌柜真会开玩笑，总让你破费实在不好意思。嗯，不知今日熊掌柜有何事？"

熊明伦说："啥事都没有，就是请你出来闲一闲，看你这段时间人都累瘦了。不知小少爷病好些了吗？"

陈自礼顿时黯然道："一点不见好转，老爷为此很忧虑。他担心小少爷的脑子被烧坏了，正愁他百年之后，小少爷谁来照顾。"

原来陈兴德纳海棠为妾后，得了一个白白胖胖的儿子，取名龙生，意在龙游得贵子。因讳皇室龙字，故名隆生。隆生聪明伶俐，活泼可爱。陈兴德中年得子，满心欢喜，加倍疼惜。可不想隆生十个月时受了凉，连连高烧好几天。而陈兴德当时正带了一班僚属及城内所有郎中在乡下忙于赈灾治病，安抚救治被暴雨洪水围困的百姓，得知这一消息却无暇顾及儿子。等他返回家时，隆生虽已退烧，但表情木讷，脖子软而无力，与往昔判若两人。面对海棠的埋怨，陈兴德无言以对，深深负疚，难受万分，随后四处求医问药，但收效甚微，故时常忧心忡忡，寝食难安。

熊明伦说："最近我访到峨眉山一位能治疑难杂症的高人。此人行为怪异，白日沉睡，黑夜在山里行走，与虫蛇虎狼为伴。食野果，饮山泉，行走如飞，即便是冰天雪地也是赤足单衣，精神抖擞。"

陈自礼顿时两眼放光，催促道："那你快请他来，老爷必定感激不尽。"

"可是……他要价很高，一服药十两银，说连吃三年必能痊愈。"

"天啊，这不是活抢人！皇上吃的药恐怕也值不了这个价，他想一锄头掘一座金山！"

"好货不便宜啊！何况他还不想挣这份钱，是我求祖宗告先人他才勉强答应。他说除了吃汤药外还要按摩、揉穴、针灸。所用之药必是现采，他亲手炮制，外加特别的药引。小少爷不是普通的病，这是起死回生！"

"我家老爷到哪儿去弄这么多钱？"陈自礼忽一下站起来，两只眼睛鼓得如铃铛，话音却低沉无力。

"办法是人想的嘛，不要着急。坐，坐下来边吃边商量。我是陈大人的朋友，能袖手旁观么？再说，钱可以挣嘛。"熊明伦起身，将陈自礼拉来坐下，扯开话题问道：

"陈大人这一向在忙啥？"

"还不是修大佛。最近韦大人回了成都，却隔三差五来信询问凌云山大佛的情形，我家老爷不敢有一丝怠慢，整天忙得团团转，连我这当管家的也跟着忙得脚不沾地。还是你这个大掌柜快活！又有钱，又自由，日子过得比我家老爷还滋润。还是做生意好啰！"陈自礼话语里带着一股牢骚。

如今熊明伦和陈自礼经常混在一起。陈自礼自到龙游认识熊明伦后，被熊明伦带着吃喝嫖赌样样都领略了，方知人生原来有如此多的乐趣，自是对熊明伦感激不尽。起初陈自礼怕被陈兴德责骂，凡事小心翼翼，躲躲藏藏，可后来见熊明伦赢得了陈兴德的好感，也就慢慢胆大起来。加上在陈自礼穿针引线之下，熊明伦不但自己，还召集其他商贾为凌云山大佛修凿捐了一大笔钱。不久，陈兴德便让熊明伦担任龙游商会会长，并默许陈自礼与熊明伦交往，为的是保持与商贾们的联系。于是陈自礼便时不时与熊明伦搅在一起，从中得了不少好处。

熊明伦夹了一块白斩鸡放在口中,边嚼边赞叹道:"这鸡肉又嫩又香!"

"是哦,世上怕再难找出比这更好吃的肉啰!"

"不过,我最近却找到一种比这更香的肉。只是贵得吓人。"

"总不至一两银子一盘吧?"

"一两银子?"熊明伦哈哈大笑,"老兄,一两银子连看都不行,别说吃!"

"我的妈呀!"陈自礼惊得张大嘴,"啥肉这般贵?总不至于是龙肝凤胆吧?"

熊明伦给陈自礼斟了一杯酒,眼里流露出淫荡的笑,凑过身子说:"离尘苑新来了两个胡姬。高鼻凹眼,蜂腰肥臀,肌肤如雪。最让人销魂的是一对大奶子,又圆又挺,走起路来一颤一抖,高耸得好像快撑破衣服。那奶子又嫩又白,乳头像樱桃一样圆溜溜、粉嘟嘟,一只便能装满一钵!"熊明伦微闭双目,连比带画,最后用手抚摸盛白斩鸡的钵,如醉了一般。

陈自礼呼吸急促起来。半晌,熊明伦睁开眼睛,拍着他的肩头说:"哪天我请你去领略一番,那滋味别提有多妙!如果你体力好,经得起搞整,我让她两个一起服侍你,保证让你从头发尖到脚跟儿通体舒坦,欲死欲仙。"

陈自礼瞠目结舌没说出话来。

熊明伦叹道:"人生苦短呀,花开堪折直须折哦!"摇头晃脑,竟冒出几句雅言。"听说过没有?男人是七摸、八看、九叹气。过了七十岁,再粉嫩的二八佳人,哪怕是皇帝也只能过手瘾、饱眼福、叹气而已!"

"总是让你破费。"陈自礼已被勾得想入非非,半晌才客气了一句。

熊明伦又给陈自礼夹了一箸肉,好像突然想起什么似的,看着陈自礼说:"陈管家,愚兄有件小事想请你帮帮忙。"

陈自礼问:"什么事?"

"对你来说,仅是小菜一碟。"

陈自礼知道熊明伦经常老鼠拉龟——大的在后头,于是停下筷子等下文。

熊明伦凑上前说:"听说陈大人订了十艘货船,要运一批稻米到成都?"

"确有此事。"

"请老兄帮我弄两艘。"

陈自礼瞪大眼睛说:"熊掌柜你真是吃根灯草,说得轻巧。这些船在给韦大人运送军粮!眼下西北边关唐军与吐蕃正打得紧。谁吃了熊心豹子胆,敢在其中揩油?"

"我没说占那十艘船，而是另外弄两艘，随运粮船一起走。"

"为什么要跟着一起走？你的盐平时不也是商船在运么？"

"兄弟，你们吃皇粮的哪里知道生意人的难处?！做盐生意的就更难了。一天到晚，无数双眼睛死盯着你，巴不得将你包中的钱掏空。远的不说，从龙游到成都一路上就有朝廷设的两处税关，过一关交一次税。你也知道盐税最重，丝、铜、茶、酒哪一行比得过？待货出手早去脱了一长截，还有啥赚头？过去我一路上洒点毛毛雨，倒也顺利通过，皆大欢喜。可如今韦皋整肃税关，增收盐税，派人四处查整，风头上谁也不敢通融，因此才求你帮忙。运军粮的船有官府文书，还有军士押运，是免税的货物，自然无人敢造次检查。唉，若不是韦大人指甲深，又是增加税额，又要捐资助修大佛，我也不想给你添麻烦。"

"韦大人增税一是征兵备战，二是为修大佛。"陈自礼知道韦皋是陈兴德的恩人，故忍不住为其辩白。

"那只是一小部分。韦大人为保住自己地位，月月都给皇上进奉。那些钱从何处来？他又生不出钱，还不是从我们身上刮下来的！投桃报李，礼尚往来，也该给我们一点回报嘛！"

"可是我怎好向老爷开口？这可是违法之事。"陈自礼为难道。

"你父子两代都为陈大人卖力，他能不给你这个面子？"

"这个……"

熊明伦说："我给你出一个主意：到时常家必定会拟定一份租船合约呈到府衙，你设法稍稍一改，在'拾'字后添一个'贰'字，不就成了'拾贰'艘了吗？陈大人会以为韦大人事先给常船主打过招呼，而常船主又以为是韦大人要增加船只，自不会有人质疑，不就顺理成章了么？"

陈自礼说："你开玩笑，这等大事岂同儿戏？我家老爷一向谨慎，生怕出纰漏。韦大人三令五申整肃吏治，查处贪赃枉法者。"

熊明伦说："查贪赃枉法是朝廷大政，并不妨碍你做个顺水人情。天地那么大，朝廷管得过来吗？况且这件事对陈大人来说只是举手之劳。我这个人钱财看得淡，情义重千斤。这些年但凡陈大人有何需要，我熊某都是鞍前马后，鞠躬尽瘁，不图回报，你说是不是？"

陈自礼知道陈大人欠熊明伦的情，不给回报说不过去，但表面上他仍不松口，只说："我试着给老爷说一说，但不能保证一定成。"

熊明伦立即说："你陈管家的本事我还不清楚？你放心，我熊某决不会亏待朋友，事成之后必有重谢！"

"兄弟间怎么说这些见外的话？"陈自礼嘴上推脱，心里就等这句话。他心里早算了一通账，这些年盐价一直在上涨，只要运出嘉州，平均每斗能卖三百多文乃至更多。常船主的货运船，小的能运五百石，大的能运一千石。一石为十斗，一斗五十斤。陈自礼脑子里飞快一转就算出结果，想到熊明伦通过自己轻易赚一大笔钱，便觉得自己得一点好处也是理所当然。心里有了底，舌头便灵活起来，半是调侃半是认真地说：

"熊掌柜的心思怕不只这一趟官船吧？如果我没猜错，你是在打那些往凌云山大佛工地运材料的船只的主意。"

"陈管家精明过人！不过我倒想问问，韦大人怎么会运那样多的楠木、香樟木到凌云山？"

"韦大人要在大佛像外造一幢十三层的楼阁，将整座佛像罩在其中，保护大佛不受风吹日晒，故源源不断从外地运来上等木材。"

"哦！"熊明伦满脸笑容，往陈自礼碟里夹了一大块清蒸江团，说："鄙人做事一向是吃水不忘挖井人。"

"熊掌柜够义气。"

"有钱大家赚嘛。"

"哈……"

两人正说得起劲，忽听前院传来一阵喧哗，其中夹杂着男人的哀求之声。熊明伦唤过管家询问，管家忙一路小跑到前厅打探。不一会儿，管家神色兴奋地回来禀报：

"老爷，一个外乡来的俊俏姑娘在前堂吃饭，三个泼皮无赖见她孤身一人，便上前调戏。也活该这三个无赖现世报，遇上这姑娘是只母老虎，一伸手将三个男人打翻在地，连连告饶。"

"有这等奇事？"一席话勾起了熊明伦的好奇心，忙邀陈自礼一同出去看一看。哪知陈自礼走到门口，又停下脚步改了主意：

"算了，我出去太惹眼，还是你独自去为好。"

熊明伦点点头走到大堂，只见一个身穿白底兰花布衫，下着蓝色百褶裙的年轻女子，正斜靠在门口的一张桌旁喝酒。一张俊脸黑里透红，朱唇皓齿，双目有神，鼻梁两侧有几颗浅色的雀斑。姑娘身体健壮结实，没有一般年轻女子的娇羞文静之态，浑身上下透着一股江湖豪侠之气。

"姑奶奶饶命……"一个面颊上印着清晰红指印的男人哀求道。

姑娘抬起头，打量了一下三个趴在地上呻吟的男人。

"以后再敢乱摸女人，把你们的爪子全斩下来！"姑娘一口气喝干壶中的酒，一跺脚，用响亮的嗓音斥道。

　　熊明伦生平从没见过如此豪迈、身手强悍而又不失天姿美色的女人，不由心中称奇。再从下到上仔细打量姑娘，见她手指关节强劲有力，一双沾满尘土的大足露出裙边，显然走了很远的路；脸上未施粉黛，头上没有佩饰，仅耳垂坠着两只黄色的蜜蜡珠耳坠；脖子右边一粒红痣。

　　天一家赵掌柜见姑娘暂时没有动手的意思，才小心翼翼从柜台后走出来打圆场，叫三个男子快快赔礼走人。三个男人狼狈不堪地起身求饶，一跛一瘸逃出酒店。食客们纷纷向姑娘投去惊叹的目光。

　　熊明伦见姑娘桌上仅有一大碗米饭，一碟素烧豆腐，便吩咐赵掌柜：

　　"给这位姑娘上一钵白斩鸡，一盘卤牛肉，一大壶酒，都记在我的账上。"

　　熊明伦走到姑娘跟前揖礼道："姑娘巾帼不让须眉，鄙人好生敬意！"

　　姑娘并不还礼，一边吃饭一边说："打三个小狼崽不算本事。"

　　熊明伦殷勤问道："不知姑娘尊姓大名？来自何方？"

　　姑娘停了停，却没回答。

　　熊明伦又说："姑娘孤身一人，不知是否需鄙人相助？"

　　姑娘仍未搭腔。赵掌柜见熊明伦面色有些尴尬，便在一边帮腔："姑娘，你遇到好人了！这位熊老爷是本城商会会长，家财万贯，乐善好施。"

　　姑娘几下扒光碗中的饭菜，站起来整了整衣裙，向熊明伦点头示礼，说：

　　"谢谢熊老爷，我姓牛，不需要帮助。"

　　熊明伦赶紧递上一张名刺："姑娘日后若有所需，可尽管来找我。"

　　姑娘再次称谢，说罢飘然走出酒楼门外。熊明伦目送姑娘走远，向赵掌柜问道：

　　"这姑娘从哪里来的？"

　　"兴许是从吐蕃来吧。小的见她衣袖藏有一柄吐蕃人佩带的短刀。她还向伙计打听去峨眉山的路。"

　　"去峨眉山？她还说了些什么？"

　　"小的听她打了那三个后，还愤愤地嘀咕了一句：老爷说得没错，'石头不能做枕头，汉人不能做朋友！'"

　　熊明伦若有所思，"嗯"了一声，自言自语道："吐蕃人哪有姓牛的？这分明是个汉姓。"

　　"可能是牛养得多。"

第五十章

361

最后的大佛

"胡扯。照你说养牛多就姓牛,那你白斩鸡卖得多就该姓鸡啰?"
"这——"
"这,这个鸡巴。"熊明伦说着伸出中指,做了一个市井痞子的动作。

第五十一章

维州城经过多年修筑，如今已按八卦之势建成一座碉楼林立，暗壕密布，易守难攻的堡垒之城。维州北端紧邻蜀地最西北端的一个州——松州。松州三面与吐蕃接壤，境内草原辽阔，雪峰入云，道路曲折。吐蕃、羌、汉、回鹘诸族杂居于此，是个多事之地，常年战乱不止。不久前松州被吐蕃占领，因此韦皋奉诏率两万大军北上，经过一番恶战，吐蕃军大败，仓皇撤出松州城，躲入蒲婆岭山中，不敢与唐军对抗。众将正欢呼雀跃时，不料韦皋却下令大军撤出松州，退到维州。

唐军大部队驻扎后，维州城一下变得拥挤狭窄，并且喧闹起来。韦皋仍将行辕设在城内最大的碉楼都督府内。

这天韦皋召刘辟、仇冕、董振、崔尧、高偶、路惟明、陈泊、邢珒、韦仁等十几位参将到客厅商议军事，参将在左右铺有狼皮的坐褟上坐下，韦皋自己则落座在中间铺有虎皮的位置上。墙上挂有用羊皮绘的地图，上面标注了好些符号。亲兵传过茶后，韦皋说道：

"大军撤出松州，诸位心存疑虑，想知道其中的缘由吧？"

说到此，韦皋略为一停，扫视了一下坐在左右的各位参将，问道：

"依各位看，吐蕃军撤出松州后会如何？"

仇冕皱着眉头最先站起来，行过礼，开口道：

"韦大人，末将跟随你南征北战多年，不是当面奉承，大人堪称当朝第一常胜将军！小仗且不去谈，就说与吐蕃著名的两场大战。一是贞元五年，你运筹帷幄、调兵遣将，派王有道与东蛮两林苴那时、勿邓梦冲等在巂州台登北谷作战，将吐蕃的青海、腊城两个节度使打得溃不成军，斩杀二千，投身崖下丧生不计其数，生擒首领四十五人，缴获牛羊一万余头。尤其是杀死吐蕃大将乞臧遮遮，听说这厮是尚结赞的私生子，凶悍无比，频为边患。自其死后，吐蕃人闻风丧胆，纷纷投降，几年之内，巂州收复。二是贞元九年，朝廷下令筑为吐蕃所毁的盐州城，该城是京城北边重要屏障，可它就处在吐蕃眼皮下面。吐蕃这等虎狼之辈，对盐州城久怀觊觎之心。还未开始筑城，吐蕃便集聚重兵准备攻打。韦大人为确保顺利筑城，当机立断，以攻为守,率兵出击吐蕃,接连攻破了峨和、通鹤、定廉、搏栖鸡、羊溪等城,令吐蕃疲于应对,四处奔命。盐州筑城顺利完工,圣上龙颜大悦,下诏嘉奖。这些年来大人所向披靡、战无不胜,可末将不明白大人为何要从松州后撤,将城池拱手相让?"

韦皋低头喝茶,并不回答。董振见状也忍不住开口道:

"韦大人,仇将军说得有理,对吐蕃不能心慈手软。诸羌各部落都睁大眼睛看着,谨防跟着起哄闹事。当年韦大人刚安抚好苴梦冲等几个部落首领,不想那苴梦冲转身又投靠了吐蕃,两头卖乖。最后大人在琵琶川将苴梦冲斩首示众,诸羌各部才纷纷归服,不敢作乱。此番我军往后撤退,会让敌人认为我方害怕胆怯,趁机进犯。"

已成为将领的韦仁插言道:"大人是不是担心吐蕃大元帅论莽热率援军前来交战?他不也是你的手下败将?!当年你火烧定廉城时,论莽热率大队人马前来救援,结果仍被你击溃,死伤数千,仓皇逃走。"

韦皋待各位参将说毕,意味深长地一笑,说:"兵不厌诈。我从松州撤到维州,是为了诱敌深入,然后截断后路合力猛打,将其彻底击溃!"

"韦大人,此话怎讲?"

韦皋说:"在此不妨先将自本朝建元以来吐蕃扰我大唐的罪责罗列一番。

"唐有天下以来,恢奄禹迹,舟车所至,莫不率俾。德渥泽优,宣声教化,彰王者之丕业。与吐蕃赞普代为婚姻,团结邻好,甥舅亲情绵延近二百年。两国早有边界盟约,相互遵守:泾州西至弹筝峡西口,陇州西至清水县,凤州西至同谷县,暨剑南西山大渡河东,为汉界。吐蕃守镇在兰、渭、原、会。西至临洮,东至成州,抵剑南西界磨些诸蛮,大渡水西南,为吐蕃界。

"可是后来,吐蕃并没守此盟约。本朝贞元二年八月,寇泾、陇、邠、宁数道。掠人畜,取禾稼,西境骚扰。贞元三年春,尚结赞攻陷盐州、夏州,并屯兵于鸣沙。后使诈请和,害马燧由此失兵权。贞元四年五月,吐蕃三万余骑犯边,分入泾、邠、宁、庆、麟等州。烧杀抢掠,人畜没者二三万。贞元五年我军收复寯州。贞元六年,吐蕃伙同回鹘攻陷我北庭都护府,并逼迫附近沙陀部六千余人归附吐蕃。贞元七年秋,北庭六万丁壮反抗吐蕃,结果大败,死伤大半。自此安西阻绝,不知存否。贞元八年四月,吐蕃寇灵州[①],掠人畜,攻陷水口城。贞元九年二月,皇上诏建盐州城。此城被

[①] 灵州,今宁夏吴忠市。

吐蕃毁后，塞外已无保障，灵武势隔，西逼鄜坊，情势危险。若不是皇上英明，诏各路军深讨吐蕃，以分其力，后果难料。贞元十二年九月，吐蕃寇庆州及华池县，杀伤无数。贞元十三年五月，吐蕃于剑山、马岭三处开路，进而逼近台登城。凡此种种，吐蕃连年侵扰我大唐，欲吞并之，狼性贪狠。

"我蜀地将士勇猛善战，十余年抗击吐蕃，无不屡建奇功，确如方才各位大将所说：吐蕃屡战屡败，我方屡战屡胜。但吐蕃并不善罢甘休，稍事喘息又故态萌发。本使入蜀以来恩威并用，合纵连横，不但与南诏修好，互通贸易，派兵助战，而且安抚诸生羌各部，使他们脱离吐蕃，重新归附我大唐。眼下，蜀地已牢牢控于我大唐股掌之中。吐蕃对此应是心知肚明，倘若此刻再举兵进攻大唐剑南道，必会重蹈覆辙，一败涂地。他们此次攻打松州看似大军压境，气势汹汹，细察却是雷声大雨点小，这其中必定有诈，另有图谋！表面上吐蕃主力是想在此拉开一场大仗，实则有诈，意在迷惑我方，牵制主力，尔后声东击西，出其不意。"

"那么，吐蕃军会从何处进攻呢？"韦仁忍不住问道。

"是呀，大人。吐蕃军该不会舍近求远，载辎重粮草长途跋涉，绕过蜀地边境进犯长安？"一直未开口的刘辟在一旁说道。刘辟出身士族，又是宏辞科进士，在蜀地十年累迁御史中丞、支度副使。

韦皋起身踱到地图前，沉吟片刻开口道：

"我已经嗅到大战前特有的气息！据探子来报，吐蕃前几月与波斯国东部阿巴斯等几个部落往来频繁，献以厚礼，图谋不轨，联合攻打我大唐。不过本官推测，吐蕃此次借兵十万，将改变进攻方向，放弃屡屡失利的蜀地，明修栈道，暗度陈仓，穿过松州边境向北方推进，突破灵州、朔州、鄜州①三地，直逼京城长安。"

诸位将领听了这番话，不由瞪大了眼睛，彼此望了望，又把目光转向韦皋。

韦皋又说："我大军驻扎在松州城守株待兔，乃下策；追着善骑射的吐蕃军打，乃中策；将他们弄得筋疲力尽再打，方为上策。故我大军不但要撤出松州，还将撤出维州，留下两座空城给他们。"

"如此一来，羌女、诃陵、南水、白狗、逋租、弱水、清远、咄霸西山八国酋长势必重新归附吐蕃，与我大唐为敌。"刘辟不无担忧地说道。

韦皋胸有成竹地说："不必多虑，他们本是唐初弱水西山六十八个羁縻

---

① 朔州，今山西朔州市。鄜州，今陕西富县。

州部族，乃头重脚轻根底浅的墙头草，随风起伏。待我平定了边患，他们自会老老实实归附我大唐。眼下我们暂且不管他们，一旦发现吐蕃军向北移动，我立即兵分十一路悄然向吐蕃腹地进攻，以迅雷不及掩耳之势，毁掉他们的后方老巢。进军路线我已思考妥当。一路：出三奇。二路：出龙溪、西门。三路：攻下维州。四路：占老翁城。五路：攻松州。六路：从灵关攻逋租部。七路：过大渡河入吐蕃界。八路：攻昆明诺。九路：扼雅州从和川路入吐蕃。十路：切断雅嶲路。十一路：据黎州攻嶲州外围。① 我军撤离松州、维州后，吐蕃很快将会占领此地，暂且不去管它。我们趁吐蕃大军长途远征、后方空虚，不断在它的肚子里四处出击，重拳猛打，然后再返攻维州、松州，拦腰将吐蕃至北方前线的给养及援军斩断。如此，将迫使打到北方的吐蕃军返回救援，于是我们尽可在维州与吐蕃大决战，将敌军从松州诱入我们设下的埋伏中，再将其一网打尽！"

"好！好！"

"韦大人出奇制胜！"

众人正谈得起劲，忽然一个亲兵进来禀报：

"禀报韦大人，小的已将顾掌柜带到门外。"

"把他带到前院！"韦皋立即阴下脸来。

须臾，一个干瘦的男人一路小跑，从大门口迈上台阶，望着站在高处石台上的韦皋，点头哈腰，满脸赔笑，拱手施礼道：

"给韦大人请安！"

顾掌柜叫顾洪鑫，是维州城最大商行洪鑫贸易行的老板，生意遍及剑南西北，经常往来于诸羌部落及成都之间，经营皮毛、药材、盐、茶、绸缎、布匹等多种货物，为人甚是精明圆滑，唐军大部队到达后，很快与部队军需官混得稔熟，帮他们采购各类物件，颇为周到。为此，他曾得到过韦皋的称赞，也得了更多的赚钱机遇。今天见官军来请，还以为又有什么好事，一路上在肚中打着如意算盘。

韦皋冷笑一声："顾掌柜生意很兴隆哦！"

顾掌柜一看韦皋表情有异，几位参将表情严肃，气氛紧张。脑子一转，小心翼翼地答道："托韦大人的福。只是远途贩运损耗太大，获利甚微。"

"你最近给吐蕃人做过什么买卖？"

---

① 三奇，今四川都江堰市西。老翁城，今阿坝州松潘县南。松州，今四川松潘县。灵关，在今四川雅安芦山县北。昆明诺，今四川西昌盐源县。和川，今四川雅安天全县。

"没有呀。"

"还在胡扯，绑起来！"韦皋脸色严厉地说道。两个士卒立即像拎小鸡一般，几下将顾洪鑫绑了个结结实实。

"韦大人为何要绑我？"顾洪鑫回过神来，一边挣扎，一边哭丧着脸问道。

"装糊涂？卖给吐蕃人的盐是从哪里来的？"韦皋喝道。

顾洪鑫一听韦皋问到盐，顿时吓得出了一身冷汗，但随即眼睛一转，又低声分辩道："小人居于边塞之地，按朝廷律令与吐蕃诸羌通商已有多年。我多年来均是遵纪守法，照章纳税。然自两边开战以来，贸易停止，小人也停了与吐蕃的生意，只是偶与吐蕃牧民以牦牛皮、肉换一点盐、茶而已。"

韦皋一声冷笑："看来你是不见棺材不掉泪。把人带上来！"

只见三个士卒将三个五花大绑、鼻青脸肿、一身吐蕃装束的男人带上来，顾洪鑫一看顿时傻了眼，因为被绑的三个人都是他商行的伙计。为首的一个人见顾洪鑫也被绑在此，六神无主，"卟嗵"一下跪在地上，低声叫了一句：

"顾掌柜……"

顾洪鑫脸色惨白，额头上渗出冷汗珠子。

"谁指使你向吐蕃军贩私盐的？"

"是一个叫登珠的吐蕃商人。"

"登珠？"韦皋心中"咯噔"一下。这个吐蕃商人行事诡秘，常常神龙不见首尾。上次在龙游逃走后，此人便没了音讯，不想如今又骚扰到眼皮底下来。

"他人呢？"

"不知道。"

"见利忘义的东西。说！你的盐是从哪里来的？"

"从……成都。"

韦皋拍了拍桌上一本厚厚的账簿，说："你向吐蕃贩私盐按律当死！若你老实交代，说出盐的来源，立功赎罪，本使可酌情减刑。"

顾洪鑫全身颤抖，见商行账簿和伙计都被拿获，人赃俱在，知道再狡赖下去皮肉受苦是小，弄不好就丢了小命，只得说：

"小的愿招。"

"盐从哪里贩来的？"

"是从成都永大商行弄到的，掌柜叫郑隆。他的货是嘉州出产的上品。"

"嘉州？"韦皋稍稍一愣，旋即冷笑一声，眉头一拧说：

"撒谎！从嘉州龙游到成都，水陆两路均有关卡。如此大量运盐岂能蒙混过关？这奸商还想抵赖！不给你一点颜色，不知道厉害。来人，先抽他十鞭子！"

韦皋大怒，事出有因。原来大军驻扎松州后，众将领奋勇杀敌，大小战役打了近十次，斩敌首万余，生擒八千余人。由此，吐蕃军节节败退，眼下龟缩于蒲婆岭山中，企图凭借险要山势负隅顽抗，等待援军。韦皋一边派兵在前方布阵，一边派人在蒲婆岭山四周打探，知道山中地形复杂，易守难攻，大军不宜深入作战，于是在一个月前就在进出蒲婆岭山的几个咽喉要道设岗哨，断绝出入，让山中残军成为瓮中之鳖。为了制服敌军，不但下令实行巡察和禁夜，并规定周边所有居民一律按户口人头限量供应盐和茶，有敢向吐蕃人出售盐、茶者，以贩私违禁论处。不想这个顾洪鑫竟然暗地向吐蕃军售盐，韦皋早听到风声，便派人暗中监视。昨天顾洪鑫派去交易的人被守在蒲婆岭山东边一条荒僻小路上的军士当场抓住，于是有了今日这场审问。

顾洪鑫痛得嗷嗷乱叫，连呼"饶命、饶命"。

韦皋见顾洪鑫已是遍体鳞伤，便挥手叫士卒停下，问："盐是何处得来的？"

"千真万确！小人从郑隆那里购的，他从嘉州私运了很多盐。"

韦皋沉默了片刻，开口道："他如何从嘉州运盐出来？"

"是夹……夹在运军粮的官船中运到成都的，官船沿途没人敢查。"

"该死！"韦皋心中怒起，一拍桌子，由于用力过猛，茶杯震落在地，立即碎成数片。韦皋还不解气，又在碎瓷片上踩了一脚。几位参将听罢也十分愤慨，纷纷要求韦皋斩杀奸商。

"杀了他！"

顾洪鑫吓得呜咽起来："大人饶命！大人饶命！"

两位士卒正要将顾洪鑫推出去斩了，顾洪鑫突然说：

"小的有重要事情相告！"

韦皋一挥手："慢，有何事？"

"有人要刺杀韦大人。"

在场的参将不由吃了一惊。韦皋不动声色："谁？"

"吐蕃人。"顾洪鑫答。

韦皋鼻子哼了一声，说："想如何下手？"

顾洪鑫战战兢兢道："详情小的不知。只是几日前偷听到登珠手下两个汉子在嘀咕，已派刺客潜入蜀地，单等机会一到就下手。"

"先把他关起来。"韦皋说。

"大人为何留他性命？"两位参将不解地问。

韦皋沉下脸说："放长线，钓大鱼。我要用他钓住那个狡猾的登珠！韦仁，你迅速着人调查嘉州谁在贩卖私盐，并且查一查哪些官员与此有染。如此胆大妄为，敢动用官船私运！一经查出，严惩不贷！"

"报——大人，京师兵部六百里速报！"

这时，门口一个小校小跑进来，手提一个传递信件的皮囊，禀道。

康振本上前接过皮囊，韦皋又低声吩咐身边参将几句，然后闪身跨入后院。康振本紧随其后，并轻轻掩上院门。

韦皋仔细阅读了一遍兵部发来的邸报，知道几天前陇右道边境遭到吐蕃大军袭击，兵部下令合力围歼，并令剑南道节度使韦皋调兵协助。韦皋脑子里飞快地转了一阵，推测吐蕃开始声东击西，不由在肚中冷笑一声。韦皋传命派一小队人马前往，但要他们缓慢前进。

康振本见韦皋没有另外的吩咐，便凑近说：

"大人，刘管家带了一封信来。"

"哦，家里怎样？老夫人饮食起居如何？蜀地潮湿，让下人早些给老夫人生火盆，以防受寒。"韦皋说道。张延赏死后，韦皋派人将岳母接到蜀地。苗老夫人与曹戈一道取出张延赏藏的银子，并全部带到蜀地，最后捐给了凌云山修凿大佛。

"家里都好。只是，只是……"康振本有些吞吞吐吐。

韦皋抬起头看了他一眼，笑道："你啥时变成结巴了？究竟有何事？"

康振本说："刘管家在信中还说了薛姑娘的事。"

"哦，说什么？"韦皋顿时全神贯注。

"薛姑娘如今每天忙于应酬，除了文人雅士争相与她诗词唱和外，各地前往成都办事的官员，也竟相以一睹她的芳容为快，若能求得她的只言片语，更是喜不自胜。还有，她还自制了一种粉红色的小彩笺，题上自作的诗文，赠给那些合她意的来客。如今这种诗笺成为文人雅士收藏的珍品，黑市上售价颇高。"

韦皋眉头一拧，心里泛起阵阵醋意，但表面又不好流露出来。以自己的身份和地位，以及夫人强硬反对的态度，纳薛涛为妾是不可能的。此时，韦皋表情复杂，一脸阴沉。

康振本见韦皋表情异样，忙止住了话头。

韦皋见康振本欲言又止，问："还有何事？"

"还有，薛姑娘的母亲宋夫人与一个名叫郑隆的商人走得很近。"

"什么？"

"详情还不甚清楚，据查，这个郑隆过去在官府混过，后因伪造文书被开除。此人一度十分潦倒，曾在澡堂里给人擦背，打扫清洁。可不久摇身一变，开了几间铺号，做起各种生意，几年下来，跻身成都的富商行列。此人是个挖孔生蛆、刁钻奸猾、走私贩卖的不法商人，长得贼眉鼠眼、尖嘴猴腮，是青楼妓院的常客。据查，他与吐蕃人的生意往来很多，但他的心思并不全在买卖上，经常与三教九流的人鬼混，四处搜集打听官场各种情状。在下疑心他是吐蕃探子，眼下已派人将他暗中监视起来，看他与哪些人有勾挂。此人就是方才顾洪鑫所交代的那个郑隆。"

韦皋浑身一个激灵，脸色一沉："此事确实？"

"千真万确。"

韦皋心中一阵火起，沉默了半晌，说：

"冬季要到了，边塞守军的日子更艰难。"

"是啊。"康振本不明白韦皋怎么突然提到这件事。

韦皋说："传令：立即派出一个慰问边塞将士的劳军队，前往松州、维州、巂州等边关。将薛涛派往松州。"

康振本惊讶道："这……大人，松州可是西川最为苦寒之地，薛姑娘……去还是不去……"

"身在福中不知福！"

韦皋愤愤打断，转身一摔门走了出去。

第五十二章

春去秋来光阴似箭，弹指一挥间又是一年。凌云山大佛修凿已近尾声，远远望去，佛像巍峨壮观，气势恢宏。

这几天陈兴德心烦气躁，忐忑不安。成都府衙一位朋友来信告诉他，韦皋正在调查贩私盐的事。因为此事涉及嘉州，故嘱咐他千万留意，不要牵扯其中。收到信后，陈兴德心中"咯噔"一下。熊明伦船载车装贩运私盐已不是一两天的事了，原来一直偷偷摸摸，后来脑筋一转，主动提出自己捐出几条船随官船帮凌云山大佛修凿之事运送货物，条件是空船外出时顺便装运一点货物。陈兴德知道他想运私盐出境，因得了熊明伦许多好处，也就默许了此事。大佛是皇上敕建的，往来运送物资都不用检查，这几年一直安然无恙，不想忙于打仗的韦皋，竟要大动干戈查这件事。陈兴德不知原因何在，腹中虽想好了对策，但心里仍不踏实，总担心生出纰漏牵扯出自己。

一天中午，陈兴德迫不及待让陈自礼将熊明伦召到家里，准备再商议一番。

"陈大人！"熊明伦面色不安从后门进来，轻手轻脚跨入客厅。

陈兴德劈头斥责道："你也太不谨慎，把动静弄得这么大，消息传到韦大人耳朵里了。我问你，前后一共私运了多少盐？"

熊明伦见陈兴德发怒，吓得一愣，说："陈大人，你放心！对付这种事就是一条：死不认账！上面来人调查都是连哄带骗，引你说出破绽，再顺藤摸瓜。只要没抓到证据就可以赖，他拿你没办法。"

"你说得轻巧。你不是一再保证没事么？"陈兴德仍旧板着脸。

"陈大人，贩私盐的人多得很，何止我一个！再说这盐政本身就有问题，朝廷原来规定百分之二的税，可后来需要钱就不断增加盐价，并从中提取费用。我贩盐量愈大，费用越大，落入腰包的银钱却不增加。我不是白干么？倘若不瞒贩盐量，走私贩运，只有喝风，哪里来的钱捐资大佛？哪里来钱交韦皋的增税？唉，我是表面光鲜，一肚子委屈。"

"找你来不是听这番辩解，而是商量如何化解。你难道没领教过韦皋的手段？王永安、许泽端就是前车之鉴！"

熊明伦脖子一梗，说："陈大人，天塌下来我一人顶，决不会牵扯到你。眼下只听说要调查，又没抓到证据。再说那个郑隆已经跑到吐蕃去了，上哪里找证人？想必不会有事。"

"你还在提虚劲，郑隆是吐蕃的探子，还是当年南诏使臣遇害一案中的帮凶！唉，这叫山不转水转。"

"韦大人与你那么有交情，还能不手下留情？我再花些钱上下打点一番，这年头有钱就好办事。"

"呃，他已不是当年的韦皋……"

陈兴德话还没说完，忽听得后院一个女人哭叫起来："天啊，太欺负人了！不就生了个女么？要生了儿还不抢人！"

"生女又咋样？总不至于是个傻瓜，整天流屎滴尿，臭气熏天，令人作呕！"另一个女人尖着嗓子毫不示弱。

"你这个牙尖舌怪的妖精婆，不过是老爷纳的耍妾，哪个给你摆了酒席？！"

"呸，莫非你那东西长得要乖一点？！你的是拿来畲，别人的是拿来耍……"

陈兴德听得勃然变色，转身往外冲。由于走得太急，额头撞到墙柱上，痛得两眼直冒金星，身子晃了一下。熊明伦赶紧上前扶了一把。陈兴德揉着额头冲到后院，指着两个女人吼道：

"住口！成何体统？与市井泼妇骂街有何区别？呃！你们不嫌丢人，我还臊得慌呢！"

这两个女人，一个是大妾王海棠，另一个是刚娶回家不到两年的小妾胭云。王海棠原来颇得陈兴德宠爱，但自从儿子隆生傻了以后，完全变成另外一个人。她懒于梳妆，衣衫不整，头发胡乱盘在头上，整日四处打听仙丹妙药，被江湖庸医骗去不少钱财依旧痴心不改。屋里经常用几个炉子熬药，弄得满院都弥漫着苦涩刺鼻的药味，还不断给四肢瘫痪只能躺在床上吃喝拉撒要人侍候的隆生喂各种补品。亲戚朋友曾多次劝海棠不要花太多心思在傻儿子身上，不如另生一个孩子，可海棠充耳不闻。时间一长，陈兴德也有些烦，加上嫌海棠浑身药味，故很少亲近她。胭云戏子出身，一双媚眼滴溜溜的，两片薄薄的嘴唇总爱抿成一条线，显得既娇媚，又泼辣。当初陈兴德与熊明伦一道看胭云演戏，嘴里不断喝彩，想不到散场后熊明伦便将胭云叫来陪酒。那天晚上陈兴德喝得颇为尽兴，后来醉了。天亮醒来，竟发现自己赤身裸体与胭云睡在一起，生米煮成了熟饭。熊明伦见陈兴德对胭云颇为中意，便租了一处僻静房子，并置办好一应家具，雇了两个仆人伺候，以方便两人往来。一段时间后胭云的肚子一天天大了起来，陈兴德索性将她娶回了家。因为这不是一件很光彩的事，陈夫人表面没说什么，心里却不乐意，故陈兴德没办酒席请客。胭云总觉得她这个小妾当得不够体面，心存怨气，但又不敢发作，便暗暗与海棠争宠。原来陈夫人在家时还不敢太放肆，自陈夫人去京城照看孙儿后，两个女人便不时口角，甚至恶语相加。

陈兴德骂了几句，两个女人才住了声。海棠不断抹眼泪，可怜巴巴，胭云咬着下嘴唇，横眉冷对，两人都显得不服气。家里几个仆人都站在远处观看，见主人出来了，才慌忙闪开，虽各自干活，但仍不断拿眼睛往这里瞟。陈兴德一看这情状，更是气不打一处来，吼道：

"我看你们是胀饱了！滚开，少在这里丢人现眼！"

两个女人极不情愿地离开。陈兴德余怒未消，大声喊道："陈自礼——"

"小的在。"陈自礼从旁边一间屋里闪出来，他显然一直躲在里面。

"她俩吵什么？"陈兴德不满地问。

陈自礼道出原因：原来三天前有人送给陈兴德一支长白山老山参，海棠知道山参很补人，便向陈兴德讨。陈兴德一口答应了，于是海棠满心欢喜拿回自己的屋里。胭云听说后大为不满，耿耿于怀。今天熊明伦推荐的高人又给隆生开了一剂补脑的方子，不但要用穿山甲、龙骨、龟板、蚂蚁等做药引子，还要分成几个小罐先熬两个时辰，然后再放入一个大罐加老山参煎熬。海棠见仆人已将药引子熬好，便回屋去取老山参。恰好这时胭云过来给女儿熬肉粥，见炉子全被药罐占了，顿时气不打一处来，命仆人将药罐取下来。仆人左右为难，说是要熬山参不能挪开。胭云怒起，冲上前一脚踢翻了一只炉子，顿时药汁四溅，一片狼藉。海棠回来见状大怒，两人便争吵起来。

听完陈自礼的叙述，陈兴德没好气地说："难怪孔圣人要说女子与小人难养，为点鸡毛蒜皮的小事居然大动干戈！真是成事不足，败事有余！"

陈自礼唯唯诺诺，不敢搭话。陈兴德冒了一阵火，烦躁不安地返回客厅。

熊明伦赶紧给陈兴德续了一盅茶，陈兴德一口气喝干，叹道："福无双至，祸不单行。外面的事还没摆平，家里倒先乱起来。这几天右眼皮不停地跳，兆头不好呀。"

熊明伦劝道："陈大人，女人都是吵吵神。你放心，不会出事，盐坊里我一直是做的两本账，真账本我已经藏妥帖，他们查不到。"

陈兴德在屋里踱了几个来回："但愿风吹雨散，万事大吉。不过，我还是有些不放心。你要把盐行里的知情人支出去一段时间，免得祸从口出。"

熊明伦点点头。隔了一会儿，他又说：

"可惜仗打完了，不然韦皋哪有精力来管？他会又来龙游么？"

"他对凌云山大佛修凿那么关心，能不来吗？"陈兴德没好气地说。

"我巴不得吐蕃人把他扯住，免得他四处伸手，让人不得安宁。"

"眼下说这些有何用？仗已经打完了，韦大人大获全胜，杀敌十六万，攻下七座城池，五个军镇。维州一战，十万吐蕃军剿杀过半，活捉了吐蕃大相论莽热。我估算了一下，韦大人在蜀地这些年共击溃吐蕃军四十八万，擒杀节度、都督、城主、笼官一千五百人，斩首五万余级，获牛羊二十五万头，缴获敌军器械六百三十万。"

熊明伦说："韦皋看似一员武将，内心却是诡计多端。他帐下的得力干将升迁，不是保奏在蜀地各州任郡刺史、长史、县令，就是进入他的幕僚，待遇丰厚。但韦皋从不放他们回京任职，为什么？还不是怕皇上知道他的所作所为。"

陈兴德用食指压在嘴上，轻轻"嘘"了一声，示意他小点声，说：

"不要扯远了。一旦调查到你，你绝不能松半点口，只要我没有事，就能保你安然无恙，否则，都没好果子吃。"

熊明伦忙点头称是，两人商量了一阵，陈兴德忽然冒出一个主意。说：

"你立马给才上任不久的龙游县令马峻送点礼物去，名目你自己想。"

"这，为什么？"熊明伦眨巴着眼睛有点回不过神。

"他若收了，就是同道之人，自会设法为你遮掩。他是龙游县令，调查之人也定会去找他。他若不收，则要格外小心提防。你快去办！"陈兴德说话时，眼里掠过一丝不易察觉的狠毒。

熊明伦从陈兴德的口气中听到某种可怕的弦外之音。但为了不被清查，什么事他都敢去做。

熊明伦走后，陈兴德一直在坐榻上左思右想，下午也没到府衙公干。傍晚，陈自礼来叫他吃晚饭，他没一点胃口，最后勉强喝了一小碗白果煨鸡汤。夜深了，宅院里安静下来，陈兴德见家人已经睡了，正准备到花园里散散步，透透新鲜空气，忽见陈自礼过来禀报：

"老爷，龙游县正堂马县令求见。"

"让他进来。"陈兴德吩咐。

一个面相憨厚，身材微胖的中年男子跨进门来。躬身施礼道：

"叩见陈大人。"

"哦，马县令，何事深夜造访？"

马峻吭哧了一会儿没说明，陈自礼知道马峻有话要单独对陈兴德说，立即识趣出去。客厅里只剩下陈兴德和马峻，陈兴德把陈自礼端上来的橘子剥了一个递给马峻。马峻受宠若惊，连忙称谢。陈兴德自己也剥了一个，一边吃一边问：

"马县令有何事呀？"

马峻鼓起勇气说："陈大人，盐行的熊明伦给我送来一万两银子，说是县衙后宅院太破旧了，捐资维修一下。在下不知该如何处置，特来请示大人。"

陈兴德查看着马峻脸上细微的变化，猜测他的心理。他早就打听到马峻是一个爱财的人，但知道他胆小，并且刚升为县令，故比较收敛，不敢造次。陈兴德没有回答马峻的请示，反而故作深沉地反问道：

"你看熊掌柜这人如何？"

马峻来龙游时间不长，但已探知韦皋是陈兴德的靠山，二人关系非同一般，故陈兴德行事十分谨慎，生怕上司对自己不中意。

马峻任龙游县令实属撞了大运。当初韦皋本已拟定奏报马峻任苏祁①县令，张绰任龙游县令。这张绰是龙游乌尤坝人，就是当年在獠人崖墓捉蛐蛐，无意中找到汪县令尸首的少年，后来科举出仕。恰在这时，寓州边关军情告急，连连遭遇吐蕃骚扰，韦皋考虑再三，最终改奏张绰到寓州苏祁县任县令，以便协助唐军作战。张绰年轻有为，能文能武，后来在边关任职颇有建树，这是后话。

马峻顶了张绰到龙游上任。这龙游地处蜀地中心，五谷丰登，交通便利，与地处生羌诸部杂居的边陲寓州苏祁县有天壤之别。马峻科举入仕，政绩平平，为人却是八面玲珑，颇有人缘。他虽无靠山，但信奉一条：诸事看上司的眼色行事。这是他多年官场生涯的心得。陈兴德是嘉州刺史，自己是他辖下的一个县令，可以说陈兴德主宰着自己的仕途，必须对他言听计从。马峻对熊明伦送来的银子既舍不得拒绝，也不敢收下，于是来禀报上司，其意为试探刺史的态度，再定取舍。见陈兴德听到熊明伦送礼并没表态，反倒问了一句不相关的话，一时吃不透陈兴德的心思，马峻只得字斟句酌，小心翼翼地答道：

"下官初来乍到，不知详情。只知熊掌柜家资万贯，乃龙游乡绅巨贾。"

---

① 苏祁，今四川西昌礼州镇。

陈兴德听马峻这番四面光滑、不得罪人的话，心里便有了底，说：

"熊掌柜在这一方颇孚人望，因而被推为乡绅首户。你作为一方父母官，要和睦各方关系，使彼此无壅隔。官民无壅隔，则百弊自除，百业兴盛，地方靖安垂拱可图。"

马峻心领神会，点头道："多谢陈大人点拨。熊掌柜为富而仁，这些年对地方贡献不小。"

"这倒不假。"陈兴德说。

马峻顺竿爬，又说："龙游若多一点这样的乡绅巨贾，则将更加兴旺发达，锦上添花。"

"正是。"陈兴德思量了一番，沉吟道："我看，那银子你就收下吧。至于干什么用，你自己把握。"

马峻点点头，悬在心中的石头终于落下。至此，两人心知肚明，走到了一条道上。接着两人又说了些蜀地军政秘事，以及龙游的赋税和修凿大佛的事。

马峻走后，陈兴德心情轻松了许多，站起来伸了个长长的懒腰，这才感到口干舌燥，腹中饥饿，随即唤陈自礼准备饭菜，并特地吩咐开一瓶陈年海棠春酒。

第五十三章

　　清晨，岚气四溢，凉风习习。玉皇观藏在峨眉山深处，红墙逶迤，隐现于苍松翠柏之间。道观四周林木葱郁，溪流潺潺，风过之处，传来阵阵钟声以及唱诵之音。

　　峨眉山乃道家的"第七洞天"，故又称为仙山。在玉皇观坡下有一个天然洞穴，因洞上方有一大块悬在空中、形似猪肝的石钟乳而被人唤作猪肝洞。又因周文王时异人葛由骑羊来此，修得正果，羽化升仙，故猪肝洞周围宫观遍布，紫气缭绕，时有道人出没其间。

　　此刻猪肝洞前的草坪上，两个人正挥剑杀得不可开交，两把剑如两条出水蛟龙，不停地翻滚起舞，你来我往凌厉搏杀。仔细一看，一位是年轻的道姑，另一位是个中年道士。两人大战了十余个回合，道士渐渐占得上风。可是道姑并不慌张，而是改变剑路，专从两侧进攻，不时左右闪跳挪动。这种避实就虚的打法，道士最初有些吃力，但他也很快改变剑术，一柄剑封得严严实实，滴水不漏。道姑眉头一皱，跳到一边喘了口气，又奔上前来奋力厮杀，一刺一挡双方又较上了劲，道姑斗到酣处，突然"啊"大叫一声，纵身腾空向上一跃。道士正准备跳起追打，不料道姑仅是虚晃一下，刹那间倒在地上，并顺势滚到道士跟前，举剑直取道人腹部。道士一惊，来不及跳开，只得用剑来挡，只听得"叭"一声，剑尖折断。道姑得意，扑向道士劈下一剑，谁知却劈了个空。道姑正诧异，道士已从她身后用断剑抵在颈部，稍有所动便有性命之忧。道姑脸涨得通红，气恼地一跺脚，从鼻孔里挤出一声"呃！"不得不扔下剑认输。

　　"好！"一个悠长响亮的声音传来。只见一位仙风道骨的老道从玉皇观陡直的石阶上走下来，银须飘逸，白眉垂肩，目光如炬。

　　"道长。"道姑连忙施礼。原来她就是曾在龙游天一家酒楼徒手打翻三个泼皮的年轻女子。

　　"师父。"道人上前抱拳施礼，憨厚一笑，便站立一旁并不多言。

　　老道一笑，问："牛贞儿，男人能与一丰过三招已属不易，何况你一个姑娘家？你的剑术进展很快，照此下去，很少有人能与你匹敌。"

"谢道长勉励！"被唤作牛贞儿的道姑说。

"牛贞儿，你来观里时间不短了，不知往后有何打算？"

牛贞儿停顿了一下，答："道长，小女今日准备下山了。"

道长点点头："嗯。贫道早看出你凡心未了，故一直未给你批牒文，颁赐名号。留你在观中居住，是希望你摆脱尘世，真心修行。"

牛贞儿心有所动，但又忍不住试探道："道长，你能再教小女子几招绝技么？"

道长收敛了笑容，说："牛贞儿，天下没有无往而不胜的绝招。其实，剑术的最高境界是断贪除嗔，心无杂念。"

牛贞儿迟疑了一下，最终点头称是，然后向道长和一丰深深一揖道：

"多谢教诲。贞儿只因有血海深仇，不得不暂且浪迹江湖。在峨眉山受道长教诲获益匪浅，待日后了结夙愿，贞儿一定重上峨眉山。"说罢转身，大步向山下走去。

道长捋着银白的胡须没吭声。一丰问："道长，你为何不阻拦她？"

"这个心结要她自己解。"

牛贞儿赶到成都，在离郑隆商行不远的一间客栈住下，然后托伙计往郑隆的商行送了一封信。不一会儿，郑隆的心腹便带了一个包袱过来，并约定晚上见面。牛贞儿将他打发走后打开包袱，见其中有一份韦皋府的示意图，一包药粉，一套衣裤和几锭银子。牛贞儿望着这些东西，脑子里开始飞快地转动。

这牛贞儿是何许人，连财大气粗的郑隆也不敢怠慢？这事还得从头说起。

牛贞儿本是汉人，父母死后被吐蕃人罗布收养，并取了个吐蕃人的名字：珠玛。珠玛年纪稍长，罗布便想让她好好学纺毛织布，将来不受日晒雨淋之苦，也好衣食无忧。偏偏珠玛对女人的活计兴致索然，硬着头皮学了一阵，便死不肯待在房中与针线为伍了。她整天四处乱跑，一会儿缠着罗布要学打铁制刀，一会儿又到草原上跟人学骑马射箭，像个大男人一样忙忙碌碌，不肯片刻安宁。罗布的妻子娜姆束手无策，让丈夫多次规劝，仍无济于事。一天晚上，罗布见她回屋时头发散乱，衣袖又被扯破，既心痛又生气地说：

"你这个样子将来谁敢娶你？"

珠玛抓起桌上的木碗，盛了炉上的青稞茶咕嘟一口气喝下，一抹下巴朗声说："我本来就不想嫁人。"

"那你一个女人家究竟要干什么？"

珠玛任性惯了，并不把父亲的问话当回事，爱搭不理，一拍屁股又要出门。抬头见罗布和娜姆都生气沉着脸，才停下来一本正经道：

"我要当江湖豪杰。"

"什么？"罗布以为自己听错了。

"我要为亲阿爸报仇！"

罗布大惊。

珠玛又说："我亲阿爸叫牛云光，是陇州的兵马使，后来被人杀了。我要为他报仇！"

"你找到仇人了？"

"我长大了去汉地找他！"

罗布一愣，这才发现平时使枪弄棍、疯疯癫癫的女儿却原来心中有数，并且腹中藏着一股豪气。从此罗布夫妇不再阻拦她，任她我行我素。

珠玛长大成人后，不但练就了百步穿杨、徒手擒狼的好本事，而且行侠仗义，成为草原上远近闻名的豪侠。后来，罗布的头人登珠便将珠玛纳入他的护卫队中，佩以刀弓，并经常要珠玛跟着他走南闯北。慢慢地，珠玛已成为登珠的心腹之一。

却说登珠在龙游杀罗布灭口后，回到草原嫁祸于韦皋。珠玛听到这一消息，万分伤心，失声痛哭。登珠在一旁说：

"你知道你亲阿爸是被谁砍的头？"

珠玛一愣，摇了摇头。

"也是韦皋。韦皋不但杀了你亲阿爸，还将他的首级悬在城门口示众！"方头大脸、面色黧黑的登珠雁眼一闪，将牛云光的死因添枝加叶讲了一遍。

见珠玛听完愣愣地半晌不语，登珠激了一句："怎么，你害怕了？"

珠玛一甩头，声嘶力竭地吼道："我要杀了他！"说罢冲出屋在草原上狂奔。

登珠咧开紫黑的大嘴阴毒地冷笑。

不久，登珠派珠玛去蜀地寻机暗杀韦皋。珠玛到了成都，哪料韦皋已率军出征离开成都。正在懊恼，偏又凑巧在客栈里遇到一位曾在峨眉山习武的拳师，两人谈得来，于是经拳师引荐，珠玛辗转到峨眉山拜师学习剑术。珠玛人在仙山佛地，心存江湖恩仇，无日不在盘算如何杀掉韦皋，以报杀父之仇。此番下山到成都，是得到韦皋返回的消息。韦皋率军打仗时，所到之处行辕戒备森严，很难靠近下手，而眼下返回成都就完全不同了。郑隆把韦府内的卧室、书房、餐厅，连同仆人的住所都弄清楚了，画成图交给了珠玛，

并且定在第二天夜里动手。珠玛杀掉韦皋后，立即有人接应，送她出城返回吐蕃。

牛贞儿因旅途劳累，当夜与郑隆分手后便回客栈早早睡下。第二天白天闲暇无事，便上街闲逛溜达。上峨眉山前因心情不佳，加之时间匆忙，故未来得及上街细看。今日一看，成都街上店铺林立，人声鼎沸，热闹非凡，一派锦绣丰隆的景象。牛贞儿在吐蕃生活日久，对那里感情深厚，这些年两边战火不断，她内心一直向着吐蕃，盼吐蕃能所向披靡，旗开得胜。可是这会儿，她突然发现自己对大唐的感情犹在。心念一动，珠玛颇为不安。

牛贞儿怏怏不乐，走走停停，忽然听得对面一个人招呼道："噫！这不是牛姑娘么？"

牛贞儿抬头一看，见来人衣着华丽，有些面善，却又想不起在什么地方见过。

"牛姑娘，鄙人在龙游的天一家酒楼见过你，姑娘的豪迈之气令人难忘。"

这一说，牛贞儿立马想起此人是嘉州盐行的熊掌柜。那年他曾在天一家酒楼买酒菜相赠，牛贞儿心存感激。

"哦，原来是熊掌柜。"牛贞儿学男人礼仪抱拳一揖。

因见熊掌柜面色忧郁、心事重重的样子，牛贞儿问道：

"熊掌柜好像有麻烦？"

"嗯。"熊明伦心情愈发沉重，不由两眼发呆。

"我，能帮你吗？"牛贞儿看他那副样子不禁问道：

这一问把熊明伦问醒了，他咬牙道："韦皋逼人太甚，逼人太甚……恨不得杀了他……"忽又觉得失言，赶紧住了口。

牛贞儿看了看过往的路人，面无表情地问："你杀得了他么？"

熊明伦一怔，掩饰道："牛姑娘还会开玩笑。"

"我要杀了他！你等着听好消息。"牛贞儿两眉一挑，转身扬长而去。

熊明伦懵里懵懂，好一阵才从惊慌中回过神，懊丧的心情为之一振。这个牛贞儿简直就是老天爷赐给他的大礼，他不由一路小跑追上前，唤道：

"牛姑娘，等等。"

三更时分，牛贞儿换上黑衣裤翻墙悄悄潜入韦府。韦府四处漆黑安静，唯有书房灯光通亮。牛贞儿从窗缝往里看，见一个气宇轩昂，下巴上围绕着一圈胡子的男人正在坐榻上认真看书。魁伟的身躯上穿着一件湖蓝色的棉质便袍，腰间系着一条深黄色的丝带。坐榻后一排香樟木书架上错落有致地摆着书籍、画轴、古玩、瓷器。牛贞儿从郑隆的描述中确认此人就是韦皋。

牛贞儿拿出竹筒和药粉正要往里吹，忽又觉得用这种小蟊贼常用的手段不算有真本事，为江湖豪杰所不齿，于是轻轻将竹筒和药粉收回，再左右看了看，便推门闪身而进，"唰"一下抽出剑指向韦皋。

韦皋抬起头并不惊慌："放下剑！"

"我要杀了你！"牛贞儿向前逼近，正要刺去。冷不防门后冲出一个人，把她重重一撞，她踉跄向前几步，早已站立不稳，幸亏她眼明手快，一把抓住书架才没倒下。转过身来，牛贞儿正准备扑向韦皋，忽然后面又冲出几个人，把她按翻在地，三下五除二绑了个结实。牛贞儿扭头一看，是三个壮实的军士，后面还站着康振本、刘原等人。

"本官在此等候你多时了。"韦皋冷冷地说。

牛贞儿一愣，有些不知所措。

韦皋见状冷笑一声："郑隆被抓了，说出了你今夜行刺。"

"呸，软骨头。"牛贞儿气恼地骂道。

"本官与你无冤无仇，为何要行刺？"

"我与你不共戴天，有杀父之仇！"牛贞儿气得嗷嗷大叫，又朝书架猛踢一脚，只听"哗"一声，架上接连摔下几样东西，其中一柄刀掉在她脚下。牛贞儿看见刀不由一愣，顿时安静下来。半晌，她睁大眼睛狐疑地问道：

"这柄刀从哪里来的？"

"混账，哪有你说话的份?！"为首军士斥道。

牛贞儿并不理会，喃喃地说："这柄刀是我的。"

韦皋打量了她一眼，将信将疑地问："你的？"

"是阿爸特地给我打制的，上面的红珊瑚是我打獭子换的。后来在维州，我送给了一位好心的老爷。"

"你是——"韦皋一愣，想起了多年前在维州城相遇的那个吐蕃小姑娘。

突然，牛贞儿一个鲤鱼打挺站立起来，道："我是牛云光的女儿，我是罗布的女儿，我要杀了你！"说罢猛一头向韦皋撞去。

几个军士扑上去将牛贞儿按倒。牛贞儿一边奋力挣扎，一边声嘶力竭破口大骂。领头的军士见状，对手下人说："将刺客拖出去砍了！"

几人将牛贞儿拖到门口，韦皋突然挥手制止：

"留下！"

第五十四章

陈兴德近几日心神不定,坐卧不安。

韦皋派人到嘉州调查贩私盐一事,陈兴德是三天后才得到消息的。

前来调查的领头之人竟是韦皋心腹康振本,他未按惯例先到府衙知会,而是三天以后才来见陈兴德。康振本到龙游后,在周围大大小小的盐坊暗访了一遍,还到周林家里聊了半天。自周林与盐商熊明伦退了亲事后,两家关系交恶。陈兴德暗自思忖,康振本偷偷摸摸找周林是何用意?周林是个盐精,盐行里的事很难瞒过他。康振本也是龙游人,在这里人头熟悉,要摸情况也极是顺当。

更令陈兴德担心的是,熊明伦去成都打点已好几天了,按说早该回龙游,可一直不见踪影,也没带回半点消息。

却说这天,陈兴德心腹来报,说是熊明伦在成都被抓。这好似大白天头顶响起一声闷雷,把个陈兴德惊得半晌回不过神,只觉大祸就要临头。

傍晚,陈兴德换了身便服,独自来到康振本下榻的客栈。来得也巧,仅有康振本一人在屋内。

"康兄,就你一人在?"陈兴德进门,干笑两声道。

论年龄陈兴德比康振本大一半,论科名陈兴德是进士,而康振本连秀才也不是,论官阶更是差一大截。陈兴德称康振本为兄弟,便是自谦,屈尊降贵了。

康振本见刺史独自来访,忙起身寒暄道:"哦,是陈大人,他们两人出去办事了。卑职正打算明天一早去府衙拜见你。"

"既至嘉州,该到我家里坐坐!"陈兴德说。

"不必客气。卑职在嘉州已是熟门熟路,故未先到府衙打扰。"康振本说罢,沏了一壶新茶端上。

两人说了些当年的龙游旧事,康振本回答倒也爽快,也似有想交谈的意思。陈兴德趁机问道:"听说你前些天把龙游、犍为等地的盐坊都转了一遍。"

康振本明白陈兴德的心思,索性捅穿了说:"陈大人不必多虑,卑职是奉命办事，这样方能查清嘉州实实在在的产盐量。"

"听说你还拜会了周林。"

"是的。陈大人认为有何不妥？"

"岂敢，岂敢。"陈兴德赶紧言明。接着话题一转，二人又扯了一阵闲话。陈兴德从怀里拿出一个红绸裹着的沉甸甸的东西，双手递给康振本，说道：

"这是我的一点心意，请笑纳。"

康振本接过打开一看，竟是十条黄灿灿的金条，立马把头摇得如拨浪鼓似的，说："这个，卑职不能收。"

"一点茶水钱，何必见外。"

康振本微微一笑，问道："每个到嘉州公干的官员你都要送么？"

"哪里，哪里，你我情分不一样，韦大人刚到蜀地时我们就共事。"陈兴德脸上有点尴尬，但嘴里还是支吾出几句理由。他明白康振本的调查对他至关重要，故先送上一份厚礼，好让他手下留情。陈兴德还在胡思乱想，却听康振本开口说道：

"陈大人，这个礼下官断然不能收。你在龙游为官多年，功绩有目共睹，百姓心知肚明，卑职过去一直景仰钦佩。不过，我也可以实话告诉你，眼下嘉州盐业营私舞弊的情状十分严重。听说熊明伦每年贩运私盐，获利上百万两。这几天我在各盐坊走了一遭，这个数字虽有夸张，但熊明伦用给凌云山大佛运货的船走私盐，却是千真万确。这几年他赚了多少，粗略一算就十分惊人。大人在嘉州难道从无耳闻？"

康振本说得直接，陈兴德明白，再搪塞推说一概不知，也说不过去。他不知熊明伦目前的状况，于是说：

"倒是听到过一些传言，但并没抓到真凭实据，故未多加追究。再说，他是龙游赋税大户，平时对地方奉献较多，我也就有些迁就，疏于警示敲打。唉，你还年轻，不知县、州两级的地方官员多难当，宣威教化、催交赋税、地方靖安、赈灾拓荒，等等，事事责任重大，不得有半点闪失。百姓尚可喊冤、撒泼、叫苦，朝廷命官谁敢？只能唯命是从。国家的大政是针对全国而定，可各地情况有异，民情不同。有时为了上对得起皇上，下对得起百姓，不得不稍稍变通处理，照顾大局。嘉州是产盐大区，井坊遍地，林子大了啥样的鸟都有，难免有个别商贩见利忘义，违规不法。请兄弟在呈文中遮掩一下，否则韦大人会责怪于我，他与我虽是童年好友，情同手足，但时常谆谆教诲，要求甚严。"

第五十四章

383

陈兴德此番话有两层意思：一是要可能已掌握一些证据的康振本高抬贵手，放他一马；二是表明韦皋与自己关系非同一般，自会照看。

"陈大人，下官只怕帮不了你，熊明伦在成都被抓，想必你也听说了。你自己好自为之。大人见谅，卑职只能给你说这些了。"康振本苦笑一下说道。

陈兴德只觉康振本笑得有点怪异，这更让他心中惶惶不安。他觍着脸再次把金条递给康振本：

"这个请收下。"

"不行。"康振本坚决不收，"此时收礼就是受贿，是交易，下官万万不敢。"

陈兴德只好将金条怏怏收回，拖着沉沉的双腿走出房门。康振本于心不忍，追上前，却又迟疑下来停在房中，最终说了句：

"陈大人，走好。"

陈兴德的家离客栈并不远，可是这段路好似耗尽了身上所有的力气。他走了近半个时辰，喉咙阵阵发干。

还没跨进家门，陈自礼惊慌失措地上前禀报：

"老爷，熊掌柜的铺子被查封了！"

"啊？！何人来查封？"陈兴德惊叫一声问道。

"成都府官差直接来查封的，他的两个儿子也被抓走了，所有账册都装箱带走。听说郑隆被抓住后供出了熊掌柜，故熊掌柜在成都就被抓了。"

"啊！"

"小的担心熊掌柜吃不住也招了，老爷你赶紧想想办法！"

"想什么办法？"陈兴德反问一句。

"赶紧找韦大人呀，只要他一句话，就没人敢动老爷一根汗毛。"

陈兴德"嗯"了一声。

陈自礼突然想起什么，从怀里摸出一封信，开口道："这是白师爷送来的，说是请老爷明日随成都府衙的官差一同前往成都，协助调查。"

陈兴德脑袋"嗡"的一下，险些没站稳。

陈自礼还想开口说什么，陈兴德一挥手让他走开。

陈兴德像一根木桩，呆立在院中，脑子里迷迷糊糊如灌了一盆糨糊。但见天上乌云密布，幽远的夜空变幻无穷。一阵凉风吹来，夹杂着一股药味。海棠仍然天天为傻掉的儿子熬药，以往陈兴德极为厌恶家里这股怪味，但今天却没任何感觉，仿佛嗅觉一下子失灵了。

打过二更，龙游城除极少数酒楼还亮着灯外，大街小巷已是阒然无声，一片寂静。偶尔一两声猫狗的叫声穿墙过院，更显出整座城沉浸在香甜的酣睡中。

陈兴德坐在书斋里，根本无法入睡，今日所见所闻，令他如五雷轰顶。他知道协助调查为何意，就是有重大嫌疑，要隔离审查。若查实证据则革职查办，若证据不足还可体面留任。但他自己心里清楚，这些年因默许熊明伦贩运私盐，自己陆陆续续得了不少的回报，这些银子足以让他以巨额受贿罪论处。回首自己在嘉州这些年，一步步苦干，从县令升为刺史，何时与熊明伦走得如此近的，连自己也回忆不起来。

陈兴德的头想痛了，想懵了，愣没理出头绪来，直至快天亮了，才伏在几案上迷糊起来。梦中，突然见一个身着白纱的年轻女子远远朝他走来，眼看靠近了却又停下步，频频向他招手，那意思是要他过去。陈兴德感到女子的身形很熟悉，但面容又模糊不清，正犹豫不决。忽听那女子开口柔声叫道："哥。"陈兴德一惊，定睛一看，是妹子小玉。只见她面带怨气，紧锁眉头。陈兴德上前伸手拉她，谁知小玉竟用手一推。他一个趔趄，倒在地上，待爬将起来，小玉已踪影全无，急得他大叫一声：

"小玉！"

这一喊却将陈兴德自己从梦中惊醒，发了一阵呆后，他开始翻箱倒柜找东西，好一阵才从一只旧箱子里摸出一个很旧的绣花香囊，下面坠着用丝线编的五彩蝴蝶结子，香囊内有一枚韦皋送的白玉戒指。这是小玉留下的遗物。看到它，陈兴德干涩的眼睛顿时潮湿了，心中生出万般感慨。

"老爷，老爷。"陈自礼的喊声将陈兴德拉回来。半晌后，陈兴德问道："何事？"

陈自礼推开门哭丧着脸进来："老爷，成都来的官差已在门外候着了。"

陈兴德的心情糟透了，把香囊包好又装进一个信封，再放进怀里。做完这一切，他缓缓地说：

"我走后，家就托你照顾了，暂不要告诉她们。"

陈自礼鼻子一酸，眼泪"吧嗒吧嗒"掉下来。恰在这时，隆生如受惊一般，呜呜大哭起来。陈自礼猛醒，一擦眼泪说：

"老爷，小少爷的脚昨晚开始动了，看来有救！"

"隆生能动了！？"陈兴德一阵激动，一行泪水止不住流下来，嘴唇哆嗦着再说不出一句话。

书房门口，康振本带着几个穿便服的男人站在门口。陈兴德正要问什么，突然惊得瞠目结舌。他看见王福站在康振本身后，两人的神色中有种默契。

"你——"

"我一直在为韦大人做事。"王福躲开陈兴德的眼光轻声道。陈兴德心里一阵翻江倒海，一股凉气自下而上。但他毕竟是王福的妹夫，又在刺史的位置上，稳稳神，用半是不满半是试探的口吻说道：

"你也在查我？"

"我奉韦大人之命行事。"

"你居然六亲不认，吃里扒外——"陈兴德犹如当头挨了一闷棍，觉得用最恶毒的言辞对王福破口大骂也难解心头之恨。但见除康振本之外，其余人都是一脸冷峻相，一副拒人于千里之外的神色。

"陈大人，早些上路清静点。"康振本这句话本是好意，他不想惊动更多的人来围观，但陈兴德听来分明有弦外之音。

路上，陈兴德不时见到一堆堆焚化的焦纸和香烛，不由问道：

"今天是什么日子？"

"鬼节。"

陈兴德一愣，心中更加阴冷。

众人行至东津渡码头，只听得一阵凄厉刺耳的鸣叫从江心传来。寻声望去，对面凌云山弥勒大佛头上竟现出滚滚黑云。这黑云是一大群乌鸦，密密麻麻盘旋于大佛之上，遮天蔽日，阴风阵阵。方才清晰可见的葱翠山脉顷刻间似被乌云吞没。

陈兴德眼皮跳了几下，一股凉气直冲头顶。

上船后彼此无话。船至熊耳峡，陈兴德从舱内走到船尾，但见江上波涛汹涌，风急浪大。两岸险峻壮观的山势在他眼里变得狰狞可怕起来，心中不由生出万般懊悔。他熟知大唐律法，自知难逃厄运。上天似在戏耍他：由一个县令变为囚犯，又由一个囚犯变为县令，官至刺史，最终又成为囚犯。人生几十年，犹如南柯一梦。可他还不如南柯，南柯醒了还在原地，而他则坠入万丈深渊。他已记不清收了别人多少钱财，只知道最初是为瘫痪的小儿子治病。每当他看到小儿子呆傻的模样，就心如刀割，生出万般懊悔，深深自责，觉得愧为人父。于是，他决定不惜代价为小儿治病，哪怕倾家荡产！可是他积蓄不多，很快就无力维持巨额药费。在他陷入困境时熊明伦最先伸出援手，大把大把送来银子。作为回报，他不但给熊明伦提供了许多方便，甚至对熊明伦贩私盐睁只眼闭只眼。他也曾犹豫不决，首鼠两端，甚至决定拒收所有的财礼，但一想到小儿，所有犹豫都抛诸脑后，也给自己找出开脱的理由。小儿子是因他一心为民而耽搁的，百姓遇灾官府要赈抚，自己以公务之便给小儿子一点补偿也在情理中。只有为小儿子存一大笔钱，将来才能请人照顾，为他养老送终。慢慢一来，别人送上门的财礼，他便收得自然而然、心安理得，并认为神不知鬼不觉，永远不会翻船。可是他没想到天有不测风云，事情败露后，那些当初信誓旦旦说砍头也不供出他的送礼人，不但吓得和盘托出，还提供证据，更想不到韦大人会让王福暗中监察他。陈兴德想着想着，只感到眼前发黑，五脏翻滚，手脚冰凉。

"陈大人不舒服么？"康振本走近问道。

陈兴德没有回答，半晌，从怀里掏出一封信，双手递给康振本，说：

"烦你代我将此信交给韦大人。"

康振本没有接，说："到了成都，你亲自交给他，岂不更好？"

陈兴德突然仰面大笑，凄厉的笑声让人毛骨悚然。站在船舱里的几位官差惊诧不已，不知所措。看着陈兴德泪水顺着面颊往下淌，脸上的肌肉不断抽搐，康振本不安地问：

"陈大人，你怎么了？"

"当了几十年的朝廷命官，直到今天我才豁然明白，举头三尺有神明，意外之财贪不得。可为时已晚，追悔莫及。"

说着又是一阵狂笑，可声音比哭还令人难受。

康振本心里一紧，道："陈大人……"

陈兴德突然停止笑声，转过身看着康振本，满目悲哀。

熊耳峡中疾风突起，水急浪高。大船晃了起来。

陈兴德将信往康振本怀里一塞，纵身跳入湍急的漩流中。

"交给韦大人，说我对不起朝廷，对不起他……"

水面上，回响着陈兴德嘶哑的声音。

第五十五章

韦皋一下老了不少,两鬓生出几缕白发,看上去一副倦态。此刻,他微锁眉头,抿紧嘴唇,乘一顶四抬凉轿出了府衙,往东郊望江阁去。

从府衙至望江阁,有七八里路程,此时正值盛夏,绿树成荫,街上行人熙熙攘攘,韦皋却无心掀开窗帘观赏两旁景色。他来蜀地时正好四十岁,年富力强,精力充沛。二十年来,他专擅一方,南征北战,宽严并举,终于将蜀地治理得井井有条。韦皋原以为可以松一口气,高枕无忧,但事与愿违。德宗皇帝驾崩后,朝中格局随即发生了重大变化。方才副使刘辟从京城带回的消息令他心情欠佳,眼下这副忧愁的模样便是由此引起的。

刘辟此次进京是按韦皋意图打探虚实。原来正月初一各位亲王、皇室亲属向德宗皇帝贺年,独太子李诵称病重不能前往。德宗皇帝当时十分伤心,事后也病了。此后有关皇上与太子的消息完全断绝,外界亦一无所知。直到正月二十三日,韦皋才知晓德宗皇帝驾崩的消息。他对此十分吃惊,第一次感到自己的耳目失灵了,事先没听到一点风声。这个不祥兆头带来的阴影,许多天在脑海里挥之不去。很快,太子李诵继位,即顺宗。李诵身体羸弱,又患了中风,只能勉强起坐听政,但不能言语,每日上朝时皆要在内殿设一帏幔,由幔中太监代传圣旨,裁决可否。百官从幔外望去,常见顺宗左右有两人搀扶,一个是太监李忠言,另一个是顺宗的宠妃牛昭容。李忠言和牛昭容最信任的便是王叔文和王伾二人。王叔文因被德宗皇帝任命为太子侍读,与李诵关系亲密,李诵即位后又任命他为起居舍人、翰林学士。同时又任命殿中丞王伾为左散常骑士,仍就任翰林待诏一职。他们在宫外的同党有韩泰、柳宗元、刘禹锡、陆质等人,这拨人的要事就是搜集朝廷内外情况,炙手可热。

而以宦官俱文珍为首的前朝旧臣,为了削弱王叔文等人的权力,联合朝中大臣和各道官员拥立顺宗长子李淳为太子,并使太子执政,处理朝中大事。两派为此展开激烈的明争暗斗。

韦皋之心自然偏向俱文珍等旧臣,但是,他明白从古至今宫廷争斗都是你死我活,稍一不慎就会惹祸上身。眼下朝廷局势尚不明朗,于是韦皋派刘辟前去暗观风向，暂不表明自己列于何方。不料刘辟从京城回来却是一副狼狈样，一向喜欢衣着整洁的他此时像个贩夫走卒，穿一套半新不旧的蓝衫，衬得瘦脸更加难看。一见韦皋，刘辟开口第一句话便说：

"韦大人，下官险些见不到你了！"

韦皋一惊，又打量一番哭丧着脸的刘辟，问：

"此话怎讲？"

"说来话长。下官到了京城一打听，嗨，要见二王难乎其难！须得打通了韩泰、刘禹锡、柳宗元等人之关节，才可约见。刘禹锡眼下升为屯田员外郎，柳宗元升为礼部员外郎。这拨人谋议唱和，日夜汲汲如狂，相互吹捧，说谁是周公，谁是管仲，谁是诸葛亮，自鸣得意，以为天下无人能出其右，对朝中官员和各地官员的升迁降贬之事，全凭心血来潮，如同儿戏。"

"简直岂有此理！"

"可是士大夫怕他们加害，敢怒不敢言，任他们为所欲为，恣意横行。"

韦皋不由怒起："他们竟敢如此跋扈！"

刘辟说："大人，二王如今权势熏人。一班势利小人为谋权位，各以重金奔走于二王门下。二王府宅门庭若市，访客昼夜不绝。一些人不远千里而来，一时不得见，便在附近旅店投宿等待，竟使得那些旅店日日爆满。甚至临近的茶坊、酒肆、饼店也开始以高价留客过夜。那王伾更是贪得无厌，卑贱猥琐，还令人做了一个大柜贮藏金帛，每晚夫妇就睡在那大柜上。"

听了刘辟这番话，韦皋心中翻江倒海，半晌说不出话来。韦皋心知肚明，若不是德宗皇帝信任，他很难在蜀地顺利实施诸多变革举措。此后，蜀地四邻平安，百姓安居乐业。但是德宗皇上晚年贪财爱钱的毛病愈发突出，除毫无顾忌收取各地的供奉外，还借宫市之名掠夺市民财物，京城市民颇有怨言。顺宗即位后大赦天下，免除百姓的欠债，废止宫市、五坊小儿等，还下诏除正常赋税外的进贡全部停止。一系列举措颇得民心，韦皋极是赞同，但内心却担心顺宗给自己小鞋穿。当年张延赏禀报郜国公主与人通奸之事，李诵险些被废，心里恨透了张延赏，韦皋是张延赏的女婿，自然成为太子党之异己。韦皋知道太子终究有一天会亲政，本想找个机会向太子表明心迹，可总是机缘不合。托人带话又怕词不达意，反而越描越黑，后来见太子身边的幕僚逐渐形成一股势力，知道很难接近，只好另辟蹊径转而靠近李诵的长子李淳。李淳从小便深得德宗皇帝的宠爱，被寄予厚望。但李淳长大后，却处处受到牛昭容等人的排挤。宫中形成两派，势如水火。

"你去见了王叔文？"韦皋问。

刘辟一张尖瘦的脸拉得更长，恨恨地说："嗯，下官见局势尚不明朗，便只得两边烧香，暂时谁也不得罪。不过王叔文门槛真他娘的高！下官奉上重金才得以相见，那厮态度十分倨傲。"

韦皋立即沉下脸来，自己乃战功卓著的朝廷重臣，因抗击吐蕃战功卓著，被新皇帝顺宗加封为检校司徒兼中书令南康郡王，其地位非王叔文之辈可撼动。刘辟此番代表自己进京，屈尊降贵，携重金拜访已是给足了面子，不料对方并不赏脸。韦皋心中一阵火起。

刘辟又开口道："下官对他说：韦大人让我向你致意。如今虽然天下太平，四海安宁，但仍需居安思危。为了国家长治久安，要给皇上举荐能运筹帷幄、有勇有谋的大臣担负重任。倘若让韦大人统领剑南三川之地，则会竭尽全力相助。"

刘辟说到此，用眼角瞟了一下韦皋的表情，他肚里知道韦皋的心思。经过二十年的苦心经营，韦皋完全控制了西蜀的局面，产生了统领剑南三川，更上一层的想法。

韦皋见刘辟这会儿吞吞吐吐，便直截了当问：

"王叔文他怎么说？"

"王叔文那厮听罢并不言语，只是轻轻哼了一声。下官当时心里就一阵火起，心想你王叔文算个什么东西，就凭能耍两下笔杆就想充大？于是便说：'若不给，韦大人亦另有回报！'不想王叔文这厮竟然说我威胁他！想要杀我！好在老天有眼，让我化险为夷。后来我探听到王叔文在皇上跟前进谗言，说你专擅蜀地二十年，拥兵自重，发号施令，形同皇帝，乃朝廷隐患。后来下官见情况不妙，有行跡可疑的人跟踪盯梢，只得连夜出城，逃回蜀地。"

韦皋没再说话，心底里终于断了对王叔文党的最后念头，眼光刹那间变得尖利起来。他想起一位猎人说过的话：打不死狼，就会被狼伤。他不能坐以待毙，等着别人来收拾自己，必须主动出击，先发制人。

"大人，我们该怎么办？"刘辟问道。

韦皋没说话。刘辟又说：

"万一皇上受身边小人蛊惑，一道圣旨召你进京，安一个有名无实的闲职，你在蜀地几十年的心血岂不白费了？！"

韦皋一脸秋霜，嘴上却委婉地说："我本是皇上的臣子，如今又年过花甲，也许该解甲归田，终老山林。"

刘辟急道："大人何出此言？你的身上系着千百官员将士的前程！可谓

一荣俱荣，一损俱损。他们日夜都关注着你，你的一举一动牵动着众人的心。就算你高风亮节，不计较个人得失，可也该为这些跟你出生入死的属下及家人想一想。你走后他们怎么办？俗话讲：一朝天子，一朝臣。大人，切不可将手中大权拱手相让，使亲者痛，仇者快！"

韦皋心中一动。刘辟赶紧又说：

"大人，你何不先动手，清君侧，除大奸。到时天下各道节度使群起响应，同仇敌忾，不愁除不去这帮奸佞小人。"

韦皋答非所问地"嗯"了一声。刘辟兴奋道：

"大人，你应允了？"

韦皋沉默了一会，开口道："跑这么远的路累了，你且先回去歇一歇吧！"

刘辟谈兴正浓，但见韦皋有送客的意思，只得起身告辞。刘辟走后，韦皋在屋里踱来踱去，思索了好一阵，最后坐到桌前，提笔向顺宗皇帝起草了一份奏折：

陛下哀毁成疾，重劳万机，故久而未安，请权令皇太子亲监庶政，候皇躬痊愈，复归东宫。臣位兼将相，今之所陈，乃其职分。

写毕，又反复斟酌了一番，觉得措辞恰如其分，才用信封装好。接下来又给太子李淳上了一份奏疏，因关系比较亲近，也就直截了当，不用婉转隐晦：

圣上远法高宗，亮阴不言，委政臣下，而所付非人。王叔文、王伾、李忠言之徒，辄当重任，赏罚纵情，堕纪紊纲，散府库之积以赂权门。树置心腹，遍于贵位；潜结左右，忧在萧墙。窃恐倾太宗盛业，危殿下家邦，愿陛下即日奏闻，斥逐群小，使政出人主，则四方获安。

韦皋给太子写完信，立即命人用六百里加急送走。接着，他又给荆南节度使裴均、河东节度使严绶等人写信，联合这些手握兵权的大臣们给皇上上表，让太子尽快监国，把持朝政。几封信写下来，韦皋忽然感到十分疲倦。

"我老了，老了……"韦皋心底泛出几许无奈和凄凉。

第五十六章

　　成都东郊，锦江水畔，望江阁四周翠竹成林，凤尾森森。一座小院掩于竹林中，薛涛隐居于此，鹤衣道冠、琴棋诗书。

　　从初识韦皋到如今，二十年了。此时，薛涛不再是当年芙蓉坊中那个少不更事的薛涛了。她变得成熟，开始知晓人情世故。这些年来，在她身边发生了太多太多的事，令她感到身心疲惫，也看透了这尘世的种种无奈与艰辛。

　　在松州的日日夜夜，薛涛才真正感受到人生的无奈和生活的艰辛。薛涛知道，这是韦皋在责罚自己，于是用诗向韦皋表达了悔意。

　　　　黠虏犹违命，烽烟直北愁。
　　　　却教严谴妾，不敢向松州。

　　此时，她才觉得自己在韦皋面前，在那些达官贵人的眼里和手下，只不过是供他们赏玩的"笼中鸟""掌中珠""缸中鱼"……在松州，她写下了十首"十离诗"。

　　　　惯向侯门养此身，飞来飞去羽毛新。
　　　　近缘言语无方便，不得笼中再唤人。

　　　　皎洁圆明内外通，清光似照水晶宫。
　　　　只缘一点玷相秽，不得终宵在掌中。

　　　　跳跃深池四五秋，常摇朱尾弄纶钩。
　　　　无端摆断芙蓉朵，不得清波更一游。
　　　　……

　　当年，她看着自己刚做的诗，泪水涟涟，诗成笔停。她知道，这十首诗是在向过去的自己告别，为了自己的梦想和明天，她得有所放弃。

她孤傲依然，却懂得了退一步海阔天空。

薛涛在松州没有待多久，韦皋便把她召回成都。和韦皋又见面了，当她一再追问自己的名分，或是那个官府的"校书"名分时，韦皋不只是支支吾吾，还暗示她可以选择自己喜欢的如意郎君。

见韦皋如此绝情，薛涛十分伤心，流着眼泪离开了韦皋，并跑到青城山一座道观住下，闭门不见任何人。薛涛在山上待了好一段时间，见韦皋没来接她，也没派人送来只言片语，心里便彻底失望了。落寞与凄凉紧紧包围着她，她对韦皋寄托了满腔的情和爱，可直至今日，她才体会到她不但不能像一个普通女人那样，守着一个体己知心的丈夫，甚至连做妾的资格都没有。她纵然才高八斗、貌若天仙，也只是一名官府乐伎。她有满腹的才情，内心十分孤傲，却只能神游于竹林七贤、娥皇女英之间。她只能把一腔幽怨寄托于苍茫远古，用情思和诗句编织梦想。

如今，她才看清在韦皋给她的荣华富贵背后，其实是一片空白。

从松州回来不久，薛涛花重金脱了乐籍，在成都东门外的锦江边，寻了一处幽静之地，一心一意地制笺，写她自己的诗。

后来，成都府尹、剑南西川节度使换了几任，但薛涛去世时，仍只是那个未获任命的女"校书"。[①]

如今，成都东郊望江楼公园内，还存有薛涛井和吟诗楼，以及一座为她而筑的宅院，小院中有副楹联：

古井冷斜阳，问几树枇杷，何处是校书门巷？
大江横曲槛，占一楼烟雨，要平分工部草堂。

小女子薛涛竟与大诗人杜甫相提并论，成都人也算是对薛涛的才情敬重有加了。薛涛地下有灵，也可告慰了。

不过，这些都是后话。

却说这日韦皋来到望江阁，这里位于成都东郊的锦江河畔，四周翠竹成

[①] 唐文宗大和六年（832年）五月十一日，薛涛六十五岁去世，时任剑南西川节度使段文昌为她亲手题写了墓志铭，并在她的墓碑上刻上"西川校书薛洪度之墓"，算是给了薛涛一个官府职位。如今，薛涛的诗文，除《锦江集》外，被辑成册的有《洪度集》《薛涛诗》《薛涛李冶诗集》等多种版本，《全唐诗》收"薛涛诗"一卷，达百余首之多。

林,环境清幽,附近还有一个水码头,往来十分便利。当初韦皋一眼看中这幢楼阁,就是喜欢这周围的环境,除了可以避暑休息外,也方便在其中与薛涛幽会,避人耳目。楼阁易主之后,经过一番细致的修葺装饰,愈发雅致有韵。韦皋只要有空闲就过来住两天,有时也在其中处理军政要务,会见一些心腹官员。可是自从与薛涛分开后,他便很久没去望江阁了。

此时天已黑尽,院内挂起了灯笼,竹影摇曳,却显得十分冷清,了无生气。韦皋跨出轿,抬起头看到刻在照壁上的薛涛《酬人雨后玩竹》一诗,不由驻足凝视:

南天春雨时,那鉴雪霜姿。
众类亦云茂,虚心能自持。
多留晋贤醉,早伴舜妃悲。
晚岁君能赏,苍苍劲节奇。

薛涛十分喜爱竹子,常以竹子自喻,并自己动手栽种。韦皋见她对竹子情有独钟,便命人将这首诗镌刻上墙。这会儿他真希望薛涛能如往常一样,睁着一双含情脉脉的大眼睛从屋里跑出来,与他并肩携手,双双在院中踏月而行,卿卿我我,说不尽的蜜意柔情。可眼下除了偶尔吹过的风,没有什么能平复他人去楼空的伤感。

韦仁听到大门响动,跑出来迎接:"叔叔。"

韦皋小声问道:"她怎么样?"

今天一早,韦皋对韦仁说要在望江阁约见督查大佛修凿的人后,又吩咐韦仁悄悄去看一下薛涛。韦皋自从发怒将薛涛打发到松州后,似乎已将薛涛彻底忘记,绝口不提。韦仁原以为韦皋回心转意,想与薛涛再续前缘。可是临走时,韦皋又叮嘱韦仁不要说明是他本人的意思,只说是路过顺便看一看。韦仁摸不透韦皋是何心思,这会听到韦皋问起,迟疑一下,答:

"薛涛姑娘似乎动了出家的念头。"

"唔?"韦皋面露惊讶。

"她神情沮丧,不施粉黛,身着一袭道袍。当知道我仅是顺路来看她时,便一语不发,失魂落魄,咽泣不止。"

韦皋心中一阵难过。

韦仁小心试探道:"叔叔,要把她接过来吗?"

韦皋犹豫半晌,缓缓说:"不。她辜负了我对她的恩情,在外招蜂引蝶,与一帮文人交往唱和不说，还险些帮了敌人的忙。那个郑隆死有余辜，害了一干子人！"

"薛姑娘并不知情，宋夫人也是迫于无奈，但终究没与他们串通一气。薛姑娘觉得你错怪她，才使性子与你顶撞，其实她内心很爱慕你。松州之行她不是给你写了许多诗以示悔意么？叔叔只消派人去接她，她定会回心转意，与你重续前缘，和好如初。"

韦皋半晌不吭声，忽然叹了一口气，不胜感伤地说："不必了，我与她的缘分或许到此为止。不过，无论如何我会记住这段缘分，她是我此生最刻骨铭心的女人。缘分尽了，在一起还有何意义？人之命有定数，此乃天意。唉，过去的事情就让它过去吧！她还年轻，但愿以后有个好归宿。"

"这——"

"男子汉大丈夫应以国家社稷为重，不可缠于儿女私情。否则轻者深陷其中，难以自拔，重者引祸上身。先帝玄宗若不迷恋杨贵妃，怎会引发安史之乱？女人美艳聪慧，兴许不是福而是祸。古人讲红颜祸水，看来并非酒后胡言。"

"叔叔，你……"

"好了，以后不要再提她了。"韦皋显得有些不高兴，语气中露出不耐烦。

韦仁只得把没说出口的话咽回去。

韦皋说完，昂首进了客厅，眼中又露出平时的果敢与豪气，把方才还缠绕在心头的儿女情长抛在脑后。

"凌云山弥勒大佛完工在即，三日后赶去龙游。"

客厅中传出韦皋的话语。

第五十七章

大佛完工了，韦皋再次来到龙游，住在嘉州府衙后院。

这天刚吃罢午饭，一个士卒过来禀报，说大门外有一个老尼定要拜见韦皋。韦皋有些诧异，走出大门，不料竟是果愿。

"贫尼听说韦大人到了龙游，冒昧求见。"果愿看上去胖了一些，神闲气定，肤色红润，两眼有神。

"两个女儿想亲自谢谢韦大人。"

"你的女儿在哪里？"

果愿一招手，见大榕树后面闪出两位长相装束一模一样的妇人。韦皋细看了一下，却难分彼此。

"拜见韦大人。"

两个妇人一一施礼，抬头见韦皋仍是一副疑惑的表情，便相互对视一眼，笑着依次开口道：

"民女乃白玉，就是当年的潘素梅。"

"民女乃碧玉，就是当年的兰香。"

"嗨，果真分不出彼此！"韦皋笑道。又问："日子过得好吗？"

果愿答："托韦大人的福。碧玉和白玉姐妹俩说永不分开，于是都嫁给了大魁，现已有六个小孩。如今一家住在平羌驿，大魁买了船与柳如山一起跑货运，日子过得很舒心。民女如今真心皈依佛祖，住锡能仁院，每日古佛青灯相伴，但愿洗清罪孽，积善存德，往生净土。"

碧玉和白玉待果愿说毕，双手呈上一个小包袱：

"请韦大人收下。"

韦皋推辞道："本使早说过不收礼物。"

碧玉说："并非钱财。"

说罢打开包袱，里面是一块大红锦缎，上面绣有四个金黄大字"恩重如山"。

"这是民女对韦大人的一点心意。如果没遇到大人，民女哪有今日？是大人让我们枯木逢春，白骨再生，实乃大恩人也！"碧玉禁不住有些呜咽。

原来平羌驿金锭劫案勘破之后，白玉和柳如山、大魁本应因劫狱受到重罚。韦皋念潘素梅已在陈兴德堂下挨过二十鞭笞，故而从轻豁免体罚。白玉、柳如山、大魁出狱后，又到凌云山服三年徭役，洗清罪过。

"韦大人待我们恩重如山，无以报答。"白玉怆然出涕，跪拜叩头。

韦皋说："好，我收下了。"

果愿与一双女儿施礼告辞。

韦皋目送他们走远，心中正在感叹，却见韦仁过来禀报：陈兴德夫人遣人从老家送来一样礼物。

韦皋心中一惊，忙问："是什么？"

"叔叔先在客厅坐，我这就领她来。"韦仁说着离去。

韦仁很快领了一个年轻貌美的女子进来，那女子见了韦皋忙施了个万福礼，轻声说：

"拜见老爷。"

女子皮肤白皙，身材苗条，神态朴实，举止娴静。一看到她，韦皋立即想起陈兴德的妹妹小玉，忙开口道：

"你是——"

"小女子名肖玉。"女子低头说罢，不露齿痕浅浅一笑，有些羞涩拘谨。其笑容眼神、声音表情竟与死去的小玉一模一样，分毫不差。韦皋不觉大为惊讶，内心一震，思绪飞转，眼睛一刻也没离开肖玉的脸庞。肖玉被看得很不好意思，满脸绯红。

韦皋问："你从何处来？"

肖玉答："小女是陈夫人的亲属。那一年，陈大人回籍祭扫祖坟见了小女，就与小女父母谈妥，让小女过继到陈家，不久一同到龙游，后来又随夫人及大少爷去京城。陈大人出事后，夫人才告诉我，当初陈大人留下我是打算待大佛竣工时，让我来服侍老爷。"

肖玉一口气说完自己的来历，更引得韦皋感慨不已。

韦仁见韦皋嘴唇有些干裂，忙叫肖玉沏一盏茶来，自己借故离开。肖玉沏好茶双手奉上，韦皋端茶时，突然瞥见肖玉中指上有道浅色指环印，竟与当年他送小玉的那枚玉戒形状相同，不由心中一动，说道：

"肖玉，把你指上的戒指给我看看。"

肖玉一怔，摇摇头说："小女子没戴戒指，娘说我一生下来指上就有这道肉质环。"

韦皋沉默半晌，轻声感叹道："唉，原来生死之分就是一来一去！"

肖玉有些茫然，不明白韦皋话中的含意。

肖玉见韦皋神情沮丧，眼光黯淡，赶紧扯开话题道："能侍奉大人，小女子三生有幸。小女子虽无才无德，但端茶倒水、研墨铺纸的活还能胜任。"

韦皋苦笑了一下，不由又想起陈兴德。

当韦皋得知陈兴德贪污受贿时，真是晴天霹雳，比得知岳父巨额受贿更感意外，更为吃惊。起初他认为是谣言或诬陷，不但让王福暗中调查，还让康振本前往核实。当陈兴德受贿三十万两银子的确凿证据摆到面前时，韦皋既怒火中烧又痛心疾首。但当要面对如何处置他时，韦皋内心仍想拉陈兴德一把，不愿把他推到绝路上去。他主意已定，等陈兴德到成都后深谈一次，让其主动交代，积极退赃以减轻罪过，他再奏请朝廷从轻处罚。可不料陈兴德却在熊耳峡投水自尽，以死赎罪。

听到陈兴德的死讯，韦皋心如刀绞，尤其听康振本说陈兴德受贿的银子几乎全花在给傻儿子隆生治病上，家里已显得有些寒酸时，韦皋陷入深深的自责，在书房里呆坐了一夜。他觉得自己对属下公务要求甚严，而对他们生计关心太少，以致让他们为钱所困，被迫陷入泥潭，难以自拔，走上绝路。按大唐律法，犯贪污罪的官员家财须悉数充公，家属发卖为奴。韦皋经多方通融，使陈兴德的家人免以为奴，陈夫人、陈成及妻子返回故乡，海棠、胭云带孩子返回娘家。

韦皋听说海棠返回娘家后，请人做了一辆前后两格的大手推车，每天一早前面装豆腐，后面放儿子，从此走街串巷卖豆腐。

这次到龙游第二天一早，韦皋便与韦仁悄悄来到海棠娘家，在大门外就见一个布衣荆钗的妇人正在上下忙碌，从屋里搬出木箱，正往手推车上装豆腐，此妇人正是海棠。车上木圈椅里坐了一个脸色发白的男孩，口嘴有点歪斜，往外流着长长的涎水。海棠装完豆腐，蹲下身子用围裙拭去儿子的涎水，抚摸他的脸柔声说道："隆生乖，妈今天卖完豆腐给你买丝丝糕。"

隆生咧嘴一笑，半晌哆嗦出一个字："甜。"

"心肝。"海棠亲了一下儿子，脸上浮出一丝笑容。正要起身推车，忽见韦皋站在门口，忙跪下请安，慌乱得不知所措。看见海棠一脸憔悴之色，满头凌乱，韦皋心中十分难过，本想说句安慰的话，却又不知从何说起。韦仁见状，忙将一个小包袱递给海棠，说：

"这点银子是韦大人的一点心意。"

"不。"

"留给隆生治病。"

"不，民女断不能收！"海棠抬起头，神情虽平淡却有几分毅然。

韦皋不再勉强，正想离开。忽听海棠开口道："大人，民女有一事相求，望大人恩准。"

"你讲。"

"是民女拖累了陈大人，他本是一个好人，可民女却害得他无颜面对朝廷和韦大人，死无葬身之地……请求韦大人恩准民女在凌云山下，为我家老爷修座衣冠冢。愿大佛老爷保佑他在阴间好受一点，来世做个清官……"海棠泪流满面，泣不成声。

韦皋点头应允，怏怏而返。回至府衙，韦皋独坐房中，仍是黯然神伤，嗟叹不已，一长串与嘉州龙游大佛有关的人和事又浮现在眼前。这些事虽已时隔多年，却挥之不去。尤其是想起陈兴德一案，韦皋更是长吁短叹，感慨万千。陈兴德受贿投水自尽；熊明伦因行贿和贩私盐数额巨大，依律处斩；郑隆充当吐蕃奸细，凌迟处死；龙游县令马峻被革职查办，终身入牢；陈兴德的小妾胭云返回戏班，重操旧业……

韦皋正想着，笼中鹦鹉突然扑打翅膀，用尖细的嗓音念道：

一切有为法，如梦幻泡影。
如露亦如电，应作如是观。

第五十八章

时值初冬，阳光明媚。一大早，韦皋在一大群嘉州官僚、地方乡贤巨贾的簇拥下由东津渡登船，直抵凌云山脚。但见江上船艇密集，樯帆连绵。韦皋登岸后，沿江边齐整的红砂石路往弥勒大佛脚下走去。这条路是新从山脚下开凿的，蜿蜒平坦，宽处设有供人休息的石凳，窄处尚能容二人并肩而行。今天路上接踵而至的是剑南道军政要员，邻近几道派来恭贺的使者、嘉州各县官员、乡绅巨贾，等等。

韦皋身着簇新深紫色蟒袍官服，腰系全玉带，脚蹬一双漆黑的羊羔皮短靴。韦皋虽然已过六十，但看上去风采依旧，举手投足不怒自威，让人对他敬畏有加。

就在他走近气势雄伟、高达十三层楼的弥勒大佛楼阁前的一刹那，只听大门外石阶上站立的僧人永净高喊：

"凌云寺全体僧人恭候韦大人驾到。"

年过百岁但依旧精神饱满的性空和尚率全体僧人在弥勒大佛阁楼门外迎接。韦皋与性空相互施礼。这时石阶上的永净又大喊一声：

"鸣炮——"

二十名僧人立即举起长竹竿，点燃缠在竹竿上的鞭炮，顿时噼噼啪啪声响成一片，震耳欲聋。待鞭炮炸完，又听永净再喊一声：

"奏乐——"

门内鱼贯而出三十个僧人，席地齐整而坐，或击钟磬，或执琴瑟，或吹箫笛，奏起了佛乐。空灵缥缈的乐曲，俨然仙乐下世，置身其中，无不动容。

鞭炮炸完，乐声亦止，韦皋随性空走进阁楼的大门。门内一尊顶天立地的巨型弥勒大佛披金描彩，双目微垂，大佛两手放于膝盖上，脚踏金莲端坐。庄严慈祥的佛像令韦皋全身一颤，敬畏之心油然而生。韦皋轻移脚步，来至中间巨大的香案前，恭恭敬敬上了三炷香，然后跪在蒲团上朝弥勒大佛虔诚三拜，起身后抬头仰望，只见大佛眉心间一枚巨大的红宝石闪闪发光。韦皋再从上而下，环顾四周，一一浏览，但见铃索撞摇，宝轮层叠，悬幢、宝盖、梁楹、炉鼎无不色彩斑斓，流光溢彩，交相辉映。左右两边石崖上雕墙画壁，有近千座佛龛。佛龛大小不一，参差疏密，井然有序，从上至下分三层平行排列，三层布局有主有次，又有意突出中间的弥勒大佛。置身于这庄严肃穆而又华丽灿烂的佛国气氛中，韦皋顿觉精神振奋。沿楼梯迂回而上，只见处处一尘不染，回廊藻井，飞檐础柱，莫不流丹炫紫，锦绣错综，玲珑疏透。弥勒大佛气势恢宏，宝相庄严。韦皋沿阶梯一路登上佛像头顶，虽有些气喘腿软，但欣喜激动之情溢于言表。

"法师，原来红宝石一直藏于寺中！"

"是的。老衲遵海通法师遗言，在大佛竣工后才安上去。"

"海通留下的图稿找到了吗？"

"在能仁院慧心法师处。"

"看来诸事圆满。"

在性空的陪同和十多位官员的簇拥下，韦皋走进了凌云寺气势恢宏的天王殿大门。左右是钟楼、鼓楼，由此进入中间是大雄殿，再后是二层高的藏经楼。左边建有观音殿、罗汉堂等，右边建有祖师殿、五观堂、禅房等。寺后荒地变成一个偌大的花园，园内花草芬芳，小桥流水，亭阁掩映，妙趣横生。今日凌云寺与往昔有天壤之别，处处装饰一新，纤尘不染，如同人间仙境。韦皋看到这些，心情更加爽快，对性空叹道：

"凌云寺如今旧貌换新颜，美不胜收！"

性空朗声一笑："是啊，海通法师的遗愿得以实现！往后朝佛之人可由水陆两路而来。陆路可由官道沿小路上山；水路可乘船从大佛脚下沿江边石道登楼而来。因这条江边道是主道，故寺僧们特在临江边加了一道铁链作护栏，以防人多拥挤时出现意外。"

"凌云寺将会八面来朝，闻名天下。"

"阿弥陀佛，佛光普照。"

"将来，大唐会有更多的人造像兴佛，弘我圣道。"

"恐怕这是世间最后的大佛了。"性空迟疑了一下，低声说道。

"法师此言何意？"韦皋心中一个激灵，话语里分明有几分不安。

"弥勒大佛矗立凌云山，乃天时、地利、人和诸方因缘造就，是千年不遇机缘，更是大唐兴盛之见证，可遇不可求。国家繁荣，则佛门兴隆；国家衰落，佛门黯淡。一荣俱荣，一损俱损，唇齿相依，休戚与共。如今大唐气数渐衰，怎会还有如此巨佛再现？"性空和尚轻声说道。

"这既是天下第一大佛，也是天下最后的大佛。"

性空此言一出，韦皋愣住了。性空之言不无道理，但他身为朝廷重臣，不便与人议论此事，于是他立即转变了话题。

说话间，一干人渐次来到海通洞前，洞前已置好香案，韦皋及众人依序三拜九叩，祭奠海通。一系列仪式结束后，按事先安排进入景云亭，亭中桌上早已备好酒水。韦皋端起酒杯对众人说：

"这第一杯酒敬皇上，愿国泰民安，盛世永存。"说罢举杯洒向天空。"这第二杯酒敬为修凿弥勒大佛献身之人，愿他们在天之灵安息。"说罢将酒洒在地上。"这第三杯酒是为今日之竣工庆典！"

又是一阵山呼般的欢声。韦皋一口喝干杯中的酒，顿了顿又说：

"如此盛世美景，在场诸位都该献上诗来，以记其盛。各位以为如何？"

副使刘辟上前开口道："韦大人说得是，可你不动笔，众人岂敢造次？"

性空说："韦大人如维摩诘再世，没有你，这尊弥勒大佛不知何时才能竣工！我大唐虽富有四海，然此巨佛唯有一尊。它不仅是我大唐之大佛，也是天下之大佛，还是世间最后的大佛。佛家讲缘，大唐有此大佛是缘，龙游有此大佛也是缘，它是龙游的福报，是一方众生历尽沧桑，生生世世修来的。弥勒大佛福祉绵绵，保佑苍生，保佑社稷，龙脉悠远。故恳请韦大人以锦绣文章铭记，传示后人，流芳千古。"

"性空法师说得对！"

"对，请韦大人留下墨宝！"

又是一番欢呼和掌声，官员和乡绅在一旁撺掇。其实韦皋自续修大佛以来，内心积压了许多话想说，早在腹中打了无数草稿，深深铭记在心。此刻手执长锋狼毫，心中浮想联翩，无数与大佛相关的往事涌上心头。

自己临危受命，入蜀二十年来，整肃吏治，清理财政，推行改革，宽严适度，劝课农商，终使蜀地秩序井然，礼仪周至，政通人和，百姓安居乐业。自己曾数次率军南征北战，破吐蕃大军四十八万，擒杀节度、都督、城主、笼官一千五百人，斩首五万余级，获牛羊二十五万头，收缴器械六百三十万，方赢得四邻和睦，天下太平。同时又善待将士，凡婚丧嫁娶必赠钱赐衣。百姓每三年免一年税赋，休养生息。

最欣慰的是实现了降伏吐蕃南诏、续修完凌云山大佛两大愿望；

最难忘的是那些勘破大佛谜案惊心动魄的日日夜夜；

最惋惜的是童年好友陈兴德；

最难以释怀的是红颜知己薛涛……

为了续修大佛，自己曾采取多种方式筹措款项。在关津路口征税商贾，市场交易场所均按成交额抽税。面对源源不断的金银，自己并非从未动心，这些杂税归节度使自行掌管，报户部备案即可，完全可以巧立名目，将其中一部分纳入腰包。但自己却始终没迈出这一步，除朝廷的律法约束外，还感到大佛在时时警示。人非圣贤，岂无杂念？自己在关键时刻能以理智战胜贪欲，故未滑入泥潭。其实早耳闻有人上奏，说自己用钱财贿赂皇帝，以巩固在蜀地的权力，但自己从不去争辩，所征杂税除一部分贡奉给皇上外，其余皆用于修凿大佛，问心无愧。虽说也有诸般小疵，让人说长道短，但心存朝廷，不避祸咎，勇于革新，上不辱苍天皇命，下不负黎民百姓。人生如此，夫复何求！

韦皋感慨万端，下笔一泻千里：

嘉州凌云寺大弥勒石像记

惟圣立教，惟贤启圣，用大而利博，功成而化神。即于空，开尘劫之迷；垂其象，济天下之险。嘉州凌云寺弥勒石像，可以观其旨也。神用潜运，风涛密移，胚蜒幽晦，孰原其故。在昔岷江，没日漂山，东至犍为，与凉山斗。突怒哮吼，雷霆百里。萦激触崖，荡为廞空。舟随波去，人亦不存。惟蜀雄都，控引吴楚。痛兹沦溺，日月继及。

开元初，有沙门海通者，哀此习险，厥惟天难！克其能仁，迴彼造物。以此山淙流激湍，峭壁万仞，谓石可改而下，江或积而平。若广开慈容，廓轮法相，善因可作，众力可集。由是崇未来因，作弥勒像，俾前劫后劫，修之无穷。于是，规广长，图坚久，顶围百尺，目广二丈，其余相好，一以称之。民惟子来，财则檀施。江湖淮海，珍货毕至。倩师金工，亦罔不臻。于是，万夫竞力，千锤齐备，大石雷坠，伏螭潜骇。巨谷将盈，水怪易空。时积日竟，月将岁就，不数载而圣容俨然，岩岩莘莘，岌巍青冥。如现大身，满虚空界。惊流怒涛，险自砥平。萧萧空山，寂照烟月。由内及外，观心类境，则八风澄而爱河静也！

余以为人之生也，违道而好径，故哲圣因其所欲，导之以存养，示之以进修，其行满于此，而福应在彼，理甚昭矣。至于夺天险以慈力，易暴浪为安流，何哉？详彼万缘，本生于妄，知妄本寂，万缘皆空。空有尚无，险夷焉在？至圣寂照，非空非有。随感则应；唯诚浅深，化于无源，奚有不变？非天下之至神，其孰能平斯险也？

彼海上人发诚之至，救物之弘。时有郡吏，将求贿于禅师，师曰："自目可剜，佛财难得。"吏发怒曰："尝试将来！"师乃自抉其目，捧盘致之。吏因大惊，奔走祈悔。夫专诚一意，至忘其身，虽回山转日可也。况弘我圣道，励兹群心，安彼暴流，俾其宁息，其应速宜矣。而功巨用广，费亿万金，全身未毕，禅师去世。

于戏！力善归仁，为可继也。其后有连帅章仇兼琼者，持俸钱二十万，以济其经费。

开元中，诏赐麻、盐之税，实资修营。事感天人，克遵前志。谅禅师经始之谋大，虑终之智朗，苟利物以便人，期亿劫以同济。

贞元初，天子命我守之坤隅。乃谋匠石，筹厥庸，从莲花座上及至于膝，功未就者，几乎百尺。贞元五年，有诏郡国伽蓝，修旧起废。遂命工徒，以俸钱五十万佐其费。或丹采以章之，或金宝以严之，至今十九年而跌足成形，莲花出水，如自天降，如从地涌。众设备矣，相好具矣。爰记本末，用昭厥功。

韦皋一口气写完碑记，立即引得众人喝彩。韦皋从头至尾细看一遍，提笔在末尾落款写道：

贞元十九年十一月五日，剑南西川节度、观察处置、统押近界诸蛮及西山八国云南安巡抚等使、光禄大夫、检校司徒兼中书令、成都尹、上柱国南康郡王韦皋记。

放下笔，韦皋又开口道：

"本使字迹太过潦草，难以辨认。既要刻碑留传后世，当选一位书法高手。依本使看来，苏祁县令张绰文武皆备，书法颇为大气，且战功卓著，受皇上嘉奖并授绯鱼袋，人才难得。况且，张绰家几代人为修大佛艰辛劳碌，不计报酬，功德无量。张家是千千万万嘉州百姓的代表，由他书写，定不负众望。"

张绰听罢欣喜万分，朗声说："遵命，谢大人厚爱！"

韦皋环顾左右，感慨万端：

"凌云山弥勒大佛历时九十多载而竣工，无数人为之呕心沥血，鞠躬尽瘁，堪称空前绝后，举世无双。此乃我大唐繁荣兴旺之见证，华夏子孙之福祉。必将万古流芳，永载史册。"韦皋说着眼角溢出泪水，"从今往后，弥勒大佛定会以它无边的法力，保佑我华夏子孙繁荣兴旺，生生不息，长治久安，福祉绵绵。"

　　山潮般的欢呼经久不息，人们沉浸在无比的喜悦中。万众同声：祈祷弥勒大佛带给众生幸福安康！

尾 声

公元八〇五年八月九日,李淳登上皇位,更名李纯,是为宪宗,改元永贞。不久,王伾、王叔文贬死,韩泰、韦执谊、刘禹锡、柳宗元等八人被贬。

八月十七日,韦皋溘然辞世。消息传出,朝野皆惊。嘉州城万人空巷,众百姓扶老携幼,纷纷前往凌云寺、乌尤寺上香为之祈福。当是时也,嘉州众寺人山人海,哭灵祈祷之声不绝于耳。此后,蜀地百姓将韦皋视为土神,家家供奉!

公元八百四十五年,武宗李炎诏令拆毁佛寺四千六百余所,强迫还俗僧尼二十六万多人,史称"会昌灭佛"。凌云山所有寺院被毁,众多佛像被捣,僧侣被逐。嘉州天下第一大佛的兴废存亡,又免不了一场旷日持久、波澜壮阔、惊心动魄的斗争……

然而,历经宋、元、明、清、民国、新中国,历时一千二百多年,历尽沧桑的天下第一大佛依旧巍然屹立,笑看古今……